GOLDMANN

Buch

Tief in Saudi-Arabien, in seinem »leeren Viertel«, begegnen sich auf einem Außenposten der Auslandskorrespondent Michael Rivas und die junge ägyptische Physikerin Amira. Keines von beiden ahnt, daß die Männer, die sie hier, zwischen Ölfeldern und Wüste, treffen, insgeheim an einer Operation arbeiten, die die Welt an den Rand des Abgrunds bringen kann.

Damit beginnt ein Thriller, der uns eine Situation vor Augen führt, mit der wir rechnen müssen: Die Herrschaft der Scheichs und Prinzen bricht zusammen, die Aufständischen haben, als Faustpfänder ihrer Erpressungsmanöver, westliche Diplomaten und Ingenieure gefangengenommen. Das lebensnotwendige Öl bleibt aus, während im Hintergrund die beiden Supermächte einander bedrohen und lähmen.

In dieser explosiven Lage wird eine von den Ölkonzernen seit langem heimlich geschaffene Einsatztruppe alarmiert, die »stark sein wird, wenn die Regierungen schwach werden«. Ihre Führung will nicht nur die Revolutionäre von den Ölquellen und Pipelines verdrängen; sie setzt für ihre Macht und ihren Profit alles auf eine Karte und reizt Amerikaner wie Russen zu wahnwitziger Eskalation ihrer Konfliktvorbereitungen.

Nur wenige Männer und Frauen kommen rechtzeitig hinter das Komplott und in den Besitz der Operationsbefehle an die Söldnertruppen. Werden diese wenigen die Katastrophe verhindern können?

Autor

Alfred Coppel, 1921 in Kalifornien geboren, war im zweiten Weltkrieg Kampfflieger. Danach fing er zu schreiben an. Seine Spannungsromane wurden in Amerika und im deutschsprachigen Raum zu großen Erfolgen.

Außer dem vorliegenden Band sind von Alfred Coppel als Goldmann-Taschenbücher erschienen:

Harakiri. Roman (6852)
Nach der Stunde Null. Roman (6686)
Um jeden Preis. Roman (6741)
34° Ost. Roman (6672)

Alfred

COPPEL

Finale in der Wüste

Roman

GOLDMANN VERLAG

Ungekürzte Ausgabe
Einzig berechtigte Übertragung aus dem Amerikanischen
von Jürgen Abel
Titel der Originalausgabe: The Apocalypse Brigade

Made in Germany · 1. Auflage · 11/85
Lizenzausgabe mit Genehmigung
des Scherz Verlags, Bern und München

Umschlagentwurf: Design Team München
Umschlagfoto: Ruso / Art Reference, Frankfurt am Main
Druck: Elsnerdruck, Berlin
Verlagsnummer: 6557
MV · Herstellung: Peter Papenbrok
ISBN 3-442-06557-7

1

12. Juli, erster Tag

1. Washington

Das Wasser des Potomac umspielte das Mädchen, das im abendlichen Zwielicht langsam um die ankernde Jacht schwamm, wie warmer Samt. Der heiße Tag hatte dem Fluß einen feinen Dunst entlockt, der die Lichter am Ufer von Cobb Island mit einem schimmernden Hof umgab und Colonial Beach am Westufer wie ein Schleier verhüllte. Der Wind, um diese Jahreszeit ohnehin nie stark, hatte sich völlig gelegt, und der Fluß lag dunkel und spiegelglatt da.

Candace Moran konnte das winzige Ankerlicht am Rundholz der *Pandora* sehen, das einen schmalen gelben Streifen auf das Wasser warf. Der Lichtfinger schien ihr beim Schwimmen zu folgen. Sie bemerkte, daß Cole jetzt die Kajütenbeleuchtung angeknipst hatte. Sie nahm an, er sitze immer noch über den Kartentisch gebeugt und arbeite jene Papiere auf, die seine Aufmerksamkeit beansprucht hatten, seit sie einen Kilometer von Cobb Island entfernt vor Anker gegangen waren.

Es ist keiner von den großen Nachmittagen gewesen, dachte das Mädchen mißmutig. Sie hatte nun schon ein knappes Jahr ein Verhältnis mit Cole Norris, und sie sah ein, daß ein Mann seines Alters – und einer, der so viel um die Ohren hatte – nicht immer den jugendlichen Liebhaber spielen konnte. Aber neuerdings hatte er irgendwie den Vorhang zugezogen, und Candy hatte Angst vor der Zukunft.

Von ihren Rendezvous auf der *Pandora*, Coles kleiner Schaluppe, wußten nur ein paar Leute in der Central Intelligence Agency. Das war erstaunlich, denn in Washington sprach sich sonst alles schnell herum. Aber, sagte sie sich, wenn der Direktor der CIA keine heimliche Affäre haben kann, wer dann?

Sie drehte sich auf den Rücken und schauerte unter der beinahe sinnlichen Berührung des Wassers. Sie fuhr sich mit der Hand über ihre großen Brüste, die kaum von dem Bikinioberteil bedeckt wurden. Sie fühlte, wie die Wärme des Flusses ihre Lenden durchdrang, während sie langsam, in einem weiten Kreis, um das ankernde Boot schwamm. Inzwischen mußte Cole mit der Arbeit fertig sein.

Sie rollte wieder auf den Bauch und schwamm mit kräftigeren Stößen zur *Pandora*. Weit stromaufwärts, bei Alexandria, schimmerte der Dunst über dem Potomac bläulich, von den Lichtern der riesigen Kläranlagen, die Mitte der achtziger Jahre fertig geworden waren und dem großen Fluß endlich wieder Leben geschenkt hatten. Dahinter lag Washington, jetzt nur ein bernsteinfarbenes Leuchten, das sich am Horizont, wo der Dunst des Potomac dünner wurde und ein paar Sterne durchscheinen ließ, verflüchtigte.

Als sie sich der *Pandora* näherte, sah sie, daß sich die Lichter vom anderen Ufer auf dem blanken schwarzen Fiberglasrumpf der Jacht spiegelten. Die *Pandora* war blitzsauber, gepflegt und perfekt, wie alles, was Cole Norris gehörte. Sie mußte in diesem Augenblick an sich selbst denken und lächelte. Cole hatte einen unfehlbaren Geschmack. Er mochte schöne Dinge. Wie die *Pandora*. Wie mich, dachte Candy. Der Gedanke erleichterte sie, machte sie sicherer.

Cole würde nichts aufgeben, was ihm Spaß machte. Und Candy Moran verstand es, einen Mann wie Cole zu befriedigen. Wenn er neuerdings so oft schlechtgelaunt und zerstreut war, dann lag es bestimmt nicht an seinem Liebesleben, sondern an seinem Job. Es war eine verdammt schwere Zeit für den ersten Mann der CIA – Candy war lange genug in Washington, um das zu wissen. Scherereien mit dem Kongreß, ein Präsident, bei dem Cole nicht recht wußte, woran er war, Revolutionen in Arabien und Mittelamerika. Cole hatte allen Grund, mit den Gedanken woanders zu sein. Und, dachte Candy, mein Job ist es, den großen Mann von seinen Problemen abzulenken.

Sie ergriff die Bordleiter und hing einen Moment schwerelos im Wasser, dachte weiter über Cole nach. Er war Mitte fünfzig und bekleidete einen der heikelsten und wichtigsten Posten in der Administration. Candy war nicht gerade eine Intelligenzbestie, aber sie wußte genau, was mächtige Männer von ihren Freundinnen brauchten.

Mit einer schnellen Bewegung zog sie sich das winzige Bikinihöschen aus. Dann löste sie die Schleife in ihrem Rücken und nahm das Oberteil ab. Köstlich, dachte sie, daß ich nur so wenig ausziehen muß, um mir so *nackt* vorzukommen. Sie knüllte den Bikini zu einem Ball und warf ihn aufs Deck.

An Bord verlagerte jemand sein Gewicht und ließ das Boot sanft in der brackigen Flut schaukeln.

Candy Moran lächelte und stieg die Leiter hoch. Die Luft war fast so warm wie das Wasser. Sie glitzerte in dem Licht, das durch die offene Luke auf das Cockpit fiel.

Sie blieb einen Augenblick mit einer Hand auf dem aufgerollten Hauptsegel gestützt stehen. Sie trat ins Cockpit und baute sich am Ruder auf, damit Cole das Beste von ihr sah, wenn er die Treppe zur Luke hochkam. Wir werden es hier machen, dachte sie, praktisch unter freiem Himmel. Sie rief mit rauher Stimme: «Cole. Ich bin wieder da. Willst du dich nicht selbst überzeugen?»

Unten bewegte sich etwas. Der Mann erschien in der Lukenöffnung. Er kam die Treppe hoch. Er wirkte überlebensgroß. Zu groß, zu breit. Sein Gesicht war irgendwie komisch. Sie erschrak. Ihre Nacktheit, die sie eben noch so genossen hatte, wurde plötzlich Verletzlichkeit. Ihr Atem stockte. Ihre Haut fühlte sich an, als sei die Luft plötzlich eisig geworden. Sie spürte den Beginn kalten Schreckens, denn die Gestalt, die aus der Kajüte gestiegen war, war nicht Cole Norris. Sie war riesig. Ihre Haut war schwarz und glänzend. Sie hatte ein rundes, plattes Gesicht, das Lichter reflektierte, wie sehr kleine Sterne. Sie bewegte sich, und da, auf der flachen dunklen Scheibe, glänzte ihr eigenes dunkles Spiegelbild.

Für den Bruchteil einer Sekunde sah sie einen Mann, der mit dem Gesicht nach oben in der Kajüte lag. Mein Gott, es war Cole, und seine Augen waren offen, gebrochen.

Sie schrie.

Der Mörder im Taucheranzug holte mit einem Messer aus. Candy spürte einen brennenden Schmerz, wie von einem Peitschenschlag, quer über der Brust. Sie griff danach und fühlte etwas Scheußliches und Fremdes.

Sie sah fassungslos hinunter und hätte wieder geschrien, aber eine schwarz behandschuhte Hand packte ihre Haare, riß ihren Kopf blitzschnell zurück. Dann zog der Unbekannte die Klinge über ihre Kehle und trennte fast ihren Kopf vom Rumpf.

Der Killer ließ sie auf die Teakholzgräting fallen und ging kaltblütig, sachlich an die Arbeit.

Thomas Vano, Hafenmeister des Jachtclubs von Colonial Beach, paffte an seiner übelriechenden italienischen Zigarre und beobachtete mit boshaftem Vergnügen, wie der junge Sicherheitsbeamte sich bemühte, seinen Stuhl näher zur Tür des winzigen Büros zu rücken. Die kleine, dicht bei den Anlegern am Ufer stehende Bude war vor jeder Brise geschützt, die vom Fluß herüberkommen konnte. Abgestandener, bitterer Zigarrenqualm und der Knoblauchduft von Vanos soeben konsumierten Spaghetti *alle vongole* hingen in der Luft. Der Hafenmeister ließ sich sein Abendessen immer ins Büro kommen, wenn der erste Mann der CIA mit der *Pandora* draußen war.

John Rees, der Sicherheitsmann, war erst kürzlich zur CIA-Leitung gekommen. Er hatte bisher noch nie den Auftrag gehabt, die «Büchse der *Pandora* zu bewachen», wie sich die alten Hasen ausdrückten. Gewöhnlich wurde Nr. 1 von erfahreneren Sicherheitsleuten bewacht, wenn er mit einer Freundin auf dem Boot war. Aber Rees war gewissenhaft und tüchtig. Er fand, diese Verfahrensweise sei eine gefährliche Lücke in der schützenden Mauer um Cole Norris. Aber

Nr. 1 war nicht der Mann, der sich in Sicherheitsfragen belehren ließ. Wenn er beschloß, allein mit seiner momentanen Geliebten hinauszufahren, hätte er sich keine Einwände von einem noch sehr grünen Sicherheitsbeamten namens John Rees angehört.

Trotzdem, dachte Rees, wenn Norris' kleine Spritztouren je publik werden sollten, wird die Hölle los sein. Andere hohe Regierungsbeamte konnten sich im Heer der Sekretärinnen in der Hauptstadt bedienen, aber der Leiter der CIA mußte sauberer sein als Cäsars Gemahlin. Das war eine der Folgen der CIA-Säuberung nach Watergate.

Rees sah auf die Uhr und schloß den Funkkoffer auf, der zu seiner Ausrüstung gehörte. Norris hatte das Recht auf eine gewisse Privatsphäre, aber das befreite ihn nicht von der Pflicht, alle sechzig Minuten einen Funkruf zu beantworten, wenn er außer Sicht seines Leibwächters war. Wenn ihn das beim Bumsen stört, dachte Rees, gehört es eben zu den Nachteilen des Amtes.

Er öffnete den Koffer und schaltete das Gerät ein. Als die eingebaute Quarzuhr mit Flüssigkristallanzeige 21.05 zeigte, schaltete er den Spezialsender an. Das hellbraune Licht besagte, daß das andere Gerät, das an Bord der *Pandora* installiert war, richtig arbeitete. Rees hob das Mikrofon an die Lippen und sagte ruhig: «Sechsundzwanzig, bitte melden.»

Eine große Wolke beißenden Zigarrenqualms trieb von Captain Vano zur offenen Tür.

«Sechsundzwanzig, würden Sie sich bitte melden», sagte Rees noch einmal.

Der Lautsprecher im Koffer blieb stumm. Rees runzelte die Stirn.

«Probleme?» Vano glaubte nicht an all den elektronischen Firlefanz, den er auf der *Pandora* gesehen hatte. Dieses Zeug, pflegte er zu sagen, funktioniert auf dem Wasser nie richtig.

«Sechsundzwanzig, hier zwanzig. Sie sind dreißig Sekunden überfällig. Bitte kommen.»

Captain Vano drückte die Zigarre in einem Aschenbecher aus, der schon alle möglichen Abfälle enthielt. «Lassen Sie mich versuchen, ihn auf Kanal zwölf munter zu machen», sagte er und unterdrückte ein Grinsen über den unbeabsichtigten Doppelsinn. Wenn diese Moran und ihre tollen Titten den Mann nicht munter machen konnten, würde es dem Funkgerät auch nicht gelingen.

Er nahm das Mikrofon des großen Seefunkgeräts, das über seinem

Schreibtisch installiert war, und sagte: «*Pandora*, hier Hafenmeisterei Colonial Beach. Ende.»

Im Lautsprecher des UHF's zischelten und wisperten die fernen Stimmen, die den gleichen See-Land-Kanal an der Grenze der Reichweite des Geräts benutzten, aber von der *Pandora* kam nichts.

«*Pandora. Pandora*, hier Colonial Beach», wiederholte Vano. «Bitte kommen, *Pandora*.»

Rees blickte auf die Quarzuhr. «Über eine Minute zu spät. Wir müssen die Küstenwache anrufen.»

«Immer langsam, Mr. Rees», sagte Vano skeptisch. Es hätte ihn in seiner Seemannsehre gekränkt, die Küstenheinis zu alarmieren, ehe es wirklich mulmig wurde. «Wahrscheinlich ist er beschäftigt. Jesus, Sie wissen doch, er ist nicht allein draußen.»

Rees zögerte. Beim letzten Funkkontakt hatte die *Pandora* bei Cobb Island geankert, für einen Aufenthalt von ein paar Stunden. Es war möglich, daß Nr. 1 nicht antwortete, weil er Candy Moran bumste. Dennoch. Rees entschloß sich sehr schnell. «Rufen Sie die Küstenwache an, Captain Vano. Sofort.»

Auf dem Vorderdeck der *Pandora* beleuchtete das schwache Ankerlicht eine Szene wie aus der Hölle. Der Mörder, dessen Gummihaut mit Candy Morans Blut beschmiert war, hatte dem toten Cole Norris gerade einen Fünfundzwanzigkilo-Bleigürtel umgebunden. Candys verstümmelte Leiche lag in einer gerinnenden Lache im Ruderhaus der Jacht. Ihr Blut lief durch die Abflüsse des Cockpits, besudelte die blankpolierten schwarzen Heckplanken und tropfte dann, immer langsamer, in das dunkle Wasser unter dem Heck.

Kritisch begutachtete der Killer das Vorderdeck. Zufrieden holte er die Ankerboje, die Kette und den leichten Danforth-Anker ein. Er packte alles gewissenhaft in den Stauraum des Vorderdecks.

Die träge Strömung trieb die Schaluppe jetzt auf die Lichter des Hauptarms zu. Dieser Teil des Potomac hieß Kettle Bottom Shoals, und das Wasser war hier bei Ebbe im Durchschnitt höchstens zehn Fuß tief. Aber die Schiffahrtsrinne war tiefer, zwanzig bis dreißig Fuß.

Der Mann im Taucheranzug schwitzte in der Hitze. Er ging nach achtern, stieg vorsichtig über die blutverschmierte Cockpitgräting, ging nach unten. Er schaute sich eine Weile in der Kajüte um, sammelte dann die Papiere ein, an denen Norris auf dem Kartentisch gearbeitet hatte. Der Killer zog den Reißverschluß seines Taucheranzugs auf und stopfte die Papiere hinein, an seine Brust. Er zippte den Anzug wieder zu und knipste den Hauptschalter aus, einen roten Kippschalter an dem Brett für die Elektrik der Jacht. Auf der *Pandora* war nun alles dunkel.

Der Mörder ging wieder zum Cockpit. Er warf keinen Blick auf die dahingemetzelte Candy. Sie interessierte ihn nicht mehr.

Eine Stimme von unten erschreckte ihn, und er erstarrte – einen Fuß über die Lukenkimming haltend.

Jemand sagte sehr akzentuiert: «*Sechsundzwanzig, bitte melden.*»

Der Killer atmete leise pfeifend aus, als er begriff, daß er das von der Bootselektrik unabhängige Funkgerät hörte, das Norris, wie man ihm erzählt hatte, immer auf die *Pandora* mitnahm.

«Sechsundzwanzig, hier zwanzig. Sie sind dreißig Sekunden überfällig. Bitte kommen.» Die Stimme hatte einen besorgten Unterton. Der Mörder ignorierte sie und trat auf das Dach der Kajüte. Er stand da und taxierte die Geschwindigkeit und Richtung des Bootes. Nicht weit von ihm entfernt blitzten zwei Bojen im Hauptarm alle vier Sekunden auf. Der Dunst wurde dichter. Das Ufer von Cobb Island war fast nicht mehr zu sehen.

Er ging nach vorn, wo Cole Norris' Leichnam lag. Er wuchtete ihn auf die Reling, schob ihn unter den Sicherheitsleinen durch und ließ ihn los. Er blieb noch kurz stehen und schaute auf das Wasser, während die Leiche versank.

Nach getaner Arbeit nahm der Mörder das Atemgerät und schnallte es um. Er zog es vor, solche Aufträge mit dem einfachen Atemgerät zu machen. Während seiner Zeit in Vietnam hatte er es oft benutzt. Dieses Atemgerät, das nicht mit Druckluft arbeitete, erlaubte nur einen begrenzten Tiefenradius, aber hier war das Wasser so seicht und schlammig wie im Mekong. Und das Ding hinterließ keine verräterische Blasenspur wie das Druckluftgerät.

Er setzte sich auf das Kajütdach und schnallte seine Schwimmflossen an. Dann zog er die Tauchmaske über die Augen, steckte das Mundstück in den Mund und ließ sich ins Wasser gleiten.

Die herrenlose *Pandora* mit der toten Candy Moran, früher Sekretärin im CIA-Hauptquartier in McLean, trieb langsam durch die Schifffahrtsrinne. In der dunklen Kajüte sagte eine Stimme: *«Sechsundzwanzig, hier zwanzig. Wir sind unterwegs.»* Aber Candy Moran hörte sie nicht, genausowenig wie CIA-Direktor Cole Norris, der bereits vier Faden tief auf dem schlickigen Grund der Kettle Bottom Shoals ruhte.

2

13. Juli, zweiter Tag

2. Lugano, Schweiz

Washington, 8. Juli

Michael,

Du bist sicher überrascht, nach all dieser Zeit einen Brief von mir zu bekommen. Aber sei beruhigt, dies ist kein Ölzweig. Ich denke noch genauso über Dich wie damals, als Du die Company verlassen hast. Und da ich Dich kenne, gebe ich mich nicht der Illusion hin, Du hättest Deine Meinung über uns geändert.

Ich habe Dir etwas anzubieten, das Du, wie ich glaube, als Journalist nicht verschmähen wirst. Es wird das Machtgefühl des Schreibers in Dir kitzeln. Vielleicht hast Du jetzt den leisen Verdacht, ich wolle Dich benutzen. Genau das habe ich vor. Zufällig sind unsere Motive in diesem Moment irgendwie deckungsgleich. Mit Deinem Journalistendrang, Dich in alles einzumischen, kannst Du mir – und vermutlich unserem Land – einen großen Gefallen tun.

Ich stelle gerade einen Sonderreport für den Präsidenten zusammen und werde Dir eine Kopie davon zukommen lassen. Das Ganze ist natürlich streng geheim, was bedeutet, daß ich mich – ausgerechnet – Dir ausliefere. Du weißt, daß ich es nicht tun würde, wenn ich eine andere Wahl hätte. Es ist eine sehr heikle Sache.

Hauptgegenstand des Reports sind Calder Smith Davis und sein neuestes Lieblingskind: eine Art Sacra Rota scheinheiliger Kapitalisten und Politiker, die sich Gruppe für Internationale Strategische Studien nennen. Du hast vielleicht schon davon gehört. Es ist kein Geheimnis, obgleich die Mitglieder nicht gerade in die Schlagzeilen kommen möchten. Ich habe mich einige Zeit intensiv mit der GISS und ihren Verbindungen zum Neuen Friedenskorps beschäftigt, das nun schon seit fast sieben Jahren von Davis' verschiedenen Stiftungen finanziert wird.

Davis ist jetzt sechsundsiebzig, und es gibt in ganz Amerika keinen gerisseneren Burschen als ihn. Wie Du wahrscheinlich weißt, gehört er zur Trilateral Commission und ist Mitglied des Club of Rome. Er ist seit der Gründung beim Verein der Bilderberger gewesen. Was Du vielleicht nicht weißt, ist folgendes: Präsident Loomis schätzt ihn. Ich glaube nicht, daß es im Weißen Haus jemanden gibt, der sich über meinen Report freuen wird.

Kürzlich erklärte Davis bei einer Sitzung des Commonwealth Club in San Francisco, obgleich keine unmittelbaren Verbindungen zwischen der GISS und dem Neuen Friedenskorps bestehen, könnten die NFK-Projekte künftig nach vorheriger Konsultation der beiden Gruppen ausgewählt werden. So weit ich aus erster Hand erfahren konnte, ist das NFK immer noch der globale Wohltäterverein, der es von jeher war – trotz der Zugehörigkeit einer Reihe von Leuten mit einigermaßen merkwürdigem Hintergrund. Mein Report geht ausführlich darauf ein. Das Sonderbare ist, daß das Neue Friedenskorps seit der Bildung der GISS mit enormer Geschwindigkeit gewachsen ist und angeblich sogar das gewaltige Vermögen der Familienstiftungen Davis und Smith aufzuzehren droht.

Ich kenne ja Deine Liebe zu den braunen Rassen. Zweifellos stimmst

Du mit den NFK-Zielen überein. Lies meinen Report nüchtern und vorurteilslos. Versuch möglichst zu vergessen, daß ich es bin, der ihn geschrieben hat.

Ich habe diesen Brief direkt an Dein nicht so geheimes Schweizer Refugium geschickt. Ja, Michael, wir bleiben unseren ehemaligen Leuten auf der Spur, und wir sind nicht die einzigen. Geh also vorsichtig mit dem Material um, das ich Dir zukommen lasse. Ich schicke es Dir an die Adresse Deines Verlegers Samuel Abbott. Laß bitte alles stehen und liegen, was Du auch gerade tust, und komm nach New York, um es an Dich zu nehmen. Sam wird es nicht lange behalten wollen. Und mach ihm keine Szene wegen seines Drahts zu uns. Denk daran, daß Du selbst mal einen hattest.

Die Selbstgerechtigkeit, mit der Du unser Vorgehen in Laos verurteiltest, hat mir nie gepaßt. Du hast die Meo und die Bergstämme viel zu persönlich gesehen. Du erwartest, daß die Gerechtigkeit siegt, nur weil sie gerecht ist. Nur ein Narr denkt so, sei also vorsichtig. Ich bringe das nicht aufs Tapet, weil ich die Hoffnung hege, Du könntest Dich irgendwann mal ändern, sondern weil ich Dir zu verstehen geben möchte, daß die Sache, die ich an Dich herantrage, nicht ganz ungefährlich ist. Die Administration wimmelt von GISS-Leuten, und das, was ich tue, wird ihnen nicht gefallen.

Wenn dies verrückt klingt, entschuldige es bitte mit meinen vielen Jahren in der Firma. Ich melde mich wieder bei Dir, wenn ich mit dem Präsidenten gesprochen habe.

Cole.

Nach dem Telefongespräch mit Isaac Holt hatte Michael Rivas beobachtet, wie der sommerliche Nebel nach Süden in die Poebene zurückwich. Der nahe Luganer See und die Stadt waren noch in Dunst getaucht, aber die beiden Berge, die den See flankierten, der Monte Brè und der Monte Generoso, leuchteten strahlend grün in der Morgensonne. Bald würde es warm werden, und gegen Mittag würde man es in Rivas' Turmwohnung in der alten Villa vor Hitze kaum aushalten können. Die gelblichen Industrieabgase des hundert Kilometer weiter südlichen Industriegürtels von Mailand würden die herrliche Fernsicht trüben.

Rivas spürte die morgendliche Kühle kaum. Holts Worte hatten seine Sinne betäubt. Sein Bruder war tot – das Opfer, so hatte Ike Holt gesagt, irgendeiner erbärmlichen Terroristenvereinigung, die wahrscheinlich in wenigen Tagen oder gar Stunden die Verantwortung für den Mord übernehmen würde. Rivas hatte gefragt, ob es möglich wäre, daß der KGB seine Hand im Spiel gehabt hätte. Cole war ein kalter Krieger gewesen. Holt bezweifelte jedoch, daß die Sowjets verantwortlich seien.

Rivas wußte, wie gefährlich Coles Arbeit gewesen war, aber er hatte es bis in die obersten Ränge geschafft. Er war ein Supergrade – das CIA-Äquivalent eines Generals. Er war sogar *der* Supergrade geworden: Nr. 1. Generäle sollten nicht so sterben. Offenbar taten sie es aber manchmal.

Er berührte Coles Brief, der vor ihm auf dem Arbeitstisch lag. Er hatte ihn nach seiner Rückkehr aus Afghanistan vorgefunden. Eine Überraschung, denn Cole mußte nicht mehr ein noch aus gewußt haben, wenn er seinen Bruder um Hilfe bat.

Aber der Brief war nicht von einem Mann geschrieben worden, der um sein Leben fürchtete. Um seine Karriere, ja. Um seinen Ruf als ausgekochter, blauäugiger Superspion. Als Nr. 1. Als Mann an der Spitze der dunklen Pyramide. Rivas kannte seinen Bruder gut genug, um zu wissen, daß er nicht mit einer Gewalttat gerechnet hatte, als er diese Zeilen schrieb. Wie verblüfft, wie *entrüstet* Cole gewesen sein mußte, als der Mörder zuschlug!

Cole Norris und Michael Rivas hatten sich seit einem Nachmittag vor beinahe zwölf Jahren auf einem Flugplatz in Thailand nicht mehr gesehen.

Aber hier ist er, dachte Rivas, den Brief wieder mit den Fingerspitzen berührend. Das Konzentrat von Cole Norris, aus dem Grab gestiegen, um einen letzten Schuß auf seinen jüngeren Bruder abzugeben.

Coles Persönlichkeit wurde in den Zeilen seines Briefes deutlich erkennbar. Der Seitenhieb mit den braunen Rassen; wie typisch. Er hatte sich nie mit der Tatsache abgefunden, daß seine Mutter nach der Scheidung von seinem Vater wieder geheiratet hatte. Und noch dazu jemanden außerhalb jener angelsächsisch-protestantischen Zirkel, die dem Norris-Clan so viel bedeuteten. Rivas lächelte freudlos vor sich hin. Die kultivierten Spanier seiner väterlichen Familie hatten es ebensowenig goutiert, daß der Sohn ihren alten Namen einer *gringa* schenkte, schlimmer noch, einer geschiedenen Frau, die nicht mal katholisch war.

Es kommt immer auf den Standpunkt an, dachte Rivas. Die Vorfahren mit Spitzhelm und Brustschild, die er von den dunklen Porträts an den Adobe-Wänden des großen Gutshauses in Guerrero her kannte – dem kleinen, hellhäutigen Jungen war es immer vorgekommen, als blickten sie ihn mißbilligend an.

Er fuhr sich müde mit der Hand über die stoppeligen Wangen. Er war erst gestern nachmittag angekommen. Der Flug von Karatschi war lang und turbulent gewesen. Der Monat in den hohen Bergen des Hindukusch hatte ihn ausgelaugt. Die Mudschahedin hatten ihren Krieg zu kämpfen und ihr Leben zu schützen. Er hatte sich um sich selbst kümmern müssen. Den Sowjets in den Patrouillehubschraubern wäre es gleich gewesen, daß er nur einen Notizblock und einen Fotoapparat bei sich hatte. Sie hatten ihre Rekruten zu viele Jahre in einem Guerillakrieg verloren und waren noch müder und nervöser als die afghanischen Rebellen, die sie hartnäckig auszurotten versuchten. Sie belegten alles, was sich in den kalten, unfruchtbaren Bergen bewegte, mit Kugeln und Napalm. Rivas hatte sich zu fragen begonnen, ob er mit seinen 41 Jahren für diesen Beruf nicht schon zu alt war.

Aber ich lebe noch, dachte er. Wer ins Gras gebissen hat, ist Cole. Ist das nicht eine Ironie des Schicksals, teurer Bruder?

Er drehte sich um und ging in die winzige Küche, um Wasser für Kaffee aufzusetzen. Er hatte mehr als den bitteren, schalen Geschmack der Nacht im Mund; es war das kupfrige Aroma des Todes.

In der Küche war es kalt, wie in allen Zimmern. Dies war, wie Cole geschrieben hatte, ein Refugium. Eine Zuflucht, wo er zwischen zwei Aufträgen ausruhen konnte – oder arbeiten, wenn ihm danach war. Er schrieb seit Jahren an einem Roman. Er würde ihn nie fertig schreiben, aber er kehrte zu ihm zurück wie zu einer Geliebten, wenn er eine Zeitlang in den Moränetälern Afghanistans oder den Regenwäldern Paraguays gewesen war. Er war Journalist, Fachmann für all jene Teile der Erde, in denen der Mensch über seinen Mitmenschen herfiel. Einen Moment hatte er sich gefragt, wie Isaac Holt es geschafft hatte, ihn so schnell ausfindig zu machen, und dann hatte er beschlossen, sich nicht mehr zu wundern. Die Firma wußte natürlich genau, wo der Halbbruder des toten Nr. 1 gerade steckte. Er mußte *sehr* müde gewesen sein, um etwas anderes geglaubt zu haben, und sei es nur einen Augenblick lang.

Er goß kochendes Wasser in den Filter und trug ihn samt Kanne und Tasse zum Arbeitstisch. Er dachte abwesend an die stolzen Mudschahedin, mit denen er noch vor zwei Tagen zusammen gewesen war. Sie schossen immer noch mit ihren antiquierten Enfields aus dem Hinterhalt auf sowjetische Soldaten. Rivas hatte unbedingt herausfinden wollen, daß sie inzwischen von der CIA mit Waffen und medizinischem Material versorgt wurden. Er hatte *gewollt*, daß es stimmte. Aber er hatte keinerlei Indizien dafür gefunden. Die grauhaarigen alten Männer und die Knaben, die jede Woche an die 300 Russen töteten, hatten nur die Gewehre und die Munition, die sie zu horrenden Preisen von den Waffenschmieden auf der anderen Seite der Grenze, in Pakistan, kauften.

Die Agency hatte 1980 ein bißchen Nachschub geliefert, genug, um einen Präsidenten im Wahlkampf als Falken hinzustellen. Und dann hatte sie die Mudschahedin im Stich gelassen, genau wie vor Jahren die Hochland-Meo in Südostasien.

Rivas trank einen Schluck heißen Kaffee und fragte sich: Wieviel hatte Cole mit *jener* Entscheidung zu tun gehabt?

Er setzte sich auf einen wackeligen Stuhl und legte den Kopf auf die Arme. Erschöpfung überfiel ihn, und Erinnerungen.

Er dachte an das Mädchen auf Coles Jacht. Irgendwie war es für Cole eine doppelte Beleidigung, daß eine seiner Geliebten so behandelt worden war. Cole konsumierte Frauen wie andere Männer Schnaps. Als Mittel gegen all den Druck, mit dem er leben mußte, gegen all die grausamen, erniedrigenden Dinge, zu denen ein Mann auf dem Weg zur Spitze der Agency gezwungen wurde.

Cole hatte sich immer als einen der wenigen Auserwählten betrachtet, was die Beleidigung in Form des Mords um so schlimmer machte. Das Merkwürdige war, daß er, Rivas, es auch so empfand. Ironischerweise war es der *lateinische* Teil seines Erbes, der reagierte. Ob Cole darüber gelacht hätte? Oder hatte er darauf gebaut, als er ihm schrieb?

Damit war Rivas wieder bei dem Brief. Er hob den Kopf und las ihn noch einmal. Er war nicht an seine Adresse in San Francisco geschickt worden, seinen festen Wohnsitz, wenn davon bei ihm überhaupt die Rede sein konnte. Cole hatte ihn unmittelbar hierher in die Schweiz gesandt. Er war vor fünf Tagen in Washington aufgegeben worden. Hatte Cole Zeit gehabt, seinen Report für den Präsidenten fertigzustellen? War die Kopie jetzt bei Sam Abbott? Auf dem Weg zu ihm? Oder war der Report nicht beendet worden? Cole hatte ihm keine Wahl gelassen. Der Mord hatte der ganzen Sache eine düstere Wucht verliehen, die Rivas nicht ignorieren konnte.

Er starrte eine Weile auf sein undeutliches Spiegelbild im Fenster hinter dem Arbeitstisch. Ein hagerer, ausgelaugter Mann mit dunklen, zottigen, ergrauenden Haaren. Ein tief zerfurchtes Gesicht mit leichten Schlitzaugen, auf der Wange eine Narbe von einem nordvietnamesischen Bajonett. Cole hatte das gute Aussehen der Mutter geerbt. Michael – Miguel auf seiner US-Geburtsurkunde – sah aus wie sein Vater. Wie einer von Cortez' Hauptleuten, hatte seine Mutter oft gesagt.

Er hatte den Brief nachdenklich in die Hand genommen. Wie sehr er dem Mann ähnelte, der ihn geschrieben hatte: ironisch verfremdet, kühl, distanziert. Zwischen den Zeilen Abneigung gegen den Bruder. Und irgendwie donquijotehaft. Es sah Cole gar nicht ähnlich, gegen Windmühlen anzurennen, doch genau das waren die Ermittlungen gegen Calder Smith Davis, eine amerikanische Legende – verrückt und tollkühn. Oder vielleicht nur verrückt.

Davis war ein Gigant. Zu Beginn des Jahrhunderts als Sohn immens reicher Eltern geboren, hatte er drei Brüder überlebt. Die älteren Davis, Stansfield, Courtney und Bertram, hatten sich als Patrizier gefühlt und dem Staat an höchsten Stellen gedient. Sie waren Botschafter gewesen, Sonderdelegierte, Minister. Stansfield hatte sogar auf das Präsidentenamt geschielt. Aber er hatte es nicht geschafft, weil die Amerikaner ihr höchstes Amt keinen Patriziern mehr anvertrauten. Stansfield Davis war als enttäuschter Mann gestorben.

Calder war einen anderen Weg gegangen. Er war Geschäftsmann und Finanzier. Er hatte sich nie um ein öffentliches Amt bemüht. Er war bekannt – ein so reicher und mächtiger Mann konnte nicht anonym bleiben –, aber er war kein Mann der Öffentlichkeit, war es niemals gewesen.

Und doch hatte er, Calder Smith Davis, den Fluch des allgemeinen Neids auf die Davis-Milliarden von der Familie abgewendet. Calder hatte den Namen Davis zu einem Synonym für dynamische, weltweite Hilfe gemacht.

Über die Familienstiftungen Davis und Smith sowie über die riesige Davis-Foundation flossen gewaltige Summen in Projekte auf der ganzen Erde. Die Davis-Foundation finanzierte medizinische Forschungsvorhaben und vergab Mittel für die Urbarmachung von Land, für alle möglichen Studiengruppen und Stipendien. Sie unterstützte Künste und Wissenschaften. Es gab in Europa, Afrika oder Südamerika kaum ein Hilfsprojekt, das nicht irgendwann einmal Davis-Geld bekommen hatte.

Als Verwaltungsratsvorsitzender und Hauptgeschäftsführer der riesigen New York and World Trust Company kontrollierte oder beeinflußte Calder Davis die Mehrzahl der großen internationalen Multis. Und er veranlaßte sie zu einem ununterbrochenen Strom von Zuschüssen für die zahllosen Projekte, die seine Stiftung förderte oder initiierte. Die PR-Männer der Stiftung hatten vor langer Zeit den Slogan *Kapitalismus mit Herz* entwickelt, und keinem noch so ausdauernden und raffinierten Enthüllungsreporter war es jemals gelungen, den Schatten eines Beweises dafür zu erbringen, daß dieses infantile Schlagwort nicht der Wahrheit entsprach.

Eines von Davis' persönlichen Projekten war eine Neuauflage des Friedenskorps – das «Neue Friedenskorps» – gewesen, das mit Geld von den multinationalen Konzernen arbeitete, in denen Davis seine Finger hatte; außerdem unterstützte er es mit erheblichen Beträgen aus seinem Privatvermögen.

Rivas war den Idealisten vom Neuen Friedenskorps überall auf der Welt begegnet. Sie leiteten Bewässerungsvorhaben und Dammbauprojekte in Bangladesch, organisierten die medizinische Versorgung in vielen Teilen Schwarzafrikas, bekämpften die Hungersnot im zerstörten Kambodscha. Die NFK-Leute, die Rivas draußen getroffen hatte, waren eine internationale Truppe, ausnahmslos professioneller, besser ausgebildet und ausgerüstet und vor allem motivierter als die Männer des ursprünglichen Friedenskorps. Und sie wurden nicht aus Steuermitteln und nicht ausschließlich von Amerikanern bezahlt, sondern von der internationalen Finanzgemeinde und der Davis-Stiftung.

Rivas dachte daran, was Cole über den plötzlichen Wachstumsschub des NFK seit der Bildung der Gruppe für Internationale Strategische Studien gesagt hatte. Jahrelang hatten die Amerikaner Organisationen wie die Trilaterale Kommission und die Bilderberger mißtrauisch betrachtet und dazu geneigt, diesen und anderen elitären Verbänden finstere Komplotte unterzuschieben. Die GISS würde automatisch den gleichen Verdacht auf sich ziehen. Aber Cole? Cole hatte bestimmt zuviel gewußt, um zu glauben, die Politiker, Naturwissenschaftler und anderen Gelehrten, die zu diesen nutzlosen Denktanks gehörten, hätten üble Weltherrschaftspläne im Sinn. Das paßte einfach nicht zu einem so informierten und klarblickenden Mann wie Cole Norris.

Der Brief enthielt noch eine Anspielung, die Rivas stutzig machte – den Hinweis nämlich, das Neue Friedenskorps habe eine «Reihe von Leuten mit einigermaßen merkwürdigem Hintergrund» rekrutiert.

Was hatte Cole damit sagen wollen? Das NFK nahm alle möglichen Fachleute. Es schien sogar die einzige Bedingung zu sein: Man mußte kompetent sein. Die Zahl der speziellen Fertigkeiten und Disziplinen war unbeschränkt. Das NFK beschäftigte Tausende von Ärzten, es beschäftigte Ingenieure, Sozialarbeiter, alle möglichen Planer, Baufachleute, Biologen, Physiker, Entomologen – die Liste war endlos. Das NFK bekam die besten. Die Bezahlung war im Gegensatz zu den Unterhaltszuschüssen des ursprünglichen Friedenskorps großzügig. Das sollte sie auch sein, wenn man den Reichtum Dutzender von Weltfirmen und die Mittel der Familienstiftungen Davis und Smith anzapfen kann, dachte Rivas.

Was also hatte Cole am NFK-Geschmack an Profis gestört? Collingwood?

Ehe Rivas die Vereinigten Staaten verlassen hatte, um den Auftrag in Afghanistan zu erledigen, hatte er gelesen, daß Brigadegeneral J. E. B. Collingwood dem Neuen Friedenskorps beigetreten war. Das Ereignis war so ungewöhnlich, daß die *New York Times* es in einem kurzen Leitartikel kommentiert hatte.

Collingwood (den Rivas vor langer Zeit in Laos kennengelernt hatte) war der Mann gewesen, dem man das Kommando der sogenannten Schnellen Eingreiftruppen übertragen hatte, die von Präsident Loomis' Vorgänger in Ägypten stationiert worden waren.

Loomis hatte kurz nach seiner Amtseinführung beschlossen, diese Truppen auf eine Kadereinheit zu reduzieren und nach Fort Bragg, North Carolina, zu verlegen – «als Sparmaßnahme».

Collingwood, ein Soldat der Special Forces, ein zu Temperamentsausbrüchen neigender Mann, wie Rivas sich erinnerte, hatte erwartungsgemäß reagiert. Er hatte die Verteidigungspolitik der neuen Regierung in der Öffentlichkeit unverblümt als knauserig und kurzsichtig bezeichnet.

Präsident Loomis hatte Verteidigungsminister Andrew Traynor

prompt angewiesen, General Collingwood zum Colonel zu degradieren und von seinen geliebten Schnellen Eingreiftruppen zu trennen. Die Auseinandersetzung war in den Staaten eine Zeitlang eine *cause célèbre* gewesen, aber dann war das öffentliche Interesse erlahmt, und die Medien hatten nichts mehr darüber gebracht.

Jeb Collingwood war jedoch aus der Army ausgetreten. Drei Monate später war er plötzlich zum Neuen Friedenskorps gegangen. Eine Pressemitteilung der europäischen NFK-Zentrale hatte nur auf diese Tatsache hingewiesen und hinzugefügt, Exgeneral Collingwood solle beim Straßenbau in Surinam eingesetzt werden.

«Vielleicht», so hatte der Leitartikler der *New York Times* geschlossen, «wird General Jeb Collingwood nun genügend Muße haben, darüber nachzudenken, wie unklug es für einen amerikanischen Militär ist, die Entscheidungen seines Oberkommandierenden zu kritisieren – und seien sie noch so fragwürdig.»

Es war eine dumme Sache gewesen, aber etwas Bedrohliches konnte Rivas nicht darin sehen. Das NFK nahm alle möglichen männlichen und weiblichen Spezialisten in seine Dienste. Warum keinen von der Army, wenn es sich um einen tüchtigen und nützlichen Mann wie Collingwood handelte?

Rivas stand nachdenklich auf. Was hat Coles Verdacht geweckt, fragte er sich. Es war unwahrscheinlich, daß Cole unmittelbar mit Calder Davis zu tun gehabt hatte. Davis hatte immer sehr darauf geachtet, daß man dem Neuen Friedenskorps keine Verbindungen zur CIA nachsagen konnte. In der Dritten Welt, wo das NFK den Hauptteil seiner Arbeit leistete, wäre das ein böser Makel gewesen.

Hier war ein Mann in seinem achten Lebensjahrzehnt, eine legendäre Persönlichkeit, Vertrauter und Berater von Präsidenten beider Parteien und vieler politischer Schattierungen, ein Amerikaner, wie er im Buche steht. Calder Smith Davis konnte durchaus der letzte große Yankee-Philanthrop sein. In einer Zeit, in der die ganze Welt darauf erpicht zu sein schien, in einem Morast von Terrorismus, Chaos und Krieg zu versinken, war Davis ein Sprecher für Vernunft, Ordnung und vor allem Frieden.

Aber Cole hatte dennoch den Verdacht, daß er – ja was eigentlich? Der Brief enthielt kaum spezifische Vorwürfe. Das war typisch Cole. Ohne konkreten Beleg etwas anzudeuten, war immer Coles Stil gewesen. Er mußte ihn zu einer furchterregenden Nr. 1 gemacht haben.

Das hatte ihn in einer Zeit, in der kein Mensch in der Regierung bereit gewesen war, die unmittelbare Verantwortung für einige sehr verwerfliche Entscheidungen zu übernehmen, zweifellos zu einem gefährlichen, aalglatten Agenten gemacht.

Rivas stand da und überlegte. Cole hatte vielleicht recht mit seiner Vermutung, er, Rivas, sei während seiner Jahre in der CIA paranoid geworden.

Aber irgend jemand hatte Cole und dieses Mädchen ermordet; irgend jemand hatte dafür gesorgt, daß Cole Norris, wie die offizielle Version von dem Ereignis auch lauten würde, für immer in dem Verdacht stehen würde, zumindest unbesonnen gewesen zu sein, möglicherweise sogar ein Killer. Sein Ruf würde für immer befleckt sein. Das war eine Tatsache.

Ein Norris könnte imstande sein, es so zu manipulieren, so hinzudrehen, daß letzten Endes doch noch etwas für ihn raussprang. Ein Rivas hatte keine andere Wahl, als seinem Instinkt zu folgen, sich von seinem Zorn antreiben zu lassen und zu handeln, sich kopfüber in die Sache hineinzustürzen.

«Na gut», sagte er. «Wir werden ja sehen, *hermano*.» Noch während er beschloß, sich hineinzustürzen, wurde ihm klar, daß er genau das tat, was Cole von ihm erwartet hatte.

Rivas sah auf seine Uhr. Er konnte am Nachmittag in Malpensa, dem Flughafen von Mailand, sein, und um halb sieben ging eine Alitalia-Maschine zum Kennedy Airport. Aufgrund des Zeitunterschieds konnte er also um acht Uhr abends in New York sein.

Er ging zur Schlafnische, zog eine Segeltuchtasche unter dem zerwühlten Bett hervor und begann, schnell zu packen.

3. Nasser-See

Amira Shallai stand neben ihren aufgestapelten Habseligkeiten am Anleger, während die Arbeiter der Station, dunkelhäutige Fellachen aus dem Norden, die Decksladung des kleinen Dampfers an Land schleppten. Der Nasser-See flimmerte in der Nachmittagshitze, und die Leute von der NFK-Station, die sie zum Schiff gebracht hatten, schwitzten in der unbarmherzig brennenden Sonne.

Sie registrierte das leise Plätschern der Wellen, die an das schlammige Ufer schwappten. Es war ein Geräusch, mit dem sie fast zwei Jahre gelebt hatte: die Lebenstöne des riesigen und häßlichen Sees. Es war die Stimme der versunkenen Dörfer und der überschwemmten Wüste, die Stimme der Veränderungen, die über Oberägypten gekommen waren, als der große Stausee langsam das Land von Assuan bis Akasha im Sudan verschlungen hatte.

Amira war groß für eine Ägypterin und hatte ein feingemeißeltes Gesicht, das einige besonders romantische junge Männer von der Station in Kalabishah (Cecil Sawyer zum Beispiel) oft mit der berühmten Nofretete-Büste verglichen. Amiras Teint war elfenbeinglatt, ihre Haut wirkte zart und empfindlich, aber die unerbittliche Wüstensonne schien ihr nichts anhaben zu können. Sie trug ihr glänzendes schwarzes Haar in einem straffen Knoten, um strenger, weniger feminin zu wirken, betonte mit dieser Frisur indessen nur die klassische Reinheit ihres Profils. Hinter der unförmigen Sonnenbrille verbargen sich große Augen, so dunkelbraun, daß zwischen Iris und Pupille kein Farbunterschied zu bestehen schien. Die Wirkung war verblüffend, und Beobachter hätten durchaus auf den Gedanken kommen können, Echnatons Königin sei in Dr. Amira Shallai wiedergeboren worden.

Ihre Figur, nach westlichem Geschmack ursprünglich etwas mollig, war durch das rauhe Leben in der Forschungsstation Kalabishah sehniger geworden. Sie trug eine verwaschene Khakihose und eine dazu passende Buschjacke: die Arbeitsuniform der NFK-Angehörigen in den Entwicklungsländern. Aber selbst aus der Ferne hätte niemand Dr. Shallai für einen Mann gehalten.

Mit 20 Jahren war sie eine zur Üppigkeit neigende äyptische Schönheit gewesen. Mit 35 war sie eine jener Frauen, die man selbst nach oberflächlicher Bekanntschaft nicht vergißt.

Amira war Ärztin, ausgebildet an der Johns Hopkins University in den USA, spezialisiert auf Tropenmedizin. Sie arbeitete seit zwanzig Monaten im Forschungsstab der Kalabishah-Station und war seit knapp vier Jahren beim Neuen Friedenskorps. Ihre Eltern gehörten zu der relativ kleinen Koptengemeinde von Alexandria. Die Familie war seit Generationen in jener Stadt ansässig, und selbst in den Jahren unter Nasser hatte man die Nasrani – die Christen – nur recht lax verfolgt und, falls genügend Geld den Besitzer wechselte, sogar ganz in Ruhe gelassen.

Als einzige Tochter einer wohlhabenden Familie hätte Amira ihr Medizinstudium beenden und unbehelligt in der Heimat praktizieren können, ohne in einem realen Sinn von den politischen Unruhen der Zeit berührt zu werden. Doch sie war vor der Abreise in die Vereinigten Staaten nach arabischem Brauch mit einem entfernten Vetter verlobt worden, einem jungen Mann, den sie schon als Kind gekannt hatte und für den sie eine tiefe Zuneigung empfand.

André Rahal studierte an der amerikanischen Universität in Beirut. Er war ebenfalls Kopte, und als der libanesische Bürgerkrieg zu religiösen Auseinandersetzungen führte, schloß er sich sofort der von Israel unterstützten christlichen Miliz des Major Haddad an. Rahal war kein großer Soldat und hatte bei den heftigen Zusammenstößen mit der PLO und der regulären syrischen Armee keine Zeit, seine militärischen Fertigkeiten zu verbessern. Bei einem Kommandounternehmen gegen eine PLO-Einheit, die von einem palästinensischen Flüchtlingslager in Südlibanon aus operierte, wurde er gefangengenommen. Ehe seine Kameraden einen Befreiungsversuch machen konnten, war er von Palästinenserinnen zu Tode gefoltert worden; sie hatten militärische Informationen aus ihm herauspressen wollen, die er gar nicht besaß.

Die Nachricht erreichte Amira in ihrem letzten Studienjahr an der Johns Hopkins University. Sie war eine junge Frau von schnellen Entschlüssen und ließ umgehend bei ihren vielen jüdischen Kommilitonen durchblicken, daß sie keine politische Überzeugung habe. Innerhalb eines Monats war sie vom Mossad, dem israelischen Geheimdienst, angeheuert worden.

Die zerbrechliche Freundschaft, die nach den Vereinbarungen von Camp David zwischen Ägypten und Israel geknüpft wurde, ersparte Amira die unangenehme Pflicht, gegen ihr Heimatland zu spionieren. Statt dessen wiesen die Führungsoffiziere in Jerusalem ihr die Organisation zu, die die Forschung von Kalabishah und Hunderte ähnlicher Einrichtungen in der Dritten Welt gebaut hatte und unterhielt: das Neue Friedenskorps.

Dr. Cecil Sawyer, jüngstes Mitglied des Radiologenteams von Kalabishah (und von allen dortigen NFK-Männern am unsterblichsten in Amira verliebt) trat auf den heißen Brettern des Anlegers unglücklich von einem Fuß auf den anderen. Sein blasses englisches Gesicht zeigte eine hektische Röte, nicht nur, weil es so heiß war, sondern auch, weil er in einem fort daran denken mußte, daß die wunderschöne Dr. Shallai gleich an Bord des kleinen Dampfers nach Assuan gehen und daß er sie wahrscheinlich nie wiedersehen würde.

Er merkte, wie er lauter belangloses Zeug mit ihr redete – *plapperte*, dachte er verzweifelt –, während der schreckliche Augenblick heranrückte. Er arbeitete an einem Projekt, bei dem der Lebenszyklus der Bilharziose verbreitenden Süßwasserschnecken, die den See verseuchten, mit Hilfe von Radio-Isotopen untersucht werden sollte; und er schnatterte wie ein Automat darüber. Obwohl er genau wußte, daß Amira sich höchstwahrscheinlich nicht mehr für Weichtierzählungen oder die Erfolgsstatistik der kürzlich ausgesetzten mitteleuropäischen Hechte interessierte. Sie war weder Parasitologin noch Radiologin, und sie hatte keinen Grund, sich darum zu kümmern, ob die gierigen Raubfische die unheilverbreitenden Schnecken mochten oder nicht.

Sie würde Kalabishah in wenigen Minuten verlassen, um ihre Odyssee durch Arabien anzutreten – zu einer anderen NFK-Station, um in einem gottverlassenen Winkel wer weiß was zu tun. Die Zentrale suchte dauernd Mediziner, die bereit waren, an unbeliebten Außenstellen – zum Beispiel in der südarabischen Wüste – zu arbeiten. Amira hatte sich freiwillig gemeldet und damit die Welt des Cecil Sawyer einstürzen lassen.

Der junge Sawyer war bis zu seinem Eintritt in das NFK nie aus England herausgekommen. Selbst in einer vergleichsweise zivilisierten Gegend wie Oberägypten bekam er immer noch einen Kulturschock nach dem anderen. Schon bei der Vorstellung, die schöne Amira werde bald in einem von Revolution und Anarchie geschüttelten Land arbeiten, liefen ihm Schauer den Rücken hinunter. Für ihn spielte es so gut wie keine Rolle, daß zwischen ihr und dem Pöbel in den Straßen Riads über tausend Kilometer Wüste liegen würden. Aber gerade diese Wüste alarmierte Dr. Sawyer besonders.

Als er von Amiras Versetzung gehört hatte, war er in die Stationsbibliothek geeilt, um alles über jenen Teil der Welt zu lesen, was er finden konnte. Die Lektüre war nicht dazu angetan, seine Unruhe zu vertreiben.

Die Araber nannten es Ar Rub al-Chali – «Leeres Viertel». Es umfaßte annähernd das untere Drittel der gesamten Arabischen Halbinsel. Es war eine der unwirtlichsten und trostlosesten Regionen, die es auf der Welt noch gab; anderthalb Millionen Quadratkilometer heißer

Sand, steinige Wüste, Alkalipfannen und sengende Sonne. Er hatte gehört, das dortige NFK-Team, das in der sogenannten EQ-Station saß, bemühe sich, mit Injektionen radioaktiver Isotope tiefliegende Wasseradern aufzuspüren. Anderen Gerüchten zufolge hatte das NFK mit Zustimmung der alten Saudiregierung den aufgegebenen Luftwaffenstützpunkt Ibrahimah übernommen und errichtete dort den Prototyp eines Flüssigmetallreaktors, der Arabien mit Strom versorgen sollte, wenn die durstigen Industrien der entwickelten Welt den letzten Tropfen der arabischen Ölreserven verbraucht hätten.

Was die Wissenschaftler vom NFK in Rub al-Chali taten, war Cecil Sawyer jedoch einigermaßen gleichgültig. Er dachte an Amira Shallai. Aus irgendeinem merkwürdigen Grund ging sie an einen Ort, der immer noch von einer Handvoll Beduinen bevölkert wurde, von wilden Stämmen, räuberischen Nomaden, die ihr karges Dasein unter anderem mit Kameldiebstahl fristeten. Es war wie aus den Geschichtsbüchern des 19. Jahrhunderts, als britische Arabienforscher sich bei dem Versuch, in jener Ödnis wie die Einheimischen zu leben, zu Dutzenden selbst opferten.

Dort würde Amira bald arbeiten. Es war beinahe mehr, als Cecil Sawyer verkraften konnte. Und doch brachte er hier nichts anderes zustande, als über Fische und Schnecken und bilharzioseinfizierte Fellachen mit trockenem Schlamm zwischen den Zehen zu reden. Dabei wollte er ihr sagen, daß sie ihm schrecklich fehlen würde, daß dieser langweilige Platz am Ufer des häßlichen Sees ohne sie unerträglich sein würde und daß er es bis ans Ende aller Tage bedauern würde, nicht mit ihr geschlafen zu haben.

Dr. Emilio Sforza-Barzani, der Leiter der Station von Kalabishah, unterbrach Dr. Sawyer, ohne zu ahnen, was er damit anrichtete.

Der dickliche kleine Mailänder bahnte sich einen Weg durch die NFK-Wissenschaftler, die sich zum Abschied versammelt hatten. Die Träger fingen bereits an, Amiras Gepäck auf das klapprige Boot zu schaffen.

«Wir werden Sie vermissen, *cara dottoressa*», sagte Sforza-Barzani galant. «Wir werden Sie alle sehr vermissen. Sie haben uns die Arbeit schon durch Ihre bloße Anwesenheit erleichtert!» Das war vielleicht ein wenig dick aufgetragen, traf aber so ziemlich den Kern der Sache. Die Station in Kalabishah war wie alle anderen Stützpunkte des Neuen

Friedenskorps mit einem internationalen Team besetzt. Dr. Sforza-Barzani hatte keine hohe Meinung von der ägyptischen Wissenschaft oder von den Akademikern des Landes, aber Dr. Shallai war keine ägyptische Dutzendware. Sie war, fand Sforza-Barzani, intelligent, alert und einfallsreich. Sie war, fand Sforza-Barzani, fast so gut wie ein Mann.

Und sie war natürlich schön. Als sie sich zur Seite wandte, um mit einem anderen Kollegen auf dem Anleger zu sprechen, betrachtete Sforza-Barzani verstohlen den Ansatz ihrer vollen Brüste, der unter ihrer oben offenen Jacke zu sehen war. Er unterdrückte ein Seufzen. Der Verlust Dr. Shallais an die EQ-Station, dachte der Leiter der Kalabishah-Station bekümmert, würde die Moral der männlichen Angehörigen seiner Truppe noch geraume Zeit drücken.

Es wurde Zeit. Amira hatte sich von fast allen verabschiedet. Sie umarmte gerade die letzte Kollegin.

Jetzt sage ich es ihr, dachte Cecil Sawyer verzweifelt. Ich werde ihr sagen: Dr. Shallai – Amira –, ich liebe Sie. Gehen Sie nicht.

Das Gepäck war an Bord. Der schwarzhäutige Kapitän winkte aus seinem winzigen Ruderhaus. Die Leinen wurden losgemacht.

Cecil Sawyer sagte: «Ich wünsche Ihnen eine angenehme Reise, Dr. Shallai. Alles Gute in der EQ-Station.»

Ihr strahlendes Lächeln traf ihn wie ein Schlag. Sie antwortete: «Danke, Cecil. Viel Glück!»

Er sah zu, wie sie mit Blumen im Arm, ein Geschenk der Botaniker, die Hydrokulturen angelegt hatten, das Deck betrat.

Der Dampfer entfernte sich langsam vom Anleger, und seine Schraube wirbelte Schlamm vom seichten Grund auf. Cecil beobachtete, wie das Wasserband zwischen dem Boot und dem Anleger immer breiter wurde. Amira stand an der Reling und winkte den Frauen und Männern am Ufer zu.

Das altersschwache kleine Fahrzeug drehte mit zunehmendem Tempo nach Norden. Die Leute vom NFK zerstreuten sich, spazierten zurück zu den niedrigen Betonkästen der Station. Nur Cecil Sawyer, in dessen blauen Augen Tränen standen, blieb am Pier, bis der Dampfer sich im Sonnenglanz des fernen Horizonts aufzulösen schien.

Gegen acht Uhr abends fuhr das Boot langsam bei El Sibu am

nordwestlichen Ufer des Nasser-Sees entlang. Die Sonne würde gleich untergehen, und am duftigen Wüstenhimmel wurden die ersten Sterne sichtbar.

In Amada war Suleiman Dayir, ein ägyptischer Wartungsingenieur vom Assuandamm, an Bord gekommen. Es war der letzte Abschnitt seiner monatlichen Fahrt um den See, auf der er die Pumpstationen des Bewässerungssystems prüfte, das die Daseinsberechtigung des Damms war. Es war eine langweilige, umständliche Arbeit, noch dazu eine, die Dayir für unter seiner Würde hielt. Aber sie brachte gutes Geld und einen wohlklingenden Titel ein; ihretwegen konnte Dayirs Frau Fatima auf ihre ärmeren Verwandten hinabsehen. Einen Regierungsposten setzte man in diesen schweren Zeiten nicht leichtfertig aufs Spiel.

Dayir war ein dunkelhäutiger Mann mit einem stets bereitwilligen Lächeln, der zu Fettleibigkeit neigte. Er trug einen zerknitterten, europäisch geschnittenen weißen Anzug und hatte einen Ring mit einem dicken Zirkon am kleinen Finger der linken Hand. Er hatte sich Amira fast unmittelbar nach Betreten des Schiffes als «Ingenieur Suleiman Dayir» vorgestellt. Amira spürte sofort, daß er überlegte, wie er sich am besten an diese offensichtlich emanzipierte Landsmännin ranmachen konnte. «Emanzipiert» bedeutete für die meisten ägyptischen Männer «zu haben».

Er hatte gesagt, was für ein Glück es sei, auf der langweiligen nächtlichen Fahrt nach Assuan Gesellschaft zu haben, um ihr anschließend ohne jede Ermutigung ihrerseits zu schildern, was für einen wichtigen Posten er habe, und wie verantwortungsvoll es sei, dafür zu sorgen, daß die verschiedenen Pumpstationen um den See mit voller Kraft liefen.

Amira, die beschlossen hatte, wenigstens einen Teil ihrer Reise mit dem langsamen Boot zurückzulegen, weil sie ein wenig Zeit brauchte, um Ordnung in ihre Pläne zu bringen und über ihren neuen Auftrag nachzudenken, war nicht mitteilsam gewesen. Sie hatte sich vielmehr entschuldigt und war einfach zur anderen Seite des Dampfers gegangen, um dort allein an der Reling zu stehen und das Uferpanorama gemächlich an sich vorbeiziehen zu lassen.

Das Boot war alt, es stammte aus der Sowjetunion: ein Flußdampfer, den die Russen nach Fertigstellung des Assuandamms zurückgelassen hatten. Es hatte ein kleines Deckhaus mit drei winzigen Kabinen, ein breites Vorder- und Achterdeck für die Fracht und ein hohes schmales

Ruderhaus auf dem Dach des Deckhauses. Die lärmenden Maschinen füllten den flachen und massigen Rumpf aus, und das ganze Fahrzeug roch nach Öl und Ruß und bewegte sich in der Abgaswolke dahin, die der hohe Schornstein ununterbrochen ausspie.

Es gab an Bord keine Restauration; man erwartete, daß die Passagiere alles Notwendige mitbrachten, wenn sie an Bord kamen. Amira hatte sich von den Köchen in Kalabishah einen kleinen Korb mit Sandwiches und eine Thermosflasche mit kaltem, süßem Tee geben lassen. Es war noch zu warm, um etwas zu essen, und das würde noch ein paar Stunden so bleiben. Sie hoffte, der fette Ingenieur würde sie nicht zwingen, sich in ihre Kabine zurückzuziehen, die von den Maschinen und der Hitze des zur Neige gehenden Tages in einen Backofen verwandelt wurde.

Sie stand an der Reling und betrachtete den Widerschein der letzten Sonnenstrahlen auf dem Wasser, während das Boot an den Ruinen von El Sibu vorbeituckerte. Im dunklen Windschatten der Sandhügel leuchteten kleine Lichter, die Laternen eines Archäologenteams, das zwischen dem Grabungsort und dem Seeufer kampierte. Seit immer mehr Geld von der Davis-Stiftung nach Ägypten floß, wurden am Rand des überschwemmten Tales, das heute Nasser-See hieß, zehn bis fünfzehn Grabungsvorhaben durchgeführt – wenn nicht noch mehr.

Amira schaute hinüber, ohne etwas Bestimmtes zu sehen, und dachte an die unmittelbare Zukunft. In Assuan würde sie das Flugzeug nach Kairo nehmen. Vielleicht hatte sie Zeit für einen Abstecher nach Alexandria, aber sie bezweifelte es. Ihre Eltern ließen keine Gelegenheit aus, um über die Karriere zu lamentieren, für die sie sich entschieden hatte. Sie fragte sich oft, was sie wohl denken würden, wenn sie wüßten, daß sie außer ihrer Arbeit beim NFK noch eine andere, gefährlichere Beschäftigung hatte. Möglicherweise, sagte sie sich, ist es der Zwang zu lügen, der mich immer wieder daran hindert, nach Alexandria zu fahren.

Nein, dachte sie, auch diesmal gibt es keine Zeit für Alexandria. Von Kairo würde sie mit Egypt Air nach Salalah in Oman fliegen. Seit Monaten schon – seitdem die mohammedanischen Radikalen die US-Botschaft in Riad besetzt hielten – war es unmöglich, von Ägypten direkt nach Riad zu fliegen. Ägypten, hatten die Revolutionäre erklärt, sei ein Lakai des Westens und insbesondere des Satans Amerika, und deshalb seien keine ägyptischen Flugzeuge auf dem heiligen Boden der

Islamischen Volksrepublik Pan-Arabien willkommen. Ihren Informationsquellen zufolge herrschten auf den Ölfeldern am Golf Zustände, die der Anarchie gleichkamen, und wenn man den Gerüchten glauben konnte, erschienen an den Pipeline-Terminals von Ras Tanura immer mehr sowjetische Techniker. Die Ölförderung sank zunehmend, und Tanker aus Europa und Japan mußten bis zu einem Monat warten, um wenigstens teilweise beladen zu werden und dann mit höchstens halber Fracht wieder abzulegen.

Reisen ins Landesinnere waren für Bürger des Nahen Ostens schwierig, für Leute aus dem Westen beinahe unmöglich. Das Sultanat Oman war der einzige Staat auf der Arabischen Halbinsel, der dem Westen noch freundlich gesonnen war, und die EQ-Station wurde über die Hafenstadt Salalah mit Personal und Gütern versorgt.

Amiras Mossad-Quelle warnte, kein Mensch könne wissen, wie lange das noch möglich sein würde.

In den zwanzig Monaten, die Amira in Kalabishah verbracht hatte, war sie von verschiedenen Kontakten betreut worden. Neuerdings war es ein Mann mit dem verrückten Namen Mohammed Py, ein Fremdenführer, der sein Brot offiziell damit verdiente, ausländischen Touristen die Monumente von Abu Simbel zu zeigen, die Tempel Ramses' II. aus der 19. Dynastie, die man auf die Sandsteinklippen oberhalb der steigenden Fluten des Nasser-Sees versetzt hatte, ein ungeheuer kostspieliges, großenteils mit amerikanischen Geldern finanziertes Unternehmen.

Py, ein sehniger, zäher und sehr intriganter Delta-Fellache, war ein ausgekochter und vorsichtiger Mann, der immer wieder neue ungeahnte Fähigkeiten zeigte. Er war während des kurzen Booms der Ölexplorationen, die ein ägyptisch-amerikanisch-britisches Energiekonsortium im Assuan-Becken durchgeführt hatte, zum See gekommen.

Die Probebohrungen waren enttäuschend gewesen und bald eingestellt worden, doch Mohammed Py blieb in Abu Simbel und führte Touristen (viele davon waren junge Israelis) durch die Tempel.

Über Py hatte Amira den Befehl bekommen, sich um eine Versetzung zur EQ-Station zu bemühen und herauszufinden, was die NFK-Wissenschaftler dort trieben. Der Mossad hatte sich für die abgelegene Station zu interessieren begonnen, als im *NFK-Journal* (und im Mittelteil einiger britischer und amerikanischer Zeitungen) publik gemacht wurde, Dr. Nicholas Kristof und Dr. Helen Clevenger seien der EQ-

Station zugeteilt worden. Kristof hatte für seine Arbeiten auf dem Gebiet der Nuklearmedizin einen Nobelpreis bekommen, und Clevenger war Expertin für die neuesten Techniken zur Verwertung von Abfallstoffen, die bei der Wiederaufbereitung radioaktiver Brennstäbe aus Kernkraftwerken anfielen.

Py hatte sich zwar nur zurückhaltend über die vermutlichen israelischen Motive ausgelassen, aber er war schließlich Araber und konnte als solcher einfach nicht der Versuchung widerstehen, Gerüchte zu kolportieren. Er hatte gehört – natürlich nicht von amtlicher Seite, wie er im selben Atemzug beteuerte –, die Männer in Jerusalem bemühten sich immer verzweifelter darum, den künftigen Ölnachschub zu sichern, und prüften die Durchführbarkeit einer militärischen Intervention in den Golfstaaten, um eine regelmäßig sprudelnde Quelle zu bekommen. Sie mußten vorher klären, ob die NFK-Arbeiten in Rub al-Chali nur eine Tarnung für die Entwicklung von Kernwaffen durch panarabische Revolutionäre seien – eine unwahrscheinliche Möglichkeit, aber doch eine Möglichkeit. Der Mossad, erklärte Py, finde es äußerst merkwürdig, daß das NFK weiterhin ungestört und selbständig in einem Land arbeiten dürfe, das den Westen und westliche Ziele neuerdings gewaltsam bekämpfe. Was Amira von den ethischen Grundsätzen des Neuen Friedenskorps wußte, ließ sie an einem solchen Szenario zweifeln. Aber in der zweiten Hälfte des 20. Jahrhunderts war im Nahen Osten so viel Unglaubliches geschehen, daß man nur dann sicher sein konnte, wenn man sich aus erster Hand Klarheit verschaffte.

Die Sonne war hinter dem Horizont verschwunden, und der blutrote Abendhimmel spiegelte sich in dem schnell dunkel werdenden Wasser des Sees.

Die Lichter am Ufer wurden seltener, während das Boot träge nordwärts stampfte. Nachdenklich betrachtete Amira die vorbeiziehende Wüste. Dieser See war ein einziger Widerspruch zu dem öden Land ringsum, eine riesige Wasserfläche, welche die Priester des alten Ägyptens sicher gefürchtet und verflucht hätten. Der Assuandamm hatte es ermöglicht, große Wüstenflächen zu bewässern, aber er hatte auch die jährlichen Überschwemmungen im Nildelta beendet. Diese Überschwemmungen hatten den Boden Unterägyptens seit undenklichen Zeiten mit fruchtbarem Schlamm gedüngt. Jetzt versalzte die

Erde, und die Regierung in Kairo mußte Millionensummen – kostbare Devisen – für Kunstdünger ausgeben. Bis vor kurzem hatten die Saudis das Geld für Westimporte zur Verfügung gestellt. Aber die Saudis waren inzwischen im Exil; ihr Königreich wurde von den fundamentalistischen Radikalen und militanten Kommunisten regiert. Ägypten würde keine Subventionen mehr bekommen.

Die Vereinigten Staaten waren zwar gewillt, Waffen zu liefern, doch die nichtmilitärische Auslandshilfe traf im Kongreß auf Widerstand. Die Amerikaner waren gelähmt durch Unschlüssigkeit und wachsende isolationistische Tendenzen. Ihre Verbündeten konnten sich einfach nicht mehr auf sie verlassen. Der Schah von Persien hatte es zuerst feststellen müssen, und nach ihm waren die Saudiprinzen an die Reihe gekommen.

Noch hielt der unsichere Friede zwischen Ägypten und Israel, aber die ägyptische Bevölkerung nahm immer mehr zu, der Assuandamm zerstörte das alte Ökosystem, und Hungersnöte schienen nur noch eine Frage der Zeit zu sein.

Das Gesetz der nicht vorausgesehenen Konsequenzen, dachte Amira. Man kann nie genau wissen, wozu Dinge, die seinerzeit so richtig und angemessen schienen, letzten Endes führen werden.

Ihr sanfter Vetter war im Glauben Jesu Christi – des Friedensfürsten – getauft worden und letztlich deshalb bei den Truppen Major Haddads gelandet. Und dann hatte er einen grausigen Tod durch die Hände der Palästinenser gefunden.

Sie staunte immer noch, welchen Zorn und Haß sie fühlte, wenn sie daran dachte, wie André gestorben war. Obgleich ihre Selbstbeherrschung ihr nur selten gestattete, die Sache emotional zu sehen. Vielleicht, sagte sie sich oft, ist mein Christentum nur Firnis, und im Grunde meines Wesens bin ich Araberin.

Die meisten arabischen Frauen, ob koptischen oder islamischen Glaubens, hielten immer noch an der strengen Geschlechtertrennung fest, deren Symbol der Schador war. Viele hatten sich jedoch für den Kampf entschieden. Es überraschte sie, wie leicht ihr der Entschluß gefallen war. Ihre Eltern würden es nicht glauben, wenn jemand so grausam wäre, es ihnen zu sagen. Sie waren kultivierte, zivilisierte Leute. Sie hatten versucht, sie von den alten Repressionen zu befreien. Sie hatten ihren Intellekt geweckt und waren stolz gewesen auf ihre Leistungen – so stolz wie sie selbst. Aber der Mord an André Rahal (und es war Mord gewesen und nichts anderes, denn die Feinde hatten nach Beginn der Folterung einsehen müssen, daß er keine Militärgeheimnisse kannte) hatte Amira auf eine völlig andere Bahn geworfen. Er hatte sie überzeugt, daß die einzig relevante Arbeit politisch war und daß in Ägypten und den anderen arabischen Ländern nichts Bleibendes geschaffen werden konnte, ehe der terroristische Bann gebrochen war. Die bösen alten Männer wie Habash und Arafat mußten sterben. Nicht als Rache für André oder die Sportler von München, für die dahingeschlachteten Kinder von Malot oder die Menschen, die sie überall auf der Welt gemordet hatten – dafür war in ihren alten Körpern gar nicht genug Blut. Sondern als Strafe für das, was sie ihrem eigenen Volk angetan hatten, als sie es mit ihren geifernden Aufrufen zum Heiligen Krieg zum Ausgestoßenen unter den zivilisierten Völkern machten.

Die Terroristen kämpften nicht mehr für die Palästinenser. Das palästinensische Problem hätte schon vor einer Generation gelöst werden können, dachte Amira, wenn die Flüchtlinge auf den Millionen von Hektar angesiedelt worden wären, die in einem Dutzend arabischer Länder brachlagen. Mit dem Fleiß und der Klugheit der Palästinenser und den arabischen Dollarmilliarden hätte man die Wüste in einen fruchtbaren Garten verwandeln können. Nein, die Terroristen kämpften für Chaos, für Haß, für die gleiche scheußliche Befriedigung, die die Flüchtlingsfrauen empfunden haben mußten, als sie André Rahal langsam zerhackten.

Suleiman Dayir lungerte am Bug herum, rauchte eine Zigarette und beobachtete die NFK-Frau. Jetzt, wo die einbrechende Dunkelheit ihn schützte, taxierte er sie ganz unverblümt.

Auf Dayir mit seinem Hang zu beiden Geschlechtern wirkte die männliche Kleidung von Dr. Shallai außerordentlich erotisch. Frauen seiner Schicht kleideten sich einfach nicht so salopp und aufreizend. Er schloß die Augen und ließ seiner Phantasie freien Lauf. In seinem Wachtraum fuhr er unter das verwaschene Khaki, streichelte die weichen, vollen Brüste, massierte die Brustwarzen (zweifellos waren sie dunkel und hatten Höfe, die sich deutlich abhoben), bis sie sich aufrichteten. Er erlaubte sich einen schrägen Blick auf die Taille, die von dem straff gezogenen Gürtel betont wurde, auf die runden Hüften, die Schenkel und das Gesäß. Sie hat bestimmt keine Unterwäsche an, dachte er. Es war zu warm, und außerdem waren er und seinesgleichen überzeugt, daß verwestlichte Frauen unter ihrer äußeren Hülle nackt herumliefen. Er stellte sich vor, wie ihre Haut sich anfaßte. Wie Samt, er war ganz sicher, feucht von Schweiß, vielleicht war sie sogar ein bißchen flaumig. Suleiman hielt nichts von der amerikanischen Sitte, den weiblichen Körper möglichst haarlos zu machen. Von der Scham zum Nabel, dachte er, läuft bestimmt eine feine Haarlinie, und der Bauch ist weich und sanft gerundet. Es ist ein wundervoller Körper, wie der einer Tänzerin, womöglich sogar wie der eines Epheben. Er fühlte ein Ziehen in seinen Lenden.

Suleiman glaubte, ägyptische Frauen, die sich westlich gaben, könnten von jedem Mann verführt werden, wenn er es nur richtig anstellte. Er hatte keinerlei Erfahrungen, die seine Vorstellung bestätigten, aber die Mullahs, die ihn als Jungen unterrichtet hatten, glaubten es, und die Mullahs waren samt und sonders weise Männer. Diese Frau versuchte ja nicht einmal, einen Anschein von islamischer Zurückhaltung zu wahren. Sie gehörte offensichtlich zur Oberschicht, und für Frauen dieser sozialen Klasse gab es keine sexuellen Tabus. Als er sich ihr vorgestellt hatte, hatte sie kaum ihr Interesse verhehlen können. Sicher, sie hatte nicht gleich versucht, den Kontakt zu vertiefen, aber das war nach so kurzer Bekanntschaft auch kaum zu erwarten.

Der Dampfer würde erst morgens in Assuan anlegen. Sie beide waren die einzigen Passagiere. Die Männer von der Besatzung dösten bereits zwischen den Kisten auf dem Vorderdeck, und der Kapitän würde sicher nicht aus seinem Ruderhaus hervorkommen.

Suleiman Dayir hatte auf seinen Reisen durch die Dörfer am Seeufer so gut wie keine sexuellen Zerstreuungen gefunden. Die dortigen Frauen waren mohammedanische Bäuerinnen, verschleiert und isoliert; wer sich ihnen näherte, nahm Gott weiß welches Risiko auf sich. Die Knaben waren zu mager und rochen schlecht. Diese Schwierigkeiten hatten ihn zwar nicht ganz zur Keuschheit bekehrt, aber er war schon längere Zeit enthaltsam gewesen. Er merkte, daß er vor Erwartung schwitzte.

Ein Matrose hatte ihm erzählt, Dr. Shallai sei eine Ärztin von der Kalabishah-Station. Er mochte zwar keine Frauen, die mehr erreicht hatten als er, aber die Tatsache, daß sie Doktor der Medizin war, bedeutete wenigstens, daß sie mit dem Anblick eines unbekleideten Männerkörpers vertraut war. Das steigerte ihre erotische Anziehungskraft. Seine Phantasie schnappte danach wie ein streunender Hund nach einem Knochen.

Jetzt konnte er nicht mehr an sich halten und ging nach achtern, wo Dr. Shallai an der Reling stand und das Ufer betrachtete. Er holte eine Schachtel Zigaretten aus der Tasche und bot ihr eine an.

«Nein, danke», sagte sie, ohne sich zu ihm umzudrehen. Sie war ebenso groß wie Suleiman, ihre Köpfe waren auf gleicher Höhe. Er sah sie als eine sehr große Frau, was nicht stimmte, aber es war leichter, als sich selbst als kleinen Mann zu sehen.

«Sie sind Nichtraucher», seufzte Dayir und zündete sich eine Zigarette an. «Das hätte ich wissen sollen. Frauen steht das Rauchen nicht. Es ist unweiblich.»

Als sie nicht gleich auf seine geistreiche Bemerkung antwortete, fügte er hinzu: «Ich habe natürlich auch schon erwogen aufzuhören.» Er stützte sich so auf die Reling, daß sein Arm an ihrem lag. Er zeigte ihr sein schönstes weißes Lächeln. «Aber es ist schließlich nur ein sehr kleines Laster. Finden Sie nicht auch, Frau Doktor?»

Sie blickte ihn kurz an, und in ihrem Blick lag so etwas wie harsche Abweisung – aber er mußte sich geirrt haben. Ihre Augen, die in dem gelblichen Schein der einzigen Lampe an Deck riesengroß wirkten, schienen in eine unbestimmte Ferne zu schauen.

«Sie sind beim NFK», sagte er. «In Kalabishah, wie ich hörte.»

«Ja», sagte sie und rückte ein bißchen von ihm ab.

«*The Davis Foundation is everywhere*», sagte er mit einem penetranten arabischen Akzent. Es war gut, sie von Anfang an wissen zu lassen, daß er ebenfalls gebildet war.

Sie antwortete nicht, und er gestattete sich, wieder näher an sie heranzurücken. Ihr Haar duftete nach Jasmin. Es war bekannt, daß Frauen sich nur deshalb parfümierten, um die Aufmerksamkeit von Männern zu erregen. Er fühlte, wie er eine Erektion bekam.

Sie hatte sich seitlich zur Reling gestellt, und er trat so nahe an sie heran, daß sein Schenkel den ihren berührte. Sie sagte ruhig: «Ich würde Ihnen raten, das zu lassen.»

Dayir unterdrückte den Impuls, ärgerlich mit der Zunge zu schnalzen. Na gut, dachte er dann verständnisvoll, halten wir die Konventionen ein. Er trat einen Schritt zur Seite. Er konnte fühlen, wie ihm der Schweiß von seinen pomadisierten Haaren über die Wange lief. Der Abend hatte die Hitze kaum gemindert. Die Luft war feucht und roch nach den Wasserhyazinthen, die dichte Teppiche an den Ufern des Sees bildeten.

«Ist es nicht ein Glück, auf dieser langweiligen Reise so angenehme Gesellschaft zu haben?» fragte Dayir.

Ohne zu antworten, trat Dr. Shallai an ihm vorbei und ging über das Deck zur hinteren Kabine. Da drin muß es unerträglich heiß sein, dachte er, aber sie ging hinein, ohne sich noch einmal umzublicken.

Einen Moment war er wütend, perplex. Dann bemerkte er, daß sie die schmale Jalousientür einen Spalt offen gelassen und mit dem Riegel in dieser Stellung arretiert hatte.

Er blieb ein paar Minuten stehen, wo er war, und fragte sich, ob er das als Aufforderung deuten sollte. Sie hatte zerstreut gewirkt. Vielleicht sogar unfreundlich. Aber die Tatsache, daß sie an Deck, wo sie von der Fellachenbesatzung gesehen und gehört werden konnten, keine nähere Bekanntschaft anknüpfen wollte, bedeutete nicht unbedingt mangelndes Interesse. Eher das Gegenteil . . .

Er stand fast eine halbe Stunde an die Reling gelehnt und argumentierte mit sich selbst. Die Tür war jedenfalls *offen*. Dr. Shallai würde bei dieser Hitze doch wohl kaum in der winzigen Kabine bleiben, wenn sie nicht damit rechnete, daß er den nächsten Schritt tat.

Er schlenderte an der Kabine vorbei. Drinnen brannte kein Licht. Es war viel zu früh, um an Schlaf zu denken, also wartete sie jetzt darauf, was er tun würde.

Vielleicht beobachtete sie ihn. Vielleicht wartete sie nackt im Bett auf ihn, mit entblößten Brüsten, weit gespreizten und feuchten Schenkeln.

Sein Atem ging schneller, als er sich umdrehte und kurz vor der Tür stehenblieb. Vorsichtig langte er nach dem Riegel. Er hob ihn leise an. Seine Hose schien auf einmal zu eng zu sein und behinderte ihn. Dayir tappte auf seinen kleinen Füßen vorsichtig in die dunkle Kabine.

«Dr. Shallai?»

Alles ringsum explodierte in einem grellen Schmerz, als der Ballen einer kleinen, harten Hand auf seine Nase knallte. Er fühlte, wie jemand sein Handgelenk packte, ihn herumwirbelte und durch den stählernen Türrahmen warf. Seine Schulter streifte eine Kante, und er wollte vor Schmerz aufschreien, brachte aber nur ein entsetztes Quieken hervor, denn seine Nase schien plötzlich zu dreifacher Größe angeschwollen zu sein, so daß er nicht mehr genug Luft bekam. Im nächsten Moment lag er zwischen Kabinentür und Reling mit dem Gesicht nach unten auf dem Deck, sein Arm war ihm auf den Rücken gedreht und ein Knie bohrte sich in sein Kreuz. Sein Schritt war naß und sehr warm. In seinem Entsetzen hatte er seine Blase entleert.

Eine Hand griff in seine Jackentasche und zog geschickt das Notizbuch heraus. Es wurde schnell durchgeblättert und dann neben ihm auf die Planken geworfen.

Amira Shallai sagte: «Sie armer kleiner Narr.»

Suleiman hörte, wie er etwas vor sich hin blubberte. Seine Kehle war voller Schleim und Blut von seiner Nase. Sein Schädel pochte vor Qual. Die Nase ist bestimmt gebrochen, dachte er.

Amira ließ seinen Arm los und sagte: «Stehen Sie auf.»

Suleiman kroch zur Reling und zog sich daran hoch, bis er kniete. Mit zitternden Händen sammelte er seine Papiere und sein Notizbuch ein. Als er das Gesicht hob, lief Blut aus seiner Nase über sein Kinn und tropfte auf das weiße Jackett. Er keuchte und würgte. «Ein Versehen», sagte er undeutlich. «Ein Versehen . . . ich dachte, meine Kabine . . . Ich dachte . . .» Er hatte große Schwierigkeiten, sich an das zu erinnern, was er in dem Augenblick gedacht hatte, in dem er den Riegel ihrer Kabinentür aufgeklinkt hatte.

Von oben ertönte die Stimme des Kapitäns. Suleiman hörte ihn rufen: «Ist da unten was nicht in Ordnung?»

Von dem schwarzen Kapitän des Dampfers, auf dem er jeden Monat fuhr, in diesem Zustand gesehen zu werden, blutverschmiert, auf den Knien, von einer Verrückten in Hosen fertiggemacht, war das letzte, was Ingenieur Dayir von der Assuandamm-Gesellschaft jetzt wollte. «Nein . . .», ächzte er, so laut er konnte. «Es ist . . . nichts.»

Amira Shallai musterte ihn kühl und streckte eine Hand aus, um ihm auf die Füße zu helfen. Er zuckte zurück wie vor einer Kobra. Er rappelte sich hoch und schleppte sich, vornübergebeugt und den großen Urinfleck auf seiner Hose mit beiden Händen bedeckend, zu seiner Kabine. Aus seiner Nase tropfte Blut auf die Decksplanken. Als er die Tür erreicht hatte, ließ er sich förmlich in den kleinen Raum fallen und knallte die Tür hinter sich zu. In dem heißen, stickigen Dunkel suchte er den Lichtschalter, knipste die Lampe an und ließ rostgefärbtes, lauwarmes Wasser in das Waschbecken laufen. Vor Schmerzen schluchzend, badete er vorsichtig sein Gesicht. Er begann sich zu fragen, wie er Fatima oder seinen Kollegen seinen Zustand plausibel machen sollte. Das Gesicht im Spiegel zeigte eine böse Knollennase und zwei Augen, die sehr blau zu werden drohten. Seine besudelte Hose klebte an seinen Schenkeln, als er zur nahen Pritsche humpelte und sich stöhnend hinlegte.

Eines stand fest. Er würde die sichere Kabine nicht eher verlassen, bis das Schiff in Assuan festgemacht hatte und die Frau von Bord war. Ein Gemisch von Angst, Demütigung und Schmerz ließ ihn zusammenschauern.

Wie betäubt von Haß, dachte er an Dr. Shallai. Er würde Mittel und Wege finden, sich an ihr zu rächen. Er hatte Freunde, einflußreiche Freunde. Er hatte einen guten Draht zur PLO. Sie mußte von nun an gut auf sich achtgeben, diese dekadente Ziege. Suleiman Dayir war keiner von denen, die mit sich spaßen ließen.

Dr. Cecil Sawyer saß in seiner kleinen Wohnung in Kalabishah am Schreibtisch und schaute zu, wie die Nachtfalter um die Lampe flatterten.

Er hatte es sich überlegt. Er würde darum bitten, zur EQ-Station versetzt zu werden.

Er hatte gehört, daß die Bonzen (so bezeichnete er die NFK-Manager im stillen) das medizinische Personal ermutigten, sich freiwillig für Stellen in Rub al-Chali zu bewerben. Sie machten dort irgend etwas mit Kernkraft und hatten sicher Verwendung für einen erfahrenen Radiologen.

Entschlossen zog er einen Block Papier aus der Schublade hervor und fing an zu schreiben. Dabei wich seine Niedergeschlagenheit langsam.

Er *tat* es. Er tat es wirklich. Der Gedanke an Ar Rub al-Chali erfüllte ihn mit bangen Ahnungen, aber er war plötzlich fest entschlossen: Er würde ein paar Tage Urlaub nehmen und gleich morgen mit dem Gesuch nach Kairo fahren.

Sforza-Barzani wird sich nicht gerade freuen, dachte er. Die Pionierarbeit mit den Seeschnecken war zweifellos nützlich und wichtig, und das Projekt würde einen gewissen Rückschlag erleiden, da man einen neuen Radiologen für Kalabishah finden und einarbeiten mußte. Aber das spielt jetzt alles keine Rolle mehr, dachte er und fühlte, wie tief in ihm eine Freude einsetzte, die alles andere zurückdrängte. Er würde sie wiedersehen, wieder bei ihr sein. Sie würde überrascht sein, wenn er aufkreuzte. «Da kommt Ihr böser Geist, Amira», würde er lässig sagen. Und sie würde lächeln und sich freuen, ihn so schnell wiederzusehen.

Während er sein Versetzungsgesuch schrieb, sagte er sich, er mache es, weil sie ihn brauche. Sie brauche ihn, um sich gegen die unbestimmten Gefahren zu verteidigen, mit denen seine Phantasie den schrecklichen Ort umgab, den sie – und jetzt auch er – sich ausgesucht hatte. Sie ist, folgerte er liebevoll und naiv, letzten Endes doch nur eine Frau.

4. Washington

Die im Vertragsraum des Weißen Hauses versammelten Herren waren bei Morgengrauen vom Telefon aus dem Bett geholt worden, aber man hatte die Besprechung erst für den frühen Nachmittag angesetzt.

Charlie McKay, der Chef des Präsidialstabs, hatte sich für den Vertragsraum entschieden, statt die Männer in den Krisenraum im Executive Wing zu bestellen, der normalerweise für solche Anlässe benutzt wurde. Er wollte das Pressekorps des Weißen Hauses nicht aufmerksam machen.

Carl Shepherd, Direktor des Federal Bureau of Investigation, hatte wenig Hoffnung, daß Charlies Manöver gelang. Die auf das Weiße Haus angesetzten Reporter hatten einen untrüglichen Instinkt für beginnende Krisen, und eine solche hatte die Administration jetzt am Hals. Cole Norris, der erste Spion des Landes, war mit einem Netz vom Grund des Potomac gefischt worden, und auf seinem Boot hatte eine furchtbar verstümmelte Frauenleiche gelegen. Eine solche Story würde sich niemand lange entgehen lassen.

Shepherd, ein stämmiger Anwalt aus dem Mittelwesten, Anfang 50, kam sich in dieser Umgebung fehl am Platze vor. Von seinem kulturellen Erbe, seiner Ausbildung und seiner Perspektive her ein Mann der Provinz, war er in Washington nie richtig heimisch geworden. Er verstand nicht viel von Polizeiarbeit; er bekleidete diesen Posten, weil er anderthalb Millionen Dollar für Präsident Loomis' Wahlkampagne gesammelt hatte. Er tat sein Bestes, um das FBI gut zu führen, aber was er sich wünschte, war die Ernennung zum Bundesrichter irgendwann in Vinnie Loomis' zweiter Amtsperiode. Bis dahin würde er beim FBI alles tun, was in seinen Kräften stehe, erklärte er seiner Frau Dolly immer wieder.

Dankbar ließ Shepherd sich von dem weißbejackten Diener, der mit einer silbernen Kanne herumging, heißen Kaffee einschenken. Unbewußt vermied er es, Isaac Holt anzusehen, den Stellvertreter des Toten, der ihm gegenüber saß. In Gegenwart dieses Mannes befiel ihn stets ein unbehagliches Kribbeln. Niemand, dachte Shepherd, kann in seine fischigen Augen blicken, ohne Eiseskälte zu empfinden.

Holt handelte schnell, um die Ermittlungen in der Doppelmordsache an sich zu ziehen, und das beunruhigte den FBI-Direktor. Das Bureau hatte einige Tiefpunkte hinter sich, aber es war wieder auf dem aufsteigenden Ast, und Shepherd sah einfach nicht, welchen Nutzen die Administration davon haben konnte, wenn es die Central Intelligence Agency eine Sache übernehmen ließ, die nach dem Gesetz, wie Shepherd es sah, außerhalb ihres Amtsbereichs lag.

Aber es war Holt gewesen, der in seiner Eigenschaft als Stellvertretender CIA-Chef die Schlüsselmänner der Regierung angerufen hatte, um diese Besprechung mit dem Präsidenten zu vereinbaren. Er hatte fraglos vor, die Federführung in der Angelegenheit zu übernehmen, und Carl Shepherd wußte nicht recht, was er tun und wie weit er gehen sollte, um das zu verhindern.

Shepherd fühlte, daß er schwitzte, obgleich die Klimaanlage lief. Durch die hohen georgianischen Fenster des schönen Raums konnte er die Ellipse und den verdorrten, mit Abfällen übersäten Rasen am Fuß des Washington-Denkmals sehen. Mehr als zehn Sonderagenten waren Tag für Tag damit beschäftigt, die Demonstranten zu beobachten, die das ganze Gelände in ein Radikalencamp verwandelt hatten. Viele Demonstranten waren schon wochenlang da, sangen und marschierten und rauchten Pot, um die arabische Revolution zu unterstützen. Einige waren arabische Studenten, die bis vor kurzem auf Kosten der Saudiregierung an Universitäten und Graduiertenschulen in den Vereinigten Staaten studiert hatten. Jetzt hatten sie sich in Revolutionäre und islamische Fundamentalisten verwandelt, die Amerika mit Dreck bewarfen und alle möglichen Zerstörungsakte unternahmen, um zu beweisen, daß sie auf der Seite der Revolutionsausschüsse in Riad standen.

Für Shepherd hatte das Ganze einen unheimlich vertrauten Beigeschmack. Es gab Forderungen, die Angehörigen der saudischen Königsfamilie auszuliefern, die in den USA Zuflucht gefunden hatten, und man rief nach Entschädigung durch den «imperialistischen Aggressor» – die Vereinigten Staaten. In der amerikanischen Botschaft in Riad wurden seit Monaten hundert Diplomaten als Geiseln festgehalten, Frauen und Männer aus einem halben Dutzend westlicher Staaten, die den panarabischen Revolutionären zufolge so lange gefangen bleiben sollten, bis Satan Amerika zur Vernunft kam und ihnen die Saudiprinzen nebst all ihren irdischen Gütern zurückgab. Die Administration war nicht imstande gewesen, die Krise zu meistern, und soweit Shepherd wußte (er war bei jener Entscheidung nicht dabei gewesen), würde Calder Davis, Freund mehrerer Präsidenten und Gründer des Neuen Friedenskorps, im Auftrag der US-Regierung versuchen, mit Riad zu verhandeln.

Shepherd wußte nicht recht, ob er dafür oder dagegen war. Es schien irgendwie unpassend, eine so wichtige Verhandlung einem über siebzigjährigen Banker anzuvertrauen, statt sie vom State Department führen zu lassen. Zum Glück war es jedoch keine Entscheidung, die Shepherd treffen mußte.

Der Polizei beim Aufrechterhalten der Ordnung in Washington zu helfen, *war* jedoch seine Pflicht, und allein damit hatte er mehr als genug zu tun. Die Demonstranten kannten ihre Bürgerrechte genau, und sie benutzten sie, um amerikanische Flaggen zu verbrennen, im Gras Feuer anzuzünden, auf denen sie ihr Essen kochten, Parkwächter zu schikanieren und die Chemotoiletten umzukippen, die die Nationalgarde in der vergeblichen Hoffnung aufgestellt hatte, die Demonstranten würden sie benutzen, anstatt ihre Notdurft einfach auf dem Rasen oder zwischen den Büschen zu verrichten.

Selbst aus dieser Entfernung konnte Shepherd sehen, daß die Flaggen an den Masten um den riesigen Obelisken verschwunden waren, ersetzt durch marxistische Fahnen und Transparente, die Allah als den Barmherzigen priesen und «Loomis an den Galgen» wünschten.

Seufzend wandte Shepherd seine Aufmerksamkeit den anderen Männern im Vertragsraum zu.

Charlie McKay, der übergewichtige und überarbeitete Chef des Präsidialstabs, der seine spärlichen Haarsträhnen immer so penibel über seiner großen, wächsern wirkenden Schädelplatte arrangierte, unterhielt sich besorgt mit Elmer Harper, dem bleichen, ausgemergelten Exreporter der *Washington Post*, der nun den undankbaren Posten des Pressechefs bekleidete.

Alle Anwesenden wirkten gereizt und verschlossen, nur nicht Ray Turner, der Außenminister. Er saß allein in der Nähe des oberen Tischendes und hing ungerührt seinen Gedanken nach, die wie üblich für niemanden zu lesen waren.

Außenminister Raymond Scofield Turner dachte in diesem Moment nicht an den Tod des CIA-Direktors. Turner war ein alter Mann und betrachtete den Tod, egal wie gewaltsam oder unerwartet er kam, als Teil des Lebens, als Ereignis, dem man so mutig und würdevoll ins Auge sehen mußte, wie man konnte. Cole Norris hatte nicht viel Würde zeigen können, als er starb, und das war bedauerlich – wie auch der Tod der jungen und hübschen Frau, die das Mißgeschick gehabt hatte, bei Norris zu sein, als der Tod ihn ereilte. Aber Turner war einigermaßen sicher, daß beider Ende irgendwann geklärt werden und der Mörder seine Strafe finden würde, ob in dieser Welt oder in der nächsten. Turner war ein gläubiger Mann, was er freilich nicht an die große Glocke hängte.

Was Turner am meisten beunruhigte, war die Tatsache, daß der Präsident ihm gestern mitgeteilt hatte, im amerikanischen Volk gebe es keinen echten Konsens, und ohne allgemeine Zustimmung könne die Regierung nicht gegen die Revolutionäre vorgehen, die die US-Botschaft in der ehemaligen Hauptstadt der Saudis besetzt hielten. Die verbündeten Staaten, deren Diplomaten ebenfalls gefangengehalten wurden, sahen sich aus ähnlichen Gründen außerstande, konkrete Schritte zu unternehmen.

Deshalb, so hatte der Präsident gesagt, werde er Calder Smith Davis beauftragen, um die Freilassung der Geiseln zu verhandeln.

Als Mann, der über sein NFK buchstäblich Milliarden von Dollar für humanitäre Zwecke in der Dritten Welt lockergemacht hatte, sollte Davis einen Auftrag erhalten, der – wie Raymond Turner glaubte – nach allen geschriebenen und ungeschriebenen Gesetzen des Landes nur vom State Department ausgeführt werden dürfte. Äußerstenfalls vom US-Verteidigungsministerium.

Nach der Mitteilung, die wichtigen und schwierigen Verhandlungen um die Freilassung der Diplomaten sollten einem Banker, Industriellen, Vorsitzenden multinationaler Konzerne und doktrinären Internationalisten anvertraut werden, hatte Raymond Turner selbstverständlich sofort sein Rücktrittsgesuch eingereicht.

Es war umgehend abgelehnt worden.

Niedergeschlagen saß der Minister unter dem großen Kandelaber mit den vielen funkelnden Kristallprismen und studierte die gravierte Platte, die in den weißen Kamin des Vertragsraums eingelassen war. Darauf stand unter anderem: *Hier wurde der Friedensvertrag mit Spanien unterzeichnet.*

Was für eine Tragödie, dachte Turner, daß dieselbe Nation, die früher aus tiefstem Herzen an das Manifest Destiny – ihr Recht zur territorialen Expansion – geglaubt hat, heute Banker losschickt, um für ihre Diplomaten zu feilschen. Und daß sie ihren ersten Nachrichtenoffizier wie einen kleinen Mafioso ermorden und in den Fluß werfen läßt.

Der Präsident der Vereinigten Staaten betrat, gefolgt von Peter Gilmartin, seinem Berater für Nationale Sicherheit, mit schnellen Schritten den Raum.

Vincent Todd Loomis (für seine engen Mitarbeiter Vinnie) war ein mittelgroßer, muskulöser Mann mit den großen Händen und Füßen und den leicht hängenden Schultern eines Arbeiters. Teure Maßanzüge machten seine Gestalt etwas schlanker, aber die fleischigen Wangen, die kleinen, in schwabbeligen Höhlen sitzenden Augen und die dicken, sinnlichen Lippen ließen ihn aussehen wie einen Tiberius in der Verkleidung des 20. Jahrhunderts.

Auf den Fernsehbildschirmen signalisierten diese physischen Merkmale Stärke und Solidität. Seinem TV-Image hatte Vincent Loomis es zu verdanken, daß er vom Parlament des Bundesstaates Arizona in den Kongreß und schließlich ins Weiße Haus aufgestiegen war. Er begriff noch besser als seine Kritiker, daß die Wahl nicht immer ein Führungsmandat war. Er war ein Mann des Abgeordnetenhauses, ein Politiker, der sich daran gewöhnt hatte, alle zwei Jahre bestätigt zu werden, und er wußte, wie schnell Wähler, die ihre Informationen größtenteils aus Dreiminutenspots in den Abendnachrichten bezogen, ihre Meinung ändern konnten. In der Rede zu seiner Amtseinführung hatte er der Bevölkerung versprochen: «Ich werde Sie nur dorthin führen, wohin Sie gehen möchten.» Für Vincent Loomis war die unabdingbare Voraussetzung für ein hohes Amt nicht eine politische Vision, sondern allgemeiner Konsens.

Peter Gilmartin, ein schöner Mann, dessen Gesichtszüge viel ausgeprägter waren als seine Überzeugungen, schlug eine Akte auf und blickte sich witternd um, als rechne er damit, daß jemand anders die Sitzung eröffnete. Da es sich faktisch um einen Ad-hoc-Ausschuß des Nationalen Sicherheitsrats handelte, kam jedoch niemand dem höchsten Sicherheitsberater zuvor.

«Nun», sagte er. «Würden Sie bitte anfangen, Ike?»

Holt übernahm mühelos das Ruder. Er brauchte kaum auf seine Notizen zu sehen, als er die bisherigen Erkenntnisse über den Tod des CIA-Direktors und seiner Freundin auf der *Pandora* zusammenfaßte. Es dauerte fünf Minuten, und der Präsident rutschte während des Vortrags ungeduldig auf seinem Stuhl hin und her. Carl Shepherd nahm an, Holt habe ihm bereits alles am Telefon berichtet.

Als Holt fertig war, holte er einige Hochglanzabzüge im Format 20 mal 25 aus seinem Aktenkoffer und gab sie Gilmartin. Der Sicherheitsberater erbleichte ein wenig und beeilte sich, die Fotos an den Präsidenten weiterzureichen.

Holt sagte: «Das haben Rees und der Mann von der Küstenwache im Cockpit gefunden. Das Boot war übrigens vor Kingscopsico Point auf Grund gelaufen, etwa acht Seemeilen von Cobb Island entfernt. Rees funkte nach McLean, und wir schickten sofort einen Hubschrauber hin. Außer Rees, dem Mann von der Küstenwache und dem Hafenmeister von Colonial Beach hat kein Mensch die Bilder gesehen. Rees hat sie selbst aufgenommen.»

Der Präsident kniff die Augen zusammen, als er die Fotos von der schrecklich zugerichteten Leiche betrachtete. Er fuhr sich mit dem Taschentuch an den Mund und reichte die Abzüge an Raymond Turner weiter.

«Das arme Mädchen», sagte Turner ruhig. «Was für eine schreckliche Art zu sterben.»

«Cole steckte in einem Schleppnetz voll Schlamm», sagte Holt kühl. «Seine Leiche liegt jetzt im Leichenhaus von Alexandria. Ich würde vorschlagen, wir lassen ihn, wenn alle nötigen Untersuchungen gemacht sind, in Arlington begraben. Aber ohne Tamtam.»

Carl Shepherd blickte ihn über den Tisch hinweg an und unterdrückte ein Erschauern.

Als die Bilder vom Blutbad auf der *Pandora* die Runde gemacht hatten, nahm Holt sie wieder an sich und legte sie in den Aktenkoffer zurück.

«Wer hat das getan?» fragte der Präsident.

«Wenn Sie der Öffentlichkeit etwas sagen wollen, müßten wir die Morde wohl einem bisher unbekannten Terroristen oder einer unbekannten terroristischen Vereinigung zuschreiben. Ich würde allerdings abraten, Sir», sagte Holt.

«Wir werden der Presse so bald wie möglich etwas sagen *müssen*, Mr. President», sagte Elmer Harper. «Es ist unmöglich, diese Sache geheimzuhalten.»

«Es wäre am besten, wenn wir dafür sorgten, daß die Medien uns nicht alle zehn Minuten mit Fragen auf den Pelz rücken, Mr. President», sagte Holt.

Harper protestierte einen Grad energischer, denn er war sich bewußt, was für Schwierigkeiten es geben konnte, wenn sie die Presse gegen sich aufbrachten. «Seien Sie den Reportern gegenüber offen, Mr. President. Sonst werden sie uns alle piesacken.»

«Raymond?» fragte der Präsident. «Was meinen Sie?»

«Ich denke, wir sollten die Öffentlichkeit über den Stand der Ermittlungen auf dem laufenden halten, es sei denn, Isaac kann uns glaubhaft machen, daß es um nationale Sicherheitsbelange geht. Jemand hat ein scheußliches Verbrechen verübt. Setzen Sie Carls Leute auf den oder die Schuldigen an.»

Holt runzelte die Stirn, sagte aber nichts.

Loomis saß einen Moment mit aufeinandergepreßten Lippen da. «Na gut», sagte er dann und blickte in die Runde. «Sagen Sie mir nur noch eines. Besteht irgendeine Möglichkeit – irgendeine entfernte Möglichkeit –, daß die Sache sich so zugetragen hat, wie es den Anschein haben könnte? Ich meine, daß Cole durchdrehte und erst das Mädchen und dann sich selbst tötete?»

Peter Gilmartin sagte: «Wissen Sie, etwas Ähnliches ist schon mal passiert. Vor ein paar Jahren. Ein ehemaliger CIA-Mann namens Paisley. Es kam als Selbstmord in die Akten . . .» Er hielt inne, als er die skeptischen Gesichter sah. «Nein», fuhr er fort. «Ich kann nicht glauben, daß Cole . . .»

«Carl?» fragte der Präsident.

«Ich denke nicht, Mr. President. Es gibt zwar eine gewisse Parallele zwischen dieser Sache und dem Fall Paisley, aber ich kann mir nicht vorstellen, daß Cole ein Mann war, der Selbstmord in Erwägung gezogen hätte. Und vor allem die *Art*, wie das Mädchen umgebracht wurde. Ich kann mich natürlich irren, aber ich habe fast den Eindruck, daß der Täter unsere Aufmerksamkeit eher darauf lenken wollte, *wie* es getan wurde, statt darauf, *warum* es getan wurde. Ist das die Methode von Terroristen? Ich weiß es nicht.»

«Nun, Raymond?»

«Ich denke, Carl hat wahrscheinlich recht, Mr. President. Es spricht alles dafür, daß jemand die Absicht hatte, alle möglichen Leute in einen Skandal zu verwickeln, der von den Medien breitgetreten wird. Während vielleicht woanders etwas passiert, das weit wichtiger ist. Vermutlich in Riad.»

«Schon wieder, Raymond?» sagte der Präsident mißbilligend.

«Verzeihung, Mr. President. Ich hatte nicht vor, ein Thema aufzuwärmen, das abgeschlossen ist. Sie haben mich jedoch um meine Meinung gebeten.»

«Und ich lege nach wie vor Wert darauf», sagte der Präsident kühl. «Aber Calder wird sich um das Geiselproblem kümmern. Das ist gestern ausgemacht worden.»

Holt sagte steif: «Darf ich fortfahren, Mr. President?»

Loomis nickte nur.

«Der Mann von der Küstenwache, der auf die *Pandora* ging, wird in McLean instruiert. Mit Ihrer Erlaubnis werde ich mit dem Finanzministerium reden und dafür sorgen, daß er irgendwo in die Provinz versetzt wird. Ich hoffe, Sie sind einverstanden, Mr. President?»

«Ja.»

«Ich finde wirklich, dies ist eine interne Angelegenheit der CIA», sagte Holt und blickte Carl Shepherd an.

Shepherd sah den Präsidenten an.

«Betrifft es die nationale Sicherheit, Ike?»

«Alles, was mit dem CIA-Direktor zusammenhängt, kann die nationale Sicherheit betreffen.»

«Ich bin nicht bereit, Ihnen einen Blankoscheck zu geben», sagte Loomis.

«Ich bitte auch nicht darum. Aber lassen Sie uns wenigstens die ersten Ermittlungen ohne Einmischung von außen führen», sagte Holt. «Cole hatte sich seit einiger Zeit merkwürdig benommen. Geheimnistuerisch, leicht aufbrausend. Er hat mit Leuten außerhalb der Agency gearbeitet. Ich will nicht sagen, daß er umgedreht wurde oder dergleichen, obgleich wir die Möglichkeit nicht völlig von der Hand weisen können. Vielleicht stand er nur unter großem Streß.

Wenn es Verbindungen nach draußen gibt, hätte ich gern die Chance, sie aufzuspüren.»

Der Präsident schwieg nachdenklich und faßte dann einen Entschluß. «Meinetwegen. Im Augenblick liegt die Sache bei der Agency. Aber Elmer und ich werden eine Erklärung für die Medien vorbereiten und heute abend oder morgen herausgeben.»

Er sah Raymond Turner an, und Turner tat sein Bestes, um ohne Worte zu signalisieren, daß er es nicht billigte, das FBI von dem Fall fernzuhalten, und sei es nur zeitweilig. Loomis beschloß jedoch, den stummen Protest zu ignorieren, und sagte nur: «Was ist mit Coles Familie? Sie muß es erfahren.»

«Cole hat eine Exfrau in Santa Barbara und eine andere in Maui. Ich werde sie benachrichtigen lassen», sagte Holt. «Beide Ehen waren kinderlos.»

Der Präsident fragte: «War da nicht ein Bruder?»

«Ein Halbbruder, Mr. President. Coles Mutter hat nach der Scheidung von seinem Vater wieder geheiratet, einen mexikanischen Rancher namens Rivas. Der Halbbruder heißt Michael Rivas. Er ist freier Journalist.»

«Jetzt erinnere ich mich», sagte der Präsident. «Sie sollten auch persönlich mit ihm sprechen.»

«Ich habe es bereits getan, Sir», sagte Holt. «Er ist gerade aus Afghanistan in die Schweiz zurückgekehrt. Die Agency bleibt ihren ehemaligen Angestellten auf den Fersen.»

«Wie hat er es aufgenommen?»

«Das ist bei Rivas schwer zu sagen, Mr. President. Einigermaßen, glaube ich. Er und Cole standen sich nicht nahe.»

«Ich möchte nicht, daß er gegen uns ist», sagte Loomis. «Wir haben schon genug Schwierigkeiten mit der Presse.»

Pressechef Harper sagte: «Er hat noch nie etwas über uns geschrieben, das nicht vor Gift strotzte. Gehen Sie vorsichtig mit ihm um, Ike.»

«Keine Angst, das werde ich.»

Der Präsident schob seinen Stuhl zurück und stand auf. Die anderen Anwesenden erhoben sich ebenfalls. Er sagte: «Sie sind sich wohl darüber klar, daß es in dieser Sache keine undichten Stellen geben darf. Elmer und ich werden die Presseerklärung abfassen. Niemand anders wird ein Wort sagen. Ich wiederhole, *niemand*.» Er wandte sich an den Außenminister und schlug einen bedeutend herzlicheren Ton an.

«Ray, würden Sie bitte mit Peter und mir ins Oval Office kommen? Ich werde bald mit Calder reden und brauche Ihre Ansicht zur Lage in Riad.»

Für den Präsidenten der Vereinigten Staaten fiel die Frage, wer Cole Norris aus welchem Grund getötet hatte, nunmehr in die Zuständigkeit anderer.

5. New York

Rivas, der sich an die kühle Bergluft des Hindukusch gewöhnt hatte, empfand die New Yorker Julihitze wie eine warme und klamme Wolldecke, die ihn zu ersticken drohte. Die Sonne war untergegangen, und die Abendluft unter dem leicht bezogenen Himmel roch nach zu vielen Autos, zu vielen Menschen und zu wenig freiem Raum. Die plastikbezogenen Sitze des ramponierten Checker-Taxis fühlten sich glitschig an, und sein Jeanshemd klebte an seiner schweißnassen Haut.

Der Van Wyck Expressway war stadteinwärts verstopft. Die endlose Kette der Bremslichter, die alle paar Meter in Richtung Manhattan aufblitzten, reichte so weit er sehen konnte. Dann und wann, wenn die Fahrzeuge auf den Einfädelungsrampen versuchten, sich den Weg auf den Expressway zu erzwingen, kam der Verkehr auf den drei Fahrspuren vollends zum Erliegen. Hinter den schmutzigen Fenstern der Backsteinmietshäuser an der Schnellstraße konnte Rivas Lichter und den bläulichen Schein von Fernsehgeräten sehen.

«Soll ich den Midtown Tunnel nehmen oder die Triborough Bridge?» Der Fahrer, ein langhaariger junger Puertorikaner (laut der an der offenen Trennscheibe befestigten Lizenz der New Yorker Transportbehörde hieß er Juan Milpero), fragte, ohne sich umzudrehen.

«Nehmen Sie die Triborough», sagte Rivas. Sam Abbott wohnte an der oberen East Side; er wartete schon auf ihn. Rivas hatte ihn vom Kennedy Airport aus angerufen.

Als der vor sich hin rostende Globus in Flushing Meadows in Sicht kam, stand der Verkehr wieder. Der Fahrer, der den linken Arm in dem erfolglosen Bemühen, eine Brise einzufangen, aus dem Fenster baumeln ließ, drehte sich halb um und fragte: «Sie sind Mexikaner?»

Dann fügte er hinzu, vielleicht weil er dachte, die Frage könne beleidigend sein und das Trinkgeld mindern: «Ich hab' nur den Namen auf der Tasche gesehen.»

Rivas grinste und sagte dann: *«No. Soy yanqui, como usted.»*

«Ah. Dachte nur, Sie könnten Chicano sein.»

Merkwürdig, dachte Rivas, daß die meisten Hispanics, die man in den Staaten trifft und in ihrer Sprache anredet, auf englisch antworten. Es ist, als lehnten sie jeden ethnischen Kontakt mit Leuten ab, die nicht zu ihrer spezifischen Gruppe oder Schicht gehören. Wenn man in Europa oder Asien eine bestimmte Sprache benutzte, antworteten die Leute einem in derselben Sprache. In den Vereinigten Staaten war es anders. Womöglich sagte das etwas darüber aus, wie die nicht assimilierten Einwanderer die USA neuerdings sahen. Sie schienen den unterschwelligen Zorn der Amerikaner auf alle «Ausländer» zu spüren. Er war immer latent gewesen, aber die arabischen Ölembargos, die Ereignisse in Iran und jetzt die Schwierigkeiten in Arabien hatte ihn beinahe offen ausbrechen lassen. Es war, als haßten die Amerikaner nun alle Leute mit dunkler Haut, und dunkelhäutige Bürger wurden vorsichtig.

Rivas wußte eine Menge über ethnische Vorurteile. Er war 41 und hatte die meiste Zeit seines Lebens mit ihnen zu tun gehabt. Die Norris hatten ihn, obgleich er in Amerika geboren war, als «Mexikaner» abgelehnt, ja verachtet. Und seine aristokratischen Verwandten väterlicherseits hatten etwas gegen das keltische Erbe von seiner Mutter, gegen seine blauen Augen und seine helle Haut gehabt. Die Amerikaner hatten Vorurteile, aber niemand konnte Rivas erzählen, die Hispanics hätten keine. Er wußte es besser.

Während seiner Ausbildung in Menlo und Stanford hatte er es geschafft, der aufgesetzten Toleranz der sechziger Jahre aus dem Weg zu gehen. Er war der Herablassung der behördlich vorgeschriebenen Bevorzugung von Minderheiten entgangen. Er war nie für Gleichmacherei gewesen. Das, sagte er sich oft, ist ein Zug, den ich mit der Familie Norris gemeinsam habe.

Michael Rivas hatte eine gute Antenne dafür, wer und was er war. Er bedauerte nicht die Erfahrungen, die er gemacht hatte. Ein bißchen Ablehnung stählt meist die Persönlichkeit.

Drei Motorräder donnerten an den stehenden Autos vorbei, wechselten halsbrecherisch die Fahrspuren. Der Verkehr kroch ein Stück weiter. Rivas holte tief Atem, obgleich die Luft scheußlich schwül war, und bezwang seine Ungeduld. Es dauerte seine Zeit, begriff er, sich wieder an die Tücken einer total mechanisierten Zivilisation zu gewöhnen. Aber nach seinem kürzlichen Aufenthalt in einer natürlicheren Umgebung konnte er sich doch nicht des Eindrucks erwehren, daß Amerika entschlossen zu sein schien, an Maschinen zugrunde zu gehen.

Als die Autoschlange sich erneut in Bewegung setzte, holte ein viertes Motorrad auf und blieb in Höhe des Fensters, das Rivas heruntergekurbelt hatte. Der dunkle Gesichtsschutz des Fahrers strahlte etwas Bedrohliches aus. Rivas hätte nur die Hand auszustrecken brauchen, um den Mann zu berühren – falls es überhaupt ein Mann war. Man konnte einfach nicht erkennen, wer in dem schwarzen Leder und dem schwarzen Kunststoffhelm steckte, wer dieses glänzende Gesicht ohne Züge war. Die Montur, die man bei manchen Sportarten trägt, hat etwas entschieden Unheimliches, dachte Rivas. Motorradfahrer, Drachenflieger, Taucher, sie alle wirken irgendwie wie Einsatztrupps bei einer Science-fiction-Schlacht. Oder wie Teufel des 20. Jahrhunderts, die ihre Asphalthölle bewachen.

Der Fahrer wurde langsamer und fiel hinter das Taxi zurück. Rivas dachte an etwas anderes.

Als er hörte, wie das Dröhnen des Auspuffs wieder zunahm, drehte er sich auf dem Sitz um und sah nach hinten. Er fühlte ein vertrautes, warnendes Prickeln: Lange Erfahrung hatte ihn empfänglich gemacht für bevorstehende Gefahr.

Durch das Rückfenster sah er, daß der Motorradfahrer abermals aufholte und dabei auf den Mittelstreifen auswich.

In wenigen Sekunden war das Motorrad wieder neben dem offenen Fenster. Rivas sah ganz deutlich, daß der schwarz gekleidete Fahrer in eine der Plastiktaschen griff, die über dem hinteren Schutzblech hingen, und eine kurze Flinte herauszog. Der Lauf war abgesägt, der Kolben auf die Größe eines Pistolengriffs verkleinert.

Rivas schrie warnend und warf sich auf den Boden des Taxis. Die Waffe entlud sich mit einem dumpfen, echolosen Knall. Rivas fühlte einen Schlag gegen den Schädel; die Trennscheibe zwischen ihm und dem Fahrer löste sich in Diamantstaub auf. Die Geschosse zerschmetterten den Rahmen der Lizenz mit Milperos Paßbild und rissen den halben Kopf des jungen Mannes fort.

Mit einem blechernen Scheppern prallte das Taxi gegen den Wagen in der Nebenspur. Rivas fühlte noch einen Aufprall, als das Auto hinter ihm in den Kofferraum des Checkers knallte. Bremsen kreischten, und dann, als die ineinander verkeilten Fahrzeuge am Trennzaun auf dem Mittelstreifen zum Stehen kamen, erfolgte ein dritter, leichterer Stoß. Hinten quietschten Reifen, und es knallte noch ein paarmal, als die nächsten Wagen sich zu einem Wirrwarr von verbeulten Karosserien, zerstörten Kühlern und plärrenden Hupen zusammenschoben.

Rivas öffnete die hintere Tür und warf sich auf den kiesbestreuten Mittelstreifen, suchte das Motorrad und seinen Fahrer, sah aber keine Spur von beiden.

Einen kurzen Moment lang kniete er auf dem Boden und dachte benommen, daß er gerade von Recherchen über einen Guerillakrieg in einer Gegend zurückgekehrt war, wo die Hubschrauber auf alles schossen, was sich bewegte, um dann ausgerechnet hier, keine zwanzig Kilometer vom Herzen Manhattans, beinahe von einer Kugel erwischt zu werden. Er fühlte, daß etwas Warmes und Klebriges sein Gesicht hinunterlief, wischte es ab und stand schwankend auf, drehte sich zu dem Taxi, das zwischen dem Zaun und dem ersten Auto steckte, das hinten aufgefahren war.

Der Taxifahrer war gegen die Tür gesunken. Eine Hälfte seines Gesichts und Schädels fehlte. Blut und Gehirnmasse rannen aus der Höhlung.

Rivas wurde sich bewußt, daß Leute ihn schubsten und an seinen Kleidungsstücken zerrten und Fragen stellten. Andere kamen von den hinter dem Unfallort stehenden Wagen gelaufen. Er hörte, wie jemand keuchte und sich mit widerlich würgenden Geräuschen übergab. Ein Mädchen begann hysterisch zu kreischen, bis sie von dem Taxi fortgezogen wurde.

Eine Männerstimme sagte ihm ins Ohr: «Mann, Sie bluten ja! Sie setzen sich besser hin.»

Rivas faßte an seinen Kopf und betrachtete seine blutverschmierte Hand. Plötzlich begann sein Schädel zu schmerzen und zu pochen.

Er drängte sich durch die Neugierigen zum Taxi und öffnete die vordere rechte Tür. Die Leute wichen bei dem Anblick unwillkürlich einen Schritt zurück. Rivas setzte sich hin und langte nach dem Funkgerät. In dem engen Taxiwrack roch es durchdringend nach Blut und Schweiß.

Rivas drückte den Mikrofonknopf und sagte: «Hört mich jemand?»

Aus dem Lautsprecher kam eine gelangweilte Stimme: «Wer ruft Ajax Checker?»

«Hört mich jemand?» fragte Rivas wieder.

«Bitte die Nummer, Ajax», sagte die Stimme. «Die Nummer, ja?»

Rivas las die Nummer auf dem Klebstreifen über der Senderskala des Radios vor. Dann sagte er: «Ein Überfall. Auf dem Van Wyck westlich von Flushing Meadows. Alarmieren Sie einen Polizeihubschrauber.»

«*Was* sagen Sie da? Sind Sie's, Milpero?»

Rivas sagte: «Milpero ist tot. Alarmieren Sie die Polizei.» Er steckte das Mikrofon in die Halterung zurück und ignorierte die aufgeregten Fragen, die nun aus dem Lautsprecher kamen. Hinten auf dem Expressway ertönte wütendes Hupkonzert.

Rivas wand sich durch die Umstehenden, bis er das trockene Gras der Böschung erreichte. Grelles Scheinwerferlicht tat seinen Augen weh. Die Leute, die das Blut überall an ihm sahen, traten erschrocken zurück. Er hörte, wie jemand sagte, er solle sich hinsetzen, er sei verletzt.

Er dachte, ja, das ist eine gute Idee, und fiel hin, als hätten seine Beine urplötzlich den Dienst versagt. Er schloß die Augen und erinnerte sich ganz deutlich an einen Halbwüchsigen in Afghanistan, der in einem Graben an der Straße nach Kandahar mitten unter gefallenen sowjetischen Rekruten gelegen hatte. Kein Mensch wußte, warum der Junge mit den Russen gefahren war. Der grauhaarige alte Mudschahid, der den Hinterhalt gelegt hatte, hatte nur kurz hingeschaut und mit den Schultern gezuckt. Alles war möglich. Vielleicht war der Junge ein Kollaborateur gewesen, ein Kommunist. Was spielte es für eine Rolle? Gott ist groß, hatte der Alte gesagt. Was ist, ist. Der Wille Allahs.

Ich weiß die Antwort, dachte Rivas mit leidenschaftlicher Inbrunst. Der Junge war ein Passant gewesen, ein völlig harmloser Zuschauer, zur falschen Zeit am falschen Ort. Wie Juan Milpero – der sich einen weniger gefährlichen Fahrgast am Kennedy Airport hätte aussuchen sollen.

Er legte seinen schmerzenden Kopf auf die Arme und machte es sich einigermaßen bequem, um auf die Polizei zu warten.

Die Wanduhr im Zimmer des diensthabenden Arztes zeigte zwanzig nach zehn, als der Detective Sergeant vom New Yorker Polizeipräsidium zu verstehen gab, daß die Vernehmung von Michael Rivas bald abgeschlossen sein würde. Er machte kein Hehl daraus, daß er mit den Antworten, die er bekommen hatte, nicht zufrieden war. Seine müde Verdrossenheit ließ jedoch erkennen, daß er nichts anderes erwartet hatte.

Von Zeit zu Zeit schaute der junge schwarze Arzt, der für die Notaufnahme verantwortlich war, in den kleinen Raum und fragte, wie lange sie das Sprechzimmer noch blockieren würden. Er hatte den Detective Sergeant gewarnt, es sei nicht der richtige Augenblick, einen Verletzten auszuquetschen; der Kriminalbeamte war jedoch hartnäkkig geblieben.

Nur das rechtzeitige Eintreffen Sam Abbotts und seine Drohung, er werde einen seiner einflußreichen Anwälte holen, hatte den Sergeant davon abgehalten, Rivas als wichtigsten Zeugen gleich aufs Präsidium zu verfrachten.

«Wir wollen es noch mal durchsprechen, Mr. Rivas», sagte er ungerührt.

Rivas saß im Lehnstuhl des Arztes. Sein verbundener Kopf tat weh, und die Naht auf der Kopfhaut – fünf Stiche – pochte heftig. Er sah Sam Abbott aufgebracht an.

Der Verleger, ein kleiner, reizbarer Mann mit funkelnden, durchdringenden Augen und einem Kranz ziemlich langer grauer Haare auf dem ansonsten kahlen Schädel, sagte: «Sergeant, ich glaube, Mr. Rivas hat Ihre Fragen bereits beantwortet, und zwar des öfteren.» In solchen Situationen konnte Abbott eine geradezu richterliche Strenge annehmen; er war durchaus imstande, Leute einzuschüchtern, die sein etwas geschraubtes Gehabe zunächst mit Harmlosigkeit verwechselten.

«Nur noch einmal, Mr. Abbott», sagte der Polizist, «damit ich sicher bin, daß ich alles mitbekommen habe.»

Durch die Trennscheiben des quadratischen Raums konnte Rivas die deprimierende nächtliche Routine der Notaufnahme des Booth Memorial Hospital beobachten: Unfallverletzte, Junkies, die Überdosen geschossen hatten, Opfer von Verbrechen und häuslichen Katastrophen. Irgendwo in einem anderen Teil des Krankenhauses lag Juan Milpero, aus Versehen umgebracht. Das ist der schlimmste Tod, dachte Rivas: Böse Absicht und Zufall bewirken etwas völlig Sinnloses.

Der Polizist beobachtete ihn aus dunklen, müden Augen. «Sie sind also sicher, daß es eine Flinte war», sagte er.

«Ja.»

«Mit abgesägtem Lauf, sagten Sie.»

«Ja», sagte Rivas wieder.

«Kaliber?»

«Wie zum Teufel soll ich das wissen?» fuhr Rivas hoch, denn er konnte seinen Ärger nicht mehr zügeln. «Sechzehn. Zwölf. In dem Dreh.»

Eine großkalibrige Flinte mit abgesägtem Lauf und verkleinertem Kolben war das klassische Werkzeug von Vertragskillern, die sich nicht um einen sauberen Schuß sorgen mußten. Eine häßliche, gehirnzerfetzende, breitstreuende Waffe. Rivas wußte, daß er unsagbares Glück gehabt hatte, noch am Leben zu sein. Wenn der Mörder von einem erschütterungsfreien Standort geschossen hätte, läge er jetzt neben Milpero im Kühlraum des Krankenhauses.

Sam Abbott sagte: «Ich denke, wir sollten jetzt Schluß machen, Sergeant. Mr. Rivas geht es offensichtlich nicht gut.»

Der Polizist blätterte sorgsam die Seiten seines Notizblocks um und las die Aufzeichnungen, die er bei der gründlichen Vernehmung gemacht hatte, noch einmal durch. Er stemmte sich aus dem Stuhl hoch, was ihn anscheinend große Mühe kostete, und sagte: «Wir müssen vielleicht noch mal mit Mr. Rivas reden.»

«Ja, ja», sagte Abbott gereizt. «Sie haben ja meine Adresse und Telefonnummer.»

Rivas erhob sich unsicher. Sein Kopf pochte. «Sind wir jetzt fertig?»

«Ich denke ja», sagte der Sergeant. «Leider haben wir nicht viel, was uns weiterhelfen könnte.» Er öffnete die Tür zur Notaufnahme und gab dem uniformierten Streifenpolizisten ein Zeichen, das Auto vorfahren zu lassen. Er drehte sich zu Rivas um. «Sie können gehen, Mr. Rivas.»

Der arme Kerl glaubt, er hätte einen Mordversuch der Mafia zu klären, dachte Rivas. Wenn es doch so einfach wäre!

Abbott sagte fürsorglich: «Alles in Ordnung, Michael?»

«Ich werd's schon schaffen», erwiderte Rivas. Er war so schnell aufgestanden, daß ihm jetzt schwindlig wurde; er konnte sich gerade noch am Arztschreibtisch festhalten. «Bloß raus hier», stöhnte er.

Der Notaufnahmearzt, dessen dunkles Gesicht von Schweiß glänzte, kam herein. Er musterte Rivas kritisch. «Wie fühlen Sie sich?»

«Besser», log Rivas.

«Das bezweifle ich», sagte der Arzt. «Machen Sie sich darauf gefaßt, daß Sie noch ein paar Tage ganz scheußliche Schmerzen haben werden.» Er kritzelte etwas auf einen Rezeptblock, riß das obere Formular ab und gab es Abbott. «Das ist für Kodein. Passen Sie auf, daß er sich genau an die Dosierung hält, sonst geht er auf einen Trip, der weiß Gott wo endet.» Er gab Sam einen kleinen Umschlag. «Das reicht bis morgen früh, dann können Sie jemanden mit dem Rezept zur Apotheke schicken. Sorgen Sie dafür, daß er sich ausruht. In drei Tagen kann er sich hier oder bei irgendeinem Arzt in Manhattan die Fäden ziehen lassen.» Er wandte sich wieder an Rivas und sagte mißbilligend: «Beinahe wäre es soweit gewesen. Sie haben verdammtes Glück gehabt.» Ohne ein weiteres Wort ging er wieder in die Notaufnahme zurück. Rivas nahm an, bei dieser Arbeit vergesse man schnell Begriffe wie Höflichkeit oder gar Umgänglichkeit.

Sam Abbott sagte zu dem Detective Sergeant: «Wenn Sie nichts mehr von uns wollen . . .?»

Der Polizist steckte seinen Notizblock ein. Er warf einen traurigen Blick auf Rivas. «Sagen Sie bitte Bescheid, wenn Sie vorhaben, die Stadt zu verlassen. Das ist alles.»

Rivas ließ sich in den ledergepolsterten Rücksitz der eleganten Limousine sinken, die zu Abbotts wenigen Extravaganzen als Firmenchef gehörte, und sagte erschöpft: «Vielen Dank für die Hilfe, Sam.»

«Es war das wenigste, was ich für einen meiner Autoren tun konnte, auf den soeben ein Mordanschlag verübt wurde», sagte Abbott. Die Klimaanlage rauschte kaum hörbar. Zum erstenmal seit Stunden fror Rivas. Er rieb die Narbe auf seiner Wange und sagte: «Keine Fragen?»

Sam Abbott schwieg eine Weile und meinte dann: «Fühlen Sie sich denn einem weiteren Verhör gewachsen?»

Rivas sah den älteren Mann an. «Geht es nicht vielmehr um Instruktionen?»

Abbott ging nicht darauf ein.

«Was wissen Sie über den Tod meines Bruders?» fragte Rivas.

«Ich nehme an, man hat mir das gleiche gesagt wie Ihnen. Es war eine schreckliche Geschichte, Michael.»

«Warum hat kein Wort darüber in den Zeitungen gestanden?»

«Es wird morgen drinstehen. Das Weiße Haus bereitet eine Presseerklärung vor.»

Rivas sagte ironisch: «Dann haben sie Ihnen *doch* mehr gesagt als mir.»

Abbott holte seufzend Luft und schob die Trennwand zwischen dem Fahrer und ihnen zu. «Na gut, Michael. Legen Sie los.»

«Wie lange stehen Sie schon auf der Gehaltsliste der CIA?» fragte Rivas.

Normalerweise konnte Rivas mühelos im Gesicht seines Freundes lesen, aber nicht jetzt. Es war, als hätte Abbott plötzlich eine Maske aufgesetzt.

«Mein Gott, Sam», sagte Rivas bitter, «können wir einander nach all den Jahren immer noch nicht vertrauen?»

«Passen Sie auf, wem Sie vertrauen, Michael.»

«Verdammt noch mal, müssen *wir* diese Spiele spielen? Antworten Sie bitte auf meine Frage. Seit wann haben Sie schon Beziehungen zur Firma?»

«Oh», sagte Abbott, «das ist schon lange her. Sehr lange.»

«Bitte ein oder zwei Fakten», sagte Rivas. «Mein Kopf tut so weh, daß ich nicht mehr gut kombinieren kann.»

«Meinetwegen. Ich habe Cole ausgebildet. Im Krieg.»

«Großer Gott. Ich hatte keine Ahnung davon.»

«Es gab keinen Grund, es Ihnen mitzuteilen. Als Cole und ich in Camp X waren, gingen Sie noch in den Kindergarten.»

«Ich wußte, daß Cole beim Office of Strategic Services war, beim alten Nachrichtendienst. Ich hatte aber keine Ahnung, daß Sie auch dabei waren», sagte Rivas. Es war, als habe man ihm einen kurzen Blick auf die Vorgeschichte erlaubt. Als er selbst in Südostasien für die Agency gearbeitet hatte, waren die meisten ehemaligen OSS-Leute Supergrades gewesen – Sektionschefs oder Planer in McLean, dem Hauptquartier in Virginia. Viele andere hatten sich inzwischen pensionieren lassen. Rivas wurde sich auf einmal bewußt, daß sein Bruder nicht älter als ein- oder zweiundzwanzig gewesen sein konnte und frisch von der Universität Princeton nach Camp X gekommen war, dem legendenumwobenen und supergeheimen Lager in Kanada, wo Sir William Stephensons britische Security Coordination Spione ausbildete. Und Sam mußte damals selbst noch ein sehr junger Mann gewesen sein, einer jener wendigen Intellektuellen, die für den Kader rekrutiert wurden, aus dem sich später die Central Intelligence Agency entwikkelte.

Sam sagte: «Cole war einer meiner Agenten. Ich habe ihn geführt. Wußten Sie, daß er zwei Aufträge im besetzten Frankreich erledigt hat?»

Rivas schüttelte den Kopf. «Nein. Ich habe mich immer gefragt, was Cole im Zweiten Weltkrieg getrieben hat, aber wir haben nie darüber gesprochen. Wir haben überhaupt nicht viel miteinander geredet. Wir standen uns nicht sehr nahe.»

«Sie wissen ja, er hat versucht, das zu ändern.»

«Indem er mich zur Firma holte?» fragte Rivas sarkastisch.

Abbott zuckte mit den Schultern. «Für Ihren Bruder war das sicher eine Art Geste. Die Geheimdienstarbeit war sein Leben. Vielleicht wollte er Ihnen etwas sagen, indem er Sie zu sich holte.»

Rivas starrte eine Weile auf die näher kommende Stadt. Dann sagte er: «Nun, das spielt jetzt sowieso keine Rolle mehr, nicht wahr?»

«Das müssen Sie sich selbst beantworten.»

«Vielleicht haben Sie recht», sagte Rivas nachdenklich. Er blickte auf den Mann neben sich. Was mochte er noch alles wissen, das er, Rivas, nie geahnt hatte? Er sagte: «Und Sie, Sam, was ist mit Ihnen?»

«Ich war aktiv, bis Kim Philby sich absetzte. Als er in den Osten ging, ließ ich mich pensionieren. Ein paar andere mußten es auch tun. Wir hatten ihn gekannt und mit ihm gearbeitet. Er wußte alles über unsere Arbeit. Er hat Dutzende von Agentennetzen aufgerollt. Der Schaden, den er anrichtete, war enorm.» Er zuckte wieder mit den Schultern. «Aber ich war ohnehin reif, den aktiven Dienst zu verlassen. Ich arbeitete damals hier, in New York. Was ich gemacht habe, spielt im Moment keine Rolle. Wer sich einbildet, ein Geheimdienst könne darauf verzichten, im eigenen Land tätig zu werden, ist naiv. Da die Sachen, die ich machte, milde ausgedrückt am Rande der Legalität waren, war ich jedenfalls heilfroh, in den Sack hauen zu können.»

«Also kaufte die Agency Ihnen einen Verlag.»

«Ist das ein Vorwurf oder eine Feststellung? Die Abbott Press ist ein ganz normaler Verlag. Noch dazu ein verdammt guter. Ich bin der einzige Aktivposten der CIA im Haus, und ich habe nie etwas getan, dessen ich mich schämen müßte. Ob Sie es glauben oder nicht, es ist die Wahrheit.»

Rivas musterte ihn eine Weile. Dann sagte er: «Hat Cole Ihnen etwas geschickt, das Sie mir geben sollen? Ich meine, etwas Spezielles?»

Abbott schüttelte den Kopf. «Nein, Michael.»

«Ist *das* die Wahrheit? Cole hat an einer Sache gearbeitet, in die er mich einweihen wollte. Es war etwas, das die Firma mir sicher nicht gern gezeigt hätte. Aber ich frage Sie als Freund. Haben Sie etwas von meinem Bruder bekommen?»

«Nein, Michael, bestimmt nicht. Sie müssen sich langsam entscheiden, ob Sie mir glauben wollen oder nicht.»

«Cole hat mir einen Brief geschrieben, ehe er ermordet wurde. Er arbeitete an einem Report, über den er mich informieren wollte. Er sagte, er würde ihn an Sie schicken, und ich solle ihn bei Ihnen abholen.»

«Ich weiß, daß er an einer Sache arbeitete, die er für wichtig hielt», sagte Abbott. «Er hat es durchblicken lassen, als ich das letztemal mit ihm geredet habe. Aber das ist über einen Monat her. Er rief an, um mich zu bitten, ein paar Nachforschungen für ihn anzustellen. Sie wissen ja, wie das Netz der Ehemaligen funktioniert. Man tut das, worum man gebeten wird, und stellt keine überflüssigen Fragen. Aber das war alles. Ich habe keine Ahnung, ob er die Sache beendet hat oder nicht. Ich habe jedenfalls nie etwas bekommen.»

«Was wollte er von Ihnen?»

«Ich sollte ein paar frühere Mitarbeiter ausfindig machen.»

«Verdammt noch mal, Sam, hören Sie auf auszuweichen. Wenn Cole alte Mitarbeiter gesucht hätte, hätte die Firma sie viel leichter finden können als Sie.»

«Ich weiß. Cole wollte die Firma aber nicht hineinziehen. Man fragt nicht, warum, Michael, das wissen Sie doch. Man geht einfach davon aus, daß es gute Gründe gibt. Nur so ist man ein *Aktivposten*.»

«Schon gut, Sam. Im Augenblick sind Sie der einzige Aktivposten, den *ich* habe. Wen wollte Cole ausfindig machen?»

«Einen Mann namens Ian Wyndham. Sagt Ihnen der Name etwas?»

In der Tat. Rivas bekam einen Schock. Wyndham war eine geheimnisumwitterte Figur aus der Welt der internationalen Verwicklungen. Er hatte zu den «Wildgänsen» gehört, den legendären Söldnerführern, und lebte jetzt zurückgezogen in Großbritannien, irgendwo auf dem Land.

«Und, haben Sie ihn ausfindig gemacht?»

«O ja», sagte Abbott mit einem feinen Lächeln. «Er lebt in Südengland. Auf einer Jacht – sie heißt *Wild Goose*, sicher zur Erinnerung an alte Zeiten.»

«Wen wollte Cole sonst noch auftreiben?»

«Einen gewissen Dr. Nicholas Kristof. Eine Dr. Helen Clevenger. Nicht unbedingt alte Mitarbeiter, aber sehr interessante Leute.»

«Den Nobelpreisträger Kristof?»

Abbott nickte. «Genau. Und Dr. Clevenger hat kürzlich eine Methode patentieren lassen, mit der man gefährliche Stoffe unschädlich machen kann, die bei der Wiederaufbereitung atomarer Brennstäbe anfallen. Sie sind jetzt beide beim Neuen Friedenskorps. Ein merkwürdiger Zufall.»

Rivas dachte an die seltsamen Bemerkungen, die Cole in seinem Brief über das NFK gemacht hatte. Er fragte: «Sonst noch wen?»

«Irgendwelche Spezialisten für synthetische Brennstoffe vom Energieministerium. Und ein paar von Andrew Traynors Beschaffungsanalytikern aus dem Pentagon. Cole machte sich Sorgen um Stabsleute. Er sagte immer, sie hätten zuviel Einfluß auf die Politik. Ich weiß nicht, ob das im allgemeinen stimmt, aber ich weiß, daß es auf die Leute zutrifft, die im Pentagon und im Energieministerium arbeiten. Cole interessierte sich vor allem dafür, ob die Leute, nach denen er fragte, irgendwann mal für eine der Gesellschaften gearbeitet hätten, die Davis kontrolliert.»

«Das FBI hat sie doch sicher unter die Lupe genommen, ehe sie zur Administration kamen.»

«Vielleicht. Aber ich habe ein paar verdammt interessante Zusammenhänge entdeckt.»

Rivas betrachtete die Lichter auf dem Fluß, als die Limousine die Triborough Bridge erreichte. Er dachte zurück an den schrecklichen Augenblick auf dem Van Wyck Expressway und zuckte unwillkürlich zusammen. «Midtown Tunnel oder Triborough?» hatte der junge Puertorikaner gefragt, und ein paar Minuten später war ihm der halbe Schädel weggepustet worden. Er war gestorben, weil jemand versucht hatte, Michael Rivas umzubringen, und Rivas hatte umgebracht werden sollen, weil er der Bruder von Cole Norris war und wußte – ja, was eigentlich? Daß sein Bruder irgendeine fixe Idee über Davis hatte? Wo war da die Logik?

Er fragte: «Wollte Cole von Ihnen jemals spezifische Informationen über Calder Davis haben?»

«Das nicht . . . aber er interessierte sich für ihn, das steht fest.»

«Na gut, Sam», sagte Rivas und langte in seine Tasche. «Sie lesen das hier jetzt besser.» Er gab ihm Coles Brief.

Abbott knipste die Leselampe an und las aufmerksam. Dann faltete er den Brief sorgfältig wieder zusammen und gab ihn zurück. Er hatte ihn nur mit den Fingerspitzen berührt, als sei er zu heiß, um unbesorgt angefaßt zu werden.

«Ich bin nicht wirklich überrascht, Michael», sagte er.

«Ist das alles, was Sie dazu zu sagen haben?» Rivas war klar, daß Abbott nur sehr widerstrebend reden würde. Die Männer, die vor jener langen Zeit in Camp X ausgebildet worden waren, schienen eine besondere, altmodische Rasse zu sein. Die Zeit, die Umstände, der Krieg, den sie kämpften, all das hatte sie geprägt. Sie waren anders als die vielen, die nach ihnen gekommen waren, die Männer, die geschworen hatten, den Mund zu halten, aber dennoch bereit waren, ihr Gelübde zu brechen – für Geld, oder weil sie plötzlich von irgendeinem Sendungsbewußtsein gepackt wurden.

«Was soll ich sagen?» fragte Abbott. «Cole war offensichtlich sehr beunruhigt, als er diesen Brief schrieb.»

«Beunruhigt, ja. Aber nicht durchgedreht.»

«Cole war nicht der Mann, der durchdreht.»

«Ich bin froh, daß Sie wenigstens das sagen», antwortete Rivas unfreundlich. «Ike Holt hat mehr oder weniger angedeutet, daß Cole kurz vor einem Nervenzusammenbruch stand.»

«Bedenken Sie, daß Holt nicht zuletzt die Aufgabe hatte, Nr. 1 zu schützen.»

«Holt? Seit wann?»

«Seit die Loomis-Administration Personal einsparte. Es war zwar nicht Ikes unmittelbare Aufgabe, aber nach dem neuen Organisationsschema fiel die Innere Sicherheit in die Zuständigkeit des Stellvertretenden CIA-Direktors.»

Rivas runzelte die Stirn. «Langsam stinkt die Sache, Sam.»

«Keine voreiligen Schlüsse.»

«Zum Teufel mit Schlüssen», sagte Rivas wütend. «Heute abend hat jemand versucht, mich ins Jenseits zu befördern. Ich glaube, das gibt mir das Recht, nicht mehr alles rosarot zu sehen.» Er starrte Abbott an. «Oder war es die Agency, die den Killer auf mich angesetzt hat?»

«Ich glaube nicht.»

«Irgend jemand hat Cole und mich aufs Korn genommen», sagte Rivas.

«Die Firma ermordet ihre Direktoren nicht», sagte Abbott. «Und der KGB dürfte es auch nicht gewesen sein, Michael.»

«Bitte keine Loblieder auf die Firma, Sam. Hören Sie endlich auf, mich für dumm zu verkaufen. Wenn Sie irgend etwas wissen, das Licht in die Sache bringen könnte, dann sagen Sie es mir bitte.» Das Gespräch fing an, eine unangenehme Wendung zu nehmen. Sam Abbott argumentierte mehr und mehr wie jemand, der nur sorgsam ausgesiebte Informationsfetzen von sich gab.

«Ich weiß nicht viel, Michael», sagte Abbott. «Das ist die Wahrheit. Ich kann Ihnen sagen, daß Cole mir bei jenem letzten Gespräch erklärt hat, er wünsche, er könne Calder Davis beim Präsidenten in die Pfanne hauen. Vielleicht war es eine unbedachte Äußerung, aber Cole sagte selten etwas Unbedachtes. Ich glaube, er meinte, was er sagte. Er sagte mir, Davis habe seine Finger so tief in der Administration, daß es den Anschein erwecke, die Banken und Multis hätten ein Ministerium für sich bekommen. Cole war der Meinung, Privatleute und Stiftungen, die von multinationalen Konzernen finanziert würden, sollten keine Kompetenzen bekommen, die von Rechts wegen Regierungsbehörden vorbehalten sind. Er hatte zu viele Zweifel an ihrer Loyalität.»

«Was hat er Ihnen sonst noch gesagt?» Rivas hatte das Bedürfnis, seinen Bruder neu zu entdecken; es war beinahe unmöglich, seine Art und seine Pläne aus diesen Zeugnissen zweiter Hand zusammenzusetzen, aber jetzt, wo Cole tot war, hatte er keine andere Wahl.

«Ich habe fast den Eindruck, daß Cole sich völlig neu orientierte», sagte Rivas. «Was war aus dem kalten Krieger geworden, Sam? Machte er sich keine Sorgen mehr um die Sowjets? Großer Gott, jedermann weiß doch – oder glaubt zu wissen –, daß der KGB bei dem, was in Arabien passiert, zumindest mitmischt.»

«Cole hat das nicht unterschätzt. Aber ich glaube nicht, daß es das war, was ihn vor seinem Tod beschäftigte», sagte Abbott. «Wenn er wirklich an einem persönlichen Papier für den Präsidenten arbeitete, habe ich nicht die geringste Hoffnung, daß Sie oder ich es je zu Gesicht bekommen werden.» Er starrte auf den immer noch dichten Verkehr ringsum, während ihr Chauffeur das Tempo des Wagens auf dem Parkway verlangsamte.

«Ist es möglich, daß Ike Holt gewußt hat, was Cole vorhatte?»

«Ja. Aber Ihr Bruder war ein sehr vorsichtiger Mann. Deshalb hat er seine private Arbeit auf der *Pandora* erledigt.»

«Er war nicht vorsichtig genug, Sam», sagte Rivas müde. «Hat er Ihnen jemals gesagt, daß der Präsident einen vertraulichen Bericht von ihm erwarte?»

«Nein. Ich glaube nicht, daß Vincent Loomis sich über irgendeinen Bericht eines Untergebenen freuen würde, in dem Calder Davis Smith kritisiert wird. Der alte Mann ist eine Legende.»

Rivas sagte nachdenklich: «Ich hätte gern die Informationen, die Sie für Cole gesammelt haben.»

«Warum vergessen Sie die Sachen nicht einfach, Michael? Lassen Sie die Finger davon.»

«Habe ich wirklich noch die Wahl? Was schlagen Sie vor, soll ich vielleicht eine Annonce in der *New York Times* aufgeben, in der alle künftigen Killer gebeten werden, mich in Ruhe zu lassen, ich sei ausgestiegen?»

«Witze sind hier nicht angebracht», sagte Abbott.

«Das braucht man mir kaum zu sagen.»

Abbott seufzte. «Ich nehme an, Sie haben recht. Was hielten Sie denn davon, eine Weile unterzutauchen. Ich könnte Ihnen dabei helfen.»

«Geben Sie mir nur, was Sie über Ian Wyndham und die anderen haben. Und arrangieren Sie für mich ein Treffen mit Holt.»

«Ich kann verstehen, daß Sie mit Isaac Holt reden möchten», antwortete Abbott. «Aber haben Sie vor, extra nach England zu fliegen, um Wyndham zu sehen?»

«Ich würde noch viel weiter fahren, wenn ich müßte.»

«Sie denken an Coles Bemerkung, das NFK stelle Leute mit ‹merkwürdigem Hintergrund› ein?»

«Na ja, das kann doch kein Zufall sein, nicht wahr?» Rivas sah Abbott an. An den letzten Worten des anderen war etwas gewesen, das ihn nicht ruhen ließ. «Sie wissen noch etwas, Sam. Verdammt nochmal, halten Sie nicht länger damit hinter dem Berg.»

«Vielleicht ist es ganz belanglos.»

«Das werden wir sehen.»

«Cole glaubte, das NFK heuere Söldner an. Deshalb wollte er mit Wyndham reden. Wenn irgendwo in der Welt Söldner angeworben würden, hätte Wyndham es garantiert spitzgekriegt.»

Rivas schwieg bewußt lange, während die Limousine in die schmalen Straßen der East Side einbog.

Sam Abbott sagte: «Ich weiß, wie unwahrscheinlich es klingt. Es ist fast, als beschuldige man die Heilsarmee, heimlich Schnaps zu brennen. Aber Cole glaubte es.»

Jetzt wurde Rivas klar, wie sehr Coles unausgesprochener Verdacht ihn beschäftigt hatte. Zuerst hatte er seine Überzeugung vom inneren Gleichgewicht seines Bruders erschüttert. Die Vorstellung war ungeheuerlich, absurd. War sie es aber wirklich? In einer chaotischen Welt mußte man mit allem rechnen. Souveräne Regierungen schienen nicht mehr fähig zu sein, auch nur die simpelsten Aufgaben zu bewältigen. Davon ausgehend, konnte man anfangen, all das zu erwägen, was ein geheimer paramilitärischer Zweig einer Organisation wie des Neuen Friedenskorps durchzusetzen imstande war. Das NFK war bereits in Dutzenden von Ländern auf der ganzen Erde präsent. Es verfügte über gewaltige Mittel. In jedem politisch labilen Teil der Dritten Welt saßen NFK-Teams. Die großen Multis, die das NFK mit steuerfreien Millionen finanzierten, kontrollierten auch umfassende Transport- und Kommunikationsnetze und verfügten über zahllose Fabriken. Die Hälfte der internationalen Seeschiffahrt und drei Viertel des internationalen Luftwesens gehörten den Leuten, die das NFK unter Anleitung von Calder Davis unterstützten, oder wurden zumindest von ihnen kontrolliert. Die meisten technologisch hochwertigen Waffen der westlichen Welt wurden von Unternehmen hergestellt, die irgendwie mit den betreffenden Banken und Multis verflochten waren. Wenn es eine solche Macht gab, konnte sie überall eingesetzt werden. Ihre Führer konnten töten, um das Geheimnis zu wahren . . .

«Sie lachen nicht, Michael», sagte Abbott.

«Tun Sie's?»

«Nein. Wenn man darüber nachdenkt und sich vor Augen hält, wie sehr die Welt einen Ordnungsfaktor braucht . . .» Abbott zuckte mit den Schultern.

«Aber Cole sah die Möglichkeit offenbar anders», sagte Rivas.

«Ihr Bruder war Traditionalist. Er haßte die Fürsprecher einer Weltregierung.»

«Machen Sie halblang, Sam. Man wird zu leicht paranoid. Wenn Cole so etwas vermutete, warum hat er die Firma nicht darauf angesetzt? Warum koppelte er sich ab und schrieb einen Bericht für den Präsidenten, der nicht die normalen Regierungskanäle passieren sollte?»

«Ja, warum? Wenn er recht hatte, liegt der Grund natürlich einigermaßen auf der Hand. Was schrieb er doch in dem Brief? ‹Die Administration wimmelt von GISS-Leuten›.»

«Aber die Regierung hat schon immer von Angehörigen solcher Organisationen gewimmelt. Bilderberger, Trilateralisten. Club of Rome . . .»

«Diese Leute hatten aber nie die Truppen, die die GISS mit dem Neuen Friedenskorps hat», sagte Abbott. «Sie nahmen zum Beispiel nie Männer wie General Collingwood unter Vertrag.»

Rivas schüttelte ungeduldig den Kopf. «Was ich denke, gefällt mir nicht, Sam. Ich habe immer über Leute gelacht, die Angst davor hatten, daß irgendwelche bösen Drahtzieher die Weltherrschaft an sich reißen. Ich glaube nun mal nicht an ungeheure internationale Verschwörungen der Gnome von Zürich oder der Ölmänner oder der Geldwechsler. Es leuchtet einfach nicht ein.»

«Es hat noch nie eingeleuchtet.»

«Mein Gott. Sie glauben wirklich, daß etwas im Gang ist.»

«Ich bin nicht sicher», sagte Abbott. «Ich bin aber sicher, daß sich alles ändert. Früher hatten Regierungen den Willen und die Kraft, eine globale Ordnung aufrechtzuerhalten. Das ist nicht mehr so. Es gibt ein Machtvakuum in der Dritten Welt – und von dort beziehen die meisten Industriestaaten ihre Rohstoffe. Wenn ein Vakuum da ist, wird es von irgend etwas ausgefüllt. Die Sowjets haben es versucht, aber sie scheinen es nicht zu schaffen. Sie können Regierungen unterwandern, aber ihr Wirtschaftssystem ist so unzulänglich, daß sie die alten Systeme nicht durch etwas anderes ersetzen können. Sie brauchen sich nur Kuba anzusehen. Nach dreißig Jahren Castro und Kommunismus müssen die Russen immer noch jedes Jahr Milliarden hineinpumpen, nur um das Regime zu halten. Es ist also zumindest möglich, daß Davis und seine Freunde zu dem Schluß gekommen sind, nun reiche es langsam.»

«Wo ist Jeb Collingwood jetzt?» fragte Rivas.

«Dem *NFK-Journal* zufolge baut er Straßen in Surinam.»

«Sie glauben es nicht?»

«Das ist kein Job, der den eigenwilligsten Soldaten der Army lange interessieren würde.»

Die Limousine hielt vor Abbotts Reihenhaus in der 71. Straße; der Chauffeur öffnete die Tür und blieb stumm daneben stehen. Rivas begriff, daß er wahrscheinlich auch Sam Abbotts Leibwächter war. Er machte einen tüchtigen Eindruck.

Abbott sagte: «Wir werden den Wagen heute nacht nicht mehr brauchen, Martin.» Er warf einen Blick auf Rivas und lächelte ein wenig, da er dessen Gedanken erraten hatte. «Ja, Michael», sagte er, «die Firma bezahlt Martin. Er sorgt für meine Bequemlichkeit und Sicherheit. So ist die Welt nun mal, nicht wahr, Martin?»

«Ich fürchte ja, Mr. Abbott», sagte der Chauffeur.

Rivas folgte Abbott die Eingangstreppe hoch und ging hinter ihm durch die Haustür mit dem schmiedeeisernen Gitter. Sein Kopf hämmerte immer noch, und ihm war, als könne er jeden Augenblick umfallen. Seine Unterhaltung mit Sam Abbott war wie ein schlechter Traum.

Während Abbott ihn in ein Arbeitszimmer mit Bücherwänden führte, sagte er: «Ich hole Ihnen schnell etwas Wasser. Dann nehmen Sie eine von den Glückspillen des Doktors und schlafen ein bißchen. Wir können morgen früh weiterreden.»

Rivas setzte sich in einen tiefen Ledersessel und umklammerte die Seitenlehnen, als habe er Angst, auf den Boden zu rutschen. Er wollte sich ausruhen, aber er konnte noch nicht abschalten. «Wußte Ike Holt, was Cole vorhatte?»

«Sich unmittelbar an den Präsidenten zu wenden? Ich glaube nicht. Aber es gibt keinen Weg, sich Gewißheit zu verschaffen.»

«Ich sollte Holt schon morgen sehen.»

«Sie können noch nicht reisen, Michael.»

«Morgen», sagte Rivas dickköpfig.

Abbott hob resignierend die Hände. «Na gut. Ich werde morgen früh versuchen, ihn zu erreichen. Sie können praktisch jederzeit fliegen; sobald eine Maschine nach Washington voll ist, wird schon die nächste eingesetzt.» Er goß Wasser aus einer Karaffe in ein Glas und gab Rivas eine Tablette aus dem Umschlag, den der Arzt ihm anvertraut hatte. «Nehmen Sie das jetzt, und dann gehen Sie ins Bett.»

Rivas schluckte die Pille und fragte dann: «Wo ist Martin?»

«In der Nähe», sagte Abbott beinahe resigniert. «Er ist immer in der Nähe.»

Als Sam Abbott ihn ins Gästezimmer gebracht hatte, legte Rivas sich hin und schloß die Augen. Die Bilder ließen ihn nicht los. Cole – die Gesichtszüge wegen des schlammigen Wassers kaum zu erkennen. Ein ermordetes Mädchen. Der tote Puertorikaner. Der schweigsame Martin. Sam. Er hatte das Gefühl, er müsse gleich schlagartig die Wahrheit sehen, aber das Mosaik wollte sich nicht zusammenfügen, und die einzelnen Steine wirbelten in eine weite Leere, als er in einen betäubungsähnlichen Medikamentenschlaf sank, der mehrmals von düsteren Träumen durchzogen wurde.

6. Washington

«Mr. President», sagte Calder Davis. «Ich möchte Ihnen danken, daß Sie Mr. Holt veranlaßt haben, mich über die Situation in unserer Botschaft in Riad zu unterrichten. Die Informationen werden bestimmt sehr nützlich sein.»

Vincent Loomis betrachtete seinen Besucher respektvoll. Der alte Herr saß kerzengerade auf einem der beiden gelben Sofas, die den Kamin mit den weißen Säulen, den Blickfang des Gelben Oval Office, flankierten. Der feuervergoldete Kronleuchter mit den vielen Kettchen und den zahllosen Prismen aus Bergkristall warf weiches Licht auf Davis' silbergraue Haare und sein faltenloses Gesicht. Der Finanzier war zart und zerbrechlich wie eine Figur aus Dresdner Porzellan. Die Augen waren magnetisch, hell, wissend. Er hatte eine Menge gesehen und erlebt.

«Ich hoffe, Sie werden es schaffen, die Typen da drüben zu irgendwelchen Verhandlungen zu bewegen, Calder», sagte der Präsident. «Der Regierung ist es bisher nicht mal gelungen, mit ihnen zu reden. Ich werde offen gesagt von den Vereinigten Stabschefs bedrängt. Sie wollen militärisch eingreifen.»

«Es gab eine Zeit, in der ich den Stabschefs zugestimmt hätte, Mr. President», sagte Davis. «Aber heute bin ich älter und klüger. Es gibt bessere Mittel, als ein einseitiges gewaltsames Vorgehen der USA.»

Loomis hätte es Calder Davis zwar nie gesagt, aber er hatte nicht die geringste Absicht, den Empfehlungen seiner militärischen Berater zur Arabienkrise zu folgen. Jedenfalls nicht, solange in Ras Tanura noch Öl in westliche Tanker gepumpt wurde. Er erinnerte sich nur zu gut an Präsident Carters Scheitern bei der Aktion zur

Befreiung der Teheraner Geiseln. Vinnie Loomis war ein viel zu gewitzter Politiker, um sich zu einer ähnlichen Fehleinschätzung hinreißen zu lassen.

Schon an dem Tag, an dem die Aktivisten die amerikanische Botschaft in Riad gestürmt und besetzt hatten, hatte Loomis insgeheim beschlossen, Calder Davis um Hilfe zu bitten. Er vertrat die internationale Hochfinanz, für die in Arabien lebenswichtige Interessen auf dem Spiel standen. Loomis war zu dem Schluß gekommen, Calders Freunde und Mitarbeiter könnten bei den panarabischen Radikalen Schritte unternehmen, die den Vereinigten Staaten unmöglich wären. Und wenn ihre Bemühungen fehlschlügen, so Loomis' Gedankengang, würde man der Regierung oder seiner Administration nicht die Schuld in die Schuhe schieben können.

«Ich danke Gott für Männer wie Sie, Calder», sagte der Präsident. «Ich verstehe Pragmatiker und weiß sie zu schätzen.»

«Ich werde das als Kompliment nehmen, Mr. President», sagte Calder trocken, «obgleich ich nicht sicher bin, daß es wirklich eines ist. Meine Brüder waren die Idealisten in der Familie. Vielleicht haben sie deshalb als Politiker versagt.»

«Das ist ein bißchen zu hart ausgedrückt», sagte Loomis und schenkte Armagnac aus einer Karaffe in zwei Cognacschwenker. Calder und er saßen sich an dem niedrigen Sofatisch gegenüber.

«Oh, man nimmt allgemein an, daß sie nicht übel waren» sagte Davis. «Aber letzten Endes haben sie doch versagt. Stansfield wollte unbedingt dorthin kommen, wo Sie jetzt sind, Mr. President. Aber er hatte nie eine echte Chance.» Er hob sein Glas und atmete den Duft des Armagnacs ein, trank aber nicht. «Sehr wohlhabende Männer haben in der Regierung nichts zu suchen. Ihnen fehlt das Volkstümliche, und sie machen sich lächerlich, wenn sie versuchen, es sich zuzulegen. Es ist etwas Absurdes an einem Mann, der seine Millionen sicher in steuerfreien Papieren und Stiftungen angelegt hat und behauptet, er sei ein Sprecher des Volkes, obgleich er ganz genau weiß, daß andere Leute die Steuern bezahlen, mit denen er seine sozialen Programme finanzieren will.» Er schenkte Vincent Loomis ein dünnes Lächeln. «Ich habe das nie getan, Mr. President. Wenn ich auf etwas stolz bin, dann darauf. Ich habe nie vorgegeben, ein anderer zu sein, als ich bin – ein schlichter Geschäftsmann.»

Der Präsident lachte und schüttelte den Kopf. «Das ist ein *bißchen* untertrieben, Calder.»

«Nun ja, natürlich. Ich habe mir einen kleinen Scherz erlaubt. Ich meinte damit, daß ich froh bin, meinem Land einfach mit dem zu dienen, was ich bin. Ich wünschte, Raymond könnte mir das verzeihen.» Er rieb den Rand seines Glases mit einer Fingerspitze und ließ es leicht klingen. «Er ist ein großer Mann, Mr. President. Schade nur, daß dies nicht mehr das Zeitalter großer Männer ist.»

Loomis, der nun unter dem Porträt George Washingtons von Rembrandt Peale stand, ließ den Blick auf den Präsidentenfahnen neben der Tür gegenüber vom Kamin ruhen. Es war Tradition, daß fremde Regierungschefs auf Staatsbesuch vor offiziellen Essen in diesen hübschen Raum über dem eigentlichen Oval Office kamen. Und wenn der Präsident der Vereinigten Staaten seine Gäste die prachtvolle Treppe zum Bankettsaal hinunterführte, wurden die Fahnen aus den Ständern genommen und vorangetragen, während die Marinekapelle einen Tusch und Trommelwirbel spielte. Die grandiose Prozedur jagte Vincent Loomis unweigerlich einen angenehmen Schauer über den Rücken – und flößte ihm eine gewisse Scheu ein. Der Präsident hatte viele Schwachstellen, aber er hatte lange trainiert, sie niemals zu zeigen. Die Verantwortung seines Amtes drohte ihm oft über den Kopf zu wachsen, aber er *genoß* es dennoch, Präsident zu sein. Und er dachte, daß er kraft seiner Autorität immer Männer wie Calder herbeizitieren konnte, wenn ihn seine Erfahrung im Stich ließ oder wenn die Machtbefugnisse, die er in diesem egalitären Zeitalter hatte, nicht weit genug reichten.

Vincent Todd Loomis war kein sensibler Mann. Er wußte, daß er sich in seinen Arbeitsbeziehungen eher von angeborener Bauernschläue als von wirklicher Menschenkenntnis leiten ließ. Er wußte auch, daß das bei jedem anderen nur ein Manko war, bei einem Präsidenten der USA jedoch ein folgenreiches Risiko sein konnte.

Aber solche deprimierenden Gedanken hatten wenig Sinn. Er war das, was er war, nicht mehr und nicht weniger. Schade, daß er «nur» ein Politiker war und kein Staatsmann, schade, daß er nicht mehr war als das, was er war – oder nicht besser. Aber er *war* Präsident der Vereinigten Staaten. Viele größere Männer hatten weniger erreicht.

Seufzend dachte er, daß es viel angenehmer gewesen wäre, in einer weniger turbulenten Zeit Präsident der Vereinigten Staaten zu sein.

Calder Davis sagte: «Sie wirken niedergeschlagen, Mr. President. Ich hoffe, es liegt nicht an meiner Gesellschaft.»

«Nein, nein, Calder», wehrte Loomis ab. «Ich habe nur einen besonders schwierigen Tag hinter mir.»

«Die Chinesen haben ein Sprichwort, das in Wahrheit eher ein Fluch ist: Mögest du in interessanten Zeiten leben. Das trifft auf unsere Epoche zu. In jeder Beziehung.»

«Die Sache mit Cole Norris ist einigermaßen beunruhigend. Wir werden morgen früh eine Presseerklärung herausgeben, aber egal was wir sagen, es gibt auf jeden Fall einen Riesenzirkus», sagte Loomis verdrossen.

«Haben Sie schon Hinweise, was wirklich geschah?»

«Ike Holt glaubt, daß Terroristen dahinterstecken. Ich habe da meine Zweifel, kann aber keine andere These anbieten. Holt könnte natürlich recht haben.»

Davis sagte gleichmütig: «Ich bin sicher, die Sache ist bei ihm in guten Händen. Mr. Holt ist ein erstklassiger Mann.»

Loomis erklärte ungehalten: «Norris war ein Narr, sich derart in Gefahr zu begeben. Er hätte es besser wissen sollen.»

«Das war auch Isaac Holts Meinung», sagte Calder Davis. «Ich verstehe nicht viel von solchen Dingen.» Sein Tonfall änderte sich beinahe unmerklich. «Die kleine Moran tut mir ebenfalls leid. Es ist schrecklich, auf diese Art zu sterben, noch dazu, wenn man so jung ist.»

«Ja.» Loomis unterdrückte den Impuls zu schaudern, als er sich an die grausigen Fotos erinnerte, die auf der *Pandora* gemacht worden waren.

«Vielleicht sollten wir von anderen Dingen reden, Mr. President.»

«Ja, Calder. Haben Sie sich schon überlegt, wie Sie an diese Irren in Riad herantreten wollen? Wir müssen Botschafter Kleinerman und die anderen so schnell wie möglich dort rausholen. Die allgemeine Zustimmung zur Arbeit der Regierung ist um zwanzig Prozent gefallen, seit diese Wahnsinnigen uns herausfordern.»

«Entschuldigen Sie, Mr. President, aber machen Sie bitte nicht den Fehler, die militanten Moslems als verrückt zu betrachten. Sie sind alles andere. Sie wissen, daß sie ihre Hände an der Kehle der entwickelten Länder haben, und sie beabsichtigen nicht, sie wegzunehmen. Diese Tatsache dürfen wir nicht vergessen, ganz gleich was wir tun, um Mr. Kleinerman und die anderen zu befreien.»

Loomis erhob sich und ging eine Weile im Raum auf und ab, ehe er sich wieder setzte, diesmal in einen der Louis-XVI-Sessel neben den gelben Sofas. Er wollte nicht riskieren, Calder Davis mit müßigen Vorsichtsmaßregeln zu verstimmen, aber es war angebracht, ihn daran zu erinnern, wie gefährlich der Auftrag war, den er übernommen hatte.

«Sie haben mehrmals gedroht, die Geiseln zu töten», sagte er. «Ich glaube natürlich nicht, daß die Möglichkeit wirklich besteht, solange sie denken, sie könnten uns zum Nachgeben bewegen.» Er trank seinen Armagnac aus und schenkte sich aus der Karaffe nach. «Wir wissen offen gesagt noch nicht einmal genau, was sie von uns wollen. Das heißt, sie imitieren wie zu erwarten das iranische Beispiel. Sie wollen, daß wir die Saudiprinzen ausliefern, die hierher gekommen sind, und mit ihnen ihr gesamtes Vermögen. Es gibt eine Menge Amerikaner, die es gern sähen, wenn wir die Saudis opferten. Die Universitätsleute und Intellektuellen, die die Revolution von Anfang an unterstützt haben. Und natürlich die Linken. Die Linken sind immer dafür, Antikommunisten auszuliefern. Aber die Wähler wollen nichts davon wissen, Calder. Sie sind frustriert und wütend. Ich glaube, man würde sofort ein Impeachment gegen mich einleiten, falls ich die Saudiprinzen und ihre Familien auslieferte. Die Amerikaner sind vielleicht nicht willens, zu kämpfen oder auch nur Steuern für ihre Verteidigung zu zahlen, aber sie wollen sich noch weniger von einem Haufen wirrköpfiger Radikaler erpressen lassen.» Er legte seine Stirn in tiefe Falten. «Inzwischen sitzen die Sowjets in Afghanistan und im halben Iran und sind bereit, den ganzen Golf mitsamt dem Öl zu übernehmen, wenn wir einen falschen Schritt machen. Sie werden in einer sehr heiklen Situation sein, Calder.»

«Das ist mir vollkommen klar, Mr. President», sagte Calder Davis gelassen.

«Ich hoffe nur, daß Sie die Probleme sehen.»

«Ich denke, wir haben eine gute Chance», sagte Davis. «Es könnte sich herausstellen, daß die arabische Revolution letzten Endes ein Segen ist. Ich weiß, das klingt vielleicht zu optimistisch, aber vertrauen Sie mir, Mr. President. Machen Sie sich keine unnötigen Gedanken.»

Loomis sah Davis eine Weile an und kam zu dem Schluß, langsam sei der Boden vorbereitet für ein Thema, das ihn seit geraumer Zeit beschäftigte. Bis jetzt war er davor zurückgeschreckt, es mit Davis zu erörtern. «Calder, darf ich Sie etwas fragen, was ich schon länger wissen möchte?»

«Bitte», sagte Davis höflich.

«Warum hat das NFK eigentlich Jeb Collingwood eingestellt? Sie können sich denken, daß es einen schlechten Eindruck machte, nachdem er die Politik der Regierung auf diese Art angegriffen hatte.»

«General Collingwood hat Fähigkeiten, die das NFK braucht, Mr. President. Er ist ein erfahrener Offizier und ein glänzender Verwaltungsmann. Viele ehemalige Soldaten gehen in die Wirtschaft. Der General fand zufällig einen Posten beim Neuen Friedenskorps.»

Loomis schluckte und sagte: «Sie drücken sich davor, meine Frage zu beantworten, Calder.»

«Verzeihung, das lag nicht in meiner Absicht. Möchten Sie wissen, warum das NFK einen ehemaligen Offizier nahm? Oder fragen Sie, warum das NFK jemanden einstellte, der öffentlich Ihre Entscheidung kritisierte, die Schnelle Eingreiftruppe zu reduzieren und nach Fort Bragg zurückzuholen?»

Als der Präsident nicht gleich antwortete, lächelte Calder Davis ein wenig und fuhr fort: «Lassen Sie es mich erklären, Sir. Sie und der General hatten eine Auseinandersetzung, und Sie warfen ihn hinaus.» Er hob eine Hand, um dem Protest zuvorzukommen. «Nun, *Sie* haben ihn in den Ruhestand versetzt. Das war natürlich Ihr Recht als Oberbefehlshaber. Aber das NFK wächst, Mr. President. Wir beschäftigen jetzt über achtzigtausend Leute in rund fünfzehnhundert Stationen überall auf der Welt. Wir brauchen gute, tüchtige Männer, die ihre Fähigkeiten unter Beweis gestellt haben. General Collingwood ist solch ein Mann, das werden selbst Sie zugeben. Es gibt noch eine andere Erwägung, die allerdings nicht ins Gewicht fiel, als Collingwood an uns herantrat. Es handelt sich um sein militärisches Urteilsvermögen. Ich werde die militärische Lage abschätzen müssen, ehe ich an die panarabischen Revolutionäre herantrete, um sie zu Verhandlungen zu bewegen. Normalerweise würde eine solche Bewertung hier in Washington gemacht werden, im Pentagon. Bedenken Sie aber, daß ich als Mitglied der internationalen Gemeinde handeln muß, wenn ich mit den Arabern rede, und nicht als Bürger oder gar Repräsentant der Vereinigten Staaten. Deshalb brauche ich einen unabhängigen Berater. General Collingwood bringt alle Voraussetzungen für diese Aufgabe mit. Wenn

Sie etwas dagegen einzuwenden haben, sagen Sie es bitte jetzt, Mr. President, damit ich mich rechtzeitig zurückziehe und Sie sich eine andere, praktikablere Lösung überlegen können.»

Die Drohung war höflich, aber unmißverständlich. Loomis sah ein, daß er Calder Davis entweder freie Hand lassen oder sich woanders nach Hilfe in einer Krise umsehen mußte, die jedermann in der Administration als unüberwindlich ansah. Präsidenten, das wußte Loomis natürlich, sollten sich nicht von Privatleuten unter Druck setzen lassen. Aber die Besonderheiten des arabischen Problems ließen ein Nachgeben angebracht und zugleich verlockend erscheinen.

Wenn er Calder Davis die Krise so anpacken ließ, wie dieser es für ratsam hielt, zapfte er damit ein ungeheures Reservoir wirtschaftlicher und politischer Ressourcen an. Er wälzte die Verantwortung auf andere ab und hatte – im Notfall – jemanden, dem er die Schuld geben konnte. Und wenn Calder es schaffte, würden seine Zurückhaltung und Öffentlichkeitsscheu ihm, Loomis, erlauben, den Erfolg auf seinem eigenen Konto zu verbuchen.

«Calder», sagte der Präsident, «ich habe Sie um Hilfe gebeten und möchte Ihnen auf keinen Fall dreinreden. Sie müssen dieses Problem so angehen, wie Sie es für richtig halten.»

Calder Davis erhob sich. «Danke, Mr. President», sagte er. «Und jetzt werde ich mich zurückziehen, wenn Sie erlauben. Es ist spät, und ein alter Mann braucht seinen Schlaf.»

An der großen Treppe blieb Davis stehen und sagte: «Ich habe meinen Verwaltungsassistenten gebeten, Ihnen morgen früh ein Papier zu bringen, Mr. President. Vielleicht interessiert es Sie. Es ist ein Report von einer Gruppe internationaler Energiefachleute über ein Verfahren zur Ölgewinnung aus Kohle, eine revolutionäre Weiterentwicklung des Consol Synthetic Fuel-Verfahrens. Im Augenblick liegen die Kosten pro Barrel noch dreißig Dollar höher als für arabisches Rohöl, aber stellen Sie sich nur vor, Mr. President . . . wenn die arabische Förderung ganz ausfällt oder um wenigstens vierzig Prozent sinkt, könnte unser Land der größte Ölproduzent der Welt werden. Die Wirtschaftsleute der Bank haben berechnet, welchen Marktanteil wir bräuchten, um einen annehmbaren Preis machen zu können. Diese Berechnungen stehen im Anhang. Ich glaube, Sie werden den Report faszinierend finden. George Rossmore wird morgen abend mit mir nach New York zurückfliegen. Ich werde dafür sorgen, daß er ebenfalls ein Exemplar bekommt. Gute Nacht, Mr. President.»

Vincent Loomis beobachtete, wie der alte Herr die breite, geschwungene Treppe hinunterging, wobei seine kleinen Füße keinerlei Geräusch auf dem dicken Teppich machten. Die beiläufige Erwähnung seines Energieministers war ein bißchen alarmierend. George Rossmore konnte es gut mit Calder, vielleicht besser als mit seinen Kollegen in der Administration. Vincent Loomis fragte sich nicht zum erstenmal, ob er es zugelassen hatte, daß Calders Einfluß in seinem Kabinett zu groß geworden war. Aber was konnte daran schlimm sein? Loomis und die anderen Regierungsvertreter hatten nie einen Moment daran gezweifelt, wem Calder Smith Davis' Loyalität galt. Sie galt immer den Vereinigten Staaten von Amerika. Und das heißt, daß sie in den nächsten sechs Jahren Vincent Todd Loomis gelten wird, dachte der Präsident.

3

14. Juli, dritter Tag

7. Washington

Michael Rivas stand auf den unteren Stufen des Lincoln Memorial und ließ den ununterbrochenen Strom der plappernden und schwitzenden Touristen an sich vorüberziehen. Manche Leute blieben kurz stehen, um die riesige Statue in der schattigen Kolonnade zu fotografieren, andere riefen ihre Kinder, wieder andere machten, während sie die breite Treppe hinaufgingen, ein Gesicht, aus dem eine beinahe abergläubische Scheu sprach, wie Anhänger irgendeiner olympischen Gottheit.

Die Sonne brannte mit einer unbarmherzigen Intensität, die Rivas' verbundenen Kopf vor Schmerz pulsieren ließ, auf das gewaltige

Marmorbauwerk hinunter. Die feuchte Luft war in seinen Lungen wie vollgesogene Watte.

Er war entgegen Sam Abbotts Rat mit einer der Morgenmaschinen zum National Airport Washington geflogen und wartete nun, kurz vor Mittag, auf Ike Holt, der gleich irgendwo in der Menge der Denkmalbesucher auftauchen mußte.

Holt hatte angeboten, ihn in seinem Büro in McLean zu empfangen, aber Rivas hatte abgelehnt. Er wollte Menschen um sich haben, und als Abbott dem CIA-Mann von dem gestrigen Anschlag auf dem Van Wyck Expressway berichtet hatte, war Holt einverstanden gewesen, Rivas an einem öffentlichen Ort zu treffen, «wenn er sich dann sicherer fühlt».

In den Morgennachrichten im Fernsehen war die Erklärung des Weißen Hauses über Cole Norris' Tod gebracht worden. Rivas fragte sich, welche Terroristengruppe für den Mord verantwortlich gemacht wurde. Pressechef Harper hatte die Verlautbarung einfach vor den Kameras vom Blatt gelesen und sich geweigert, Vermutungen anzustellen und die Fragen zu beantworten, die einige der im Weißen Haus akkreditierten Journalisten ihm zugerufen hatten. Candace Morans Tod war ebenfalls erwähnt worden, aber so, als sei sie ertrunken. Keine näheren Erklärungen, keine Einzelheiten.

Rivas ging langsam die steinernen Stufen hinauf, bis er im Schatten der Kolonnade stand. Ein bewegendes und eindrucksvolles Denkmal für den ermordeten Präsidenten, dachte er. Er war seit einer Reihe von Jahren nicht mehr hier gewesen und betrachtete eine ganze Weile das nachdenkliche, melancholische Gesicht über den drängelnden Touristen.

Das große, strenge Bauwerk und die gewaltige Statue des Mannes, der den Bundesstaat gerettet hatte, schienen trotz der Hitze und der Karnevalsatmosphäre im sommerlichen Washington beruhigend auf die Menge zu wirken. Selbst Kinder, die eben noch herumgetobt und geschrien hatten, wurden zumindest vorübergehend in den Bann der Gedenkstätte gezogen. Ganze Familien standen wie angewurzelt, mit erhobenen Gesichtern, wie von einer kaum bewußten Wahrnehmung getroffen. Einen Augenblick lang schienen sie das Gefühl zu haben, mit den anderen Betrachtern des sitzenden Riesen eins zu sein.

Sie blieben eine Weile stehen und gingen dann zurück in die

sengende Sonne, verloren allmählich die Befangenheit, die sie in der Gedenkstätte ergriffen hatte, und begannen wieder zu schnattern und zu gestikulieren.

Das, erinnerte sich Rivas, sind die wahren Amerikaner, mit ihren sonnenverbrannten Gesichtern, ihren Sandalen, ihren geblümten Hemden, ihren Sonnenbrillen, ihren Sofortbildkameras, die Durchschnittsamerikaner, die ihre Hot Dogs und Sandwiches essen, mit ihren Frauen oder Männern meckern und aufpassen, daß ihre Kinder nicht zu weit fortlaufen. Florida-Rentner in greller Freizeitkleidung, Kalifornier mit abgeschnittenen Jeans und langen Haaren, Leute aus dem Mittelwesten mit zerknitterten waschmaschinenfesten Hosen und billigen weißen Schuhen – dies ist *ihre* Stadt, die Hauptstadt *ihrer* Republik. Dies sind die Menschen, die dem abstrakten Begriff «Amerikaner» Leben einhauchen. Man neigt immer dazu, es zu vergessen, und das ist ein schwerwiegender Fehler. Die Vereinigten Staaten sind nicht das fortschrittlich-überzüchtete Land, das man unwillkürlich vor Augen hat, wenn man im Fernsehen eine Sendung über die Gefahren der Atomkraft, eine Podiumsdiskussion über die Vor- und Nachteile von SALT oder einen Bericht über das neueste Wohlfahrtsprogramm sieht. Die Vereinigten Staaten sind das, was *diese* Menschen wollen, und wenn sie sich bei ihren Entscheidungen von Schwäche und Ignoranz leiten lassen, kann man zwar den Mut verlieren, aber man kann nicht leugnen, daß es ihr Land ist. Sie sind *Das Volk* aus der Präambel der Verfassung.

Gewitzte Politiker verstehen das. Staatsmänner fühlen es in den Knochen. Journalisten, dachte Rivas selbstkritisch, vergessen es leider zu oft.

Er drehte sich um und schaute nach Norden, über das verdorrende Gras vor dem Washington Monument, beobachtete die Demonstranten, die sich am Obelisken drängten und handbeschriebene Spruchbänder schwenkten oder den Rednern lauschten, die ihre Parolen durch tragbare Lautsprecher hinausposaunten. Washington war seit den sechziger Jahren eine Stadt der Demonstrationen, und das «Recht des Volkes auf friedliche Versammlungen» wurde im feuchtheißen Sommer des District of Columbia besonders strapaziert.

Ein grauer Pkw aus dem Fuhrpark der Regierung näherte sich von der 23. Straße. Er wurde langsamer und hielt am Bordstein. Ein hagerer Mann mit schütteren Haaren stieg hinten aus, sagte ein paar Worte zu dem Fahrer und blickte sich suchend in der Menge um.

Rivas erkannte Isaac Holt. Er hatte den Stellvertretenden CIA-Direktor seit vier Jahren – seit er ihn bei seinem Amtsantritt in New York interviewt hatte – nicht mehr gesehen.

Rivas blieb im Schatten stehen und beobachtete den zum Denkmal hinaufspähenden Holt, während der graue Wagen davonrollte. Typisch für ihn, daß er ein unauffälliges Fahrzeug nimmt, obgleich er das Recht auf eine große schwarze Regierungslimousine hat, dachte Rivas. Holt schien während seiner gesamten Laufbahn daran gearbeitet zu haben, möglichst farblos und anonym zu wirken. Rivas war sich jedoch bewußt, daß hinter der nichtssagenden Fassade ein scharfer Verstand arbeitete und daß der Mann keinen Skrupel kannte. Es wäre nur noch eine Frage der Zeit gewesen, daß Holt meinen Bruder vom Direktorensessel verdrängt hätte, dachte Rivas. Cole mag intelligent und scharfsinnig gewesen sein, aber Isaac Holt bringt einfach die besseren Voraussetzungen dafür mit, eine Geheimarmee von 18 000 Menschen zu führen. Jetzt wird Holt den Posten bald übernehmen, ohne daß es weiter auffällt.

Er wünschte, er wäre besser dafür gerüstet, um mit Holt fertigzuwerden; er wünschte, er wüßte genau, was Cole von seinem Stellvertreter gehalten hatte. Er vermutete, daß die beiden Männer sich nicht sehr gemocht hatten. Die kalte und distanzierte Art, mit der Holt am Telefon den Tod Coles geschildert hatte, schien darauf hinzuweisen, daß es für den Stellvertretenden CIA-Direktor nicht gerade ein traumatisches Erlebnis gewesen war. Aber man konnte nie sicher sein. Isaac Holt gehörte nicht zu den Männern, die ihre Gefühle zeigten. Man konnte sich irren, wenn man annahm, er habe keine.

Rivas beobachtete, wie Holt langsam die Stufen hinaufging. Er trug einen grauen Sommeranzug, schien aber trotzdem mit der auffallend gekleideten Touristenmenge in der Gedenkstätte zu verschmelzen. Rivas hatte den Eindruck, Holt werde sich in Luft auflösen, wenn er ihn auch nur einen Moment aus den Augen ließe. Er rieb die Narbe auf seiner Wange und wünschte, sein verbundener Kopf würde endlich aufhören zu pochen. Die Fäden in seiner Kopfhaut fühlten sich an wie Drähte, und er mußte dem Impuls widerstehen, sie einfach herauszureißen.

«Hallo, Rivas», sagte Holt. «Willkommen in Washington.»

«Gehen wir ein Stück», sagte Rivas.

Sie bahnten sich einen Weg durch die Touristen an der Seite der Kolonnade und gingen zum Rand des Denkmals. Als Rivas aus dem Schatten trat, glaubte er, von der Sonne verbrannt zu werden. Er setzte seine Sonnenbrille auf.

«Sind Sie okay?» fragte Holt. «Sie wissen, wir hätten uns auch woanders treffen können.»

«Mir geht's gut», sagte Rivas. «Und ich mag diesen Platz.»

Holts dünne, blasse Lippen verzogen sich zu einem feinen Lächeln. «Lincoln hat es nicht verdient, den Schutzpatron der Liberalen spielen zu müssen. Er war schließlich der einzige Präsident der USA, der die Habeas-Corpus-Akte zeitweilig außer Kraft setzte. Stellen Sie sich vor, was die Bürgerrechtsunion daraus gemacht hätte!»

«Wie ich sehe, hat Coles Tod Sie echt mitgenommen», sagte Rivas.

«Jedenfalls mehr, als Sie denken. Aber Sie sind nun schon so lange von uns fort, daß Sie wahrscheinlich das Training vergessen haben.»

«‹Weitermachen. Immer lächeln›», sagte Rivas bitter. «Ich erinnere mich sehr gut.» Er setzte sich auf die steinerne Brüstung, weil seine Beine plötzlich angefangen hatten zu zittern. Der Stein war so heiß, daß sein Gesäß und seine Oberschenkel zu brennen schienen, aber er mußte sich ausruhen.

«Sie sehen nicht gut aus», sagte Holt. «Wie schlimm war es?»

«So schlimm, daß ich Kopfschmerzen bekommen habe. Aber der Taxifahrer ist tot. Ich möchte wissen, warum, das ist alles.»

Isaac Holt starrte ihn an, und seine schmalen Augen wirkten in der Sonne ganz wäßrig. «Die Agency wollte Ihnen nicht ans Leder, Rivas, wenn Sie das denken.»

Rivas sagte so gleichmütig, wie er konnte: «Ich hoffe, das stimmt, Holt. Das nächstemal werde ich nämlich vorbereitet sein.»

«Reden Sie keinen Quatsch. Die Firma macht so etwas nicht mehr. Schon seit Jahren nicht mehr. Außerdem gibt es keinen Grund, weshalb wir Sie beseitigen sollten.»

Rivas blickte fort, über die sonnenverbrannten Grünanlagen zum unbewegten Wasser des Potomac. «Hat Cole Ihnen von einem besonderen Projekt für den Präsidenten erzählt, an dem er arbeitete?»

«Was für ein Projekt soll das gewesen sein?»

«Ein vertraulicher Bericht für Loomis.»

«Ich habe nichts davon gehört», sagte Holt. «Wenn Cole an einer

Sache für den Präsidenten gearbeitet hätte, wäre es mir nicht verborgen geblieben.»

«Er schrieb mir einen Brief», sagte Rivas.

Holt wartete mit aufeinandergepreßten Lippen. Dann sagte er: «Ich nehme nicht an, daß Sie ihn mir zeigen werden.»

«Ich habe ihn vernichtet», sagte Rivas.

«Aha. Und was sagte Cole in diesem Brief, den Sie vernichtet haben?»

«Nur daß er an einem Report für Loomis arbeite.»

«Sagte er, daß Loomis ihn angefordert habe?»

«Nein. Es war Coles eigenes Projekt.»

«Aha», sagte Holt wieder. «Ich finde es merkwürdig, daß er Ihnen etwas von einem solchen Vorhaben gesagt hat, Rivas. Sie wissen ja, daß Sie in seiner Achtung nicht sehr hoch standen . . . wenn ich das sagen darf.»

«Ich weiß es besser als Sie», sagte Rivas. «Aber ich glaube, Cole war verzweifelt, so verzweifelt, wie er überhaupt sein konnte. Und irgend jemand wußte, was er machte, und war immerhin so beunruhigt, daß er ihn umbrachte – und dann ersuchte, auch mich umzubringen.»

«Und Sie denken, ich sei dieser Jemand?»

«Sind Sie es?»

Holt schüttelte ungläubig den Kopf. «Ich glaube, in Ihrer Familie ist Paranoia erblich», sagte er.

«Vielleicht», sagte Rivas. «Aber jemand enterte die *Pandora* und versuchte, den Eindruck zu erwecken, Cole sei ausgeflippt, habe das Mädchen halb zerstückelt und dann Selbstmord begangen. Wer würde so etwas ohne Grund tun?»

«Ich kann mir eine ganze Reihe von Möglichkeiten denken», sagte Holt gelassen. «In der Moskauer Zentrale muß es mindestens zehn Männer geben, die Cole gern tot und diskreditiert sähen. Er war ein guter Nr. 1, wissen Sie. Einer der besten, die wir je hatten.»

«Die Presseerklärung des Weißen Hauses über ‹eine Gruppe von Terroristen› – war das Ihre Idee?» fragte Rivas.

«Ja. Mir wäre allerdings lieber gewesen, wir hätten gar nichts gesagt.»

«*No comment*», sagte Rivas.

«Das Recht der Öffentlichkeit auf Information hat eine Grenze. Wenn es nach mir gegangen wäre, hätten wir die Sache totgeschwiegen.»

«Das glaube ich gern», sagte Rivas. Es fiel ihm zunehmend schwer, seine Aversion gegen den Stellvertretenden CIA-Direktor zu verhehlen.

Holt sagte kühl: «Wohinter sind Sie her? Eine Story?»

«Ich möchte wissen, wer meinen Bruder und seine Freundin und einen puertorikanischen Taxifahrer umgebracht hat und mich beinahe auch. Ich möchte wissen, warum. Dann werde ich entscheiden können, ob es eine lohnende Story ist oder nicht.»

«Ihr Journalisten macht mich krank», sagte Holt. «Ihr würdet für einen Vierminuten-Spot in den Fernsehnachrichten euer Land verkaufen.»

Rivas fühlte, wie Zorn in ihm aufwallte. «Was haben Sie in letzter Zeit unternommen, um die Welt demokratischer und sicherer zu machen?»

Holt sah Rivas mit harten, ausdruckslosen Augen an. «Passen Sie auf sich auf, Rivas», sagte er und entfernte sich. Nach ein paar Schritten blieb er stehen und drehte sich um. In der grellweißen Sonne sah er aus wie eine graue Salzsäule. «Lassen Sie die Finger von dieser Sache. Sie wissen nicht, womit Sie spielen, Rivas. Die Firma wäscht ihre schmutzige Wäsche selbst.»

«Aber erst neuerdings», sagte Rivas. «Eigentlich wäre es doch wohl Aufgabe des FBI. Hat jemand einen Spezialjagdschein ausgestellt?»

Holts Stimme war kalt wie Eis. «Seien Sie vorsichtig, Hispano. Das nächstemal haben Sie vielleicht nicht so viel Glück.»

Mit der Wucht eines Schlags ging Rivas auf, daß Holt gelogen hatte, als er sagte, er wisse nicht, woran Cole gearbeitet habe. Für ihn gab es hundert Wege, es herauszufinden, und Rivas war sicher, daß er es herausgefunden hatte.

Ohne ein weiteres Wort drehte Holt sich um und ging. Rivas blieb auf der Brüstung sitzen und sah ihn steifbeinig, fast trippelnd die Stufen zur Straße hinuntergehen. Trotz der feuchten Hitze hatte er das Gefühl, er sei von einem eisigen Nordwind gestreift worden. Holt war ein echter Spion der alten Schule: kaltblütig, unauffällig, gefährlich wie eine Kobra. Ein solcher Mann würde nie den leisesten Zweifel hegen, daß der Zweck das Mittel rechtfertigte. Selbst wenn das Mittel Mord war.

8. Riad

David Kleinerman, bis vor einem guten halben Jahr Botschafter der Vereinigten Staaten im Königreich Saudi-Arabien, saß in einem schmutzigen, schummrig beleuchteten Kellerraum der Botschaft auf einer eisernen Pritsche und lauschte dem dumpfen Singsang von der Straße her.

Kleinermans Hände waren gefesselt, seine Füße nackt, und seine Kleidung bestand aus einer Drillichhose der Marineinfanterie. In seinem Gesicht standen zwei Wochen alte graue Bartstoppeln. Er war ein Mann, der viel Wert auf Hygiene legte; sein ungewaschener Zustand und der Geruch aus dem Kübel in der Ecke peinigten ihn fast ebenso wie die Tatsache, daß er das Sonnenlicht nicht mehr gesehen hatte, seit die militanten Radikalen vor 190 Tagen in die Botschaft eingedrungen waren.

Die Isolierung und die Sorge um seine Mitarbeiter und die Angehörigen anderer westlicher Botschaften, die zu den Amerikanern geflohen waren, hatten den kräftigen, fast 90 Kilo schweren Mann wenigstens 15 Kilo abnehmen lassen. Seine 1,83 Meter große Gestalt wirkte abgezehrt. In seinem Mund und seiner Kehle war ein bitterer, metallisch schmeckender Belag, der ihn vermuten ließ, daß man seinem Essen irgendwelche Drogen beimischte.

Ein weniger zorniger Mann wäre vielleicht schon zusammengebrochen, aber Kleinerman wurde von der Schmach, die er empfand, und von der Wut auf seine eigene Regierung und ihre vermeintliche Feigheit aufrechtgehalten.

Mit Blick auf die Kette von Dummheiten, die vor einem Jahrzehnt zur Besetzung der amerikanischen Botschaft in Teheran geführt hatte, hatte er die Entwicklung in der Saudi-Metropole mit wachsender Besorgnis beobachtet. In seinen Depeschen hatte er Washington wiederholt gewarnt, die Monarchie der Saudis wanke, und er hatte aktive und tatkräftige Unterstützung der bedrohten Prinzen empfohlen. Als sich dann unverkennbar zeigte, daß die Loomis-Administration ebenso unfähig war, die Situation in den Griff zu bekommen, wie seinerzeit die Regierung Carter im Iran, hatte David Kleinerman eigenmächtig begonnen, alle irgendwie entbehrlichen Botschaftsangehörigen aus dem Land zu schicken. Es war ihm gelungen, das Personal auf weniger als 50 Leute zu reduzieren, als der Schlag erfolgte.

Innerhalb von drei Tagen hatten sich die saudi-arabischen Truppen aufgelöst, und der Pöbel übernahm in Riad die Macht. Zwischen den verbliebenen Anhängern der alten Ordnung und panarabischen Revolutionären, zwischen sunnitischen und schiitischen Demonstranten und zwischen den ausländischen Arbeitern (meist Palästinenser und Iraner) und den neuen Revolutionären Aktionskomitees waren Kämpfe aufgeflackert, flackerten weiterhin Kämpfe auf. Die Mullahs hatten versucht, durch Einsetzen islamischer Gerichte, die drakonische Strafen verhängten, eine gewisse Ordnung zu schaffen, aber die Hinrichtungen hatten die Aufständischen lediglich veranlaßt, nach immer mehr Gewalt zu rufen.

Viele Botschaften waren rechtzeitig geschlossen worden, einige dagegen nicht. In der diplomatischen Vertretung der USA wurden nun ein halbes Dutzend Kanadier, dreißig Italiener, zehn Franzosen, sechs Westdeutsche und ein paar Spanier gefangengehalten; Kleinerman hatte keine Ahnung, in welchen Räumen sie sich befanden. Die Franzosen und Italiener waren die einzigen Überlebenden des Botschaftspersonals ihrer Länder, das auf rund 200 Diplomaten geschätzt wurde – beide Botschaften waren nicht rechtzeitig geschlossen worden. Die Männer und Frauen hatten in der US-Botschaft Zuflucht gesucht, weil sie überzeugt gewesen waren, sie sei von allen westlichen Vertretungen am besten gesichert, und die Amerikaner würden sich nach den Ereignissen in Teheran nie wieder von irgendwelchen Aktivisten demütigen lassen. Sie hatten sich geirrt und saßen jetzt zusammen mit den amerikanischen Diplomaten in der Falle.

David Kleinerman, ursprünglich Anwalt in der Wall Street, war sein Leben lang gegen jede Gewalt gewesen. In diesem Augenblick hätte ihn jedoch keiner seiner ehemaligen Kollegen wiedererkannt. Er malte sich immer wieder aus, Präsident Loomis säße mit ihm in der dunklen Zelle und müsse seine, Kleinermans, Beschimpfungen schlucken und seine Verachtung ertragen. Zwischendurch stellte er sich vor, amerikanische Flugzeuge fegten über die Straßen Riads hinweg und belegten die Stadt mit dem Feuer ihrer Bordkanonen. Er sah ein, daß es nicht die Tagträume eines geistig vollkommen normalen Mannes waren, aber dennoch . . . Zum erstenmal in seinem Leben konnte David Kleinerman ermessen, was Haß war.

Der Botschafter wurde in unregelmäßigen Abständen von einem Aktivisten aufgesucht, in dem er den Anführer der rund dreihundert

Revolutionäre vermutete, die das Gebäude besetzt hielten. Dieser junge Mann (der Botschafter schätzte ihn auf 25 bis 30 Jahre) hatte sich das Pseudonym Abu Mussa zugelegt, den Namen eines legendären arabischen Widerstandskämpfers aus dem israelischen Unabhängigkeitskrieg.

Der Aktivist zeigte eine beträchtliche Bildung, und Kleinerman war sicher, daß er einer der privilegierten Araber war, die in einer anderen Zeit von der Saudi-Regierung in die Vereinigten Staaten geschickt worden waren.

Der Botschafter wußte nicht recht, warum Abu Mussa ihn immer wieder verhörte. Er nahm an, er habe persönliche Motive, da er offensichtlich glühender Antisemit war und David Kleinerman für einen Juden hielt, was aber nicht stimmte. Kleinerman dachte oft, daß sein erzprotestantischer, deutschstämmiger Vater diese Behauptung für einen größeren Affront halten würde als die Gefangenschaft seines Sohnes im Keller der eigenen Botschaft.

Der Singsang der Leute, die sich um das Botschaftsgelände versammelt hatten, hörte nie auf. Er tönte Tag und Nacht, eine nervenaufreibende Geräuschkulisse. Kleinerman wußte, daß er ebenso organisiert wurde wie seinerzeit die Demonstrationen in Teheran. Er fragte sich, ob die Leute von den westlichen Medien auch diesmal darauf hereinfielen. Im Iran hatten sich die von den wogenden Menschenmassen, den Spruchbändern und den Haßparolen faszinierten amerikanischen Fernsehteams praktisch in Werkzeuge der militanten Propagandisten verwandelt, von denen viele vom KGB ausgebildet worden waren. Kleinerman wünschte sich einerseits, man habe ihn und seine Leute nicht vergessen und Riad stehe jeden Tag in den Schlagzeilen, doch andererseits war ihm klar, daß sie, solange das der Fall war, praktisch keine Aussicht auf Befreiung hatten.

Er versuchte, den metallischen Geschmack in seiner Kehle hinunterzuschlucken und sehnte sich nach einer Zigarette. Er hatte gehört, nach zwei Wochen Nikotinentzug habe man keine Lust mehr zu rauchen. Es stimmte nicht. Er würde fast alles für ein paar Züge tun. *Und für ein Bad*. Gott, dachte er, wie entwürdigend es ist, wenn man stinkt. Er kratzte mit seinen gefesselten Händen die grauen Haare auf seiner Brust. Allmählich entwickelte er die Fähigkeit, trotz der Fesseln einfache Dinge zu tun. Und in diesem Loch, dachte er, kann man verdammt wenig machen, das nicht einfach ist. Man aß – nicht gut, weil die Vorräte der Botschaft am ersten Besetzungstag an den Pöbel verteilt worden waren. Man entleerte sich; man schlief – nur ein bißchen, denn die schwache Glühbirne wurde nie gelöscht, und der Mob draußen hörte nicht auf zu intonieren: *Loomis muß sterben! Die westlichen Spione müssen sterben! Nieder mit Satan Amerika!* Diese Leute sind verliebt in das Sterben, dachte Kleinerman; jedenfalls nach ihren Gesängen zu urteilen.

Kleinerman, der seine Ernennung ernst genug genommen hatte, um etwas von der arabischen Kultur zu lernen, lächelte freudlos vor sich hin und zitierte einen Vers aus der vierten Sure des Korans, an den er sich erinnerte: «Nicht liebt Allah öffentliche Rede vom Bösen . . .» Er fragte sich, wie die Mullahs es schafften, sich um diese Maxime aus ihrem heiligen Buch herumzudrücken.

Er schloß die Augen und versuchte, sich an mehr Textstellen zu erinnern. Es war eine Übung, die ihn sonderbar beruhigte. Ihm fiel jedoch nur noch ein Vers aus der 35. Sure ein: «Und wenn Allah die Menschen nach Verdienst strafte, so ließe er auf der Erde Rücken kein Tier übrig.»

Für einen Mann in Kleinermans Lage war das kein sehr tröstlicher Gedanke.

Mohammad Musayid ibn-Sulayil, der früher gern damit geprahlt hatte, er sei mit der Familie Saud blutsverwandt, es jetzt aber vorzog, unter seinem Kriegernamen Abu Mussa bekannt zu sein, eilte die Eisentreppe zum Keller der amerikanischen Botschaft hinunter.

Über seinem schmuddeligen Kampfanzug mit Tarnmuster trug er einen offenen *thobe*, das weiße Gewand der frommen Saudi-Araber, und sein dichtes schwarzes Haar steckte unter einer *ghutra*, der traditionellen, von einer Kordel zusammengehaltenen Kopfbedeckung.

Mohammad Musayid hatte den Namen Abu Mussa angenommen, als er in das Ausbildungslager gekommen war, das Oberst Muammar Ghaddafi Ende der siebziger Jahre für die Revolutionäre eingerichtet hatte, die später die Monarchie der Saudis stürzten. Als Mitglied eines entfernten Zweigs der saudischen Herrscherfamilie war er für die libyschen Ausbilder und ihre KGB-Berater ein Leckerbissen gewesen. Er hatte an der University of Southern California studiert und dort ein perfektes amerikanisches Englisch gelernt. Außerdem hatte er gelernt, zu surfen und zu trinken – und er hatte eine blinde Leidenschaft für die

Tochter eines reichen südkalifornischen Juden entwickelt. Die Affäre hatte ihn mit seiner Familie entzweit und seinen Monatsscheck schmerzlich gemindert, doch weil er ein sehr dickköpfiger junger Mann war, hatten die Disziplinarmaßnahmen der Seinen ihn nicht von den Intimitäten mit der emanzipierten Freundin abbringen können.

Es war nicht allzu schwer zu verstehen, daß die Eltern des Mädchens das Verhältnis ebenso ungern sahen wie Mohammads Familie. Sie hatten jedoch Mittel und Wege gewußt, die Sache zu beenden. Die Freundin, noch zu jung und unreif, um alles für die Liebe zu opfern, mußte die Universität verlassen und wurde in ein Kibbuz nach Israel geschickt, wo sie, wie ihr Vater ihr streng erklärt hatte, vielleicht Gelegenheit haben würde, darüber nachzudenken, wie ein wohlerzogenes jüdisches Mädchen sich in dieser Welt benehmen müsse. Ein jüdischer Liberaler zu sein, sei eine Sache, sagte er, aber der Schwiegervater eines Arabers zu werden, und sei es eines so blaublütigen Arabers wie Mohammad Musayid ibn-Sulayil, gehe entschieden zu weit.

Der junge Mohammad hätte das Ende seiner verbotenen Romanze vielleicht schadlos überwunden, aber seine Familie schickte praktisch kein Geld mehr und befahl ihm, sofort nach Semesterschluß heimzukommen.

Mohammad wartete nicht so lange. Voll Wut auf die Anverwandten in Riad und wieder in den Antisemitismus verfallend, den man ihm seit seiner Kindheit eingebläut hatte (und den Judith Ackermans geschmeidiger und sonnengebräunter Körper nur vorübergehend eingelullt hatte), verkaufte er seinen Ferrari und flog nach Paris. Dort, in der arabischen Exilgemeinde, wurde er eine leichte Beute der Al Fatah, der aktivsten Gruppe der Palästinensischen Befreiungsorganisation.

Mohammad war jedoch zu wertvoll, um bei Überfällen auf israelisches Gebiet – die ärgerlich hohe Verluste forderten – aufs Spiel gesetzt zu werden. Als Saudi war er für die revolutionäre Bewegung in seinem Vaterland nützlicher. Er fing bereits an, sich seiner Affäre mit einer Jüdin zu schämen – vor allem, da sie ihn im Endeffekt sitzengelassen hatte. Es fiel ihm leicht, viele seiner unangenehmen Erfahrungen auf die vulgäre und gottlose Umwelt der Vereinigten Staaten zurückzuführen. Und er träumte oft davon, sich eines Tages an den Mitgliedern seiner Familie zu rächen, die so anmaßend mit ihm umgesprungen war.

In Paris legte er sich ein paar Grundbegriffe des Marxismus-Leninismus zu. Er lernte die PLO-Leute kennen, die sich bald als Revolutionsarmee der Panarabischen Volksrepublik zusammentun sollten. Er wurde von einer schrecklich verbohrten, aber sehr tüchtigen Gruppe unterwiesen, die aus eifernden Mullahs, französischen KGB-Agenten und palästinensischen Terroristen bestand. Als die Indoktrination beendet war, schickte man ihn zum militärischen Teil seiner Ausbildung nach Libyen.

Und nun war Mohammad Musayid ibn-Sulayil als Abu Mussa heimgekommen und befehligte das Revolutionäre Aktionskomitee, das die ehemals saudi-arabische Vertretung des Satans Amerika besetzt hielt.

David Kleinerman hatte es beinahe geschafft einzudösen, als er hörte, wie der Aktivist vor seiner Tür Abu Mussa begrüßte. Dann wurde der Schlüssel herumgedreht.

Abu Mussa hatte auch diesmal zwei großkalibrige sowjetische Militärpistolen im Gürtel seines gestreiften Kampfanzugs stecken. Er trug ein großes japanisches Tonbandgerät und ließ unter seinem Zapata-Schnauzbart weiße Zähne blitzen.

«Guten Tag, Botschafter Jude», sagte Abu Mussa. Es war sein gewohnter Gruß, und David Kleinerman hatte nach anfänglichen Protesten gelernt, ihn zu ignorieren.

«Guten Tag, Hauptmann», sagte Kleinerman heiser, denn seine Kehle war wie ausgedörrt. «Oder sind Sie heute schon General? Bei euch sind die Aufstiegschancen ja enorm.»

«Ich bin Major der Revolutionsarmee der Panarabischen Volksrepublik. Das wissen Sie genau. Man hat es Ihnen gesagt.»

Kleinerman freute sich wie ein Kind, den jungen Mann in seiner Eigenliebe getroffen zu haben. Aber es war ein billiger Triumph. Schließlich saß er, Kleinerman, mit gefesselten Händen und bloßen Füßen da.

Abu Mussa schnaufte nur und rief den Mann herein, der im Gang Wache stand. Der junge Araber trat mit seinem sowjetischen AK-47 im Anschlag ein. Kleinerman hatte gehofft, die Militanten würden über kurz oder lang mit diesem martialischen Unfug aufhören, aber dann war ihm klargeworden, daß sie nicht nur mit ihren Waffen herumfuchtelten, um die Geiseln einzuschüchtern – sie taten es vor allem, um sich selbst Mut zu machen. Trotzdem bekommen die gefangenen Frauen bestimmt jedesmal einen Todesschreck, wenn einer von diesen Wilden mit einem geladenen automatischen Gewehr hereinspaziert, dachte der Botschafter.

Abu Mussa zeigte auf den Kübel. «Schaff das raus», befahl er.

Der junge Aktivist hängte sich das Gewehr über die Schulter, verzog angewidert das dunkle Gesicht und brachte den mit Kot und Urin gefüllten Kübel aus der Zelle.

«Ich möchte, daß Sie sich etwas anhören», sagte Mussa und stellte das Tonbandgerät ein. «Wir haben von Anfang an gewußt, daß die Botschaft ein Nest von Spionen war.»

Aus dem Lautsprecher kam eine Stimme. Kleinerman hatte zuerst Schwierigkeiten, aber dann erkannte er den Sprecher: Es war einer der Posten von der Marineinfanterie, der neunzehnjährige Billy Earle Saugus aus Kansas.

Das Sonderkommando von der Marineinfanterie, das (entgegen Außenminister Turners Wunsch) von Washington strengen Befehl erhalten hatte, bei der Verteidigung des Botschaftsgeländes keine «tödliche Gewalt» zu gebrauchen, war sofort von den bewaffneten Revolutionären überrannt worden, nachdem sie sich über die Mauer und durch das Tor Zugang ins Gebäude verschafft hatten. Er hatte gesehen, daß mindestens zwei Marines geschlagen und mißhandelt wurden, nachdem sie ihre Waffen übergeben hatten. Soldat Billy Earle Saugus war einer der beiden gewesen.

Der junge Mann, dessen Stimme dünn und gepreßt klang, benutzte Worte, die er unmöglich in Kansas oder im Ausbildungscamp der Marineinfanterie gelernt haben konnte. Er sagte: «Wir standen unter unmittelbarem Befehl von Mr. Haines Lofton, dem angeblichen Handelsattaché, der aber in Wahrheit der hiesige CIA-Mann war. Wir wissen, daß es unrecht war und daß wir Verbrechen gegen das arabische Volk verübten . . .» In diesem Tenor ging es weiter, stockend, mit vielen Pausen und Sprachschnitzern, ohne jede innere Überzeugung.

Als die Tonbandstimme verstummte, schaltete Mussa das Gerät aus. «Nun, Botschafter Jude? Was haben Sie dazu zu sagen?»

«Was erwarten Sie? Das Ganze ist doch ein schlechter Witz.»

«Kein Witz. Keine Fälschung. Ein Geständnis.»

Kleinerman gab sich Mühe, seinen Zorn nicht durchklingen zu lassen. «Sie machen einem neunzehnjährigen Farmerjungen Angst, und das soll irgend jemanden beeindrucken? Soldat Saugus hat noch nie in seinem Leben ein Wort wie ‹angeblich› benutzt, Sie Narr. Was wollen Sie mit solchen Sachen erreichen?»

«Das ist nur der Anfang, Botschafter Jude.»

Kleinerman zog die Augenbrauen hoch und musterte den Jüngeren. «Wissen Sie eigentlich, daß Sie ein Semit sind, Sie antisemitischer Strolch?»

«*Passen Sie auf, was Sie sagen.*»

«Angenommen, Sie setzen mich unter Druck, so etwas zu sagen. Was werden Sie tun, wenn ich mich weigere? Mich erschießen? Das glaube ich nicht.»

«Nicht Sie, Botschafter Jude. Wir werden mit einigen der anderen anfangen. Wir haben genug, um fast drei Monate lang täglich einen zu erschießen.»

Kleinerman schüttelte den Kopf. «Das werden Sie nicht wagen.»

«Warum nicht? Wir haben keine Angst. Wir kämpfen darum, unser Land aus den Klauen der CIA zu befreien.»

«Glauben Sie das *wirklich*?» Kleinerman hatte in seinem Leben fast nur mit rational denkenden und handelnden Leuten zu tun gehabt, und es fiel ihm schwer, ein solches Gespräch zu führen.

«Ehe wir fertig sind», sagte Mussa mit tödlichem Ernst, «werden *Sie* es glauben.»

«Da bin ich anderer Meinung, junger Mann», sagte der Botschafter. «Und wenn Sie auch nur eine Geisel umbringen, werden Sie binnen vierundzwanzig Stunden eine Division Marineinfanteristen in Riad haben.» Wenn ich *das* wenigstens glauben könnte, sagte er sich, aber er hatte seine Zweifel. Kleinerman konnte sich überhaupt keine Umstände vorstellen, die Loomis und seine Administration zu einem solchen Vorgehen bewegen würden. Es war tragisch, aber so war es nun mal. Auch von den Europäern war mit keiner militärischen Hilfe zu rechnen, gewiß nicht von den Italienern oder den Franzosen. Und selbst die Bundesrepublik hatte vor langer Zeit beschlossen, eine «flexible» Haltung gegenüber allen arabischen Revolutionären einzunehmen, damit ihre ölabhängige Industrie nicht stillstand und ihre Autos weiterhin auf den Autobahnen rasen konnten.

Kleinerman mußte an eine Unterhaltung denken, die er mit Calder in New York gehabt hatte, ehe er das Amt in Riad annahm.

«Ich weiß, Sie meinen, die internationalen Gesetze greifen nicht mehr», hatte Calder gesagt. «Und Sie haben recht. Aber wir müssen uns bemühen, wenigstens den vorhandenen Rest von Ordnung zu bewahren, David. Wir müssen ihn bewahren, bis zivilisierte Leute eine neue, vernünftigere Ordnung errichten.»

Was Calder jetzt wohl denkt? fragte sich Kleinerman. Beobachtete er mit aristokratischem Widerwillen den endgültigen Niedergang des Westens und diskutierte er in irgendeinem ruhigen und gemütlichen Sitzungssaal der GISS, der Trilateralen Kommission oder des Rats für Auswärtige Beziehungen mit seinen Patrizierfreunden darüber? Davis war ein Mann der Tat, aber in der Welt waren Kräfte freigesetzt, die nicht zu bändigen waren. Diesen Eindruck hatte jedenfalls Kleinerman, der die Welt nur noch aus der Dimension seines Kellergefängnisses in Riad heraus beurteilen konnte.

Er lehnte sich gegen die Betonwand und atmete tief. Dann bemerkte er, daß der Kübel nicht wieder in die Ecke gestellt worden war, und er konzentrierte sich darauf, daß er mußte und daß ihm, falls der finster dreinblickende Typ vor der Tür seine Bitte ignorieren würde, nichts anderes übrigblieb, als an die Wand zu pinkeln – ihm, David Kleinerman, Botschafter der Vereinigten Staaten im Königreich Saudi-Arabien.

9. Kairo

Der Mann, der in Kairo als Helmuth Reich bekannt war, stemmte seinen massigen Körper vom Tisch und gestattete sich ein befreiendes Rülpsen. Er hatte gut gegessen und getrunken, weit besser, als es daheim möglich war, und jetzt war er bereit, seinen Besucher mit jener Gründlichkeit auszuquetschen, die von einem KGB-Agenten zu erwarten war.

Reich war rundum zufrieden. Er hatte zur Zeit eine bemerkenswerte Glückssträhne. An eben dem Tag, an dem die Moskauer Zentrale ihn angewiesen hatte, allen Fingerzeigen auf die wahren Aktivitäten des Neuen Friedenskorps in Arabien nachzugehen, war sein PLO-Kontakt mit einer Nachricht erschienen, die seine Führungsoffiziere in der sowjetischen Hauptstadt bestimmt interessieren würde.

Reich, ein doppelt getarnter Agent, der unabhängig vom lokalen Residentennetz des KGB arbeitete, hatte seine Geheimdienstlaufbahn als Agent des Ostberliner Ministeriums für Staatssicherheit begonnen.

Seine Begabung für schwierige Aufträge und seine untadelige marxistisch-leninistische Haltung hatten ihm jedoch einen begehrten Posten beim KGB und obendrein die sowjetische Staatsbürgerschaft eingebracht. Die Ostdeutschen glaubten natürlich, er arbeite immer noch für sie, und in begrenztem Umfang tat er es auch. Seine Meldungen für Ostberlin waren Muster an Korrektheit und enthielten viele nützliche Informationen über das ägyptische Militär. Aber das wirklich relevante Material ging nicht in die DDR, sondern ins Kernland der Revolution, die UdSSR.

Die Schwierigkeit, die heikleren Punkte des letzten ägyptisch-israelischen Abkommens von Camp David zu erfüllen, hatte in Kairo gewisse Widerstände geweckt, und das hatte wiederum dazu geführt, daß Ägypten der DDR gestattete, eine spezielle Handelsmission zu eröffnen. Die Amerikaner hatten sich wie üblich viel Zeit gelassen, Ägypten mit Krediten und anderen Hilfeleistungen für die landwirtschaftliche Entwicklung zu versorgen, und die Ostdeutschen hatten die Gelegenheit sofort ergriffen. Ihre Chemiekombinate waren heilfroh, die Phosphate und Nitrate zu liefern, die das vom Assuandamm ausgelaugte Land dringend brauchte.

Reichs Tarnung war ein Posten als Leiter der Chemie-Abteilung in besagter Handelsmission der DDR. Er war sehr tüchtig und hatte sich in den beiden letzten Jahren einen Namen als «freundlicher» Kommunist gemacht. Was beinahe noch wichtiger war: Er galt als einer der spendabelsten Gastgeber der Kairoer Ausländergemeinde.

Seine Stellung erlaubte ihm, sich überall im Land frei zu bewegen und unmittelbar mit den Bauern, Funktionären und Regierungsbeamten zu verhandeln. Reich empfand eine dreifache Genugtuung: Zum einen half er der DDR, die Nebenprodukte einer riesigen und stark ausgelasteten Industrie zu verkaufen, die unter anderem auch chemische Kampfstoffe herstellte; zum zweiten lieferte er seiner ursprünglichen Heimat wichtige militärische Informationen; und – zum dritten – seiner angenommenen Heimat, der Sowjetunion, noch wertvollere politische Erkenntnisse.

Er hatte es während seiner Zeit in Ägypten geschafft, ein umfassendes Netz von Spionen und Informanten in der ägyptischen Regierung, unter den ausländischen Diplomaten Kairos und innerhalb der vielen radikalen Gruppierungen der Palästinensischen Befreiungsorganisation zu knüpfen.

Sein Geld kam aus Libyen, aus den anscheinend unerschöpflichen Tresoren Muammar Ghaddafis, der inzwischen zu einer Marionette der Planer in Moskau geworden war. So konnte Reich mit Hilfe der uralten und allgemein akzeptierten Bakschisch-Methode sehr gute Arbeit leisten und gleichzeitig außerordentlich komfortabel in einer Dachgartensuite auf dem *Cairo Hilton,* der Pyramide der westlichen Dekadenz, leben.

An diesem späten Juliabend hatte er sein Mahl auf der Terrasse über dem Nil beendet, zündete sich eine erstklassige Havanna an und lehnte sich zurück, um dem Bericht des besagten PLO-Kontakts, eines schwarzhäutigen Wüstenarabers, zu lauschen, der sich Achmed nannte, ein magerer und finsterer Mann in einem abgetragenen schwarzen Anzug und der rotkarierten *kaffiyah* der Palästinenser.

«Ich würde dir gern etwas zu trinken anbieten, aber ich möchte dich nicht verletzen», sagte Reich und schenkte sich einen Schnaps ein.

Achmed machte eine schnelle Handbewegung, als wolle er eine satanische Versuchung abwehren. Wie Reich wußte, gehörte er nicht zu den Arabern der neuen, emanzipierten Generation. Er war ein Mann der Wüste, der sich in seiner städtischen Kleidung, in dieser luxuriösen Umgebung mit den bunten Möbelstoffen und den Chromtischen denkbar unwohl fühlte und schon beim bloßen Anblick eines trinkenden Europäers zusammenzuckte. Er war ein Bedu von der Arabischen Halbinsel, ein strenggläubiger Wahhabi-Sunnit, fanatisch und puritanisch, ein ausgezeichneter Henker und Folterer, als Gast aber tödlich langweilig.

«Allah ist barmherzig. Allah ist gnädig. Möge Allah dir vergeben», sagte der Mann aus der Wüste und fixierte seinen Gastgeber mit Augen, die so kalt waren wie schwarzer Achat.

«Du wirst es aber nicht, stimmt's, Achmed?» Reich, der sehr sprachbegabt war, antwortete in fließendem Arabisch. «Na ja, das soll uns im Moment nicht weiter kümmern. Erzähl mir mehr über Py.»

«Die Zelle in Abu Simbel gehört zum Schwarzen September», sagte Achmed. «Das weißt du.» '

«O ja. Ich habe euch schließlich oft genug mit Waffen versorgt», erwiderte Reich.

Der Araber ignorierte den Seitenhieb; er fand ihn sogar berechtigt. Der kleine Rest der früher so schlagkräftigen Organisation Schwarzer September verbrauchte Unmengen von Waffen und Sprengstoffen, doch ihre Sabotageakte gegen die immer tüchtigere ägyptische Geheimpolizei schienen zu verpuffen. Die Gruppe hatte allerdings viele Sympathisanten in der Bevölkerung und bezahlte die Waffenlieferungen mit Informationen, die Reich – wie Achmed annahm – wohl kaum von seinen anderen ägyptischen Zuträgern bekommen konnte.

«Sie haben diesen Py seit einigen Monaten beobachtet. Schon als er nach Abu Simbel kam, hatten sie den Verdacht, er sei Zionist.»

«Und habt ihr zionistisches Mitgefühl gezeigt? Hat er gestanden?»

«Leider ist er beim Verhör gestorben. Aber seine Frau war mitteilsamer», sagte Achmed.

«Wann genau habt ihr die beiden geholt?» fragte Reich.

«Gestern abend. Er hatte tagsüber ein paar französische Touristen durch die Tempel geführt, und die September-Männer erwarteten ihn zu Haus.»

Reich stand auf und trat an den Rand der Dachterrasse. Er konnte über den Nil bis nach Giseh und weiter sehen; in der Ferne erkannte er die beleuchteten Pyramiden. Im Gegensatz zu vielen anderen Mitteleuropäern liebte er Kairo.

«Im Dienste Allahs muß man oft grausam sein», sagte Achmed düster.

«Ach ja, der Erbarmer, der Barmherzige. Ich weiß Bescheid. Aber nun zu der Frau . . .»

«Sie war eifersüchtig. Sie glaubte, er schliefe mit anderen Frauen.» Achmeds Reaktion zeigte, was er von islamischen Frauen hielt, die eifersüchtig auf Nebenbuhlerinnen waren. «Er blieb fort, ohne ihr zu sagen, wohin er ging, und das störte ihren Geist. Sie folgte ihm. Wiederholt. Sie beobachtete, daß er sich mit einer Frau von der NFK-Station in Kalabishah traf. Als sie die Frau sah, wußte sie, daß es keine gewöhnlichen Verabredungen waren. Deshalb erkundigte sie sich. Es war eine Ärztin, die Amira Shallai hieß, eine Frau aus Alexandria. Eine *Nasrani.*»

Und das, dachte Reich, hatte das Schicksal des unglücklichen Py besiegelt, der bereits verdächtigt worden war, Zionist zu sein.

Helmuth Reich wußte zufällig schon einiges über Dr. Amira Shallai. Er wußte, daß sie in Amerika studiert hatte, daß sie aus einer wohlhabenden alexandrinischen Familie stammte und daß ihr Verlobter im libanesischen Bürgerkrieg umgekommen war. Es war Helmuth Reichs Aufgabe, solche Dinge zu wissen. Er hatte sich darüber gewundert, daß eine christliche Araberin aus der Oberschicht als Ärztin in einem Ort wie Kalabishah arbeitete – nicht gerade eine bevorzugte Gegend des Landes. Aber es gab viele reiche Bürger im Neuen Friedenskorps, das immerhin eine der aktivsten imperialistischen Organisationen war, die der Weltrevolution noch im Weg standen.

«Die Frau ist eindeutig Zionistin», sagte Achmed. «Sie arbeitet mit Juden zusammen. Das NFK ist voll von Juden und Zionisten.»

«Soweit ich informiert bin, ist sie Ägypterin», sagte Reich. «Das heißt natürlich nicht, daß sie außerdem nicht noch vieles andere ist.» Er hatte übrigens schon die Möglichkeit erwogen, daß Dr. Shallai Verbindungen zur CIA hatte.

«Sie ist auf dem Weg nach Arabien», sagte Achmed.

«Das ist sehr interessant. Zur NFK-Station in Rub al-Chali?»

«Ja. Inzwischen ist sie wahrscheinlich unterwegs nach Oman. Die Station wird von dort aus versorgt.»

«Ich weiß», sagte Reich. «Darf ich erfahren, wieso du so gut über ihre Reise unterrichtet bist?»

«Ein Informant.»

«Ich verstehe. Kann man ihm trauen?»

«Nein. Er ist ein Wicht. Aber er will uns unbedingt beeindrucken.»

Reich wartete mit hochgezogenen Augenbrauen.

«Ein Mann namens Suleiman Dayir. Ein Beamter von der Staudammgesellschaft in Assuan. Er war mit ihr auf dem Schiff.»

«Und sie sagte ihm, wohin sie fuhr?»

Achmed runzelte die Stirn. «Natürlich nicht. Er hörte es von der Besatzung. Ihr Gepäck ging per Luftfracht nach Salalah. Das ist die Judenstation im ‹Leeren Viertel›. Der Schwarze September weiß alles darüber.»

In Wahrheit, dachte Reich, weiß der Schwarze September so gut wie nichts über die NFK-Station in der südarabischen Einöde. Selbst seine Führungsoffiziere am Dserschinskij-Platz Nr. 2 in Moskau hatten praktisch keine Informationen über die Station; schon deshalb war es mehr als unwahrscheinlich, daß eine klägliche Restgruppe des Schwarzen September mehr wußte. Es war eine typische arabische Übertreibung. Diese Leute, dachte Reich gelangweilt, leben in einer Traumwelt von phantastischen Begebenheiten und eingebildeten Erfolgen. Und nun, wo sie den armen Py ermordet hatten, der vielleicht ein Spion der

Israelis gewesen war, vielleicht aber auch nicht (wie sollte man das jetzt noch feststellen?), bildeten sie sich ein, sie hätten ein großes und geheimnisvolles Komplott gegen die wahre Religion, die legitimen Rechte der palästinensischen Brüder – und Allah der Barmherzige weiß sonst noch was – aufgedeckt.

Eine der – bis jetzt – nebensächlichen Erkenntnisse Reichs über Dr. Amira Shallai bestand darin, daß sie in Kalabishah einen jungen Bewunderer hatte, einen gewissen Dr. Cecil Sawyer, der über ihre Versetzung nach Arabien untröstlich sein mußte. Reich hatte einige Kontakte in der Kairoer NFK-Nebenstelle. Er fing an zu überlegen, wie diese Mosaiksteine zu einem nützlichen Bericht für die Moskauer Zentrale zusammengesetzt werden konnten.

«Was hat Dayir eigentlich über diese Ärztin gesagt?» fragte Reich.

Achmed verzog angewidert das Gesicht. «Er sagte nur, sie sei vermutlich eine amerikanische Agentin, weil sie für das Neue Friedenskorps arbeite.» Seine schwarzen Augen musterten Reich kalt. «Und von Ihnen wissen wir, daß das NFK ein Werkzeug des amerikanischen Imperialismus ist.»

Reich verbesserte ihn mahnend. «Des *internationalen* Imperialismus. Du mußt lernen, dich präziser auszudrücken, Achmed. Sonst wirst du für mich nur noch halb so nützlich sein.»

Nun sah Achmed seinen Gastgeber haßerfüllt an – mit dem Haß des Fanatikers für den erklärten Atheisten. «Wir haben von der Besatzung erfahren, daß Dayir versuchte, in ihre Kabine einzudringen. Sie hat ihn zusammengeschlagen. Mit bloßen Händen.»

Reich unterdrückte ein Lächeln. «Ach, wirklich», murmelte er. «Armer Dayir.»

«Ich sagte schon, er ist ein Wicht. Aber da sie ihn ohne Waffe unschädlich machen konnte, muß sie gut ausgebildet sein.»

«Vielleicht», sagte Reich nachdenklich.

«Ist meine Information wertvoll?»

«In gewisser Hinsicht», antwortete Reich.

«Dann soll ich um weitere Waffen bitten. Sprengstoff und Kugelschreiber mit Zeitzünder.»

Reich ging zur Wohnungstür, um zu zeigen, daß die Unterredung beendet war. «Ich werde es mir überlegen», sagte er. Er wußte natürlich, daß er die gewünschten Dinge liefern würde. Die Gruppe in Abu Simbel war zur Zeit unwichtig, aber sie könnte irgendwann einmal nützlich werden. Es lohnte sich also, sie mit dem erbetenen Nachschub zu versorgen. Aber nun würden die zornigen, besiegten Männer und Frauen vom Schwarzen September wieder irgendeinen Bus mit unschuldigen Touristen in die Luft jagen oder eine dreitausendjährige Statue zerstören; man fragte sich langsam wirklich, wozu. Sie werden allmählich ein Anachronismus, dachte Reich. Vielleicht sollte ich doch mit der Zentrale über die Liquidierung der Zelle reden.

Als der Araber gegangen war, kehrte Reich auf die Dachterrasse zurück, schenkte sich noch ein Glas ein und schaute eine Weile auf das dunkle Band des Flusses hinunter.

Wie die meisten Angehörigen der westlichen und östlichen Geheimdienste hatte auch er vom Tod des amerikanischen Spionagechefs Cole Norris gehört. Der Mord hatte eine Schockwelle durch die Nachrichtenorganisationen geschickt, die wiederum eine Flut von Verdächtigungen ausgelöst hatte.

Reich konnte nicht glauben, daß eine arabische Gruppe verantwortlich war. Diesen Leuten fehlten einfach die Macht und Erfahrung, die nötig waren, um einen CIA-Direktor zur Strecke zu bringen. Für Reich war es kaum vorstellbar, daß Vereinigungen, aus denen Leute wie Achmed oder Kommandos des Schwarzen Septembers hervorgingen, die amerikanischen Sicherheitsleute übertölpeln konnten, so nachlässig die auch arbeiten mochten. Nein, die PLO sprengte Flughafengebäude oder Schulen, das war ihr Stil.

Aber das Gefühl, daß in der sonderbaren Bruderschaft der Spione und Saboteure etwas Besonderes passiert war, beunruhigte die Agenten und führte ihnen vor Augen, wie verwundbar sie doch alle waren. Aber, sagte Reich sich seufzend, das sind nun mal die Risiken unseres Berufs.

Er dachte an sein Gespräch mit dem Mann vom Schwarzen September und stellte noch einmal fest, daß er eine Glückssträhne hatte. Und man sollte sich von seinem Glück leiten lassen.

Die Moskauer Zentrale hatte ihm in letzter Zeit vorgeworfen, er liefere keine konkreten Informationen über das NFK in Rub al-Chali. Öl war für Moskau zur fixen Idee geworden, und die Sowjets brüteten offenbar Tag und Nacht darüber, wie sie immer mehr davon bekommen konnten. Aber die sowjetischen Planer schienen sich, provinziell, wie Russen nun einmal sein konnten, nicht darüber klar zu sein, daß zwischen Reich und dem alten arabischen Luftstützpunkt, den das NFK benutzte, fast zweitausend Kilometer unwegsames Nichts lagen. Oder es war ihnen einfach egal . . .

Über die NFK-Station in Kalabishah wußte er jetzt aber etwas, woraus die Computer am Dserschinskij-Platz vielleicht mehr machen konnten. Der September-Mann hatte ihm gesagt, Dr. Amira Shallai sei auf dem Weg ins Leere Viertel.

Reich beglückwünschte sich, daß er weder die Zeit noch die Mühe gescheut hatte, einen der gelangweilten Bürokraten in der Kairoer Personalabteilung des NFK zu hofieren. Wenn man es richtig anstellte, müßte man diesen Faden weiterspinnen können, sagte er sich.

Angenommen, nur angenommen, es wäre möglich, den romantischen Dr. Sawyer zu umgarnen und zu veranlassen, nach Rub al-Chali zu reisen und die schöne Amira Shallai hierher zu bringen, nach Kairo? Die Dame, die gewisse Anfangsgründe der Spionage so verdächtig gut zu beherrschen schien, könnte sich als unschätzbare Informationsquelle erweisen.

Selbst wenn bei der Operation nicht viel Nützliches für die Sowjets herauskäme, würde sie die KGB-Offiziere daran erinnern, daß Helmuth Reich unermüdlich für die Weltrevolution tätig war. Außerdem interessierte der Kreml sich für alles, was auch nur entfernt mit arabischem Rohöl zusammenhing.

Er trank sein Glas aus, rülpste noch einmal und ging in die Wohnung, um seinen gefälligen NFK-Sachbearbeiter anzurufen.

10. Washington

«Es ist Mr. Shepherd, Sir», sagte der Diener würdevoll, und aus seinem langen Gesicht sprach Mißbilligung, daß jemand sich die Freiheit nehmen konnte, um elf Uhr abends einen Besuch zu machen.

Außenminister Turner hatte gleich schlafen gehen wollen und trug bereits Pyjama, seidenen Morgenmantel und Lederpantoffeln. Er blickte von seinem Buch auf und sagte: «Führen Sie ihn herein, Hemmings.»

Kurz darauf trat Carl Shepherd mit einem Aktenkoffer in die Bibliothek. Er sah sich neugierig um. Der FBI-Direktor war zum erstenmal in Raymond Turners Haus in Georgetown. Die beiden

Männer waren nicht befreundet; privat sahen sie sich nur dann und wann bei Partys in Washington.

Shepherd registrierte die Bücherwand mit den kostbaren Erstausgaben, die ausgesuchten Antiquitäten, den dicken Orientteppich. Im Zimmer roch es schwach nach Ledereinbänden, Möbelpolitur und gutem Tabak. Es war das Zimmer eines Mannes, ein Ort, in dem die Atmosphäre eines alten, exklusiven Herrenclubs herrschte.

Der FBI-Direktor war Elvira Turner zwar nie begegnet, aber er erkannte das Porträt über dem dunklen Kamin sofort nach Fotos von der verstorbenen Frau des Außenministers, die er gesehen hatte. Das Gemälde zeigte eine schöne Frau Mitte dreißig, in einem Abendkleid, wie es in den Kriegsjahren modern gewesen war.

Turner gab seinem Diener mit einer kaum wahrnehmbaren Geste eine Anweisung, und Hemmings zog sich schweigend zurück. Dann sagte der Minister: «Nehmen Sie bitte Platz.»

Shepherd setzte sich gehorsam auf einen der weniger bequemen Lehnstühle und hielt den Aktenkoffer auf seinen Knien. Mein Gott, dachte er verwirrt, ich sehe aus wie ein kleiner Assessor, der sich in einer Anwaltskanzlei bewirbt, die viel zu fein für ihn ist.

«Es tut mir sehr leid, so spät hereinzuplatzen, Raymond. Aber ich habe ein Problem, und ich weiß sonst niemanden, an den ich mich wenden kann.»

Der Diener erschien schweigend mit einem silbernen Tablett, auf dem eine Karaffe Brandy, Gläser und ein Siphon standen.

«Danke, Hemmings», sagte der Minister. «Wir werden sonst nichts mehr brauchen.»

Als er wieder mit Shepherd allein war, fragte er: «Wie kann ich Ihnen helfen, Carl?»

Shepherd rutschte unbehaglich hin und her. «Das ist es ja, Raymond. Ich weiß es nicht genau. Aber ich muß einfach mit jemandem reden, auf den ich mich hundertprozentig verlassen kann.» Noch während er sprach, wurde ihm klar, welches Urteil er über die anderen hohen Funktionäre der Loomis-Administration fällte.

Ein feines Lächeln ließ das ernste, gefurchte Gesicht des Außenministers auf einmal viel freundlicher wirken. «Ist es so schlimm?» Er schenkte Brandy ein, fügte Soda hinzu und reichte seinem Besucher ein Glas.

«Ich bekam heute nachmittag einen Anruf von Peter Gilmartin», sagte Shepherd. «Ich glaube, Ike Holt hat ihn unter Druck gesetzt. Er sagte mir, das FBI solle die Sache mit Norris möglichst vergessen. Eine Frage der nationalen Sicherheit, sagte er wörtlich.»

«Ich verstehe», sagte Turner nachdenklich. «Sprach er im Namen des Präsidenten?»

«Er hat es nicht ausdrücklich gesagt, aber er tat es natürlich. Er würde in dieser Angelegenheit nie eigenmächtig handeln. Nach all dem, was Holt gestern bei der Besprechung sagte, habe ich halb damit gerechnet. Aber ich weiß offen gesagt nicht, wie ich mich jetzt verhalten soll.» Shepherd nahm einen Schluck Brandy-Soda und stellte das Glas auf die glänzende Platte eines niedrigen Queen-Anne-Tisches. «Sie haben sicher die Zeitungen gelesen und die Nachrichten im Fernsehen gesehen. Die Medien bereiten sich auf eine große Sache vor. Sie wittern, daß die Regierung etwas vertuschen will.»

Turner ging nicht auf die Bemerkung ein. Was Shepherd gesagt hatte, stimmte. Die dünne Presseerklärung des Weißen Hauses zum Tod von Norris und dem Mädchen setzte die Medien genau auf die Spur, von der man sie fernhalten wollte. Aber Minister Turner war am meisten von allen Kabinettsmitgliedern überzeugt, daß eine Regierung, die ihre Karten vor den Medien völlig aufdeckte, nicht richtig funktionieren konnte. Es gab Zeiten, in denen Schweigen nicht unbedingt «Vertuschen» bedeutete.

«Ike Holt will die Ermittlungen führen», fuhr Shepherd trübsinnig fort. «Aber das ist noch nicht das Schlimmste. Haben Sie die letzten Nachrichten gesehen?» Um die Trockenheit in seiner Kehle zu vertreiben, trank er noch einen Schluck. «Gestern hat irgend jemand versucht, Rivas auf dem Van Wyck Expressway zu ermorden. Es kam nicht sofort in die Nachrichten, weil den Presseleuten nicht gleich einfiel, daß Rivas der Halbbruder von Cole ist. Inzwischen wissen sie es jedoch, und sie stellen alle möglichen Vermutungen an.»

«Überrascht Sie das?»

«Natürlich nicht. Sie wären verdammte Narren, wenn sie keinen Zusammenhang sähen. Ich habe sofort die New Yorker Dienststelle auf die Sache angesetzt. Vielleicht hätte ich es nicht tun sollen. Es sieht ja noch nicht nach einem bundesweiten Verbrechen aus. Aber ich habe es trotzdem getan. Bis jetzt haben sie nicht das geringste herausgefunden. Kannten Sie diesen Rivas?»

«Nein. Ich habe jedoch ein paar Sachen von ihm gelesen. Ein guter

Mann. Ein scharfer Intellekt – aber ein naiver Weltverbesserer. Ist er verletzt worden?»

«Ja, aber nur leicht. Der Fahrer seines Taxis kam ums Leben. Die New Yorker Kripo leitet die Ermittlungen. Ein Killer schießt auf offener Straße auf einen Journalisten, das wirft ein schlechtes Licht auf sie. Es gefällt ihnen nicht. Noch weniger gefällt ihnen, daß Rivas nur eine Nacht in New York geblieben ist, übrigens bei seinem Verleger, und dann einfach verschwand, ohne ihnen Bescheid zu sagen. Soweit ich weiß, versuchen sie, einen Haftbefehl zu erwirken, weil er der einzige Zeuge ist. Aber noch ist nichts entschieden.»

«Und hat Ike Holt recht? Wird die nationale Sicherheit von dem Fall berührt?»

«Das ist ja eben das, was mich ratlos macht. Ich weiß es nicht. Und dabei sollte ich es wissen. Aber Sie waren ja auch bei der Besprechung. Sie haben ebenfalls gehört, daß der Präsident zustimmte, als Ike verlangte, das Bureau solle sich raushalten.»

«Ich denke, Sie sollten das nur als eine Anregung nehmen, Carl. Sie können das Feld nur dann der CIA überlassen, wenn der Präsident es Ihnen ausdrücklich befiehlt. Der Kongreß hat klar und unmißverständlich beschlossen, daß die Central Intelligence Agency nicht im Inland tätig werden darf. Holt und seine Leute betrachten es zwar als Klotz am Bein, und sie mögen sogar recht haben, wenigstens manchmal. Aber es ist Gesetz.»

«Das weiß ich natürlich», sagte Carl Shepherd. «Vermutlich wollte ich es nur noch einmal hören.» Er lächelte gequält. «Und Sie sind wahrscheinlich der einzige im Kabinett, der den Mut hat, es auszusprechen.»

«Vielleicht steht Ihnen ein unangenehmer Schritt bevor», sagte Turner. «Ich bezweifle es zwar, aber wenn der Präsident Ihnen eine unmittelbare Anweisung gibt – dann müssen Sie sich womöglich entscheiden.»

«Sie meinen, ich muß dann zurücktreten.»

«Ja.»

«Es bleibt mir wohl nichts anderes übrig», sagte Shepherd niedergeschlagen.

Der FBI-Direktor wirkte so unglücklich, daß Turner Mitleid für ihn empfand.

«Ich bin gekommen, weil ich moralische Unterstützung brauchte», sagte Shepherd. «Aber ich war nicht so feige, wie Sie vielleicht denken. Einige von den Dingen, die Holt gestern sagte, alarmierten mich so sehr, daß ich angeordnet habe, ihn zu überwachen.»

Turner zog erstaunt die Augenbrauen hoch. Diesen Mut hatte er von Carl Shepherd nicht erwartet. Aber, sagte er sich dann, selbst unsichere Männer schreiten in einer Zwangslage gelegentlich zur Tat.

«Ich habe es mehrfach überlegt», fuhr Shepherd fort, «aber ich habe keine andere Möglichkeit gesehen. Und es hat sich auf eine recht merkwürdige Weise ausgezahlt.» Er war so durstig, daß er seinen Brandy-Soda in einem Zug austrank. «Ike hat sich heute mit Rivas getroffen. Am Lincoln Memorial. Ich weiß, das kann zweierlei bedeuten. Entweder arbeiten sie heimlich zusammen, oder Rivas traut Holt einfach nicht. Leider waren meine Leute nicht nahe genug, um die Unterhaltung mitzubekommen. Aber sie schienen nicht sehr freundlich auseinanderzugehen.»

«Coles Bruder war hier in Washington?»

«Genau. Nach dem Gespräch mit Holt fuhr er direkt zum Dulles Airport.»

«Zum Dulles Airport?»

«Ja, er wollte nämlich nicht nach New York zurück. Er nahm die Concorde nach London», sagte Shepherd. «Und noch etwas. Meine Leute glauben, daß ihm jemand folgte. Eine Regierungslimousine fuhr bis zum Flughafen hinter ihm her, und dann sah derjenige, der darin saß, die FBI-Agenten und machte sich aus dem Staub. Meine Leute sollten Rivas nicht aus den Augen lassen, also konnten sie den Regierungswagen nicht beschatten. Als sie dann Verstärkung geholt hatten, war das Auto natürlich längst weg.»

Turner sah Shepherd nachdenklich an. «Und jetzt ist Michael Rivas in England.»

«Ja. Ich habe meinen Leuten natürlich nicht befehlen können, sie sollten ihm notfalls ins Ausland folgen. Jenseits der Grenzen gehört Rivas der CIA.»

«Ja. Das Gesetz funktioniert in beiden Richtungen. Das ist vielleicht schade, aber genau das war es, was der Kongreß wollte.»

«Sei dem, wie ihm sei», sagte Shepherd, «aber ich konnte es schlecht dabei belassen, nicht wahr? Immerhin steht langsam fest, daß wir es hier mit irgendeiner Verschwörung zu tun haben. Also rief ich Sir Allan Sawkins bei Scotland Yard an und bat um Hilfe. Ich könnte mir vorstellen, daß die Special Branch der Briten jetzt ein Auge auf Rivas hat.»

Zum erstenmal lächelte der Außenminister breit, wenn auch nicht unbedingt fröhlich. «Dann sind Sie sich doch nicht so sehr im unklaren, wie Sie gesagt haben.»

«Ich nehme an, nicht», sagte Shepherd nervös. «Ich mußte irgend etwas unternehmen, selbst wenn Rivas jetzt auf Holt hört – oder was weiß ich macht.» Er hielt inne und musterte Turner einen Augenblick prüfend. «Der Präsident wird Holt zum Direktor der CIA ernennen, nicht wahr?»

«Ich glaube, ja.»

«Nun, vielleicht *ist* es eine gute Wahl. Ich weiß nicht. Aber ich habe ein ungutes Gefühl. Ich kann nicht genau sagen, warum, doch mir scheint, daß Ike viel zu schnell bereit ist, alle fünf gerade sein zu lassen. Ich finde, das Land sollte nicht noch einmal so etwas erleben wie Mitte der siebziger Jahre.»

«Das finde ich auch», stimmte Turner zu.

Carl Shepherd holte seufzend Atem. «Ich bin froh, daß ich heute abend zu Ihnen gekommen bin. Ich weiß, was richtig ist, Raymond. Aber manchmal habe ich das Bedürfnis, in meiner Meinung bestärkt zu werden. Vielen Dank. Ich denke, ich fahre jetzt nach Haus und schlafe ein bißchen. Dolly wird sich schon Sorgen machen.»

Als der FBI-Direktor gegangen war, blieb Raymond Turner noch eine Weile in seinem stillen Arbeitszimmer sitzen. Sonderbar, aber manchmal beweist einem jemand, von dem man es am wenigsten erwartet hätte, plötzlich seine Aufrichtigkeit und Integrität, dachte er.

Doch das, was Carl Shepherd möglicherweise von dem erzürnten Präsidenten bevorstand, gab Anlaß zur Sorge. Es wäre schade, wenn Shepherd jetzt, wo er zum erstenmal die Geistesgegenwart und Überzeugung bewiesen hatte, die sein Amt von ihm verlangte, in Ungnade fiele.

11. Washington, National Airport – New York, Kennedy Airport

Energieminister George Rossmore saß mit einem Drink und einer guten Zigarre in dem geschmackvoll eingerichteten Salon von Calder Davis' Jet, einer Tristar. Davis näherte sich ihm bleich und auf nicht ganz sicheren Füßen. Rossmore wußte, daß er nicht gern flog. Davis erzählte seinen Mitarbeitern oft, er stamme aus einer langsameren, gemesseneren Zeit: aus der Ära der Privatzüge und Passagierdampfer. Der Minister fand das ein bißchen lächerlich und töricht, weil Davis wegen seiner vielen Geschäftsinteressen jedes Jahr Zigtausende von Kilometern fliegen mußte.

Hinter Davis kam ein Sekretär aus seinem persönlichen Stab in den Raum und legte einen Stapel Mappen und Akten auf den Konferenztisch. Rossmore mußte wieder einmal an die auffallenden Parallelen zwischen Davis und dem alten Raymond Turner denken. Beide Männer waren verwitwet, beide ließen sich von männlichen Angestellten bedienen, die ihre Aufgaben in absolutem Schweigen zu verrichten schienen, als folgten sie telepathischen Befehlen. Aber das sollte eigentlich niemanden überraschen. Beide Männer umgaben sich instinktiv mit Untergebenen, die darauf trainiert waren, sie mit einer Selbstsicherheit zu umsorgen, die Leute mit weniger Persönlichkeit einschüchtern würde. Rossmore selbst schien nie mit seinem Personal zurechtzukommen; bei ihm löste ein schlampiges Hausmädchen das andere ab, und er fand immer nur unfähige oder aufmüpfige Butler und Diener.

Davis ließ sich seufzend in den schweren Lehnstuhl am Tischende sinken. «Ich rede immer gern ein paar Worte mit den Jungs im Cockpit», sagte er mit einem schwachen Lächeln. «Wahrscheinlich wird man mir auch in Zukunft bei jedem Flug versichern müssen, daß alles richtig funktioniert.» Er blickte sich in der luxuriös ausgestatteten Maschine um. «Aber wie dem auch sei, gehen wir an die Arbeit.» Er schlug die erste Mappe auf. «Fangen wir mit dem gegenwärtigen Stand des Programms für synthetische Brennstoffe an.»

Rossmore zog den Reißverschluß seiner Kollegmappe auf und holte eine Akte heraus, die mit einem roten Band verschnürt war. «Auf Regierungsseite geht alles nach Plan, Calder. Der Energieausschuß hat das laufende Subventionsprogramm genehmigt. Es gibt ein bißchen Widerstand von Umweltschützern, aber damit kann man ganz gut fertig werden. Vielleicht bekommen wir ein Problem, wenn die Anlagen auf volle Kapazität gefahren werden. Die Schätzungen über den Wasserverbrauch, die mein Ministerium von den Ingenieuren der Con-En, der Continental Energy Group, bekommen hat, sind immer noch sehr hoch. Die Farmer und Rancher im Becken von Wyoming setzen bestimmt Himmel und Hölle in Bewegung, wenn die Presse Wind von den Zahlen gekriegt hat und sie veröffentlicht.»

«Das ist mir klar, George. Wir lassen ein sehr kompetentes Team an einer Methode arbeiten, wie der Wasserverbrauch gesenkt werden kann, und ich denke, die Leute werden irgend etwas zustande bringen. Im Moment müssen Sie eben dafür sorgen, daß die Presse die Zahlen nicht erfährt.» Er machte eine elegante Bewegung mit seiner dünnen, blaugeäderten Hand. «Außerdem werden die Medien in den nächsten Tagen mehr als genug anderen Stoff haben.»

«Ist die Con-En in Europa bereit?» fragte Rossmore. «Wie ich verstanden habe, zeigen die Deutschen keine große Lust, so schnell auf die neue Technologie überzuwechseln.»

«Es hat ein paar Diskussionen gegeben», sagte Davis. «Aber die Entscheidung liegt in Wahrheit nicht bei der Regierung in Bonn. Die Anlage steht, die Zechen an der Ruhr warten nur darauf zu liefern.»

«Das beruhigt mich ein bißchen.» Rossmore blätterte ein paar Seiten der Akte weiter. «Die strategische Reserve liegt bei acht Prozent der Kapazität. Und in der Tankerflotte, die hierher schwimmt, ist noch Öl. Achtzehnkommadrei Millionen Barrel. Wir laden sogar noch kleine Mengen in Ras Tanura. Die Rebellen in Riad haben es noch nicht ganz geschafft. Satan Amerika und seine europäischen Satelliten bekommen immer noch Öl von der Halbinsel. Wann tritt Collingwood in Aktion?»

«Das hängt vom Wetter ab. Er braucht einigermaßen gute Voraussagen für seine Hubschrauber.»

«Hat er nach der Station im Leeren Viertel gefragt?»

«Für den General und seine Männer ist die Station lediglich ein Kommunikations- und Radarstützpunkt. Ich sehe keinen Grund, ihn mit weiteren Informationen zu belasten.»

«Andy Traynor macht sich große Sorgen um die letzte Hubschrauberverlegung», sagte der Energieminister. «Ich fürchte, unser Verteidigungsminister ist ein ganz schöner Angsthase.»

«Man hat den Inspekteuren ein paar anfällige Teile gezeigt», sagte Calder. «Ich glaube, es waren Rotorgetriebe. Man hat ihnen gesagt, die fehlerhaften Teile seien in achtzig der neuen Maschinen eingebaut worden, und sie müßten alle umgerüstet werden. Die Hubschrauber sind vor zehn Tagen nach Tokar geflogen worden.»

Rossmore staunte über die Detailkenntnisse des alten Mannes. Aber wer oberflächlich oder schlecht informiert war, errichtete schließlich kein Finanzimperium.

«Die Kfirs, die wir in Israel gekauft haben, und die Panavia-Tornados stehen ebenfalls in Tokar. Das letzte Wachpersonal für die Station soll morgen in Salalah eintreffen. Die Transportmaschinen sind noch in Johannesburg und werden zur Station fliegen, sobald das Wetter es zuläßt. Jetzt müssen wir nur noch das Unerwartete berücksichtigen. Es passiert immer etwas Unerwartetes, George.»

4

15. Juli, vierter Tag

12. Salalah

Als Amira Shallai die Küstenprovinz im südwestlichen Teil von Oman zum erstenmal sah, empfand sie die Landschaft und das Wetter als angenehme Überraschung.

Dieser fruchtbare Zipfel der Arabischen Halbinsel war entgegen ihren Erwartungen nicht einfach der Rand der großen Wüsten des Landesinneren. Ein klimatischer Zufall sorgte dafür, daß die Provinz von dem jährlichen Monsun berührt wurde, der das Wetter des Indischen Ozeans bestimmte. So war ein Küstenstreifen mit reicher Flora entstanden: Haine von Kokospalmen, weite Felder mit Zuckerrohr, Paradiesfeigen, Weizen, Hirse, Indigo und Baumwolle. Im Süden lag das Arabische Meer, im Norden wurde die Provinz durch die zerklüfteten Qara-Berge, an deren südlichen Hängen selbst im Hochsommer Bäche und kleine Flüsse glänzten, von der sengenden Hitze und den heftigen Sandstürmen des Rub al-Chali geschützt. Sicher war es dieser schmale Streifen zwischen Meer und Gebirge, den die alten Römer Arabia felix – glückliches Arabien – nannten, dachte Amira, während sie an der Tragfläche der Boeing vorbei nach unten schaute.

Als die Maschine den Landeanflug begann, wirkte Salalah wie eine Ansammlung von Sandburgen. Die Altstadt wurde beherrscht von dem gewaltigen, mit Zinnen versehenen Fort, das die Kolonialbriten in der Zeit, als es den Sultanen von Maskat und Oman als Festung und Palast diente, «Schloß Balmoral von Oman» genannt hatten. Doch selbst hier, anderthalbtausend Kilometer von den großen Ölfeldern der Golfküste entfernt, verwandelten die Petrodollars die Landschaft. Omans Öleinnahmen waren im Vergleich zu denen Saudi-Arabiens winzig, doch sie hatten gereicht, um eine Skyline von hypermodernen Wolkenkratzern aus Stahl und Glas zu errichten, einen Teil des alten Fluggeländes der Royal Air Force und der Imperial Airways in einen modernen Flughafen zu verwandeln und die unvermeidlichen Luxushotels am Meer hochzuziehen.

Amira Shallai fand die Hafenanlagen eindrucksvoll, obgleich die zahlreichen Kräne und Ladebäume, mit denen der wichtigste Containerplatz des Königreichs ausgerüstet war, sie eher verwirrten. Sie sah ein rundes Dutzend Schiffe, aber nur zwei davon waren Tanker, die am Pipeline-Terminal Öl luden. Diese Pipeline, hatte ihr Sitznachbar bereitwillig erklärt, war ein Meisterstück japanischer Ingenieure; sie brachte das Öl von den 450 Kilometer entfernten, kleinen, aber sehr ergiebigen Hajmah-Feldern über das Qara-Gebirge nach Salalah.

Amiras Gesprächspartner war ein Mr. Haramaki, ein gesprächiger Pipeline-Ingenieur aus Japan, der zusammen mit einigen Landsleuten für die Regierung des Königreichs arbeitete.

Die Maschine von Kairo war nur halb besetzt. Außer Haramaki und den anderen Japanern waren fünf oder sechs Beamte aus Oman an Bord, die von einer Konferenz in Amsterdam zurückkehrten, dann noch eine schweigsame Gruppe von zehn Südafrikanern, die strikt für sich blieben, und einige äthiopische Kaufleute, die bei der Zwischenlandung in Assab, an der afrikanischen Küste, zugestiegen waren.

Diese Landung war notwendig gewesen, weil man nachtanken mußte, um die feindseligen Patrouillen der südjemenitischen Luftstreitkräfte und die Sandstürme über Rub al-Chali in einem weiten Bogen zu umfliegen.

Der Flug war lang und ermüdend gewesen, und Amira konnte ohnehin nie gut im Flugzeug schlafen. Als sie jedoch in der strahlenden Morgensonne auf das Land hinabsah, fühlte sie sich merkwürdig erfrischt. So wirken grüne Pflanzen und fruchtbare Felder auf einen Araber, dachte sie. Es war, als hätte der Anblick der blitzenden Flüsse und der weiten Felder das Blut der nomadischen Wüstenahnen in ihr zum Wallen gebracht. Wie traurig, sann sie, daß die Geschichte der omanischen Araber trotz dieses paradiesischen Fleckens Erde in erster Linie für Bürgerkrieg und Stammesfehden, für Palastrevolten und dynastische Morde bekannt ist. Bis in die fünfziger Jahre hinein hatte es an dieser herrlichen Küste noch Sklaverei gegeben.

Die Boeing näherte sich dem neuen Flughafen vom Meer aus, und als sie über die Docks flog, konnte Amira Stahlcontainer mit dem grünweißen Emblem des NFK sehen, die gerade auf sandfarbene Laster geladen wurden. Haramaki, der höfliche Neugier für die Ärztin in der Uniform des Neuen Friedenskorps gezeigt hatte, folgte ihrem Blick und sagte: «Ihre Organisation arbeitet sicher an sehr interessanten Projekten. Das Leben in der Wüste ist wohl nicht gerade komfortabel?»

«Das gleiche hat man mir gesagt», antwortete Amira zerstreut. Der Japaner war während des langen Flugs sehr fürsorglich gewesen, und sie wollte ihn nicht vor den Kopf stoßen, aber in diesen letzten Augenblicken der Reise wäre sie lieber mit ihren Gedanken allein gewesen.

«Es ist sehr tröstlich, daß Männer und Frauen aus allen Teilen der zivilisierten Welt für das NFK arbeiten», meinte Haramaki. «Sie wissen sicher, daß auch viele Japaner beigetreten sind. Ich habe es selbst erwogen, aber leider muß ich meine große Familie in Kyoto ernähren.»

Das Gespräch wurde durch die Stewards unterbrochen, die den Gang entlangkamen und die Passagiere baten, sich anzuschnallen und die Sitzlehnen senkrecht zu stellen.

Am omanischen Zoll wurde sie von einem vierschrötigen, grauhaarigen Herrn namens Colin Hadfield – *Colonel* Hadfield, wie er sagte – begrüßt, der Anweisung hatte, sie abzuholen und zu dem neuen, einer internationalen Kette gehörenden Hotel *Oasis* im modernen Teil der Stadt zu bringen. Amira amüsierte sich ein wenig über das Beharren auf seinem militärischen Titel und das soldatische Aussehen, das er sich gegeben hatte; zu seiner Wüstenkluft vom NFK trug er eine rote Baskenmütze und ein Offiziersstöckchen.

Amira schätzte Colonel Hadfield in den Sechzigern. Er hatte ein kraftvolles Gesicht, das von der arabischen Sonne mahagonibraun gebrannt war. Seine Augen waren von einem klaren, unschuldigen Blau, wie bei einem typischen Briten vom Land, fand Amira. Sie dachte freilich nicht darüber nach, wie lange der Colonel seine heimatliche Insel nicht mehr gesehen haben mochte. Er gehörte zu einer Rasse, die im Nahen Osten früher einmal zahlreich vertreten war, britische Soldaten und Arabienkenner, die dem Zauber der Wüste und ihrer Bewohner erlegen waren.

Der Colonel bestätigte ihre Vermutungen, als sie mit einem NFK-Jeep zum neuen Teil der Stadt fuhren. Er hatte, erzählte er ihr mit einem gewissen Stolz, als Regimentskommandeur bei den Oman Trucial Scouts gedient, einer der einheimischen Einheiten, die die Briten überall dort aufgestellt hatten, wo die Belange des Empire die Aufrechterhaltung von Gesetz und Ordnung nach westlichem Muster erforderten.

«Es war eine erstklassige Truppe, Doktor», sagte Hadfield und steuerte den Jeep haarscharf an einer Lkw-Kolonne vorbei, die zu den Qarapässen fuhr. «Ich fing 1946 bei ihnen an und schied erst 1962 aus, als sie den nordwestlichen Grenztruppen des Sultans einverleibt wurden.» Er lächelte sie jungenhaft an. «Alles in allem lebe ich jetzt schon über fünfunddreißig Jahre hier an der Küste und in der Wüste.»

Amira teilte ihre Aufmerksamkeit zwischen ihm und der Gegend, durch die sie fuhren. Es war eine verwirrende Mischung von Alt und Neu. Die Straße führte durch künstlich bewässerte Zuckerrohrfelder. Vor dem Jeep staute sich der Verkehr auf dem schmalen Asphaltstreifen zur «neuen Stadt», wie Colonel Hadfield sich unverkennbar angewidert ausdrückte. Die gläserne Skyline reflektierte die strahlende Sonne, und die zurückgeworfenen Lichtbalken blendeten Amira zunächst. Weiter landeinwärts und an der Küste hinter ihnen konnte sie die hohen, schmalen Häuser aus Lehmziegeln erkennen, die einander zu stützen schienen. Auf dem Steilufer über dem Hafen stand das alte

Fort, das von einem tonnenförmigen, zinnenbewehrten Turm beherrscht wurde. Ein entzückender Anachronismus, dachte Amira Shallai: Es sieht aus, als hätte ein Riesenkind eine Strandburg gebaut.

Der Fahrtwind zerzauste ihr dunkles Haar. Die Sonne war grell, aber nicht zu heiß.

«Normalerweise würden wir zur EQS fliegen», sagte Colonel Hadfield. «Aber ich fürchte, diesmal wird uns nichts anderes übrigbleiben, als mit einem Konvoi zu fahren. Die Sandstürme auf der anderen Seite sind ein zu großes Risiko.» Er wies auf die Berge, die in der Ferne purpurn schimmerten. Nur die südlichen Ausläufer waren von Grün bedeckt.

«Und wann fahren wir, Colonel?» fragte Amira.

«Morgen, Doktor. Wir werden allein bis zu den Qarapässen fast den ganzen Tag brauchen. Ich fürchte, es wird keine sehr angenehme Reise.»

«Ich bin es gewohnt, auf Komfort zu verzichten.»

«Ich werde Sie am *Oasis* absetzen», sagte Colonel Hadfield. «Leider ist es ein scheußlicher Kitschpalast. Aber es ist das beste Hotel in der neuen Stadt. ‹Das beste› heißt hier ‹das neueste›. Sachen aus dem Westen haben in diesem Land kein langes Leben. Die Leute wollen sie akzeptieren, und sie geben sich alle Mühe. Aber sie bleiben ihnen trotzdem fremd. Gott sei Dank», fügte er hinzu.

Sie sah ihn fragend an.

«Sehen Sie, es ist das verdammte Öl», sagte er und schnaubte verächtlich. «Es hat Arabien verdorben. Es vergräbt diese Menschen unter einem Berg von glitzerndem, unnützem neuen Mist. Man kann ihnen keinen Vorwurf machen, daß sie nicht damit umgehen können. Es ist *unsere* Erfindung, und wir werden selbst kaum damit fertig.»

«Wir, Colonel?»

«Verzeihung, ich habe natürlich nicht Ägypten gemeint. Ägypten hat eine Geschichte, die ihm noch heute einen inneren Zusammenhalt gibt. Und in Ihrem Land ist das Öl nie ein Problem gewesen.»

«Ich würde es nicht unbedingt als Problem bezeichnen», antwortete Amira und dachte daran, was man mit Petrodollars für die Armen in den Elendsvierteln von Kairo und Alexandria tun könnte.

«In Arabien ist es aber eins, Doktor», sagte Hadfield beinahe unhöflich. «Sie hätten dieses Land vorher kennen sollen. O ja, dann würden Sie jetzt anders denken.»

Da spricht der Arabienfan, dachte Amira. Colin Hadfield war in der Tat einer der britischen Romantiker, möglicherweise einer der letzten, die die arabische Wüste als bittersüßes Paradies betrachteten.

«Wenn Sie möchten, können wir heute abend zusammen essen», sagte Hadfield. «Ich würde Ihnen gern die Altstadt zeigen, das wirkliche Salalah. Wie wär's?»

«Vielen Dank, Colonel, sehr gern.» Amira wurde langsam neugierig auf diesen alten NFK-Helfer, der sich aufführte wie ein britischer Kolonialoffizier, der das Öl haßte und sich nicht mit dessen Auswirkung auf seine geliebte Wahlheimat abfinden konnte. Was macht solch ein Mann bloß in einer so friedfertigen Organisation wie dem NFK, fragte sie sich.

Das Hotel *Oasis* entsprach Colonel Hadfields kurzer Beschreibung. Das Foyer war ein Labyrinth aus chromverzierten Gipsbögen, eine Mischung von *Tausendundeine Nacht* und Las Vegas, ausstaffiert mit grellbunten Plastikmöbeln und täuschend echt aussehenden Kunststofffliesen. Die Zimmer, insgesamt 400, wie Amira gelesen hatte, waren sterile Zellen; eine Wand bestand jeweils aus Fenstern, die sich aber nicht öffnen ließen. Die Klimaanlage, die in diesem gemäßigten Küstenklima völlig überflüssig war, blies eisige Luft in den Raum und ließ die Nylonvorhänge flattern.

Die Möbel zeigten bereits Gebrauchsspuren und Flecken von früheren Gästen – sicher in erster Linie Ausländer, die die Produkte ihrer Firmen an den Mann bringen wollten oder sich um Konzessionen bemühten. Sie schienen neuerdings überall zu sein.

Das Personal bestand fast ausschließlich aus Palästinensern, Indern, Libanesen und Ägyptern. Die wenigen Einheimischen im Hotel saßen alle vor den großen Fernsehgeräten in den Aufenthaltsräumen und ließen sich von uralten arabisch synchronisierten Shows aus Amerika und England berieseln.

Durch die Fensterwand ihres Zimmers im neunten Stock konnte Amira zwischen dem Hochhausgewirr der neuen Stadt die rötlichen Türme des alten Salalah sehen. Dort standen die Häuser, oft schiefe und altersschwache Bauwerke, so dicht nebeneinander, daß man meinte, sie wollten sich gegenseitig Halt geben. Hier und dort ragten Minaretts empor, von denen die Gläubigen in alten Tagen durch Muezzins zum Gebet gerufen worden waren. Heute wurde das offenbar von Tonbändern oder Schallplatten erledigt, und die riesigen Lautsprecher an den Moscheen verhunzten die uralte Symmetrie der ehrwürdigen Gotteshäuser. Nun ja, man sieht, was Colonel Hadfield gemeint hat, sagte Amira sich.

Sie nahm ein Bad und ruhte sich in dem eisigen Zimmer aus, um dann ins Restaurant hinunterzugehen und auf der Terrasse mit Blick über den Hafen ein leichtes Mittagessen einzunehmen. Die Luft war milde, und sie konnte sich kaum vorstellen, daß man wegen der ungünstigen Wetterbedingungen hinter den Bergen nicht zur EQ-Station fliegen konnte. Aber sie war gewarnt worden, daß Südarabien ein Land krasser Gegensätze sei.

Nach dem Essen ging sie wieder auf ihr Zimmer und schlief, bis die Sonne fast untergegangen war. Dann zog sie sich an und fuhr mit dem Lift ins Foyer hinunter, um auf Colonel Hadfield zu warten.

Durch den maurisch inspirierten Bogen, der die Bar vom Hauptteil der Lobby trennte, konnte sie einige der jungen Südafrikaner sehen, die mit ihr in der Boeing geflogen waren. Sie saßen für sich und tranken importiertes Bier. Zu ihrer Überraschung sah sie dann, daß ein paar arabisch gekleidete Männer ebenfalls Drinks nahmen. In diesem Teil des Königreichs Oman wurde das sunnitische Alkoholtabu offensichtlich nicht ernstgenommen.

«Guten Abend, Doktor!» Colonel Hadfield hatte sich ihr für einen Mann von seiner Größe erstaunlich leise genähert und stand nun neben ihr. Er trug immer noch seine NFK-Uniform, die er Amira zu Ehren mit zwei Reihen von Ordensbändern geschmückt hatte. Die Baskenmütze hatte er jedoch durch den karierten *kaffiyah* der Trucial Scouts ersetzt. Er schaute zu den Arabern in der Bar hinüber. «Es erschüttert einen ein bißchen, so etwas zu sehen.» Er wechselte plötzlich ins Arabische und zitierte: *«Wie, sind ihre Gedanken nicht beim Koran? Oder tragen sie ein Schloß vor dem Herzen?»* Mit seinem sonnengegerbten, von der arabischen Kopfbedeckung umrahmten Gesicht und seinen fanatischen Augen kam er Amira einen Augenblick lang vor wie eine Gestalt aus dem Alten Testament.

Sie sah an sich hinunter und fand unvermittelt, auch sie passe eigentlich nicht in diese Zeit, an diesen Ort. Sie hatte ein langes, weites Kleid aus grünem Chiffon mit einer angesetzten Kapuze aus demselben Stoff angezogen. Ihr Haar war straff nach hinten gebunden, so daß ihr Teint noch blasser, ihre Züge noch exotischer wirkten als sonst.

«Sie kennen das Buch sehr gut, Colonel», sagte sie.

«Es ist unmöglich, hier so lange zu leben wie ich und es nicht zu kennen», antwortete er. «Es macht Ihnen doch nichts aus, wenn ein Ungläubiger den Propheten zitiert?»

«Ich bin eine *Nasrani*, Colonel», sagte Amira. «Wir haben also fast den gleichen Glauben.»

«Verzeihung, Doktor. Ich hätte es wissen sollen.»

«Es gibt keinen Grund, warum.» Sie zog sich die grüne Kapuze über den Kopf und den unteren Teil des Gesichts, so daß es aussah, als trüge sie den traditionellen Schador. «Ich freue mich auf die Altstadt, Colonel.»

Colonel Hadfield sagte auf englisch, knapp und formell: «Es wird mir ein Vergnügen sein, Frau Doktor Shallai.»

Das Restaurant, das sich in einem Sandsteinhaus im Labyrinth der Gassen des ältesten Teils von Salalah befand, war nur schwach beleuchtet und voller Araber. Der britische Colonel war offensichtlich ein bekannter und gern gesehener Gast. Sie bekamen einen Tisch in einer Nische, die durch einen Vorhang aus Perlenschnüren vom Gastraum getrennt war. Der würzige Geruch der Speisen hing in der Luft, und irgendwo wurde arabische Musik gespielt.

Der Colonel war plötzlich sehr schweigsam, und Amira fragte sich, ob er vielleicht Erinnerungen an das wirkliche Arabien nachhing, an eine Zeit, in der er als junger Offizier hier oder in einem ähnlichen Lokal gegessen hatte.

«In den alten Tagen hätten wir nicht zusammen an einem Tisch essen können», sagte Amira. «Etwas Gutes hat das 20. Jahrhundert also doch gebracht.»

«Sie haben natürlich recht. Danke, daß Sie mich darauf hingewiesen haben», erwiderte er. «Ich hoffe, Sie vergeben einem alten Soldaten seine Illusionen von der guten alten Zeit.»

«Verzeihen Sie mir bitte die Frage, warum ein Mann wie Sie beim Neuen Friedenskorps gelandet ist, Colonel.»

«Beim NFK gibt es Arbeit für alle. Man trägt mit den Fähigkeiten bei, die man hat.» Die hellen englischen Augen musterten sie unter der kordelverzierten Kopfbedeckung hervor. «Sie werden es selbst sehen, wenn wir in der EQ-Station sind, Doktor.»

«Können Sie mir etwas darüber erzählen?»

«Es wäre besser, wenn Sie warten, bis Sie es selbst sehen. Ich bin kein Wissenschaftler. Außerdem war ich länger zeitweilig versetzt, im Sudan.»

«Und wo waren Sie vorher?»

«In Südafrika.» Amira merkte sofort, daß Hadfield nicht weiter über seinen Weg beim NFK sprechen wollte.

Er wurde sich wohl bewußt, daß er kurz angebunden gewesen war, denn er fügte schnell hinzu: «Dr. Clevenger wird alle neuen Mitarbeiter eingehend informieren, wenn wir in der Station sind.»

«Alle neuen Mitarbeiter? Kommen denn noch mehr?»

«Nun . . . ja. Die jungen Leute, die mit derselben Maschine geflogen sind wie Sie. Sie gehören auch zur EQS.»

«Ich verstehe», sagte Amira, aber sie war nicht sicher, ob sie wirklich verstand. Auf sie hatten die reservierten Südafrikaner nicht gerade wie Wissenschaftler gewirkt.

Um ihr leichtes Unbehagen zu überspielen, sagte sie schnell: «Wie sah es eigentlich in Oman aus, als Sie zum erstenmal hierher kamen, Colonel?»

«Das ist schon lange her, Doktor. Damals regierte der alte Sultan Said ibn-Taimur. Er wurde gestürzt von seinem Sohn Qaboos, der heute noch herrscht.» Hadfield wirkte auf einmal ganz anders, während er von seinen früheren Tagen sprach, jünger und weniger zurückhaltend. «Ich bin aus Somerset, Doktor. Waren Sie schon mal in England?»

«Ja, aber nur als Touristin. Ich kenne es nicht sehr gut.»

«Somerset», sagte Hadfield beinahe träumerisch. «Eine der schönsten Gegenden Englands. Wir wohnten in der Nähe von Taunton. Ja, sehr schön . . . Der Herbst ist drüben immer eine wunderbare Zeit.» Er schwieg einen Moment. «In Taunton gibt es ein Schloß mit einer archäologischen Sammlung und ein paar Raritäten. Nichts Besonderes. Aber für jemanden aus Somerset ist es eine Schatzkammer. Dort sind Funde aus der Zeit der Pfahlbauer, die lange vor den Sachsen oder Römern in Britannien siedelten. Es ist die Kontinuität, verstehen Sie? Das Gefühl, daß man zu einer langen Reihe von Menschen aus Somerset gehört, von denen viele ihre Heimat verließen und in die entferntesten Winkel der Erde zogen. In dem kleinen Schloßmuseum werden auch die Auszeichnungen der Somerset Yeomanry aufbewahrt – das ist mein ursprüngliches Regiment. Zwölf Viktoriakreuze. Zwölf

Stück! Und das Gebetbuch des Mahdi, das von einem Soldaten aus Somerset erbeutet wurde, als Kitchener den Mahdi nach der Entsetzung von Khartum schlug. Ein hübsches kleines Museum, Doktor. Es erzählt so viel darüber, wie die Welt früher aussah und welche Rolle wir Briten darin spielten.»

Ein schweigsamer Kellner erschien, um abzuräumen und Kaffee zu bringen, ein starkes, bitteres und duftendes Gebräu. Amira schenkte die winzigen Tassen aus dem Messingkännchen voll.

«1958 haben sie die Somerset Yeomanry aufgelöst, Frau Doktor Shallai», fuhr Colonel Hadfield fort. «Die Nation konnte sich keine Tradition mehr leisten, und deshalb versetzten die Sozis vielen Regimentern den Todesstoß, die schon alt gewesen waren, als William und Mary regierten.» Sein Gesicht wirkte wie aus Felsen gemeißelt, mit tiefen, von einem uralten Kummer gegrabenen Furchen. «Diejenigen von uns, die bereit waren, im Ausland zu bleiben, fanden damals natürlich noch einen Platz in alten britischen Einheiten, wie ich bei den Trucial Scouts. Glauben Sie mir, Doktor, ich war dankbar, daß ich noch gebraucht wurde. Soldaten sind nicht mehr beliebt, sobald ein großer Krieg gewonnen ist. Den Leuten wird unbehaglich, wenn sie uns sehen. Wir erinnern sie an Dinge, die sie möglichst schnell vergessen möchten.»

«Die Menschen, die früher von Ihren Landsleuten beherrscht wurden, werden wahrscheinlich nicht so schnell vergessen. Oder vergeben, was das betrifft», sagte Amira mit unbewegter Stimme. Sie konnte den alten Soldaten verstehen. Es mußte schmerzhaft sein, von der Zeit eingeholt zu werden. Aber sie war Ägypterin, und die Ägypter hatten fast alle unangenehme Erinnerungen an die Briten. Zu einer minderwertigen Rasse des Empire gehört zu haben, war eine Beleidigung, die man nicht so leicht verdrängen konnte. Sie sagte es ganz offen. Wenn sie mit Hadfield zusammen arbeiten wollte, mußte sie aufrichtig sein.

«Verzeihen Sie bitte meine Taktlosigkeit, Doktor», antwortete Hadfield. «Aber wenn wir schon kein Blatt vor den Mund nehmen, darf ich vielleicht daran erinnern, daß wir die halbe Menschheit dreihundert Jahre lang daran gehindert haben, die andere Hälfte bei Stammeskämpfen auszurotten. Ich war in den fünfziger Jahren hier, als die Saudis fanden, daß die Oase Buraimi ihnen gehöre. Und der Scheich von Abu Dhabi beschloß, daß *er* der rechtmäßige Besitzer sei. Es war kein großer Streit, in der übrigen Welt hörte kaum jemand davon. Aber für die Araber war er so real, daß viele von ihnen bei den Kämpfen gefallen wären, wenn der britische Vertreter in Abu Dhabi und die Trucial Scouts die Saudis nicht vertrieben hätten. Sie sehen, vor so kurzer Zeit war der Rest des Empire noch ein Garant für den Frieden.»

«Ich leugne es nicht, Colonel. Aber als eine von denen, die das Glück hatten, früher einmal von England beschützt zu werden, habe ich manchmal das Gefühl, daß auch die Unabhängigkeit ihre guten Seiten hat.»

«Ich bin drauf und dran, den ganzen Abend zu verderben, Doktor Shallai», sagte Hadfield zerknirscht. «Aber glauben Sie mir, ich bin nicht so reaktionär, wie es den Anschein haben mag.»

Amira schenkte ihm ein strahlendes Lächeln. «Unser Krieg ist vorbei, Colonel. Wir sollten keinen neuen anfangen.»

Hadfield trank nachdenklich von seinem Kaffee. «Lassen Sie mich nur noch eines sagen. Lord Curzon hat es besser ausgedrückt, als ich es könnte. Er sprach damals vor den Stammeshäuptlingen eben dieser Küste: ‹Wir haben euch vor der Auslöschung durch eure Nachbarn bewahrt. Wir haben die Meere für Schiffe aller Länder geöffnet und dafür gesorgt, daß sie nicht behelligt werden. Wir haben eure Unabhängigkeit nicht zerstört, sondern erhalten.› Das ist aber nicht das einzige, was das britische Empire hier geschaffen hat. Sicher, diese Worte wurden 1902 gesprochen, und die beiden Weltkriege haben Englands Rolle als Großmacht beendet. Aber ich denke, Sie werden mir zustimmen, wenn ich behaupte, daß die Welt seitdem alles in allem nicht viel besser geworden ist. Wer hindert Arabien jetzt daran, Oman zu annektieren, wer hindert Oman, einen Zipfel des Jemen zu stehlen, oder die Russen, sich das Ganze unter den Nagel zu reißen?» Er seufzte schwer. «Sie sehen, es ist das Öl, das alles so schrecklich macht. Es verdirbt nicht nur die Menschen, es bringt Fremde in Versuchung, sich das zu nehmen, was sie haben wollen – was sie *brauchen.*» Er hielt Amira seine Tasse hin, und sie schenkte nach. «Danke, Doktor. Habe ich zuviel geschwafelt? Ich fürchte, alte Soldaten neigen dazu.»

«Ich bitte Sie, Colonel. Wir Ägypter haben zumindest eines von den Briten gelernt: höflich zu diskutieren», antwortete sie lächelnd. «Aber Sie sollten sich nicht solche Sorgen machen. Die Amerikaner werden uns bestimmt schützen, oder?»

«Das glauben Sie doch selbst nicht. Und ich ebensowenig. Früher schien es ganz logisch zu sein. Als wir Briten uns vor Angst und

Erschöpfung zurückzogen, nahmen wir an, die reichen und tatendurstigen Yankees würden die Bürde übernehmen . . .»

«Die Bürde des weißen Mannes, Colonel?» unterbrach Amira ironisch.

«Ein Punkt für Sie, Doktor. Aber ich wollte eigentlich sagen, die Bürde der Aufgabe, die Welt künftig so zu steuern, daß sich nicht zu viele Menschen gegenseitig umbringen und daß die Roten sich nicht einfach alles schnappen, was sie wollen. Die Yankees hatten die Mittel. Sie haben sie immer noch. Aber sie haben nicht mehr den Willen – den Mumm, wenn Sie wollen. Vielleicht wegen dieses verdammten Kriegs in Südostasien, der jeden Abend in ihre Wohnzimmer übertragen wurde. Krieg sollte nie so ins Haus kommen. Man sollte die Gefallenen immer erst sehen, wenn sie in ihren flaggendrapierten Särgen liegen, wenn die Salven abgefeuert werden und der letzte Zapfenstreich erklingt. Nur Soldaten sollten andere Soldaten sterben sehen. Der Tod ist das Handwerk von Militärs, sie verstehen ihn. Zivilisten nicht. Aber das spielt kaum eine Rolle. Die Amerikaner werden uns sicher nicht retten. Sie sind ja noch nicht mal imstande, ihre – und unsere – Leute aus den Händen einer Bande von verrückten marxistischen Fanatikern zu befreien. Nein. Jemand anders wird etwas unternehmen müssen.» Er verstummte, wirkte plötzlich ausgelaugt und alt. Er lächelte Amira schwach an. «Sie sehen also, Doktor? Nieder mit dem Öl, um das die Leute kämpfen, und nieder mit den Leuten, die es so weit kommen ließen.» Er stellte seine Tasse auf das Messingtablett und sagte: «Es ist spät, Frau Doktor Shallai. Es war ein schöner Abend, aber ich denke, es ist Zeit, Sie wieder zu Ihrem Plastikpalast zu bringen. Morgen wird ein langer, harter Tag.»

13. Dartmouth

Der Dart und die alten Eichenwälder an seinen steilen Ufern wirkten in der sommerlichen Stille wie ein Bild des Malers Constable. Michael Rivas stellte den Motor seines Leihwagens ab und genoß eine Weile das friedliche Schauspiel.

Die schmale Schotterstraße, die ab Paignton als Hauptstraße bezeichnet wurde, hatte ihn durch eine der schönsten Gegenden geführt, die er je gesehen hatte. Das Hügelland hier in Devon war reich an Apfelbäumen und satten Wiesen, die immer wieder von Eichengehölzen und Rhododendronbüschen unterbrochen wurden. In dieser Umgebung fiel es schwer, sich an die kahlen Berge Afghanistans oder die schwüle Hitze Washingtons zu erinnern. Noch schwieriger war es, die Landschaft als Teil einer Welt zu sehen, in der Spione umgebracht und interkontinentale Verschwörungen angezettelt wurden.

Die Straße lief zwischen den Hügeln zum Fluß hinunter, wo sie am Anleger einer Zugfähre endete.

Rivas hatte am Rand von Kingswear gehalten und konnte auf der anderen Seite des Wassers die Dächer von Dartmouth sehen.

Der Fluß war recht belebt: ankernde Motorboote, kleine Ausflugsdampfer und Segelboote, dann und wann ein Fischerboot. Etwas weiter, ein gutes Stück von den ankernden Fahrzeugen entfernt, lag Ian Wyndhams Boot, das Sam Abbotts Beschreibung genau entsprach – eine lange und kraftvoll wirkende Benetti, auf den ersten Blick eher ein Torpedoboot als eine Freizeitjacht. Das Vorderdeck wurde von Persenningen geschützt, die an der Reling festgezurrt waren. Rivas erkannte, daß an Deck, vom Ufer aus nicht zu sehen, Leute hin und her gingen. Das vom Wasser reflektierte Sonnenlicht zeichnete geriffelte Muster an den weißen Rumpf. Quer über dem Heckspiegel aus Teakholz stand in großen Goldbuchstaben der Name der Jacht: *Wild Goose*.

Rivas musterte das Boot eine Zeitlang. Es hatte nicht an einer der vielen Anlegebojen festgemacht, sondern seinen eigenen Anker ausgeworfen. Es war ein Luxusboot, mindestens 18 Meter lang, und mußte über eine halbe Million Pfund wert sein. Für einen Söldner im Ruhestand schien es Ian Wyndham erstaunlich gut zu gehen.

Sam Abbott hatte ihm erzählt, die *Wild Goose* liege bei Torquay. Erkundigungen in jenem Zentrum des britischen Jachtlebens hatten jedoch ergeben, daß das Boot im Moment im Mündungsgebiet des Dart auf Reede lag. «Der Captain ist gern ein paar Wochen im Jahr bei seiner alten Alma Mater», hatte der Hafenmeister des Königlichen Jachtclubs in Torquay ihm ziemlich arrogant erklärt.

Die fragliche Alma Mater war das Britannia Royal Naval College, dessen Gebäude auf den Hügeln über dem Fluß zu sehen waren. Wyndham hatte die Kadettenanstalt absolviert, doch irgendwelche Vorkommnisse mit einer Schiffskasse führten später zu seiner Verabschiedung aus der Royal Navy. Von der Navy war er zur Fremdenlegion gegangen und hatte im Tschad gekämpft. Abbott war nicht ganz sicher gewesen, aber man nahm allgemein an, Wyndham sei aus der Fremdenlegion desertiert, um bei den «Wildgänsen» anzufangen – den Söldnern unter Colonel Hoare und anderen, die im Kielwasser der abziehenden Kolonialfranzosen und -belgier ihrem lukrativen Gewerbe nachgingen.

Zwanzig Söldnerjahre hatten Wyndham zu einem wohlhabenden Mann gemacht, aber er hatte in Afrika unmöglich so viel Geld verdienen können, um die große Motorjacht, die jetzt auf dem Dart lag, zu kaufen und zu unterhalten. Captain – oder Colonel, denn er benutzte abwechselnd beide Titel – Wyndham mußte eine andere, ergiebigere Einkommensquelle gefunden haben. Rivas, der im Augenblick nur noch seinem Journalisteninstinkt folgte, begann zu ahnen, was für eine Quelle es war.

Rivas ließ den Motor wieder an und fuhr langsam zum Uferstreifen von Kingswear hinunter. Er parkte den Wagen, stieg aus und ging auf dem Kiesweg zu einem kleinen Anleger, auf dem er ein Schild mit den Worten «Boote zu vermieten» gesehen hatte. Ein pausbäckiger, sommersprossiger Junge, der gerade den Boden eines umgedrehten Einmann-Ruderboots strich, unterbrach seine Arbeit und blickte Rivas entgegen.

«Ich brauche ein Boot», sagte Rivas.

«Ein Pfund fünfundsiebzig die Stunde», sagte der Junge. Er hatte einen unüberhörbaren Devon-Akzent. «Für wie lange?»

«Ich möchte zu der Jacht.» Rivas zeigte zur *Wild Goose*.

Der Junge riß die Augen auf. «Sind Sie ein Freund von Captain Wyndham?»

Offensichtlich war der Söldner in Kingswear etwas ganz Besonderes. Aus der Stimme des Jungen klang ehrfürchtige Scheu.

Rivas zeigte auf die Boote, die am Anleger vertäut waren. «Welches?»

Der Junge richtete sich auf und wischte seine Hände an einem Lappen ab. Er betrachtete Rivas kritisch. «Sie sind Amerikaner?»

«Genau.»

«Können Sie denn rudern?»

Rivas zwang sich zu einem leichten Lächeln. «Ja», sagte er. «Manche von uns sind nicht so dumm.»

«Sie müssen für eine Stunde im voraus zahlen. Und ein Pfund

Kaution.» Das junge Gesicht war unnachgiebig. Eine Bootsvermietung zu leiten, war eine ernste Sache.

Rivas gab ihm das Geld, und der Junge ging zu einem Schuppen und kehrte mit einem Paar Ruder zurück. «Captain Wyndham hat aber was gegen Neugierige», sagte er. Er legte die Ruder in das letzte Boot der Reihe, blinzelte in die schon weit westlich stehende Sonne und sagte: «Vergessen Sie nicht, wir machen um sieben zu.»

Er blieb stehen und beobachtete kritisch, wie Rivas in das Boot kletterte und abstieß. Er hoffte, daß der Amerikaner schlau genug war, die Leine festzumachen, wenn er die Jacht erreicht hatte. Er hatte keine Lust, ein abtreibendes Boot zurückzuholen.

Als der Amerikaner den Leuten auf der Jacht etwas zurief, forderte man ihn auf, an Bord zu kommen, was den Jungen überraschte. Die Einheimischen wurden fast immer gewarnt, sicheren Abstand zu halten.

Er kniff die Augen zusammen, weil die vom Wasser reflektierte Sonne blendete. Der Amerikaner kletterte die Leiter zum Deck der Jacht hoch.

«Ist das Wyndhams Boot?»

Der Frager war lautlos auf den Anleger getreten. Der Junge fuhr herum und erblickte einen großen, breitschultrigen Mann. Das dunkle Gesicht war im Glanz der Sonne nur undeutlich zu erkennen.

«Ja, Sir.» Bei diesem Mann reagierte der Junge ganz anders, beinahe servil. Er hatte keinerlei Verlangen, den irgendwie bedrohlich wirkenden Unbekannten herauszufordern.

«Wer war der Mann, der eben an Bord gegangen ist?»

«Ein Amerikaner, Sir.» Der Junge wollte dem großen Mann nicht direkt ins Gesicht sehen. Seine Augen waren zu dunkel und zu kalt, die Lippen zu dünn und zu blutleer. Er fühlte all das nur instinktiv, als lähme die bloße Gegenwart des anderen seine Gedanken. Er schluckte krampfhaft und sagte: «Wollen Sie ein Boot mieten, Sir?»

«Nein», sagte der Mann, drehte sich um und ging genauso lautlos fort, wie er gekommen war.

Der Junge sah, wie er in einen dunkelgrünen Jaguar stieg, zurücksetzte und wendete, um dann langsam zum Dorf zu fahren.

Rivas folgte dem schwarzen Matrosen, der ihn am Heck in Empfang genommen hatte. Es war ein kleiner, muskulöser junger Mann mit der tiefschwarzen Haut des Zentralafrikaners. Wyndham heuerte seine Besatzung offensichtlich in dem Erdteil an, den er am besten kannte. Der Schwarze sprach Englisch mit einem französischen oder belgischen Akzent. «Gehen Sie nach vorn, Colonel Wyndham erwartet Sie.»

Rivas trat an ihm vorbei und ging zum Vorderdeck. Als er die Kajütstreppe erreichte, sah er unten einen splitternackten Mann auf einer Segeltuchliege. Seine braune Haut wurde von einer ebenfalls nackten schwarzen Frau mit Öl einmassiert.

Rivas war Wyndham einmal begegnet und erinnerte sich nun, daß so etwas zu ihm passen würde. Es war exotisch und sinnlich, und Rivas wußte, daß es ein beliebter Zeitvertreib der Glücksritter gewesen war, die er in Afrika gekannt hatte. Außerdem hatten sie gern irgendwelche Spiele mit geladenen automatischen Waffen gemacht, aber Rivas vermutete, daß Colonel Ian Wyndham inzwischen zu sehr Gentleman war, um so unzivilisierte und noch dazu gefährliche Hobbys zu haben.

Rivas wartete, bis Wyndham sich aufsetzte und seinen muskulösen Rumpf in ein Badelaken hüllte. Das Mädchen, eine große sehnige Afrikanerin mit Brüsten wie kleine unreife Melonen, traf keine Anstalten, ihre Blöße zu bedecken. Ihr von winzigen, in der Sonne glänzenden Zöpfen umrahmtes Gesicht war feingeschnitten, beinahe schön. Sie betrachtete Rivas interessiert und sagte in einer afrikanischen Sprache etwas zu Wyndham. Wyndham grinste und zeigte gelbliche Pferdezähne in seinem wettergegerbten, faltigen Gesicht. Er antwortete in derselben Sprache, und das Mädchen lachte.

Sie erhob sich, kam die Treppe herauf und drückte sich an Rivas vorbei ins Ruderhaus. Sie roch nach Zimt und parfümiertem Öl.

«Sie gefallen ihr, Rivas», sagte Wyndham. «Sie will zu ihrer Schwester und ihr von Ihnen erzählen.»

Rivas überhörte die Bemerkung und sagte: «Sie haben meine Nachricht erhalten.»

«Ich bekam einen Funkruf von Abbott.» Er schenkte Alkohol in ein Glas auf einem Tisch neben seiner Liege. «Er sagte, Sie würden hierher kommen. Er sagte aber nicht, warum.» Er reichte ihm das Glas und Rivas nahm es, trank jedoch nicht.

Wyndham hatte graue, fast farblose Augen. Sie saßen tief in dem dunkelbraun gebrannten Gesicht und wirkten metallisch. Mit einem bloßen Fuß schob er Rivas einen Liegestuhl hin.

«Setzen Sie sich», sagte er, «und erzählen Sie mir, warum Sie hier sind. Sie müssen wissen, ich habe nicht oft Gäste.»

Als Rivas sich auf den Liegestuhl setzte, sah er auf dem Fußboden unter Wyndhams Liege eine Maschinenpistole, eine belgische F-19. Offensichtlich drohte *unerwünschten* Gästen auf der *Wild Goose* ein rauher Empfang. Wyndham war seinem Blick gefolgt und bleckte wieder seine großen Schneidezähne. Es war kein herzliches Lächeln. «In meinem Beruf muß man vorsichtig sein», sagte er.

Rivas fragte sich, welche anderen todbringenden Militärutensilien sonst noch auf der *Wild Goose* zu finden sein mochten. Genug, um einen kleinen Krieg anzufangen, vermutete er.

«Neuerdings werden eine Menge Leute angeworben», sagte er. «Ich dachte, Sie würden mir darüber erzählen können.»

«Es werden immer Leute angeworben», antwortete Wyndham.

«Dies ist was Besonderes. Sehr hohe Anforderungen. Bis in die jüngste Zeit aktiv. Nur das Beste.»

«Ist es für eine Story?» fragte Wyndham. Rivas hatte einmal für *Harper's* einen Bericht über Söldner geschrieben. Wyndham, der es im Gegensatz zu den meisten seiner Kollegen liebte, im Rampenlicht zu stehen, hatte ihm nach Erscheinen des Artikels einen anerkennenden Brief geschrieben.

Rivas bemühte sich zu lächeln. «Wenn der Stoff lohnt – ja.»

«Wie steht's mit Mäusen?» Alle Söldner liebten Geld, aber Wyndham war ausgesprochen habgierig. Er hatte einmal den Staatsschatz eines wankenden afrikanischen Regimes geraubt, um seine Truppe zu bezahlen, obgleich Gerüchte kursierten, daß er die meisten harten Devisen, die in den Tresoren lagerten, für sich behalten hatte.

«Eine ganze Menge, wenn wirklich eine Story drinliegt», sagte Rivas.

Wyndham schmatzte vulgär und machte mit Daumen und Zeigefinger das unsterbliche Zeichen. In der heißen Sonne lief Schweiß seinen muskelbepackten, eingeölten Körper hinunter. «Geben Sie mir einen Anhaltspunkt, Rivas. Ich möchte wissen, ob wir das gleiche meinen, wenn wir ‹eine ganze Menge› sagen.»

«Wenn ich ein Buch daraus zaubern kann, zweihunderttausend.»

«Pfund?»

Rivas schüttelte den Kopf. «Dollar.»

Wyndham lehnte sich zurück und zuckte mit den Schultern. «Na ja. Wie ist's mit Vorschuß?»

«Ich könnte ein paar tausend arrangieren.»

«Ein paar?»

«Vielleicht fünf. Aber nur, wenn Sie was für mich haben, das ich nicht erst lange checken muß», sagte Rivas und dachte dabei, wenn er Wyndham (der sicher mindestens eine Million auf einem Schweizer Nummernkonto hatte) 5000 Dollar gäbe, würde er selbst fast in den roten Zahlen sein.

Wyndham überlegte. «Das ist nicht viel», sagte er schließlich.

«Ich mache bei den Bucheinnahmen halbe-halbe mit Ihnen.»

Wyndham bleckte wieder die Zähne. «Ich wär' schon immer gern ein Schriftsteller gewesen.»

«Ich habe gehört, Sie haben Söldner für das NFK angeheuert.»

«Ich hab' keine Ahnung vom NFK. Wozu sollten diese Samariter Soldaten brauchen?»

«Also gut. Dann für General Collingwood», sagte Rivas.

«Sie hören wirklich so allerlei.»

«Ich interessiere mich mehr dafür, was *Sie* hören, Wyndham.»

Der Söldner musterte Rivas mit seinen kalten Augen. «Ich hab' gehört, daß Ihr Bruder umgebracht worden ist, Rivas.»

«Sie haben richtig gehört», sagte Rivas.

«Irgendein Zusammenhang zwischen dem Mord und diesem . . .» Wyndham hielt kurz inne «. . . diesem Buch, das Sie schreiben wollen?»

«Ich weiß nicht. Wenn es einen Zusammenhang gibt, muß ich ihn erst noch finden.»

«Hat Abbott Ihnen gesagt, daß ich helfen könnte?»

«Sam sagte mir, ich solle Sie fragen, ob jemand anwirbt. Irgendwann wäre ich aber sowieso hierher gekommen.»

«Das mit Ihrem Bruder tut mir leid. Er war ein guter Soldat», sagte Wyndham. «Er hatte nur den falschen Arbeitgeber.»

«Ich interessiere mich mehr für Ihren Arbeitgeber, Colonel.»

«Sie werden kein Wort darüber erfahren, wer mich unter Vertrag genommen hat, Rivas. So arbeite ich nicht.»

Rivas fühlte, wie Zorn und Frustration in ihm aufstiegen. War dies also eine Sackgasse? Wyndham brauchte weiß Gott kein Geld – und wenn das Angebot über 100 000 Dollar ihn nicht lockte, was sollte ihn dann locken?

«Aber ich werde Ihnen so viel erzählen», sagte Wyndham. «Ich *habe* angeworben. Und außer mir noch ungefähr ein halbes Dutzend andere. Leider kommen Sie sehr spät, Rivas. Mein letztes Kontingent ist vorgestern abgegangen.»

«Wohin?»

«Nach Oman, Salalah.»

«Amerikaner?»

«Nein. Südafrikaner.»

«Wie viele haben Sie insgesamt hingeschickt?» fragte Rivas.

«Dreitausend – ein paar weniger oder mehr.»

Dreitausend, dachte Rivas. Und Wyndham ist nicht der einzige alte Söldner, der mit freischaffenden Militärs handelt.

«Collingwood?»

«Das habe ich nicht gesagt. Ich weiß überhaupt nicht, wer der Kommandeur ist oder sein soll. Alles ging blind. So klappt es immer am besten. Sie wissen wahrscheinlich, wie es gemacht wird. Irgend jemand braucht soundsoviel Leute mit den und den Fähigkeiten. Soundsoviel pro Kopf. Das ist alles.»

«Und Sie haben dreitausend Mann nach Salalah geschickt?»

«Nach Salalah und ein paar anderen Plätzen.»

Rivas fixierte die massige, in der Sonne schwitzende Gestalt eine lange Weile. Dann sagte er: «Schicken Sie mich auch hin!»

«Im Ernst?» fragte Wyndham. «Warum sollte ich?»

«Hunderttausend Dollar.»

«Das ist nicht bar auf die Hand. Nur wenn Sie ein Buch schreiben. Wenn Sie lange genug leben, um ein Buch zu schreiben.»

«Und fünftausend jetzt.»

«Sehe ich so aus, als ob ich Geld brauche?»

«Sie sehen aus, als ob Sie welches haben wollen.»

Wieder das kalte Lächeln unter den metallischen Augen. «Sie scheinen ein Menschenkenner zu sein.»

«Schicken Sie mich hin», sagte Rivas.

Wyndham musterte ihn schweigend. «Was wissen Sie noch aus Ihrer Zeit in Laos?»

«Genug.»

Wyndham kräuselte seine Lippen. Rivas zügelte seine Ungeduld und wartete.

Plötzlich rief Wyndham etwas in einer fremden Sprache, und im Fenster des Ruderhauses erschien ein Besatzungsmitglied. Der Söldner erteilte ein paar Anweisungen, wandte sich dann an Rivas und sagte: «Na ja, wollen mal sehen, was wir haben.»

Rivas holte tief Luft; er hatte das Gefühl, er habe eine unsichtbare Schwelle überschritten. Er sagte: «Ich arbeite nicht für die Firma, falls es das ist, was Sie beunruhigt.»

«Es beunruhigt mich kein bißchen», sagte Wyndham. «Ich habe schon mal mit der Firma zusammengearbeitet. Zur beiderseitigen Zufriedenheit.» Er hob sein Glas. «Sie trinken gar nicht.»

«Warten wir, ob es was gibt, worauf wir trinken können.»

«Gut.»

Der Matrose kam mit einer dünnen Akte zurück. Er gab sie Wyndham und ging wieder nach achtern. Wyndham sagte: «Los. Schauen Sie rein.»

Das Material bestand aus einigen kopierten Seiten aus der Personalakte eines amerikanischen Armeeoffiziers, eines gewissen Captain John Emerson Hayden, der 1965 an der Militärakademie graduiert hatte. Die sauber getippten Seiten enthielten alles Wissenswerte über seine Laufbahn. Rivas blätterte bis zur letzten Seite. Nachdem Haydens Beförderung zum Major das drittemal vom Beförderungsausschuß abgelehnt worden war, hatte der Mann vor vier Jahren seinen Abschied eingereicht und erhalten.

Rivas blätterte wieder zurück und las die lakonischen Vermerke. Hayden hatte bei den Special Forces in Vietnam gedient. Man hatte ihm für seinen Einsatz in Dak To einen Silver Star verliehen. Dann war er in den Verdacht geraten, bei einem kleineren Scharmützel im Hochland Kriegsverbrechen begangen zu haben: Ein Dorfhäuptling, der dem Vietcong Unterschlupf gewährt haben sollte, war beim Verhör durch Haydens Einsatzkommando gestorben. Ein Untersuchungsausschuß hatte Hayden freigesprochen, aber der Makel war geblieben und hatte seine Militärlaufbahn praktisch beendet. Nach Verlassen Vietnams hatte er nur noch zweitrangige Kommandos und Risikoposten bekommen. Es war ihm gelungen, sich zur Schnellen Eingreiftruppe in Ägypten versetzen zu lassen, und sein Stern war dadurch wieder ein wenig gestiegen. Aber der Zeitpunkt war schlecht gewählt gewesen. Einen Monat nach seiner Ankunft im Sinai hatte man die SET in die USA zurückbeordert und auf einen Führungsstab und eine Kadertruppe reduziert. In Fort Bragg hatte Hayden sich dann böse gehenlassen. Seine Akte zeigte Verweise wegen Insubordination. Er wurde wieder bei der Beförderung übergangen. Arreststrafen wegen Trunkenheit. Seine Frau hatte ihn wegen Körperverletzung angezeigt und sich dann von ihm scheiden lassen. Er hatte Schwierigkeiten mit den Zivilbehörden gehabt: Verhaftungen wegen Trunkenheit am Steuer, eine Anklage wegen Tätlichkeiten gegen einen Polizisten des Bundesstaats North Carolina. Zuletzt hatte Captain Hayden wegen eines drohenden Kriegsgerichtsverfahrens seinen Abschied von der Army genommen.

Es war die traurige Chronik eines Offiziers mit guten Anlagen, der irgendwie auf die falsche Bahn gekommen war. Das mangelhaft reproduzierte Foto in der Akte zeigte einen dunkelhaarigen, zornig wirkenden Mann. Der Captain wog gut zwei Kilo mehr als Rivas und war anderthalb Zentimeter kleiner. Aber wenn die Dokumente nicht allzu genau geprüft wurden, konnte Rivas für Hayden durchgehen.

«Wo ist er?» fragte Rivas.

«Er hat die Verabredung mit den anderen nicht eingehalten. Vielleicht war er betrunken. Oder er ist tot. Ich glaube, er war für einen Revolverschuß prädestiniert.»

«Wo sollte er sich melden? Und bei wem?»

«In Salalah. Bei einem alten Trucial Scout namens Hadfield. Colonel Hadfield.»

«Wann?»

«Er sollte zusammen mit den letzten Südafrikanern fliegen, die heute ankommen müßten. Bei den afrikanischen Luftfahrtgesellschaften kann man nie wissen», sagte Wyndham. «Wenn Sie es riskieren wollen, können Sie Hayden jedenfalls haben – für fünftausend Dollar im voraus und hunderttausend, wenn Sie lange genug leben, um das Buch zu schreiben.»

«In Ordnung», sagte Rivas. «Ich nehme ihn.»

«Wie Sie hinkommen, ist Ihre Sache. Aber Sie sollten die Concorde bis Bahrain nehmen, sonst könnten Sie zu spät kommen», sagte Wyndham. «Ich bin nicht sicher, aber ich nehme an, die Männer sollen bald an die Front.» Er stand auf, eine bullige Gestalt in einem zerknitterten Badetuch. «Trinken wir jetzt einen?»

Rivas nickte und erhob sich ebenfalls. Das auf dem Wasser spielende Sonnenlicht blendete ihn, und die Wunde in seiner Kopfhaut juckte und brannte; er hatte einen Arzt in der Unfallstation am

Flughafen Heathrow überredet, die Fäden zu ziehen. Der Drink – starker kubanischer Rum – floß wie Feuer in seinen Magen.

«Sie sehen aus, als könnten Sie ein bißchen Ruhe brauchen», sagte Wyndham. Das schwarze Mädchen, das nun ein kurzes geblümtes Hemd trug, war in dem Moment wiedergekommen, in dem ihr Gebieter aufgestanden war, um zu zeigen, daß er nicht mehr ungestört sein wollte. Wyndham faßte sie um ihre schlanke Taille und sah Rivas herausfordernd an. «So was gibt's da unten nicht, Schreiber. Möchten Sie?»

«Keine Zeit», sagte Rivas bekümmert.

Wyndham zuckte mit den Schultern. «Lassen Sie drinnen bei dem Schwarzen einen Scheck. Er wird Ihnen meine Schweizer Kontonummer geben.» Der alte Abenteurer ließ sich wieder auf die Liege sinken und zog das Mädchen auf seinen Schoß. Er interessierte sich nicht mehr für Michael Rivas.

14. Washington

Die CIA-Dependance war im schwarzen Getto der Hauptstadt, einem Viertel mit vernagelten Ladenfronten und verfallenden Fachwerkhäusern, die zum großen Teil von der Jahrhundertwende datierten. Schwarze Kinder spielten auf der Straße, ältere Farbige saßen auf den halb durchgetretenen Eingangsstufen der Häuser, tranken Coke und Dr. Pepper und fächelten sich Luft zu. Die Mittagssonne ließ den Asphalt fast schmelzen, und in der stehenden Luft vermischte sich Essengeruch mit dem Duft von Marihuana.

Das CIA-Haus war zweigeschossig und hatte einen kleinen Vorgarten, dessen vertrockneter Rasen von Unkraut überwuchert war; die Fensterscheiben zur Straße waren wie viele andere in der Nachbarschaft von innen übergestrichen. Die einzigen Möbelstücke waren ein paar eiserne Bettstellen, aber die Haustür und die Fensterrahmen waren mit schweren Metallplatten und komplizierten Schlössern gesichert. Das Grundstück war mit den Kontakten einer ausgeklügelten Alarmanlage gespickt.

In dem schummrigen und stickigen Wohnzimmer lümmelte sich John Washington, ein schwarzer CIA-Mann, der dem Stellvertretenden

Direktor als Fahrer und Leibwächter zugeteilt war, auf einer Pritsche und las ein abgegriffenes *Time*-Magazin. Seine Jacke lag neben ihm. Sein naßgeschwitztes Hemd spannte sich über seiner breiten Brust. In seinem Achselhalfter steckte eine Police Special. Die Straßengeräusche drangen gedämpft in den Raum. Washington blätterte die Seiten des Nachrichtenmagazins um und wartete darauf, daß der Stellvertretende Direktor zurückkam.

Im hinteren Teil des Hauses, in einem Zimmer am Ende eines langen, dunklen Flurs, sprach Isaac Holt in die Muschel eines Telefons. Es war ein Apparat ohne Nebenstellen, an den ein Zerhacker angeschlossen war.

Die Antwort aus Kingswear hatte die monotone Ausdruckslosigkeit der vom Computer rekonstruierten Scrambler-Stimme.

«Er ist vierzig Minuten auf der Jacht gewesen. Er kommt jetzt an Land. Soll ich ihn erledigen?»

«Nein!» Aus Holts Stimme klang mühsam unterdrückter Zorn. Der geeignete Zeitpunkt, den neugierigen Bastard zu töten, war verpaßt. Er hatte inzwischen mit zu vielen Leuten geredet, und damit kam ein simpler Mord als Lösung nicht mehr in Betracht. «Nein», sagte er wieder. «Bleiben Sie an ihm dran, und lassen Sie sich nicht wieder von ihm abhängen wie hier.»

«Und Wyndham?»

«Um Wyndham kümmern wir uns, wenn es soweit ist», sagte Holt. Der Anwerber stand auf der Liste. Alle, die Söldner vermittelt hatten, standen auf der Liste. Aber das konnte warten bis zum großen Saubermachen. «Rivas wird sicher nach Heathrow fahren.»

«Ich könnte ihn doch unterwegs erledigen.»

«Verdammt noch mal, nein. Folgen Sie ihm nur, aber halten Sie Abstand. Ich will nicht, daß der verdammte Cousins sich da einmischt. Für Rivas haben wir später noch genug Zeit. Wyndham wird ihn entweder nach Oman oder nach Tokar schicken. Sie checken zuerst Tokar. Wenn er dort nicht ist, wissen Sie, wo Sie ihn finden.»

Rivas hatte dem Söldner natürlich Geld geboten, und Wyndham hatte es nicht abgelehnt. Er gehörte zu den Männern, die keinem Schmiergeld widerstehen konnten, und das machte ihn zuerst nützlich, dann gefährlich und zuletzt zu einem Sicherheitsrisiko, das beseitigt werden mußte.

«Ehe Sie London verlassen, setzen Sie sich mit Carmody im dortigen

Büro in Verbindung. Er wird Ihnen sagen, wo Sie mich als nächstes erreichen können. Ich möchte nicht, daß dieser Weg noch mal benutzt wird. Verstanden?»

«Ja.»

«Sie werden die Chance haben, Ihr Geld zu verdienen. Sagen Sie London, sie sollten die Reise ab Bahrain organisieren. Dort gibt es eine Maschine für Eilfracht. Sie müßten ungefähr zur selben Zeit in der EQ-Station sein wie Rivas. Und schießen Sie bloß nicht noch mal daneben. Ich möchte nicht, daß er mit einer großen Geschichte für die Scheißmedien hierher zurückkommt. Auf keinen Fall. Das wär's.» Er legte auf und stellte den Zerhacker in einen schäbigen Aktenschrank, von dem die Farbe abblätterte.

Holt blieb noch eine Weile erschöpft auf der Bettstelle sitzen. Wenn das Töten einmal angefangen hatte, schien es kein Ende mehr zu nehmen. Rivas mußte zuerst verschwinden. Dann Wyndham. Und Abbott? Wohl auch bald. Er würde nach New York fahren müssen, um Sam unschädlich zu machen. Und wie viele andere dann noch?

Ike Holt fiel plötzlich etwas sehr Unangenehmes ein. Saß Calder Davis jetzt vielleicht in seinem verdammten Schloß – Atalanta, wie er es nannte – und hakte ebenfalls Namen ab? Und wenn er, Holt, nun auf jener Liste stand?

Der Stellvertretende CIA-Chef schauerte zusammen, verließ das geheime Zimmer und machte die mit Stahlplatten verstärkte Tür sorgsam hinter sich zu.

15. Tokar, Sudan

Die vom heulenden Khamsin aufgewühlten Wellen brachen sich an dem sanft ansteigenden weißen Strand, und ihre Ausläufer erreichten fast die Räder des gelbbraun gestrichenen, gepanzerten Kübelwagens, der nahe der Flutmarke parkte. Der Himmel, das Meer, sogar die Sonne wurden von dem Sand, der über das Rote Meer von Arabien herüberpfiff, braun gesprenkelt. Die Temperatur betrug 46 Grad Celsius, so daß die Männer kaum das Fahrzeug oder die Waffen berühren konnten.

Der stämmige Offizier, der das rote Barett mit dem Stern eines

Brigadegenerals der US-Army trug, stand auf der höchsten Stelle neben der Fahrspur im Sand und blickte auf das schmutzfarbene Meer hinaus.

J.E.B. Collingwood, ehemals Befehlshaber der Schnellen Eingreiftruppe und nun Kommandeur der Söldner, die sich untereinander einfach «die Brigade» nannten, war jetzt, mit 46, in seinen besten Soldatenjahren. Collingwood war zwei Jahrzehnte aktiver Offizier gewesen und hatte immer mit Eliteeinheiten im Feld gestanden. Militärs aller Länder kannten ihn als einen der gescheitesten – und härtesten – Kommandeure leichter Infanterie, die jemals Uniform getragen hatten.

Er hatte regelmäßige Züge, seine Wangenknochen waren breit und hoch genug, um auf irgendeinen entfernten indianischen Vorfahren hinzuweisen, sein Mund war dünnlippig und entschlossen. Seine Augen, die von einer Schutzbrille verdeckt wurden, waren hellblau und wirkten beinahe unschuldig, wenn sie etwas fixierten, das seine Aufmerksamkeit erregt hatte. Seine kurzgeschorenen schwarzen Haare, die langsam ergrauten, wurden von dem lohfarbenen Sand bedeckt, den der Khamsin aus der arabischen Wüste über das Meer wehte.

Jeb Collingwood hatte die seltene, für große Befehlshaber unerläßliche Gabe, in seinen Untergebenen fanatische Loyalität zu wecken. Er verstand instinktiv, daß Berufssoldaten das Bedürfnis hatten, Treue und Ergebenheit zu zeigen. Er wußte aus Erfahrung, daß es praktisch keine Offiziere mehr gab, die fähig waren, diese Loyalität zu akzeptieren, zu benutzen und zu erwidern. Er bemühte sich, einer der wenigen zu sein, und es gelang ihm uneingeschränkt. Seine Leute sagten: «Wenn man Jeb heute eine Korporalschaft gibt, wird sie morgen ihr Leben für ihn aufs Spiel setzen.» Das mochte eine Übertreibung sein, traf aber den Kern der Sache.

Collingwood hatte dasselbe Vorbild wie viele andere Militärs: Alexander den Großen. Anders als die meisten kam er seinem Vorbild jedoch recht nahe.

Aber das Amerika des 20. Jahrhunderts war nicht das Makedonien des 4. Jahrhunderts v.Chr. Eben die Qualitäten, die ihn zu einem großen Soldaten machten, hatten ihn für Präsident Vincent Todd Loomis zu einem politischen Risiko gemacht. Der Präsident hatte aus Budgetgründen bestimmte Entscheidungen getroffen, die die militärische Glaubwürdigkeit der Vereinigten Staaten minderten. Für einen Mann wie Jeb Collingwood war es einfach unmöglich gewesen, den Mund zu halten. Er hatte geredet, und seine Karriere war zu Ende gewesen.

Die so entstandene Bitterkeit färbte irgendwie auf seine militärischen Fertigkeiten ab und machte sich auch bald im Geist der Truppe bemerkbar, die Calder Davis und seine Mitarbeiter ihm, Collingwood, zur Verfügung gestellt hatten.

Das einzige Handikap der Brigade war ihre Mannschaftsstärke. Ansonsten war sie hervorragend ausgerüstet, sie bestand aus den tüchtigsten Berufssoldaten, die man bei einer großangelegten Anwerbeaktion hatte finden können, und sie wurde von dem vermutlich besten Mann befehligt, den es für dieses Kommando gab. Unter Collingwood hatte die Brigade ihren letzten Schliff erhalten. Und sie wuchs ihrem Urheber, dem Neuen Friedenskorps, schnell über den Kopf.

Peter Stuart, früher Major des britischen Special Air Service Regiment und jetzt General Collingwoods Einsatz-Offizier, stand neben seinem Kommandeur und betrachtete das aufgewühlte Meer. Auch er spürte die Ungeduld, die langsam die ganze Brigade ergriffen hatte, als der Zeitpunkt des Einsatzes näher rückte, und das unerwartet schlechte Wetter zehrte an seinen Nerven.

Collingwood sagte: «Peter, ich wünschte, ich wäre Moses. Aber da ich nicht mal Jude bin, werden wir wohl zu Petrus beten müssen.»

Stuart dachte respektlos, daß Collingwood eher Josua als Moses glich. Der Engländer war ein Mann, der seine Bibel kannte. Er war der letzte Sproß einer alten Offiziersfamilie und war zur Brigade gekommen, nachdem die neue britische Labour-Regierung das Special Air Service Regiment aufgelöst hatte.

Stuart drehte sich um und blickte zu den Soldaten, die beim Kübelwagen warteten. Es waren vier: zwei Südafrikaner, ein Amerikaner und ein Südkoreaner. Collingwood hatte die Angewohnheit, sich von ein paar aufs Geratewohl herausgesuchten Männern begleiten zu lassen, wenn er das Gelände des Hauptlagers zu einer Erkundungsfahrt verließ. Deshalb gab es in allen Abteilungen der Brigade Leute, die einmal mit ihrem Kommandeur in Berührung gekommen waren. Es war ein uraltes und sehr wirksames Mittel, den nahen Kontakt zur Truppe herzustellen, den Collingwood für unschätzbar wichtig hielt.

Stuart, der sich viel mit Militärgeschichte befaßt hatte, verglich die Brigade oft mit den italienischen Condottieri des 14. Jahrhunderts.

Söldnerscharen unter starken Anführern waren wahrscheinlich die schlagkräftigsten Formationen in den dunklen Abschnitten der Geschichte. Sie wußten, was sie wollten, sie waren bereit, alles zu tun, was zu diesem Ziel führte, und sie kümmerten sich nicht darum, wie ihre Taten auf die Welt außerhalb der eigenen Bruderschaft wirkten. Das galt heute wie vor 600 Jahren. Die Söldnergruppen, die Schwarzafrika nach dem Abzug der Kolonialmächte heimgesucht hatten, waren nur schattenhafte Vorläufer der Brigade gewesen. Sie hatten weder die fanatische Überzeugung noch die Waffen, die Mannschaftsstärke oder die Führung dieser neuen Truppe gehabt. Sicher, die Brigade, die inzwischen 11 000 Mann stark war, verdankte ihre Existenz dem Neuen Friedenskorps (Stuart war sich der Ironie dieser Tatsache sehr wohl bewußt) und den schwerreichen und mächtigen Leuten, die das NFK und sie finanzierten. Doch unter dem Einfluß der Persönlichkeit ihres Befehlshabers hatte sie bald ein Eigenleben begonnen. Sie sollte eingesetzt werden, um die Geiseln zu befreien, die von den moslemischen Radikalen in Riad gefangengehalten wurden. Aber sie würde Collingwood auch bedenkenlos bei einem Angriff auf London oder Washington folgen, wenn er es befähle. Vielleicht, dachte Stuart spöttisch, haben die Herren von den Konzernen sie *deshalb* nur für Einsätze in der Dritten Welt ausgerüstet.

«Wir können hier nichts machen, Peter», sagte Collingwood. «Fahren wir ins Lager zurück.»

«Um ein Uhr mittag kommt eine Wettervoraussage, die wir empfangen können, Sir», sagte Stuart. Die Meteorologen der Brigaden hatten Geräte, mit denen sie die Signale des 40 000 Kilometer über dem Mittelmeer stehenden Wettersatelliten Eurosat auffangen konnten.

Die beiden Männer gingen wieder zu dem Kübelwagen, der sich dem heftigen Sturm von Arabien entgegenzustemmen schien. Die Soldaten standen stramm, als ihr Kommandeur und sein Stellvertreter näher kamen.

«Wir fahren zurück, Gossage», sagte der General. Stuart wußte, daß er nie einen Namen vergaß, den er sich einmal eingeprägt hatte. Auch das gehörte zu den vielen Dingen, die ihn zu dem großen Offizier machten, der er war.

Die Männer stiegen in den Kübelwagen und fuhren die Fahrspur zurück landeinwärts. Das Lager bei Tokar, in dem der Hauptteil der Brigade stationiert war, lag knapp 50 Kilometer von der Küste entfernt am Fuß des Kassala-Gebirges. Der Standort war aus zwei Gründen gewählt worden: Hubschrauber mit Truppen konnten Riad von hier aus ohne Zwischenlandung erreichen, und er lag in einem schmalen Streifen des afrikanischen Kontinents, der nicht routinemäßig von den amerikanischen und sowjetischen Spähsatelliten erfaßt wurde. Die ersten Abteilungen der Brigade waren vor über einem Jahr im Sudan eingetroffen und seitdem ständig ergänzt worden. Collingwood und sein Stab waren vor acht Monaten gekommen und hatten das ununterbrochene Übungs- und Ausrüstungsprogramm von da an geleitet.

Peter Stuart hatte einmal zu dem General gesagt, wie merkwürdig es sei, daß die Brigade schon lange vor dem Sturz der Saudimonarchie und der Geiselnahme in Riad konzipiert und gegründet worden sei. Collingwood hatte lediglich erwidert, die Idee für die Brigade sei längst überfällig gewesen. Vieles von dem, was seit der iranischen Revolution in der Welt geschehen sei, wäre verhindert worden, wenn die Brigade oder eine ähnliche Einheit existiert hätte, um die Interessen der westlichen Zivilisation zu schützen. «Das klingt vielleicht ein bißchen pathetisch», hatte der General gesagt, «aber es ist die Wahrheit.» Stuart, dessen Überzeugungen in den Jahren im Special Air Service Regiment, einer ähnlichen, aber kleineren Einheit, entstanden waren, hatte ihm insgeheim beigepflichtet. Wenn die Regierungen des Westens entgegen ihrem Auftrag nicht für Ordnung sorgten, waren andere Mittel gerechtfertigt.

Dann und wann störte es den im Grunde sehr korrekten Briten, daß die Brigade in Wahrheit nur eine illegale Bürgerwehr war. Aber wenn das Gesetz versagte, mußte der Privatmann zu den Waffen greifen. Daran zweifelte kein einziger Offizier oder Soldat der Brigade.

Der Kübelwagen war ein brandneues Fahrzeug aus der Bundesrepublik Deutschland. Die Ausrüstung der Brigade bestand aus dem Besten, was die Waffenkammern und Industrien vieler Länder zu bieten hatten: französische Raketen, japanische Kommunikationsinstrumente; Handfeuerwaffen aus England, Belgien und Israel; amerikanische Hubschrauber. Die Beschaffer sind großzügig gewesen, dachte Stuart; sie scheinen entschlossen zu sein, es der Brigade an nichts fehlen zu lassen. In den beiden letzten Wochen waren Halbstaffeln der israelischen Kfir-Jäger auf der provisorischen Piste gelandet, außerdem die Panavias. Wenn die Brigade zum Einsatz kam, würden die Landetruppen mehr als genug Luftdeckung haben. Aus Geheimdienstmeldungen ging hervor, daß die ehemalige Luftwaffe der Saudis großenteils gelähmt war, da ihre US-Maschinen wegen fehlender Ersatzteile und mangelnder Wartung nicht mehr starten konnten. Der Stab – ein Neuseeländer, zwei Schweden, ein halbes Dutzend von Briten ausgebildete Omanis, ein Westdeutscher, drei Engländer und vier Amerikaner, die ihren Abschied von den Schnellen Eingreiftruppen genommen hatten, um bei General Collingwood zu bleiben – war zuversichtlich und kampfbereit.

Die Männer, ob Offiziere, Unteroffiziere oder Mannschaften, trugen alle die gewöhnlichen Drillichhosen und Buschjacken des Neuen Friedenskorps. Die Brigade war alles andere als eine Einheit, die auf dem Truppenübungsplatz Eindruck schinden würde. In all den Ausbildungsmonaten waren die Männer nie zusammen marschiert. Ihre einzige Fahne war die des NFK. Collingwood hatte die Außencamps rings um Tokar häufig besucht, vor den Männern gesprochen und ihre Manöver überwacht. Er hatte die Gewohnheit, sich unter seine Leute zu mischen, und schien sie jederzeit mit seiner Zuversicht und Begeisterung anstecken zu können. Inzwischen wußten alle Männer der Brigade, welche Mission sie hatten, und waren mit dem Herzen dabei. Stuart war sich klar, daß er zu einem neuen Phänomen der Militärgeschichte gehörte. In der Welt war eine neue Kraft entstanden, und er war stolz darauf, einen Beitrag zu ihr zu leisten.

Die beiden Offiziere, die hinten im Befehlswagen saßen, schauten nachdenklich in die Ferne, während der Wind an ihren Kleidungsstükken zerrte und Sandkörner ihnen ins Gesicht stachen.

Jeb Collingwood konzentrierte sich auf die letzten Einzelheiten der Mission. Er war zufrieden mit seiner Truppe. Die Leute waren ausnahmslos erfahrene Profis, und er war sicher, daß sie keine Mühe haben würden, die dilettantischen panarabischen Radikalen zu überwältigen, die die Botschaft besetzt hielten. Der Angriffsplan war einfach und direkt, wie alle guten Schlachtpläne.

Er hatte den Verdacht, die anonymen Industriellen, die ihn und seine Männer bezahlten, rechneten in ihrer Naivität damit, der Auftrag könne ohne größeres Blutvergießen ausgeführt werden. Aber Krieg war anders. Kämpfe, auch Kämpfe in kleinerem Maßstab, forderten immer ihren Blutzoll. Es würde Opfer geben, hauptsächlich unter den Revolutionären, die die Botschaft überwachten, und unter den übriggebliebenen Militärs der Saudis. Wenn man ihm erlaubt hätte, diese halb in Auflösung begriffenen Einheiten zu infiltrieren und ihnen die Rückkehr ihrer Prinzen zu versprechen, würde der Preis nicht so hoch ausfallen, aber Calder Davis hatte ein striktes Veto eingelegt. Calder hatte mit der Halbinsel und ihren reichen Ölreserven etwas anderes vor – das lag auf der Hand. Doch als Soldat war Collingwood an politische Entscheidungen gewöhnt. Es paßte ihm nicht immer, daß er sie hinnehmen mußte, aber er hatte keine andere Wahl. Also würden einige der alten Sauditruppen kämpfen. Meinetwegen, dachte er. Die Brigade wird schon mit ihnen fertig.

Collingwood glaubte, daß die Uhr für den Westen ablief. Diese Sorge hatte ihn seinerzeit auch veranlaßt, gegen den Präsidenten zu rebellieren, der seine militärische Laufbahn ruiniert hatte. Er war Calder dankbar, daß er ihm eine zweite Chance gegeben hatte, der Sache zu dienen, von der er zutiefst überzeugt war – der Verteidigung der wankenden, von Furcht befallenen westlichen Zivilisation. Er dankte Gott, daß ein Mann mit Calders Reichtum und Willenskraft da gewesen war, um die Brigade ins Leben zu rufen. Er betrachtete es als Schicksal, daß er, J.E.B. Collingwood, rechtzeitig zur Verfügung gestanden hatte, um ihr Kommando zu übernehmen.

An den Ausläufern des Kassala-Gebirges, wo die Brigade stationiert war, blies der Wind nicht mehr ganz so heftig. Der Kübelwagen hielt sich weiterhin in der Fahrspur zwischen den nackten Hügeln, und sowohl Collingwood als auch Stuart stellten befriedigt fest, daß so gut wie kein Zeichen menschlichen Lebens zu sehen war. Die Außenposten am Rand des Campgeländes waren so gut getarnt, daß sie fast mit ihrer Umgebung verschmolzen. Beide Offiziere wußten jedoch, daß sie von Soldaten beobachtet wurden, die sich in die rostfarbenen Hänge eingegraben hatten. Der Kompanieführer, dessen Männer diese Zufahrt zum Lager bewachten, war ein afghanischer Moslem, und sein Zug bestand aus Belutschen und Pathanen. Außer Peter Stuart, der eine Antenne für die Ironien der Politik hatte, fand es niemand in der Truppe merkwürdig, daß in der Brigade, die westliche Werte und Interessen verteidigen sollte, auch Moslems kämpften. Natürlich hatten sich Moslems schon seit langer Zeit gegenseitig abgeschlachtet, und der Brite hegte nicht den leisesten Zweifel, daß dieser Zug ebenso bereitwillig gegen die mohammedanischen Fanatiker kämpfen würde wie die anderen Untereinheiten der Brigade. Den wenigen Südwestasiaten in der Truppe würde es reichen, daß die panarabischen Radikalen zum größten Teil als Marxisten galten.

Der Kübelwagen hatte das Campgelände erreicht und näherte sich nun einer Ansammlung von Häusern, die auf den ersten Blick aussah wie ein sudanesisches Dorf. Die Unterkünfte waren allerdings neuer als im eigentlichen Tokar, und sie waren erheblich sauberer. Ihre Anordnung ließ, von oben betrachtet, jedoch nichts erkennen, was auf militärische Zwecke hindeutete. Nur auf der harten Erde zeichneten sich mehr Fahrspuren ab, als man in dieser verlassenen Ecke des Sudan erwarten würde, und unmittelbar westlich des neuen Dorfes lag ein breiter, ebener, offenbar ungenutzter Streifen Land. Auf dieser sandigen Ebene konnten kleine bis mittelgroße Flugzeuge, die sich zum Einsatz in weniger zivilisierten Landstrichen eigneten, starten und landen. Am Südende des Flugfelds standen fünf unmarkierte Kfir-Jäger unter Tarnnetzen mit der Nase gegen den Wind. Rings um das Feld waren merkwürdige Hügel verteilt, die aus Erde zu bestehen schienen. In Wirklichkeit handelte es sich aber um sandfarbene Kunststoffplanen über anderen Tarnnetzen, die jeweils einen Hubschrauber verbargen.

Am deutlichsten zeigten freilich die Bewohner, was die primitive Siedlung in Wahrheit war: das wichtigste Camp und das Hauptquartier der Brigade. Die Bevölkerung war ausschließlich männlich, und alle Männer waren Soldaten – Soldaten von einer ganz besonderen Sorte, die selbstbewußt auftraten, ihre Waffen immer griffbereit hatten und jederzeit einsatzbereit waren.

Vor der Tür des Hauses aus Lehmziegeln, das als Hauptquartier diente, sprangen Collingwood und Stuart aus dem Befehlswagen und wurden von dem wachhabenden Soldaten begrüßt. Alle Militäreinheiten – und insbesondere Elitetruppen – neigen dazu, schnell eine Tradition zu entwickeln. In der Brigade war es allgemein üblich geworden, sich wie in der frühen israelischen Armee nur beim Namen zu nennen, den Rang also wegzulassen. Der Kommandeur war die einzige Ausnahme; er wurde mit «General» oder «Sir» angeredet.

Man setzte voraus (und Collingwoods Ausbildungsmethoden sorgten dafür), daß jeder Soldat der Brigade seine Offiziere vom Sehen kannte, so daß Rangabzeichen überflüssig waren. Das einzige Rangabzeichen in der Truppe war der angelaufene Generalsstern an Collingwoods Barett.

Der Diensthabende an der Tür des Hauptquartiers, ein ehemaliger Ranger der US-Army, stand kurz stramm, um seinen Respekt zu bezeigen, und unterdrückte den Impuls zu salutieren. Auch das war in der Brigade nämlich nicht üblich. Sie war eine neue, unkonventionelle Truppe. «Wie war es an der Küste, Mr. Stuart?» Acht Jahre Armeedienst nach altem Stil machten es unmöglich, das «Mr.» wegzulassen.

«Schlimmer als hier, Davey», sagte Stuart im Vorbeigehen. Er wußte, daß der Mann die Ungeduld ausdrückte, die in der ganzen Brigade herrschte. Die Männer brannten auf den Einsatz. Wenn das Wetter nicht bald besser wurde, würde ihre Kampfbereitschaft automatisch anfangen zu sinken.

Drinnen erhob sich Cory Conant, ein ehemaliger Major der Schnellen Eingreiftruppe, der seinen Abschied genommen hatte, um Collingwood ins Exil zu folgen, und sagte: «Wir haben die Personalliste für die letzte Sendung nach Oman bekommen, General.»

Collingwood trat um den Tisch mit dem großen Sandmodell von Riad, das den Raum beherrschte, und setzte sich an seinen Schreibtisch. Er nahm das Barett und die Schutzbrille ab und warf beides dem jungen Soldaten zu, der ihm heute als Ordonnanz zugeteilt war. «Sehen Sie mal nach, ob Sie ein bißchen Bier organisieren können, Charley. Wir müssen den Sand runterspülen.»

«Ja, Sir.» Der junge Ranger tat, als habe er einen wichtigen Frontauftrag erhalten.

Collingwood nahm das Formular, das Conant ihm reichte. Es enthielt eine dechiffrierte, maschinegeschriebene Meldung vom NFK-Büro in London. «Das sind die letzten für Oman?»

«Ja, General.»

Der Dechiffriermann der Brigade hatte jeden Namen durch eine kurze Zusammenfassung der betreffenden Militärakte ergänzt.

«Von Wyndham?»

«Ja, Sir», antwortete Conant.

Collingwood hielt nicht viel von Wyndham und seinesgleichen, wußte aber zu schätzen, daß der alte Glücksritter konkrete Ergebnisse lieferte. Die meisten Männer, die er der Brigade verschafft hatte, waren ausgezeichnete Soldaten. Er überflog die Namensliste. Alles Südafrikaner mit Feindberührung in Namibia und an der Grenze von Simbabwe. Der letzte Söldner war jedoch Amerikaner. Ein ehemaliger Captain, der in Vietnam gekämpft hatte.

«Hayden», sagte er. «John Emerson.»

«Kennen Sie ihn, General?» fragte Peter Stuart.

«Fünfhunderttausend von uns waren in Vietnam, Peter.»

«Er war auch bei der SET.»

«Und fünfzehntausend andere», sagte Collingwood. «Aber ich sehe, daß er einen Silver Star und ein paar lobende Erwähnungen hat.» Als er weiterlas, runzelte er die Stirn. «Und dann hatte er Alkoholprobleme.» Er blickte auf zu Conant und grinste plötzlich. «Aber damit werden wir schon fertig, was, Cory?»

«Sicher, Sir. Es ist ein sehr trockenes Land.»

«Sonst noch was?»

Conant gab ihm ein zweites Formular. Die Meldung kam ebenfalls aus London, aber die Kürzel zeigten Collingwood, daß sie in Washington verfaßt worden war, von Ike Holt.

Collingwood mochte Ike Holt nicht. Ihn beunruhigte, daß Holt den offiziellen Geheimdienst der Vereinigten Staaten benutzte, um die Brigade zu unterstützen. Sicher, die Brigade war aufgestellt worden, um amerikanische Interessen zu schützen, die von der Regierung der USA nicht mehr geschützt wurden, sei es aus Unfähigkeit, sei es aus mangelnder Bereitschaft; aber das änderte nichts daran, daß Holt ein doppeltes Spiel spielte. Außerdem hatte Collingwood das Gefühl, Holt denke mehr an sich selbst als an das NFK oder die Regierung der Vereinigten Staaten. Und jetzt, nach dem Tod von Cole Norris, war Holt sehr nahe daran, zum Direktor der CIA ernannt zu werden. Collingwood sah Probleme voraus, die weit außerhalb seines rein militärischen Wirkungskreises lagen. Aber darum würden sich Calder und seine Freunde kümmern müssen . . .

Er las die Meldung und preßte die Lippen aufeinander.

«Holt schickt noch einen Mann zum Kommunikationsstab in der EQ-Station», sagte er. «Einen Kommunikationsexperten – aber er macht sich die Mühe zu erklären, es sei ein ehemaliger Taucher von der Navy, und die Agency habe ihn damals in Kuba eingesetzt.»

Er knüllte das Formular zusammen und ließ es in den Papierkorb fallen. «Wahrscheinlich noch eine von Holts Kreaturen. Die EQ ist voll von ihnen.» Er sagte seinen Leuten nicht, daß er etwas dagegen hatte, daß Isaac Holt seine Spitzel und Gorillas überall einsetzte. «Na ja, ich fürchte, der arme Colonel Hadfield wird sich mit ihm auseinandersetzen müssen. Wir können nichts machen.» Fast jeder Unruhestifter, der bei der Anwerbeaktion zur Brigade gekommen ist, hat sich schließlich als ein Subjekt des Stellvertretenden CIA-Chefs herausgestellt, dachte Collingwood. Er hatte Holt unlängst in einer Depesche aufgefordert, er solle ab sofort nicht mehr versuchen, Spitzel in die Brigade einzuschleusen.

Der junge Ranger kam mit einem Segeltuchbeutel voller Dosen deutschen Biers aus der Messe zurück. Die Offiziere bedienten sich, und Collingwood warf der Ordonnanz eine Dose zu.

Der General mochte an sich kein Bier, aber er riß eine Dose auf und trank mit gespieltem Behagen. Als er ausgetrunken hatte, knickte er die Dose zusammen und warf sie in den Papierkorb. Dann wandte er sich an Stuart: «Na ja, Peter. Am besten, wir vergessen Holt fürs erste und sehen nach, ob die Wetterfrösche uns sagen können, wann dieser verdammte Wind aufhört.»

16. London

Sir Allan Sawkins schaute aus dem Fenster seines Eckbüros in dem modernen Hochhaus des New Scotland Yard auf die abendlichen Lichter der Stadt hinunter. Sir Allan war Karrierepolizist und hatte in seinen bisher dreißig Jahren beim Yard viele Veränderungen in der City miterlebt. Er hatte Labour-Regierungen und konservativen Regierungen mit der gleichen Loyalität und Hingabe gedient. Er sah sich gern als einen unpolitischen Profi, als einen Mann, der eher für das Land als für die Politiker arbeitete, die gerade die Mehrheit im Parlament hatten und an den Machthebeln von Whitehall saßen.

Seit Jahren hatte Sir Allan von einem wohlverdienten Ruhestand in Nordkanada geträumt (ein Traum, den seine Frau Innelda, eine überzeugte Städterin, insgeheim nicht teilte). Kürzlich erlassene Devisenbeschränkungen verboten aber den Transfer von Pensionszahlungen ins Ausland und würden wohl dafür sorgen, daß Sir Allan seine goldenen Jahre nicht allzu weit von der britischen Hauptstadt verbringen würde, vielleicht in Lyme Regis oder Charmouth.

Er brütete gerade über dieser letzten Enttäuschung in einem Leben nach, das neuerdings so viele Widrigkeiten brachte, als seine Sprechanlage lossummte und die Stimme des Wachtmeisters von der Telefonzentrale aus dem kleinen Lautsprecher drang: «Wir haben jetzt Washington in der Leitung, Sir.»

Sir Allan griff zum Hörer und sagte: «Hier Sawkins. Sind Sie's, Mr. Shepherd?» Er kannte den FBI-Direktor nicht persönlich, was ein bißchen sonderbar war – aber die zuständigen Beamten des Innenministeriums hatten den Reiseetat für Polizeibeamte drastisch gekürzt.

«Ja, hier Carl Shepherd. Guten Tag, Sir Allan.» Die Verbindung über einen der amerikanischen Fernsprechsatelliten war ausgezeichnet. Als ob Shepherd in Chelsea wäre oder noch näher, dachte Sawkins.

«Es geht um Ihr Ersuchen um Überwachung dieses Journalisten, Michael Rivas», sagte Sawkins und klappte eine brandneue Akte auf, die vor ihm auf dem Schreibtisch lag.

«Ist diese Linie sauber, Sir Allan?»

«Selbstverständlich, Sir.» Sawkins war ein wenig ungehalten über die Frage, um so mehr, als er in Wahrheit nicht hundertprozentig sicher war, daß das Gespräch nicht abgehört werden konnte. «Aber vielleicht wäre es Ihnen lieber, wenn ich Ihnen die Informationen als schriftlichen Bericht mit der Diplomatenpost schicken ließe?»

«Nein, nein, natürlich nicht, Sir Allan», antwortete Shepherd hastig. «Fangen Sie bitte an.»

«Sehr gut. Zunächst muß ich Sie aber daran erinnern, daß wir sehr unter Personalmangel leiden. Die Special Branch ist erheblich verkleinert worden. Ich hoffe, Sie verstehen.»

«Natürlich, Sir», sagte Shepherd, und Sawkins meinte, aus seiner Stimme klinge das Mitgefühl eines Kollegen, der unter ähnlichen Problemen litt wie er. «Ich verstehe vollkommen.»

«Sehr schön», sagte Sawkins. «Mr. Rivas traf gestern abend mit der Concorde hier ein. Er nahm einen Leihwagen und verließ London frühmorgens in westlicher Richtung. Wir beschatteten ihn Ihrem Ersuchen entsprechend ohne Unterbrechung. Er fuhr zuerst nach Torquay und erkundigte sich nach einem gewissen Ian Wyndham – zu dem es später noch etwas zu sagen geben wird. Von Torquay fuhr er dann nach Dartmouth, wo er an Bord von Wyndhams Jacht ging, die dort im Fluß liegt. Leider können wir Ihnen nicht damit dienen, was er mit Wyndham besprach. Unser Mann hatte nicht die entsprechenden Geräte. Jedenfalls blieb Rivas nur kurz auf der Jacht. Er kam wieder ans Ufer und kehrte sofort nach Heathrow zurück, wo er sich ein Ticket nach Salalah, Oman, kaufte. Über Bahrain. Bis Bahrein wieder mit einer Concorde. Sein Flug ging um drei Uhr Ortszeit, also . . .» Sawkins warf einen Blick auf die Zifferblätter mit den wichtigsten Weltzeiten an der Wand seines Büros. «Also muß er inzwischen umgestiegen sein und wird wahrscheinlich heute am späten Abend in Salalah eintreffen. Ich hoffe, ich konnte Ihnen damit nützen?»

«Ich weiß offen gesagt noch nicht, ob es nützlich für uns ist. Aber ich weiß Ihre Hilfe sehr zu schätzen, Sir Allan.»

«Noch etwas», sagte Sawkins. «Rivas wurde von einem Unbekannten beschattet, genau wie Sie vermuteten. Bis nach Kingswear und auch zurück nach Heathrow. Der Verfolger war sehr professionell, wir hatten einige Schwierigkeiten, an ihm dran zu bleiben. Ich fürchte, er hat es gemerkt. Wir hielten ihn von Rivas ab, aber nachdem er ein bißchen Katz und Maus mit uns gespielt hatte, fuhr er ebenfalls nach Heathrow und nahm einen späteren Flug nach Bahrain. US-Reisepaß, ausgestellt auf den Namen Harry Grant. Wir hatten keinen Grund, ihn zurückzuhalten, also . . .»

«Ich verstehe, Sir Allan», sagte Shepherd.

«Wenn er den Versuch gemacht hätte, Rivas etwas zu tun, hätten wir natürlich beide dabehalten können. Aber unter den gegebenen Umständen konnten wir sie nur die kurze Zeit beobachten, die sie auf britischem Boden waren. Und es war eine verdammt kurze Zeit.»

«Natürlich, Sir Allan», sagte Shepherd.

«Ich habe noch etwas, das Sie möglicherweise interessiert, Direktor», fügte Sawkins hinzu. «Wir haben diesen Wyndham, also den Mann, den Rivas besuchte, seit geraumer Zeit mehr oder weniger genau beobachtet. Er ist ein berüchtigter ehemaliger Söldner, und wir haben den Verdacht, daß er Leute anwirbt, können es aber noch nicht beweisen. So etwas ist bei uns natürlich illegal.» Er wartete auf einen Kommentar des FBI-Direktors, und als keiner kam, fuhr er fort: «Unsere Steuerfahndung interessiert sich ebenfalls für Mr. Wyndham. Die Finanzbeamten sind so gut wie sicher, daß er in großem Umfang Steuern hinterzogen hat. Aber auch das konnte noch nicht bewiesen werden. Er ist mit allen Wassern gewaschen, dieser Mr. Wyndham.»

«In *großem* Umfang, sagten Sie, Sir Allan?»

«Angeblich hat er mindestens eine Million Pfund auf ein Schweizer Konto geleitet. Möglicherweise mehr.»

Shepherds Stimme klang ein bißchen gequält: «Haben Sie eine Ahnung, woher das Geld kommt, Sir?»

«Noch nicht. Wir wissen nur, daß es aus dem Ausland kommt. In Großbritannien kann man heutzutage kaum noch solche Summen verdienen, ob legal oder illegal.»

«Ich verstehe. Vielen Dank für die Informationen, Sir Allan. Wenn ich mich gelegentlich revanchieren kann – Anruf genügt», sagte der FBI-Direktor.

«Ich kann Ihnen noch etwas sagen, obgleich ich nicht weiß, ob es für Sie von Bedeutung ist», sagte Sawkins. «Die Steuerfahndung wird Mr. Wyndham bald einen Besuch machen. Vermutlich schon in den nächsten vierundzwanzig Stunden. Wenn sie irgend etwas finden, was mit dem Besuch Ihres Mr. Rivas zusammenhängt, werde ich Sie sofort informieren.»

«Sehr gut. Vielen Dank, Sir Allan.»

«Freut mich, daß ich Ihnen helfen konnte. Machen Sie's gut», sagte Sawkins und legte auf. Er lehnte sich zurück und dachte nach. Alles in allem war er *doch* ganz zufrieden. Er kam sich wieder wie ein richtiger Polizeimann vor, ein angenehmes Gefühl, das Sir Allan in dieser aus den Fugen geratenen Welt nur noch selten hatte.

In einem kleinen Kellerraum voller Heizungsrohre und Stromleitungen beugte sich Giles Norcross, der persönliche Assistent, den Sir Allan Sawkins nicht sehr oft zu Gesicht bekam, über ein kleines Tonbandgerät.

Als die Verbindung unterbrochen wurde, hörten die Spulen auf, sich zu drehen. Norcross nahm den Kopfhörer ab und starrte nachdenklich auf die feuchten Betonwände. Dann zog er die Spule mit dem bespielten Band ab, klappte den Deckel zu und schob das Tonbandgerät wieder in eine tiefe Nische zwischen der Wand und einer dreifachen Rohrleitung.

Er tat das Tonband in einen Plastikbeutel, verschloß ihn und steckte ihn in die Innentasche seines Sakkos.

Als er im Erdgeschoß aus dem Fahrstuhl trat, sagte der Wachtmeister am Empfang im Foyer: «Hallo, Mr. Norcross. Sir Allan hat nach Ihnen gefragt.»

«Ja», antwortete Norcross leutselig. «Ich weiß. Hat sich schon erledigt, Wachtmeister.»

Er ging schnell zur Tür hinaus und schritt die breiten Stufen zur Straße hinunter. Er blieb eine Weile vor dem rotierenden Emblem des New Scotland Yard stehen, das sich vor dem Gebäude befand, und winkte dann einer Taxe, die gerade in die Straße einbog. Als er eingestiegen war, nannte er dem Fahrer eine Nummer in der Oxford Street. Der Fahrer, nach dem Akzent zu urteilen ein Spanier (es scheint keinen einzigen britischen Taxifahrer mehr zu geben, dachte Norcross ärgerlich), drehte sich halb um und fragte: «Ist das nicht das NFK, Sir?»

«Ja», sagte Norcross unfreundlich. Natürlich ist es das, du Idiot. Er riskierte es selten, sich in dem schäbigen Londoner Büro des Neuen Friedenskorps blicken zu lassen, aber diesmal hatte er eine Information, die brandeilig war.

17. Nasiat-as-Samman, Ägypten

Helmuth Reich hob das geeiste Glas und sagte mit seinem besten Englisch: «*Cheers!* Auf uns.» Er probierte den Pimm's Cup und seufzte befriedigt. Auf der anderen Seite des kleinen Tisches in der überfüllten Touristenbar des neuen Hotels in Nasiat saß der junge Mann, der Reich beim Ministerium für Staatssicherheit in Ostberlin und im gläsernen KGB-Turm am Moskauer Dserschinskij-Platz ein paar Pluspunkte verschaffen sollte.

Im *Khufu-Hotel* herrschte reges Leben und Treiben. Durch die Panoramafenster der Bar konnte Reich die von Scheinwerfern angestrahlte Cheops-Pyramide und ihre etwas kleineren Schwestern sehen. In dem steril wirkenden «Basar» im Vordergrund wimmelte es trotz der späten Stunde von Menschen. Die chromblitzende Ladenstraße, mit deren Hilfe die libanesische Hotelleitung den westlichen Gästen begehrte Devisen und den arabischen Glaubensgenossen ebenso begehrte Petrodollars aus der Tasche lockte, stand unter staatlicher Aufsicht.

Es ist alles perfekt scheußlich, dachte Reich: dieser geschmacklose Abklatsch des ägyptischen Lebens, die neuen trostlosen Betonkästen, die Leute, die nicht ins Bett finden können. Trotzdem liebte er es. In Nasiat konnte man praktisch *alles* bekommen, wenn man bereit war, den geforderten Preis zu zahlen. Das Laster, das früher den Suk von Kairo berühmt gemacht hatte, war über den Fluß verlegt worden, in die

Karnevalsatmosphäre dieser künstlichen Stadt am Fuße der Pyramiden von Giseh. Wenn man Alkohol haben wollte, brauchte man ihn nur zu bestellen. Wenn einem nach einer Frau oder einem kräftigen Jungen war, brauchte man nur ein paar Worte zu sagen und mit einem Geldschein zu wedeln. In Nasiat wartete alles auf Kunden, von Postkarten bis Haschisch. Genau die richtige Umgebung für meine kleine Besprechung mit Dr. Cecil Sawyer, dachte Helmuth Reich.

«Übrigens, Herr Doktor», sagte er und setzte sein kaltes Glas ab. «Wußten Sie schon, daß die Sphinx endlich restauriert werden soll? Im Ernst, die Regierung hat gerade eine Gruppe von italienischen Großbildhauern beauftragt, das alte Mädchen vom Kopf bis zum Schwanz instandzusetzen.»

Sawyer war immer noch überrascht, mit diesem merkwürdigen und betont jovialen Deutschen hier in Nasiat zu sitzen. Ihm fiel nicht gleich die passende Antwort ein.

Er war selbst nach Kairo gefahren, um sein Gesuch um Versetzung von Kalabishah nach Südarabien einzureichen, denn trotz der Tatsache, daß die NFK-Funktionäre Mediziner in der EQ-Station brauchten und Freiwillige suchten, sah er irgendwelche Komplikationen voraus, die er persönlich besser aus dem Weg räumen könnte. (Cecil Sawyer sah immer und überall Probleme; die Gesuche, die er in seinem kurzen Leben gemacht hatte, waren immer allen möglichen Widerständen begegnet.)

Der zuständige Personalsachbearbeiter in Kairo, ein dunkelhäutiger Palästinenser, der schrecklich nach Arrak stank, hatte jedoch versprochen, sich umgehend um die Versetzung zu kümmern. Dann hatte er ein Gespräch mit Helmuth Reich, einem Ostdeutschen mit hervorragenden Beziehungen zur ägyptischen Regierung, vorgeschlagen. Herr Reich leitete offenbar die Verkaufsabteilung Chemie in der Handelsmission, die die DDR in Kairo errichtet hatte, als die Ägypter sich wegen der Vereinbarungen von Camp David mit den Israelis in die Haare geraten waren. Der Palästinenser hatte gesagt, Reich sympathisiere insgeheim mit der wohltätigen Arbeit des NFK. Er sei – natürlich um der ost-westlichen Entspannung willen – daran interessiert, gute Beziehungen zum Leiter der EQ-Station herzustellen. Die Sache sei politisch delikat und müsse vorsichtig gehandhabt werden; Reich hoffe, eine geeignete Person zu finden, die inoffiziell mit Dr. Clevenger und ihren Mitarbeitern sprechen und dabei herausbringen würde, wie die chemische Industrie der DDR zur Arbeit des NFK beitragen könne. «Und dann könnten offizielle Kontakte aufgenommen werden», erklärte der Palästinenser.

Sawyer war trotz seiner Naivität und Weltfremdheit nicht *so* einfältig, zu glauben, der vorgeschlagene Treff habe keinen Haken. Aber der Mann in der Personalabteilung hatte durchblicken lassen, Dr. Sawyers Gesuch um Versetzung werde viel schneller bearbeitet werden, wenn er sich mit dem umgänglichen Herrn Reich treffe.

Deshalb saß Cecil Sawyer spätabends in der geschäftigen Bar des *Khufu-Hotels* in Nasiat-as-Samman, trank einen Pimm's Cup nach dem anderen und hörte sich an, was der redselige Deutsche ihm über die internationale Entspannung, die wunderbare Arbeit des NFK, die heimliche Bewunderung, die man in der DDR dafür hege, und die fabelhafte Möglichkeit einer Sphinx mit den Gesichtszügen Sophia Lorens erzählte.

«Mr. Reich», unterbrach Sawyer endlich. «Es ist ja sehr nett von Ihnen, daß Sie sich für meinen Fall interessieren. Aber ich bin offen gesagt etwas verwirrt. Ich sehe wirklich nicht, wie ich Ihnen helfen kann.»

Der Deutsche verzog nachdenklich den Mund. Seine kleinen, hellen und wachen Augen waren auf den jüngeren Mann gerichtet. Sawyer wurde bei der Musterung unbehaglich. Er begriff, daß er hier mit einer Sache spielte, die, milde ausgedrückt, etwas am Rande der Legalität war. Eigentlich hatte er das schon nach seinem Gespräch mit dem Palästinenser gewußt. Dieser Deutsche betätigte sich ein bißchen als freier Unternehmer – in der einzigen Form, die für seine marxistische Regierung akzeptabel war. Er versuchte, Dr. Clevenger von der EQ-Station zu «sondieren», weil er herausbekommen wollte, ob die Chemiekombinate der DDR lukrative Geschäfte mit dem NFK machen könnten. Aber Cecil Sawyer machte sich keine Illusionen über seinen Einfluß auf irgendeinen künftigen Kollegen, schon gar nicht auf die Leitung der EQ-Station. Anscheinend war weder dem Palästinenser in Kairo noch diesem lächelnden marxistischen Handelsvertreter klar, mit was für einem kleinen Fisch sie es zu tun hatten. Das Ganze war zumindest sehr sonderbar.

Cecil Sawyer gehörte zu den relativ wenigen Menschen mit einem absoluten Gedächtnis. Diese Tatsache hatte ihm bei seinem Medizinstudium entscheidend geholfen und seine, wie er inzwischen wußte, recht durchschnittliche Intelligenz kompensiert. Während er in der gedämpft beleuchteten Bar des *Khufu* saß, verwies sein Gehirn die neuen Informationen in bestimmte Kategorien und speicherte sie wie Computereingaben. Die winzigen Narben einer frühen und schweren Windpockenerkrankung auf den Wangen des Deutschen, die fleischigen Falten um seinen kleinen Mund, sein gutturales Englisch mit dem unüberhörbaren deutschen Akzent und hundert andere Merkmale des Mannes fanden ihren Platz in Sawyers enzyklopädischem Gedächtnis. Aber keine der Informationen trug dazu bei, die wichtigste Frage zu beantworten: Was für ein Handel wurde ihm hier eigentlich vorgeschlagen, und wer würde davon profitieren?

«Sehen Sie, Mr. Reich, ich bin nur ein ganz unbedeutender Mann beim NFK», sagte Sawyer. «Ich möchte keinesfalls einen entgegengesetzten Eindruck erwecken. Ich kenne nicht einmal Dr. Clevenger oder die anderen Leute, die in Rub al-Chali arbeiten.»

«Sie sind aufrichtig, Herr Dr. Sawyer», sagte Reich. «Das gefällt mir. Sie sind jemand, dem man vertrauen kann.»

«Ich hoffe», sagte Sawyer. «Aber . . .»

«Wie ich sehe, möchten Sie Genaueres wissen, Herr Doktor.» Reich blickte sich in der Bar um und fuhr fort: «Vielleicht wäre es besser, wenn wir einen kleinen Spaziergang machten. Ich glaube, es ist nicht klug, hier zu reden.»

Cecil Sawyer wartete neugierig, während Reich einem Kellner winkte und zahlte. «Sind Sie soweit?» sagte der Deutsche dann und stand auf.

Vor dem *Khufu* lag ein breiter, gepflasterter Platz, der von Straßenlampen beleuchtet wurde und schon fast mit Sand zugeweht war. Das Hotel, das in seinen Umrissen der Stufenpyramide von Sakkara ähnelte, blitzte hell in der Wüstennacht. Die Luft war trocken und warm. Es roch nach Sand, nach dem Nil und nach den Speisen, die in dem großen Touristenareal zwischen der Sphinx und der großen Pyramide zubereitet und verkauft wurden. Das hell beleuchtete Grabmal des Cheops ragte gewaltig in den Himmel und verdeckte viele Sterne.

Reich führte Sawyer zum dunklen Flußufer. Die Lichter von Giseh gingen unweit von ihnen in die Lichter von Kairo über und bildeten im Osten eine milchig leuchtende Aureole.

«Herr Doktor», sagte Reich ruhig, «ich habe beschlossen, mich

Ihnen anzuvertrauen. Ich glaube, ich bin ein guter Menschenkenner. Ich weiß, daß ich mich auf Ihre Diskretion verlassen kann.»

Er hielt inne, zog eine kleine Ledermappe aus der Innentasche seines Jacketts und reichte sie Sawyer. Sawyer klappte sie auf, konnte in der Dunkelheit aber kaum etwas erkennen.

«Warten Sie», sagte Reich und richtete eine winzige Stablampe auf die Plastikkarte in der Mappe.

Sawyer betrachtete die Karte und fühlte, wie sein Herz plötzlich schneller schlug. Es war ein Ausweis mit dem Stempel der Central Intelligence Agency der Vereinigten Staaten, der auf den Namen Helmuth Reich lautete.

«Habe ich Sie überrascht, Doktor?» fragte Reich, nahm das Mäppchen wieder an sich und steckte es in die Tasche zurück.

Cecil Sawyer wurde von widersprüchlichen und beunruhigenden Gedanken bestürmt. Sein erster Impuls war, sich einfach umzudrehen und den Deutschen stehenzulassen. Es war einigermaßen unpassend, daß er, Sawyer, sich als Mitglied einer internationalen Organisation mit vollkommen unpolitischen Zielen auch nur in Gegenwart eines CIA-Agenten sehen ließ. Dann wurde der Impuls zurückgedrängt von dem Staunen, daß dieser Mann, von Geburt aus offensichtlich kein Amerikaner, noch dazu ein Amtsträger der DDR-Regierung, ein völlig anderer Mensch sein sollte, als er zu sein schien. Sawyer wußte natürlich, daß alle Geheimdienste ihre Agenten in ausländische Regierungen einschleusten – das war schließlich ihre Aufgabe. Aber er hatte noch nie jemanden gekannt, der etwas mit Spionage zu tun gehabt hatte, und er hatte sich immer eingebildet, falls er jemals einen Spion kennenlernte, würde er instinktiv wissen, wen er vor sich habe. Das war selbstverständlich absurd. Spione hatten kein Schild auf dem Rücken. Jedenfalls nicht, wenn sie ihren Beruf länger ausüben wollten.

Es war natürlich logisch, daß die CIA in Ägypten präsent war. Und wenn man darüber nachdachte, gab es keinerlei Grund, warum ein CIA-Mann nicht in die Identität eines kommunistischen Handelsattachés schlüpfen sollte.

«Habe ich Sie erschreckt, Dr. Sawyer?» fragte Reich.

«Nein . . . das heißt, ja. Natürlich haben Sie das, Mr. Reich. Ist das überhaupt Ihr richtiger Name? Ich weiß nicht, was ich sagen soll», antwortete Cecil nervös und konfus.

«Es *ist* mein richtiger Name, Herr Doktor. Ich lege meine Karten vor

Ihnen auf den Tisch. Ich bin sogar in Ihrer Hand. Die ägyptische Regierung würde mich mindestens des Landes verweisen, wenn mein wahrer Arbeitgeber bekannt werden sollte.»

«Das verstehe ich», sagte Sawyer. «Ich verstehe aber nicht, warum Sie mir all das erzählt haben.»

Reich legte ihm vertraulich eine Hand auf die Schulter. «Lassen Sie mich noch deutlicher werden, Herr Doktor.»

«Mein Gott. Ja?»

«Sie haben darum gebeten, von Kalabishah zur EQ-Station versetzt zu werden, nicht wahr?»

«Genau.»

«Normalerweise würde es nach London weitergeleitet werden und dann vermutlich sogar nach New York. Es könnte Wochen dauern, bis Sie einen positiven Bescheid bekommen.»

«Die Personalstelle in Kairo hat durchblicken lassen, daß die Sache möglicherweise schneller bearbeitet wird», wandte Sawyer ein.

«Weil ich mich für Sie eingesetzt habe, Herr Doktor.»

Sawyer starrte den untersetzten Deutschen an. Wer auch immer er war – konnte die CIA soviel Einfluß im Neuen Friedenskorps haben?

«Ich versichere Ihnen, daß es so ist.»

«Und warum?»

Reich lächelte fein. «Sie sind ein intelligenter Mann, Herr Doktor. Selbstverständlich habe ich eine kleine Gegenleistung erwartet.»

»Selbstverständlich», sagte Sawyer schwach. Er konnte es kaum fassen, aber der andere würde ihn gleich auffordern zu *spionieren*. Die Frage war: Wen oder was sollte er bespitzeln? Und warum?

«Meine Regierung interessiert sich dafür, woran das NFK in Rub al-Chali arbeitet.»

Die Bemerkung traf Sawyer wie ein Schlag. Ihm war nie in den Sinn gekommen, daß die Regierung der Vereinigten Staaten nicht wußte, was auch immer in Südarabien geschah. Aber wenn er es *genau* überlegte, gab es eigentlich keinen triftigen Grund anzunehmen, die Behörden in Washington seien informiert. Das Neue Friedenskorps war die Gründung eines Amerikaners mit einem typisch amerikanischen Anliegen. Aber Calder Davis hatte alles getan, um eine Organisation zu schaffen, die nicht amerikanisch, sondern international war. Er hatte von Anfang an gewußt, daß das NFK nur so mit den Menschen in der Dritten Welt zusammen arbeiten konnte, die milden Gaben aus Amerika zu Recht oder Unrecht mißtrauten.

«Wir wissen, daß dort irgendwelche Studien über Kernkraft gemacht werden», sagte Reich. «Wir nehmen an, es handelt sich um medizinische Forschungsvorhaben, weil in letzter Zeit erstaunlich viele Mediziner zur EQ-Station gekommen sind. Wir nehmen natürlich noch ein paar andere Dinge an, aber wir sind nicht *sicher*.» Er machte eine bedeutungsvolle Pause. «Deshalb haben wir vor einigen Wochen beschlossen, jemanden in die Station einzuschleusen, Dr. Sawyer.»

Eine schreckliche Vorahnung stieg in Cecil Sawyer auf. Er fürchtete sich vor Reichs nächsten Worten.

«Ich glaube, Sie kennen eine gewisse Dr. Shallai», sagte Reich dann.

Amira. O mein Gott, dachte Sawyer. Amira eine CIA-Agentin. Er brauchte eine Weile, um die Erkenntnis in ihrer ganzen Tragweite zu erfassen.

«Sie kennen sie natürlich», sagte Reich.

«Ja», sagte Cecil Sawyer mit belegter Stimme.

«Nun, hier ist das Problem, Doktor. Ihr ägyptischer Kontakt war ein Fremdenführer aus Abu Simbel, er hieß Py . . .»

Jetzt erinnerte Sawyer sich, wie oft Amira an ihren freien Tagen morgens mit dem Dampfer losgefahren war, um erst spätabends zurückzukommen. Sie war also in Abu Simbel gewesen, um Befehle von ihren Yankee-Vorgesetzten zu holen. Gott, es war alles so unwirklich! Aber wenn er es richtig überlegte . . . Amira war ein schweigsamer, zurückhaltender Mensch. Cecil hatte ihren flinken Verstand immer bewundert und zugleich gefürchtet. Die Männer von der Station hatten sie mit Nofretete verglichen. Sie hatten sicher nicht geahnt, wie nahe das der Wahrheit kam. Erst jetzt begann er zu verstehen, in was für ein komplexes Geschöpf er sich verliebt hatte – in eine Frau, so undurchschaubar und geheimnisvoll wie die legendäre Königin von Amarna. Aber Reich redete schon weiter, und was er sagte, jagte dem jungen Arzt einen Schauer des Entsetzens über den Rücken.

«Py ist vom Schwarzen September ermordet worden. Ich fürchte, er hat vor seinem Tod geredet. Über Dr. Shallai. Es tut mir leid, aber ich muß gestehen, daß die Mörder jetzt wissen, für wen sie arbeitet.»

«Mein Gott, Reich», sagte Sawyer, von Angst und Zorn gepackt, «wie konnten Sie das tun? Wie konnten Sie eine solche Frau überreden, sich für etwas so Gefährliches herzugeben?» Seine innere Bewegung verlieh seinen Worten ungewohnten Nachdruck. Er konnte sich nicht erinnern, einen Menschen jemals in seinem Leben so wütend angefahren zu haben.

Reich zuckte mit den Schultern. «Dr. Shallai kannte die Risiken, als sie beschloß, uns zu helfen. Washington wollte aus erster Hand wissen, was in Rub al-Chali vor sich geht. Das NFK weigerte sich zu kooperieren, und deshalb mußten wir selbst tätig werden.»

«Aber jetzt weiß der Schwarze September, was Amira wirklich ist.»

Reich bemerkte, daß Sawyer plötzlich den Vornamen der Frau benutzte, und er registrierte auch den Zorn des besorgten Liebenden – besser des besorgten Anbeters. Sehr gut. Die Unterredung lief günstiger, als er gehofft hatte.

«Wenn der Schwarze September weiß, daß Amira für Sie arbeitet, wissen es die panarabischen Radikalen bestimmt auch. Warum . . .» Der Gedanke, der Sawyer beschäftigte, war so furchtbar, daß er erschrocken verstummte. Er wußte, wie die übriggebliebenen Mitglieder der arabischen Terroristenvereinigung mit weiblichen Gefangenen umgingen, besonders mit solchen, die sie für Agentinnen hielten. «Sie könnten sie umbringen», schloß er dann, kaum hörbar.

«Sie werden sie umbringen», sagte Reich. «Es sei denn . . .»

«Es sei denn, was? Großer Gott, Reich, was?»

«Es sei denn, Sie helfen uns, Doktor.»

«Ich? Was kann ich denn tun? Ich bin Arzt, kein Spion . . .» Sawyer wurde von Verzweiflung und Panik ergriffen.

«Ich könnte Ihre Versetzung beschleunigen», sagte Reich. «Soviel Einfluß habe ich, Doktor. Sie könnten schon morgen früh in einer Maschine nach Arabien sitzen. Werden Sie mir helfen, Dr. Shallai zu retten? Sehen Sie, ich habe keine andere Möglichkeit, sie zu erreichen. Wir haben keinen unmittelbaren Kontakt zur EQ-Station, und außerdem können wir nicht wissen, ob die Extremisten die Station infiltriert haben. Aber wir können Sie hinschaffen, und Sie können Dr. Shallai warnen.»

«Ich? Wie denn?»

«Indem Sie das tun, was ich Ihnen sage», antwortete Reich, und seine Stimme war plötzlich nicht mehr so sanft, sondern hatte einen harten Unterton. Der Fisch hatte angebissen, der Haken saß fest. «Wir können durch unsere Freunde im NFK dafür sorgen, daß Sie wegen eines Notfalls bevorzugt abgefertigt werden. Ich meine, was die Reise betrifft. Dann müssen Sie nur noch zu Dr. Shallai gehen, sie überzeugen, daß sie in Gefahr ist, und sie nach Kairo zurückbegleiten. Und zu mir bringen. Eine vergleichsweise einfache Aufgabe, Dr. Sawyer, aber eine sehr wichtige. Wir können es uns nicht leisten, eine so geschickte und loyale Mitarbeiterin wie Amira Shallai zu verlieren.»

Cecil Sawyers an trockene wissenschaftliche Arbeit gewohnter Geist konnte das Gerede von Spionen und überall lauernden Gefahren kaum noch verkraften. Was Reich vorschlug, *klang* vielleicht einfach, war aber alles andere – so viel war dem jungen Engländer immerhin noch klar.

«Mr. Reich», sagte er, und seine Stimme drohte sich zu überschlagen. «Ich würde alles für Dr. Shallai tun, aber ich muß Ihnen gestehen, daß ich nicht viel Einfluß auf sie habe . . . Ich meine, sie weiß meine Freundschaft sicher zu schätzen, aber . . .»

«Wirklich, Dr. Sawyer? Man hatte mir zu verstehen gegeben, daß Ihre Beziehung zu Dr. Shallai enger sei», sagte Reich. «Verzeihen Sie, aber ich hatte den Eindruck, sie liebten sich. Wenn ich mich in Ihrer Bereitschaft, das Risiko einzugehen, getäuscht habe . . .» Er redete nicht aus.

«Ich würde alles für Amira tun», wiederholte Sawyer eifrig. Er erwähnte nicht, daß diese Liebe höchst einseitig war, und er schämte sich dieser Unterlassung. Wenn er jedoch tun würde, wozu Reich ihn aufforderte, wenn er es schaffte . . . wie weit würde Amiras Dankbarkeit gehen? Er wollte selbstverständlich nicht davon profitieren, aber war es nicht möglich, daß sie in ihm dann einen Mann sehen würde, den sie lieben könnte?

Cecil Sawyers Stimme zitterte, aber seine Worte waren einigermaßen tapfer: «Sagen Sie mir, was ich tun soll, Mr. Reich.»

Als der palästinensische NFK-Sachbearbeiter am anderen Ende der Leitung aufgelegt hatte, brachte Reich seine gefälschten CIA-Papiere wieder zum Wandsafe im Wohnzimmer, ging zur Hausbar und schenkte sich einen Cognac ein. Dann trat er auf die Terrasse und blickte auf die Lichter der Stadt, die sich im Nil spiegelten, während er über die heute abend geleistete Arbeit nachdachte.

Er war sehr zufrieden mit sich und glaubte, mit einem Lob seiner Moskauer Vorgesetzten rechnen zu können. In Anbetracht der wenigen Indizien, mit denen ich auskommen muß, habe ich ein wunderschönes Potemkinsches Dorf errichtet, dachte er. Sicher, es ist nicht viel mehr als eine Fassade, aber es kann sich mehr daraus entwickeln.

Er war so gut wie sicher, daß Dr. Shallai eine Geheimdienstagentin war. Py war mit beinahe hundertprozentiger Gewißheit ein Mittelsmann gewesen. Zu dumm nur, daß diese primitiven Schlächter, die ihn umbrachten, nicht alle Informationen aus ihm herausgequetscht hatten, über die er verfügte. Aber Reich war sich dennoch so sicher, wie er unter diesen Umständen sein konnte: Diese Ägypterin spionierte.

Wenn der leichtgläubige Dr. Sawyer es schaffte, die Vorgabe zu nutzen, die Reich ihm über seinen NFK-Kontakt verschafft hatte, und die Frau zur sofortigen Rückkehr nach Kairo zu bewegen, würde wahrscheinlich alles klappen. Reich konnte sie in zwei Stunden über die libysche Grenze befördern lassen, und innerhalb von zwölf Stunden würde sie dann bereits den Verhörspezialisten der Moskauer KGB-Zentrale gegenübersitzen.

18. Salalah

Amira Shallai lag nackt auf dem Bett, sie konnte in der stickigen Hitze nicht schlafen. Die Klimaanlage des *Oasis* hatte den Dienst eingestellt. Entweder – die wahrscheinlichere Lösung – war sie einfach defekt, oder man hatte sie aus unerfindlichen Gründen abgeschaltet. In dem Zimmer war es kaum auszuhalten, weil die Fenster nicht geöffnet werden konnten.

Amira hatte, seit sie ins *Oasis* zurückgekommen war, längere Zeit über den älteren britischen Colonel nachgedacht, mit dem sie den Abend verbracht hatte. Hadfield verkörperte das Beste, aber auch das Schlechteste an den alten britischen Kolonialbeamten. Es bestand kein Zweifel, daß der ehemalige Trucial Scout Arabien und alles Arabische liebte. Das ging aus allem hervor, was er sagte und tat. Aber seine Liebe zum Wüstenland hatte ihn, wie es Amira schien, zu sehr an die Vergangenheit gekettet. Hadfield gehörte zu der inzwischen so gut wie ausgestorbenen Rasse des Lawrence von Arabien; er war ein Mann, der bestimmt viel lieber mit Feisal nach Damaskus geritten wäre, als in Salalah das NFK-Faktotum zu spielen.

Irgend etwas an der Art, wie er über seine jetzige Beschäftigung gesprochen hatte, verwirrte und beunruhigte Amira jedoch; sie hatte den Eindruck, er sehe eine tiefgreifende Änderung voraus, nicht nur in seiner persönlichen Situation, sondern vor allem bezüglich der Lage der arabischen Länder, die er so uneingeschränkt liebte. Sein Haß auf die Ölgesellschaften, mehr noch, auf das Öl überhaupt, war offensichtlich. Er gab sich nicht die geringste Mühe, ihn zu verbergen. Die Entdeckung des Öls unter dem Wüstenboden hatte zu all den Veränderungen geführt, die er zutiefst verachtete. Wenn er sich an irgendeine Macht hätte wenden können, um mit ihrer Hilfe zu jener Zeit zurückzukehren, in der die Beduinen-Fürsten mit ihren räuberischen Männern und ihren Kamelherden durch den Ozean aus Sand gezogen waren, dann hätte er es augenblicklich getan, da war Amira ganz sicher. Er hätte es getan, ohne an die unbestreitbaren Vorteile zu denken, die Arabien der Petrodollarflut verdankte.

Die Ägypterin bemühte sich, nicht mehr an das Rätsel des Colonels zu denken; sie konzentrierte sich in dem halbdunklen Zimmer auf ihren Auftrag. Es war eine schwierige Mission. Von ihren Mossad-Kontakten hatte sie praktisch nur ein paar Gerüchte über die Sorgen gehört, die man sich in Jerusalem über die politischen Umwälzungen in Arabien machte.

Py hatte ihr vor einigen Wochen berichtet, den Mossad beunruhige vor allem die Möglichkeit, die Panaraber könnten ein Bündnis mit der Sowjetunion schließen. Sie hatte sich nicht weiter mit dem Problem der internationalen Ölversorgung beschäftigt, doch inzwischen zeigte sich immer deutlicher, daß die Radikalen in Riad womöglich bald versuchen würden, den Strom des arabischen Öls in den Osten umzuleiten. Noch vor der Geiselnahme in der saudi-arabischen Hauptstadt war klar gewesen, daß die Vereinigten Staaten und ihre lauen Verbündeten sich für den Fall, daß diese Möglichkeit eintraf, nicht über ein gemeinsames Vorgehen einigen konnten. In Jerusalem glaubte inzwischen kein Mensch mehr, daß die USA ernsthaft beabsichtigten, ihre lebenswichtigen Interessen am Golf zu verteidigen – von den israelischen Interessen ganz zu schweigen.

All das hatte die wildesten Spekulationen darüber ausgelöst, was die Israelis tun würden, um ihre Sicherheit selbst zu schützen. Schließlich hatten sie noch nie gewartet, bis die Ereignisse ihnen zuvorkamen.

Sie überlegten, sie trafen Vorbereitungen, und sie schlugen zu –

wann und wo sie es für richtig hielten. Präventivkriege waren für Jerusalem politisch durchaus akzeptabel.

Amira hatte gerüchtweise von einem sogenannten Unternehmen Aluf gehört, einem Plan, der nicht mehr und nicht weniger als eine Besetzung der Ölfelder und Raffinerien vorsah, die früher von der Saudi-Regierung kontrolliert worden waren. Außerdem hatte sie eine Menge kriegerisches Gerede ihrer arabischen Landsleute gehört. Ein solcher Angriff werde garantiert fehlschlagen, prahlten die Araber. Seit wenigstens fünfzehn Jahren war es in der arabischen Welt so etwas wie ein Glaubensartikel, daß die Förderanlagen sabotiert werden würden, lange bevor irgendein Feind die Ölfelder besetzen könnte. Sie fragte sich immer häufiger, ob das stimmte.

Was sie im Augenblick am meisten beschäftigte, war jedoch ihr neuer Auftrag vom Mossad. Er unterschied sich grundlegend von der Arbeit, die sie nach dem Tod ihres Vetters André für den Geheimdienst geleistet hatte. Doch wenn man sich einer ausländischen Macht als Agent zur Verfügung stellte, durfte man nicht zimperlich sein. Sie könnte sich erkundigen, aber sie würde sehr vorsichtig sein müssen.

Der Mossad vermutete sicher erstaunliche Dinge in der EQ-Station, die es rechtfertigten, dort einen Agenten einzuschleusen. Wollten ihre Vorgesetzten lediglich sondieren? Oder hatten sie einen bestimmten Verdacht? Mohammad Py hatte ihr keinerlei Informationen gegeben, die diese Fragen beantworten könnten.

Sie wälzte sich unbehaglich hin und her. Zwischen ihren Brüsten, an ihrem Bauch und an den Innenseiten ihrer Schenkel spürte sie Schweiß. Die Hitze war drückend, irgendwie erotisch.

Sie schloß die Augen und wünschte, sie könnte einschlafen. Vage Erinnerungen überfielen sie. Ihr arabisches Erbe und die Erziehung hatten sie während ihrer Zeit in Amerika von allzu freizügigen sexuellen Erlebnissen ferngehalten. Mit ihrem Vetter André Rahal hatte sie natürlich nie etwas gehabt, und in der Heimat waren die Schranken noch enger.

Sie war sich bewußt, daß sie eine schöne Frau war. Sie wußte, daß Männer auf ihre Schönheit reagierten und daß viele sie begehrten. Sie dachte an den lächerlichen und unangenehmen Kerl, jenen Dayir, der auf dem Dampfer zudringlich geworden war. Und an Dr. Sforza-Barzani, der seine südländische Leidenschaft nur mühsam hatte zügeln können, um seine Würde als Leiter der Station zu wahren. An Cecil

Sawyer – seine eifrige und rührende Art, immer wieder Vorwände zu suchen, um in ihrer Nähe zu sein, seine jungenhafte Scheu, die ihn daran gehindert hatte, über etwas anderes zu reden als die gemeinsame Arbeit. Sie seufzte. Männer gab es immer – aber den einen gab es wohl nie. Schade, dachte sie. Einige ließen sich von ihrem blendenden Äußeren und ihrer offensichtlichen geistigen Überlegenheit einschüchtern. Aber warum war ihr bis heute niemand begegnet, der sie wahrhaftig lieben und dessen Neigung sie erwidern konnte?

Sie sehnte sich nach Schlaf, doch in ihrem Kopf jagten sich ungeordnete und beunruhigende Gedanken. Ist es vielleicht, weil ich Angst habe, fragte sie sich. Bin ich mit diesem Beruf, für den ich trotz der Erfolge nicht prädestiniert bin, in eine Falle getappt, aus der es keinen Ausweg gibt? Fürchte ich mich etwa davor, was ich in diesem gottverlassenen Rub al-Chali finden werde?

An der Tür war ein Geräusch, es klang wie Wind. Aber in diesen hermetisch versiegelten Turm aus Glas und Plastik konnte kein Luftzug dringen. Sie fuhr hoch.

Sie hörte es wieder. Jemand kratzte an der Zimmertür! Sie sah auf die Uhr. Erst Mitternacht.

Sie stand auf und schlüpfte in einen leichten Morgenrock. Das leise Kratzen ging weiter.

Sie schlich durch das schwach beleuchtete Zimmer zur Tür und sagte auf arabisch: «Wer ist da?» Es kam keine Antwort, so daß sie die Frage auf englisch wiederholte.

Diesmal wurde geantwortet. «Ich bin's, Frau Doktor. Haramaki. Entschuldigen Sie bitte.»

Amira knipste eine Lampe an und öffnete einen Spalt weit. Der kleine Japaner, der auf dem Flug neben ihr gesessen hatte, lächelte sie höflich an. «Ich bitte um Verzeihung, Dr. Shallai. Aber ich bin eben erst ins Hotel zurückgekommen und habe gehört, daß Sie morgen abreisen wollen.» Er hatte ein kleines, flaches, sorgsam eingewickeltes Päckchen in der Hand. «Sie erinnern sich doch an mich, Frau Doktor? Wir haben in der Maschine von Kairo zusammen gesessen.»

«Ja», sagte Amira. «Ich erinnere mich, Mr. Haramaki.»

«Dieses Päckchen ist irrtümlich bei mir abgegeben worden. Ich glaube, es gehört Ihnen . . . das Buch, das Sie im Flugzeug gelesen haben.» Er warf ihr das Päckchen zu.

Amira lag auf der Zunge, daß sie im Flugzeug kein Buch gelesen hatte und daß, selbst wenn es so gewesen wäre, das träge Bodenpersonal der Royal Omani Airline es bestimmt nicht ins Hotel gebracht hätte. Aber eine plötzliche Eingebung ließ sie schweigen. Sie sagte: «Vielen Dank, daß Sie sich die Mühe gemacht haben, Mr. Haramaki.»

Der kleine Japaner schmunzelte und verbeugte sich höflich. «Bitte entschuldigen Sie noch mal, daß ich Sie so spät gestört habe.» Er drehte sich um und entfernte sich, und Amira machte die Tür zu und sperrte ab.

Das Päckchen in einer Hand wiegend, ging sie zu einem Tisch am Fenster. In einer Zeit, in der Briefbomben und andere hübsch verpackte, aber gefährliche Überraschungen an der Tagesordnung waren, erforderte es einigen Mut, ein mysteriöses Päckchen zu öffnen. Aber Mohammad Py hatte ihr einen Kontakt in Salalah angekündigt, und Haramaki schien sich gut für eine solche Rolle zu eignen. Er reiste oft, er war Ausländer und wurde von der Polizei der arabischen Staaten deshalb nicht so unsanft behandelt wie Einheimische. Es stand so gut wie fest, daß Haramaki der erwartete Kurier war. Amira mußte einen Moment lang über das weitgespannte Netz des Mossad staunen. Und außerdem gab es noch all die anderen Agentennetze rund um den Globus – das amerikanische, das sowjetische, das britische, das ägyptische, das arabische. Es schien, als werde der Planet von Spionen beherrscht.

Sie verdrängte den deprimierenden Gedanken und wickelte das Päckchen auf. Es enthielt, wie Haramaki gesagt hatte, ein Buch, einen Reiseführer. Sie erinnerte sich, daß er im Flugzeug darin gelesen hatte.

Sie blätterte den schmalen Band durch und fand das, womit sie rechnete. Ein Blatt Spezialpapier, auf das mit Bleistift sieben Zahlengruppen gekritzelt waren.

Die Nachricht war in einem einfachen Code verfaßt, dessen Schlüssel Amira vor langer Zeit auswendig gelernt hatte. Er war für eilige, kurze Botschaften bestimmt; bei längeren Nachrichten benutzte der Mossad einen komplizierteren Code.

Amira suchte einen Bleistift und ersetzte die Zahlen durch die entsprechenden Buchstaben. Das Ergebnis war einfach, direkt und atemberaubend:

ALUF STEHT BEVOR
ERGEBNISSE SCHNELLSTENS MELDEN

PY TOT

Amira saß einen Augenblick regungslos da. Armer Mohammad Py, dachte sie und fragte sich, wie er wohl gestorben war.

Es war wirklich ein tödliches Geschäft. Leute starben. Urplötzlich, auf schreckliche Weise.

Wenn sie solche Risiken eingehen, muß in jener sandigen Einöde etwas Wichtiges geschehen, dachte sie. Was mag es sein?

Ihre Hand zitterte dennoch nur leicht, als sie ein Streichholz anriß und zusah, wie das Spezialpapier aufflammte und sich blitzschnell auflöste. Es verbrannte, ohne eine Spur zu hinterlassen.

Sie löschte das Licht, zog den Morgenmantel aus und legte sich auf das zerwühlte Bett. Sie zog das Laken über ihren nackten Körper und erschauerte ein wenig. Es schien auf einmal nicht mehr so heiß zu sein wie noch vor wenigen Minuten.

5

16. Juli, fünfter Tag

19. Oman

Michael Rivas saß mitgenommen von den Strapazen der Reise, staubbedeckt, unrasiert, aber wachsam auf der Ladepritsche des Lastwagens, der die steile, gewundene, unbefestigte Straße in die Qara-Berge hinaufrumpelte. Seine Reisegefährten, Südafrikaner, die sich auf afrikaans unterhielten, waren ausnahmslos kräftige jüngere Leute, denen das ununterbrochene Holpern und Schlingern des Militärlasters nichts auszumachen schien.

Der Konvoi bestand aus vier Fahrzeugen. Die Vorhut bildete ein Jeep mit vier omanischen Soldaten. Dichtauf folgten ein Kübelwagen britischer Bauart und ein anderer Laster, der Kisten mit der Aufschrift

WISSENSCHAFTLICHE INSTRUMENTE geladen hatte; Rivas fand allerdings, daß sie eher wie Waffenkisten aussahen. Der Laster mit Rivas und den Südafrikanern bildete das Schlußlicht. Vorn saß der Fahrer mit einem anderen Mann, beides Europäer und ihrem Habitus nach altgediente Unteroffiziere. Trotz der NFK-Embleme an den Fahrzeugen war der militärische Charakter der kleinen Kolonne sofort zu erkennen, und Rivas wunderte sich, daß man sie nicht besser getarnt hatte.

Dies muß irgendwie zu der Sache gehören, die Cole herausbekommen hat, dachte Rivas. Sein Bruder hatte die Entdeckung mit dem Leben bezahlt, aber hier, in diesem abgelegenen Winkel der Arabischen Halbinsel, gaben sich die Verantwortlichen kaum noch Mühe, ihr Vorhaben geheimzuhalten. Vielleicht war es nicht mehr nötig? Die Südafrikaner waren schweigsame, hartgesottene Burschen. Die Blicke, die sie Rivas zuwarfen, waren weder neugierig noch freundlich.

Rivas hatte sich am frühen Morgen, knapp eine Stunde nach der Ankunft in Salalah, bei Colonel Hadfield in der Altstadt gemeldet. Der Brite hatte ihn, als sei er noch Offizier bei den Trucial Scouts, sofort heruntergeputzt, weil er nicht mit den anderen geflogen sei und um ein Haar den Konvoi zur EQ-Station verpaßt habe. Ohne die Verzögerung durch das schlechte Wetter, hatte Hadfield gesagt, säße Ex-Captain John Emerson Hayden jetzt mittellos im Suk von Alt-Salalah und könnte sehen, wie er zurechtkäme.

Rivas hatte den Anpfiff ohne Kommentar geschluckt und seine Segeltuchtasche, sein einziges Gepäckstück, hinten auf den Laster geworfen, nachdem er kurz die Frau gemustert hatte, die in Hadfields Kübelwagen saß. Einer der weniger wortkargen Buren hatte beziehungsvoll mit der Zunge geschnalzt und ihm ungefragt erzählt, sie sei Ärztin, und man habe sie zum medizinischen Personal der Station versetzt. Rivas fand, daß sie eine der schönsten Frauen war, die er je gesehen hatte. Sie waren nicht miteinander bekannt gemacht worden. Colonel Hadfield wollte die Söldner offensichtlich von vornherein auf Distanz halten. Yankee-Offiziere, die wegen Trunkenheit und disziplinarischer Probleme ihren Abschied nehmen mußten, stehen bei ihm nicht hoch im Kurs, dachte Rivas.

Während der Konvoi durch das Gebirge kroch, legte sich der feine rötlich-gelbe Sand, den der Wind über die Kämme trieb, wie ein

Schleier vor die Sonne. Hadfield hatte den Männern kurz erklärt, sobald der Konvoi seinen Bestimmungsort erreicht habe, werde man sie über alles Nötige informieren. Aus dem Zustand der Straße und dem Wind, der immer heftiger an dem Planenaufbau des Lasters zerrte, als sie sich dem Paß näherten, schloß Rivas, daß es noch einige Zeit bis zur Ankunft dauern könne.

Er machte die Augen zu und ließ sich von den Bewegungen des Fahrzeugs einlullen. Er dachte an die Frau, die mit Hadfield fuhr. Trotz des Sands, der ihre sowieso nicht sehr attraktive NFK-Uniform bedeckte, war sie atemberaubend. Rivas nahm an, daß sie aus dem Nahen Osten kam: Sie hatte die feinen Züge, die glatte Haut und das glänzende schwarze Haar einer arabischen Aristokratin. Rivas hatte Frauen wie sie in Beirut und Damaskus gesehen, war aber nicht darauf gefaßt gewesen, in dieser verlassenen Gegend einer solchen Schönheit zu begegnen. Ihr Benehmen und ihre Selbstsicherheit ließen auf eine europäische Bildung schließen.

Einer der Südafrikaner unterbrach Rivas' Gedankengang mit einer Frage.

«Wie bitte?» sagte Rivas.

Der Mann zeigte auf die kaum verheilte Wunde auf seinem Kopf. «Wo hast du das her?» Der Südafrikaner war hager und von der Sonne dunkelbraun gebrannt. Sein sandfarbenes Haar war kurz geschoren.

«New York», sagte Rivas. Da er sah, daß die Antwort das Interesse der anderen weckte und eine nähere Erklärung nötig machte, fuhr er fort: «Ich bin überfallen worden.»

Der Frager entblößte lächelnd seine kleinen, grauen Zähne. «Aha», sagte er. «Kaffern.»

Ein stämmiger junger Mann, der an der hinteren Ladeklappe saß, meinte grinsend: «Gefährliches Pflaster, dieses New York.»

Der Mann mit dem kurzgeschorenen Haar sagte: «Ich bin Hans Hendriks.» Er traf keine Anstalten, die anderen vorzustellen. «Wie heißt du?»

«Hayden», sagte Rivas.

«Wo hast du zuletzt gedient?»

«Vietnam», sagte Rivas.

«Das ist lange her. Und seitdem?»

«Nur Ägypten und Fort Bragg», sagte Rivas. Das Thema paßte ihm nicht. Seine Geschichte hatte zu viele Löcher, seine Tarnung war schwach. Er fragte sich, was diese abgebrühten Glücksritter sagen oder tun würden, wenn sie erführen, daß er Journalist war. Im Augenblick wäre es ihm jedenfalls ziemlich unangenehm.

«Du hast die Lagebesprechung verpaßt. Der alte Hadfield wollte schon ohne dich fahren», sagte Hendriks.

«Dann erzähl mir, was er gesagt hat», sagte Rivas kurz.

«Kommst du von Colonel Wyndham?»

«Ja.»

«Dann brauch' ich dir doch nichts zu sagen.» Hendriks zog eine Schachtel Players aus der Tasche seiner Buschjacke und steckte sich eine Zigarette an. Er reichte die Schachtel nicht herum.

Der stämmige Mann sagte ruhig: «Wir werden nicht gleich zur Brigade stoßen. Ich nehme an, Wyndham hat dir das gesagt.»

Rivas schüttelte den Kopf. «Der Colonel ließ sich gerade von seiner Schwarzen bedienen, er hatte wohl keine Zeit, mir viel zu erzählen.»

Hendriks und der stämmige Mann lachten. «Typisch Wyndham», sagte Hendriks.

«Ich bin Jan Marck», sagte der stämmige Mann. «Wir haben alle unter Tyson im Zimbabwe-Krieg gedient.»

Der Bürgerkrieg in Zimbabwe war vor einem Jahr plötzlich eskaliert. Zum erstenmal hörte Rivas eine Bestätigung des Gerüchts, daß Mugabe weiße Söldner angeworben hatte, um seine zusammenbrechende, von inneren Zwistigkeiten zerrissene Armee zu verstärken. Es hatte zahlreiche Kämpfe gegeben, und der Ausgang glich dem Ergebnis aller anderen militärischen Auseinandersetzungen, die seit den siebziger Jahren in Schwarzafrika stattgefunden hatten – offen. Diese Männer waren sichtlich froh, daß sie es hinter sich hatten. Und was mögen sie *vor* sich haben? dachte Rivas. Sie schienen keine Leute zu sein, die sich für eine von vornherein verlorene Sache einsetzten. Die Moral war offenbar sehr gut.

Marck erklärte: «Wir sollen die EQ-Bewachung verstärken. Der Colonel hat gesagt, daß wir später zur Brigade stoßen werden.»

Die Art, wie Marck «Brigade» sagte, hatte etwas, das Rivas irgendwie alarmierte. Es gab zu viel, was er nicht wußte, und seine Ahnungslosigkeit konnte gefährlich werden. Dies waren harte Burschen. Und «Brigade» klang viel eindrucksvoller und organisierter als irgendein buntgemischtes Söldnerkommando.

«Hat Wyndham dir etwa nichts von der Brigade erzählt?» fragte Hendriks mißtrauisch.

«Nicht viel», sagte Rivas.

«Der General ist doch einer von euch», sagte einer der anderen Männer. «Wieso bist du nicht unterrichtet worden?»

«Ich kam zu spät», erklärte Rivas. «Keine Zeit.»

Marck sagte: «Du hast blind unterschrieben? Jesus, du mußt ganz schön in der Scheiße gesessen haben.»

«Kann man wohl sagen», antwortete Rivas lakonisch. Vielleicht sitze ich *jetzt* drin, dachte er.

«Wyndham würde für eine Prämie alles tun», sagte Hendriks und fing an zu lachen.

«Kennst du die Araber hier?»

«Nur die Ägypter», sagte Rivas.

«Wir müssen aufpassen. Die Raschids mögen keine Weißen.»

«Raschids?»

«Die Kameldungfresser in diesen Bergen. Bösartige Typen. Wie ich gehört habe, treiben sie sich bei der EQ-Station herum. Deshalb haben wir diesen Befehl bekommen», sagte Marck.

Hendriks sagte: «Einen Konvoi greifen sie bestimmt nicht an. Aber sie sind so verdammt arm, daß sie einen einzelnen Mann für seine Stiefel umbringen würden. Colonel Hadfield mag die Kerle. Aber selbst er reist hier in der Wüste nicht mehr allein.»

«Ich dachte, hier lebt kein Mensch», sagte Rivas.

«Stimmt. Sogar die Raschids halten es nicht lange aus. Wenn sie herumziehen, müssen sie ihre geliebten Kamele töten, nur um am Leben zu bleiben. Sie trinken das Blut. Der Colonel sagt, sie seien die härtesten Burschen auf der Welt. Er muß es wissen. Er war dreißig Jahre bei den Trucial Scouts. Der alte Junge ist ein Soldat.» Das klang aus seinem Mund sehr respektvoll; es bedeutete bei diesen Männern etwas Besonderes. «Er sagt, die panarabischen Roten hätten Mullahs hier runtergeschickt, um die Raschids aufzuhetzen, und seitdem treiben sie sich am EQ-Gelände herum.»

«Vielleicht können wir mal eine kleine Treibjagd machen», meinte einer der anderen Männer.

Marck fragte: «Wer ist diese Nutte bei Colonel Hadfield?»

«Er hat uns nicht vorgestellt», sagte Rivas gleichmütig.

«Sie ist eine Ärztin vom NFK», sagte Hendriks. «Ich hab' in Salalah gehört, daß sie bei jedem Transport drei oder vier Ärzte mitschicken. Vielleicht rechnen sie mit Verlusten.»

«Von der würde ich mich gern verarzten lassen», sagte Marck anzüglich.

Einer der anderen Männer lachte und sagte: «Sie ist nichts für uns, Jan. Du wirst dich mit den Kamelen zufriedengeben müssen, bis wir nach Riad kommen. *Wenn* wir nach Riad kommen.»

Rivas fühlte, wie ihm Schweiß den Rücken hinunterlief.

«Wir kommen hin», sagte Marck. «Der Colonel hat gesagt, wir stoßen zur Brigade, ehe es vorbei ist.»

Rivas schluckte den Staub in seiner Kehle herunter. Der bewaffnete Teil von Calder Smith Davis' Neuem Friedenskorps sollte also nach Riad, um die Geiseln in der US-Botschaft zu befreien! Den Herren in Washington, London und Moskau würde das absurd vorkommen, dachte Rivas. Aber für jemanden auf der Ladepritsche eines durch die Qara-Berge fahrenden Militärlasters war es von kalter Logik. Calder Davis und seine Freunde wollten das tun, wovor die Vereinigten Staaten und Westeuropa Angst hatten. So einfach war es.

Und so kompliziert, dachte Rivas. Die politischen Folgen eines solchen Schritts würden enorm sein. Obgleich er sich, was das politische Wechselspiel zwischen einzelnen Staaten und Parteien betraf, für einigermaßen informiert hielt, konnte er sich nicht ausmalen, welche Umwälzungen dieses Vorgehen einer paramilitärischen Einheit auslösen würde.

Aber die beiläufige Bemerkung des Südafrikaners ließ es ganz real erscheinen. Calder Davis und sein NFK und alle seine heimlichen Gesinnungsgenossen in der Gruppe für Internationale Strategische Studien würden es tatsächlich tun. Irgendwo in Einsatzweite um Riad traf die Brigade – Calder Davis' Privatarmee – jetzt Vorbereitungen für das Kommandounternehmen. Davis holte das 14. Jahrhundert in die Gegenwart zurück. Das war es, was Cole geahnt hatte, das hatte ihn das Leben gekostet. Er hatte sterben müssen, damit das Geheimnis von Calder Davis' neuen Condottieri gewahrt blieb.

20. Ärmelkanal

Kapitän Florio Guindani schickte den wachhabenden Offizier von der Kommandobrücke der *Sudan Enterprise*, eines angerosteten Zwanzigtausendtonnen-Tankers, nach unten. Guindani, ein hagerer Mann mit dunklem Teint, langen ungepflegten Haaren und schwarzen, tiefliegenden Augen, stand am Ruder und suchte die dunkle Wasserfläche vor sich nach einem regelmäßig aufblitzenden Licht ab, das man ihm angekündigt hatte.

Die *Sudan Enterprise* fuhr unter liberischer Flagge und war auf einen griechischen Eigner eingetragen. Es hätte allerdings ein ganzes Team von Kaufleuten und Seerechtlern dazu gehört, um das Labyrinth der mit ihr befaßten Reedereien und Charterer zu durchforsten und ihren wahren Eigentümer zu finden. Zuletzt hätte man jedoch festgestellt, daß sie einer obskuren Tochterfirma der riesigen Con-En, der Continental Energy Group, gehörte. Die Mannschaft bestand hauptsächlich aus Zyprioten und Nordafrikanern, die Offiziere waren Griechen und Italiener. Kapitän Guindani hätte übrigens große Schwierigkeiten gehabt, ein anderes Kommando zu bekommen. Er hatte vor fünf Jahren einen Supertanker vor Skye auf Grund gesetzt, wobei Rohöl im Wert von Millionen verlorenging und die Strände kilometerlang verschmutzt wurden. Die Havarie hatte die Charterer ein Vermögen an nicht erfüllten Kontrakten, Schadenersatzzahlungen und höheren Versicherungsprämien gekostet.

Kapitän Guindani gehörte zu den handverlesenen Schiffsoffizieren, die Isaac Holt für heikle Aufträge parat hatte. Ein solcher Auftrag mußte nun ausgeführt werden. Der Kapitän hatte die Brückenwache unter Deck geschickt, weil er nicht wollte, daß einer der Schiffsoffiziere den Treff mit der *Wild Goose* beobachtete.

Im Osten ging bereits die Sonne auf. Die *Sudan Enterprise* fuhr zehn Kilometer westlich der normalen Schiffahrtsrinne und lief jeden Moment Gefahr, auf Grund zu kommen. Aber sie war nur leicht beladen und machte kaum Fahrt. Trotzdem wurde Florio Guindani immer unruhiger. Er hatte guten Grund, denn der launische, dicht befahrene Ärmelkanal verlangte erstklassige navigatorische Fähigkeiten.

Der Radarschirm zeigte fünf oder sechs Dampfer in den beiden Fahrspuren der Schiffahrtsrinne. In der Nähe der Route, die Guindani für die *Sudan Enterprise* ausgesucht hatte, waren jedoch bis jetzt keine Schiffe auszumachen.

Guindani war auf dem Weg von Rotterdam zum Persischen Golf gewesen, als das spanische Büro seiner Reederei Isaac Holts Botschaft bekommen hatte. Guindani wußte nicht, warum seine Vorgesetzten ihm diese merkwürdigen Instruktionen erteilt hatten. Es war ihm auch egal. Er wußte nur, daß er sie genau befolgen mußte, wenn er sein Kommando behalten wollte. Guindani war nicht der Mann, der sich lange mit moralischen Erwägungen herumschlug. Ohne die *Sudan Enterprise* gab es für ihn nur die Elendsviertel von Genua. Guindani war ein Mann, der über Elendsviertel und Hunger Bescheid wußte. Er war in den entbehrungsreichen Jahren im und nach dem Krieg als Kind armer Eltern in Genua aufgewachsen. Er hatte nicht die Absicht, sein Leben so zu beenden, wie er es begonnen hatte.

Er hatte sich Sorgen gemacht, ob er bei der vorgeschriebenen Funkstille in diesen Gewässern ein viel kleineres Fahrzeug finden würde. Soweit er verstanden hatte, war auf der *Wild Goose* jemand, der damit rechnete, an Bord genommen zu werden. Dieser Mann würde jetzt genauso aufmerksam nach den Positionslichtern auf der *Sudan Enterprise* suchen, wie er, Guindani, nach den angekündigten Leuchtsignalen der Motorjacht ausspähte. Während die müden Maschinen des Tankers viertel Kraft voraus liefen, zügelte Guindani mühsam seine Ungeduld. In einer halben Stunde würde es vollends hell sein, und das Unternehmen sollte wenn schon nicht in der Dunkelheit, so doch wenigstens im Zwielicht des anbrechenden Tages ausgeführt werden.

Ian Wyndham stand auf der Brücke der *Wild Goose* und suchte mit einem starken Nachtglas das Meer im Norden ab. Die Jacht schaukelte sanft in der ruhigen See, ihre Dieselmotoren schwiegen, und bis auf den regelmäßig aufblitzenden Scheinwerfer am kurzen Signalmast waren alle Lichter gelöscht.

Jacques, der Kongolese, der seit Afrika für Wyndham gearbeitet hatte, trat aus dem Schatten und sagte auf französisch: «Ihr Seesack liegt auf dem Vorderdeck, Colonel. Fertig gepackt.»

Wyndhams Zähne blitzten im Dunkeln weiß auf. «Ist Alana noch sauer?»

«Ja», sagte der Schwarze. Er zuckte mit den Schultern. «Frauen.»

Das Mädchen war außer sich vor Wut gewesen, als man ihr gesagt hatte, sie könne Wyndham nicht auf den Tanker begleiten, sondern müsse auf der *Wild Goose* bleiben. Sie ist ein aggressives Biest, dachte Wyndham, aber im Bett zahlt sich das aus. Auf jeden Fall ist sie viel besser als ihre Schwester.

«Gib ihr das, wenn ich weg bin», sagte er und zog einen zusammengefalteten Tausendfranc-Schein aus der Tasche. «Sag ihr, sie soll sich dafür in Calais was Schönes kaufen. Fahr aber nicht ohne sie nach Tanger ab.»

Der Kongolese steckte den Schein ein und nickte unterwürfig. Wyndham sah ihn einen Augenblick an und fragte sich, ob er auf der Fahrt nach Nordafrika mit der Frau schlafen würde. Wahrscheinlich. Für Jacques und die anderen Besatzungsmitglieder würde es wie Urlaub sein. Zwei Wochen ohne Aufsicht und Zwang, zwei Wochen im Bett der großen Kabine, wo sie sich halb totficken konnten. Aber er konnte sich wenigstens darauf verlassen, daß Jacques das Boot heil in den Hafen bringen würde. Wyndham wußte noch nicht recht, was er mit der Jacht machen würde, wenn sie Tanger erreicht hatte. In einer solchen Stadt durfte es jedoch nicht allzu schwer sein, einen Käufer zu finden. Die *Wild Goose* war für Drogenschmuggel wie geschaffen.

Wyndham suchte wieder das Meer ab. Er war rundum zufrieden. Er hatte natürlich gewußt, daß die britschen Behörden früher oder später gegen ihn vorgehen würden. Er hatte in zu kurzer Zeit zu viel Geld verdient, um von ihnen übersehen zu werden. Seufzend holte er Luft. Der Dart und das grüne Südengland würden ihm fehlen. Einmal Engländer, immer Engländer, dachte er. Das Schwierige war, den Behörden immer um einen, möglichst um mehrere Schritte voraus zu sein, sichere und zuverlässige Informationsquellen zu haben, die das erleichterten.

Vor zwölf Stunden hatte er eine Nachricht von seiner besten und zuverlässigsten Quelle bekommen. Eine Funkstimme, die nur durch den Zeitpunkt und die benutzte Frequenz zu identifizieren war, hatte ihn vor einem Besuch gewarnt, den die Steuerfahndung ihm machen wollte. Ausgerechnet die Steuer! Dann hatte die Stimme erklärt, Plan eins solle sofort ausgeführt werden. Seine Wohltäter hatten offensichtlich nicht die Absicht gehabt, ihn den Finanzbeamten zu überlassen.

Plan eins war auf den Karten verzeichnet, die Wyndham im Safe der *Wild Goose* aufbewahrte. Er bestand nur aus einer Markierung und einer Uhrzeit, doch man hatte Wyndham schon vor Monaten erklärt, er werde gegebenenfalls an der gekennzeichneten Stelle und zur angegebenen Zeit von einem Schiff abgeholt und sicher nach Tanger gebracht werden.

Er hatte oft darüber nachgedacht, was Plan eins alles beinhaltete, und hatte dabei immer wieder über die Mittel gestaunt, die dem Mann hinter dem ganzen Unternehmen zur Verfügung stehen mußten. Wenn der Plan funktionieren sollte, mußte wenigstens einmal täglich ein Schiff in der Nähe der angekreuzten Position sein, das seinen Arbeitgebern gehörte oder wenigstens von ihnen kontrolliert wurde. Bei längerem Überlegen war ihm klargeworden, daß dafür ziemlich viele Schiffe nötig waren. Dreißig oder mehr. Also sicher auch mehr als nur eine Reederei oder ein Charterer.

Er hatte nie daran gezweifelt, daß seine Auftraggeber unermeßlich reich waren. Allein mit dem Geld, das er für die nach Afrika und Oman geschickten Söldner bekommen hatte, war er ein mehr als wohlhabender Mann geworden. Wyndham war nicht dumm. Soviel Geld konnte nur von arabischem Öl oder von multinationalen Konzernen kommen. Die Art der Truppen, die er – und wahrscheinlich noch ein paar andere – im letzten Jahr vermittelt hatte, ließ ihn zu der zweiten Möglichkeit neigen. Die wirklich reichen Araber waren inzwischen fast alle im Westen, denn die islamische Revolution, die vom Iran auf die Golfstaaten übergegriffen hatte, hatte sie aus ihrer Heimat vertrieben. Möglicherweise wollten diese Leute irgendeine Konterrevolution anzetteln und hatten ihn deshalb in ihre Dienste gestellt. Aber die Gerüchte, die ihm zu Ohren gekommen waren, deuteten auf etwas ganz anderes hin. Die vertriebenen Scheichs würden wohl kaum den Amerikaner Collingwood anheuern, um ihre Söldnerarmee zu kommandieren. Er wäre dagegen die perfekte Wahl für einen der großen Multis, der wegen der islamischen Erneuerungsbewegung seine Felle davonschwimmen sah.

Wyndham beschloß, der Sache weiter nachzugehen, wenn er in Tanger war. Vermutungen waren eines, Gewißheit war etwas anderes – vor allem würde sie noch mehr wert sein als sein jetziges Guthaben bei der Banque de Suisse.

Jacques, der neben ihn getreten war, sagte plötzlich: «Da! Ein Schiff.»

Wyndham verfluchte insgeheim seine nachlassende Sehkraft und fragte: «Wo?»

«Nordost. Hören Sie. Man kann es hören.»

Wyndham hob sein Nachtglas. «Ich sehe es», sagte er.

«Soll ich die Maschinen anlassen?»

«Warte, bis es beidreht. Dann können wir längsseits gehen.» Jetzt sah Wyndham die Umrisse des Tankers, die sich im fahlen Licht aus dem Osten abzeichneten.

Eine Weile beobachtete er das näher kommende Schiff. Der Wind trug die Geräusche nun zu ihnen: das Grummeln der Maschinen, das leichte Rauschen der Bugwelle. Der Tanker hatte den Kurs ein wenig geändert, so daß er von der Jachtbrücke aus verkürzt wirkte, ein breiter dunkler Schatten im Morgengrauen.

«Ich gehe schnell nach unten und verabschiede mich von den Weibern», sagte Wyndham roh. In Wahrheit mochte er das schwarze Mädchen und ihre Schwester. Ihre ungezügelte Sexualität hatte ihm viel Vergnügen bereitet und seine nachlassenden Kräfte ein bißchen belebt. Er war dankbar dafür – und er wollte es nicht mit den beiden verderben. Schließlich mußte er vorsorgen für Tanger.

Er kletterte die Leiter hinunter und betrat die unbeleuchtete Kajüte. Am Niedergang zu seiner Kabine beugte er sich vor und sagte: «Ich möchte euch auf Wiedersehen sagen.»

«Geh zum Teufel», sagte Alana aus dem dunklen Raum. «Meinetwegen kannst du verrotten.»

«Du schwarzes Biest», sagte Wyndham grinsend. «Bis bald in Tanger.»

«Warum können wir nicht mitkommen?»

«Ach, jetzt wollt ihr *beide* mit? Ich hab' euch doch alles erklärt. Ihr bleibt bei Jacques und dem Boot, und in zwei Wochen sehen wir uns wieder.»

«Ich hoffe, daß dein weißer Schwanz abfällt», sagte das Mädchen. Die Verwünschung klang auf französisch noch vulgärer, als sie auf englisch geklungen hätte. Wyndham klappte die Luke zu und schob den Riegel vor. Die Mädchen würden es fertigbringen, den Tanker mit einer Leiter zu entern, und zwei Huren als Extragepäck waren das letzte, was er jetzt brauchte. Wer auch immer der Kapitän des Schiffes war, er würde seinen Auftraggebern Meldung erstatten, und es würde ein merkwürdiges Licht auf Colonel Ian Wyndham werfen, wenn man erführe, daß er sich von seinen Weibern auf der Nase herumtanzen ließ.

Als er wieder an Deck kam, war der Tanker schon viel näher. Er schien mit unverminderter Geschwindigkeit zu fahren, vielleicht sogar noch schneller als vorher. Wyndham lief aufs Vorderdeck und kniff die Augen zusammen, um Einzelheiten zu erkennen. Er konnte im Zwielicht den Namen am Bug lesen: *Sudan Enterprise*. Auf den vorderen Decks war kein Mensch zu sehen, und die Kommandobrücke achtern war unbeleuchtet. Er hob den Kopf und rief Jacques zu: «Was zum Teufel machen sie?»

Der Matrose antwortete nicht, aber Wyndham hörte, wie er plötzlich die Starter betätigte. Die kalten Dieselmotoren sprangen nicht sofort an.

«Was ist, Jacques?» rief Wyndham wieder.

«*Sie stoppen nicht!*» Die schrille Stimme des Kongolesen übertönte das lauter werdende Dröhnen der Maschinen des auf sie zurauschenden Tankers.

Der stumpfe Bug der *Sudan Enterprise* war nun deutlich zu sehen. Die Aufbauten schienen bis in den Himmel zu ragen. Die Bugwelle tönte jetzt wie ein reißender Strom. Das Maschinengeräusch wurde noch lauter. Wyndham roch plötzlich Öl und Abgase.

Er wirbelte herum und schrie Jacques an: «*Laß sofort die Maschinen an, verdammt noch mal. Sofort!*»

Das Motorengeräusch des Tankers war wie ein betäubendes Stampfen. Der schwarze Rumpf glich einer gewaltigen Wand. Wyndham fühlte, daß die *Wild Goose* vibrierend zum Leben erwachte, und verlagerte sein Gewicht, um nicht umzufallen, als Jacques wie verrückt Gas gab. Weißer Gischt umbrandete das Heck der Jacht, als die Schrauben sich abmühten, das zwölf Tonnen schwere Fahrzeug in Bewegung zu setzen.

Wyndham beobachtete entsetzt, wie das schwarze Wasserband zwischen der Jacht und dem auf sie zurasenden Berg aus Stahl schmaler wurde. Kurz bevor die *Sudan Enterprise* die *Wild Goose* wie eine Feder in die schwarze Tiefe drückte, stieß er noch einen Wutschrei aus. Der Schrei war unartikuliert, verzweifelt und endete jäh, als der massige Tanker über die Reste der Jacht hinwegfuhr. Von der Brücke und aus der verriegelten Kabine klangen andere Schreie, doch niemand hörte sie.

Im Kielwasser des Tankers kamen ein paar Wrackteile der *Wild Goose* an die Oberfläche: Rettungswesten, Sitzpolster, ein paar Holzstücke und Papierfetzen. Auf einem Fetzen, der zu einer Seekarte gehört hatte, hatte irgend jemand ein x gemacht und eine Uhrzeit geschrieben. Das Papier trieb auf den öldurchsetzten Wellen, während die *Sudan Enterprise* nach Osten, zur Schiffahrtsrinne, abdrehte und ihre kurz unterbrochene Fahrt zum Golf fortsetzte.

21. Ar Rub al-Chali

Während der Konvoi sich dem Kamm der Qara-Kette näherte, fiel Amira auf, daß die Landschaft allmählich rauher wurde. Die Bäche der südlichen Hänge waren verschwunden, und fort war auch der grüne, vom Monsun genährte Vegetationsgürtel. Hier und im Norden, erklärte Colonel Hadfield, falle nur ein halber Zentimeter Regen im Jahr, während es im südlichen Küstenstreifen fünfzig Zentimeter seien. Der Kamm der Bergkette bestand aus zerklüfteten Felsplateaus. Die unbefestigte Straße hatte sich in eine holprige Fahrspur im steinharten Boden verwandelt. Von ihrem Platz hinten im Kübelwagen konnte Amira im Osten und Westen eine Reihe schmaler Grate sehen, die von kaum zugänglichen Pässen geschnitten wurden. Und hinter ihnen fiel das Land zur von Sandstürmen gepeitschten Ebene ab.

«Die Omanis werden bald umkehren», sagte Hadfield. «Sie bringen uns noch bis zum Rand des Wahiba-Gebiets. Sie haben die Wahibas und die Durus praktisch unterworfen, aber vor den Raschids nehmen sie sich nach wie vor in acht. Die überlassen sie lieber uns.»

«Ich hatte keine Ahnung, daß es hier noch feindselige Bedus gibt», sagte Amira. «Mir kommt es fast so vor, als wären wir auf einmal im 19. Jahrhundert.»

Hadfield legte den Feldstecher hin, durch den er die verlassenen Hänge betrachtet hatte, die sich nun allmählich dem Konvoi entgegensenkten und den Anstieg zum ersten Qara-Paß bildeten. «Sie sind nicht unbedingt ein militärischer Faktor», sagte er. «Aber man kann sie auch nicht ignorieren. Sie sind ein wildes und tapferes Volk.»

Amira fiel auf, daß er mit der mürrischen Bewunderung des eingefleischten Kolonialsoldaten von den Einheimischen sprach.

«Ein Kriegervolk. Sie werden noch hier sein, wenn das verdammte Öl längst erschöpft ist. Sie werden diesem öden Grenzgebiet noch in hundert Jahren ihren Lebensunterhalt abringen.»

«Leben sie wirklich dort in der Wüste?» fragte Amira.

«In Rub al-Chali *lebt* niemand, Doktor. Genau wie im Pazifik niemand lebt. Diese Welt ist jedem menschlichen Leben feindlich. Aber die Raschids ziehen durch die sandige Weite, und sie betrachten sie immer noch als ihr Eigentum.» Er drehte sich um und warf einen Blick auf die Laster hinter dem Kübelwagen. «Wir werden die Waffen verteilen, sobald die Omanis umgekehrt sind.»

«Waffen, Colonel?»

«Nur eine Vorsichtsmaßnahme. Ich komme einigermaßen mit den Raschids zurecht, aber man kann nie wissen, was sie gerade vorhaben. Es kommt darauf an, wie sehr sie den Nachschub brauchen, den wir bei uns haben. Deshalb wird die Station auch normalerweise aus der Luft versorgt.»

Amira verarbeitete die Information nachdenklich. Je näher der Konvoi Rub al-Chali kam, um so mehr glich das Ganze einer militärischen Operation. Sie saß schweigend da, unterdrückte die Fragen, die ihr auf der Zunge lagen, und überlegte, was die Botschaft bedeutete, die sie im *Oasis Hotel* durch Haramaki bekommen hatte. *Aluf steht bevor*. Nun, es war logisch genug. Die Entscheidung, die man in Jerusalem getroffen zu haben schien, war beängstigend angemessen. Der Ölstrom aus dem Golf verdünnte sich zwangsläufig zu einem Rinnsal, während die panarabischen Radikalen die Förderung zunehmend drosselten und nur noch die kommunistische Welt belieferten, um den Westen zu bestrafen. Der Energienachschub verringerte sich bedrohlich, und die westlichen Regierungen bekamen das große Zittern; aber eines wußten die Israelis mit hundertprozentiger Sicherheit: Der Westen hatte nicht die Absicht, das, was er noch bekam oder hatte, mit den Juden zu teilen. Die Juden sind ein pragmatisches Volk, dachte Amira. Das Resultat ihrer Erwägungen: *Aluf*. Die Frage war: *Wann?* Eine zweite, ebenso wichtige Frage lautete: Was tut das NFK in der EQ-Station, und kann es einen israelischen Präventivschlag auf der Arabischen Halbinsel behindern?

«Erzählen Sie mir etwas von der Station, Colonel», sagte sie.

Hadfield musterte sie verstohlen. Er war kein Mann, dem es leichtfiel zu lügen. «Wir werden morgen da sein, Doktor.»

«Warum sagen Sie mir nicht, worauf ich mich gefaßt machen muß, Colonel? Befriedigen Sie die Neugier einer Frau.»

«Früher war dort ein Luftstützpunkt der Saudis. Er hieß Ibrahimah. Der alte Name wird nicht mehr benutzt. Heute heißt es einfach EQ-Station.»

«Ein Luftstützpunkt? Ich hatte keine Ahnung.»

«Ich glaube, es war ein Übungs- und Ausbildungsplatz. Die Königlich-Arabische Luftwaffe und ihre amerikanischen Berater gaben sie im Krieg zwischen Iran und Irak auf. Die Saudis fürchteten, die Iraner würden versuchen, die Ölfelder anzugreifen. Deshalb wurde der Platz der Wüste preisgegeben, bis das NFK ihn übernahm.»

«Dann ist es ein großes Gelände?»

«Groß genug», sagte Colonel Hadfield, der sich offensichtlich nicht festlegen wollte.

«Und was tun wir dort eigentlich?» fragte Amira geradeheraus. «In Kalabishah wurde dauernd von der EQ-Station geredet, aber kein Mensch schien genau zu wissen, was für eine Arbeit dort gemacht wird. Die Leute redeten von Kernkraftversuchen und Ölexploration. Aber niemand schien wirkliche Fakten zu haben.»

Colonel Hadfields hellblaue Augen umschleierten sich. «Sie werden Ihre Fakten bald bekommen, Dr. Shallai», sagte er nicht sehr liebenswürdig.

Und damit muß ich mich wohl zufriedengeben, dachte Amira und sagte nichts mehr.

Trotz der Höhe von rund 1200 Metern und des zunehmenden Winds wurde es noch heißer, als die Fahrzeuge auf dem Paß weiterkrochen. Amira fühlte, wie Schweiß zwischen ihren Brüsten hinunterlief. Sie nahm eine der Feldflaschen, die im Gurtnetz an der Türverkleidung steckten.

«Versuchen Sie, sparsam damit umzugehen», sagte Colonel Hadfield. «Wir haben zwar genug, aber in dieser Gegend kann man nie wissen.»

Amira kostete den nach Metall schmeckenden Schluck aus, den sie genommen hatte, und schob die Feldflasche wieder in die Halterung.

«Die Omanis werden uns in Ash Shisar verlassen», sagte Hadfield. «Dort ist ein altes Fort aus der Zeit des ersten Sultans von Maskat. Es ist natürlich eine Ruine, aber die Raschids benutzen es manchmal als Unterkunft für ihre Kamele. Kamele bedeuten hier Reichtum. Wer Kamele hat, kann überleben.»

«Ich bin Araberin, Colonel. Ich weiß so ungefähr, wie Beduinen leben», sagte Amira.

«Verzeihen Sie, Doktor, aber die Raschids haben nicht viel mit Ihren ägyptischen Beduinen gemeinsam. Sie sind ein Stamm, der auszusterben droht, und leben in einem Land, das Milliarden mit Öl verdient hat. Das macht sie schwer berechenbar.»

Amira machte den obersten Knopf ihrer Buschjacke auf und ließ die Feuchtigkeit auf ihrer Haut in der heißen Brise verdunsten. «Sie sagen das beinahe bewundernd, Colonel.»

Hadfield lächelte kurz. «Schätze, Sie haben recht. Ich bewundere alle Menschen, die in einem solchen Land überleben können.» Er hob wieder seinen Feldstecher und suchte die felsige Weite vor ihnen ab. «Es bedeutet aber nicht, daß ich ihnen traue.»

Amira dachte eine Weile über die Bemerkung nach und sagte dann: «Die Männer in dem Laster hinter uns . . . es sind Soldaten, nicht wahr?»

«So kann man es nennen», erwiderte Hadfield.

«Ich wußte gar nicht, daß das NFK Soldaten braucht. Entschuldigen Sie, ich wollte nicht unhöflich sein, Colonel.»

«Ich bin nicht empfindlich, Dr. Shallai. Sie haben sich einfach geirrt. Wir brauchen in der Tat Soldaten. Gute Soldaten, eine ganze Reihe davon, wie Sie bei der Lagebesprechung in der EQ-Station erfahren werden.»

«Werde ich auch den Grund erfahren, Colonel?»

«Ja», sagte Hadfield barsch. «Das werden Sie.»

«Was geht hier vor, Colonel? Können Sie es mir nicht sagen? Ich bin nicht gerade in der Lage, dagegen zu opponieren, falls es mir nicht passen sollte.»

«Tut mir leid, Doktor, aber das ist nicht mein Job. Ich soll Sie und diese Männer und den Nachschub zur EQ-Station bringen. Ich bedaure, daß Sie auf diese Weise reisen müssen, aber die Sandstürme haben uns keine andere Wahl gelassen.»

«Ich beklage mich nicht, Colonel. Ich habe in Kalabishah gearbeitet und kann also auf Komfort verzichten. Aber es kommt mir so vor, als sei ich plötzlich zu irgendeiner Miliz gestoßen. Ich möchte einfach gern wissen, warum.»

«Warten Sie bis zur Besprechung, Dr. Shallai», sagte Colonel Hadfield. «Wenn wir in der Station sind, wird es bald keine Geheimnisse mehr geben, das garantiere ich Ihnen.»

Der Konvoi fuhr jetzt nach Osten, und hinter einer Reihe felsiger Höcker sah Amira die Siedlung Ash Shisar, eine Ansammlung von wellblechgedeckten Hütten aus Felsbrocken. Am Hang hinter den

Behausungen stand die Ruine eines Forts aus Lehmziegeln. Sie war braungrau, wie ein Kamelrücken, und paßte sich der kargen Landschaft so gut an, daß man hätte meinen können, sie sei aus dem Boden gewachsen. Der Jeep mit den omanischen Soldaten hatte gehalten, und ein Offizier, der mit Patronengurten behängt war und ein amerikanisches M-16 hielt, winkte dem Konvoi zu stoppen. In einem behelfsmäßigen Pferch aus niedrigen Steinwänden, der an eine der halbverfallenen Fortmauern gebaut war, sah Amira ein halbes Dutzend Kamele, bewacht von ebenso vielen Männern, die alle Waffen trugen, von altertümlichen afghanischen Musketen bis zu modernsten belgischen automatischen Gewehren.

Der Fahrer des Kübelwagens bremste, und Colonel Hadfield stieg aus, um mit dem omanischen Offizier zu reden. Dieser, ein magerer, bärtiger Mann mit fast schwarzer Haut, gestikulierte in Amiras Richtung, und sein Arabisch war so stark mit dem lokalen Dialekt durchsetzt, daß die Ägypterin nur dann und wann ein Wort verstand.

Colonel Hadfield redete eine Weile mit dem Offizier und kam dann zum Kübelwagen zurück. «Er sagt, er und seine Männer kehren jetzt um», erklärte der Brite. «Und außerdem sagt er, wenn Sie einen Schador oder einen Schleier dabei hätten, sollten Sie ihn tragen. Er sagt, andernfalls beleidigten Sie die Raschids!»

«Stimmt das, Colonel?» fragte Amira.

«Ja, höchstwahrscheinlich. Es sind panislamische Agitatoren aus dem Norden hier gewesen. Die meisten von ihnen haben nicht überlebt, aber die restlichen haben es leider geschafft, die Raschids aufzuwiegeln.»

«Ich werde nachsehen, was ich in meinem Gepäck habe.» Amira stieg aus und ging nach hinten, wo ihr Segeltuchsack auf das Metallgestell über den Reservereifen geschnallt war. Sie sah, daß die Männer vom Laster hinter dem Kübelwagen ebenfalls ausgestiegen waren und nun herumstanden und sie anstarrten.

Sie fand einen langen weißen Seidenschal in dem Reisesack und wand ihn so um ihren Kopf, daß er ihre Haare und einen Teil ihres Gesichts bedeckte, so daß sie wie eine Beduinenfrau aussah. Wortlos kletterte sie dann wieder in den Wagen und setzte sich auf ihren Platz. Sie fixierte den omanischen Offizier kühl.

Der Mann sagte wieder etwas, und Colonel Hadfield wandte sich nochmals an Amira. In seinem zerknitterten Gesicht war die Spur eines

Lächelns. «Lieutenant Habooz sagt, der Schleier sollte schwarz sein und nicht weiß, aber wenn Sie nichts anderes hätten, müsse es reichen.»

Sie sagte in ihrem reinsten klassischen Arabisch: «Die Unwürdige dankt dem Scheich für seine Höflichkeit und seinen Rat. Sie teilt ihm mit, daß die Männer in ihrem Land sich nicht damit abgeben, die Frauen zu belehren, wie sie sich zu kleiden haben. Die Unwürdige fühlt sich geehrt durch sein Interesse und verspricht ihm, das nächstemal nach den Vorschriften des Buches gewandet zu sein, wenn sie in seinem Land zu Gast ist.»

Der Omani bekam die Worte nicht richtig mit und betrachtete sie finster, als Hadfield übersetzte. Er stieg in den Jeep und rief einen zornigen Befehl. Der Wagen fuhr, eine Staubwolke hinter sich aufwirbelnd, zum Paß zurück. Voll Verachtung für die Vorurteile ihrer Glaubensgenossen sah Amira ihm nach. Der fettleibige und schwitzende Stutzer auf dem Dampfer war hinter seiner bourgeoisen Fassade genauso wie dieser omanische Offizier. Und die Bestien von der PLO, die André gefangen und dann zugesehen hatten, wie er gestorben war, ebenfalls. Ihre marxistische Tünche änderte sie nicht wirklich. Das war die Bürde, die ihr Volk trug, die Bürde primitivster Vorurteile, die sie geistig an das 13. Jahrhundert kettete. Die Raschids konnten sich wenigstens mit ihrer Armut entschuldigen. Aber so viele andere Araber, die mit dem Erdöl reich geworden waren, hatten keinerlei Entschuldigung.

Colonel Hadfield ging zu dem Laster hinter ihnen und befahl den Männern etwas. Sie luden eine Holzkiste ab und öffneten sie. Als Amira sich wieder umdrehte, trugen sie alle ein M-16. Hadfield kehrte mit einem der Männer zurück.

«Das ist Hayden – Dr. Shallai.»

Der Mann nickte höflich. Amira bemerkte, daß er eine kaum verheilte Kopfwunde hatte. Hadfield gab ihm ein Zeichen, hinten einzusteigen. Er nahm sein M-16 lässig in eine Hand und kletterte in den Wagen. Amira staunte unwillkürlich über den Kontrast zwischen seinen blauen Augen und seinem sonnenverbrannten Gesicht.

«Alles in Ordnung?» sagte Colonel Hadfield. «Dann können wir weiter. Aber langsam.»

Der Konvoi setzte sich, jetzt ohne die omanische Militäreskorte, wieder in Bewegung. Als die Fahrzeuge an dem verfallenen Fort vorbeirollten, hob Hadfield eine Hand, um die an dem steinernen

Pferch stehenden Raschids zu grüßen. Sie reagierten nicht. Amira lief es kalt über den Rücken, als sie sah, daß die Raschids sie mit Augen betrachteten, die ebenso abweisend wirkten wie ihr Land.

22. Washington

Das hartnäckige Summen des Telefons auf der Konsole an seinem Bett riß den Präsidenten der Vereinigten Staaten aus einem unruhigen Schlaf. Er warf automatisch einen Blick auf die leuchtende Digitaluhr und sah, daß es noch nicht einmal fünf Uhr morgens war. Sofort fühlte er, wie sich der altbekannte Knoten in seiner Magengrube zu formen begann. Es war etwas, woran Vincent Loomis sich nie gewöhnt hatte – die unterschwellige Angst, ein unerwarteter Anruf könne irgendeine Katastrophe, eine Tragödie ankündigen, gegen die er als Präsident der Vereinigten Staaten etwas unternehmen müsse.

Er knipste die Nachttischlampe an und setzte sich auf den Bettrand. Die Tür zum Schlafzimmer seiner Frau stand offen, und es dauerte einen Moment, bis dem schlaftrunkenen Präsidenten einfiel, daß Marie nicht in Washington, sondern in Camp David war. Dorthin war sie mit den Kindern vor der feuchten Hitze der Hauptstadt geflohen.

Er klingelte nach dem Diener, ehe er zum Hörer griff. Er brauchte seinen Kaffee. Das Kontrollicht an der Konsole blitzte unbarmherzig, und der Präsident seufzte schwer und nahm ab. «Ja?»

«Mr. President? Ich bin's, Peter.» Die Stimme seines Nationalen Sicherheitsberaters klang dünn und gestreßter als sonst. Der Mann ist alles andere als ein Fels in der Brandung, aber er ist immer loyal gewesen, sagte Loomis sich.

«Sie haben eben über den heißen Draht eine Warnung durchgetikkert», sagte Gilmartin. «Wir müssen uns für eine Botschaft von Generalsekretär Suslow bereithalten, Mr. President.»

Der Präsident unterdrückte ein Stöhnen. Der Sowjetführer war ein alter Mann und schien nichts lieber zu tun, als ihm, Loomis, mit seinem Genörgel auf den Wecker zu fallen. Er war inzwischen eine Marionette der kaum jüngeren Männer, die jetzt das Politbüro beherrschten, Falken wie Batrajew vom KGB, die spürten, daß sich das sowjetische Imperium in einer chaotischen Welt aufzulösen drohte, und deshalb unablässig von Furcht und Zorn gepeinigt wurden. Eine Botschaft von Suslow bedeutete nichts Gutes.

Ein schwarzer Diener, der Präsident Loomis' Gewohnheiten kannte, erschien mit einer silbernen Kaffeekanne und einem kleinen Glas irischem Whisky. Er schenkte starken schwarzen Kaffee ein, goß den Whisky dazu und zog sich ebenso stumm zurück, wie er gekommen war. Loomis hob die Tasse, und schon als er den Duft schnupperte, wurde ihm klarer im Kopf. «Gut, Peter. Bis gleich im Lageraum. Wer ist bei Ihnen?»

«Ich habe den Verteidigungsminister benachrichtigen lassen. Soll ich General Lescher auch holen?»

Lescher war der neue Vorsitzende der Vereinigten Stabschefs, ein Mann mit viel Rückhalt beim Militär, der bei den Beamten des Weißen Hauses wegen seiner rechten Ansichten jedoch als politisches Risiko galt.

«Den lassen wir im Moment am besten noch raus. Haben Sie Ike Holt Bescheid gesagt?»

«Holt ist gestern am späten Abend nach New York geflogen, Mr. President.»

Vincent Loomis schob ärgerlich die Schultern vor. «Warum, zum Teufel?»

«Ich habe keine Ahnung, Sir», sagte Gilmartin zerstreut.

«Na ja, lassen Sie ihn ausfindig machen. Er soll sich bereit halten. Vielleicht brauchen wir ihn, vielleicht nicht. Es kommt darauf an, was Suslow diesmal in petto hat. Es ist doch Suslow, nicht wahr?»

«O ja, Sir. Die Warnung kam im Olymp-Code.»

Olymp, dachte Loomis. Der Code für Götter und Regierungschefs. In der Sprache des Olymp kam nie etwas Erfreuliches. «Also», sagte er, «ich bin gleich da.» Er legte auf und trank den Kaffee mit Schuß in einem Zug aus. Er fragte sich kurz, was seine politischen Widersacher wohl sagen würden, wenn sie wüßten, wie er seine Tage begann. Besser als dic Gcbetsfrühstücke oder Gummibären meiner Vorgänger, dachte er ironisch. Aber das starke Getränk konnte die Angst in seinen Gedärmen nicht vertreiben. Es bedurfte mehr, um die Spannung dieses schrecklichen – und wunderbaren – Jobs zu lösen. Wenn ich nur besser wäre, als ich bin, dachte er und kapitulierte beinahe vor den Zweifeln, mit denen er Tag und Nacht lebte. Doch ob tüchtig oder nicht, er mußte weitermachen in dem Amt, dem er sein halbes Leben nachgejagt war.

Er ging schleppend ins Ankleidezimmer, als wäre er zwanzig Jahre älter, als er wirklich war, eine unbeholfene, beinahe klägliche Figur, die nichts, aber auch gar nichts mit seinem naßforschen öffentlichen Image zu tun hatte.

Der Wachhabende im Lageraum, ein Fernmeldemajor der Armee, sagte: «Der erste Teil kommt gerade rein, Mr. Gilmartin.» Der Teleprinter druckte lautlos einen verschlüsselten Satz nach dem anderen aus.

Peter Gilmartin, der wegen der gestörten Nachtruhe noch verquollene Augen hatte, stand hinter dem Offizier und starrte besorgt auf den Papierstreifen.

Gilmartin war Generalsekretär Suslow verschiedentlich begegnet. Der sowjetische Führer ging an die Achtzig; er hatte die Entwicklung in seinem Land ein halbes Jahrhundert ebenso raffiniert wie skrupellos gelenkt, aber jetzt wurde er langsam senil. Gilmartin war sicher, daß er mit dem alten Mann fertig werden konnte. Deshalb versprach die Olymp-Nachricht, eine Herausforderung und eine Chance zugleich zu sein. Die Vereinigten Staaten und die Sowjetunion hatten sich seit dem iranisch-irakischen Krieg dauernd in den Haaren gelegen. Es hatte seitdem ein Dutzend mehr oder minder bedrohliche Krisen gegeben, weil die Streitkräfte der beiden Supermächte sich an den Tankerrouten und den politisch neuralgischen Punkten Europas in die Quere gekommen waren.

Die Verlegung der Schnellen Eingreiftruppe ging auf einen Vorschlag Peter Gilmartins zurück, hatte aber nicht die Wirkung gehabt, die er dem Präsidenten seinerzeit versprochen hatte. Die Ägypter hatten heftig protestiert; die Israelis hatten den Schritt als weiteres Beispiel für die Unzuverlässigkeit und Schwäche der Amerikaner gewertet, die Europäer als Hinweis auf die mangelnde Entschlossenheit der US-Regierung. Die Sowjets hätten eigentlich so dankbar und froh sein sollen, daß sie der von Gilmartin gewünschten Wiederaufnahme der SALT-Gespräche zustimmten, aber sie hatten sich entschieden undankbar gezeigt und den Standpunkt eingenommen, was *sie* hätten, sei ihr rechtmäßiges Eigentum (inzwischen ganz Afghanistan und große Teile des Irans), und was die *Amerikaner* hätten, sei Gegenstand von Verhandlungen. Sie hatten es kategorisch abgelehnt, ihre SS-20-Raketen aus Osteuropa abzuziehen, und sie hatten ebenso kategorisch bestritten, daß ihre Backfire-Bomber (sie hatten jetzt fast tausend) interkontinentale Waffen seien. Und das trotz einer unverschämten Zurschaustellung der weltweiten Einsatzbereitschaft dieser Vernichtungsmaschinen: Eine Staffel davon flog, in der Luft aufgetankt, nonstop um den Globus. Gilmartin war sicher, daß alle diese Entscheidungen auf die Falken um Iwan Kirilowitsch Suslow zurückgingen. Die stumme Dringlichkeit eines Fernschreibens über den heißen Draht ließ Peter Gilmartin jedenfalls vermuten, daß Suslow und seinen grimmigen Genossen vom Politbüro ein neuer vielversprechender Zug in ihrer nicht endenden Schachpartie mit den Vereinigten Staaten eingefallen war. Sie benutzten den heißen Draht selten für etwas anderes, und sie redeten neuerdings gar nicht mehr mit Washington, ohne mit ihrem nuklearen Säbel zu rasseln.

Gilmartin blickte vom Teleprinter auf und sah den Präsidenten schwerfällig in den Raum kommen.

«Nun, Peter?» fragte Loomis.

«Der erste Teil ist im Übersetzungscomputer, Mr. President», antwortete Gilmartin. Die mit dem Teleprinter empfangenen Nachrichten kamen sofort in den elektronischen Übersetzer, einen Computer, der von Fachleuten für die Sprache der sowjetischen Politik programmiert worden war. Irgendwo im Labyrinth der Nationalen Sicherheitsbehörde hatte man nämlich festgestellt, daß menschliche Übersetzer – Leute, die perfekt Russisch sprachen, aber keine überzeugten Marxisten waren – Nuancen und Nebenbedeutungen übersehen konnten. Der Computer fertigte keine Übersetzungen aus dem normalen Russischen, sondern aus dem offiziellen *Sowjetischen*.

Vincent Loomis warf einen Blick auf die Uhrenreihe mit den Zeiten verschiedener Weltstädte. Verbittert dachte er an die Amerikaner und Europäer, die sich dem zweihundertsten Tag ihrer Gefangenschaft in Riad näherten. Er hatte sich in diesen hundertzweiundneunzig Tagen mehrmals täglich gefragt, ob er das Richtige tue, indem er im Grunde nichts tat. Aber die Öffentlichkeit hatte sich nicht auf eine bestimmte Verfahrensweise festgelegt. Und Loomis hatte Angst davor, etwas ohne allgemeinen Konsens zu unternehmen. Jetzt waren seine Hoffnungen auf den gebrechlich wirkenden Calder Davis gerichtet. Loomis wußte nicht, wie der Finanzier vorzugehen gedachte – und er wollte es nicht wissen. Er betete insgeheim, daß Davis Erfolg haben werde, und warf sich immer wieder vor, seinem Amt nicht gewachsen zu sein.

Aber, fragte er sich fast ebensooft, welcher Präsident unter den gegebenen Umständen letzten Endes hätte mehr tun können?

Er klammerte sich an die Vorstellung, daß er als Mann des Friedens handelte. Er hatte die Schnelle Eingreiftruppe zurückgezogen. Er hatte die amerikanische Präsenz im Golf auf ein Minimum reduziert. Er hatte alles getan, was ein vorsichtiger Mann tun konnte, um die Sowjets zur Wiederaufnahme der Entspannungspolitik zu bewegen. Was konnte ein Mensch – ein gewöhnlicher Mensch – noch tun? Trotzdem, die verwirrende Folge der Ereignisse beunruhigte und frustrierte ihn. Welcher US-Präsident hatte je damit fertig werden müssen, daß sein CIA-Direktor ermordet wurde? Alles, wofür er gearbeitet hatte, alles, was er erreicht hatte, schien plötzlich klein und unbedeutend zu sein. Er schien auf einmal noch weniger Macht über den Lauf der Ereignisse zu haben als früher.

Ein Offizier erschien mit einigen Computerstreifen, auf denen das blaue Olymp-Band zu erkennen war. Er reichte sie dem Präsidenten und zog sich zurück. Loomis ließ sich auf einen lederbezogenen Armstuhl gegenüber der Uhrenreihe sinken und fing an zu lesen.

Plötzlich sagte er: «Dieses verdammte russische *Arschloch*!»

Gilmartin zuckte bei dem Kraftausdruck zusammen und fragte: «Schlechte Nachrichten, Sir?»

«Lesen Sie selbst.» Zu dem diensthabenden Offizier sagte er: «Beeilen Sie sich mit dem zweiten Teil!»

«Der geht jetzt in den Übersetzer, Mr. President.»

Zu Gilmartin sagte Loomis wütend: «Warum hat NORAD dem Nationalen Sicherheitsrat nicht gemeldet, daß die Sowjets einen Kosmos-Satelliten auf eine neue Umlaufbahn gebracht haben?»

Gilmartin sah überrascht von dem Papierstreifen auf. «Vielleicht haben sie es, Mr. President. Ich erinnere mich nicht, aber solche Dinge sind inzwischen mehr oder weniger Routine.»

«Lesen Sie weiter und sehen Sie selbst, was ‹Routine› bei den Russen heißt, Peter», sagte der Präsident grimmig.

Gilmartin setzte seine Lektüre fort. Sie war nicht beruhigend.

BESSERE WETTERBEDINGUNGEN UNTER DER FLUGBAHN UNSERES KUERZLICH ZWECKS BEOBACHTUNG DER SUEDARABISCHEN HALBINSEL AUF NEUE BAHN GEBRACHTEN KOSMOS 9321 ERLAUBEN AUFNAHMEN

UNZULAESSIGER AKTIVITAETEN AUF DEM FRUEHEREN SAUDISCH-AMERIKANISCHEN LUFTSTUETZPUNKT IBRAHIMAH IN RUB AL-CHALI. ICH ERINNERE AN DIE 1975 IN HELSINKI VON UNS VERKUENDETE BRESCHNEW-DOKTRIN, DERZUFOLGE DIE UDSSR DAS UNSTRITTIGE RECHT HAT, JUNGEN SOZIALISTISCHEN STAATEN BEI IHREM KAMPF GEGEN IMPERIALISTISCHE KONTERREVOLUTIONAERE AGGRESSION BEIZUSTEHEN.

Gilmartin hielt inne und rief aus: «Was, zum Teufel, soll das heißen, Vinnie? Was soll dieser Quatsch über ‹unzulässige Aktivitäten›? Meint er etwa Calders NFK-Station?»

«Ich kann mir nichts anderes vorstellen», sagte der Präsident.

Gilmartin hatte das Gefühl, sein Magen ziehe sich plötzlich zusammen. Er fragte sich, ob er ein Geschwür bekam. Mein Gott, Magengeschwüre gehören zu diesem Job, dachte er. Dann las er weiter.

FALLS NICHT SOFORT SCHRITTE UNTERNOMMEN WERDEN, UM DIESE UNVERHUELLTEN MILITAERAKTIONEN ZU BEENDEN, DIE DIE PANARABISCHE REVOLUTIONAERE VOLKSREGIERUNG BEDROHEN, SIEHT SICH DIE UDSSR ZUM EINGREIFEN GEZWUNGEN.

«Ich kann es nicht glauben», sagte Gilmartin. «Die in Moskau müssen verrückt geworden sein. Die NFK-Station wird von ein paar harmlosen Weltverbesserern bevölkert, die in der Wüste irgendwelchen Mist machen. Selbst die Aufrührer in Riad kümmern sich nicht um sie.»

«Wir könnten Beweise verlangen», sagte der Präsident. «Am besten die Aufnahmen, die der Kosmos gemacht hat und macht.» Er drehte sich um und schrie den diensthabenden Offizier an, er solle nachsehen, ob der zweite Teil der Nachricht fertig übersetzt sei.

Plötzlich fiel dem entsetzten Gilmartin eine Information ein, die er vor über zwei Wochen bekommen hatte und die er dann unter dem Druck der Ereignisse vergessen hatte. Loomis musterte ihn aufmerksam. «Ist was? Sie sind ja ganz grün geworden, Peter.»

Gilmartin stand eine Weile stumm da und suchte nach den richtigen Worten. Dann fing er an: «Tut mir furchtbar leid, Vinnie . . . aber . . .» Es fiel ihm äußerst schwer weiterzureden, weil er plötzlich begann, Zusammenhänge zu sehen, die er am liebsten ignoriert hätte. Aber sein Pflichtgefühl ließ ihn nicht schweigen. «Mr. President, Cole ersuchte vierzehn Tage vor seinem Tod darum, daß *wir* einen Satelliten auf eine Bahn über Arabien umprogrammieren sollten. Er wollte wissen, was das Neue Friedenskorps in der südarabischen Wüste macht.»

Der Präsident starrte seinen Sicherheitsberater an. «Soll das heißen, wir wissen es *nicht*?»

«Calder Davis hat versichert, es sei eine Forschungsstation, Sir. Aber das ist alles, was wir haben.»

«Niemand schätzt Calder mehr als ich», sagte Loomis, «aber es wäre naiv, sich auf meine Gefühle zu verlassen. Norris wollte eine Satellitenüberwachung, und der Nationale Sicherheitsrat hat sie abgelehnt? Ich erinnere mich nicht mal, daß ein solcher Punkt auf der Tagesordnung stand.»

«Er ist nie auf die Tagesordnung gekommen, Mr. President. Es tut mir leid, aber ich habe es einfach nicht für wichtig gehalten.» Die Schmerzen in seinem Bauch wurden stechender. Er stellte sich vor, sein hypothetisches Magengeschwür sei aufgebrochen.

«Haben Sie mit der Air Force geredet?» fragte der Präsident. «Hat *sie* Ihnen Schwierigkeiten gemacht?»

Die Versuchung, die Schuld auf die Militärs zu schieben, war groß, aber Peter Gilmartin war trotz seiner Unzulänglichkeiten ein ehrlicher Mann. Er sagte: «Nein. Andy Traynor hat seinerzeit auf meine Empfehlung angeordnet, daß weniger Satelliten gestartet werden sollen. Die Kosten wurden astronomisch, und wir haben schließlich versprochen, den Verteidigungshaushalt zu kürzen.»

Neuere Meinungsumfragen hatten ergeben, daß die Wähler glaubten, das Pentagon gehe wieder zu verschwenderisch mit den Steuergeldern um. Der Präsident war sich darüber klar. Viele der Kürzungen im Betriebsbudget der Air Force hatte er sogar persönlich angeordnet.

Die Augen des Präsidenten waren umwölkt, unfreundlich. Peter Gilmartin wußte, wie sehr er Kritik, auch indirekte Kritik, haßte.

«Nun ja», sagte er kalt, «ich denke, wir unternehmen besser sofort etwas, Peter. Sagen Sie Traynor, er soll unverzüglich einen Satelliten in Position bringen oder ein paar SR-71-Flüge anordnen . . .» Sein Ton wurde noch barscher. «Wo zum Teufel *ist* Traynor eigentlich? Ich dachte, Sie hätten ihm Bescheid gesagt.»

«Ich habe es, Sir. Andy kommt frühmorgens nie gut in Schwung.»

«Vielleicht kommt er besser in Schwung, wenn er weiß, wie nahe er daran ist, seinen Sessel zu verlieren», sagte Loomis. Gilmartin begriff, daß dies Loomis' Art war, ihm zu zeigen, daß er weiterhin zu ihm stand – obgleich er eindeutig wütend auf ihn war. Gilmartin hatte sich geweigert, die Verantwortung für einen unterlassenen Schritt abzuwälzen, und deshalb tat der Präsident es für ihn. Von diesem Augenblick an würde der Verteidigungsminister dafür verantwortlich sein, daß der Nationale Sicherheitsrat es abgelehnt hatte, sich näher mit Cole Norris' Gesuch zu befassen. Die Entscheidung war Gilmartin unangenehm, aber er hütete sich vor jedem Versuch, den Präsidenten umzustimmen. Er hatte sich als Sündenbock zur Verfügung gestellt, und der Präsident hatte statt dessen Traynor gewählt. So etwas war in der Administration nicht selten. Es gab eine Stufenleiter der Loyalität, auf der sie alle ihren festen Platz hatten. Diejenigen, die Vincent Loomis am nächsten standen, waren am sichersten. Gilmartin fragte sich unwillkürlich, welche Stufe Calder Davis wohl einnehmen mochte. Er vermutete, der Präsident würde einem Mann, den er achtete, bewunderte und, wie Gilmartin dunkel ahnte, sogar fürchtete, bis zum letzten Augenblick glauben.

Der Offizier kam mit dem zweiten Teil der Botschaft des Generalsekretärs der KPdSU. Loomis las und gab die Computerausdrucke kommentarlos an Gilmartin weiter.

SOBALD DAS WETTER ES ERLAUBT, WIRD UNSER FLUGZEUGTRAEGER NOWGOROD ERKUNDUNGSFLUEGE ZUM STUETZPUNKT IBRAHIMAH VERANLASSEN. WIR SETZEN SIE DAVON IN KENNTNIS, DAMIT ES NICHT ZU ZWISCHENFÄLLEN KOMMT. ENDE DER MITTEILUNG.

Die Nachricht war kurz, unhöflich, drohend. «Er weiß, daß wir nichts im Golf haben. Jedenfalls nichts bis Diego Garcia», sagte Gilmartin. «Ich verstehe es nicht.»

«Wenn man den alten Bastard kennt, ist es ganz klar», sagte Loomis böse. «Er sucht einen Vorwand, um auf der Arabischen Halbinsel zu intervenieren.»

«Mr. President», sagte Gilmartin vorsichtig, «mit allem Respekt, aber was treibt das NFK eigentlich in der EQ-Station?»

Vincent Loomis sah Gilmartin mißmutig an. «Ich denke, das sollten wir schleunigst herausfinden.»

«Davis fliegt heute morgen nach Genf, um die Jordanier zu treffen, die ihm angeblich eine Connection zu den Panarabern in Riad machen können. Es wäre kein guter Zeitpunkt, ihn aufzuhalten.»

«Ich habe nicht die Absicht, ihn aufzuhalten, Peter. Ich werde nichts tun, was seine Schritte wegen der Geiseln gefährden könnte. Aber ich möchte ein kleines Brainstorming veranstalten. Rufen Sie für zwölf Uhr mittags alle Mitglieder des Sicherheitsrats zusammen.»

«Das wird nicht leicht sein, Mr. President. Ich bezweifle, ob wir sie vor heute abend alle in Washington haben können.»

Loomis blickte noch finsterer. «Dann spätestens um zwei. So lange kann ich Suslow warten lassen, aber nicht länger. Und wenn sie Holt nicht finden können, bestellen Sie seinen Einsatzleiter her.»

«Ja, Mr. President. Ich werde sofort anfangen.»

Der Präsident nahm einen Telefonhörer ab und sagte: «Charlie McKay, bitte.» Er verabschiedete Gilmartin mit einem kurzen Blick.

Als der Nationale Sicherheitsberater den Raum verließ, hörte er noch, wie der Präsident zum Chef seines persönlichen Stabs sagte: «Charlie, veranlassen Sie bitte eine diskrete Umfrage. Ich muß wissen, was die Wähler von Calder Davis und dem Neuen Friedenskorps halten.»

23. New York

In dem Reihenhaus an der oberen East Side schreckte Sam Abbott aus dem Schlaf hoch. Er war sich plötzlich bewußt, daß jemand im Schlafzimmer war, doch es dauerte einen Moment, bis er die Gestalt vor den geschlossenen Jalousien sah, die das helle Morgenlicht fernhalten sollten.

«Martin?» Alle Muskeln seines Leibes spannten sich, während er auf eine Antwort wartete. Der Verleger war ein Mann, der einmal mit Gefahr vertraut gewesen war, und obgleich er sich gern vorstellte, er führe jetzt das Leben eines normalen Bürgers, war die Erinnerung noch frisch genug, um jederzeit abgerufen werden zu können.

«Ich bins's, Sam. Ike Holt.»

Abbott setzte sich blitzschnell auf und fühlte, wie sein Herz zu hämmern begann. Isaac Holt trat näher und blieb am Fußende des

Betts stehen. Ein grauer Mann, dachte Abbott, grau wie die Schatten des Morgens.

«Martin hat mich ins Haus gelassen», sagte Holt leise. «Ich hoffe, es macht Ihnen nichts aus.»

Abbott fröstelte trotz der sommerlichen Wärme, die bereits im Zimmer herrschte. «Ich bitte Sie», sagte er. «Er arbeitet schließlich für Sie.» Er hoffte, ein bißchen Dreistigkeit und Geistesgegenwart bewiesen zu haben; um der alten Zeiten willen.

Holt blickte sich in dem halbdunklen Zimmer um. Er registrierte den antiken Schrank, die Sessel, die verblichenen Vorhänge, die das Fenster mit den geschlossenen Jalousien einrahmten, und zuletzt den Arbeitstisch mit den Manuskripten, an denen Abbott noch bis in die Nacht hinein gearbeitet hatte.

Abbott knipste eine Lampe an und schaute zur Uhr auf seinem Nachttisch. Kurz vor sechs. Er ging zum Schrank und nahm einen Morgenmantel heraus, benutzte die paar Sekunden, um Ordnung in seine Gedanken zu bringen und seine Besorgnis zu zügeln. Er setzte sich in einen Ohrensessel. Es war wichtig, Herr der Lage zu bleiben und – wenn auch gezwungenermaßen – den Gastgeber zu spielen. «Also gut, Ike. Darf ich fragen, warum Sie hier sind?»

Holt blieb stehen. Wie eine Statue, dachte Abbott. «Wir müssen uns unterhalten», sagte Holt.

«Ich sage Martin am besten, er soll uns Kaffee machen.»

«Ich brauche keinen.»

«Ich aber. Sonst wache ich nicht richtig auf. Entschuldigung», sagte Abbott. Er ging zur Tür, öffnete sie und sah Martin im Wohnzimmer stehen. Neben ihm stand ein stämmiger Schwarzer. Holts Mann. Nein, sie sind *beide* Holts Männer, erinnerte er sich. «Wir wär's mit Kaffee, Martin?»

«Ja, Sir», sagte Martin. Er ging in die kleine Küche. Der Schwarze blieb in der Nähe der Tür. Abbott kam zurück und setzte sich wieder. Holt hatte sich nicht vom Fleck gerührt.

Abbott fühlte, wie sich Zorn in ihm regte. Nicht schlecht, dachte er. Ein bißchen Wut würde ihm helfen, die Angst zu kontrollieren, die sich wie eine Klammer um seine Brust legte.

«Sie haben Coles Bruder gesehen», sagte Holt. «Er ist hier gewesen.»

«Ich habe kein Geheimnis daraus gemacht. Hätte ich das tun sollen?»

«Seien Sie nicht aggressiv», sagte Holt leise. «Wir sind beide auf derselben Seite.»

«Ich weiß nicht, von welcher Seite Sie reden, Ike», sagte Abbott. «Das hier gefällt mir nicht – daß Sie mich auf diese Weise überraschen. Ist es eine Angelegenheit der Firma oder etwas anderes?»

Holt ignorierte die Frage. «Rivas steckt seine Nase in Dinge, die ihn nichts angehen.»

«Ich denke, das weiß er auch. Jemand hat vor ein paar Tagen auf dem Van Wyck versucht, ihm das klarzumachen», sagte Abbott trocken.

«Ich habe mich bemüht, ihn zur Vernunft zu bringen, als er in Washington war», sagte Holt. «Er war nicht kooperativ.»

«Das wundert Sie wohl kaum.»

Holts Stimme war messerscharf. «Es wundert *Sie* kaum, stimmt's, Sam?»

Abbott spürte die Kälte, die die Bemerkung hervorrufen sollte. Er konzentrierte sich darauf, den Zorn tief in sich am Leben zu halten. Es war ein Mittel, um die Angst zu zügeln, die Männer wie Holt verbreiteten. «Michael Rivas läßt sich nicht leicht ins Bockshorn jagen, Ike. Und er ist sehr hartnäckig.»

«Cole verachtete ihn», sagte Holt.

«Nein. Cole konnte nur nicht mit ihm. Das ging auf ihre Kinderzeit zurück. Aber verachtet hat er ihn nie. Rivas gehört nicht zu der Sorte, die man verachtet.»

«Ich werde Ihnen etwas erzählen, Sam», sagte Holt. «Vielleicht ist es Ihnen nicht neu. Cole Norris war einem Nervenzusammenbruch nahe, als er umgebracht wurde. Er hatte angefangen, sich alle möglichen komischen Sachen einzubilden. Aber vielleicht wissen Sie, was er sich alles einbildete.»

«Cole war völlig normal, als ich ihn das letztemal sah», sagte Abbott. Er wurde sich sofort bewußt, daß er sich selbst eine Falle gestellt hatte, aber es war zu spät.

«Und wann war das, Sam?»

«Vor Monaten», sagte Abbott schnell.

«Wenn es so lange her ist, können Sie nichts über seinen psychischen Zustand von vor ein paar Wochen wissen, oder? Ich glaube aber nicht, daß es so lange her ist, Sam. Ich glaube, Sie waren einer der letzten außerhalb der Firma, mit denen Cole geredet hat.»

Abbott unterdrückte den Impuls, sich mit den Fingern durch seinen grauen Haarkranz zu fahren. Die Geste hätte seine Nervosität verraten, und er wollte Holt auf keinen Fall zeigen, wie aufgewühlt er war. Dies war *keine* Angelegenheit der Firma. Es war etwas viel Schlimmeres. Coles Vermutungen waren richtig gewesen, und Holt steckte tief in der Sache drin und benutzte seine Macht als kommissarischer Leiter der Agency im Interesse anderer Leute.

«Cole hat mir nichts Besonderes erzählt», sagte Abbott und war fast sicher, Holt wußte, daß er log.

«Cole hatte immer etwas Besonderes zu erzählen. Ich glaube, er bat Sie, einige Nachforschungen für ihn anzustellen. Ich glaube, Sie taten es. Und ich glaube, Rivas hat sich von den Informationen leiten lassen, die Sie Cole beschafften.»

«Was Sie glauben, ist Ihre Sache, Ike», sagte Abbott. Martin kam mit dem Kaffee ins Zimmer, und er war dankbar für die Unterbrechung. Er schenkte sich aus der Porzellankanne ein und trank. Der Kaffee war beinahe kochend heiß, wie er ihn liebte, stark und bitter. Als Martin sich zurückgezogen hatte, sagte er: «Cole war mein Freund. Seit uralten Zeiten. Wer ihn umgebracht hat, war ein Judas.» Er hatte sich von seinem Zorn hinreißen lassen, was vielleicht unklug war. Aber ihm war auf einmal besser, weil er es gesagt hatte.

«Rivas ist von Washington direkt nach England geflogen und hat dort einen gewissen Wyndham besucht», sagte Holt. «Aber auch das wird Sie nicht überraschen. Sie sind es doch gewesen, der ihm von Wyndham erzählt hat, stimmt's, Sam?»

«Schon möglich», sagte Abbott. Der Kaffee hatte einen merkwürdig scharfen Nachgeschmack hinterlassen. Er fühlte, daß seine Augenmuskeln sonderbar flatterten. Er fing an, das vertraute Zimmer anders zu sehen, als hätten sich plötzlich die Maße geändert.

«Und was haben Sie Rivas sonst noch erzählt, Sam?»

Die Frage kam Abbott irgendwie hinterhältig und suggestiv vor. Er verlor langsam seine Angst, seine Zurückhaltung.

«Sagen Sie mir, was Sie Rivas erzählt haben, Sam. Mehr will ich gar nicht wissen», sagte Holt sanft.

«Ich habe ihm dasselbe erzählt wie Cole.» Abbott hatte einen dicken Kloß in der Kehle, und das Reden fiel ihm schwer.

«Und was war das?»

«Alles, was ich über die GISS-Leute in der Regierung herausfinden konnte.» Die Wände des Zimmers wichen zurück, und er hatte das Gefühl, in einer riesigen, schwach beleuchteten Höhle zu hocken.

«Cole hat von Calder Davis gesprochen, nicht wahr?»

Abbott sprach langsam, angestrengt. Er war entsetzt über die Bereitwilligkeit, mit der er Isaac Holt, einem Mann, den er fürchtete und haßte, alles sagte, was er wußte. «Cole fürchtete, daß das NFK Söldner anwirbt. Er sagte, wenn es stimme, sei es Hochverrat.»

«Und Sie sagten ihm natürlich, daß er sich irren müsse.»

Abbott schüttelte den Kopf. «Er irrte sich nicht. Er hatte recht.» Es kostete ihn große Mühe, das Bild des grauen Mannes vor ihm nicht verschwimmen zu lassen. «Und . . . deshalb . . . haben . . . Sie . . . ihn . . . umgebracht.»

«Es ging nicht anders. Sie sehen selbst, daß es nicht anders ging, Sam.» Holt redete wie mit einem Kind und studierte die seltsam erweiterten Pupillen des älteren Mannes.

«Rivas . . . wird es herauskriegen», preßte Abbott angestrengt hervor.

«Rivas wird Arabien nicht lebend verlassen, Sam.»

«Sie Mörder», stammelte Abbott.

Holt schüttelte den Kopf. «Nein, es ist nur ein Krieg, der anders ist als die früheren. Mit den alten Mitteln klappt es nicht mehr. Alles fällt auseinander. Wir müssen etwas dagegen unternehmen. Cole hätte das verstehen müssen.»

Abbotts Brust steckte wie in einem eisernen Reifen. Im Zimmer war es nicht mehr zu ertragen – heiße, schwere Luft. «Ich kann nicht atmen», sagte er und stemmte sich hoch. Holt beobachtete ihn neugierig.

Abbott langte nach den Jalousien vor dem Fenster und riß daran. Sie lösten sich aus der Halterung und krachten auf den Tisch. Die Kaffeekanne zersprang in tausend Scherben. Der Kaffee bespritzte ihn. Auf den Manuskriptseiten breitete sich ein großer Fleck aus.

«Warten Sie, ich helfe Ihnen», sagte Holt.

«Lassen Sie mich in Ruhe . . . Sie *Judas* . . .» In einem fernen, zunehmend isolierten Teil seines Hirns wurde Abbott klar, daß man ihm eine der vielen hundert Drogen verabreicht hatte, die in den Labors aller Nachrichtendienste der Welt standen. Drogen, die die Widerstandskraft auflösten, die Wahrnehmung verzerrten, Freunde in Feinde und Feinde in Freunde verwandelten. In wenigen Augenblicken würde er Isaac Holt überhaupt nichts mehr verschweigen können. Der Mörder würde alle Informationen aus ihm herausholen und das Mosaik vervollständigen. Die cleveren Chemiker der schwarzen Welt der Spionage vollbringen wahre Wunder, dachte Abbott. Sie können Loyalität und Verschwiegenheit, sogar Todesfurcht ins Gegenteil umkehren.

Seine Regungen machten sich selbständig. Er fühlte sich gedemütigt, daß er auf den uralten, plumpen Trick mit dem vergifteten Kaffee hereingefallen war. Ein alter Spion hätte sich nicht so übertölpeln lassen sollen.

Aber er kannte selbst ein paar alte Tricks. Es befriedigte ihn, obgleich er dunkel merkte, daß sein Geist immer weiter aus der Wirklichkeit glitt.

Schützend legte er die Hand um einen kleinen Metallgegenstand in der Tasche seines Morgenrocks. Dann lief er die beiden Stufen zum Fenster hoch und stürzte sich hinaus. Während er in einem sonnengleißenden Regen von Glassplittern drei Geschosse tief nach unten fiel, erwies ihm die Droge eine letzte Gnade und redete ihm ein, er schwebe durch einen Himmel voller Diamanten in einen unendlichen Raum.

24. Ar Rub al-Chali

Der Khamsin wurde schwächer, und eine eigenartige, fahlblaue, beinahe geisterhafte Dämmerung senkte sich auf den Ozean aus Sand. Der Konvoi hatte am Rand eines weiten Felsplateaus gehalten, auf dem ein paar struppige, abschreckende Dornsträucher wuchsen. Das war alles, was an diesem unwirklichen Ort, wo die gewaltigen Dünen an die felsübersäten Ausläufer des Gebirges stießen, gedeihen konnte.

Die NFK-Gruppe war seit dem Aufbruch von der verfallenen Festung in Ash Shisar mit gleichbleibendem Tempo, knapp 50 Stundenkilometer, in nordöstlicher Richtung gefahren. Gegen Abend hatte der Wind so sehr nachgelassen, daß die Sonne hinter den stetig aufgewirbelten Sandschleiern sichtbar wurde: eine große orangerote Feuerscheibe, die langsam zum leeren westlichen Horizont glitt. Die Fahrzeuge waren nicht einem lebenden Wesen begegnet.

Rivas, der immer noch hinten im Kübelwagen saß, mußte sich Mühe geben, um wach zu bleiben. Er hatte Sand in die Augen bekommen, und sein Kopf hatte wieder angefangen zu pochen. Die Luft war so trocken, daß seine Haut überall spannte und weh tat, wenn er sie berührte.

Colonel Hadfield stand vorn neben dem Fahrer und suchte die sandige Einöde mit dem Feldstecher ab. Es dunkelte schnell, und Rivas vermutete, daß er nach irgendwelchen markanten Punkten Ausschau hielt. Es war schwer vorstellbar, worum es sich dabei handeln konnte. Rivas sah nur eine nicht endende Weite erstarrter Sandwellen, die bis zum Horizont reichten. Es lag jedoch auf der Hand, daß dieser Mann das Land so gut kannte, wie man es überhaupt kennen konnte. Und es war offensichtlich, daß er das Sandmeer in der Dunkelheit durchqueren wollte.

Hadfield ließ den Feldstecher sinken und wandte sich Rivas zu. «Sie brauchen nicht mehr so aufzupassen, Hayden», sagte er. «Die Raschids bleiben nachts zu Haus.»

Rivas stemmte sich vom Sitz hoch und wollte aussteigen, um wieder seinen Platz bei den Südafrikanern im Laster einzunehmen.

«Bleiben Sie, wo Sie sind. Sie fahren mit uns», sagte Hadfield.

Dankbar ließ Rivas sich wieder an die harte Gurtlehne sinken. Er klemmte das M-16 zwischen seine Knie und schloß die Augen.

«Sie sehen nicht gut aus», sagte die Frau. «Hier, trinken Sie ein bißchen.» Sie reichte ihm eine Feldflasche und warf Colonel Hadfield dabei einen herausfordernden Blick zu. Rivas nahm an, der Colonel habe ihr einen Vortrag über sparsamen Umgang mit Wasser in der Wüste gehalten.

Rivas sah auf die Augen über dem weißen Schal. Sie wirkten sehr groß.

«Trinken Sie», befahl die Frau. «Und dann zeigen Sie mir Ihre Wunde. Ich bin Ärztin», fügte sie hinzu, als wolle sie ihn beruhigen.

«Vielen Dank», sagte Rivas und nahm die Flasche. Er befeuchtete sich die Lippen, nahm langsam einen kleinen Schluck und gab Dr. Shallai die Flasche zurück.

«Sie sind ja völlig fertig», sagte sie. «Wie lange sind Sie gereist, ehe Sie zu uns stießen?»

Rivas sagte: «Tagelang, glaube ich.» Ihm kam es vor wie Monate, Jahre. War jener Morgen in Lugano, an dem er Coles Brief gelesen hatte, wirklich erst fünf Tage her?

«Ich brauche etwas Licht», sagte Amira zu dem Fahrer. Es war ein dunkelhäutiger, unglaublich ausgemergelter Araber. «Licht», sagte sie noch einmal, ungeduldig und fast herrisch.

Colonel Hadfield sagte in dem lokalen Dialekt etwas zu dem Fahrer, und der Mann nahm eine Taschenlampe aus dem Netz an der Türverkleidung auf seiner Seite. Hadfield reichte sie Amira. «Er kann nicht sprechen, Doktor. Er war ein Sklave der Wahabis. Sie haben ihm die Zunge abgeschnitten.»

Amira unterdrückte ein Schaudern.

«Die Wahabis sind fort», sagte Hadfield kurz. «Die Stämme, die nicht von den Trucial Scouts ausgerottet wurden, sind schon vor langer Zeit nach Norden gezogen.» Er sprang aus dem Fahrzeug und ging zu den Lastern hinter ihnen. Es dunkelte zunehmend.

«Tolle Leute», sagte Rivas lakonisch.

Amira ging nicht auf die Bemerkung ein und sagte: «Lassen Sie mal sehen.»

Er senkte den Kopf und fühlte ihre Finger auf seinem Schädel, fest und entschlossen, doch überraschend zart.

Amira fragte: «Wie ist das passiert?»

«Ein Unfall», sagte Rivas.

«Sieht eher aus wie eine Schußverletzung», sagte sie.

Rivas antwortete nicht.

Sie richtete die Taschenlampe auf seine Augen und bewegte sie langsam hin und her. «Wahrscheinlich haben Sie auch eine leichte Gehirnerschütterung», sagte sie. «Wie lange ist dieser . . . Unfall her?»

«Eine Woche», sagte Rivas und drehte den Kopf zur Seite, weil das Licht ihn blendete. «Vielleicht etwas weniger.»

Colonel Hadfield kam zurück und sah neugierig zu dem hohen Fahrzeug hoch. «Was haben Sie festgestellt, Dr. Shallai?»

Rivas begegnete Amiras Blick. Der Schal war ihr vom Gesicht gerutscht. Er hatte das eigenartige Gefühl, daß sich zwischen der Frau und ihm so etwas wie eine Komplizenschaft entwickelte.

«Nichts von Belang», sagte Amira. «Fahren wir weiter? Werden wir nachts den Weg durch die Wüste finden?»

Hadfield kletterte neben den stummen Fahrer. «Wir sind im Morgengrauen in der EQ-Station», erwiderte er. Dann gab er einen Befehl, und der Konvoi fuhr weiter in die Schwärze des Ozeans aus Sand.

Amira Shallai saß neben dem schweigsamen Amerikaner und dachte über ihn nach. Er war anders als die übrigen, anders als Colonel Hadfield. Der Colonel und die Buren im Laster hinter ihnen trugen alle den Stempel des Berufssoldaten. Sie erinnerten sie an die israelischen Fallschirmjäger, die das Lager in Arod, wo sie ihre Feldausbildung absolviert hatte, bewacht hatten. Harte Burschen, auch diejenigen, die offensichtlich gut erzogen und gebildet gewesen waren. Sie hatten etwas Offenes gehabt, das darauf schließen ließ, daß ihr Leben von einfachen, leicht verständlichen Regeln beherrscht wurde.

Allein die Tatsache, daß solche Männer mitfuhren, sagte ihr eine Menge über den wahren Zweck der EQ-Station. Ein wichtiger Teil ihrer Ausbildung hatte darin bestanden, einen Blick für die Fähigkeiten der Leute zu bekommen, denen sie begegnete. Es gehörte zu den Anforderungen des Mossad, die sie bald erfüllte. Ihr Ausbilder, ein ehemaliger Nazijäger mit dem Decknamen Shimon Gur, hatte gesagt, ihr diesbezügliches Talent werde ihr noch oft aus der Patsche helfen.

Aber bei dem Mann, der erschöpft neben ihr saß, half ihr das Talent anscheinend nicht weiter. Sie vermutete, daß er in Wahrheit gar nicht Hayden hieß, und sie spürte instinktiv, daß er kein Soldat war wie die anderen.

Aber die bloße Vermutung sagte ihr noch lange nicht, was er wirklich war. Colonel Hadfield schien seine Version geglaubt zu haben. Aber vielleicht machte Hadfield sich einfach nicht die Mühe, lang über jeden einzelnen Mann aus dem Konvoi nachzudenken. Je weiter Salalah hinter ihnen lag, um so mehr führte Hadfield sich auf wie ein aktiver Offizier, der das Kommando über eine Truppe ausübte.

Amira hatte sich in ihren Jahren beim Neuen Friedenskorps häufig gefragt, warum das NFK fast militärisch organisiert sei. Sie hatte sich im Verdacht gehabt, voreingenommen zu sein. Immerhin war ihr wahrer Arbeitgeber ebenfalls eine paramilitärische Organisation. Schon deshalb hatte sie die Sache, wie sie sich einredete, nicht objektiv sehen können, und sie war wiederholt zu dem Ergebnis gekommen, das NFK sei genau das, was es zu sein behauptete: ein Verein mit sozialen und unkriegerischen Zielen.

Diese Schlußfolgerung schien sich nun als falsch zu erweisen. Das NFK mochte *auch* die friedliche Organisation sein, für die es gehalten wurde – seine guten Taten in der Dritten Welt waren inzwischen historische Fakten. Aber es war nicht ausschließlich friedlich: Die letzten vierundzwanzig Stunden hatten sie davon überzeugt. Colin Hadfield und die Männer in dem hinter ihnen rumpelnden Laster waren eindeutig Soldaten. Und sie waren allem Anschein nach keine Soldaten, die ihre Gewehre einfach mit Pflügen vertauschen würden oder ihre militärischen Fähigkeiten für irgendeinen philanthropischen Zweck einzusetzen gedachten. Wenn Unternehmen Aluf tatsächlich bald losgehen sollte – wenn israelische Truppen sich in diesem Augenblick auf einen Schlag gegen die Arabische Halbinsel vorbereiteten, mußten ihre Vorgesetzten unbedingt erfahren, daß in der EQ-Station eine Einheit offensichtlich kampferprobter Söldner stationiert war.

Der Gedanke an das, was ihr bevorstehen mochte, ängstigte sie; sie spürte eine Bangigkeit, die ihr in all den Jahren beim Mossad unbekannt gewesen war. Die Wahrheit war, daß sie zum erstenmal eine so aktive Rolle übernommen hatte, und jede Stunde, die verstrich, brachte sie – allein! – weiter in dieses unbekannte und gefährliche Territorium. Ihres Wissens hatte man keine Maßnahmen getroffen, um sie herauszuholen, sobald sie die vom Mossad gewünschten Informationen hatte. «Ein Spion», hatte Shimon ihr einmal erklärt, «muß jederzeit improvisieren können.» Ein schwacher Trost für Amira, während sie durch die dunkle Wüstennacht fuhr.

Abermals dachte sie über den Amerikaner neben sich nach. Sie konnte nicht mit ihm reden, weil Colonel Hadfield jedes Wort mitbekommen würde. Da ihr Instinkt ihr jedoch gesagt hatte, daß dieser Hayden als einziger im Konvoi nicht unbedingt das war, als das er sich hinstellte, begann sie zu überlegen, wie sie sein Vertrauen gewinnen und ihn eventuell für ihre Zwecke einspannen könnte.

25. Long Island

Calder Smith Davis konnte durch die Fenster der Bibliothek, wo er an seinem Louis-XV-Schreibtisch saß, den Con-En-Hubschrauber sehen, der hinter dem alten Ulmengehölz auf den weiten Rasenflächen darauf wartete, ihn zum La Guardia Airport zu bringen.

Atalanta, seit drei Generationen der Landsitz der Davis, bestand aus einem weitläufigen, bis auf halbe Höhe schindelverkleideten Haupthaus, einigen Ställen, die nicht mehr benutzt wurden, rund zehn

Nebengebäuden für das Personal und die große Sicherheitsmannschaft, einem Kommunikationszentrum und einem Büroflügel. Das Grundstück, acht Hektar sorgsam gepflegte Rasen und idyllische Parkanlagen, wurde von einer vier Meter hohen Mauer umgeben, die oben mit Spießen gespickt war, um ungebetene Gäste fernzuhalten.

In den alten Zeiten waren die Davis von ihrem Stammsitz aufgebrochen, um das Familienvermögen in den amerikanischen Industrie- und Finanzzentren zu mehren, und in neueren Tagen waren Calders Brüder nach Albany und Washington gegangen und hatten sich um die politische Macht bemüht, für die man sie von Kindheit an gedrillt hatte. Wenn sie es bei jenen politischen Auseinandersetzungen geschafft hätten, sann der Banker, wäre Amerika ein anderes Land geworden. Sie hatten ihr Bestes getan. Aber weil sie ungewöhnliche Männer gewesen waren, war es ihnen kläglich mißlungen, den Mann von der Straße hinter sich zu bringen. Amerika war nicht mehr die ländliche Republik solider Grundbesitzer, die seine Gründerväter im Auge gehabt hatten. Vielleicht sind wir es nie gewesen, dachte Davis. Das Land hatte sich von Anfang an vom Ideal Jeffersons entfernt. Das hatten die Davis – mit Ausnahme Calders – wohl nie richtig verstanden.

Calder, der pragmatischste Davis, den es je gegeben hatte, war sich immer darüber klar gewesen, daß Amerika im Grunde eine Dirne war. Er hatte seine Heimat deshalb nicht weniger geliebt. Aber jene Erkenntnis hatte sein Leben geformt. Bei aller Dekadenz war Amerika, wie seinerzeit Rom, Zufluchtsort und Hüter aller Werte der westlichen Zivilisation. Calder wußte, daß es nur mit Geschenken herumzukriegen war, und er hatte es großzügig mit Flitter und Tand überhäuft. Jetzt, am Abend seines Lebens, wollte er ihm das größte Geschenk machen, das es geben konnte: die Herrschaft über sein eigenes Geschick.

Er betrachtete den streng dreinblickenden jungen Mann, der, einen Notizblock auf den Knien, auf der anderen Seite des Schreibtisches saß. Er gehörte zu einer Schar unbedingt loyaler und verschwiegener junger Assistenten und Sekretäre, die auf dem Besitz wohnten.

«*An den Präsidenten der Vereinigten Staaten*», diktierte Davis. «*Weißes Haus.*»

Nachdenklich schürzte er die Lippen. Er stellte sich vor, wie der Präsident wohl auf diesen Brief reagieren würde. Der arme Vincent –

ihm stand ein furchtbarer Schock bevor, aber er war ein Mann, der dann und wann einen Schock gebrauchen konnte. Davis hatte oft gewünscht, die Männer im Weißen Haus sollten aufgrund ihrer Führungsqualitäten und ihres Intellekts gewählt werden, aber das System schien ausgerechnet das zu verhindern.

«*Lieber Vincent*», diktierte er, «*es ist Zeit, daß ich Sie in meine geheimen Hoffnungen für unser Land und die gesamte westliche Welt einweihe. Ich wünsche, daß Sie nicht nur verstehen werden, was meine Mitarbeiter und ich getan haben, sondern daß Sie auch begreifen, warum wir es getan haben.*»

Der Sekretär hielt seinen Kugelschreiber über den Anfang der nächsten Zeile und wartete. Davis studierte sein junges und doch schon so alt wirkendes Gesicht. Es war unbewegt, verriet keinerlei Neugier. Die Besten von ihnen werden zu Maschinen, dachte Davis. Es liegt heute in der Natur der Dinge, daß aus menschlichen Wesen eben das wird. Er wußte zum Glück, daß seine Tage in dieser Welt mehr oder weniger gezählt waren.

«*Vor vielen Jahren, Vincent, waren wir alle überzeugt, die größte Bedrohung des Westens seien der Marxismus und die Macht der Sowjetunion. Das war die Zeit des Kalten Kriegs, an die wir uns so schmerzhaft erinnern. Aber die Geschichte spielt uns Streiche, und manchmal planen wir für eine Zukunft, die niemals kommt. Genau das haben wir im Westen getan. Und die Marxisten auf ihre Weise auch.*»

Er hielt inne und fuhr dann, seine Worte noch bedachtsamer wählend, fort.

«*Wir konnten nicht voraussehen, daß die zivilisierte Welt so schnell und so vollständig auf verantwortungslose Staaten der Dritten Welt angewiesen sein würde, um zu überleben. Wir konnten auch nicht ahnen, daß unser Mut uns verlassen würde, daß wir zusehen würden, wie man unsere Zukunft zunichte macht, und daß wir uns trotzdem weigern würden, die notwendigen Schritte zu tun, um die globale Katastrophe abzuwenden.*

Zum Überleben einer technologischen Gesellschaft gehören viele Dinge, und mindestens die Hälfte von ihnen ist nur in unterentwickelten Ländern zu finden, die über die ganze Erde verteilt sind. Die wichtigste all dieser Ressourcen ist natürlich das Öl.»

Er machte wieder eine Pause und wartete, bis der Sekretär aufhörte zu stenografieren.

«Ich habe mehrmals von Überleben gesprochen, denn das und nicht weniger steht jetzt auf dem Spiel, Vincent.»

Er schloß die Augen und berührte sie leicht mit seinen zarten, blassen Fingern. Er war unsäglich müde. Er hoffte, er würde im Flugzeug ausruhen können, hatte aber seine Zweifel. Er schlief selten, wenn er flog.

«Wenn wir 1973 getan hätten, was zu tun war», fuhr er ruhig fort, *«wenn wir und unsere Verbündeten den Mut gehabt hätten zu handeln, als die Araber zum erstenmal den Ölhahn zudrehten, wäre all das, was folgte, nicht nötig gewesen. Aber wir taten nichts, als unsere schreckliche Abhängigkeit von den Golfstaaten in die Welt hinauszuposaunen. Damals begannen meine Mitarbeiter und ich zu planen, was nun stattfinden wird.*

Uns war von Anfang an klar, daß wir die ölproduzierenden Länder am Golf trotz unserer großen Hilfsmittel nicht einnehmen und halten können. Dazu würde eine konzertierte Aktion aller Regierungen und Streitkräfte des Westens gehören. Außerdem wurde uns klar, daß die betreffenden Regierungen selbst dann nicht entschlossen genug sein würden, wenn die Militärs hinter uns stünden. Es ist der Fluch unserer Zeit, daß wir offenbar nicht mehr an unser Recht zu überleben glauben, Vincent.»

An einer Gegensprechanlage blitzte ein Licht auf, und Davis sagte: «Ja?»

«Mr. Isaac Holt ist am Haupttor, Mr. Davis.»

«Ja. Ich hab' mir fast gedacht, daß er hierherkommen wird», sagte Davis. «Bringen Sie ihn her und lassen Sie ihn warten.»

«Ja, Sir.»

Davis sagte: «Was habe ich als letztes diktiert, Charles?»

«‹Es ist der Fluch unserer Zeit, daß wir offenbar nicht mehr an unser Recht zu überleben glauben, Vincent.›»

«Ja, sehr gut.» Er dachte eine Weile nach und diktierte dann weiter.

«Seit 1973 haben meine Mitarbeiter und ich in großem Umfang in die synthetische Treibstoffgewinnung investiert. Wenn Sie den Report lesen, den ich Ihnen vor vier Tagen geschickt habe, werden Sie sehen, daß hier und in Europa bereits die entsprechenden Anlagen stehen und jederzeit die Produktion aufnehmen können. Leider sind die Kosten unseres synthetischen Öls noch hoch, erheblich höher als die für das Rohöl vom Persischen Golf. Solange die OPEC-Mitglieder imstande sind, den

Marktpreis des Rohöls zu manipulieren, kann unsere Industrie für synthetische Treibstoffe nicht rentabel produzieren und deshalb auch nicht wachsen.

Die OPEC-Mitglieder sind nicht sehr klug gewesen, Vincent. Im Krieg zwischen dem Iran und dem Irak sind die meisten am Golf befindlichen Förder- und Verarbeitungsanlagen jener beiden Länder zerstört worden. Sie sind immer noch nicht instandgesetzt worden und werden in Anbetracht des politischen Klimas im Nahen Osten vielleicht nie wieder arbeiten. Nigeria hat seine Ölausfuhren auf ein Minimum gedrosselt, weil die meisten westlichen Staaten sich weigern, die Schwarzafrikaner bei ihrem Krieg gegen Südafrika zu unterstützen.

Ich brauche mich nicht länger mit diesen Dingen aufzuhalten; Ihr Energieminister, George Rossmore, wird in der Lage sein, Ihnen die leidigen Fakten über die Verfügbarkeit ausländischen Öls vorzutragen.

Die nackte Wahrheit ist jedenfalls, daß wir in unserer Energieversorgung nur dann unabhängig werden, wenn unsere synthetische Treibstoffindustrie gefördert und . . . geschützt wird.

Da wir uns die Ölquellen am Golf nicht sicherten, als wir die Möglichkeit dazu hatten, stehen wir nun vor einer bitteren Alternative. Ich habe nicht damit gerechnet, daß die Regierung der Vereinigten Staaten diese schwere Entscheidung treffen könnte. Ich weiß, daß es aus politischen Gründen nicht ging.

Deshalb habe ich – zusammen mit meinen Mitarbeitern – die Entscheidung für alle getroffen. Ich habe sie schon vor langer Zeit getroffen, Vincent, als wir das Neue Friedenskorps ins Leben riefen und dann die Gruppe für Internationale Strategische Studien gründeten.

Die Revolution in Arabien hat unseren Entschluß nicht beeinflußt. Sie hat uns lediglich darin bestärkt. Die Tatsache, daß erneut Amerikaner und Europäer als Geiseln genommen wurden, daß sich das leidige iranische Beispiel wiederholte, wird uns dazu dienen, die allgemeine Aufmerksamkeit von einer Maßnahme abzulenken, die manche Leute, wie ich befürchte, für unmenschlich halten werden.

Es ist nun meine Pflicht, Sie über die Existenz einer schlagkräftigen militärischen Einheit zu unterrichten, die von Privatleuten aufgestellt, ausgebildet und ausgerüstet worden ist. Diese Einheit wird die Schritte – die nötigen Schritte, Vincent! – unternehmen, die keine westliche Regierung und kein westliches Bündnis in dieser feigen Zeit zu unternehmen wagen. Die Einheit steht zwar unter dem Kommando eines Amerikaners

(Sie hatten recht, mich wegen General Collingwood zu fragen, und ich bedaure, daß ich Sie belügen mußte), aber ihre Zusammensetzung ist international. Es wurde keinen Augenblick lang beabsichtigt, daß die Vereinigten Staaten irgendeine Verantwortung für das Vorgehen General Collingwoods und seiner Männer übernehmen sollen.

Diese internationale Einheit wird jetzt in wenigen Stunden angreifen und Riad besetzen, so weit es für die Befreiung der dort gefangengehaltenen Diplomaten notwendig ist. Gleichzeitig wird sie jedoch auch Schritte ergreifen, um jede weitere Produktion der Ölfelder in den Golfstaaten für mindestens fünf Jahre unmöglich zu machen.

Das wird die Vereinigten Staaten, Westeuropa und Japan von den Öllieferungen aus Alaska, Südamerika, Großbritannien und Mexiko abhängig machen. Und es wird das Überleben und die Expansion der synthetischen Treibstoffindustrie der USA gewährleisten. Die Golfstaaten werden nicht mehr in der Lage sein, ihre Produktion jedesmal dann hochzufahren, wenn der Westen kurz davor ist, in seiner Energieversorgung autark zu werden.

Das sind harte, kommerzielle Fakten. Solange die OPEC in ihrer jetzigen Form existiert, wird Amerikas synthetische Treibstoffindustrie nie lebensfähig sein. Wenn die Golfstaaten nicht mehr fördern, bleibt uns – und dem übrigen Westen – gar nichts anderes übrig, als diese Industrie rentabel zu machen.

Ich bete darum, daß all das möglichst wenig Menschenleben kosten wird, Vincent. Doch wie hoch der Preis auch sein mag, es wird getan werden. Die Verantwortung liegt bei mir, und ich werde am Kampfplatz sein, um sie zu übernehmen. Ich bin ein alter Mann, und mein Leben zählt bei dieser großen Aufgabe nicht viel.

Glauben Sie bitte nicht, dies sei das Wunschdenken eines senilen Narren, der nicht mehr in die Zeit paßt. General Collingwood ist für das Unternehmen prädestiniert. Fragen Sie Andrew Traynor, wenn Sie nähere Einzelheiten wissen möchten. Andrew hat von Anfang an zur GISS gehört, genau wie viele andere Männer aus Ihrer Administration, Vincent. Aber eine Hexenjagd erübrigt sich. Wenn der Plan gelingt – und er wird gelingen –, werden sie es Ihnen selbst voll Stolz sagen.

Trotz allem, was Sie jetzt denken mögen, habe ich nicht die Apokalypse heraufbeschworen. Es ist traurig, aber wahr: Schwäche und Nachgiebigkeit gefährden große Nationen. Ich habe getan, was ich tun mußte – was die Führer des Westens schon lange hätten tun sollen. Damals hätte unser Überleben noch mit weniger extremen Maßnahmen gesichert werden können. Uns stehen schwere Zeiten bevor. Unser Volk wird auf einiges verzichten müssen, bis unsere Industrie die Nachfrage restlos befriedigen kann. Aber ich bin dabei, die Ölwaffe der OPEC zu zerbrechen, und sorge auf diese Weise dafür, daß unsere Industrie überleben und wachsen wird.»

Ein trockenes, bitteres Lächeln umspielte seinen dünnen, grauen Mund, und dann fuhr er fort: «*Mein Geist wird es nicht verlangen, Mr. President, aber die Amerikaner werden mir in nicht allzu ferner Zeit danken, daß ich sie wieder auf den Weg der Disziplin und Größe geführt habe.»*

Davis dachte einen Moment nach und kam zu dem Schluß, daß er alles gesagt hatte, was Vincent Loomis wissen mußte. Jetzt blieb abzuwarten, ob irgendwo in dem Mann die Führungsqualitäten verborgen waren, die ein amerikanischer Präsident haben sollte.

«Tippen Sie das bitte, damit ich es unterschreiben kann, Charles», sagte er. «Ich möchte, daß Sie es dann selbst nach Washington bringen und dem Präsidenten persönlich übergeben.»

Der junge Mann zog sich zurück, und Davis blieb noch eine Weile sitzen und schaute sich im Raum um. Wie alle Bibliotheken, dachte er, ist auch diese ein Magazin für alles Große in der westlichen Kultur. In künftigen Zeiten, wenn sein Testament in Kraft getreten war und das Haus samt Inventar dem Volk gehörte, würden einfache Leute vielleicht eben hier stehen, wie in einem Heiligtum, und zueinander sagen: «Hier hat Calder Davis Smith den USA sein größtes Geschenk gemacht.»

Er drückte eine Taste der Sprechanlage und sagte: «Die Hubschrauberbesatzung soll sich bereit halten. Wir fliegen in zehn Minuten.»

Eine unbewegte Stimme antwortete: «Ja, Mr. Davis.»

«Und schicken Sie Mr. Holt herein. Ich werde ihn jetzt empfangen.»

Isaac Holt war bisher noch nie in Atalanta gewesen. Calder Davis hatte ihm sogar ausdrücklich untersagt zu kommen, ein Befehl, der nicht allein von Vorsicht diktiert wurde, wie Holt vermutete. Er war an dem Tag ausgesprochen worden, an dem man Holt in die Gruppe aufgenommen hatte, aus der später die GISS werden sollte – und er war mit einem solchen Nachdruck ausgesprochen worden, daß Holt später die Überzeugung gewann, Davis habe sich nicht allein von Sicherheitsgründen, sondern mindestens ebensosehr von gesellschaftlichen Erwägungen leiten lassen.

Der Stellvertretende CIA-Direktor war nicht leicht einzuschüchtern. Geheimdienstler seiner Qualität waren es selten. Aber Calder Davis schüchterte ihn ein. Isaac Holt hatte sich zwar nach Kräften bemüht, es nie zu zeigen, doch empfand er eine beinahe ängstliche Scheu vor dem alten Mann, und sein tiefwurzelnder sozialer Minderwertigkeitskomplex war Calder Davis, wie er vermutete, nicht entgangen.

Der Finanzier betrachtete Holt gleichmütig und sagte: «Ach, Isaac. Endlich kommen Sie nach Atalanta.»

Etwas Besseres hätte ihm gar nicht einfallen können, um mir zu verstehen zu geben, daß ich hier nicht erwünscht bin, dachte Holt.

Normalerweise konnte Holt die Gefühle verbergen, die Calder Davis in ihm weckte. Er konnte sich auf seinen Ehrgeiz und Machthunger besinnen, um seine innere Unsicherheit zu überspielen. Und da Calder Davis sich und seine Gruppe kompromittiert hatte, indem er Holt beim Aufbau des NFK und seiner geheimen paramilitärischen Einheit benutzte, war es dem Spionagemann beinahe gelungen, sich einzureden, er stehe in puncto reale Macht mit Calder Davis auf einer Stufe.

Doch während er in diesem prachtvollen Raum saß, in diesem Herrensitz inmitten befestigter Parkanlagen, fühlte Holt, daß seine Anmaßung in sich zusammensank wie Strandburgen in einem Gewitterregen.

«Ich weiß, warum Sie gekommen sind, Isaac», sagte Davis. «Ich habe es in den Morgennachrichten gehört.»

Holt ließ all die Dienste, die er Calder Davis erwiesen hatte, Revue passieren und überlegte, wie er die Rechnung am besten präsentieren könnte. Der Patzer, der ihm bei seiner morgendlichen Arbeit zu guter Letzt unterlaufen war, hatte ihn so mitgenommen, daß er sich seit dem Verlassen Manhattans das Gehirn nach einem plausiblen Vorwand für sein plötzliches Erscheinen in Atalanta zermartert hatte. Er hatte den wartenden Hubschrauber gesehen, und er wußte, daß er um ein Haar zu spät gekommen wäre und Davis nicht mehr angetroffen hätte. Der Alte mußte unbedingt die Version untermauern, die er dem Präsidenten nach seiner Rückkehr im Weißen Haus auftischen würde. Er würde behaupten – und Calder würde es bestätigen –, er sei die ganze Zeit in Atalanta gewesen, um Davis über die neueste Situation in Riad zu unterrichten. Wenn er bei Davis gewesen war, konnte man ihn nicht mit Sam Abbotts Tod in Verbindung bringen. Er brauchte nicht mehr und nicht weniger als eine «Legende», wie es im Geheimdienstjargon hieß. Es war ihm freilich nicht möglich, den *juristischen* Ausdruck, der sein Anliegen am besten umschrieb, aus seinen Gedanken zu verbannen: Er brauchte ein Alibi für einen Mord. Da er bereits früher auf diese Weise für Calder aktiv gewesen war, nahm er an, dieser müsse seinen Wunsch wohl oder übel erfüllen.

Aber Davis' nächste Worte waren nicht ermutigend. Die wäßrigen alten Augen blickten fischig, und der Ton der Stimme war kalt. «Warum, um Himmels willen, mußten Sie ihn umbringen?»

«Der verdammte Idiot ist aus dem Fenster gesprungen, Calder. Es war ein Unfall!»

«Tat er es vielleicht, um Ihnen nicht die Informationen geben zu müssen, die Sie von ihm haben wollten?» Davis schien Holts Bemerkung überhört zu haben.

«Ich sage Ihnen, er ist aus dem Fenster gesprungen. Er hat mich überrumpelt. Ich konnte nichts machen.» Ärgerlich registrierte Holt die Verzweiflung in seiner Stimme.

Mit einer eigenartigen Geste, so als wolle er beten, legte Calder Davis seine Fingerspitzen aneinander. «Sie sind ein ganz mieser Killer, Isaac», sagte er gelassen.

Holt verschlug es einen Augenblick die Sprache. Er starrte den alten Mann an.

«Sie wissen, daß das stimmt», sagte Davis, immer noch mit eisiger, gelassener Stimme. «Sie machen sich nur nicht gern selbst die Hände schmutzig. Ich finde das sonderbar . . . ein Killer, der Gewalt liebt, solange er einen Schritt abseits stehen kann.»

«Moment mal, Calder . . .» protestierte Holt.

Der alte Mann brachte ihn mit einer Handbewegung zum Schweigen. «Es gab keinen Grund, Abbott in die Mangel zu nehmen. Es war völlig überflüssig. Sie taten es nur, weil Sie sich an der Angst anderer Menschen weiden. Hatte er große Angst vor Ihnen, Isaac?»

Holt sagte grob: «Sie verstehen ja nicht . . .»

«Ich verstehe sehr gut. Sie haben ihm Angst gemacht, aber Sie haben ihn nicht kleingekriegt. Sie sind zu weit gegangen, und da ist er aus dem Fenster gesprungen. Waren Sie allein mit ihm, Isaac?»

Holt starrte mit leerem Blick auf den zerbrechlichen grauen Mann hinter dem Schreibtisch und nickte. Er brachte kein Wort hervor.

«Dann stimmt es wahrscheinlich, daß er gesprungen ist. Sie haben ihn bestimmt nicht hinausgestoßen. Fenstersturz ist nicht Ihr Stil, Isaac. Aber jemanden in den Selbstmord zu treiben, das ist Ihr Stil.»

«Calder, das hier gefällt mir nicht», sagte Holt eine Spur zu laut. Er fühlte den Puls in seinen Schläfen pochen. Zum erstenmal seit langer Zeit empfand er echte Furcht. Dieser unglaubliche alte Faschist wollte ihn ins *Kittchen* bringen. Nicht zu fassen. War Davis nicht klar, was er alles aussagen konnte? Verlor der Kerl den Verstand?

«Was haben Sie gemacht, Isaac? Haben Sie Martin mit der Polizei allein gelassen, damit die Sache aufgenommen wird, während Sie hierher gekommen sind? Was erwarten Sie von mir?»

Die Gegensprechanlage summte gedämpft. Davis berührte die Taste und sagte: «Ja, Charles?»

«Darf ich den Brief zum Unterschreiben bringen, Sir?»

«Ja.»

Holt wartete nervös und stumm, während einer von Calders jungen Leuten hereinkam, ein paar getippte Seiten vor ihn hinlegte und unnahbar stehenblieb. Unnahbarkeit, dachte Holt, ist der Geist dieses Ortes.

Davis las die Seiten sehr sorgsam durch und versah das Schreiben mit seiner sauberen, gut leserlichen Unterschrift. Er blickte den Sekretär an und sagte: «Bringen Sie es zu ihm. Sofort.»

«Ja, Sir.»

Holt wartete, bis die Tür zur Bibliothek geschlossen wurde, und platzte dann los: «Ich habe diese Behandlung nicht verdient, Calder. Sie haben kein Recht, so mit mir zu sprechen.»

Die wäßrigen Augen waren unbewegt. «Ich habe jedes Recht dazu», sagte Calder. «Wer könnte ein besseres haben?» Die Stimme war dünn und alt, aber sie hatte eine Schärfe, die Holt durchfuhr. «Sie haben mir Ihre Dienste verkauft, Isaac. In unserer Lage sollten wir vielleicht keine moralischen Betrachtungen anstellen. Aber ich hatte zumindest Anlaß, auf Ihre Tüchtigkeit zu zählen.»

«Ich bin hierher gekommen, um Sie um *Hilfe* zu bitten», sagte Holt.

«Nein», sagte Davis. «Diesmal nicht.»

Furcht und Zorn schnürten Holts Kehle zusammen. Seine Worte kamen stoßweise: «Sie scheinen Cole Norris zu vergessen. Und das Mädchen.»

«Ich bin weit davon entfernt, sie zu vergessen», sagte Davis sanft.

«Die Sache mit Norris war notwendig. Es bestand aber kein Anlaß, die junge Frau umzubringen. Der Mörder, den Sie gedungen haben, war eine Bestie, Isaac.»

«Calder . . . Sie wissen, warum es so gemacht werden mußte.»

«Ich weiß, warum Sie glauben, es habe so gemacht werden müssen. Aber wir sprachen bereits davon, daß Sie in Ihrem Innern ein mieser Killer sind, nicht wahr, Holt?»

«Verdammt noch mal, Calder. *Ich kann Sie erledigen.*»

«Vielleicht, Isaac. Ich glaube aber, Sie können es nicht.»

«*Ich kann es, und ich werde es.*»

Davis seufzte und schüttelte langsam den Kopf. «Ich täusche mich selten im Charakter eines Menschen, aber in Ihrem Fall habe ich es wohl getan. Ich war gezwungen, Sie vor meinen Mitarbeitern in Schutz zu nehmen. Und das hat mir nicht sehr gefallen.» Die alten Augen begannen zu funkeln. «Sie haben ein großes Schlachtfest veranstaltet, Isaac. Sie haben das Mädchen umgebracht, und Abbott – bei dem es völlig überflüssig war – und diesen armen unschuldigen Taxifahrer. Aber Cole Norris' Bruder – ein *Journalist*, Isaac – ist noch am Leben und kann uns jeden Moment gefährlich werden. Ja, ich habe mich in Ihnen getäuscht, Isaac. Ich hielt Sie für geschickter, als Sie es in Wahrheit sind.»

«Rivas wird nicht lebend aus Arabien herauskommen», sagte Holt wütend.

«Große Dinge kosten ihren Preis», sagte Calder. «Und letzten Endes kommt der Tod zu uns allen. Sie sind wie der sprichwörtliche Elefant im Porzellanladen, Isaac. Und das gefällt mir nicht.» Er hob seine schmalen Schultern. «Nun, dies ist nicht die Zeit für Vorwürfe. Es ist gut möglich, daß nur wenige von uns lebend aus Arabien herauskommen. Der Ruf von ein paar Menschen, das Leben von ein paar Menschen – damit ist eine neue Welt nicht zu teuer bezahlt.»

Holt starrte ihn verblüfft an. «‹Nur wenige von *uns* . . .›? Was soll das heißen?»

«*Ich* habe die Gruppe für Internationale Strategische Studien geschaffen, Isaac. *Ich* habe das NFK aufgebaut. *Ich* habe die Männer in Tokar bewaffnet. *Ich* habe das Konsortium gebildet, das unsere Befreiung von der OPEC geplant und finanziert hat. Haben Sie wirklich gedacht, ich würde mich jetzt drücken?»

«*Sie* wollen zur EQ-Station?»

«Natürlich», sagte Calder Davis ruhig.

Holt riß den Mund auf. Endlich ist es soweit, dachte er sprachlos. Der Alte ist senil geworden. Er ist endgültig ausgerastet. Er sagte sehr behutsam: «Was sollten Sie dort ausrichten können, Calder?»

«Wahrscheinlich sehr wenig. Ich bin weder Soldat noch Wissenschaftler.» Davis legte wieder seine zarten Fingerspitzen zusammen, als wolle er beten. «*Noblesse oblige*, Isaac. Ich nehme nicht an, daß Sie das verstehen werden.»

«Aber das gehörte nie zum Plan, Calder . . .»

«Es gehörte *immer* zum Plan. Irgend jemand muß da sein, um letztlich die Schuld auf sich zu nehmen. Sie haben doch nicht geglaubt, daß jemand anders es tun würde, nicht wahr? In den nächsten paar Jahren wird sicher kein einziges Mitglied der GISS vortreten und sagen, was getan wurde, mußte *getan* werden. Unserem Volk stehen zumindest in den nächsten fünf Jahren, eher noch länger, einige . . . Unannehmlichkeiten bevor. Die Leute werden wütend sein. Sie werden an den Tankstellen Schlange stehen, sie werden in kalten Häusern sitzen, und sie werden die GISS und das Neue Friedenskorps verwünschen. Die Stimmung wird erst umschlagen, wenn die Anlagen in Wyoming und Montana und an der Ruhr genug Treibstoff produzieren, um die Ausfälle restlos zu ersetzen. Irgend jemand muß bereit sein, sich ihrem Zorn zu stellen. Ich möchte nicht, daß das Land dafür geradesteht, Isaac. Ich werde die Verantwortung tragen. Und ich werde sie *in aller Öffentlichkeit* tragen. Pflicht, Isaac. Nichts als Pflicht.»

«*O Gott*», murmelte Holt. Er sah, wie sich ein Abgrund vor ihm auftat. Wenn Calder Davis nicht für sie sprach, mußten sich alle Mitglieder der Administration, die in das Unternehmen verwickelt waren, auf das Allerschlimmste gefaßt machen. Tausend Gefahren, die bereits in der Luft lagen, würden sich über ihren Köpfen zusammenziehen und sie vernichten. Wenn Calder nicht neben dem Präsidenten stand, um den Sturm auf sich zu lenken, waren sie verloren. «Gott», sagte er wieder und dachte mit Schrecken daran, was ihnen bevorstand.

«Ich würde an Ihrer Stelle nicht den Allmächtigen anrufen», sagte Calder Davis Smith sarkastisch. «Es steht Ihnen einfach nicht.» Er erhob sich langsam und Respekt heischend. «Ich glaube, wir haben nichts mehr zu besprechen.»

«Wir haben noch *alles* zu besprechen», sagte Holt verzweifelt. «Dieser Rivas . . .»

«Die Zeit, Isaac. Der junge Rivas hat es geschafft, hinter den Plan zu kommen, aber er hat nicht mehr die Zeit, ihn zu verhindern. Es wäre sehr nett von Ihnen, wenn Sie Ihren Revolvermann zurückriefen.» Pedantisch klappte er die Akten auf seinem Schreibtisch zu. «Aber ich werde mich nicht weiter darum kümmern können. Ich muß jetzt gehen. Ich habe eine lange Reise vor mir, und Sie wissen ja, wie ungern ich fliege.»

Holt rappelte sich mühsam auf. Sein Gesicht war schneeweiß.

Davis musterte ihn beinahe mitleidig. «Ich kann Ihnen einen Fluchtweg bieten, Isaac», sagte er. «Wenn Sie wollen, können Sie mit mir kommen.»

«Mit *Ihnen*?» Mit diesem alten Verrückten gehen? Was würde sie erwarten? Holt brauchte nur kurz zu überlegen.

Davis' dünnlippiger Mund formte ein Lächeln. Holt hatte den Eindruck, das Gesicht des Finanziers habe sich von einem Augenblick zum anderen in eine Totenmaske verwandelt. Der alte Mann war bereit zu sterben. Er *hoffte* zu sterben.

«Nein? Das habe ich mir gedacht», sagte Davis. «Dann leben Sie wohl, Isaac. Ich mache Ihnen einen letzten Vorschlag. Warum gehen Sie nicht zu den Russen? Ein Mann wie Sie wird sich bei ihnen zu Haus fühlen. Es spielt wirklich keine Rolle mehr. Sie und Ihresgleichen haben nie begriffen, daß es einen sehr realen Grund gibt, weshalb weder wir noch die Sowjets mit den Ländern der Dritten Welt fertig werden können. Es ist, weil sie die Zukunft sind. Sie werden den Globus erben. Ich kann nur hoffen, noch ein bißchen Zeit für uns herauszuschinden, um Dämme gegen die Flut zu errichten. Vielleicht klappt es nicht, aber der Versuch muß gemacht werden.» Er schüttelte mitfühlend den Kopf. «Sagen Sie es ihnen, Isaac. Sie werden es nicht glauben, aber sagen Sie es ihnen dennoch. Sie haben ein Recht, es zu erfahren.» Er wandte sich ab und ging mit seinen etwas unsicheren Altmännerschritten langsam durch den langen Raum.

Holt stand da, sein Gehirn arbeitete fieberhaft, er suchte nach Möglichkeiten. Er stand immer noch in der stillen Bibliothek, als das Surren des abhebenden Helikopters ihn aus seiner Starre riß. Dann ging er zur Tür wie jemand, der eine Beerdigung verläßt.

26. Arabisches Meer

Auf der Brücke des sowjetischen Flugzeugträgers *Nowgorod* lehnte der hagere Vizeadmiral Semjon Semjonowitsch Prokuschkin, Kommandeur des Kampfverbands Rote Fahne, am seitlichen Splitterschutz und musterte nachdenklich das dunkle Meer.

Der Kampfverband fuhr zwar verdunkelt (eher eine Tradition als eine sinnvolle Vorsichtsmaßnahme in dieser Epoche der «intelligenten» Waffen, dachte der Vizeadmiral), aber Prokuschkin konnte die schnittigen Konturen der vierhundert Meter querab fahrenden *Dostoinij* und ihr phosphoreszierendes Kielwasser trotzdem sehen. Die *Dostoinij* war einer der beiden Zerstörer der Kriwak-Klasse, die zusammen mit der *Nikolajew*, einem mit lenkbaren Raketen ausgerüsteten Panzerkreuzer der Kara-Klasse, und dem U-Boot-Versorgungsschiff *Borodino* den Kampfverband Rote Fahne bildeten.

Die Kriegsschiffe hatten die *Borodino* bei Sonnenuntergang zurückgelassen, denn sie mußte sich mit dem Flaggschiff der im Arabischen Meer stationierten U-Boot-Flottille treffen. Der Rest des Kampfverbands näherte sich nun der arabischen Küste.

Vizeadmiral Prokuschkin mißfiel die Unterbrechung seines Patrouilleprogramms, und noch mehr mißfiel es ihm, daß die *Borodino* zurückbleiben mußte, um die drei dieselgetriebenen U-Boote mit dem Treibstoff zu versorgen, den sie brauchten, um die Schiffahrtswege zwischen der Straße von Hormus und dem Kap der Guten Hoffnung zu überwachen. Das Betanken war eine Routineaufgabe, aber es war lebenswichtig. Prokuschkin hatte in Moskau mehrmals ersucht, ihm für diese Gewässer Atom-U-Boote zur Verfügung zu stellen, aber er hatte nie welche bekommen. Die Atom-U-Boote, hatte man ihm erklärt, hätten wichtigere Aufgaben zu erfüllen.

Es ärgerte Prokuschkin (ohne ihn allerdings zu überraschen), daß die Marinedoktrin der Sowjets trotz langer harter Arbeit fortschrittlicher Flottenstrategen wie dem verstorbenen Sergej Gorschkow noch weitgehend den defensiven Konzepten verhaftet war, die man lange vor dem Großen Vaterländischen Krieg entwickelt hatte.

Die Amerikaner, deren hiesiger Kampfverband nicht allzu weit entfernt unter dem südlichen Horizont kreuzte, machen sich zuviel Sorgen um das Anwachsen unserer Seemacht, dachte der Vizeadmiral. Seiner Meinung nach war die sowjetische Marine längst noch nicht das schlagkräftige Kriegsinstrument mit großer Reichweite, das sie eigentlich sein sollte.

Über seinem Kopf konnte Vizeadmiral Prokuschkin seinen Kommandeurswimpel flattern hören: Roter Stern, Hammer und Sichel in einem weißen Feld und darunter das andere Emblem, die drei weißen Sterne im roten Feld. Er war stolz auf diese Flagge. Er hatte ein Leben gebraucht, um sie zu bekommen. Jetzt sehnte er sich insgeheim nur noch nach einer Gelegenheit, gegen die Amerikaner zu kämpfen, deren alten Pötten er oft in den Gewässern seines riesigen Patrouillengebiets begegnete.

Der Vizeadmiral träumte von einem begrenzten Seegefecht, einem sauberen, leidenschaftlichen Kampf von Männern und Schiffen, Raketen und Flugzeugen. Er unterdrückte jeden Gedanken an das Chaos, das eine solche Schlacht auslösen könnte. Er war ein Seemann und ein Sowjetoffizier, und er wünschte sich einen Seekrieg. Er hatte die Amerikaner während seiner gesamten Laufbahn studiert. Er hatte ihre Flottendoktrin und ihre Strategien verfolgt und für seine Zwecke adaptiert und verbessert. Das Schiff, auf dem er stand und das seine Flagge zeigte, war das Ergebnis jahrelanger Arbeit und jahrelangen Drängens von Männern, die genau wußten, wie wertvoll gute Seestreitkräfte waren: Groschkow und er selbst. Sie beide waren die *wahren* Erben des großen amerikanischen Marinetheoretikers Alfred Thayer Mahan.

Trotz der Sehnsucht, vor dem Ende seiner aktiven Zeit eine große Seeschlacht zu gewinnen, trotz der Tatsache, daß der Kampfverband Rote Fahne die schlagkräftigste Einheit war, die ein sowjetischer Offizier jemals befehligt hatte – die Flugzeuge der *Nowgorod* und die Atomraketen der *Nikolajew* und die beiden Kriwaks hatten ein größeres Vernichtungspotential als die Riesenarmeen Marschall Schukows im Vaterländischen Krieg –, war Vizeadmiral Prokuschkin bei seiner jetzigen Mission nicht wohl.

Der von einem Kosmos-Satelliten übermittelte Befehl kam von Generalsekretär Suslow persönlich. Die *Nowgorod* sollte zum frühestmöglichen Zeitpunkt Erkundungsmaschinen zum nordöstlichen Teil von Rub al-Chali schicken. Falls es dort Anzeichen für militärische Operationen gäbe, sollten die Bomber und Jäger der *Nowgorod* einsatzbereit gemacht werden, um gegebenenfalls einzugreifen.

Die Weisungen waren unmißverständlich, aber es waren die letzten

Weisungen, mit denen Vizeadmiral Prokuschkin gerechnet hätte. Sie liefen auf eine Operation hinaus, für die sich der Kampfverband Rote Fahne nicht eignete. Prokuschkins Schiffe und Männer waren dafür gerüstet, die Amerikaner zur *See* zu beschatten und zu stören. Der Verband war schnell und mobil und von tödlicher Gefahr – was Schiffsziele betraf. Seine weitgehend nukleare Bewaffnung konnte die alte U.S.S. *Nimitz* und ihre Begleitschiffe nötigenfalls verdampfen.

Aber der Kampfverband Rote Fahne war schlecht darauf vorbereitet, sechshundert oder mehr Kilometer landeinwärts Luftangriffe durchzuführen. Das Königreich Oman, dem sich die *Nowgorod* nun mit dreißig Knoten in der Stunde näherte, gewährte der sowjetischen Flotte immer noch keine Hafenrechte. In fast allen anderen Teilen der arabischen Welt war die sowjetische Flotte gern gesehen, denn ihre Schiffe brachten die Kalaschnikoffs und die Munition, mit denen die Moslems einander seit zwanzig Jahren umbrachten. In Oman war es noch anders. Der Westen war dort präsent geblieben. Und diese Küste mußten die Yaks und Antonows der *Nowgorod* überfliegen, um den Befehl auszuführen, den der Genosse Generalsekretär erteilt hatte.

Kapitän Iwan Jurjewitsch Kutusew, Kommandant von Prokuschkins Flaggschiff und ein alter Freund des Vizeadmirals, trat auf die Brücke. Im roten Schein der Bereitschaftslichter, der von den Fenstern reflektiert wurde, sah sein bärtiges Gesicht aus wie mit Blut gemalt.

Kutusew salutierte lässig und sagte: «Kein Kontakt mit den Amerikanern.»

«Ich habe auch keinen erwartet», antwortete Prokuschkin. «Aber wenn wir ein paar Maschinen losgeschickt haben, werden sie bestimmt sehr neugierig. Die *Dostoinij* und die *Silnij* sollen ihre Sonargeräte anstellen. Geben Sie es per Funk durch. Zwischen uns und der Küste lauert mindestens ein amerikanisches Raketen-U-Boot.»

Kapitän Kutusew steckte den unausgesprochenen Tadel schweigend ein. Die Russen wußten, daß ein U-Boot der Amerikaner vom Golf von Aden ins Arabische Meer gefahren war, aber die Luftpatrouillen der *Nowgorod* hatten es noch nicht orten können.

«Land», sagte der Vizeadmiral. «Ich kann es riechen.»

«Wir sind noch dreihundert Kilometer von der omanischen Küste entfernt», sagte Kutusew.

«Ich rieche es trotzdem. Es stinkt nach Sand und Staub.»

Kutusew schniefte ein bißchen, sagte aber nichts. Freundschaft brachte gewisse Privilegien mit sich, aber Kritik an Befehlen gehörte nicht unbedingt dazu. Kutusew zog es vor zu schweigen, bis er aufgefordert wurde, seine Meinung zu äußern.

Nach einer Weile sagte Prokuschkin, der seinen Flaggkapitän gut kannte: «Nun, Iwan Jurjewitsch. Was haben Sie auf dem Herzen?»

«Ich frage mich, ob ein Kosmos sich für diese Erkundungsmission nicht besser eignen würde.»

«Daran hat Moskau auch schon gedacht», sagte Prokuschkin. «Offenbar gibt es bereits Kosmos-Aufnahmen. Aber die Wundersatelliten sind doch nicht so vollkommen. Die Sandstürme waren ein Problem. Der Kreml will Gewißheit haben.»

«An der Sache ist wohl mehr dran», sagte Kutusew. «Aber wenn ich es nicht wissen soll, bitteschön.»

«Seien Sie nicht empfindlich, Iwan Jurjewitsch», sagte der Vizeadmiral. «Ich weiß genausowenig wie Sie. Aber wir können Vermutungen anstellen, nicht wahr, alter Freund? Da hinten geht etwas vor, und Moskau möchte genau wissen, was. Und vielleicht ein bißchen mit dem Säbel rasseln.»

Der Flaggkapitän lehnte sich an den Splitterschutz und schaute auf das phosphoreszierende Wasser, das an der Seite des Rumpfs dahinschoß. Das Metall wurde von den kraftvollen Turbinen zum Summen gebracht. Das Schiff fühlte sich an wie ein lebendes Wesen, während es nach Norden brauste. «Der Verband eignet sich nicht dafür», sagte er. «Wenn wir die Maschinen teilen, bringen wir die Amerikaner womöglich in Versuchung.»

«Bloß nicht», sagte Prokuschkin. «Ich glaube aber, Moskau will sie nur ein bißchen ärgern, mehr nicht.»

«Ich wette, dieser Befehl ist beim KGB entstanden», sagte Kutusew.

Prokuschkin lachte laut und hart auf. «Die Wette dürften Sie gewinnen, Iwan Jurjewitsch.» Nachdenklich schwieg er einen Moment und fragte dann: «Was sagt der neueste Wetterbericht?»

«Es klart auf. Morgen früh könnte ein Kosmos die Haare auf ihren Köpfen zählen.»

«Sorgen um Ihre Flieger?» fragte Prokuschkin. Er wußte genau, was den Flaggkapitän beunruhigte. Die Piloten und Navigatoren des Luftverbands der *Nowgorod* waren leidenschaftliche Soldaten, aber sie waren unerfahren. Außerdem schätzte er es als hoher Marineoffizier der im Indischen Ozean operierenden Flotte nicht, daß er in seinen taktischen Möglichkeiten so eingeschränkt war. Der Stern der US-Navy mochte im Sinken begriffen sein, aber sie war immer noch ein äußerst ernstzunehmender Gegner. Prokuschkin kannte die Furchtsamkeit der in Washington regierenden Clique und hielt es für unwahrscheinlich, daß die *Nimitz* und ihr Verband plötzlich erscheinen würden, um etwas gegen die Verletzung des omanischen und ehemals saudi-arabischen Luftraums zu unternehmen. Die Amerikaner hatten seit vielen Jahren keinen solchen Mut mehr gezeigt. Sie hatten ihre Verbündeten schlecht geschützt. Die Möglichkeit einer Konfrontation war also gering, aber man konnte nie wissen. Der Schlüssel zum Erfolg in der Schlacht bestand immer darin, daß man zu einem selbstgewählten Zeitpunkt überlegene Kräfte einsetzte. Den Säbel der Zivilisten im Kreml zu spielen, war eine schlechte Ausgangsbasis, falls es zu einem Schlagabtausch kommen sollte. Wenn es schiefgeht, dachte Prokuschkin, habe ich vielleicht die Seeschlacht, von der ich schon so lange träume. Aber nicht so, wie ich es möchte . . .

«Die Männer von meinem Geschwader sind für jeden Einsatz bereit, Genosse Vizeadmiral», sagte Kutusew formell.

Prokuschkin lachte wieder sein kurzes, bellendes Lachen und klopfte seinem Untergebenen auf die Schulter. «Sie sind wirklich eine Mimose, Iwan Jurjewitsch. Die *Nowgorod* ist immer bereit. Das weiß ich.» Er nahm seine goldbetreßte Mütze ab, damit der warme Wind den Schweiß auf seiner Glatze trocknen konnte. «Bis gleich in meiner Kajüte», sagte er. «Wir werden eine Flasche aufmachen.»

«Ich komme sofort, Semjon Semjonowitsch», sagte Kutusew.

«Ich verlasse mich darauf», sagte der Vizeadmiral in freundschaftlichem Ton.

Prokuschkin ging durch die Brücke und registrierte befriedigt, daß der Steuermann am Ruder äußerst gespannt nach vorn schaute, daß die Männer an den Radarschirmen und den Computerterminals sich auf ihre Geräte konzentrierten, daß der wachhabende Navigationsoffizier respektvoll Habtachtstellung einnahm. Kutusew führte ein strenges Regiment, und Prokuschkin wußte das zu schätzen.

Als er durch die Luke zum Niedergang schritt, kam ihm Leutnant Barsow, sein Flaggadjutant, entgegen.

Der junge Mann war blaß, flachsblond und so ausgemergelt, daß er aussah wie eine Leiche auf Urlaub. Wie passend, dachte Vizeadmiral Prokuschkin (nicht das erstemal), daß Pjotr Alexandrowitsch Barsow so sehr an einen einbalsamierten Leichnam erinnert. Auf dem Schiff war es ein offenes Geheimnis, daß der Flaggadjutant des Vizeadmirals ein politischer Überwachungsoffizier war, den KGB-General Batrajew dem Kommandeur des Kampfverbands Rote Fahne zugeteilt hatte. Prokuschkin verachtete Barsow, und es bereitete ihm ein beinahe sadistisches Vergnügen, ihm nicht den Rang zu geben, der dem Flaggadjutanten eines Vizeadmirals eigentlich zukam. Barsow wird Leutnant bleiben, bis er in den Ruhestand tritt, dachte Prokuschkin, oder bis seine KGB-Vorgesetzten ihm einen Offizier zuteilen, der leichter einzuschüchtern ist.

«Holen Sie Eis und machen Sie eine Büchse Kaviar auf», befahl er. «Der Steward soll alles in meine Kajüte bringen.»

«Sofort, Genosse Admiral. Für Sie allein?» Trotz – oder wegen – seiner unangenehmen Aufgabe als Spitzel war der junge Mann immer sehr diensteifrig, als versuche er, sich bei seinem Kommandeur lieb Kind zu machen. Ein hoffnungsloses Unterfangen, dachte Prokuschkin.

«Nein, für zwei», sagte er brüsk.

«Erwarten Sie den Genossen Kapitän?»

«Ja.»

«Wünschen Sie, daß ich bei der Besprechung zugegen bin, um eventuell Notizen zu machen?»

Prokuschkin sagte irritiert: «Kutusew und ich wollen über seemännische Fragen sprechen, nicht über Politik, Genosse Leutnant.»

Auf dem Weg zu seiner Kajüte wünschte Prokuschkin, er hätte nicht so schnell die Geduld verloren. Es war unklug, die Männer, die der KGB auf seinen Schiffen unterbrachte, vor den Kopf zu stoßen. Aber was sollte er tun? Beim Aufbau einer Flotte konnte man sich schließlich nicht nach den Theorien Lenins richten. Die Schiffe der Sowjetmarine waren zwar mit die besten der Welt, aber die Besatzungen bestanden zum Teil aus Rekruten, die ihren Wehrdienst nicht immer mit höchstem Einsatz leisten. Selbst die Offiziere, die die Flugzeuge der *Nowgorod* flogen, waren gemessen an den Piloten amerikanischer Flugzeugträger wie der *Nimitz* vergleichsweise unerfahren. Es beunruhigte den Vizeadmiral, daß er diese Männer bei einer Aufklärungsmission mehrere hundert Kilometer landeinwärts aufs Spiel setzen mußte. Was würde passieren, wenn einer der jungen Leute eigenmächtig handelte und etwas Unüberlegtes tat? Oder wenn sich einer verflog – oder wenn einer heruntergeholt wurde?

Sehr riskant, dachte er, eine heikle Sache. Wir können hier auf diese Weise einen Krieg auslösen, den niemand gewinnen kann. Und wir würden nicht einmal erfahren, *warum* wir es getan haben.

Aber Moskau wird es wissen, sagte er sich dann. Ich bin nur das Werkzeug.

27. Ramat Gan, Israel

Gershon Agron, Verkaufsleiter der Coca-Cola-Niederlassung in Tel Aviv und früher Oberstleutnant und Kommandeur des Vierten Reserve-Infanteriebataillons der israelischen Streitkräfte, vergewisserte sich noch einmal, daß sein Seesack ordnungsgemäß verschnürt war, und sah sich im Wohnzimmer um. Aviva, seine Frau, und seine beiden halbwüchsigen Töchter Malkah und Deborah saßen auf dem Kunstledersofa – wie die Hühner auf der Stange, dachte er – und sahen ihn unter Tränen an. Die Mädchen, sagte er sich nicht zum erstenmal, sind leider keine großen Schönheiten. Es war schade, daß sie mehr Ähnlichkeit mit ihm hatten als mit seiner Frau, die sehr attraktiv gewesen war, bevor sie ein wenig mollig wurde. Er dachte gern an die Zeit zurück, als er Aviva kennengelernt hatte: Jene Begegnung war das einzig Gute gewesen, was dem jungen Oberleutnant Agron im Sechstagekrieg von 1967 widerfahren war. Aviva war seinem Fallschirmjäger-Bataillon als Funkerin zugeteilt gewesen, und beide hatten eine «stürmische Romanze» gehabt, wie man in den alten Tagen zu sagen pflegte. Damals war alles stürmisch gewesen, dachte Agron. Schnell und beängstigend und zuerst wahnsinnig aufregend. Aber letzten Endes war der Krieg doch eine Enttäuschung geworden. Im Grunde hatte sich nichts geändert. Agron hatte an vier Kriegen teilgenommen, und wie das ganze Land war auch er des ewigen Kämpfens müde.

Er holte tief Luft. Wieder einmal war es Zeit zum Abschiednehmen. Seine «Damen» weinten. Er sah noch einmal auf seine Armbanduhr; Agron haßte dieses fluchtartige Aufbrechen am späten Abend. Er hatte es zu oft tun müssen: bei nationalen Krisen und Teilmobilisierungen, bei zahllosen Reserveübungen und natürlich bei den vier Kriegen. Dabei kann ich mich noch glücklich schätzen, dachte er. Es gibt Männer, die schon 1956 gekämpft haben und immer noch ins Feld müssen – Männer die älter sind als ich und es in ihrem zivilen Beruf weiter gebracht haben.

Er trat ans Fenster und zog den Verdunkelungsvorhang so weit auf, daß er zur Straße hinuntersehen konnte. Der Transport, ein Militärlaster vom Bataillonshauptquartier, war noch nicht da. In dem ruhigen Vorort herrschte um diese Zeit kein Verkehr. Für Zivilfahrzeuge gibt es kein Benzin mehr, dachte er bitter. Seit den Schwierigkeiten in Arabien kam immer weniger Öl ins Land; Israel bezog sein Öl natürlich nicht aus den arabischen Ländern, sondern kaufte es auf den westlichen Märkten. Aber die Versorgungslage war inzwischen so angespannt, daß nur noch die Armee und die Luftstreitkräfte Treibstoff bekamen, und Agron fragte sich, ob die Regierung nicht zu lange gezögert hatte, ob sie nicht schon viel eher hätte handeln sollen. Das kommt davon, wenn man sich auf amerikanische Versprechungen verläßt, dachte er freudlos.

Das Radio lief, der Ton war leise gestellt. Die Familie hatte den ganzen Tag am Radio gesessen und die verschlüsselten Mobilisierungsbefehle gehört, die inzwischen alle, auch die arabischen Spione, entziffern konnten. Jetzt lief das Gerät, weil Aviva darauf bestanden hatte, daß sie weiterhörten. Es sei doch möglich, hatte sie gesagt, daß die Mobilmachung wieder abgeblasen werde. «Die Amerikaner *müssen* uns Öl liefern», erklärte sie. «Sie haben es *versprochen.*» Aviva Agron hatte Verwandte in den Vereinigten Staaten, Leute, denen es gut ging und die alle zwei Jahre nach Israel kamen. Für Aviva war es unvorstellbar, daß die Amerikaner ihren kleinen, aber zuverlässigen Verbündeten im Nahen Osten im Stich lassen würden.

Agron jedoch wußte es besser. Die Amerikaner hatten ihre eigenen Probleme. Ihnen war es nun gleichgültig, daß die israelische Wirtschaft, die von den Verteidigungslasten zunehmend stranguliert worden war, jetzt kurz vor dem endgültigen Kollaps stand, weil es für die Industrie kein Öl mehr gab. Sogar die blitzenden blauweißen Renommiermaschinen der nationalen Luftfahrtgesellschaft waren eingemottet worden, weil das Kerosin fehlte.

«Nun», sagte Agron gespielt munter, «mein Transport scheint sich zu verspäten. Wie wär's mit einem Glas Tee?» Seine Eltern waren bei der zweiten großen Emigrationswelle von Rußland nach Israel ausgewandert, und Tee aus dem Glas zu trinken, war eine Familientradition. Man goß das duftende Getränk über ein Stück Zucker ein.

Der Vorschlag versetzte Aviva in hektische Betriebsamkeit. Aviva gehörte zu den jüdischen Frauen, die bei allen möglichen Widrigkeiten in die Küche eilten und etwas zu essen oder zu trinken heranschaffen. Manche ethnischen Eigenschaften sind eigentlich ganz angenehm, dachte Agron.

«Helft eurer Mutter, ihr beide», sagte er zerstreut. Was mochte den Transport aufhalten? Er haßte diese Abschiede, die sich unerträglich in die Länge zogen. Man bestand sie nicht souveräner, wenn man älter wurde, im Gegenteil.

Er dachte an Unternehmen Aluf und bemühte sich, ein besorgtes Frösteln zu unterdrücken. Der Bereitstellungsraum bei Beersheba würde möglichst klein sein, damit der Feind nicht vorher Wind bekam. Agron glaubte allerdings nicht, daß die arabischen Radikalen – egal welche Vorsichtsmaßnahmen Israel traf – schlafen würden. Bildete sich der Generalstab tatsächlich ein, die israelischen Truppen könnten einen erheblichen Teil der saudischen Ölfelder angreifen und besetzen und vor allem *halten*? Zerstören, ja, vielleicht, sogar wahrscheinlich. Aber was das öldurstige Israel davon haben sollte, war schwer einzusehen. Und wie würde die Welt auf einen weiteren Präventivschlag der Israelis reagieren? Die Armee und die Luftstreitkräfte hatten die Araber immer wieder zuerst angegriffen, meist mit verheerenden Folgen. Aber unter dem Druck der gesamten übrigen Welt hatte Israel jedesmal alles zurückgeben müssen, was es erobert hatte. Am Ende haben wir überhaupt nichts gewonnen, dachte Agron.

Er blickte kurz in den Wandspiegel neben der Türöffnung. (Noch ein Geschenk zu irgendeinem Hochzeitstag, fiel ihm ein.) Der Anblick war nicht sehr beruhigend. Er war eben nicht mehr der sehnige, sonnengebräunte Sabra früherer Zeiten. Wen sah er da eigentlich? Einen Handelsvertreter für ausländische Soft Drinks, einen Zivilisten mittleren Alters in einer Uniform, die nicht mehr so recht paßte, einen Mann mit Geheimratsecken und einem furchtsamen Ausdruck in den Augen, den jeder, sogar seine Töchter, erkennen konnte.

Aviva brachte ihm ein Glas Tee, und er setzte sich auf die vordere Kante eines Sessels, trank und fühlte sich wieder einmal wie ein Fremder in seinem eigenen Haus. Angeblich grenzt ein jüdischer Abschied immer an Hysterie, dachte er. Noch ein ethnisches Klischee. Aber er hatte sich aus irgendeinem Grund immer bemüht, es nicht so weit kommen zu lassen. So redete der Sabra, der Aristokrat der zweiten

Einwanderungswelle. Großer Gott, dachte er dann, in Wahrheit würde ich am liebsten losheulen. Ich habe es so verdammt satt, in den Krieg zu ziehen. Das ganze Land hat es satt. Wann wird es endlich einmal zu Ende sein?

Der Summer an der Wohnungstür wurde betätigt, und Aviva und die Mädchen sprangen auf. Agron ging wieder ans Fenster. Der Laster war da. Er drehte sich um, zog die Schultern hoch und lächelte ein wenig hilflos, als seine Frau und seine Töchter ihn umarmten und sich an ihn klammerten. Er fühlte, wie in seinen Augen Tränen brannten, aber er vergoß keine. Es war Zeit, in den nächsten Krieg zu ziehen.

28. Washington

Raymond Scofield Turner setzte sich an den langen Tisch und betrachtete die anwesenden Herren. Im Krisenraum im Westflügel des Weißen Hauses drängten sich die Mitglieder des Nationalen Sicherheitsrats und die Männer ihrer persönlichen Stäbe. Die Vereinigten Stabschefs an der anderen Seite der polierten Mahagonitischplatte wirkten wie fröhliche Farbkleckse unter den konservativ, ja trist gekleideten zivilen Mitgliedern. General Stanley Lescher, der Vorsitzende der Stabschefs, war erst kürzlich in den Sicherheitsrat berufen worden. Er war ein stattlicher Offizier der Air Force, ursprünglich Naturwissenschaftler, der im Koreakrieg als Jägerpilot gedient hatte. Turner kannte ihn nicht sehr gut. Lescher war in der Washingtoner Gesellschaft als glänzender Vermittler bekannt, als ein Mann, der es mit der Disziplin nicht allzu genau nahm (ein Überbleibsel aus seiner Pilotenzeit), und als Liebhaber guten Essens und Trinkens. Das war im Grunde alles, was man in der Hauptstadt über den Topmilitär des Landes wußte. Politisch galt er als «rechts», aber, dachte Turner, dieses Etikett kriegen in Washington fast alle Offiziere verpaßt, die Unzufriedenheit über das militärische Kräfteverhältnis zwischen den USA und der Sowjetunion äußern.

Der Stabschef der Armee, General Carlton Osgood, war ein Schwarzer; er hatte einen der ersten rassenintegrierten Lehrgänge der Militärakademie absolviert und war nach seinem erfolgreichen Dienst als NATO-Oberbefehlshaber ins Pentagon gekommen. Osgood selbst hätte das Wort «erfolgreich» sicher nicht benutzt. Turner wußte, daß der General auf diskretes, aber nachdrückliches Ersuchen der europäischen Verbündeten von seinem Posten in Brüssel abberufen worden war; die Europäer hatten es satt gehabt, daß er ihnen ständig damit in den Ohren lag, sie sollten ihre Truppen auf einem ihrer Ansicht nach übertriebenen Bereitschaftsstand halten. Der Präsident hatte sich über die Kontroverse geärgert, aber da Osgood sowohl schwarz als auch außerordentlich fähig war, hatte er die Sache bereinigt, indem er ihn einfach in den Nationalen Sicherheitsrat hochlobte.

Die Lösung war allerdings nicht sehr befriedigend gewesen, weder für den Präsidenten selbst noch für Verteidigungsminister Andy Traynor. Um den Verteidigungshaushalt zu kürzen und die Zahlungsbilanz aufzubessern, hatte Traynor die Schnelle Eingreiftruppe von ihren ägyptischen Stützpunkten abgezogen, verkleinert und die verbleibende Rumpfeinheit in Fort Bragg stationiert. Osgood hatte sich dem Vorschlag leidenschaftlich widersetzt, und die Auseinandersetzung hatte erst durch einen Befehl des Oberkommandierenden beendet werden können.

Während Turner das gutgeschnittene, ebenholzschwarze Gesicht des Generals musterte, meinte er zu spüren, daß Osgood immer noch nicht von der Richtigkeit jener Entscheidung überzeugt war und sie dem Präsidenten insgeheim weiter übelnahm.

Der Stabschef der Navy war Admiral Aaron Thesiger, fast so alt wie Turner und längst für den Ruhestand fällig. Sein langer, vergeblicher Einsatz für eine gesteigerte Kampfkraft der Flotte hat ihn völlig ausgelaugt, dachte der Außenminister. Thesigers Gesicht war von Krankheit und Frustration gezeichnet.

Neben dem Admiral saß General Harmer, der Kommandeur der Marineinfanterie, dessen Spitzname «Brückenkopf» angeblich nicht allein auf seine militärische, sondern auch auf seine geistige Beschränktheit gemünzt war. Unter Harmers Kommando waren die Marines wieder das geworden, was sie vor dem Zweiten Weltkrieg gewesen waren, eine Truppe, die feindliche Küsten mit Landefahrzeugen und Schlauchbooten stürmte. Einer der meistkolportierten Aussprüche Harmers lautete: «Computer? Flugzeuge? Scheiße! Ihr haltet die Strände, und den anderen Mist sollen die Army und die Air Force besorgen.» Lescher und Osgood betrachteten Harmer als einen Dinosaurier, ein Relikt aus vergangenen Zeiten, aber bei Minister Traynor stand er hoch im Kurs.

General Aldo Biaggi, der Stabschef der Air Force, war nicht anwesend, weil er gerade die Stützpunkte des Strategischen Bomberkommandos und dessen veraltete B-52 inspizierte; mit 21 Jahren, als Leutnant, hatte Biaggi selbst diese Maschinen geflogen.

Am Kopfende des langen Tisches saßen einige (aber, wie Turner konstatierte, nicht alle) zivile Mitglieder des Sicherheitsrats. Andrew Traynor war da, auch George Rossmore, der Energieminister. Das Finanzministerium und das Innenministerium waren nicht vertreten, ebensowenig die Ressorts Bildung und Arbeit – obwohl Vincent Loomis ihnen allen einen Sitz im Nationalen Sicherheitsrat verschafft hatte.

Neben Quinn Dawson, dem Einsatzleiter der CIA, saß ein Vertreter der Nationalen Sicherheitsbehörde, ein zurückhaltender junger Mann namens Burton Welch, den Turner nur vom Sehen kannte. Isaac Holt, der Stellvertretende CIA-Chef und mutmaßliche Nachfolger von Cole Norris, glänzte durch Abwesenheit.

Raymond Turner schalt sich insgeheim dafür, daß Cole Norris' Bild auch für ihn so rasch verblaßt war. Vor kaum einer Woche war Norris in der Regierung und den Medien noch Gegenstand fieberhafter Spekulationen gewesen. Doch schon in wenigen Tagen hatte sich das allgemeine Entsetzen über sein schreckliches Ende gelegt, und unter dem Druck der Ereignisse, von denen Washington lebte, hatte man die Sache praktisch schon ad acta gelegt. Daran sind natürlich nicht Vincent Loomis und seine Administration schuld, dachte Raymond Turner. Der seit den fünfziger Jahren enorm gewachsene Einfluß der Medien hatte den Konzentrationsspielraum des offiziellen Washington auf ein paar Tage verkürzt. Oder, fragte sich Turner, empfinde ich es so, weil ich alt bin? Nein, wahrscheinlich geht es einfach auf die vielen technologischen Neuerungen zurück, mit denen uns das 20. Jahrhundert beglückt hat – und die nicht alle ein Segen für die Menschheit sind.

Die Klimaanlage hielt die Temperatur im Krisenraum auf 16 Grad Celsius. Turner fröstelte. Mein dünnes Blut braucht entschieden mehr Wärme, dachte er. Der junge Harold Ellis, der Nachrichtenoffizier vom State Department, den er als Adjutanten mitgebracht hatte, beugte sich zu ihm und fragte, ob er seinen Mantel haben wolle. Der Außenminister ärgerte sich immer ein bißchen darüber, daß seine Untergebenen ihn wie einen gebrechlichen alten Mann behandelten. Aber genau das bin ich, sann er weiter. Gebrechlich und mürrisch, ein

Geschöpf, das die alerten jungen Beamten des Außenministeriums, die fast alle von den Eliteuniversitäten des Landes kommen, mit einer Mischung von Neugier und Sorge betrachten. Er verzog seine zerknitterten Lippen zu einem feinen Lächeln. Die Situation entbehrte nicht einer traurigen Komik – der alte, müde gewordene Falke unter den konzessionsbereiten Tauben. Es zeugt von wahrem diplomatischem Takt, dachte er, daß Ellis trotz der unerträglichen Hitze draußen einen Mantel für mich mitgenommen hat: Er hat gewußt, daß ein alter Mann in diesem unterkühlten Kellerraum frieren wird. Der Minister erhob sich halb grollend und halb dankbar, um sich den Mantel über die Schultern legen zu lassen.

Er sah auf die Uhrenreihe an der Wand über den Weltkarten hinter Glas. Drei Minuten vor der festgesetzten Zeit. Um Punkt zwei würde der Präsident erscheinen. Vincent Loomis hatte seine Fehler, doch Unpünktlichkeit gehörte nicht dazu.

Dann registrierte Turner mißbilligend, daß Charlie McKay, der Stabschef des Weißen Hauses, mit Pressesprecher Elmer Harper, dem PR-Faktotum, erschienen war. Die beiden nahmen in der Nähe des Präsidentenstuhls, am Kopfende des Tisches, Platz. Turner fand Harpers Anwesenheit völlig unangebracht. Er hatte nichts gegen den Mann persönlich, aber wenn es bei dieser Besprechung um die nationale Sicherheit ging (und damit sollte sich der Sicherheitsrat zumindest theoretisch befassen), hatte der Pressechef hier nichts zu suchen. Aber die letzten Administrationen hatten sich angewöhnt, bei jeder sich abzeichnenden Krise immer zuerst an den «Image-Aspekt» und die «Public Relations» zu denken.

Diese Regierung, dachte Turner, sieht die Wählerschaft und die Presse anscheinend nur noch als eine Art Hai: ein Ungeheuer, das in einem fort nach Neuigkeiten hungert und sie hinunterschlingt. Da war es kein Wunder, daß man sich draußen im Land kaum noch die Mühe machte, ernsthaft über irgendein Problem nachzudenken. Der riesige Magen wurde vollgestopft mit Reportagen, die man in Washington zusammengeschmiert hatte, und die Leute fanden nie genug Zeit, etwas zu verarbeiten, denn schon warfen die Zeitungen oder das Fernsehen ihnen einen neuen Brocken vor. Das Tier «Öffentlichkeit» war getrieben von einem blinden Zwang, alles *jetzt* zu erfahren, *sofort*, damit es möglichst schnell vergessen und ausgeschieden werden konnte, um Platz für das Futter des nächsten Tages zu haben.

Leute in Elmer Harpers Position waren nicht zu beneiden. Sie mußten den Hunger der Bestie stillen und gleichzeitig dafür sorgen, daß ihre Arbeitgeber einigermaßen ungeschoren davonkamen.

Obwohl es gegen seine innerste Überzeugung ging, hatte Turner sogar Mitleid mit den Presseleuten der Hauptstadt, deren Fortkommen davon abhing, daß sie Futter – möglichst mit Korruption und Amtsuntauglichkeit der Machthaber gewürzt – für das Öffentlichkeitsmonster produzierten, das sie selbst geschaffen hatten.

Um zwei Minuten vor zwei kamen Carl Shepherd und sein Stellvertreter, Paul Chancellor, atemlos in den Krisenraum geeilt. Shepherds Gesicht war rot vor unterdrückter Erregung, und Turner, der unwillkürlich an sein letztes Gespräch mit dem FBI-Direktor denken mußte, fragte sich, welche Information ihn so aus der Fassung gebracht haben mochte.

Shepherd setzte sich neben Turner und nahm von Chancellor, der auf einem der für die Assistenten der Sicherheitsratsmitglieder reservierten Stühle Platz genommen hatte, einen Aktenkoffer entgegen.

Der FBI-Direktor beugte sich zu Turner und machte den Mund auf, um etwas zu sagen, aber in diesem Augenblick betraten Präsident Loomis und Peter Gilmartin den Raum.

«Bleiben Sie sitzen, meine Herren, bleiben Sie sitzen . . .» Vincent Loomis' etwas schwammiges Gesicht ließ seine Hektik und Ungeduld erkennen. Er setzte sich ans Kopfende und sah mit tiefliegenden, zornigen Augen in die Runde. Ohne Einleitung sagte er dann: «Wir haben heute früh über den heißen Draht eine Nachricht aus Moskau bekommen. Peter wird sie Ihnen gleich vorlesen. Jeder von Ihnen erhält eine Abschrift. Keine Abschrift darf aus diesem Zimmer mitgenommen werden.» Sein Gesichtsausdruck wurde härter, befehlender, als Raymond Turner es je erlebt hatte. «*Diesmal wird es keine undichten Stellen geben.* Das möchte ich allen Anwesenden ganz klarmachen.» Er fixierte die Adjutanten und Assistenten, die hinter ihren Vorgesetzten saßen. «Ich wende mich insbesondere an die Stäbe. Wenn in der Presse auch nur eine Andeutung über diese Konferenz steht oder wenn Elmer außerhalb dieses Raums auch nur ein Gerücht über unsere Besprechung hört, werde ich ein ganz großes Saubermachen veranstalten. Haben Sie kapiert?»

Die Assistenten, die es nicht gewohnt waren, so unmißverständlich an ihre Pflichten erinnert zu werden, murmelten aufgebracht.

«Ich habe gefragt, ob Sie kapiert haben?» sagte Loomis wütend.

Die jungen Leute fingen an, besorgte Blicke zu tauschen. Der Präsident scheint die Sache mit Cole Norris noch nicht vergessen zu haben, dachte Raymond Turner. Es lag auf der Hand, daß Vincent Loomis Angst davor hatte, das Land könnte erneut von einer Flut von Krisenmeldungen aus Washington überschwemmt werden. Sehr interessant, überlegte Turner. Ist es möglich, daß Vincent Todd Loomis seit unserer letzten Besprechung hier im Weißen Haus beschlossen hat, den Präsidenten stärker herauszukehren? Es wäre weiß Gott an der Zeit für eine solche Metamorphose an der Spitze unserer Exekutive – wenn es nicht schon zu spät ist.

«Also», sagte Loomis, «lesen Sie vor, Peter.»

Peter Gilmartin, dessen Gesicht nicht mehr ganz so strahlend und attraktiv wirkte wie sonst, nahm einige Blätter mit dem blauen Olymp-Streifen vom Tisch und fing an, die ultimative Botschaft zu verlesen, die Iwan Kirilowitsch Suslow an den Präsidenten der Vereinigten Staaten gerichtet hatte.

Als er fertig war und sich wieder hingesetzt hatte, war die Atmosphäre im Raum elektrisch geladen. Vincent Loomis wartete, daß jemand das Wort ergriff.

Da alle stumm blieben, sagte er: «Fangen wir mit Ihnen an, General Lescher.»

Der Vorsitzende der Vereinigten Stabschefs schürzte nachdenklich die Lippen, ehe er redete. «Ich kann nicht auf Anhieb sagen, was wir antworten sollen, Mr. President. Das Verteidigungsministerium ist immer von der Annahme ausgegangen, daß die NFK-Station im Leeren Viertel lediglich Forschungszwecken dient.» Er wandte sich an Andrew Traynor. «Sie werden sich erinnern, daß Cole Norris uns bat, einen Spähsatelliten zu starten, Herr Minister. Das Gesuch wurde von höherer Stelle abgelehnt . . .»

Peter Gilmartin runzelte nervös die Stirn, weil er daran denken mußte, daß er für die Ablehnung mitverantwortlich gewesen war.

Traynor sagte: «Es bestand kein Grund, das Neue Friedenskorps zu bespitzeln, Mr. President. Wenn wir damit angefangen hätten, wären die Kosten letzten Endes in die zig Millionen gegangen. Die Leute sind doch überall.»

«Konzentrieren wir uns auf die Station in Südarabien», sagte der Präsident.

«Sehr wohl, Sir. Auf Cole Norris' Gesuch hin ließen wir eine Kosten-Nutzen-Analyse erstellen, und sie ergab, daß ein Satellitenstart nicht vertretbar sein würde. Es wäre wie die Suche nach der Stecknadel im Heuhaufen gewesen», sagte der Verteidigungsminister. «Deshalb entschlossen wir uns für einen viel einfacheren Weg. Ich fragte Calder Davis selbst, ob in Südarabien irgend etwas Ungewöhnliches vor sich gehe.» Er lächelte mokant, als amüsiere er sich insgeheim darüber, daß die hohen Amtsträger sich für eine so belanglose Sache interessierten.

Raymond Turner, der während seiner langen Diplomatenlaufbahn eine Antenne für Tonfall und Körpersprache entwickelt hatte, fühlte plötzlich eine eisige Kälte in seiner Magengrube. Der Verteidigungsminister, dachte er, hat auf einmal schreckliche Angst, und er verbirgt sie hinter einer ironischen Maske. Traynor log. Aber warum? Turner sah die Anwesenden der Reihe nach prüfend an. George Rossmore blickte starr vor sich hin, seine Wangen waren eingefallen und blutleer. Rossmore etwa auch? fragte Turner sich.

Andrew Traynor redete immer noch nicht weiter und schien mit den Aufzeichnungen beschäftigt, die vor ihm auf dem Tisch lagen. Aber Turner war sicher, daß er sich eine Taktik zurechtlegte. Was wollte er verteidigen?

«Seit Calder und seine Mitarbeiter das Organisationsschema des alten Friedenskorps benutzen, um das NFK aufzubauen, haben wir es zur Regel gemacht, uns strikt von ihren Aktivitäten fernzuhalten, Mr. President», sagte Traynor endlich. «Das weiß natürlich niemand besser als Sie – da Sie Calder so nahe stehen.»

Ein schlauer Schachzug, dachte Turner. War es aber nötig, den Präsidenten an seine eigene, beinahe devote Beziehung zu Calder Davis zu erinnern?

«Schon vor dem Amtsantritt dieser Regierung», fuhr Traynor fort, «war es ein Grundsatz, die Finger vom NFK zu lassen. Die Organisation würde in der Dritten Welt nicht richtig arbeiten können, wenn die Gastgeberländer den Verdacht hätten, daß zwischen der Regierung der Vereinigten Staaten und den Leuten von den NFK-Stationen eine wie auch immer geartete Verbindung bestehe.» Er sah über den Tisch zu Dawson, dem Mann von der Central Intelligence Agency, hinüber. «Ich denke, Sie können das bestätigen, Quinn.»

Dawson runzelte die Stirn und sagte: «Ja, Herr Minister, aber . . .»

Der Präsident half nach: «Aber was?»

Traynor kam Dawson zuvor: «Ich wollte darauf hinaus, daß selbst der Geheimdienst davon abgesehen hat, sich um das NFK zu kümmern. Und ich glaube, das war richtig. Wir haben genug Feinde und brauchen unsere Freunde nicht auch noch zu bespitzeln. Ich denke nicht, daß eine grobe Note von den Sowjets eine Änderung dieser Politik rechtfertigt, Mr. President.»

Raymond Turner beobachtete den Präsidenten gespannt. Man bot ihm einen Köder, eine gute Ausrede, um die Tatsache zu übersehen, daß Calder Davis' Riesenunternehmen womöglich Dreck am Stecken hatte. Turner fragte sich, ob Loomis anbeißen würde. Er war schließlich kein Muster an Integrität. Jedenfalls hatte er sie bisher selten gezeigt. Hatte dieser ausgebuffte Politiker wenigstens einen staatsmännischen Kern?

Loomis sagte: «Sie wollten eben etwas sagen, Dawson. Was war es?» Turner spürte einen Hoffnungsschimmer.

«Nun, Mr. President», sagte der Einsatzleiter, «es tut mir leid, daß Isaac Holt nicht hier ist, weil es angebrachter wäre, wenn dies von ihm käme . . .»

«Lassen Sie das Protokoll beiseite. Reden Sie», sagte der Präsident unwirsch.

Dawson fuhr fort: «Ich habe keine Belege dafür, Mr. President, wenn Sie das bitte berücksichtigen wollen. Aber in der Firma wurde geredet, wie immer. Nicht gerade viel, aber . . .» Er hielt inne, als überlege er sich, wie er am besten fortfahren solle. «Direktor Norris arbeitete an irgendeinem persönlichen Projekt, Sir. Angeblich betraf es die Organisation und Zielsetzung des Neuen Friedenskorps. Das ist alles, was ich darüber weiß. Wie gesagt, es war etwas, woran er ganz allein arbeitete. Dergleichen kam dann und wann vor.» Entschuldigend fügte er hinzu: «Direktor Norris war ein sehr eigenwilliger Mann. Er führte manchmal Projekte auf eigene Faust durch. Nicht oft, aber manchmal. So hatte er schon als Agent in Südostasien gearbeitet, und er änderte seine Gewohnheit nicht, nicht einmal als Chef.»

Turner wandte den Blick nicht vom Präsidenten. Loomis war bleicher geworden, die Furchen in seinem Gesicht schienen sich jäh vertieft zu haben.

«Ich glaube nicht, daß das etwas mit unserem gegenwärtigen Problem zu tun hat, Mr. President», sagte Andrew Traynor. «Die Sache mit Cole Norris gehört überhaupt nicht hierher. Wir sollten vielleicht nicht so weit vom Thema abkommen.»

Raymond Turner ergriff zum erstenmal das Wort. «Ich bin anderer Meinung, Andrew. Offenbar ist im Augenblick *alles* relevant, was mit dem NFK zusammenhängt.» Zu Dawson sagte er: «Fällt Ihnen nicht noch irgend etwas zu dem ein, was Sie eben gesagt haben? Führte die CIA irgendeinen Einsatz gegen das NFK durch?»

«Nein, Herr Minister», sagte Dawson hitzig. «Das Gesetz verbietet uns ausdrücklich, im Inland zu operieren.»

«Aber das NFK ist vor allem im Ausland tätig, Mr. Dawson», sagte Turner milde belehrend.

«Technisch gesehen, stimmt das», sagte Dawson vorsichtig, «aber die finanzielle Infrastruktur des NFK ist . . . wie soll ich es sagen? Nun, das NFK ist einfach mit amerikanischen Unternehmen verbunden, die zu dem weltweiten Netz multinationaler Konzerne gehören, von denen es finanziert wird. Haben Sie bitte Verständnis dafür, daß ich nicht Experte für das NFK bin, aber fast jeder Nachrichtenmann der Welt könnte Ihnen sagen, daß es außerhalb des Ostblocks kein Land gibt, in dem das NFK nicht auf diese oder jene Weise aktiv ist. Und der Motor all dessen ist natürlich Mr. Davis gewesen. Wir konnten einfach keine . . . keine Operation gegen das NFK durchführen. Es wäre gegen das Gesetz gewesen.»

«Ich glaube wirklich, wir kommen vom Thema ab, Mr. President», sagte Andrew Traynor.

«Einen Moment bitte, Andrew», fuhr der Außenminister dazwischen. «Lassen Sie uns die Sache noch ein wenig weiterverfolgen.» Zu Dawson sagte er dann: «Trotz all dem, was Sie uns gesagt haben, glauben Sie aber, daß Cole Norris auf irgendeine Weise gegen das Neue Friedenskorps ermittelte?»

Dawson, dem es inzwischen leid tat, daß er von sich aus geredet hatte, erklärte: «Ich setzte doch voraus, daß ich keine Fakten habe, Herr Minister.»

«Direktor Norris war sich bestimmt genauso bewußt wie Sie, daß ein CIA-Einsatz im Inland gegen den Kongreßbeschluß verstoßen würde», fuhr Turner fort.

«Natürlich, Herr Minister. Aber wie ich schon sagte . . . Norris hielt es manchmal für richtig, Ermittlungen zu führen, ohne die Firma zu involvieren.»

«Ich weiß Ihr Bemühen zu schätzen, sich vor Ihre Kollegen zu stellen, Mr. Dawson», sagte Turner. «Und die Legalität oder vielmehr die mangelnde Legalität von Norris' Nachforschungen . . .»

«Norris' *angeblichen* Nachforschungen», wandte Andrew Traynor schnell ein.

«Einverstanden», sagte Turner und sprach weiter zu Dawson: «Sicher hat es im Amt Fragen gegeben, Mr. Dawson?»

«Fragen, Sir?»

«Ja, Fragen, Mr. Dawson. Die Tatsache, daß Direktor Norris auf eigene Faust irgendeine Operation . . .» – er hielt inne und nickte Andrew Traynor zu, als wolle er darauf hinweisen, daß dessen Einwand berücksichtigt wurde – «. . . irgendeine Operation leitete, die *vermutlich* gegen das NFK gerichtet war, muß doch in der Agency Staub aufgewirbelt haben. Und da man davon ausgehen kann, daß die Gruppe für Internationale Strategische Studien so etwas wie ein Braintrust für das NFK geworden ist . . .»

George Rossmore unterbrach ihn erregt: «Wirklich, Raymond, es wäre lächerlich anzunehmen, daß die GISS für irgend jemanden eine Gefahr sein könnte. Einige der prominentesten Männer und Frauen Amerikas und Europas sind Mitglieder der GISS. Ich gehöre selbst dazu, und Andy ebenfalls. Hunderte von einflußreichen Leuten, auch Angehörige der Regierung, sind ihr beigetreten. Man hat Sie doch auch aufgefordert, Mitglied zu werden.»

«Worauf wollen Sie hinaus, Raymond?» fragte der Präsident ungeduldig.

«Ich wundere mich nur, ob es wirklich niemandem vom Geheimdienst aufgefallen ist, daß Cole Norris brutal ermordet wurde, als er gerade an einem Projekt arbeitete, das sich um das NFK drehte.»

Einen Augenblick lang war es im Raum still, und es herrschte eine beinahe greifbare Spannung. Das einzige Geräusch war das leise Summen der Uhrenreihe an der Wand. Dann polterte George Rossmore zornig los: «Raymond, das ist ja geradezu *obszön*.»

Andrew Traynor kam ihm schnell zu Hilfe: «Ich kann nicht glauben, daß ein so angesehener Mann wie Sie einen solchen Quatsch denkt, Turner. Es ist einfach absurd.»

Der Außenminister wandte den Blick nicht von Dawson. «Ist es absurd, Mr. Dawson?»

Dawson sprach äußerst widerwillig. «Es hat in McLean ein paar

Mutmaßungen gegeben, Herr Minister. Ich würde lügen, wenn ich es leugnete.»

Der Präsident mischte sich mit scharfer Stimme ein: «Und?»

«Die Agency glaubt, daß der Direktor von Terroristen ermordet worden ist, Mr. President», sprach Dawson ausdruckslos.

«Das klingt fast wie ein offizielles Kommuniqué, Mr. Dawson», sagte Raymond Turner.

«Es ist eines, Sir. Die Leitung der Agency hat natürlich die wenigen verfügbaren Fakten untersucht. Man kam zu dem Schluß, der Mord an Direktor Norris sei ein Terrorakt, der von einer oder mehreren unbekannten Gruppen begangen wurde», sagte Dawson.

«Ich erinnere mich, daß Isaac Holt das von Anfang an gesagt hat – schon bei unserer Besprechung an dem Morgen, als Norris' Leiche gefunden wurde», sagte Raymond Turner. «Erinnern Sie sich noch, Mr. President?»

Der Präsident sah Carl Shepherd an: «Haben Sie dem etwas hinzuzufügen, Carl?»

Das Gesicht des FBI-Direktors war trotz der Kälte im Raum schweißnaß. «Sie werden sich erinnern, daß man mir zu verstehen gab, die Ermittlungen sollten nicht vom FBI geführt werden, Sir.»

Vincent Loomis fuhr ihn ärgerlich an: «Ich erinnere mich aber auch, daß Sie mich auf die gesetzlichen Vorschriften hinwiesen. Ich frage Sie also noch einmal: Haben Sie in dieser Sache etwas zu sagen?»

Shepherd atmete tief ein und antwortete: «Das FBI ist der Ansicht, daß es einen direkten Zusammenhang mit dem Anschlag auf Coles Bruder gibt.»

«Einen Zusammenhang zwischen dem Anschlag und *was*, Carl? Coles Tod oder dem NFK?»

«Mr. President», sagte Andrew Traynor, «ich muß gegen all das protestieren. Wir sind hier, um über Generalsekretär Suslows Drohung zu sprechen. Ich sehe nicht, inwiefern etwas von dem hier . . .»

«Ich entschcide, worüber wir hier sprechen, Andrew», sagte der Präsident barsch. «Nun, Carl?»

«Es ist natürlich möglich, daß der Anschlag auf Michael Rivas der zweite Teil eines simplen terroristischen Plans war. Er war gerade aus einem mohammedanischen Land zurückgekommen. Er war ein paar Wochen bei afghanischen Rebellen gewesen. Möglicherweise hat irgendeine marxistische Splittergruppe Cole Norris umgebracht und dann versucht, Rivas zu töten.» Shepherds Stimme wurde allmählich nachdrücklicher, sicherer. «Aber ich finde diese Theorie irgendwie zu bequem, zu einfach.»

George Rossmore sagte: «Sie meinen, Ihr Instinkt als erfahrener Polizeimann spricht dagegen?»

«Ich habe nie vorgegeben, ein erfahrener Polizeimann zu sein, George», sagte Shepherd gleichmütig. «Aber ich *bin* Direktor des FBI. Würden Sie das bitte nicht vergessen.»

«Oh, ich bitte *vielmals* um Entschuldigung, Carl», sagte Rossmore. Turner bemerkte, daß das Gesicht des Energieministers feucht glänzte.

An der Tür entstand Unruhe, und Charlie McKays Leute begannen zu tuscheln. McKay hörte ihnen zu und flüsterte Peter Gilmartin dann etwas ins Ohr. Gilmartin sagte: «Das kann warten.»

Der Präsident zog ungehalten die Augenbrauen zusammen und sagte: «Sehr schön, Carl. Was hat das FBI sonst noch herausbekommen?»

«Ich weiß nicht, ob dies der richtige Ort ist, um darüber zu sprechen, Mr. President», sagte Shepherd.

«Sie haben gehört, was ich vorhin sagte. Was immer hier geredet wird, bleibt unter uns.» Loomis ließ seinen Blick wieder drohend durch den Raum schweifen. «Oder es gibt das größte Aufräumen seit Watergate. Reden Sie, Carl.»

«Als Rivas New York verließ – übrigens entgegen den Anweisungen der Polizei –, kam er hierher, nach Washington. Er traf sich kurz mit Isaac Holt . . .»

«Das ist ganz plausibel», sagte Traynor. «Holt war schließlich der Stellvertreter seines Bruders gewesen.»

«Sicher», sagte Shepherd. «Aber er wurde vom Lincoln Memorial, wo er mit Holt sprach, zum Dulles Airport verfolgt. Wer auch immer versucht hatte, ihn in New York zu töten, war noch hinter ihm her. Ich finde, Terroristen arbeiten normalerweise nicht so.»

«Sie haben natürlich den Mann identifiziert, der Rivas folgte?» fragte Rossmore.

Shepherd schüttelte den Kopf. «Nein, leider nicht.»

«Sind Sie überhaupt sicher, daß er verfolgt wurde?» fragte Turner und wußte die Antwort im voraus.

«Absolut sicher», sagte Shepherd. «Rivas nahm die Concorde nach Heathrow. Vom Flughafen fuhr er sofort nach Dartmouth, südwestlich von London, wo er einen Mann namens Wyndham aufsuchte. Dieser Wyndham ist bei Interpol als Glücksritter bekannt . . . als Söldner.»

Andrew Traynor seufzte dramatisch und lehnte sich zurück. «Wirklich, Mr. President. Haben wir *Zeit* für diese alberne Räuberpistole? Wohin soll das noch führen?»

Shepherd ließ sich nicht aufhalten. «Ein Mann, auf den die Beschreibung des Unbekannten paßt, der ihn hier in Washington beschattete, folgte ihm dorthin und wieder zurück nach London. Rivas und dieser Mann verließen London noch am Nachmittag, allerdings nicht mit derselben Maschine. Der Mann, der hinter Rivas her gewesen war, verlor einige Zeit, weil die Briten *ihn* verfolgten – auf meine Bitte hin. Rivas wollte jedenfalls nach Salalah, Oman. Und Salalah ist der Nachschubhafen für die EQ-Station . . . es liegt am Arabischen Meer.»

«Aha», sagte Traynor, «endlich kommen wir zur Sache. Rivas möchte zur EQ-Station. Nun, ich wünsche ihm viel Glück. Wenn er sich die Mühe gemacht hätte zu fragen, wäre er sicher vom NFK eingeladen worden. Ich nehme an, das ging gegen seine Journalistenehre. Aber das hier ist ein langes Geschwafel, das uns keinen Schritt weiterbringt. Verzeihen Sie, Harper» – er winkte dem Pressesprecher zu – «aber wir wissen jetzt, daß Rivas genau wie jeder andere verdammte Schreiberling ist. Er ist hinter einer Story her. Er hat seine Trauer über den Tod seines Bruders vergessen und will irgendwie Kapital aus der Sache schlagen. Großer Gott, Carl, ist das alles, was Sie gefunden haben?»

«Nein», sagte Shepherd kühl. «Der Mann, den Rivas in Dartmouth besucht hat, ist tot. Sein Boot wurde heute am frühen Morgen im Ärmelkanal gerammt, von einem Tanker.»

«Woher bekommen Sie Ihre Informationen, Carl?» fragte der Präsident, der die Hand gehoben hatte, damit Andrew Traynor ihm nicht wieder zuvorkam.

«Entschuldigung, Mr. President», sagte Shepherd kläglich. «Ich konnte diese Sache nicht einfach auf sich beruhen lassen. Ich sprach mit Sir Allan Sawkins von der Special Branch in London. Er setzte einen Mann auf Rivas und diesen anderen Typen an, der Rivas nach Dartmouth folgte.»

«Großer Gott», sagte Rossmore, «jetzt haben wir die Briten aufgeschreckt. Ich hätte gemeint, wir sollten unseren Schmutz selbst wegräumen.»

Shepherd fuhr fort: «Sawkins berichtete mir, Wyndham stehe im Verdacht, Steuern hinterzogen zu haben. Die britischen Finanzbeamten seien sicher, er habe seit einem Jahr oder mehr erhebliche Summen aus dem Ausland bekommen. Sie wollten ihn unangemeldet besuchen. Aber als sie in Dartmouth eintrafen, war seine Jacht nicht mehr da. Die britische Küstenwache hat ein paar Stunden später im Kanal Wrackteile aufgefischt. Das Wetter war klar, es ging nur eine leichte See. Sie sind hundertprozentig sicher, daß er dort irgend jemanden treffen wollte und versenkt wurde.» Er wandte sich unmittelbar an Traynor: «Ja, Andy, verdammt noch mal, ich denke doch, das bringt uns weiter.» Er drehte sich wieder zum Präsidenten um. «Noch eines, Sir. Der Mann, bei dem Rivas in der Nacht nach dem Anschlag schlief, ein gewisser Abbott – er ist ebenfalls tot. Er stürzte heute früh aus dem Fenster.» Shepherd holte tief Luft, als hätte er gerade sein tägliches Joggingpensum absolviert.

«Mr. President.» Der junge Mann von der Nationalen Sicherheitsbehörde, dem Amt, das unter anderem die Aufgabe hat, verdächtige Telefonate oder Funksprüche von den USA und in die USA zu überwachen und gegebenenfalls mitzuschneiden, leckte sich die trockenen Lippen.

«Was ist?» fragte der Präsident scharf. «Wer sind Sie?»

«Burton Welch, Sir. NSB.»

«Na gut, reden Sie.»

«Vielleicht ist es nicht relevant», sagte Welch betont sachlich, «aber wir haben gestern ein Telefongespräch zwischen Kingswear in England und Washington mitgeschnitten. Normalerweise schaltet sich der Computer bei solchen Routineüberwachungen aus, sobald die Gesprächspartner anfangen zu reden. Wir müssen aufpassen, daß wir nichts tun, was die Gerichte als Verletzung der Bürgerrechte auffassen würden . . .»

«Ja, ja», sagte Loomis, «sehr lobenswert.»

«Aber dieser spezifische Anruf kam von einer Telefonzelle in Kingswear . . .»

«Wo zum Teufel ist Kingswear?» fragte General Lescher.

«An der Mündung des Dart, General. Jedenfalls irgendwo in der Nähe», sagte Admiral Thesiger. «Die königlich-britische Marineakademie ist dort.»

Der junge Mann von der NSB wartete höflich, bis der Admiral

ausgeredet hatte, und sagte dann: «Wie ich erklärt habe, Mr. President – ich habe übrigens die Protokolle von gestern mitgebracht –, wurde von einer Telefonzelle aus angerufen. Der Anrufer wählte eine Washingtoner Nummer. Der Computer beschloß, das Gespräch mitzuschneiden, weil der hiesige Partner ein Telefon mit *Scrambler* benutzte.»

Shepherd schnalzte leise und sagte Turner ins Ohr: «Ich gehe jede Wette ein, daß der Anruf geführt wurde, als Rivas in Dartmouth war. Ich spüre es im Bauch.»

Der Präsident warf ihm einen tadelnden Blick zu. «Ein Telefon mit Zerhacker, so sagt man doch? Haben Sie das Gespräch wieder . . . zusammengesetzt?»

«Hm . . . Nein, Mr. President.»

«Warum denn nicht, wo Sie sich doch schon die Mühe machten, es mitzuschneiden?» fragte Loomis aufgebracht.

Der junge Burton Welch blickte den auf der anderen Seite der polierten Tischplatte sitzenden Quinn Dawson an, als wolle er ihn um Entschuldigung bitten. «Nun, Sir, das Scrambler-Programm stammt von der Central Intelligence Agency. Solche Gespräche entschlüsseln wir nur mit besonderer Genehmigung.»

Präsident Loomis sah perplex von Welch zu Dawson und wieder zu Welch. «Lassen Sie mich wiederholen. Die NSB hat gestern einen Scrambler-Anruf mitgeschnitten, der zwischen Dartmouth . . . Kingswear. . . was weiß ich . . . und einem CIA-Anschluß geführt wurde?»

«Ja, Sir. Ich habe die Protokolle hier.»

«Verdammt, vergessen Sie die Protokolle», sagte Loomis. «Dawson, was wissen Sie darüber?»

«Nichts, Sir. Nicht das geringste», sagte der Einsatzleiter heftig. «Wir arbeiten momentan nicht in Südengland.»

«Ich möchte, daß das Gespräch sofort entschlüsselt wird. *Sofort.*»

«Ja, Mr. President», sagten Dawson und Welch fast gleichzeitig.

«Gehen Sie. Beide. Ich möchte die Transkription in einer halben Stunde hier haben. Welch . . .»

«Sir?» Der junge Mann stand bereits und packte seine Papiere ein.

«Können Sie nach dem Mitschnitt sagen, wer der Anrufer war und wer das Gespräch entgegennahm?»

«Leider nicht, Sir. Bei der Aufnahme von durch den Scrambler gelaufenen Gesprächen kann man keine Stimmprofile machen. Das Scrambler-Programm macht Stimmen völlig unkenntlich.»

«Dann muß die Entschlüsselung genügen. Beeilen Sie sich.»

Die anderen saßen schweigend da, bis der CIA-Mann und der NSB-Mann den Raum verlassen hatten. An der offenen Tür flüsterte einer der Assistenten Peter Gilmartins mit dem Wachposten. Der Präsident ignorierte die beiden und wandte sich an General Lescher. «Ich denke, es ist Zeit, einen Blick auf die EQ-Station zu werfen, General. Wie schnell können wir eine SR-71 über Südarabien haben?»

George Rossmore sagte rasch: «Mr. President, denken Sie bitte daran, was für einen Eindruck das auf Calder Davis und seine Mitarbeiter machen würde. Calder ist Ihr *Freund*, Sir. Wenn Sie etwas über das NFK wissen wollen, brauchen Sie ihn doch nur zu fragen.»

Loomis sah seinen Energieminister kühl an. «Aber Calder ist nicht hier, George, nicht wahr? Er ist auf dem Weg nach Europa, und wir können ihn im Augenblick nicht erreichen.»

«Trotzdem, Sir. Wir brauchen nur ein paar Stunden zu warten. Ist das nicht der beste Weg, um diese Sache zu klären?»

Wieder wird Vincent Loomis getestet, dachte Raymond Turner; in *Versuchung* gebracht, ist vielleicht der bessere Ausdruck.

Der Präsident schüttelte langsam den Kopf und blickte Rossmore beinahe mitleidig an. «Nein, George, diesmal nicht. General? Was ist mit der SR-71?»

General Lescher erwiderte seinen Blick kühl, alles andere als diensteifrig. «Es dürfte vierundzwanzig Stunden dauern, Mr. President. Wir haben nur noch eine einzige Blackbird-Staffel, und die ist in der Beale Air Force Base in Kalifornien stationiert.» Er runzelte die Stirn und fuhr zweifelnd fort. «Wenn eine Maschine einsatzbereit ist – es könnte Schwierigkeiten geben, weil wir Probleme hatten, die qualifizierten Wartungstechniker zu halten –, also, wenn eine einsatzbereit ist, kann sie heute abend in Deutschland sein. Dafür brauchen wir übrigens eine Erlaubnis von Bonn, Herr Minister.» Er hatte die letzte Bemerkung an den Außenminister gerichtet, und Turner nickte. «Wir können eine KC-10 zum Auftanken nach Bir Jifjafah in Ägypten schicken. Noch eine Erlaubnis, Minister Turner. Diese Maschine kann den Blackbird irgendwo über dem Mittelmeer auftanken. Dann kann der Pilot weiter nach Südarabien, und mit einigem Glück wird er samt seinen Daten heil nach Deutschland zurückkommen. Dort können wir dann auswerten. Ja, ich denke, in vierundzwanzig Stunden müßte es gehen.»

Loomis war dem Blick des obersten Stabschefs nicht ausgewichen. Er nickte. «Sehr gut, General. Veranlassen Sie das Nötige.»

«Ja, Mr. President.»

Erst jetzt wandte Loomis sich gereizt zu den beiden, die immer noch an der Tür tuschelten. «Was, zum Teufel, ist da los?»

Peter Gilmartin sagte: «Einer von Calder Davis' Sekretären steht draußen, Mr. President. Er hat einen Brief von Calder für Sie.»

«Nehmen Sie ihn an und bringen Sie ihn her», sagte der Präsident zornig.

«Er will ihn keinem anderen geben, Sir», sagte Gilmartin. «Calder hat ihm befohlen, ihn nur Ihnen persönlich auszuhändigen.»

«Meinetwegen. Lassen Sie ihn reinkommen.»

Flankiert von dem Wachposten, der mißtrauische Blicke auf den Umschlag warf, näherte Calder Davis' Sekretär sich dem Präsidenten.

«Sehr schön», sagte der Präsident, «geben Sie mir den Brief, mein Sohn.»

Der junge Mann gab ihm das Schreiben und wurde schnell wieder aus dem Raum gebracht.

«Ich nehme an, ich lese das hier besser sofort», sagte der Präsident. «Ich kann mir nicht vorstellen, warum Calder auf dieser dramatischen Prozedur bestanden hat. Es sieht ihm nicht ähnlich. Entschuldigen Sie mich also einen Moment.»

Er öffnete den dicken Umschlag und zog die drei maschinegeschriebenen Bogen heraus. Gewohnheitsmäßig schaute er sich die Unterschrift an, ehe er zum Briefkopf zurückkehrte und zu lesen begann.

Turner sah neugierig zu, wie der Präsident die Hände zu Fäusten ballte, so daß die Knöchel weiß hervortraten. Dann begannen die Seiten in seiner Hand plötzlich zu zittern, und er mußte sie auf den Tisch legen, um weiterlesen zu können.

Als er fertig war, saß er einen Augenblick stumm da, den Blick in unbestimmte Ferne gerichtet. Raymond Turner fühlte eine beinahe körperliche Furcht, während er das Gesicht des Präsidenten beobachtete. Es war aschfahl und blutleer geworden, wie eine marmorne Maske.

Die Männer im Raum rutschten unruhig auf ihren Stühlen hin und her, aber Vincent Loomis achtete nicht auf sie und las den Brief langsam noch einmal, vom Anfang bis zum Ende.

«Mein Gott», sagte er mit leiser, erstickter Stimme. «*Mein Gott . . . Was hast du getan . . .*»

Dann begann er zu stammeln. Politiker und Regierungsbeamte, die jahrelang unter Vincent Loomis gearbeitet hatten, erkannten den Mann nicht wieder, der nun wie ein Schreckbild ohnmächtigen Zorns und Entsetzens am Kopfende des Tisches saß.

Als er seine Augen wieder unter Kontrolle hatte, war ihr Blick auf George Rossmore und Andrew Traynor gerichtet. Die beiden erwiderten ihn, wie versteinert von dem, was sie in Loomis' Gesicht lasen.

«Holen Sie die Wache rein», flüsterte der Präsident rauh.

Peter Gilmartin sperrte Mund und Augen auf und rührte sich nicht. Charlie McKay war schneller, obgleich er genauso verwirrt war wie alle anderen im Krisenraum.

Zwei Posten folgten McKays Befehl und kamen, als sie den Ausdruck in seinem Gesicht sahen, mit gezogenen Pistolen ins Zimmer gestürmt.

«*Sie . . .*», sagte Loomis heiser. Er hatte sich inzwischen auf die Füße gestemmt und zeigte auf Andrew Traynor. *«Stehen Sie auf . . . wird's bald . . .»* Dann zeigte er auf Rossmore, und seine Hand ballte sich zur Faust, als wolle er zuschlagen.

Statt dessen sagte er zu den Wachposten: *«Verhaften Sie diese beiden Männer . . . Ich will, daß sie in Einzelhaft kommen und streng bewacht werden . . .»*

Die Männer von der Leibgarde des Präsidenten, die aufgrund ihrer Loyalität und ihres Muts ausgesucht worden waren, konnten nicht glauben, was ihnen befohlen wurde. Wollte der Präsident der Vereinigten Staaten tatsächlich, daß sie zwei Mitglieder seines Kabinetts festnahmen? Ihre Gedanken kreisten unwillkürlich um Disziplinarverfahren und unehrenhafte Entlassung. Es sprach für sie und die Regierung, der sie dienten, daß sie erst viel später an so etwas wie Staatsstreich dachten. Sie zögerten jedenfalls und blickten sich suchend am Tisch um, als hofften sie auf eine Bestätigung.

Raymond Turner, der älteste Anwesende, reagierte am schnellsten. Als die Männer vom Secret Service zu ihm blickten, fuhr er sie an: *«Tun Sie endlich, was der Präsident gesagt hat!»*

Die beiden näherten sich dem verblüfften Rossmore und dem entsetzten Traynor und führten sie hinaus. Im Krisenraum brach die Hölle los. Fragen und Vermutungen jagten einander.

Präsident Loomis knallte die Hand auf den Tisch; es klang wie ein Pistolenschuß. *«Hinsetzen. Alle!»*

Als das Durcheinander sich einigermaßen gelegt hatte, sagte er tonlos: «Danke, meine Herren.» Zum erstenmal, seit er sich erinnern konnte, empfand Raymond Turner eine gewisse Bewunderung für Vincent Loomis.

Der Präsident holte tief Luft und redete dann mit festerer Stimme. «Ehe wir beschließen, was wir Generalsekretär Suslow antworten, hören Sie sich besser an, was Calder Davis zu sagen hat.» Er nahm den Brief und fing an, ihn bedächtig und artikuliert vorzulesen.

6

17. Juli, sechster Tag

29. Ar Rub al-Chali

Unter einem Himmel, der einer schwärenden Wunde glich, fuhr der kleine Konvoi nach Nordosten. Die Wüstensonne, die bereits am Horizont leuchtete, färbte die Staubwolken mit rötlichen und orangefarbenen Streifen. Der Wind hatte sich gelegt, und es lastete eine bedrückende Stille. Die Sandspiralen, die von den Rädern der Fahrzeuge aufgewirbelt wurden, schienen in der Luft hängenzubleiben, und die Scheinwerfer mit den geschlitzten Tarnaufsätzen warfen flache Lichtfächer in die Leere. Als Rivas den Blick zum Zenit hob, sah er über dem Staubschleier schwach Sterne flimmern.

Rivas hatte auf allen seinen Reisen noch nie eine Wüste wie diese gesehen. Seit Verlassen der geröllbedeckten, alkalihaltigen Ausläufer des Qara-Gebirges hatten die Wagen eine scheinbar unendliche Weite von bis zu zehn Metern hohen Sanddünen durchquert. Colonel Hadfields Fahrer, der stumme ehemalige Sklave, steuerte den Kübelwagen nach dem winzigen Kompaßlicht, aber Rivas hatte den Eindruck, daß er, wenn der Kompaß versagt hätte, den Konvoi weiter in nordöstliche Richtung geführt hätte, geleitet von einem inneren Instinkt, der den Bewohnern dieser unwirtlichen Einöde angeboren war.

Jetzt, während das Licht am östlichen Horizont unmerklich intensiver wurde, erkannte Rivas allmählich, wie gewaltig die Wüste war, in der die drei Fahrzeuge insektengleich, das Zwielicht mit ihren dünnen Lichtfühlern abtastend, dahinkrochen.

Jedesmal wenn der Kübelwagen die Spitze einer Düne erreicht hatte, ging ihm wieder auf, was die Araber mit dem Namen Rub al-Chali – «Empty Quarter – Leeres Viertel» – meinten. In dem heller werdenden Morgengrauen sah er nichts als weitere Dünenkämme, Wogen aus Sand, bis zum Horizont. Wegen des unzureichenden Lichts konnte er nicht ausmachen, ob der Horizont einen oder tausend Kilometer entfernt war, doch das dunkle, monotone, in seiner Bewegung erstarrte Sandmeer füllte sein ganzes Gesichtsfeld aus. Dieser Einöde kann nur die Sahara gleichkommen, dachte Rivas.

Die Frau hatte den Kopf an den ungepolsterten Stahlaufbau des Fahrzeugs gelehnt und schlief. Der Schal, den sie als Schleier benutzt hatte, war hinuntergerutscht, und im Schein des Kompaßlichts konnte Rivas die sanft geschwungenen Linien ihres Gesichts sehen, die im Schlaf halb geöffneten Lippen und die dunklen Augenbrauen. Nicht zum erstenmal in den vergangenen Stunden fragte er sich, was sie an diesem Ort und in dieser Gesellschaft zu suchen haben mochte. Er war sich seltsam bewußt, daß ihr Schenkel bei jedem Holpern des Kübelwagens auf dem unebenen Terrain an seinen gedrückt wurde.

Rivas war ein Mann mit einem starken Trieb, wie Cole. Doch im Gegensatz zu seinem toten Halbbruder hatte er sich abgewöhnt, Sex als Mittel gegen wirkliches oder eingebildetes Versagen zu benutzen. Sein mexikanisches Erbe – das doppelte Wertsystem – machte es ihm schwer, die sexuelle Freizügigkeit seiner Generation zu akzeptieren. Da er aber auch nicht gewillt war, enthaltsam zu leben, hatte er den einzigen Kompromiß mit der modernen Zeit geschlossen, der ihm möglich war: Er schlief mit Frauen, mit denen er befreundet sein konnte, ohne daß sie von ihm – und er von ihnen – Treue verlangten. Diese Beschränkung und nicht (wie er inzwischen glaubte) sein unsicherer und gefährlicher Broterwerb hatte dazu geführt, daß er immer noch Junggeselle war. Eine Begleiterscheinung seiner im Grunde enthaltsamen Lebensweise war das Unbehagen, das ihn jedesmal überkam, wenn er sich zu einer Frau hingezogen fühlte, die er nicht gut kannte.

Amira Shallai hatte Michael Rivas in den wenigen Stunden, die sie zusammen gewesen waren, erheblich in Unruhe versetzt. Sie war körperlich anziehender und *weiblicher* als die Frauen, mit denen er bisher geschlafen hatte. Abgesehen davon beunruhigte ihn jedoch etwas Unschuldiges und Verletzliches, das er in ihr zu spüren meinte – irrtümlich, wie die Stimme der Vernunft ihm sagte. Das war hier einfach nicht möglich. Nicht unter diesen Umständen.

Er umfaßte das M-16 zwischen seinen Knien weiter oben am Lauf und blickte von der Schlafenden fort. Mein Gott, sagte er sich, dies ist nicht die richtige Zeit, wie ein Knabe bei der ersten Pubertätsaufwallung zu schmachten, und das noch wegen einer Frau, die du nicht mal 24 Stunden kennst. Er war es Cole schuldig, kaltes Blut zu bewahren, und Dr. Shallai war eine Ablenkung, die er jetzt nicht gebrauchen konnte.

Die krank wirkende Häßlichkeit des frühmorgendlichen Himmels wurde vom Tageslicht zunehmend gemildert. Die Sonne, die immer noch nicht hinterm Horizont hervorgekommen war, begann die graubraunen Schlieren aus feinstem Sand zu durchdringen, die sich noch nicht gesetzt hatten. Die Dünen erglühten rötlich.

Colonel Hadfield sagte gelassen: «Die nächsten Tage brauchen wir keine Angst vor neuen Sandstürmen zu haben.» Der Brite hatte seit Stunden nicht gesprochen. Die Helle des anbrechenden Tages schien ihn innerlich ein bißchen zu lösen.

«Wie weit ist es noch bis zur Station, Colonel?» fragte Rivas.

«Fünfzig Kilometer», sagte Hadfield. «Eine gute Stunde.»

Rivas sah zum Himmel. «Hätten wir nicht doch fliegen können?»

«Vielleicht», sagte Hadfield. «Aber das spielt jetzt keine Rolle mehr. Außerdem ist es manchmal besser, das Land von hier unten kennenzulernen. Dann kriegt man einen guten Vorgeschmack.»

Wieder zeigte sich, daß der alte Trucial Scout die Wüste inbrünstig liebte. «Rub al-Chali ist größer als Ihr Texas, Hayden. Wir sind noch ganz am Rand. Zweieinhalb Millionen Quadratkilometer.» Seine Stimme wurde schärfer. «Unter unseren Füßen ist mehr Öl, als je aus Arabien hinausgekommen ist. Mehr, als je hinauskommen *wird*, Gott sei Dank.»

«Suchen sie in der EQ-Station nach Öl?» fragte Rivas.

Hadfield fuhr herum und starrte ihn an, und Rivas merkte, daß er einen Schnitzer gemacht hatte. Die Männer, die sich zur «Brigade» verpflichtet hatten, wußten natürlich alle, daß man sich in der EQ-Station nicht unmittelbar mit Explorationen beschäftigte. Rivas sagte nichts und verwünschte insgeheim seine Unachtsamkeit. Es kam sicher daher, daß er total übernächtigt war.

«Was sagten Sie doch noch, wann haben Sie Wyndham getroffen?» fragte Colonel Hadfield.

«Ich sagte nichts dergleichen, Colonel», antwortete Rivas vorsichtig. «Wir haben kaum geredet. Ich hatte mich, wie gesagt, verspätet.»

Hadfield sah Rivas lange an, und der Ausdruck in seinem im Schatten liegenden Gesicht war nicht zu deuten. «Ich wollte Sie schon danach fragen», sagte er. «Warum haben Sie eigentlich die Maschine verpaßt? Die anderen haben es alle geschafft.»

Rivas erwiderte seinen Blick und sagte unbewegt: «Ich war im Gefängnis, Colonel. Ich war unterwegs nach Kingswear, aber ich wurde angehalten und mußte pusten, und weil ich getrunken hatte, steckten sie mich für zwei Tage in Canterbury ins Loch. Ihre Landsleute haben was gegen Alkohol am Steuer, nicht wahr?» Er sagte die letzten Worte ein bißchen herausfordernd, etwa so, wie Captain Hayden es seiner Ansicht nach getan hätte.

Colin Hadfield, der als alter Aktiver wußte, daß Alkohol schon viele Soldaten aus der Bahn geworfen hatte, ließ sich auf vertrautes Terrain locken. «In der EQ-Station gibt es keinen Alkohol, Hayden. Jedenfalls nicht für die Wachmannschaft. Stellen Sie sich darauf ein.»

«Das hat Wyndham mir schon erzählt», sagte Rivas trotzig. «Sie brauchen es nicht zu wiederholen.»

Die eisgrauen Brauen senkten sich, so daß die schmalen Augen kaum noch zu sehen waren. «Colonel, wenn ich bitten darf», sagte Hadfield.

«Colonel», sagte Rivas. «Sir.»

«Sie gehören jetzt zu einer militärischen Einheit, Hayden. Lassen Sie sich nicht davon verwirren, daß wir keine Fahne haben. Disziplin ist das A und O bei der Brigade.»

Da ist es wieder, dachte Rivas, dieser beinahe mystische Nachdruck, mit dem er «Brigade» sagt.

Die Frau beobachtete die beiden Männer mit stummem Interesse. Sie hatte das Gespräch gehört, das war klar. Was bedeutete die «Brigade» für sie?

Hadfield wandte sich ab und sagte ein paar Worte im lokalen Dialekt zu dem Fahrer, der als Antwort kurz auf den hell werdenden Horizont deutete. Rivas folgte der Geste und sah die dunklen Umrisse eines sehr niedrigen Bauwerks. Es war ein ungefähr ein mal zwei Meter großer Betonblock, der wegen seiner geringen Höhe kaum als Unterstand dienen konnte. Auf dem Dach war eine kurze, dicke Antenne angebracht. Der Block war von einem Maschendrahtzaun umgeben, der halb im angewehten Sand steckte.

Colonel Hadfield griff ins Handschuhfach und holte eine eckige schwarze Dose mit einem Knopf heraus. Er drückte auf den Knopf und legte die Dose ins Fach zurück.

«*Intermediate Frequency*, Colonel?» fragte Rivas.

«Ja», sagte Hadfield kurz.

Wir fahren also durch eine Art Todesstreifen, dachte Rivas. Die Dünen mußten vermint sein, nur das konnte den Minisender erklären. In der EQ-Station, wurde ihm mit einem Frösteln klar, verläßt man sich nicht allein auf Söldner aus Afrika und Europa, um die Südflanke zu schützen.

Rivas fragte sich, was passieren würde, wenn Nomaden auf einem Raubzug zu ihren Nachbarn hier durchkämen. Vielleicht taten sie es nicht mehr. Ein plötzlicher, unerklärlicher Tod würde reichen, um diesen Ort für die Raschids tabu zu machen. Von der automatischen Sensorstation peilten sie das Hauptquartier an und fuhren in geänderter Richtung langsamer weiter durch die Dünen. Der Himmel nahm eine orangerote Farbe an, das Licht vertrieb die letzten Spuren der Nacht. Der Rand der Sonne schob sich über den Horizont und übergoß die Wüste plötzlich mit einem Glanz, der von diamantenen Speeren herzurühren schien. Selbst Amira Shallai, die Sonnenaufgänge in der Wüste kannte, hielt bei dem eindrucksvollen Schauspiel den Atem an.

Hadfields Gesicht war im Licht krebsrot. Er sah sich hingerissen um. Rivas fiel wieder auf, wie der alte Soldat die Einöde betrachtete, durch die sie fuhren: gleichsam mit Besitzerstolz und beinahe mütterlicher Fürsorge. Rivas wäre nicht sehr überrascht gewesen, wenn der alte Kämpe gleich den persischen Dichter Omar Chajj'am zitiert hätte: *«Erwachet! Die Sonne vertreibt der Sterne Schar / Vom Himmelszelt . . .»*

Rivas blickte wieder zu Amira Shallai und sah verblüfft, daß sie ihn anlächelte. Die drei Fremden und der stumme Araber genossen die erhabene Schönheit des neuen Tages.

Die Sonnenscheibe ruhte jetzt auf dem Horizont und bewirkte ein neues Wunder. Ihre waagerechten Strahlen wurden von den Silikaten im Sand tausendfach gebrochen, so daß es aussah, als hätten die Dünen sich in ein wogendes Meer aus Edelsteinen verwandelt.

«Es ist gleich vorbei», sagte Amira bedauernd. In Sekundenschnelle wurde der Sand seines Glanzes beraubt, und die Sonne begann unbarmherzig zu stechen. Der Himmel bekam eine fahle Grelle, nur noch dann und wann unterbrochen von den Staubschwaden, die der Sturm hochgetragen hatte. Im Norden schien die Luft klarer zu sein, hatte aber ebensowenig Farbe. Rivas fühlte, wie sich in seinem Nacken und auf seinen Armen Schweißperlen bildeten. Als die Sonne den Horizont unter sich ließ, schützten die beiden Männer und die Frau ihre Augen mit dunklen Brillen, errichteten wieder eine Schranke zwischen sich und der Natur.

Fast genau eine Stunde später wühlte sich der Kübelwagen durch tiefen Sand auf eine besonders hohe Düne zu, bog scharf nach rechts ab und hielt. Die anderen Fahrzeuge holten auf und stoppten ebenfalls. Das Geräusch der leerlaufenden Motoren schien von der stillen Weite aus Sand verschluckt zu werden.

Anderthalb Kilometer vor ihnen sah Rivas die Empty-Quarter-Station. Er staunte über die Größe der Anlage. Er wußte, daß sie auf dem Gelände eines verlassenen saudischen Luftstützpunkts errichtet worden war, war aber nicht auf die vielen Gebäude vorbereitet, die dort mitten in der Wüste standen.

Die älteren Bauwerke waren halb verfallen, Opfer des Winds und Treibsands. Die neuen Gebäude aus unverputztem Beton standen überall dazwischen. Am anderen Ende der Station, mehr als zwei Kilometer weiter, erkannte Rivas einen gedrungenen Turm, der wie der Kühlturm eines Kernkraftwerks aussah. Er wurde umgeben von großen Betonkästen, auf deren Dächern ein Wald von Antennen emporragte. Auf einer ehemaligen Abstellpiste neben der breiten Landebahn – einer endlosen Fläche aus Beton, deren Ränder von Tausenden winziger Sanddünen begrenzt wurden – hatte man ein langes, niedriges Gebäude errichtet, neben dem ein etwa 150 Meter hoher Mast stand, der nur als Fernsehsender dienen konnte. Der Sendemast wurde flankiert von zwei riesigen parabolischen Radarantennen, deren Neigung Rivas sagte, daß sie auf etwaige Satelliten oder irgendwelche anderen Objekte weit über dem Himmel gerichtet waren.

Außer den Gebäuden konnte Rivas vom Dünenkamm aus Betoneingänge sehen, die in künstlich aufgeschüttete Sandhügel zu führen schienen. Bei genauerem Hinsehen erkannte er jedoch, daß es sich um Erhebungen aus Beton handelte.

Es mußte unermeßliche Summen gekostet haben, all das in einer so entlegenen Gegend zu bauen. Rivas hatte Luftstützpunkte gesehen, die noch benutzt wurden und nur halb so groß waren wie die EQ-Station.

Die Hangars und Splitterboxen standen im Sand entlang der Hauptpiste, und alle waren so gebaut, daß sie aus der Luft nicht auszumachen waren. Auf den betonierten Abstellplätzen parkten Hubschrauber, aber das Ganze machte entschieden den Eindruck, als erwarte man ein großes, ein sehr großes Kontingent von Flugzeugen. So müssen die englischen Bomberbasen des Zweiten Weltkriegs ausgesehen haben, wenn die Piloten unterwegs waren, um ihre tödliche Last über deutschen Städten auszuklinken, dachte Rivas. Der Platz war viel größer als die alten Militärbasen, die er besucht hatte, aber die *Atmosphäre* war die gleiche.

Auf dem Abstellplatz vor dem langgestreckten, niedrigen Gebäude mit den TV-Sendeanlagen stand eine Lockheed Tristar. Rivas konnte trotz der Entfernung sehen, daß ihr Anstrich schwer mitgenommen war; sie mußte durch einen Sandsturm geflogen sein. Wer damit gekommen ist, dachte er, hat bestimmt einen scheußlichen Flug gehabt.

Die meisten Straßen, die die verschiedenen Teile des alten Saudi-Stützpunkts miteinander verbunden hatten, waren nun von Treibsand bedeckt und wirkten unbenutzt. Aber die Umzäunung der Station war neu, und nach den auf ihr angebrachten Isolatoren zu urteilen, stand sie unter Strom. Die EQ-Station wirkte nicht gerade wie eine gastliche Oase in der Wüste. Im Gegenteil: Sie war eine Festung.

Dann wurde Rivas klar, was fehlte: Menschen. Von seinem erhöhten Standort aus sah er nur ein paar Männer, offenbar in NFK-Uniform, die am Zaun Patrouille zu gehen schienen. Aber auf der Piste, auf den Straßen und bei den Gebäuden war kaum ein lebendes Wesen zu sehen. Einige Techniker machten sich an einer der Radarantennen auf den Dächern zu schaffen, als wollten sie sie neu richten, aber das war auch schon alles.

«Willkommen in der EQ-Station», sagte Hadfield.

Amira Shallai entgegnete: «Sie ist viel größer, als ich dachte.»

«Und leerer», meinte Rivas.

Die bewaffneten Männer, die Patrouille gingen, hatten nun ein Tor erreicht und öffneten es, wobei sie angewehten Sand fortschieben mußten. Colonel Hadfield winkte, und der Konvoi setzte sich in Bewegung und fuhr zu dem Tor.

Am Tor gab der Offizier dem Kübelwagen ein Zeichen zu halten. Er hatte kaum den Mund aufgetan, als Rivas auch schon klar wurde, daß er Deutscher war – der Akzent war unverkennbar. Deutsche, Briten, Südafrikaner, Amerikaner, überlegte Rivas. Eine multinationale Truppe – ein Teil der «Brigade»?

«Willkommen daheim», sagte der Offizier. «Gute Reise?»

«Keine besonderen Vorkommnisse», sagte Hadfield.

Der junge Deutsche betrachtete Amira eingehend und wandte seine Aufmerksamkeit dann Rivas zu. Hadfield stieg aus, und der Deutsche ging mit ihm ein Stück und redete dabei schnell auf ihn ein.

Hadfield drehte sich um und starrte Rivas an. Amira Shallai ließ sich nichts entgehen. Rivas spürte ein Frösteln, das seinen ganzen Körper ergriff, als der Deutsche wie zufällig seine MP hob, bis die Mündung genau auf ihn zeigte.

Die beiden Männer kamen zum Wagen zurück, und Colonel Hadfield sagte kalt: «Steigen Sie aus.»

Rivas sprang hinaus und reckte sich.

Hadfield legte eine Hand auf das M-16. «Sie werden das nicht mehr brauchen.»

Der junge Deutsche, dessen sich pellende Gesichtshaut von einem starken Sonnenbrand zeugte, trat zwischen Rivas und den Kübelwagen und sagte langsam: «Mr. Rivas . . . Michael Rivas . . .»

Einen Augenblick lang wollte Rivas etwas einwenden, seine wahre

Identität leugnen. Aber es war offensichtlich, daß der Deutsche genau wußte, mit wem er es zu tun hatte.

«Mr. Rivas, Sie kommen bitte mit mir. Ich bedaure, aber ich muß Sie in Haft nehmen.»

30. Moskau

Im fünften Untergeschoß des GRU-Computerzentrums am Arbatskaja-Platz beugte sich Jelena Markarowa aufmerksam über ihren Terminal.

Jelena, Absolventin der Parteihochschule und der Universität Leningrad, war Computerspezialistin und arbeitete seit über zehn Jahren beim Direktorium des Militärischen Nachrichtendienstes des Sowjetischen Generalstabs. Sie war eine hochgewachsene, etwas farblose Frau ohne großen Ehrgeiz, aber es machte ihr Spaß, entlegene und scheinbar unbedeutende Fakten zu sammeln. Als persönliches Hobby entwarf sie Computerprogramme nach den großen Schachpartien der Geschichte, Programme, die nie benutzt werden würden und kaum mehr als komplizierte Spielereien waren. Es freute sie jedoch, daß sie wußte, bei welchem Zug Kortschnoi bei jenem berühmten Turnier gegen Karpow auf den Philippinen ein wichtiges Spiel verloren hatte. Jelena konnte sich an solchen Details berauschen.

Ihre offizielle Aufgabe im fünften Untergeschoß am Arbatskaja-Platz bestand darin, die täglichen Afrikameldungen herauszupicken und für die Offiziere des Generalstabs zusammenzufassen. Das Kompendium aller eingehenden Daten umfaßte gewöhnlich fünfzig Seiten oder mehr, und sie hatte manchmal den Verdacht, daß die vielbeschäftigten Männer, für die es bestimmt war, es nicht immer sehr aufmerksam lasen. Aber sie war bei ihrer Parteischulung darauf trainiert worden, die Gewohnheiten von Autoritätsinhabern als sakrosankt hinzunehmen. Sie fertigte einfach den afrikanischen Teil der Zusammenfassung. Wenn er nicht eingehend studiert wurde, war das bedauerlich, ging sie aber nichts an. Sorgfältig, mit beinahe inbrünstiger Hingabe sichtete sie die Meldungen und Berichte der letzten 24 Stunden. Sie wählte alles aus, was ihren Bereich betraf, fütterte es in den Computer und verarbeitete das Ergebnis zu ihrem täglichen Überblick.

Die einzelnen Daten stammten von den vielen tausend Informanten und Agenten, die das von den sowjetischen Militärattachés in aller Welt geknüpfte Spionagenetz der Glawnoje Raswediwatelnoje Uprawlenije bildeten. Die GRU hatte es im Gegensatz zum KGB auf spezifische Informationen abgesehen. Während der KGB Erkenntnisse aus allen möglichen Bereichen sammelte, suchte der militärische Nachrichtendienst die Fakten heraus, die für das Militär relevant waren oder sein konnten.

Jelena wählte nur nach geographischen Gesichtspunkten. Sie hatte nicht die Aufgabe, die Informationen auszuwerten. Das erledigten andere, qualifiziertere Leute.

Die heutige Schicht am Computer lag zur Hälfte hinter ihr, und sie hatte das Material des Tages mit gewohnter Sorgfalt eingegeben. Die Zusammenfassung erschien nun auf dem Bildschirm, und Jelena bereitete sich darauf vor, ihren Teil des Kompendiums vom Computer ausdrucken zu lassen.

Während der letzten vierundzwanzig Stunden war in Afrika nicht viel passiert. Die in den Hauptstädten der schwarzen Volksrepubliken akkreditierten Militärattachés hatten wenig gefunden, das ihrer Meinung nach für die Männer und Frauen am Arbatskaja-Platz von Interesse war. Der angolanische Verteidigungsminister sollte offenbar in den nächsten Tagen von einem neuen Mann abgelöst werden, aber dieser verfolgte ebenfalls den Moskauer Kurs, so daß nicht mit tiefgreifenden Änderungen der Militärpolitik zu rechnen war.

Im Sudan, wo die Russen noch nicht das Sagen hatten, hatte man einem Sowjetdiplomaten aus dem Stab des Militärattachés untersagt, zur Ostküste zu fahren. Der Attaché hatte offiziellen Protest eingelegt und würde das betreffende Gesuch später noch einmal stellen.

Mit den Bauarbeiten am neuen sowjetischen Flottenstützpunkt bei Mesewa in der Volksrepublik Äthiopien war man jetzt acht Monate im Rückstand, so daß die Atom-U-Boote der Flotte frühestens nächsten März dort versorgt werden könnten.

Den nächsten Punkt fand Jelena etwas interessanter, aber nur weil es um Simbabwe ging, einen Staat, mit dem die Sowjetunion recht enge Beziehungen hatte. Die Meldung betraf freilich Südafrika, wo es keinen Botschafter der UdSSR gab: Der Luftwaffenattaché der Sowjetischen Vertretung in Salisbury bekam seine Südafrika-Informationen auf Umwegen, doch seine Meldungen stellten sich meist als richtig heraus – wenn sie auch recht langweilig waren. Er berichtete, daß 30

Transportflugzeuge vom Typ Hercules einen Flug von Johannesburg nach Karatschi angemeldet hatten. Die Maschinen, so der Attaché weiter, seien in einer Fabrik in Germiston, wo das Neue Friedenskorps viele Flugzeuge für seine Zwecke umbauen lasse, für das Absprühen von Insektiziden ausgerüstet worden. Der Attaché, ein junger Oberst der Luftstreitkräfte, betonte, die Hercules seien die größten Flugzeuge, die jemals für diesen Zweck umgebaut worden seien. Er glaubte, sie sollten im Tal des Indus eingesetzt werden, wo angeblich eine Malariaepidemie wüte. Die Regierung von Pakistan bestreite das jedoch.

Jelena schlug in ihrem US-Handbuch nach und stellte fest, daß die Hercules das amerikanische Truppentransportflugzeug C-130 war, das die Air Force vor längerer Zeit durch die größere und schnellere C-5A ersetzt hatte. Die amerikanische Regierung hatte viele der ausgemusterten Maschinen an Regierungen der Dritten Welt verkauft, die sie zu militärischen Zwecken benutzten, und auch das NFK hatte eine Reihe von C-130 erworben, zur Beförderung von Hilfslieferungen und anderem Frachtgut.

Jelena gab ein paar Verbesserungen der bisherigen Informationen ein und wartete, bis der Computer ausdruckte.

Als das Signal ertönte, spannte sie ein Formular mit dem GRU-Geheimvermerk ein und fing an, ihre Tageszusammenfassung zu tippen.

31. Ar Rub al-Chali

Die 90 Hubschrauber, alle sandfarben gestrichen und ohne Hoheitszeichen, flogen durch die blendende Helle nach Osten. Collingwoods Maschine war vollgestopft mit Waffen und anderem Militärgerät. Die Schützen hockten hinter den Mini-Kanonen in den Kabinenöffnungen, und die anderen Insassen saßen neben ihrer Ausrüstung und hingen ihren Gedanken nach.

Obgleich die Sonne noch vom Sandschleier des letzten Khamsin leicht verdeckt wurde, brannten ihre Strahlen dennoch unbarmherzig durch die Perspexverglasung der Kanzel. Der Hubschrauber flog tief, nicht einmal 300 Meter über dem Meeresspiegel, in einem salzigen Dunst, der das Licht dämpfte, die Hitze jedoch zu intensivieren schien.

Vorn war die dünne braune Linie der arabischen Küste zu erkennen; die nackten Bergketten hoben sich deutlich vom Weiß des östlichen Himmels ab.

Bei jedem militärischen Einsatz, dachte General Collingwood, gibt es ein Maximalrisiko. Es ist nicht immer der Kampf. Das Kampfrisiko wird irgendwie aufgewogen durch die mehr oder minder berechtigte Hoffnung auf einen Sieg. Das größte Risiko beginnt vielmehr, wenn die Truppe sich bei einer Tätigkeit, sei es Transport oder Anmarsch, die nicht unmittelbar mit den Kampfhandlungen zusammenhängt, so exponiert, daß sie jederzeit überrascht und vernichtet werden kann.

Für die 90 Hubschrauber, die die Vorhut der Brigade bildeten, begann dieser kritische Zeitraum jetzt, als die Maschinen in arabischen Luftraum eindrangen. Er würde den ganzen Tag dauern, weil die Helikopter in Al Mubarras, einer riesigen Salzpfanne in der Wüste, landen mußten, um von den dort bereitstehenden Versorgungsflugzeugen aufgetankt zu werden.

Im Dunkeln würde die Gefahr nicht mehr ganz so groß sein, aber die Maschinen würden bis drei Uhr morgens Ortszeit am Boden bleiben, wo sie relativ verwundbar waren. Erst dann konnte die zweite Flugetappe nach Riad beginnen, wo sie eine halbe Stunde vor Morgengrauen eintreffen sollten.

Collingwoods Offiziere und Mannschaften kannten den Einsatzplan auswendig: Die Hubschrauber würden die Stadt von Süden anfliegen und sich dann teilen. Eine Gruppe würde den internationalen Flughafen im Norden Riads einnehmen und die restliche Brigade mit den Hercules-Maschinen erwarten. Der kleinere Teil des Hubschraubergeschwaders würde auf den Rasenflächen, dem Parkplatz und dem Dach der amerikanischen Botschaft landen, um die Geiseln zu befreien. Diese Gruppe, die Collingwood selbst befehligen würde, sollte das Botschaftsgelände halten, bis die auf dem Flughafen gelandeten Truppen die Straße bis dort freigemacht hätten. Dann würde sich die gesamte Brigade unter dem Geleitschutz einer Staffel Kfirs und Panavia-Tornados, die von Tokar nonstop nach Riad flog, auf dem Luftweg zurückziehen.

Collingwood und sein Stab hatten eine Zeitlang erwogen, das Rote Meer bei Tageslicht zu überqueren. Das Hubschraubergeschwader mußte jedoch in Al Mubarras zwischenlanden, weil dies die einzige größere Fläche war, auf der die schweren Tankflugzeuge vom Typ

KC-10 niedergehen konnten. Collingwood, Stuart und Cory Conant, der Experte für Lufteinsätze auf vorgeschobenen Stützpunkten, waren jedoch zu dem Schluß gekommen, die Salzpfanne werde ohne Funk bei Dunkelheit zu schwer zu finden sein. Das Fiasko, das sich nach dem ersten Abschnitt der Teheraner Befreiungsaktion ereignet hatte, war noch zu frisch in ihrem Gedächtnis; kein Spezialist für unkonventionelle Kriegführung hatte es vergessen. Jene Aktion war berühmt geworden als Beispiel für schlechte Planung und noch schlechtere Durchführung – als Einsatz, der beinahe von vornherein zum Scheitern verurteilt gewesen war.

Der Stab der Brigade hatte die Risiken gegeneinander abgewogen und eine Entscheidung getroffen. Die Hubschraubertruppe würde das Rote Meer gegen Abend überfliegen und sich bis zum frühen Morgen des 18. Juli, des für den Angriff auf Riad festgesetzten Tags, in der Wildnis verstecken. Collingwood war sich durchaus bewußt, daß die Überreste der früher sehr schlagkräftigen Königlich-Saudischen Luftstreitkräfte in den nördlichen Stützpunkten unter Umständen noch zu einer Gefahr werden konnten; vielleicht standen den Piloten, die zu den panarabischen Radikalen übergelaufen waren, genug flugtüchtige Maschinen zur Verfügung, um sie zu behelligen. Aber dieses Risiko war kaum der Rede wert. Die eigentliche Gefahr drohte von Spähsatelliten. Das Ende des Khamsin, das den Einsatz möglich gemacht hatte, hatte ihn auch seiner besten Tarnung beraubt. Collingwood wußte von seinen Regierungsinformanten, daß die Arabische Halbinsel im Moment nicht von US-Satelliten überwacht wurde. Aber die Sowjets hatten bestimmt irgendwo einen Späher im Weltraum. Wahrscheinlich werden die 90 Hubschrauber schon jetzt von einem Kosmos fotografiert, dachte der General.

Collingwood hatte jedoch genug Erfahrung, um zu wissen, daß die Information zunächst von dem Satelliten gespeichert werden würde. Dann würde sie von einer Bodenstation in der Sowjetunion abgerufen werden. Als nächstes mußten die digitalen Daten in Fotos und Hitzesensor-Graphiken umgewandelt werden. Dann würden Nachrichtenoffiziere mit spezieller Ausbildung die Fotos und Schaubilder auswerten. Diese Männer würden die Information anschließend an ihre Vorgesetzten weiterleiten, die sie wiederum an ihre Chefs weitergeben würden, bis sie zumindest auf Generalstabsebene – vermutlich noch weiter oben – landete. Dann – und erst dann – könnten die Sowjets anfangen, sich zu überlegen, was sie gegen diesen späten Versuch einer westlichen Regierung, die Geiseln von Riad zu befreien, unternehmen sollten. Oder ob sie überhaupt einschreiten sollten.

Der militärische und politische Instanzenweg würde mindestens zwölf Stunden dauern; wenn man die Zeit berücksichtigte, die für einen diplomatischen Schlagabtausch zwischen Moskau und den westlichen Hauptstädten nötig war, noch erheblich mehr.

Und wenn die Russen zu guter Letzt beschließen sollten, uns einen Knüppel zwischen die Beine zu werfen, müssen sie sich eben auf einen hübschen kleinen Kampf gefaßt machen, dachte Collingwood grimmig. Er bezweifelte, daß der sowjetische Verband, der jetzt im Arabischen Meer operierte, über Luftlandetruppen verfügte. Die russischen Schiffe hatten vor allem die Aufgabe, die amerikanischen Verbände in dem betreffenden Gebiet zu stören und die Reedereien der Tanker, die bis vor kurzem regelmäßig die Straße von Hormus verlassen hatten und Kurs auf das Kap der Guten Hoffnung nahmen, in Schrecken zu versetzen.

Zu den amerikanischen Einheiten im Arabischen Meer gehörte aber auch der Flugzeugträger *Nimitz*. Und auf der *Nimitz* waren jederzeit zwei Bataillone Marine-Infanterie stationiert. Es *war* denkbar, daß die Marines eingesetzt wurden, um die Befreiungsaktion zu verhindern, und Collingwood mißfiel der Gedanke, seine Männer auf amerikanische Marine-Infanteristen schießen zu lassen. Aber er war zu dem Schluß gekommen, daß diese Möglichkeit gering war. Es wäre nicht nur militärisch unklug, sondern darüber hinaus politisch selbstmörderisch. Wie Collingwood sehr wohl wußte, tat Präsident Vincent Todd Loomis niemals etwas, das sein Image trüben könnte.

Es war typisch für Jeb Collingwood, daß er so gut wie keinen Gedanken an die politischen Auswirkungen des bevorstehenden Einsatzes verschwendete. Sein Instinkt sagte ihm, die westlichen Nationen – also auch die Amerikaner – würden die Brigade wahrscheinlich bejubeln, wenn die Operation erfolgreich verlief. Sie würden nicht bedenken oder sich nicht darum kümmern, daß es plötzlich einen neuen Machtfaktor auf der politischen Bühne gab. Sie würden sich einfach sagen, die Brigade – und mit ihr das NFK – habe nur das getan, was ihre eigenen Regierungen hätten tun sollen, aus Angst aber unterlassen hatten.

Alle diese Erwägungen traten schnell in den Hintergrund, als die ersten Maschinen des Einsatzkommandos die niedrigen Berge überflogen hatten und die Wüste erreichten.

Der Verband flog in zwei gestaffelten Reihen, für jedes Ziel eine. Die Piloten hatten sich bei den Übungen an diese Formation gewöhnt und nahmen sie nun, auf dem Flug nach Al Mubarras, gewissermaßen als abschließendes Manöver ein.

Collingwood ging von seinem Sitz neben dem Piloten zu den Schützen nach hinten. Das Geschwader bestand aus fast neuen Bell-Hubschraubern vom Typ H-120. Jede Maschine beförderte außer den notwendigen leichten Waffen und der Munition zehn Soldaten.

Collingwood kniete sich in der Türöffnung hin, und der Fahrtwind zerrte an seiner Fliegerjacke. Der Türschütze, ein junger Australier, unter dessen Helmrand widerspenstige aschblonde Locken hervorlugten, griente seinen Kommandeur nervös an. Collingwood lächelte zurück und drückte die Schulter des Jungen. Der heiße Wind schien sein Gesicht zu versengen, aber es gab auf der ganzen Erde keinen Ort, an dem er jetzt lieber gewesen wäre als hier, bei seinen Männern im Hubschrauber, auf dem Weg in den Kampf.

Der Boden unter ihnen war von schwer definierbarer Farbe, eine Mischung von Braun, Rot und Gelb, wie ein Falbe. Die Felsbrocken und Steine wurden seltener, und die Schatten der in geringer Höhe fliegenden Hubschrauber schienen in dem Meer aus Sanddünen auf und nieder zu hüpfen.

Gut zehn Meter von der offenen Tür entfernt flog Peter Stuarts Maschine. Die beiden Helikopter waren nur durch ein heulendes Nichts getrennt. Collingwood sah, daß Stuart ihn von seinem Platz neben dem Piloten aus angrinste. Sein Türschütze war ein Schwarzer, der ebenfalls breit lächelte, wobei seine weißen Zähne in dem dunklen Gesicht aufblitzten.

Stuart führte die Gruppe, die den Flughafen einnehmen und bis zum Eintreffen der Transportmaschinen mit den restlichen Männern der Brigade halten sollte. Wie Collingwood wußte, hatten die Mannschaften in Tokar um bestimmte Plätze in bestimmten Hubschraubern gehandelt und gefeilscht. Es erfüllte ihn mit dem Stolz eines Soldaten und bestätigte etwas, wovon er insgeheim schon immer überzeugt gewesen war: Wahre Berufssoldaten kämpften viel bereitwilliger für den Zug, die Staffel, das Regiment als für irgendein patriotisches Trugbild. Vielleicht ist es wegen der Zeit, in die diese Männer hineingeboren wurden, dachte er. Die Ideale hatten sich ausnahmslos als hohl erwiesen. Die großen Worte der Politiker hatten keine Substanz. Als Kennedy gesagt hatte, die Amerikaner würden jede Bürde auf sich nehmen, jedem Feind entgegentreten, um die Freiheit zu verteidigen, hatte er es vielleicht tatsächlich gemeint. Wenn ja, dachte Collingwood, ist er fast der einzige gewesen. Als sich dann zeigte, daß seine Worte den qualvollen Tod im vietnamesischen Dschungel bedeuteten, hatte eine ganze Generation den Mut verloren. Außer ein paar von denen, die wirklich gekämpft hatten, dachte Collingwood. Sie hatten sich ihren Glauben bewahrt – wenn nicht an irgendein verschwommenes patriotisches Ideal, so doch *aneinander*. Wer von ihnen überlebt hatte, war Soldat geblieben. Und einige von ihnen waren jetzt bereit, das zu tun, was Berufssoldaten schon immer getan hatten; bereit, für andere die Kastanien aus dem Feuer zu holen. Collingwood spürte die Luft in seinen Lungen und sog den Duft des Kriegs ein: Wolle und Schweiß, Öl und Kordit und hochoktaniges Benzin und den staubigen Geruch eines fremden, an der offenen Tür vorbeifliegenden Landes. Die Freude, die ihn erfüllte, hätte ihn beinahe triumphierend aufschreien lassen.

Er blickte in die weiße Leere des Himmels und sah wieder auf die sandige Weite hinab. Zum erstenmal seit Monaten entspannte er innerlich und gab sich dem Glücksgefühl hin, das ihn in Besitz nahm.

32. EQ-Station

Der Raum, in dem Rivas eingesperrt war, lag in einem Gebäude, das ursprünglich für die Ausbildungspiloten des saudischen Luftstützpunkts Ibrahimah errichtet worden war, einem langen, niedrigen Bauwerk aus Betonblöcken, in dessen Fugen der Treibsand sein Zerstörungswerk begonnen hatte. Es hatte ungefähr 20 kleine Zimmer, die auf einen schmalen Korridor gingen. Der Fußboden bestand aus Zement und wurde nun von einer dünnen Schicht des allgegenwärtigen Sandes bedeckt. Während Rivas durch die Kaserne geführt worden war, hatte er gesehen, daß die meisten Räume leer standen.

Der westdeutsche Sanitätssoldat, der ihn bewachte, war alles andere als mitteilsam und weigerte sich, seine Fragen nach dem Stützpunkt, den Absichten der Kommandeure oder den Gründen für die Haft zu beantworten.

Der Sanitäter stand nun mit umgehängter Maschinenpistole vor der Tür, und Rivas ging im Raum auf und ab, ohne auf das Knirschen des Sandes unter seinen Stiefeln zu achten.

Die Zelle war – offenbar in aller Eile – mit einer Pritsche, einem Tisch und einem Fernseher möbliert worden. Der Fernseher war entweder defekt oder an ein momentan nicht aktives Kabelnetz angeschlossen.

Eine schmale Fensterreihe oben an der Außenwand ließ Licht ein, und von Zeit zu Zeit knisterte es in dem über der Tür angebrachten Lautsprecher, der sicher zum internen Kommunikationssystem des Stützpunkts gehörte; aber es kamen keine verständlichen Laute.

Rivas legte sich auf die Pritsche. Sein ganzer Körper schmerzte vor Müdigkeit und Erschöpfung, und er sehnte sich nach Schlaf. Ihm wurde beinahe übel, als er daran dachte, daß er versagt hatte. Er hatte genau das getan, was Cole ihm vor all den Jahren im laotischen Hochland vorgeworfen hatte: daß er sich in seinem Urteil von Emotionen leiten lasse und übereilte Entscheidungen treffe.

In diesem trostlosen Augenblick war die Erinnerung an jene Zeit so frisch, als hätten die Ereignisse erst gestern stattgefunden. Er hatte im Landesinneren bei den Meo gelebt und einen Teil der geheimen einheimischen Armee aufgebaut, die von der Agency unterstützt wurde. Er hatte sich zu sehr mit den Männern des Stammes und ihren Familien identifiziert. Er war schlapp geworden, wie Cole, sein Führungsoffizier unten in Bangkok, sich ausdrückte.

Als der Zusammenbruch bevorstand, hatte die CIA sich bemüht, ihre Verluste möglichst geringzuhalten, indem sie ihre Agenten abzog und die Einheimischen allein mit den nordvietnamesischen Invasoren fertigwerden ließ. Da hatte Rivas gemeutert. Er hatte sich geweigert, «seine» Leute im Stich zu lassen. Und Cole war in einem der schwarzen Flugzeuge der Air America gekommen, zusammen mit zwei Killern der Firma. «Ob Bruder oder nicht», hatte er gesagt, «du kommst jetzt mit, oder du wirst auf der Stelle erledigt. Ich werde keine Leute von der Agency zurücklassen, damit die nordvietnamesische Armee sie erwischt und den Kameraleuten aus dem Westen vorführt.» Rivas hatte gewußt, daß es Cole bitterernst gewesen war.

Eine Woche später war er in Washington gewesen und von der

Agency gefeuert worden. Er hatte seinen Bruder danach nie wieder gesehen.

Und ich habe es 15 Jahre keinen Moment lang bereut, dachte Rivas. Trotzdem saß er jetzt hier, in einer der letzten praktisch unberührten Gegenden der Erde, nur weil Cole ihm einen Brief geschrieben hatte. *Hermano*, dachte er, obgleich einer von uns tot ist, sind wir immer noch ein schwieriges Gespann.

Er fuhr unvermittelt hoch, denn er war sich bewußt, daß irgend etwas geschah. Das Licht fiel in einem anderen Winkel in den Raum, die gelbe Nachmittagssonne warf jetzt einen hellen Balken auf die andere Wand des winzigen Raums.

Durch die Betonwände drang das Motorengeräusch von Flugzeugen. Keine Jets – Propellermaschinen. Sie landeten, und es waren sehr viele.

Er schob den Tisch an die Wand und stieg hinauf. Seine Augen waren über dem Fenstersims, so daß er durch das dicke, verdrahtete Glas sehen konnte, das der feine Sand von draußen zerkratzt und stumpf gemacht hatte.

Das Gebäude, in dem er gefangen war, stand an den nicht mehr benutzten Rollbahnen des Flugfelds. Hinter den Pisten lag die große Landebahn, und dahinter befand sich eine Reihe der unterirdischen Bunker, die er beim letzten Stopp des Konvois auf der Düne kurz gesehen hatte.

Auf dem Flugfeld, das am Morgen beinahe verlassen gewesen war, herrschte jedoch auf einmal hektische Betriebsamkeit. Vor den Bunkerhügeln formierte sich eine Reihe alter Hercules-Transporter vom Typ C-130. Andere C-130 landeten in schneller Folge auf der Hauptpiste. Nach der Landung rollten die einzelnen Flugzeuge zu den Maschinen bei den Bunkern und reihten sich ein.

Plötzlich erklang aus dem Lautsprecher über der Tür eine metallische Stimme, die ihn erschrocken herumfahren ließ und schnell seine ganze Aufmerksamkeit in Anspruch nahm.

Die Durchsage kam zuerst auf französisch, dann auf italienisch, dann auf arabisch und zuletzt auf englisch.

«Alle neu eingetroffenen Ärzte und medizinischen Hilfskräfte werden gebeten, sich sofort zur Einweisung in Dr. Clevengers Labor einzufinden. Sofort bitte.»

Nach einer Pause wurde die Durchsage wiederholt, abermals in vier

Sprachen. Rivas wartete, ob noch etwas kam, aber der Lautsprecher schwieg. Stirnrunzelnd drehte Rivas sich wieder zu dem sandverkratzten Fenster um.

Wenn eine Hercules ihren Platz am Ende der Reihe erreicht hatte, stieg die Besatzung – drei Mann pro Maschine – aus und wurde von Jeeps fortgebracht. Andere Männer, alle in gelben Strahlenschutzanzügen, kümmerten sich um die Hercules. Rivas beobachtete das Geschehen mit wachsender Besorgnis.

Die gelb gekleideten Männer vom Bodenpersonal, die wie Weltraumfahrer aussahen, öffneten die Ladeluken der Maschinen und gingen mit dicken, kabelverstärkten Schläuchen, deren anderes Ende in die Bunker führte, in die dunklen Laderäume. Rivas wischte mit der Hand an dem schmutzigen Glas, um besser sehen zu können. An den Bunkern, die früher sicher als unterirdische Hangars für saudische Jäger benutzt worden waren, jetzt aber irgendeinem anderen Zweck dienten, waren Schilder angebracht, deren Aufschrift Rivas aus dieser Entfernung nicht lesen konnte. Aber er erkannte das Dreiblattsymbol, das vor Strahlen warnte, und sein Mund war plötzlich wie ausgedörrt.

Die Sonne näherte sich bereits dem westlichen Horizont, und die Männer, die an den Flugzeugen arbeiteten, warfen lange, gespenstische Schatten. Dann und wann reflektierten die Masken der Schutzanzüge einen grellen Lichtstrahl. Rivas erschauerte. Was auch immer in die C-130 geladen werden mochte – es mußte stark radioaktiv sein.

Die Flugzeuge selbst sahen irgendwie sonderbar aus, anders als die Hercules, die Rivas im Lauf der Jahre zu Gesicht bekommen hatte. Etwas an ihnen war ihm jedoch vertraut: Die Unterseiten der breiten Tragflächen wiesen parallel laufende Röhren auf. Rivas dachte an die Flugzeuge, die den vietnamesischen Dschungel mit Agent Orange – dem Entlaubungsmittel Dioxin – besprüht hatten: An ihren Tragflächen waren ähnliche Röhren befestigt gewesen, nur dünnere und nicht so viele.

Diese Maschinen waren umgerüstet worden, um irgendeine schwerere Substanz abzusprühen. Eine Substanz, dachte Rivas fröstelnd, die noch tödlicher ist als Agent Orange.

Er sprang vom Tisch und rang einen Moment lang um Atem, während der Adrenalinstoß sich in seinem Körper ausbreitete. Cole hatte mit seinen Vermutungen über das Neue Friedenskorps recht gehabt, aber er war noch zu zurückhaltend gewesen. Was hier geschah, war gefährlicher, als selbst er sich hatte vorstellen können.

Rivas ging zur Tür und lauschte. Er probierte, ob der Knauf sich bewegen ließ. Ja. Er holte tief Luft und machte die Tür langsam auf, um sofort danach in die Mündung einer MP zu blicken. Es war jetzt ein anderer Posten, aber das dunkle Gesicht über dem Visier der Maschinenpistole war nicht freundlicher.

Rivas fragte: «Warum bin ich hier eingesperrt?»

Keine Antwort, nur eine leichte Bewegung mit der Waffe. Der Mann war sehnig und bis auf einen Zapata-Schnauzbart glattrasiert. Seine Augen waren klein und dunkelbraun, ausdruckslos wie Basiliskenaugen.

«¿Por qué me han hecho preso?» fragte Rivas.

Wieder das Zeichen zurückzugehen, sonst nichts. Rivas versuchte es auf italienisch und kramte dann seine deutschen und französischen Brocken hervor. Die MP-Mündung berührte seine Brust und stieß ihn in die Zelle zurück. Rivas gab nach und setzte sich auf die Pritsche. Seine Gedanken rasten. Als die Tür wieder geschlossen war, ließ er sich auf ein Knie hinunter und prüfte den Tisch, auf dem er gestanden hatte. Er war aus Metall; die Beine waren mit rostigen Bolzen befestigt, die er nicht bewegen konnte.

Er untersuchte die dünne Matratze auf der Pritsche, schob sie ein Stück zur Seite und besah sich die Federn des Sprungrahmens. Sie waren aus gehärtetem Stahl und ließen sich nicht mit bloßen Fingern lösen.

Frustriert und voller Angst setzte er sich wieder hin. Vom Fernsehschirm starrte ihn sein Spiegelbild an.

Plötzlich wurde es draußen im Korridor lebendig. Er hörte Männerstimmen und Schritte. Er sprang auf, als zwei Männer in NFK-Uniform in den Raum traten. Sie trugen MPs, genau wie die Wachen.

Ein dritter Mann erschien in der Türöffnung: ein dünner, alter Herr mit pergamentener Haut und hellblauen Augen. Auch er trug die vertraute Buschjacke aus Drillich mit dem NFK-Emblem oben an den Ärmeln. Sie schlotterte an seinem hageren, vornüber gebeugten Rumpf.

«Mr. Rivas? Ich bin Calder Davis. Ich habe Ihnen etwas mitzuteilen.»

33. EQ-Station

Dr. Cecil Sawyer, der im Laderaum einer Nomad vom NFK hockte, fühlte den veränderten Luftdruck, als die Maschine den Landeanflug zur EQ-Station begann. Die Nomad, eine australische Turboprop-Maschine, war für die Beförderung kleinerer Frachten bestimmt, und man hatte so gut wie keine Konzession an die Bequemlichkeit der relativ seltenen Passagiere gemacht. Sie wurde geflogen von zwei Sikhs in NFK-Uniform, schweigsamen Männern, die es nicht für nötig gehalten hatten, ein Wort mit den beiden Fluggästen hinten zu wechseln.

Aber Cecil Sawyer war froh, daß man ihn ignorierte. Er war es gewohnt, nicht sonderlich beachtet zu werden, und obgleich er zu dem Schluß gekommen war, daß er eine solche Behandlung nicht verdiene, hätte ein Gespräch mit Fremden ihn jetzt nur nervös gemacht.

Seit jener Unterhaltung mit Helmuth Reich in Nasiat hatte er überhaupt keine Ruhe mehr gefunden. Und was fast noch schlimmer war: Sein perfektes Gedächtnis hatte seitdem auch die nebensächlichsten Vorfälle registriert und schien sich zu weigern, sie im «Archiv» abzulegen, so daß ihm dauernd irgendwelche belanglose Einzelheiten vor Augen traten.

Sein Reisebegleiter, offenbar ein Amerikaner, war mit ihm in Bahrain an Bord der NFK-Maschine gegangen. Der in Schablonenschrift auf seinen marineblauen, militärisch wirkenden Segeltuchkoffer gemalte Name lautete H. GRANT. Er war ein großer, sehr muskulöser Mann mit kurzem sandgrauem Haar und einem Gesicht, das so zerklüftet war, als sei die Haut über Fels gespannt. Seine Augen waren beinahe farblos und schienen nie stillzustehen. Cecil Sawyer stammte aus einer Industriestadt in den englischen Midlands und hatte schon deshalb keine Erfahrung mit solcherart Männern, aber er assoziierte H. Grants kalten Blick sofort mit einer bestimmten, sehr unangenehmen Sorte von Polizisten, mit den schwarzuniformierten Konstablern seiner Jugend, die in den Großstadtslums brutal für Ordnung gesorgt hatten.

Was Sawyers Nerven zum Zerreißen spannte und was sein Gehirn nicht in irgendeiner Schublade ablegen wollte, war das schlanke Messer, das er kurz gesehen hatte, als der breitschultrige Mann in die Maschine gestiegen war. H. Grant trug die Waffe an den Unterschenkel geschnallt.

Es ist möglich, sogar wahrscheinlich, dachte Cecil Sawyer, daß man eine Waffe mitnimmt, wenn man in einen so gottverlassenen Winkel dieser Erde reist wie Rub al-Chali. Trotzdem machten das furchterregende Messer und der eisige Blick diesen Grant zu einem unangenehmen Reisebegleiter.

Sawyer hatte eine beinahe neurotische Angst gehabt, das Flugzeug zur EQ-Station könnte ohne ihn starten, und war deshalb schon eine Stunde vor der angekündigten Abflugzeit eingestiegen. Schwitzend hatte er sich irgendwo zwischen die festgezurrten Frachtballen gehockt. Grant war zusammen mit den Piloten an Bord gekommen, hatte sich auf die andere Seite des Mittelgangs gepflanzt und auf dem 600 Kilometer langen Flug kein einziges Wort gesagt. Cecil Sawyer mußte immerfort an die Gefahr denken, in der Amira schwebte, und machte sich zudem Sorgen um seine eigene Sicherheit. Er war bald zu dem Schluß gekommen, daß er heilfroh sein würde, diesen Grant von hinten zu sehen, sobald das Flugzeug sie auf dem Flugfeld der EQ-Station abgesetzt hatte. Sicher, er hätte seine Angst vor der Ankunft in der geheimnisumwitterten Wüstenstation gern durch eine Unterhaltung vertrieben, aber auf einen so unheimlichen Zeitgenossen konnte er verzichten.

Wie schnell werde ich Amira finden können? fragte er sich. Die NFK-Leute in Bahrain hatten ihm erzählt, daß die EQ-Station auf einem riesigen, halbverlassenen Luftstützpunkt lag. Das dortige medizinische Personal war zahlreicher als in allen anderen Stationen des Neuen Friedenskorps, und er überlegte, warum ausgerechnet hier so viele Ärzte eingesetzt wurden und ob es möglich sein würde, Amira innerhalb der von Reich gesetzten 24-Stunden-Frist zu finden.

Wie groß war die ihr drohende Gefahr wirklich? Und würde sie überhaupt auf ihn *hören*, würde sie ihn ernst genug nehmen, um ihren Auftrag in Rub al-Chali zu vergessen und mit ihm nach Kairo zu fliegen?

Verstohlen blickte er zu dem Mann auf der anderen Seite des Gangs hinüber. Konnte er ein Mitglied des Schwarzen September sein? Nicht sehr wahrscheinlich – und daß er wie ein Amerikaner aussieht, macht ihn noch lange nicht zu einem, dachte Sawyer. Man konnte nie wissen. Dem jungen englischen Arzt kam es nicht zum erstenmal in den letzten beiden Tagen vor, als gleite er unaufhaltsam in einen Abgrund.

Als die Nomad nach langem Kreisen endlich aufsetzte und auf einer

Nebenpiste des alten Stützpunkts zum Stehen kam, wartete Cecil Sawyer, bis der Mitreisende die Gangway hinuntergegangen war, ehe er sich in Bewegung setzte. Er nahm seinen Samsonite-Koffer, der hier völlig fehl am Platz zu sein schien, trat zur Tür der Maschine und kniff, von den Strahlen der Nachmittagssonne geblendet, die Augen zusammen.

Ein offener Jeep wartete unten. H. Grant saß bereits auf dem Beifahrersitz und starrte Sawyer an. Aus seinem Gesicht sprach jetzt nicht mehr eisige Gleichgültigkeit, sondern Ungeduld.

Sawyer lief hinunter und warf seinen Koffer hinten in den Wagen. Er kletterte so hastig hinein, daß er sich an dem glühendheißen Metall das Schienbein stieß. Der Fahrer war ein Schwarzer, dessen Uniform der seinen ähnelte. Und Sawyer bemerkte zu seinem Schrecken, daß er bewaffnet war. Der junge Brite hatte noch nie einen NFK-Mann mit Waffe gesehen und riß bei dem Anblick Mund und Augen auf.

Der Jeep fuhr über die breite Betonfläche zu einem ehemaligen Verwaltungsgebäude. Quer über der Fassade stand in verblichenen Buchstaben *Ibrahimah*, darunter die Höhe über dem Meeresspiegel, *860 m*; darunter war beides in arabischer Schrift wiederholt.

Sawyer sah sich um und bemerkte eine amerikanische Lockheed, die in der Nähe abgestellt war. Sie war in den Farben der Con-En Corporation gestrichen, aber der Anstrich schien an mehreren Stellen weggescheuert worden zu sein, und die Cockpitverglasung fehlte teilweise. An dem großen dreistrahligen Jet wurde nicht gearbeitet; er machte den Eindruck, als sei er aufgegeben worden.

Als Sawyer sich umdrehte, sah er, daß auf der anderen Seite der Piste reges Leben herrschte. Dort stand eine lange Reihe sandfarbener Flugzeuge ohne Hoheitszeichen, an denen sich Männer mit gelben Overalls und Gesichtsmasken zu schaffen machten. Sawyer runzelte verblüfft die Stirn. Als Radiologe war er mit Strahlenschutzanzügen vertraut. Bei normalen medizinischen Arbeiten wurden sie selten benutzt, doch Nuklearmediziner brauchten sie. Dem internen NFK-Klatsch zufolge wurden in der EQ-Station irgendwelche Kernkraftexperimente gemacht, aber hier waren mindestens 30 Flugzeuge, die so stark kontaminiert zu sein schienen, daß das gesamte Bodenpersonal Schutzanzüge trug! Sawyer konnte sich absolut nicht vorstellen, wie das gekommen sein mochte.

Als der Wagen vor dem Verwaltungsgebäude hielt, hörte Sawyer, wie jemand seinen Namen rief. Es kam so unerwartet, daß er nicht gleich reagierte. An der offenen Tür eines der hüttenähnlichen Bauten aus den allgegenwärtigen Betonblöcken standen mehrere Männer, einige in NFK-Uniform, andere in Fliegerkluft. Offenbar wollten sie in dem Haus essen, obgleich es ursprünglich wohl kaum als Messe geplant worden war.

Einer der Männer löste sich von der Gruppe und kam auf Sawyer zu. Der Arzt brauchte einen Moment, um ihn unterzubringen; doch dann fiel ihm der Name wieder ein. Es war Clark, ein Australier, der die Nomad geflogen hatte, mit der er damals auf dem Weg zur Kalabishah-Station von Marseille nach Kairo geflogen war. Jock Clark. Jetzt erinnerte Sawyer sich sehr gut an ihn: Der Australier war einer der mehreren hundert Piloten im Dienst des NFK, einer von den Männern, die Personal und Güter zu den abgelegenen Stationen des Neuen Friedenskorps transportierten.

«Würden Sie mich bitte aussteigen lassen», sagte Sawyer. «Da ist ein Bekannter von mir.»

Der Fahrer erwiderte kurz: «Sie haben bereits die Besprechung bei Dr. Clevenger verpaßt, Doktor. Ich habe Anweisung, Sie sofort zu ihr zu bringen.»

Durch den offensichtlich freundlichen Gruß des Piloten ermutigt, gab Sawyer eine Antwort, zu der er sich unter anderen Umständen wohl nicht durchgerungen hätte: «Ich werde Dr. Clevenger schon allein finden. Lassen Sie mich jetzt bitte raus.» Er fragte sich nicht, ob seine Reaktion von dem unbewußten Verlangen diktiert wurde, den bedrohlich wirkenden H. Grant möglichst weit hinter sich zu lassen. Er stieg aus und winkte den Jeep mit einer Geste weiter, die befehlend sein sollte. Immerhin war er Akademiker, und der Fahrer konnte nur irgendwelche Aufsichtsfunktionen haben – warum hätte er sonst eine Waffe getragen?

«Sawyer, nicht wahr?» fragte der Pilot. «Was machen Sie denn hier, Doc?»

«Hallo, Jock», sagte Sawyer. «Schön, ein bekanntes Gesicht zu sehen.»

«Ebenfalls. Ist lange her seit Kairo.»

«Sind Sie hier stationiert?» fragte Sawyer.

«Gott sei Dank nicht», sagte Clark. «Wir haben nur die alten Kisten von Johannesburg eingeflogen.» Er zeigte auf die Flugzeugreihe auf der anderen Seite der Hauptpiste.

Sawyer drehte sich um und warf noch einen Blick auf die Maschinen und das gelbgekleidete Bodenpersonal. Clarks Worte hatten ihn ein bißchen beunruhigt. «Sie fliegen sie doch nicht wieder zurück?» sagte er.

Clark schüttelte nachdrücklich den Kopf. «Als die gelben Männer sie übernahmen, sagte man uns, wir sollten ihnen nicht wieder zu nahe kommen. Wir warten nur noch darauf, daß Ihre Nomad entladen wird, und dann geht's nach Salalah und von dort auf Heimaturlaub. Mein Gott, werde ich froh sein, wenn ich von dieser komischen Station weg bin.»

Sawyer spürte, daß hier irgend etwas Merkwürdiges vor sich ging, und zog nachdenklich die Augenbrauen zusammen. Ob es mit dem Grund für Amiras hiesigen Aufenthalt zusammenhing? Er fragte: «Sind denn noch genug Piloten da, um die Maschinen zu fliegen?»

«Wenn ja, lieber sie als ich. Es sind verdammt komische Kisten.» Er trat einen Schritt näher und fuhr vertraulich fort: «Ich fliege jetzt schon zehn Jahre, Doc. Die letzten vier für das verdammte NFK. Und ich hab' noch nie so komisch ausstaffierte Hercules gesehen. Fernsehkameras im Bug, überall schwarze Kisten und dann all die Tanks und die Sprühanlagen – muß sehr schwer sein, das Zeug. Als wir heute morgen in Johannesburg abflogen, lagen wir nur fünfzehn Prozent unter dem zulässigen Maximalgewicht. Schon vor dem Start machten sich so seltsame Typen an den Maschinen zu schaffen. Und jetzt die da . . .» Er wies auf die Männer in den Strahlenschutzanzügen. «Nein danke. Nicht mit mir. Ich denke lieber an Perth und das viele Bier, das ich in einem Monat trinken kann.»

Hinter Sawyer sagte eine akzentuierte britische Stimme: «Dr. Sawyer?»

Cecil Sawyer wandte sich um und erblickte einen grauhaarigen Mann mit arabischer Kopfbedeckung und einem abgetragenen NFK-Uniformrock, der mit verblichenen Ordensbändern verziert war.

«Mein Name ist Hadfield. Sie werden zu einer Besprechung erwartet. Wenn Sie mir bitte folgen würden.»

In diesem Augenblick wurde Sawyer von einem brüllenden Zischen erschreckt, das irgendwo hinter den niedrigen Dünen im Westen des Stützpunkts ertönte. Er blickte hoch und sah ein Flugzeug, das sich auf einem Kurs näherte, auf dem es in geringer Höhe quer über das Flugfeld rasen mußte. Aber es kam anders. Ein dunkler, Feuer und weißlichen Rauch speiender Metallbolzen schoß aus der Wüste hoch, um den Jet abzufangen.

Ein ohrenbetäubendes Krachen, und wo das Flugzeug gewesen war, war nur noch ein immer größer werdender Ball aus öligen Flammen und Metallteilen, die kurz danach auf die Dünen zu regnen begannen. Dann prallte der Feuerball am Rand des NFK-Geländes auf, durchschlug den Zaun in einer Wolke aus Flammen und Sand und blieb schließlich an einer alten, unbenutzten Splitterbox liegen, wo er knisternd und prasselnd weiterbrannte und eine fettige Rauchsäule in die stille Wüstenluft sandte.

34. Washington

Ein zutiefst beunruhigter Raymond Turner stand am Fenster seines Amtszimmers im State Department und beobachtete, wie der sowjetische Botschafter in der Einfahrt des Gebäudes aus seinem Wagen stieg. Er war in einem riesigen Mercedes mit Diplomatenkennzeichen gekommen, und Turner fragte sich, warum fast alle ausländischen Diplomaten in Washington, vielleicht mit Ausnahme der Briten, deutsche Autos fuhren und keine Wagen aus ihrem eigenen Land. Hatte das etwas zu bedeuten, oder machte ihm die schlaflose Nacht so zu schaffen, daß sein Verstand anfing, sich mit belanglosen Dingen zu beschäftigen? Er war sich nämlich bewußt, daß ratlose Menschen ihren Problemen oft aus dem Weg gingen, indem sie sich an Nebensächliches klammerten.

Hinter dem dicken Panzerglas ächzte die Hauptstadt in der brütenden Mittagshitze. Die vom Potomac aufsteigende Feuchtigkeit schien die Luft schwer zu machen. Wieder einmal dachte er, daß die Administration wahrscheinlich besser arbeiten würde, wenn man Washington nur noch als nominelle Hauptstadt für repräsentative Zwecke benutzte und die eigentlichen Regierungsgeschäfte an einen anderen Ort, vielleicht in die Rocky Mountains, verlegte, wo die Luft frischer war und wo es weniger Traditionen gab.

Wieder Belanglosigkeiten, dachte er und rieb seine übermüdeten Augen. Dies war kaum der rechte Zeitpunkt, um an Mercedes-Limousinen und kühle Bergluft zu denken. Er war bis drei Uhr morgens beim Präsidenten gewesen, hatte Geheimdienstmeldungen gesichtet und Möglichkeiten erwogen. Die Regierung war in einer grotesken Lage: Zwei Kabinettsmitglieder standen – wovon nichts durchsickern durfte – unter Hausarrest, der kommissarische CIA-Leiter war spurlos verschwunden, während sich in Arabien weiß Gott welche Explosion zusammenbraute. Kaum ein Wunder, daß der Präsident nach einer Periode hektischer Anordnungen und Befehle in ratlose Lähmung verfallen war. Er traf sich in diesem Augenblick mit Carl Shepherd und seinen engsten Vertrauten in der Administration. Auch Turner hätte an der Besprechung teilnehmen sollen. Er hätte es gewiß getan; dies war nicht der Moment, um Vincent Loomis von der Seite zu weichen. Aber Turner war ins State Department zurückgeholt worden, als der sowjetische Botschafter dringend um ein Gespräch ersucht hatte.

Jewgenij Baturin war ein typischer hoher Sowjetdiplomat: schon recht alt, ergraut, uneingeschränkt loyal, fähig, großen Charme zu entfalten oder arrogant und frech aufzutreten – je nach den Instruktionen. Er war seit fast sieben Jahren in Washington akkreditiert und kannte die Amerikaner wahrscheinlich so gut, wie ein sowjetischer Apparatschik sie überhaupt kennen konnte. Manchmal hatte Turner sogar den Verdacht, daß Baturin die Amerikaner mochte, obgleich der Russe sich durch nichts von seiner Überzeugung abbringen zu lassen schien, die USA seien der Hauptfeind der UdSSR.

Als Baturin in das Zimmer des Außenministers geführt wurde, sah Turner besorgt, daß er seine Erregung kaum zügeln konnte. In Anbetracht all dessen, was in den letzten sechs Tagen geschehen war, hatte er freilich mit dem Besuch eines zornigen Botschafters gerechnet. Außerdem hätte kein Mensch erwarten können, daß die Sowjets die ultimative Botschaft, die sie gestern über den heißen Draht getickert hatten, als erledigt betrachteten. Die beschwichtigende und nichtssagende Antwort der Amerikaner hatte die Männer im Kreml natürlich nicht zufriedengestellt.

Die wenigen schnellen Schritte durch die Hitze – vom klimatisierten Auto ins klimatisierte Gebäude – hatten Baturin den Schweiß ins Gesicht getrieben. Er trug wie immer seinen Aktenkoffer, ein Requisit, das er in Turners Gegenwart noch nie geöffnet hatte. Baturins Gedächtnis war untrüglich und präzise.

«Mr. Ambassador», sagte Turner, «nehmen Sie bitte Platz.»

Baturin ließ seinen stattlichen, in einem Maßanzug steckenden Rumpf in einen Sessel plumpsen und sagte einleitend: «Mr. Secretary, ich habe Angelegenheiten von allergrößtem Ernst zu besprechen.»

Turner lächelte begütigend und antwortete: «Ich nehme meine Gespräche mit Ihnen immer sehr ernst, Jewgenij.»

Baturin fuchtelte mit dem Arm in der Luft, um zu zeigen, daß ihm heute nicht nach diplomatischen Floskeln war. «Meine Regierung hat mich angewiesen, Ihnen als erstes mitzuteilen, daß die Nachricht, die Generalsekretär Suslow von Präsident Loomis erhalten hat, am Kern der Sache vorbeigeht und damit unbefriedigend ist.»

«Ich bin sicher, es wird dem Präsidenten leid tun, das zu hören», sagte Turner. «Sie werden sich jedoch erinnern, daß Generalsekretär Suslows Erkundigung das Neue Friedenskorps betraf. Unsere Regierung kontrolliert das NFK nicht und ist auch nicht in die Pläne dieser Organisation eingeweiht. Generalsekretär Suslow hätte vielleicht besser andere Leute fragen sollen.»

Baturins Unruhe und Besorgnis waren nicht geheuchelt. Mit einem Taschentuch wischte er sein schweißnasses Gesicht ab und sagte: «Raymond, bitte keine Ausflüchte. Wir wissen beide, daß alles, was auf der Arabischen Halbinsel geschieht, von lebenswichtigem Interesse für die Sowjetunion und die Vereinigten Staaten ist. Lassen Sie uns dieses Gespräch um der Entspannung willen sachlich führen.»

Was würdest du wohl sagen, fragte sich Turner, wenn du wüßtest, daß Calder Davis in seiner unermeßlichen Weisheit den einsamen Entschluß gefaßt hat, den arabischen Ölstrom auf irgendeine Weise zu stoppen? Die Bürokraten deines Landes haben seit Jahren geplant, sich dieses Öl gewaltsam zu nehmen, wenn sie es brauchen werden. Würdet ihr einen Krieg anfangen, wenn wir eure Fragen aufrichtig beantworteten? Bei diesem Gedanken befiel den Außenminister ein flaues Gefühl im Magen.

«Jewgenij», sagte Turner, «wir beide haben immer sachlich miteinander gesprochen. Nationen, die zwanzigtausend Atomsprengköpfe besitzen, sind nie leichtfertig.» Er stand hinter seinem breiten antiken Schreibtisch auf, ging ans Fenster und schaute zum Weißen Haus hinüber. Trotz wachsender Benzinknappheit und steigender Preise herrschte lebhafter Mittagsverkehr auf den Straßen. Die Bürgersteige wimmelten von Regierungsangestellten und Touristen. Auf dem Pflaster standen flimmernde Hitzeseen. Die Stadt sah aus wie immer,

Besucher strömten zu den Sehenswürdigkeiten, Einheimische gingen ihren Geschäften nach. Aber es war trotzdem anders als früher. Die Ereignisse der letzten Woche hatten an den Nerven gezehrt. Die Journalisten der Hauptstadt kannten das offizielle Washington zu gut, um nicht zu spüren, daß irgend etwas Ungewöhnliches vor sich ging. Und das Ungewöhnliche bedeutete hier fast immer etwas Bedrohliches. Auf dem Gelände des Weißen Hauses warteten Fernsehteams darauf, daß die Neuigkeit – was immer sie beinhaltete – publik gemacht wurde. Oder durchsickerte. Eines von beiden würde bestimmt bald geschehen.

Baturin sagte: «Raymond, ich habe offizielle Anweisung, Sie davon in Kenntnis zu setzen, daß wir über die Vorgänge auf dem Gebiet der Panarabischen Volksrepublik informiert sind und daß sie uns zutiefst beunruhigen . . .»

Turners Blick wurde abweisend. «Sie sind voreilig, Herr Botschafter. Für die Vereinigten Staaten gibt es in Arabien noch keine ‹Volksrepublik›. Man kann wohl kaum von uns erwarten, daß wir eine Regierung anerkennen, die hundert westliche Diplomaten als Geiseln hält. Ich darf Sie vielleicht daran erinnern, daß selbst die UdSSR das Vorgehen der Radikalen in Riad verurteilt hat.»

Baturin ließ sich nicht vom Thema abbringen. «Raymond, wir wollen uns jetzt nicht über die künftige arabische Staatsform zanken. All das kann zu gegebener Zeit geregelt werden. Ich habe Anweisung, Ihnen einige Fotografien zu zeigen.»

Er nahm seinen Aktenkoffer auf den Schoß und klappte ihn auf. Turner zog bei diesem historisch zu nennenden Bruch mit Baturins eigener Tradition unwillkürlich die Augenbrauen hoch. Der Botschafter holte einige großformatige Fotos heraus. Turner sah sofort, daß es sich um Aufnahmen der neuen Satelliten der Baureihe Swoboda handelte. Die Elektronik-Spione der Nationalen Sicherheitsbehörde hatten ähnliches Material von den Kosmos-Spähern aufgefangen. Baturin breitete die Aufnahmen auf dem leeren Schreibtisch aus. «Diese Bilder wurden aus dreihundert Kilometern Entfernung im Weltraum aufgenommen, Raymond. Diese hier» – er tippte auf die erste Gruppe – «wurden bei einem Sandsturm gemacht, so daß man kaum Einzelheiten erkennen kann. Diese sind gestern aufgenommen worden und zeigen mehr . . .»

Turner betrachtete die Fotos. Er fürchtete sich plötzlich vor dem, was er sehen würde. Trotz der Tatsache, daß es sich um Funkbilder handelte, die wahrscheinlich in Tjuratam in der Sowjetunion aufgefangen und von dort weitergesendet worden waren, war die Qualität ausgezeichnet. Die Abzüge zeigten einen mehr oder weniger verlassenen Luftstützpunkt: Ibrahimah im Leeren Viertel. Ein großes Flugzeug, eine dreistrahlige Düsenmaschine, stand in einiger Entfernung von Gebäuden auf einer Piste. Turner konnte alles erkennen, die Funkantennen, die einzelnen Bauten der Station, die leeren Nebenpisten zu den unterirdischen Hangars, in denen vor Ausbruch des Golfkriegs die saudischen Jäger gestanden hatten.

Er sah Baturin an und zuckte mit den Schultern: «Nun, Jewgenij?»

«Wir nahmen ein gewisses Risiko auf uns, um diese Aufnahmen zu machen», sagte Baturin etwas herausfordernd. «Vielleicht tangiert es Sicherheitsbelange, aber eines darf ich Ihnen sagen – der Satellit, der dieses Material gesendet hat, sollte eigentlich Riad beobachten. Wir haben die Umlaufbahn geändert, als die Geiseln genommen wurden . . .»

Turner erwiderte betont kühl: «Wie umsichtig, Jewgenij.»

«Ich sagte, beobachten, sonst nichts», fügte Baturin hinzu. «Wir haben das Recht dazu.»

«Sie tun uns ja direkt einen Gefallen», sagte Turner ironisch.

Baturin blieb bei der Sache. «Um diese Aufnahmen zu bekommen, mußten wir den Satelliten umprogrammieren. Wenn Sie sich jetzt bitte diese Bilder ansehen würden, Raymond.» Er reichte dem Minister weitere Aufnahmen.

Turners Mund war wie ausgedörrt. Der Luftstützpunkt wirkte nicht mehr verlassen. Bei den Hangars stand eine lange Reihe von Flugzeugen, offenbar C-130, an denen gearbeitet wurde. Dicke Kabel, nein, für elektrische Leitungen waren die Dinger zu groß – irgendwelche Schläuche führten von den Laderäumen einiger Maschinen in die Hangars. Das Bodenpersonal war offenbar sehr zahlreich. Die Männer schienen irgendwie seltsam gekleidet zu sein, doch weil die Bilder von oben und aus großer Höhe aufgenommen waren, konnte man nichts Genaues erkennen. Die Farbqualität der Fotos war sehr gut; Turner sah, daß die Leute an den alten Transportflugzeugen alle Gelb trugen. Er wußte, daß er einen Teil der Streitmacht vor Augen hatte, mit der Calder Davis sein Ziel erreichen wollte – ein Ziel, das er Präsident Loomis in seinem Brief genannt hatte, ohne in Einzelheiten zu gehen.

«Nun, Raymond?» fragte Baturin, «sehen Sie?»

Der Russe erinnerte Turner – zu seinem Leidwesen – auf einmal daran, wie Adlai Stevenson, der ehemalige amerikanische Chefdelegierte bei den Vereinten Nationen, vor vielen Jahren, 1963, im Sicherheitsrat Fotos von Sowjetraketen auf Kuba vorgelegt und selbstbewußt verkündet hatte, er werde notfalls stundenlang warten, bis der sowjetische Delegierte sich eine Erklärung dafür zurechtgelegt habe.

«Ich sehe zehn oder zwölf total veraltete Transportmaschinen, die in einer NFK-Station gewartet werden, Jewgenij», sagte Turner gelassener, als er in Wirklichkeit war. «Transportmaschinen, die einer internationalen Organisation gehören und *nicht* uns. Einer Organisation, die in der Dritten Welt für ihre guten Werke bekannt ist», fügte er hinzu und verachtete sich ein bißchen für die Überheblichkeit, mit der er die letzten Worte ausgesprochen hatte.

«Ich verstehe», sagte Baturin zornig. «Ist das alles, was Sie mir zu sagen haben?» Er fing an, die Aufnahmen in den Aktenkoffer zurückzulegen.

«Ich *kann* Ihnen kaum mehr sagen, Jewgenij», erwiderte Turner. «Wir haben natürlich unsere eigenen Ermittlungen eingeleitet, nachdem wir gestern die Nachricht von Generalsekretär Suslow bekamen. Wir werden Sie zu gegebener Zeit über das Resultat unterrichten.» Er fühlte, daß sein Herz dumpf hämmerte, und staunte unwillkürlich darüber, daß er es fertigbrachte, so kühl und selbstsicher zu bleiben. Ein Diplomat muß vor allem gut lügen können, dachte er.

Baturin erhob sich. «Noch eines, Raymond», sagte er. Die Ungehaltenheit war aus seiner Stimme verschwunden, er klang jetzt nur noch besorgt. «Ich sage es Ihnen, damit Sie es dem Präsidenten berichten können. Wenn es durchsickern sollte, werden wir es dementieren. Unsere Militärs waren so aufgebracht über die Vorgänge in Rub al-Chali, daß ein Erkundungsflug von der *Nowgorod* aus angeordnet wurde . . .»

«Das wäre eine Verletzung des arabischen Luftraums, Jewgenij», unterbrach Turner scharf.

«Natürlich.» Baturin zuckte mit den Schultern. «Daran können Sie sehen, wie nervös meine Regierung wegen der Aktivitäten des NFK ist.» Er sah den Außenminister bedrückt an. «Das Flugzeug ist nicht zum Träger zurückgekommen. Es ist seit längerer Zeit überfällig und muß als verloren gelten.» Mit hängenden Schultern schritt er zur Tür.

Das Bild eines Diplomaten, dessen Mission gescheitert ist, dachte Turner.

«Ich sage Ihnen das mit dem Flugzeug», fuhr Baturin fort, «damit Sie den Präsidenten überzeugen können, daß wir es ernst meinen, wenn wir sagen, falls er nichts unternimmt . . . tun wir es.»

Als er fort war, lief Turner zu seinem Schreibtisch und drückte eine Taste der Gegensprechanlage.

«Ja, Mr. Secretary?»

«Lassen Sie sofort meinen Wagen vorfahren. Und rufen Sie das Weiße Haus an. Sagen Sie Peter Gilmartin, ich sei unterwegs. Ich muß umgehend den Präsidenten sehen.»

Raymond Turner ließ sich in seinen Lehnstuhl fallen und saß einen Moment da, ohne sich zu rühren. Dann hob er den Blick zu dem eingerahmten Zitat an der holzvertäfelten Wand. *Unser Land! Möge es im Umgang mit anderen Nationen immer richtig handeln, doch ob richtig oder falsch – es ist unser Land.*

Der Außenminister stand auf und hastete aus dem Raum.

Raymond Turners Limousine hatte das Gelände des Weißen Hauses erreicht, und während sie sich nun dem Wagenportal näherte, wurde die Menge der Reporter und Fernsehtechniker immer dichter. Die Zahl der Journalisten hatte sich seit dem Morgen verdreifacht. Als Turner vom Wagen zum Executive Wing lief, prasselten Fragen auf ihn ein, und Fotografen umdrängten ihn und hielten ihre Kameras hoch, um ihn über die Köpfe der anderen hinweg aufzunehmen. Turner, der sich bewußt war, daß das übliche «Kein Kommentar» in den Abendnachrichten des Fernsehens zu dreiminütigen düsteren Spekulationen ausgeschlachtet werden konnte, blieb stumm, bis er im Gebäude war. Vor dem Oval Office saß Carl Shepherd dem diensttuenden Offizier gegenüber, der den «Fußball» – den Koffer mit den heutigen Codes für den Atomwaffeneinsatz – trug; nach dem Gesetz mußte ein solcher Mann – oder eine andere Amtsperson – rund um die Uhr in Rufweite des Präsidenten der Vereinigten Staaten sein. Die Leute, die im Weißen Haus arbeiteten, ignorierten seine Anwesenheit gewöhnlich, aber dem Außenminister lief es jedesmal, wenn er ihm begegnete, eiskalt den Rücken hinunter.

Carl Shepherd, dessen Gesicht vor Erschöpfung grau und verbissen war, hatte eine prallgefüllte Aktenmappe dabei. «Gott sei Dank, daß Sie wieder da sind, Raymond», sagte er.

Turner zeigte auf die geschlossene Tür zum Oval Office. «Wer ist bei ihm?» fragte er.

«General Lescher und General Weyland.»

Das verhieß nichts Gutes. Weyland war der Befehlshaber des Strategischen Bomberkommandos. Was mochte geschehen sein, seit er das Weiße Haus vor zwei Stunden verlassen hatte, um Botschafter Baturin zu empfangen? fragte sich Außenminister Turner.

«Raymond», sagte Shepherd, der aufgestanden war. «Eben ist Knowland gekommen, der Agent, der das New Yorker Büro leitet . . .»

«Später, Carl», sagte Turner gedämpft. «Nicht hier.»

Shepherd nickte. «Verzeihung.» Er fuhr sich mit der Hand durch das schütter werdende Haar und sagte: «Der Zirkus da draußen wird jeden Augenblick schlimmer. Wieso wissen die bloß immer so schnell Bescheid, wenn was los ist?»

«Die Washingtoner Journalisten haben eine Nase dafür, Carl. Es ist ihr Job.»

«Jesus», murmelte Shepherd. «Und dabei dürfte uns das Schlimmste noch bevorstehen.»

Die Tür des Oval Office wurde geöffnet, und der übernächtigt aussehende Peter Gilmartin kam heraus, gefolgt von den beiden Generälen der Air Force, die mit dem Präsidenten konferiert hatten. Gilmartin wandte sich an Lescher und sagte: «Sie halten sich also im Militärraum bereit, General. Sobald Sie etwas haben, rufen Sie meine Zentrale an. Ich habe Weisung gegeben, Sie sofort durchzustellen.»

Die Generäle Lescher und Weyland eilten zum Fahrstuhl, der sie in die unteren Geschosse brachte. Gilmartin sagte: «Gut, Raymond. Jetzt sind Sie und Carl an der Reihe.»

Die beiden Männer folgten Gilmartin ins Oval Office. Vincent Loomis saß mit dem Telefonhörer in der Hand an seinem Schreibtisch. Er machte Shepherd und Turner ein Zeichen, sich hinzusetzen. Er sah müde aus. Die Furchen in seinem Gesicht schienen noch tiefer geworden zu sein, die Ringe unter seinen Augen noch dunkler. Aber, dachte Turner, während er den Präsidenten an dem kostbaren Rosenholztisch vor den Ständern mit der amerikanischen Flagge und der Präsidentenflagge musterte, er sieht irgendwie . . . ja, er sieht mehr nach Präsident aus als je zuvor. War das die Metamorphose vom Politiker zum Präsidenten, die Vincent Loomis – wie einige andere durchschnittliche

Männer vor ihm – einer großen Krise und dem Amt als solchem verdankte?

Als Turner zu der Besprechung mit dem sowjetischen Botschafter ins State Department zurückgekehrt war, hatte der Präsident wie ausgebrannt gewirkt. Seine zornige Energie schien verflogen zu sein, so als drohe er, in Lethargie und Unschlüssigkeit zu versinken. Jetzt war er offenbar wieder Herr seiner selbst. Ob er aber auch Herr der Situation war, stand dahin. In Raymond Turner keimte jedenfalls Hoffnung auf.

Loomis sagte in die Muschel: «Es ist mir scheißegal, was der Parteivorsitzende wünscht, Charlie. Sagen Sie ihm, daß ich die führenden Männer des Kongresses morgen unterrichten werde und daß *beide* Parteien vertreten sein sollen. Rufen Sie am besten sofort alle an.» Er legte auf und sah Turner mit einem schwachen, beinahe verzagten Lächeln an. «So, Mr. Secretary, wenn wir dies hinter uns haben, dürfen Sie mir einmal am Tag vorhalten: ‹Ich hab's Ihnen ja gleich gesagt.›» Das Lächeln erstarb jäh, und er fuhr fort: «General Weyland sagt, die SR-71 müsse jetzt bald über der EQ-Station sein. Er will sie nicht in Ägypten landen lassen, weil wir dort nicht auswerten können. Also wird sie nach Spanien zurückfliegen müssen, nach Rota. Zum Glück dauert das bei der Höchstgeschwindigkeit des Blackbird nicht mehr als vierzig Minuten.» Er warf einen Blick auf die Weltzeituhr auf seinem Schreibtisch. «In Arabien ist es jetzt acht Uhr abends – und es wird dunkel. Wir werden also Radaraufnahmen und ähnliches technisches Zeug bekommen. Sagen wir, noch eine Stunde fürs Entwickeln und Senden. Dann wissen wir vielleicht Genaueres.»

«Ich nehme an, Calder hat noch nicht wieder von sich hören lassen?» fragte Turner und wußte die Antwort im voraus.

«Nein. Ich habe veranlaßt, daß wir mit allen unseren Kommunikationssystemen in kurzen Abständen versuchen, Verbindung mit ihm aufzunehmen», sagte Loomis stirnrunzelnd. «Aber aus diesem gottverdammten Brief geht deutlich genug hervor, daß er alles gesagt hat, was er uns zu sagen gedachte. Nein, nicht uns – *mir*. Dieser Kugel kann ich nicht ausweichen. Sie war für mich bestimmt.» Er blickte noch düsterer, als er nach einer kleinen Pause fortfuhr: «Ich mache mich auf ein Impeachment-Verfahren gefaßt, Raymond.» Er hob seine großen Fäuste, und einen Augenblick dachte Turner, er würde in seinem ohnmächtigen Zorn irgend etwas zerschlagen. Aber er faßte sich wieder und sagte: «Lassen wir das fürs erste. Was hatte Baturin all dem hinzuzufügen?»

«Die Sowjets sind nervös geworden, Mr. President. Sie haben ein Aufklärungsflugzeug von ihrem Träger im Arabischen Meer losgeschickt, von der *Nowgorod*. Die Maschine ist nicht zurückgekommen.»

«Mist», sagte Loomis wütend. «Warum zum Teufel haben sie das gemacht? Reichen ihre gottverdammten Satelliten nicht aus?» Er wuchtete sich aus seinem Stuhl hoch und fing an, im Raum auf und ab zu laufen. Dann blieb er vor dem Kamin stehen und starrte einen langen Moment auf das darüber hängende Porträt von Washington. Turner glaubte zu wissen, was ihm durch den Kopf ging, während er den Mann betrachtete, der als erster Präsident die Amerikaner vor «ausländischen Verwicklungen» gewarnt hatte. Aber das war in einer längst vergangenen Zeit, Mr. President, dachte Raymond Turner, und in einer Welt, die anders war als heute. Turner hatte plötzlich das Gefühl, der Präsident sehne sich genauso wie er nach jener anderen, langsameren, *sichereren* Welt zurück.

Loomis drehte sich um und sagte: «Ich habe befohlen, daß das Einsatzgeschwader im Arabischen Meer Kurs auf die omanische Küste nimmt und Luftpatrouillen losschickt, um zu sehen, was die Russen machen. Ich möchte zumindest Oman schützen. Ich habe keine Ahnung, was Suslow tun wird, aber wir müssen auf alles gefaßt sein.» Seine tiefliegenden Augen blickten deprimiert. «Außerdem habe ich Alarmstufe Zwei für Defcon gegeben. Ich wollte es nicht, wirklich nicht, aber wir müssen zeigen, daß wir noch Zähne haben, falls die Russen zu dem Schluß kommen, Calder handle in unserem Auftrag.»

Defcon Zwei bedeutete, daß die wenigen inzwischen fertiggestellten Trident-U-Boote sofort ausliefen und daß die Zahl der ständig in der Luft befindlichen Maschinen des Strategischen Bomberkommandos erhöht wurde. Es ist ein Signal, aber kein sehr überzeugendes, dachte Turner. Die MS-Raketen waren noch nicht auf ihren mobilen Abschußrampen installiert, die Minuteman-Rampen konnten schon beim ersten Atomschlag der Sowjets vernichtet werden, und die alten Titan-Raketen, insgesamt ein Fünftel der interkontinentalen ballistischen Streitmacht, waren alle entschärft worden, ohne durch vergleichbare Waffen ersetzt zu werden. Die Schnelle Eingreiftruppe, die einzige US-Einheit, die bei dieser Krise hätte von Nutzen sein können, bestand jetzt aus einer kopflastigen Kadereinheit, die in Fort Bragg, North Carolina, den Dornröschenschlaf schlief.

Raymond Turner betrachtete den in die Enge getriebenen Präsidenten, der unter dem Porträt Washingtons stand, und ahnte, wie bitter er nun viele seiner eigenen Entscheidungen bereute – Entscheidungen, die er sich zu leicht gemacht oder getroffen hatte, um andere einflußreiche Kräfte zu beschwichtigen.

Vincent Loomis zappelte in einem Netz, das er selbst geknüpft hatte. Es spricht für ihn, daß er jetzt nicht nach Sündenböcken sucht, dachte Turner.

«Das Dumme ist, daß wir Dutzende, nein, *Hunderte* von Informationssystemen haben, und kein einziges von ihnen kann mir sagen, was ich wissen muß», sagte Loomis niedergeschlagen. «Calder hat unmißverständlich gesagt, was er vorhat. Aber *wie* will er es tun? Ich weiß es nicht, und bis jetzt hat es mir noch niemand erklären können.»

«Baturin hat mir ein paar Kosmos-Aufnahmen gezeigt», sagte Turner. «Auf der Piste der EQ-Station standen ungefähr dreißig alte Hercules-Transporter, Mr. President. Sie wurden anscheinend beladen oder auch umgerüstet. Ich bin technisch nicht versiert genug, um zu sagen, was oder warum daran gearbeitet wurde.»

«Wir könnten morgen mittag ein Bataillon Marineinfanterie in der EQ-Station haben. Ich habe keine große Lust, es zu befehlen, aber wenn es sein muß, tue ich es. Die diplomatischen Scherben müssen wir eben später kitten», sagte der Präsident.

«Gut, Mr. President. Ich schlage vor, Sie lassen sofort Marines zur omanischen Küste schaffen», sagte Turner.

Der Präsident nickte mißmutig. «Die *Nimitz* ist im Moment noch außer Hubschrauberreichweite, aber sie müßte morgen bei Tagesanbruch nahe genug sein.» Er kehrte zu seinem Schreibtisch zurück und sank in den weichen Lederarmstuhl. Er drückte auf einen Knopf der Sprechanlage und sagte: «General Williamson soll sofort herkommen.»

Williamson war der Leibarzt des Präsidenten, und Turner wurde von Sorge gepackt. «Fühlen Sie sich nicht gut, Mr. President?»

«Ich werde etwas brauchen, das mich die nächsten zwölf oder dreizehn Stunden fit hält.» Er quälte sich wieder ein verzagtes Lächeln ab. «Ach, Raymond, was würden die Wähler wohl sagen, wenn sie wüßten, daß der Präsident bei der Krise auf einer Art Speed-Trip war?»

Plötzlich wandte er seine Aufmerksamkeit Carl Shepherd zu. «Carl, Sie haben die ganze Zeit wie auf Kohlen dagesessen. Ist was?»

«Ja, Sir.» Shepherd öffnete seine Aktenmappe und holte eine Tonbandkassette heraus. «Der Agent, der das New Yorker FBI-Büro leitet, hat das auf dem Eilweg vorgelegt, Mr. President. Es gibt eine Transkription, aber ich denke, sie sollten es sich besser direkt anhören.»

«Noch so ein verdammtes Tonband, Carl? Ich hab' mir heute schon ein halbes dutzendmal das Band angehört, das die Nationale Sicherheitsbehörde von jenem Telefongespräch gemacht hat. Sie sagen, es gebe kein Mittel, die Sprecher zu identifizieren. Trotzdem wurde mir ganz anders. Irgend jemand hier in Washington benutzt ein Scrambler-Telefon von der CIA, um jemandem in England Anweisungen über Coles Bruder Rivas zu geben. Ich bin zwar kein Staatsanwalt, aber ich hatte ganz den Eindruck, daß es Anweisungen zum Mord waren. Wir haben eine Warnung gefunkt, falls zufällig jemand sie in der EQ-Station empfängt und menschenfreundlich genug ist, um Rivas zu informieren. Er ist dort irgendwo. Wenn er aber unter falschem Namen für eine Story recherchiert, haben wir lediglich seine Tarnung kaputtgemacht. Also bitte keine verdammten Tonbänder mehr, Carl.»

«Dieses sollten Sie trotzdem hören, Mr. President. Es wurde von einem Gerät aufgenommen, das ein Mann bei sich hatte, der aus einem Fenster im zweiten Stock sprang . . . oder gestürzt wurde», sagte Carl Shepherd. «Der Mann war Sam Abbott, Rivas' Verleger.»

«O mein Gott», sagte der Präsident und wurde grau im Gesicht.

«Erlauben Sie, Mr. President?» Shepherd ging zum Kommunikationspult neben dem Schreibtisch des Präsidenten und steckte die Kassette in einen Recorder. Fast unmittelbar darauf drangen Stimmen aus den versteckt angebrachten Lautsprechern im Oval Office.

«Sie haben Coles Bruder gesehen. Er ist hier gewesen.»

«Ich habe kein Geheimnis daraus gemacht. Hätte ich das tun sollen?»

«Seien Sie nicht aggressiv. Wir sind beide auf derselben Seite.»

Shepherd unterbrach: «Das steht alles in der Transkription, Mr. President. Ich möchte jetzt ein Stück überspringen.» Er drückte die Schnellauftaste, und die Stimmen zirpten, als wären kleine Tiere aufgenommen worden. Dann lief das Band wieder normal, und aus den Lautsprechern kam wieder die vertraute Stimme.

«Sagen Sie mir, was Sie Rivas erzählt haben, Sam. Mehr will ich gar nicht wissen.»

Die andere Stimme klang belegter, weniger artikuliert als vorher. *«Ich habe ihm dasselbe erzählt wie Cole.»*

«Der Leichenbeschauer hat Sodiumamobarbitol im Blut des Toten nachgewiesen, Mr. President», flüsterte Carl Shepherd.

«. . . was war das?»

«Alles, was ich über die GISS-Leute in der Regierung herausfinden konnte.»

Bei dieser Bemerkung, die eindeutig besagte, daß seine Administration von Mitgliedern der GISS durchsetzt war, zuckte Loomis heftig zusammen.

«Cole hat von Calder Davis gesprochen, nicht wahr?»

«Cole fürchtete, daß das NFK Söldner anwirbt.» Die Worte wurden immer unartikulierter, als habe der Sprecher Mühe, sie hervorzubringen. *«Er sagte, wenn es stimme, sei es Hochverrat.»*

«Und Sie sagten ihm natürlich, daß er sich irren müsse.»

«Er irrte sich nicht. Er hatte recht.» Eine lange Pause, und dann: *«Und . . . deshalb . . . haben . . . Sie . . . ihn . . . umgebracht?»*

Die Antwort klang bedauernd und gelassen: *«Es ging nicht anders. Sie sehen selbst, daß es nicht anders ging, Sam.»*

«Rivas . . .» Es kostete den Mann offenbar qualvolle Mühe zu sprechen. Turner merkte, daß auch seine Kehle sich vor Mitgefühl zusammenschnürte. *«. . . wird es herauskriegen . . .»*

«Rivas wird Arabien nicht lebend verlassen, Sam.»

«Sie Mörder . . .»

Das Band lief weiter, aber die Stimmen waren verstummt. Präsident Loomis' Gesicht glich fast einer Totenmaske. Er sagte: «Wie . . .»

Shepherd erklärte: «Abbott arbeitete früher bei der CIA. Er hat die Berufsgeheimnisse der Agenten nicht vergessen. Anscheinend hatte er immer einen Kassettenrecorder in der Tasche seines Morgenmantels. Als er dachte, er musse vielleicht sterben, stellte er ihn an.»

Abbotts Stimme schrie jetzt aus den Lautsprechern: *«Lassen Sie mich in Ruhe . . . Sie Judas.»* Es folgte das Geräusch von zersplitterndem Glas – und dann kam nichts mehr.

Der Präsident sah die beiden anderen Männer an. «Der andere war Ike Holt, nicht wahr?»

«Ja, Mr. President», sagte Shepherd. «Tut mir leid.»

Loomis' Stimme war heiser vor Wut und Schmerz. *«Suchen Sie ihn. Suchen Sie ihn, Carl!»* Dann fragte er: «Wie tief steckt die Agency Ihrer Meinung nach in der Sache drin?»

«Soweit wir im Moment wissen, ist es nur Holt, Mr. President. Er hat die Einrichtungen der CIA benutzt, aber bis jetzt weist nichts darauf hin, daß die Agency selbst mitgemacht hat.»

«Das ist wenigstens etwas», seufzte Raymond Turner.

Die Augen des Präsidenten waren kalt wie Achat, seine Lippen weiß vor Zorn und Demütigung. «Also, Carl . . . *Sie* . . . *suchen* . . . *ihn*. Es ist mir egal, was für Folgen es für mich oder die Administration hat. Ich will, daß er gesucht und verhaftet wird und daß man ihm öffentlich den Prozeß macht . . . wegen Mords und Hochverrats an den Vereinigten Staaten von Amerika. Gott sei seiner verdammten Seele gnädig. Ich werde ihm nichts ersparen.»

Shepherd sagte ruhig: «Sobald ich die Transkription gelesen und das Tonband gehört hatte, habe ich eine Fahndung eingeleitet.»

«Wohin würde er gehen, wenn er sich verstecken wollte?»

Shepherd sagte: «Mir fällt nur etwas ein, Mr. President.»

«Die Russen?»

Carl Shepherd zog die Schultern hoch. «Oder eine ihrer Marionetten. Ich glaube aber, er würde zu den Sowjets selbst gehen. Er hat ihnen eine Menge anzubieten. Er ist seit über zehn Jahren ein Supergrade der CIA. Wahrscheinlich würden sie ihm allein dafür Asyl gewähren und eine neue Identität geben. Und er weiß *alles* über Calder und das NFK und die EQ-Station. Die Russen würden keine Sekunde zögern, ihn mit offenen Armen zu empfangen. Er ist sein Gewicht in Gold wert.»

«Dann schnappen Sie ihn», sagte der Präsident. «Wie Sie das machen, ist mir egal. Finden Sie ihn! Ich bin wirklich nicht rachsüchtig, meine Herren», sagte er dann mit leiser, plötzlich bedrohlich ruhiger Stimme, «aber dies ist etwas anderes. Ich möchte, daß Isaac Holt das bekommt, was ihm von Rechts wegen zusteht. Und dann soll er zur Hölle fahren. Ich möchte, daß er auf einen elektrischen Stuhl geschnallt und hingerichtet wird. Weil er genau das ist, was Abbott gesagt hat – ein *Judas*.»

35. EQ-Station

Michael Rivas war Calder Davis noch nie begegnet. Nun stand er vor der legendären Persönlichkeit und war beinahe gerührt, wie fragil der alte Herr wirkte.

Davis winkte seinen bewaffneten Begleitern, den Raum zu verlassen. Die NFK-Männer gehorchten nicht sofort. Rivas hatte den Eindruck, daß die Männer – dem Aussehen nach Araber – dem alten Mann die Verehrung entgegenbrachten, die sie gewöhnlich ihren Mullahs und anderen religiösen Führern erwiesen. Bei längerem Überlegen kam er jedoch zu dem Schluß, daß auch die in diesem Teil der Erde übliche Achtung vor dem Alter eine Rolle spielen mochte.

«Bitte», sagte Calder Davis. «Mir kann hier nichts passieren. Mr. Rivas würde einem alten Mann nichts Böses antun.»

Die NFK-Männer neigten respektvoll die Köpfe und verschwanden im Gang. Davis ging zur Tür und machte sie zu. «Es sind Raschids, Mr. Rivas. Natürlich im Ausland ausgebildet. Aber trotzdem tapfere, einfache Menschen. Colonel Hadfield hat sie vor langer Zeit als meine Leibwächter ausgewählt.» Er betrachtete Rivas; um seine Lippen spielte ein leicht ironisches Lächeln. «Ich denke nicht, daß ich ausgerechnet hier Leibwächter brauche.» Er zuckte mit den Schultern. «Aber der Colonel meint wohl, er wisse es besser. Sie sind doch mit ihm gekommen, Mr. Rivas? Würden Sie nicht auch sagen, daß er ein sehr tüchtiger Mann ist?»

Rivas wurde einfach das Gefühl nicht los, daß dieses Gespräch etwas Unwirkliches hatte. Seit er Coles Brief in Lugano gelesen hatte, war er einer Spur gefolgt, die mehr oder weniger geradlinig zu diesem Ort und diesem Mann führte. Dennoch schien es fast wie ein Traum zu sein: der gebrechlich wirkende alte Herr, die halb verfallene Kaserne, die unermeßliche Wüste, die alles umgab.

«Darf ich mich setzen?» fragte Davis und nahm auf dem Rand der Pritsche Platz. «Die Reise hierher war ein bißchen beängstigend, und ich muß gestehen, daß sie mich sehr müde gemacht hat.» Er machte eine unbestimmte Geste mit seiner schmalen, fast durchsichtig wirkenden Hand. «Ich hasse das Fliegen, Mr. Rivas, und meine Maschine mußte durch einen Sandsturm.» Wieder das feine ironische Lächeln. «Ich habe keine Angst vor dem Tod, Mr. Rivas. Es wäre närrisch, wenn ein so alter Mann sich vor dem Sterben fürchtete. Aber vorm Fliegen habe ich Angst. Es muß daran liegen, daß ich in eine weniger hektische Zeit gehörte. Weniger Maschinen, weniger Lärm. Als man noch nicht in ein paar Stunden auf der anderen Hälfte des Globus sein konnte. Ich wurde geboren, als das Jahrhundert noch jung war, Mr. Rivas.»

Rivas war wie hypnotisiert von der dünnen, freundlichen Stimme und den hellen, müden Augen. Er wußte, daß Calder Davis an die Achtzig ging. Aber in dieser Umgebung wirkte er unendlich älter – ein Mann aus einer anderen Epoche, am Leben gehalten durch einen geheimnisvollen Prozeß, der vielleicht nur in dieser trockenen Luft möglich war.

Davis fuhr fort: «Sie haben viel auf sich genommen und einen langen Weg zurückgelegt. Sie haben das Recht auf einige Erklärungen, Mr. Rivas, und Sie werden sie bekommen. Sie sind Journalist, oder?»

Rivas nickte.

«Und Cole Norris' Bruder.»

Die Erwähnung Coles brach den Bann. Dieser alte Mann war nicht so etwas wie eine feingliedrige Reinkarnation eines Pharaos. Sondern Calder Davis, ein Banker, ebenso reich wie mächtig, ein Mann, dessen finanziellen – und politischen – Interessen die ganze Welt umspannten. Er war real, jemand aus Fleisch und Blut. Und er hatte irgendwie dafür gesorgt, daß Cole umgebracht wurde.

«Sie haben meinen Bruder getötet, Davis», sagte Rivas gepreßt.

«Mit unendlichem Bedauern, Mr. Rivas», antwortete Davis.

Rivas fühlte kalten Zorn in sich aufsteigen. Er konnte diesem Greis mit bloßen Händen das Genick brechen. Er konnte sein Leben auspusten wie eine Kerzenflamme. Warum *tue* ich es nicht? fragte er sich.

«Sie zeigen Selbstbeherrschung, Mr. Rivas», sagte Davis. «Die Fähigkeit, trotz einer Provokation vernünftig zu handeln, ist ein Beweis für zivilisiertes Verhalten. Für *westliches* Verhalten, Mr. Rivas. Wenn Sie Araber oder Perser oder Afrikaner wären oder aus irgendeinem anderen Land der Dritten Welt stammten, würden Sie versuchen, Ihren Bruder zu rächen, selbst wenn meine Leibwächter Sie dafür töteten.»

Rivas sah ein irres Funkeln in den alten wäßrigen Augen, aber vielleicht bildete er es sich auch nur ein. Wie sollte man Wahnsinn unter diesen Umständen überhaupt definieren? Das enorme Machtgebilde, das dieser Mann errichtet hatte, die unermeßlichen Wohltaten, die er den Menschen der Entwicklungsländer erwiesen hatte – all das mochte das Produkt einer hemmungslosen Egozentrik sein, aber kaum das Lebenswerk eines labilen Geistes.

«Mr. Rivas, wir sind beide Kinder einer Kultur, für die seit dem Mittelalter die Vernunft zu den höchsten Werten zählt. Vernunft und Toleranz. Aber zuviel Toleranz birgt große Gefahren in sich, mein junger Freund. Die christliche Ethik kann angesichts drohender Auslöschung leicht zu Ohnmacht führen. Ich erwarte gar nicht, daß Sie mir vorbehaltlos zustimmen, Mr. Rivas, obgleich Sie in Ihrem tiefsten Innern sicher *fühlen*, daß ich recht habe.» Davis hob wieder die schlanke Hand, eine, wie Rivas vermutete, typische, befehlende Geste. «Ich habe mich die meiste Zeit meines Lebens nach den Lehren der großen Geister unserer westlichen Kultur gerichtet, Mr. Rivas. Und ich habe nach vielen Jahren eine einfache Wahrheit gelernt.»

«Gehört all das hier zu Ihrer einfachen Wahrheit?» fragte Rivas. «Eine Privatarmee? Bezahlte Killer . . .»

«Ich sagte Ihnen, daß ich den Tod Ihres Bruders bedaure. Ich bedaure *alle* Menschenleben, die es gekostet hat und kosten *wird*. Ich bin froh, daß Ihres nicht dazu gehört.»

«Soll das heißen, man wird nicht wieder auf mich schießen? Was zum Teufel ist denn auf einmal anders geworden, Davis? Ich weiß jetzt viel mehr als vor einer Woche . . .»

«Sie sind *hier*, Mr. Rivas. Und da Sie hier sind, werden Sie die einzigartige Chance haben, Geschichte zu schreiben. Irgend jemand muß es tun. Sagen wir einfach, Sie haben es sich verdient. Oder, wenn Ihnen das lieber ist, das Schicksal hat Sie im richtigen Augenblick hierher gebracht.»

«Ich weiß nicht, wovon Sie reden, Davis», sagte Rivas. «Ich bin hierher gekommen, weil ich wissen möchte, *warum* mein Bruder sterben mußte, und weil die Öffentlichkeit ein Recht hat zu erfahren, was hinter all Ihren verdammten guten Werken und ihrem selbstgerechten Gehabe steckt.»

«Es ist nicht selbstgerecht, Mr. Rivas. Ich bin kein wirklich religiöser Mann, aber ich weiß besser als jeder andere, daß ich eine große Sünde begehe. Ja, Mr. Rivas, es gibt so etwas wie Sünde, genau wie es das Böse gibt. Aber Sie sollten sich jetzt nicht anhören, was *mein* persönliches Dilemma ist, oder sich damit befassen, wie ich es gelöst habe und welchen Preis ich dafür zahlen muß. Bedenken Sie jetzt nur eines: Welche Zukunft sehen Sie für uns, Mr. Rivas?»

«Für uns?»

«Nicht für Sie und mich. Wir fallen für die Geschichte nicht ins

Gewicht. Wir sind viel zu belanglos, Mr. Rivas. Ich meine, für uns als Produkte der über tausendjährigen westlichen Zivilisation.»

«Ich bin Reporter, Davis, nicht Historiker oder Philosoph.»

«Sie könnten ein Historiker werden, wenn Sie die Gelegenheit nützen.»

Calder Davis hielt inne, und Rivas sah plötzlich, daß der alte Mann vor Müdigkeit und einer übermächtigen inneren Spannung bebte.

«Hören Sie mich an, junger Mann», sagte Davis und quälte sich wieder das schwache Lächeln ab. «Womöglich bekommen Sie jetzt das letzte Interview, das ich geben werde.» Er sah Rivas beinahe flehend an. Er wünscht sich verzweifelt, daß jemand ihn *versteht*, dachte Rivas.

«Unsere Welt – die *westliche* Welt – zerfällt», sagte Davis. «Unsere Vernunft, unsere Toleranz, unser christlicher Glaube, Böses mit Gutem zu vergelten, die Werte, die den westlichen Menschen von den Menschen jeder anderen Kultur unterscheidet, die der Planet hervorgebracht hat – all das zerstört uns.» Er hob wieder die Hand. «Warten Sie, hören Sie mich *bitte* an. Dies sind die Merkmale, die unsere Kultur definieren, und deshalb *kann* der westliche Mensch sie nicht einfach ablegen. Wenn die Dinge aber so bleiben, wie sie sind, werden wir kein Jahrhundert mehr überleben. Ja, ich weiß, daß wir gesündigt haben, ich weiß es weit besser als Sie. Wir sind Kolonialisten gewesen, wir haben andere ausgebeutet, wir sind Rassisten gewesen – alles. Aber jetzt, ich meine *jetzt*, in eben diesem Augenblick, ist der Westen so sehr von Schuldgefühlen übermannt, daß er sich nicht für die Zukunft rüsten kann, die auf uns zukommt. Jedermann weiß, was für eine Zukunft das ist. Wir brauchen Zeit, Mr. Rivas. Zeit, um uns wieder aufzuraffen und neue Kräfte zu sammeln – sogar um den Mut zum Opfer zu finden.»

«Und Sie», sagte Rivas bitter, «Sie haben den Mut gefunden, meinen Bruder zu opfern. Und einen bedauernswerten puertorikanischen Taxifahrer und weiß Gott wie viele andere? Und das für all diese pseudophilosophischen Hirngespinste, die Sie sich zurechtgelegt haben?»

«*Ich* weiß, wie viele andere, Mr. Rivas. Und diese Bürde wird immer auf mir lasten. Ich weiß, daß ich eines Tages dafür vor Gericht stehen werde, glauben Sie mir, ich weiß es. Aber wollen Sie mich nicht anhören? Ich werde aufhören zu philosophieren, weil Sie noch nicht alt genug sind, um meinen geschichtlichen Standpunkt zu teilen. Reden wir lieber von konkreten Dingen. Reden wir vom Öl.»

«Mein Gott, das ist es also. Es geht ums Öl? Ist das die Aufgabe der berühmten ‹Brigade›? Das Öl der Araber zu stehlen?»

«Wir werden nichts stehlen, Mr. Rivas. Meine Mitarbeiter und ich haben seit zehn Jahren Anlagen zur Ölgewinnung aus Kohle, Ölschiefer und Teersänden errichtet. Haben Sie schon einmal etwas vom Consol Synthetic Fuel-Verfahren gehört?»

«Ja. Dabei werden die Mineralien in winzige Bruchstücke gespalten und dann erhitzt, um das Öl zu extrahieren. Man braucht Millionen von Tonnen Rohmaterial, um ein paar Tonnen Öl zu gewinnen. Wollen Sie damit die westliche Zivilisation retten? Sie müssen unterwegs irgendwo ausgeklinkt sein, Mr. Davis.»

«Nicht ein paar Tonnen, Mr. Rivas. Wir haben das Verfahren enorm verbessert. Wir können in unseren Hydrieranlagen in Wyoming und Utah schon heute – in diesem Augenblick – eine Million Barrel am Tag erzeugen. Unsere Anlagen im Ruhrgebiet können die Hälfte davon produzieren. In fünf Jahren sind wir in der Lage, den gesamten Ölbedarf der Vereinigten Staaten und Westeuropas zu decken. In zehn Jahren könnten wir Überschüsse produzieren, die eventuell den Bedarf decken, den die Japaner dann haben werden.»

«Warum *tun* Sie es nicht einfach, Davis?»

«Wenn wir heute ein Barrel Öl für fünfzig Dollar produzieren – das wären die Herstellungskosten einschließlich Kapitalaufwand für notwendige technische Verbesserungen, ohne jeden Gewinn . . . Nun, bei fünfzig Dollar pro Barrel würde die OPEC einfach für vierzig Dollar pro Barrel verkaufen. Wenn wir unseren Preis auf vierzig Dollar senken könnten, würde die OPEC für dreißig anbieten. Wenn wir auf zwanzig pro Barrel gingen, würde sie für zehn verkaufen. *Bis* unser Programm zusammenbricht. Dann würden die OPEC-Länder ihren Preis wieder erhöhen und die systematische Zerstörung der Volkswirtschaft des Westens fortsetzen. Selbst wenn die multinationalen Konzerne ein Bündnis schlössen, auf einen Preiskrieg gegen die OPEC könnten sie sich nicht einlassen.»

«Und deshalb wollen Sie die Brigade benutzen, um die verdammten Ölfelder zu stehlen, genau wie ich gesagt habe. Nur daß die Russen es nicht zulassen werden, Mr. Davis. Und selbst wenn sie es zuließen, Sie können nicht mal ein Zehntel der Söldner aufstellen, die nötig wären, um die Golfküste zu *halten*. Es spielt gar keine Rolle, wie gut Collingwood ist oder was für eine schlagkräftige Truppe Sie aufgebaut haben. Es wird nicht klappen, Davis. Hören Sie? *Es wird nicht klappen.*» Rivas konnte den schrillen Zorn – und die Furcht – in seiner Stimme selbst hören.

«Selbstverständlich wird es nicht klappen», sagte Davis ruhig.

Rivas starrte ihn an.

«Jedenfalls nicht so, wie Sie es sich vorstellen, Mr. Rivas. Ich habe nie die Absicht gehabt, den Arabern die Ölfelder wegzunehmen. Das würde ein Blutbad bedeuten, wahrscheinlich auch die Zerstörung der Felder für viele, viele Jahre.» Davis' Stimme wurde nun immer stärker, als schenke ihm die Kühnheit seines Projekts innere Kraft.

Er fuhr fort: «Die Brigade, die Ihnen soviel Sorgen macht, bereitet sich in diesem Moment darauf vor, die amerikanische Botschaft in Riad anzugreifen. General Collingwood befehligt mehr als zehntausend kampferprobte Soldaten. Morgen mittag werden die Geiseln in Sicherheit sein. Collingwood wird die Botschaft und den internationalen Flughafen in Riad besetzt halten. Die ganze Welt – die *westliche* Welt, Mr. Rivas – wird endlich etwas haben, worüber sie sich freuen kann. Sie wird wissen, daß es eine Kraft gibt, die gewillt ist, sie und ihre Interessen zu schützen. Verlassen Sie sich darauf. Die Vereinten Nationen werden die Brigade unter ihre Fittiche nehmen.»

«Niemals, Davis. Nicht in tausend Jahren», sagte Rivas.

«Sie vergessen die GISS, Mr. Rivas. Haben Sie eine Ahnung, in wie vielen UN-Delegationen schon GISS-Mitglieder am Hebel sitzen? In Dutzenden. Das ist der *Zweck* der GISS, Mr. Rivas. Einem Plan zur Wiederherstellung der Ordnung in der Welt Nachdruck zu verleihen. Voraussetzungen zum Erfolg zu schaffen. Wie lange könnte die allgemeine Anarchie der letzten zwanzig Jahre Ihrer Ansicht nach weitergehen, Mr. Rivas? Denken Sie nach. Wußten Sie, daß sieben von zehn Bewohnern der Erde heute immer noch keinen Zugang zu Fernsehen, Radio, Zeitungen oder auch nur zum Fernsprechnetz haben? Auf dem größten Teil unseres Planeten herrscht immer noch Nacht, junger Mann. Wie lange können zivilisierte Nationen ihr Schicksal von solchen Leuten lenken lassen?»

Rivas begann endlich, die Reichweite des Plans zu erfassen, den Calder Davis geschmiedet hatte. Während er noch zur Kenntnis nahm, was man nur als paranoiden Entwurf zur Neugestaltung der Welt bezeichnen konnte, spürte er, wie der Reiz des Projekts auf ihn zu wirken begann, und er hatte Mühe, sich dagegen zu wappnen. Allein die *Vorstellung*, daß die Brigade, eine internationale Bande, Selbstjustiz üben wollte, stieß ihn ab. Aber der Gedanke, daß endlich irgendwelche *Schritte* unternommen wurden, daß die zivilisierten Staaten endlich mit Taten gegen die zornige Anmaßung von Ländern der Dritten Welt protestierten, übte eine gefährliche Anziehungskraft aus. In gewissem Sinn hatte Davis recht. Die Welt würde mit einem Schlag wissen, daß die Brigade existierte und daß sie ein verzweifelt notwendiges Unternehmen durchgeführt hatte. Die Meinungen würden zwar auseinandergehen, aber letzten Endes würde man jede Kraft begrüßen, die die Radikalen und die Terroristen unmißverständlich in ihre Schranken wies.

Aber der restliche Plan des Finanziers? Die Geiselbefreiung durch die Brigade, die Befürwortung des Handstreichs durch die UN, an deren Schaltstellen Mitglieder der GISS saßen, all das war eine Sache – doch es lag auf der Hand, daß Calder viel weiter gehen wollte.

Der alte Mann schien seine Gedanken gelesen zu haben. «Die Araber sind die reichsten Leute der Dritten Welt, Mr. Rivas. Und deshalb müssen sie bezwungen werden. Sie haben keine Kultur, die unserer Zeit etwas geben könnte. Sie waren einmal ein großes Volk, aber sie sind im 12. Jahrhundert stehengeblieben und haben seitdem nichts hervorgebracht, was für moderne menschliche Gesellschaften relevant sein könnte. Wir beide, Mr. Rivas, wir beide haben miterlebt, wie der Westen schlaff und feige geworden ist. Unser Wohlstandskonsum und unsere sexuelle Freizügigkeit haben uns faul und ängstlich gemacht. Ich hoffe von ganzem Herzen, daß das nur vorübergehende Krankheiten sind und nicht die Symptome eines tödlichen Leidens. Aber Sie und ich sollten hier keine Vermutungen anstellen, ob unsere Zivilisation weiterleben wird oder nicht. Ich habe getan, was ich für das Beste hielt, wie ein Arzt, der seinen Patienten zur Ader lassen muß. Erst die Geschichte wird zeigen, ob es richtig oder falsch war. Deshalb möchte ich, daß all dies festgehalten wird, Mr. Rivas. Ich möchte, daß jemand miterlebt und aufzeichnet, wie die westliche Welt in die Wirklichkeit zurückgestoßen wurde. Werden Sie dieser Jemand sein, Mr. Rivas?»

In Rivas wurde der Journalist wach. *War* dies Geschichte – oder war es schrecklicher Wahnsinn, das Ende der Träume eines früher großen Mannes? Wenn man Calder Davis ansah, wenn man ihn mit leidenschaftlicher Überzeugung sprechen hörte, meinte man irgendwie den Boden unter den Füßen zu verlieren.

«Mr. Rivas, ich beabsichtige, die arabische Ölförderung für die nächsten fünf bis sieben Jahre lahmzulegen. Ich werde die Felder nicht *zerstören*, weil die Sowjets sie sehr bald benötigen werden, und ich möchte auf keinen Fall, daß mein Handeln einen Krieg auslöst. Aber ab übermorgen wird auf den Ölfeldern der Golfküste kein einziges Barrel mehr gefördert werden, und das nächste Öl wird erst wieder in einigen Jahren fließen. Glauben Sie mir, Mr. Rivas, ich habe die Mittel dazu, und ich beabsichtige, sie anzuwenden. Von morgen an wird der Westen auf seine eigenen Energieressourcen angewiesen sein. Die Industrie, die meine Mitarbeiter und ich aufgebaut haben, wird enorm wachsen müssen, und viele Opfer werden nötig sein.» Davis war sehr müde. Rivas sah, daß sich in seinem bleichen Gesicht Erschöpfung abzeichnete. «Wir wollen keinen Gewinn damit machen, Mr. Rivas. Jeder Cent, den die neuen Syn-Fuel-Anlagen verdienen, wird in einen Fonds kommen, den ein eigens zusammengestellter Ausschuß an die Leute verteilt, die am meisten unter der Veränderung zu leiden haben. Übrigens wird nach meinem Tod mein gesamtes Vermögen in diese Stiftung eingehen, Mr. Rivas.» Sein Gesicht wurde ernster, beinahe feierlich; der Wohltäter verwandelte sich in den Weltplaner. «Andere Nutznießer werden die Brigade und natürlich das Neue Friedenskorps sein. Es ist noch viel zu tun in der Dritten Welt.»

Rivas hatte einen Moment lang den irren Drang zu lachen. Die Araber sollten ihre «Ölwaffe» verlieren, die Radikalen in Riad sollten ihre Geiseln loswerden, die Dritte Welt sollte alles verlieren, was sie noch an Macht über den Westen hatte. Und die gepanzerte Faust der Brigade würde diese Lektionen erteilen. Und dann sollte die Faust wieder zur offenen Hand der Freundschaft werden, mit der die NFK-Teams ihre Entwicklungsarbeit fortsetzten, als ob sich nichts geändert hätte. Aber alles würde sich geändert haben. Kein Staat, kein Staatenbündnis der Dritten Welt würde es jemals wieder wagen, ein Kartell zu bilden, um einen strategisch wichtigen Rohstoff zu kontrollieren. Es war verrückt genug, um genauso zu funktionieren, wie Calder Davis es sich vorstellte.

Rivas wollte gerade etwas sagen, als er einen fernen, dumpfen Knall hörte. Fast unmittelbar danach sah er durch die Oberlichter eine ölige, schwarze Rauchfahne, die sich vor dem dunkelnden Himmel abzeichnete. Calder Davis reagierte nicht. Rivas fragte sich, ob er den

Knall überhaupt gehört hatte. Irgendwo auf oder bei dem Gelände der Station war etwas detoniert.

Die Tür wurde aufgestoßen, und ein Leibwächter des Bankers kam herein und zischelte dem alten Mann etwas ins Ohr. Das abgespannte, müde Gesicht bekam einen bekümmerten Ausdruck.

«Ich muß jetzt gehen, Mr. Rivas», sagte Davis und stand auf. «Denken Sie bitte darüber nach, was ich Ihnen gesagt habe . . .»

«Die Ölfelder, Davis», drängte Rivas. «Sagen Sie mir nur noch . . .»

Die magere Hand hob sich gebieterisch. «Alles zu seiner Zeit. Überlegen Sie gut. Bedenken Sie, was für eine Chance Sie bekommen haben. Ich schlage vor, daß Sie morgen nach Riad fliegen – sobald wir wissen, daß die Geiseln in Sicherheit sind. Sie können sich der Brigade anschließen und die größte Story Ihres Lebens schreiben. Ich hoffe sehr, daß Sie es tun werden, Mr. Rivas. Es ist nicht nur eine Aufgabe, der Sie gewachsen sind und die Sie akzeptieren sollten – Sie werden bei General Collingwood und seinen Männern außerdem viel sicherer sein als hier.»

Er ging zur Tür, wo er stehenblieb und sich kurz umdrehte. «Glauben Sie mir, Mr. Rivas», sagte er leise und melancholisch, «es tut mir aufrichtig leid, daß Ihr Bruder sterben mußte und daß wohl noch andere sterben müssen. Große Dinge sind nicht umsonst auf dieser Welt.»

Dann war er fort, und Michael Rivas stand da und starrte auf die geschlossene Tür seines provisorischen Gefängnisses.

36. Washington

Der Hubschrauber der Air Force senkte sich im sommerlichen Zwielicht auf den Südrasen des Weißen Hauses. Die Journalisten, die sich während des langen, heißen Tages an der Seite der Pennsylvania Avenue versammelt hatten, hörten das Motorengeräusch und hasteten durch den Garten, um zu sehen, was los war. Sie wurden jedoch von inzwischen errichteten Sperren und einer Phalanx von Bundesmarshals aufgehalten.

Als der Hubschrauber auf seinen Landekufen stand, sprang ein Major der Air Force heraus, der eine Seitenwaffe und einen verschlossenen Metallkoffer trug. Er sprintete zum Souterraineingang unter dem südlichen Portikus.

Im Oval Office klingelte ein Telefon, und Charlie McKay riß den Hörer von der Gabel. General Lescher, der vom Militärraum aus sprach, sagte: «Sie sind da.»

«Gott sei Dank, endlich», sagte McKay. «Bringen Sie sie sofort her.» Zum Präsidenten, der in Hemdsärmeln mit Raymond Turner und Carl Shepherd auf den Sofas vor dem dunklen Kamin saß, sagte er: «Mr. President, die SR-71-Bilder sind da.»

Vincent Loomis war grau vor Müdigkeit, die Linien um seinen vollen Mund waren tief eingegraben, und auf seinen Wangen zeigten sich dunkle Stoppeln. Auf dem niedrigen Tisch zwischen den beiden Sofas standen die Reste einer halb gegessenen Mahlzeit. Vom Dokumentenstapel daneben war die Hälfte auf den kastanienbraunen Teppich gerutscht.

Die Tür wurde geöffnet, und Peter Gilmartin kam hereingelaufen. Sein Leinenanzug war völlig zerknittert, sein Hemdkragen durchgeschwitzt. «Alle Stationen des heißen Drahts sind aktionsbereit, Vinnie», sagte er. «Suslow wartet an seinem Apparat.»

Loomis sagte: «Ich möchte das neue Videosystem benutzen, Peter. Ich möchte sein Gesicht sehen, und ich möchte, daß er meines sieht.»

«Es ist schon angeschlossen», sagte Gilmartin. «Die Dolmetscher sind soweit.»

«Lassen Sie jemanden frische Sachen für mich herunterbringen. Ich will nicht, daß der verdammte Kerl mich in diesem derangierten Zustand sieht», sagte Loomis. Einen Augenblick entspannten sich seine Züge. «Haben Sie meine Frau in Camp David erreicht?»

«Ja, Vinnie. Es geht ihr gut. Den Kindern auch. Sie hat sich ein bißchen gesorgt, wegen der blöden Spekulationen in den Abendnachrichten, aber sie sagt, Sie sollten sich ihretwegen keine Gedanken machen.»

Loomis lächelte Raymond Turner kurz an. «Marie ist eine richtige Politikerfrau, Raymond. Man kann immer auf sie zählen.» Das Lächeln verschwand, und er wandte sich an Carl Shepherd, der eben vom Hoover Building ins Weiße Haus zurückgekehrt war. «Schon etwas über Ike Holt, Carl?»

«Nein, Mr. President, leider nicht», antwortete Shepherd. Er hatte sich in seinem Büro die Zeit genommen, zu duschen und andere Sachen anzuziehen, aber er fühlte sich schon wieder genauso aufgelöst und kaputt wie vorher. Es war ein unglaublich langer und schwerer Tag für den FBI-Direktor gewesen, und ihm wurde bewußt, daß er noch lange nicht zu Ende war.

Aus dem Lautsprecher der Gegensprechanlage drangen ein paar gebieterische Worte, und Charlie McKay lief zum Schreibtisch des Präsidenten. Die Stimme einer Sekretärin sagte: «General Lescher ist hier, Mr. McKay.»

«Schicken Sie ihn her.»

General Lescher marschierte in den Raum und legte die rotmarkierte Akte mit Fotos und Abzügen vor dem Präsidenten auf den Tisch.

«Ich fürchte, sie bestätigen die russischen Daten, Mr. President. Auf dem alten Stützpunkt Ibrahimah stehen mindestens dreißig Maschinen.» Er nahm einen Abzug heraus. Es war eine Radaraufnahme, von einem Computer so präpariert, daß sich die Einzelheiten ganz deutlich abhoben. «Irgend etwas wird in die Maschinen geladen», sagte er. «Man sieht, daß das Bodenpersonal an ihnen arbeitet.»

Carl Shepherd beugte sich über den Abzug. «Truppen, General?»

«Nein, Mr. Shepherd», sagte Lescher. «Keine Truppen.» Er holte einen Computerausdruck aus dem Metallkoffer und gab ihn dem Präsidenten. «Das sind Kurven von den elektromagnetischen Spektralanalyse-Sensoren des Blackbirds. Bis hierher nichts Ungewöhnliches. Aber das hier . . .» Er holte ein anderes Blatt heraus. «Hier haben wir wieder etwas anderes. Wenn Sie bitte auf die Rem-Messung achten würden . . .»

«Ich bin kein Wissenschaftler, General», sagte Loomis gereizt. «Erklären Sie. Aber bitte so, daß es selbst ein Idiot verstehen kann.»

«Entschuldigung, Mr. President. Das hier ist die Kurve der *Strahlungs*sensoren des Blackbirds. Die Maschine hat das Zielgebiet zuerst in vierzigtausend Metern Höhe überflogen und ist dann zu einem Kontrollflug auf rund zwanzigtausend Meter gegangen. Irgend etwas da unten ist *heiß*, Mr. President. Heiß wie die Hölle.»

Charlie McKay erbleichte. «Sie wollen doch nicht sagen, daß in der EQ-Station Atombomben sind, General?»

«Nein, Mr. McKay. Nukleare Sprengköpfe würden nicht so stark strahlen. Natürlich gibt es bei allen Kernwaffen Spuren von Strahlung. Aber nicht von dieser Art.» Er sah den Präsidenten grimmig an. «Wenn Sie sich die Bilder genau anschauen, können Sie erkennen, daß in diesen Dingern, die wie Schläuche aussehen, irgend etwas an Bord der Maschinen gepumpt wird. Wir wissen nicht, was es ist, aber wir wissen, daß es überall winzige radioaktive Partikel verstreut. Wir haben eine Spektralanalyse der Luftproben gemacht, die der Blackbird in zwanzigtausend Metern Höhe sammelte. Leider war die Probe nicht sehr ergiebig. Die bisherige Untersuchung läßt jedoch vermuten, daß wir es mit Ruthenium-Isotopen zu tun haben.»

«Was ist Ruthenium, General?» fragte Carl Shepherd.

«Ein seltenes schweres Element. Stark radioaktiv», sagte Lescher.

Der Präsident betrachtete den General, der plötzlich schwieg. «Nun, General Lescher? Fahren Sie fort.»

«Einige dieser Informationen sind streng geheim, Sir.»

«Um Gottes willen, General. Das ist der Außenminister und dies hier ist der FBI-Direktor. Reden Sie also.»

«Gut, Sir. Die Experten für biologische und chemische Kriegführung haben sich mit Ruthenium-Isotopen befaßt. Unsere Wissenschaftler betrachten Ruthenium als erstklassiges Ausgangsmaterial für eine Waffe.»

Raymond Turner sagte: «Sie haben doch eben gesagt, es sei selten, General.»

«Ja, Sir. In der Natur kommt es kaum vor. Es ist so gut wie nichtexistent. Aber . . .»

«Aber *was*, General?» fragte der Präsident ungeduldig.

«Es fällt in relativ großen Mengen bei der Kernkrafterzeugung an.»

«Ich verstehe Sie nicht ganz, General. Wollen Sie sagen, daß dieses seltene Metall in Atommüll vorkommt?»

«So ungefähr, Mr. President. Abgebrannte Brennstäbe von Kernkraftwerken enthalten einen erheblichen Prozentsatz Ruthenium 106.»

«Ist es tödlich, General?»

«Jedes radioaktive Material ist tödlich, Mr. President. Es kommt auf die Konzentration an. In mikroskopischen Mengen ist es vergleichsweise harmlos. Tierstudien haben natürlich ergeben, daß selbst winzige Mengen zu einer merklichen Zunahme der Krebsverbreitung führen würden . . .»

«Und das haben wir als potentielle Waffe erwogen?» fragte Raymond Turner empört.

Der Vorsitzende der Vereinigten Stabschefs erwiderte den Blick des Außenministers ohne jede innere Bewegung. «Die Sowjets verfügen über hervorragende radiologische Waffen, Sir.»

«Zur Hölle mit den Sowjets», sagte der Präsident. «Erzählen Sie weiter, was in Calders EQ-Station los ist, General.»

General Lescher klappte eine andere Akte mit Geheimvermerk auf, die er aus dem Metallkoffer geholt hatte. Dann sagte er: «Ruthenium – übrigens auch einige andere schwere Elemente – ist einigermaßen vielseitig verwendbar. Als Waffe könnte man es pulverisieren und mit verschiedenen Flüssigkeiten mischen. Wasser würde genügen. Wenn man will, daß es an Gegenständen haften bleibt, könnte man ein leichtes Öl nehmen. Es kann mit Aerosol auf ein Ziel appliziert werden. Die Sprühvorrichtungen und das Transportfahrzeug wären natürlich so stark kontaminiert, daß sie nicht von Menschen bedient werden könnten – selbst wenn sie die besten Strahlenschutzanzüge trügen.» Er hielt einen Augenblick inne, als widerstrebe es ihm, den Vortrag fortzusetzen.

«Was das Ruthenium selbst betrifft, Mr. President . . . ich fürchte, man kann es sich inzwischen ziemlich leicht beschaffen.»

«Inzwischen, General?» fragte Loomis.

«Ich bin kein Physiker, Mr. President, aber wir haben Experten, die sich mit der Fachliteratur beschäftigen. Vor einiger Zeit wurde ein Aufsatz über die Gewinnung seltener Metalle aus Atommüll veröffentlicht. Der Grundgedanke war, die radioaktive Strahlung des Abfalls zu vermindern und die Abfallbeseitigung zu erleichtern. Die Atomkommission zeigte so gut wie kein Interesse für die Methode, weil es seinerzeit unwahrscheinlich war, daß noch viele weitere Kernkraftwerke gebaut würden. Aber das Verfahren wurde zum Patent angemeldet, Mr. President.» Lescher sah seinen Oberkommandierenden ausdruckslos an. «Vom NFK.»

Er fuhr schonungslos fort: «Das Patent ist vor über einem Jahr erteilt worden. Die Methode heißt Clevenger-Verfahren.»

Es sah so aus, als werde der Präsident die Papiere, die er in der Hand hatte, gleich zusammenknüllen.

«Und wie wirksam wäre das Material, wenn es als Waffe benutzt würde?» fragte Loomis, dessen Stimme fast zu einem Flüstern abgesunken war.

Wieder auf sicherem militärischem Terrain, referierte General Lescher trocken: «Ruthenium 106 hat eine Halbwertzeit von dreihundertachtundsechzig Tagen. Das macht es zu einem beinahe idealen Kampfstoff. Man kann die Konzentration je nach der gewünschten Wirkung variieren. Wenn man zum Beispiel ein Zielgebiet mit einem Curie pro Quadratmeter kontaminiert, wäre die Konzentration etwa fünf Jahre lang tödlich. Das heißt nicht, daß die Lebewesen, die sich in diesem Gebiet befinden, sofort sterben, Sir. Ohne Schutz könnte man sich ungefähr eine Stunde dort aufhalten. Ein längerer Aufenthalt aber würde zum Tod führen. Und selbst wenn man der Strahlung eine Stunde ausgesetzt wäre und dann in ein nicht verseuchtes Gebiet entkäme, würde man nicht zurückkehren können, ohne den Tod zu riskieren. Die Wirkung ist kumulativ, verstehen Sie?»

«Ja», sagte Loomis leise. «Ich fange in der Tat an zu verstehen.» Er sah Raymond Turner, dann Carl Shepherd trübe an. «Jetzt weiß ich, was Calder in seinem Brief gemeint hat. Und Sie, meine Herren?»

Turner fragte: «General, Sie haben gesagt, die Konzentration würde im Zielgebiet fünf Jahre lang tödlich sein. Würden Sie das bitte näher erklären?»

«Gewiß, Herr Minister», antwortete der Vorsitzende der Vereinigten Stabschefs. «Ein Curie pro Quadratmeter würde fünfundsechzig Rem in der Stunde produzieren. Das ist eindeutig tödlich. Nach fünf Jahren wäre das Material aber praktisch zerfallen – der Faktor beträgt übrigens zweiunddreißig. Es gibt keine klaren Grenzen. Eine Stunde nach dem Absprühen wäre das Zielgebiet so gefährlich, daß man sich nicht einmal eine Stunde darin aufhalten könnte. Da das Material jedoch sofort zu zerfallen beginnt, verlängert sich der Zeitraum, in dem man sich der Strahlung ohne Lebensgefahr aussetzen kann. Nach vier Jahren könnte man zum Beispiel relativ lange in dem Gebiet bleiben – vorausgesetzt natürlich, man trägt einen guten Strahlenschutz und hat genug Luft zum Atmen. Das wäre wichtig, wenn der Kampfstoff in Wasser aufgelöst wäre, weil die radioaktive Substanz auf den exponierten Oberflächen liegen bleiben würde, wenn das Wasser verdunstet ist. Sie könnte also leicht vom Wind verteilt werden.»

Der Präsident bemühte sich kaum noch um Haltung, seine breiten Schultern sackten nach unten. «Nur noch eines, General. Wie groß könnte das Gebiet sein, das sich mit diesem Verfahren . . . hm . . . neutralisieren ließe?»

«Beliebig groß, Mr. President. Mit dem Clevenger-Verfahren ist es wie gesagt sehr leicht, nukleare Abfälle in ihre einzelnen Bestandteile zu zerlegen. Die Umweltschutzbehörde hat vor längerer Zeit verfügt, daß selbst alter Atommüll ausgegraben und unschädlich gemacht werden muß. Deshalb kann man genügend Ruthenium gewinnen. Ich kann jetzt nur schätzen, Sir. Ich nehme an, daß man mit drei- bis fünfhundert Gramm in einer geeigneten Sprühmischung einen Quadratkilometer neutralisieren könnte. Und was die Menge betrifft, die zu gewinnen wäre – nun, unsere Experten für C-Waffen schätzen, daß es nur ein bis anderthalb Jahre dauern würde, um zweieinhalb bis drei Tonnen Ruthenium zu sammeln. Mit dieser Menge könnte man leicht sechs- oder siebentausend Quadratkilometer neutralisieren. Dabei spielt natürlich auch die Bodenbeschaffenheit eine Rolle.»

«Jesus Christus», ächzte Charlie McKay.

Aus der Gegensprechanlage ertönte ein hoher Summton, und McKay nahm ab. Er lauschte und sagte dann: «Es ist Dawson, Mr. President. Der Einsatzleiter in McLean.»

«Er soll dranbleiben, ich bin gleich fertig», sagte Loomis. Dann wandte er sich wieder an General Lescher: «Vielen Dank, General. Das wär's im Augenblick. Sagen Sie Admiral Thesiger bitte, die im Arabischen Meer stationierten Marines sollen so schnell wie möglich in Ibrahimah landen. Die C-130 dürfen auf keinen Fall starten. Wo ist die *Nimitz* jetzt?»

«Sie läuft mit vierzig Knoten nach Norden, Mr. President. In zwei Stunden müßten sie die Hubschrauber losschicken können.»

Vincent Loomis sagte grimmig: «Sie sollen an der absoluten Grenze ihrer Reichweite starten, General. Um das Zurückholen können wir uns später kümmern.»

«Ja, Sir.» Lescher fing an, seine Unterlagen einzusammeln.

«Lassen Sie das hier», sagte Loomis.

General Lescher zögerte und sagte dann: «Mr. President . . . darf ich fragen, ob der Verteidigungsminister . . .»

«Nein, General, Sie dürfen nicht.»

«Sehr wohl, Sir.» Lescher nahm seine silberbetreßte Mütze und eilte aus dem Oval Office. Loomis stand erschöpft auf und nahm den Telefonhörer. «Ja, Dawson?»

«Mr. President, wir haben eben eine Meldung bekommen, daß die Israelis angefangen haben, an der jordanischen Grenze bei Akaba Truppen zu massieren. Wir haben noch keine Zahlen, aber wir glauben, daß die Meldung korrekt ist.»

Der Präsident schloß die Augen.

«Sir?»

«Ja, Dawson. Ich bin noch da.»

«Tut mir leid, Mr. President. Hier ist allen ziemlich mulmig.»

«Ja, das kann ich verstehen», sagte Loomis und versuchte, diese neueste unangenehme Nachricht in das Mosaik einzupassen, das sich in seinem Kopf zu bilden begann. «Wer ist der Informant?»

«Wir haben einen Mann in der Knesset, Sir. Ministerpräsident Abrahams hat eine Sondersitzung einberufen. Er hat im Parlament erklärt, die israelische Ölsituation sei kritisch, und wenn sie sich nicht umgehend bessere, müsse die Armee einschreiten, um eine arabische Energiequelle in Besitz zu nehmen. Unser Mann hat uns einen gewissen Vorsprung verschafft, aber der israelische UN-Delegierte wird schon morgen bei der Vollversammlung sagen, sie hätten keine andere Wahl. Ihre nationale Sicherheit stehe auf dem Spiel. Ihrer Ansicht nach ist das Risiko minimal, weil die saudischen Streitkräfte praktisch nicht mehr existieren.»

«Ich verstehe», sagte der Präsident erschöpft.

«Die ganze Nahost-Abteilung hier ist durcheinander, Sir. Wir haben eine andere Meldung bekommen, aus der wir nicht recht schlau werden. Riad scheint um 2.15 Uhr Ortszeit angegriffen worden zu sein.»

Der Präsident winkte Raymond Turner, an einem Zweitapparat mitzuhören. «Der Außenminister ist hier, Dawson. Ich lasse ihn mithören. Reden Sie bitte weiter.»

«Unser Informant in Jerusalem ist sehr zuverlässig, Mr. President. Wenn die Israelis schon zugeschlagen hätten, hätte er es gemeldet. Aber wir haben noch ein paar gute Quellen in Riad, Sir. Und sie haben gefunkt, die Stadt werde soeben angegriffen – von Hubschrauberlandetruppen, Stärke und Nationalität unbekannt.»

Calder Davis, dachte Loomis und sah plötzlich ganz klar. Der mitgeschnittene Satz des unglücklichen Sam Abbott ging ihm in seiner fürchterlichen Tragweite auf. *«Cole fürchtete, daß das NFK Söldner anwirbt.»*

Genau das hatte Calders Neues Friedenskorps getan. Die Erkenntnis war für Vincent Loomis doppelt bitter, weil er der Verantwortung seines Amts aus dem Weg gegangen war und all das zugelassen hatte. Die Schuld lag nicht allein bei ihm – keine einzige westliche Regierung hatte den Mut aufgebracht, Anarchie und Terrorismus zu beenden. Kein führender Politiker des Westens war bereit gewesen, den Entwicklungsländern die Gesetze zivilisierten Verhaltens aufzuzwingen. Jahrelange Provokationen waren unbeantwortet geblieben. O ja, dachte Loomis, die Schuld reicht für uns alle. Wir haben Calder Davis den Vorwand geliefert, und jetzt haben wir auf der Welt einen neuen und völlig unberechenbaren Machtfaktor . . .

«Geben Sie dem Außenminister alle Informationen, die Sie haben», sagte er, als Peter Gilmartin ins Oval Office zurückkam.

Er legte behutsam den Hörer auf und sagte: «Wir reden in einer Viertelstunde mit Suslow, Peter.»

«Der Diener wartet mit Ihren Sachen im Ankleideraum, Mr. President», sagte Gilmartin.

Der Präsident der Vereinigten Staaten empfand es als makabren Scherz, daß er vor dem Gespräch mit den alten Männern im Kreml hergerichtet werden mußte, um den Anschein zu erwecken, die drohende Weltkatastrophe habe ihn nicht weiter berührt. Als Mann, der seinem öffentlichen Image so gut wie alles verdankte, ging ihm der schwarze Humor seiner Lage natürlich sofort auf.

7

18. Juli, siebter Tag

37. EQ-Station

Der Typ auf dem Bildschirm fing wieder von vorn an. Rivas hatte die Rede in den letzten Stunden schon viele Male gehört, und sein Unbehagen wuchs. Offensichtlich war es eine Videokassette, die in regelmäßigen Abständen abgespielt wurde. Rivas nahm an, daß sie von den TV-Einrichtungen gesendet wurde, die er gesehen hatte, als Hadfields Konvoi sich der Station näherte, und obgleich sein Arabisch sehr mangelhaft war, verstand er, daß die Sendung für die Arbeiter auf den Ölfeldern im Norden bestimmt war. Sie wurden aufgefordert, die Felder sofort zu räumen und den Küstenstreifen auf dem schnellsten Weg zu verlassen.

Die Ansprache wurde von einem uralten bärtigen Mann mit Turban gehalten, der Rivas in Ausstrahlung und Habitus an den Imam Khomeini erinnerte, obgleich er das Gesicht eines Beduinen hatte. Soweit Rivas heraushörte, erhob er keinen Anspruch auf religiöse Autorität, aber sein Image war das eines asketischen heiligen Mannes. Dann und wann schien er zu zitieren, vermutlich aus dem Koran.

Das Gerät hatte keine Bedienungsknöpfe, so daß Rivas es nicht leiser stellen konnte. Er wollte nicht den Stecker aus der Wand ziehen, denn immerhin könnten nützliche Informationen kommen, falls das Band mit dem merkwürdigen Heiligen jemals herausgenommen werden sollte. Rivas schätzte, daß die Sendung vor Mitternacht begonnen hatte; da der Fernseher seiner Zelle jedoch mitten in der Rede angefangen hatte zu übertragen, war es gut möglich, daß die Aufforderungen noch früher losgegangen waren und daß man erst später daran gedacht hatte, sein Gefängnis einzubeziehen. Vielleicht war es Calder Davis' Einfall gewesen.

Die heiseren, gutturalen Töne und die ständige Wiederholung gingen Rivas auf die Nerven. In dem winzigen Kasernenraum war er dem Bärtigen ausgeliefert.

Er wünschte sich verzweifelt hinauszukommen, aber die hohen Fenster waren aus bruchsicherem Glas, und der NFK-Mann mit der Maschinenpistole stand immer noch vor der Tür.

Rivas mußte immer wieder an das Gespräch mit Calder Davis denken. Wie kommt ein solcher Mann zu diesem vermessenen Unterfangen? fragte er sich. Vielleicht war der Firnis der Zivilisation selbst bei Leuten wie Davis dünner, als man allgemein dachte. Wenn die Provokation groß genug war, blätterte er ab, und es kam zu einer verhängnisvollen Reaktion. Bei einem so mächtigen Mann wie Davis konnte das Ergebnis jedenfalls auf eine Katastrophe hinauslaufen.

Das Feuer an der Umzäunung hatte schon einige Stunden gebrannt. Offenbar hatte man gar nicht versucht, es zu löschen, und noch jetzt, kurz vor Anbruch des Tages, wurde der Himmel dann und wann von einem blutroten Schein erhellt. Als Rivas auf den Tisch stieg, um den Brandherd zu sehen, fand er ihn nicht, weil die Silhouette einiger niedriger Gebäude hinter der Hauptpiste sein Blickfeld begrenzte.

Vor seiner Tür hörte er plötzlich zwei Stimmen arabisch sprechen: Eine davon war eine Frauenstimme. Er sprang vom Tisch, ging zur Tür und horchte. Die Frau – er war beinahe sicher, daß es Dr. Shallai war – schien mit dem NFK-Posten zu streiten. Ihre Stimme hob sich zornig, wurde befehlend. Die Antwort klang widerborstig und war hörbar von der Verachtung des Arabers für Frauen gefärbt.

Die erregte Diskussion ging einige Minuten weiter, und dann hatte Rivas den Eindruck, daß der Mann nachgab.

Kurz danach wurde die Tür geöffnet, und Dr. Shallai trat in den Raum. Sie trug ihre Arzttasche. Der bewaffnete Posten folgte ihr auf dem Fuß. Ihre Augen waren warnend aufgerissen, und sie gab Rivas mit einem kaum merklichen Kopfschütteln zu verstehen, er solle nichts sagen.

«Mr. Davis hat mich geschickt, um nach Ihrer Kopfwunde zu sehen, Mr. Rivas», sagte sie kurz. «Er möchte, daß Sie heute morgen reisefertig sind.»

Rivas nahm die Erklärung kommentarlos zur Kenntnis. Calder Davis hatte die halb verheilte Wunde ignoriert, und selbst wenn er sie beachtet hätte, hätte er sicher nicht jetzt, praktisch mitten in der Nacht, einen Arzt geschickt.

Auf der Fahrt von Salalah hatte diese Frau ihn immer mehr in Bann gezogen. Es war etwas, das er nur sehr selten erlebt hatte. Er war so gut wie sicher, daß sie log, daß sie nicht gekommen war, um ihm zu helfen, sondern um seine Hilfe zu erbitten.

Amira drehte sich zu dem NFK-Mann und sagte etwas auf arabisch. Er schüttelte heftig den Kopf. Er stand da wie angewurzelt, und die Maschinenpistole hing so an seiner Schulter, daß die Mündung auf Rivas zeigte.

Zornig – aber Rivas spürte, daß der Zorn gespielt war – öffnete Amira die Arzttasche und holte eine Stopfenflasche mit einem Desinfektionsmittel, eine Gazerolle, ein paar Wattebäusche und ein Skalpell heraus.

«Setzen Sie sich bitte unter die Lampe», sagte sie.

Rivas setzte sich auf den Rand der Pritsche und drückte die Beine zusammen. Die Frau war so nervös, daß ihre schmalen Hände bebten. Sie sagte wieder etwas zu dem Araber, und er starrte sie frech an, trat dann aber widerwillig etwas zur Seite, so daß sein Schatten nicht mehr auf Rivas fiel. Er stand nun links von Amira Shallai. Die Hand am Abzug der Maschinenpistole war auf gleicher Höhe wie Rivas' Augen.

Amira sah Rivas an. «Es tut mir leid», sagte sie langsam, «aber ich muß schneiden.» Ihre Hand schloß sich um das Skalpell und näherte sich seinem Kopf. Sie hielt inne, und die Klinge zitterte ein wenig. Ihre Knöchel waren schneeweiß.

«Sind Sie soweit, Mr. Rivas?»

Rivas öffnete und schloß seine rechte Hand. Er würde es sofort machen müssen. Er würde wahrscheinlich keine zweite Chance haben. «Tun Sie Ihre Pflicht, Doktor», sagte er.

Der NFK-Mann beugte sich vor, um den Eingriff besser sehen zu können.

Amira wandte sich halb um und schlitzte im selben Augenblick die am Abzug liegende Hand des Mannes auf. Rivas sah Blut spritzen und hörte den grunzenden Ton, den der Mann von sich gab. Wie einem Reflex folgend, holte er aus und hieb mit der Handkante gegen seinen Kehlkopf. Der Mann ging in die Knie und rang nach Luft.

Rivas sprang auf, und während der Mann noch kniete, versetzte er ihm einen Schlag an die Schläfe. Der Mann rutschte mit dem Gesicht nach unten auf den Boden, und aus seinem Handrücken schoß Blut auf den Kolben der Waffe und lief auf den körnigen Zement.

Amira starrte Rivas mit weit aufgerissenen, brennenden Augen an. Was sie beide mit dem Araber gemacht hatten, schien sie anzuwidern. Aber sie trat schnell wieder in Aktion. Sie kniete sich hin und fühlte den schwachen Puls des Mannes. «Er lebt noch», sagte sie und langte in ihre Tasche. Sie holte eine Spritze und eine Ampulle Phenobarbital heraus. Sie zog die Spritze auf, schob den blutigen Ärmel des Mannes hoch und injizierte ihm das Mittel.

«Helfen Sie mir», befahl sie.

Rivas hob den Mann hoch und legte ihn auf die Pritsche.

Amira begann unverzüglich, die Handwunde zu versorgen, und legte dann einen Verband an.

Sie arbeitete schnell, und Rivas machte sich inzwischen mit der Maschinenpistole vertraut, prüfte das Magazin und wischte mit dem Aufschlag der Drillichhose des Mannes den Schaft ab. Der Mullah auf dem Bildschirm fuhr mit seinen endlosen Aufrufen an die Gläubigen fort.

Amira richtete sich auf, legte die Spritze und das Skalpell in die Tasche zurück und sagte mit gedämpfter Stimme: «Sie haben das gemacht wie ein Profi.»

Rivas hörte einen angeekelten Unterton heraus. Er nahm es ihr nicht übel. Und er stellte keine Fragen. Es war offensichtlich gewesen, fast schon in dem Augenblick, in dem er Amira Shallai das erstemal gesehen hatte, daß sie keine gewöhnliche Frau war. Im Augenblick wußte er noch nicht, warum sie gekommen war, um ihn zu befreien; daß sie es getan hatte, war genug. Alles andere würde sich schon klären. Nun mußten sie erst mal hier raus. Die EQ-Station war offenbar keine richtige Militärbasis des Neuen Friedenskorps. Rivas hatte nur einige bewaffnete NFK-Männer gesehen. Aus all dem, was Calder Davis über den bevorstehenden Angriff auf die Botschaft in Riad erzählt hatte, schien hervorzugehen, daß die Soldaten des NFK fast alle bei Jeb Collingwoods Brigade waren. Sie wurden hier kaum benötigt. Die Wüste und ein paar Patrouillen am Zaun reichten, um ungebetene Gäste fernzuhalten – oder festzusetzen, falls Davis es wünschte.

Rivas sagte: «Ich ziehe seine Jacke an.»

Schweigend half sie ihm, dem bewußtlosen Araber die NFK-Buschjacke auszuziehen. Rivas bekam eine leichte Gänsehaut, als er seinen Arm in den blutigen Ärmel steckte, aber er brauchte das Kleidungsstück mit den friedlichen Emblemen, falls sie gesehen wurden.

«Sie haben ein russisches Flugzeug abgeschossen», sagte Amira.

Jetzt kann Davis nicht mehr zurück, dachte Rivas. Aber er hätte auch gar nicht zurück wollen. Er hat zuviel in die Sache investiert, zuviel Zeit, zuviel Geld und zuviel Fanatismus.

«Wir müssen hier weg», sagte er. Auf dem Stützpunkt standen überall verlassene Gebäude. In einem davon mußten sie sich verstekken können, um das weitere zu planen.

Er nahm Amiras Arm. Sie zitterte plötzlich wie im Fieber. «Machen Sie jetzt bloß nicht schlapp!» fuhr er sie an.

«Sie wissen ja nicht . . .» flüsterte sie. «Sie haben ja keine Ahnung, was hier geplant wird.»

«*Was* hier geplant wird, weiß ich», sagte er. «Ich weiß nur nicht, *wie* sie es machen wollen.»

«Aber ich», sagte sie. «Wir müssen es verhindern.»

«Das wird nicht leicht sein», sagte Rivas. «Gibt es hier ein Kommunikationszentrum? Sie müssen doch mehr senden können als das.» Er wandte sich halb um und wies auf den Fernseher.

«Ja. Es ist beim Krankenhaus.»

«Wenigstens etwas», sagte er. «Los.» Er blickte in die geheimnisvollen dunklen Augen und versuchte zu lächeln. Sie war entsetzt über das, was sie gesehen und getan hatte. Aber sie hatte die Initiative ergriffen. Sie war eine unerschrockene Frau, die bestimmt in allen Situationen das tat, was getan werden mußte. Er hatte schon viele Frauen gekannt, aber noch nie eine, die wie Amira Shallai war. «Nicht rennen», sagte er ruhig. «Wir gehen langsam.»

Michael Rivas hängte sich die Maschinenpistole um die Schulter, wie er es bei den NFK-Männern gesehen hatte, und verließ zusammen mit Amira die leere Kaserne, um durch den angewehten Sand zur Peripherie des Stützpunkts zu gehen.

38. Washington – Moskau

Auf dem großen Bildschirm der Fernsehverbindung, die neuerdings über den heißen Draht zwischen Moskau und Washington geschaltet werden konnte, erschien das bleiche, krankhaft aufgeschwemmte Gesicht Iwan Kirilowitsch Suslows, Generalsekretär des ZK der KPdSU. Suslow war seit Jahren leidend. Seine kleinen, mißtrauischen Augen wurden halb verdeckt von den buschigen Brauen, die über der kurzen, dicken Nase zusammengewachsen waren.

Hoffentlich geht die Kamera gnädiger mit mir um als mit ihm, dachte Präsident Loomis, der zwischen Raymond Turner und General Lescher saß. Loomis war schon immer äußerst telegen gewesen – das hatte ihn jetzt bewogen, die neue TV-Verbindung zu benutzen. Während er Suslow betrachtete, fragte er sich aber, ob er nicht einen Fehler gemacht hatte. Das Äußere des sowjetischen Führers strahlte kein Vertrauen aus. Im Gegenteil. Ich kann nur beten, daß ich am Moskauer Ende der Leitung nicht auch so wirke, dachte er.

Hinter Suslow sah er zwei Männer in Uniform. Der eine war Marschall Antonin Gerstman, der Verteidigungsminister. Den anderen kannte er nicht. Leise fragte er Raymond Turner: «Wer ist der Mann neben Gerstman?»

«General Pawel Kazin, Mr. President. Der Chef des militärischen Nachrichtendienstes, der GRU», sagte Turner nach einem Blick in die Akte, die seine Nachrichtenleute für ihn zusammengestellt hatten.

Nicht gerade beruhigend, dachte Loomis und fragte sich, wie viele militärische Berater *außer* Reichweite der Kamera sitzen mochten, um Stichworte für das bevorstehende Gespräch zu liefern – es zu überwachen.

Der Präsident sprach in das Mikrophon unter dem Bildschirm. In einem schallisolierten Raum neben dem winzigen Fernsehstudio hörten zwei Dolmetscher, ein Simultandolmetscher und einer für den Feinschliff, seine Stimme und beobachteten sein Gesicht auf einem der beiden Monitoren in ihrer Kabine. Der Simultandolmetscher übersetzte fast gleichzeitig und verstummte nur Sekunden, nachdem der Präsident ausgeredet hatte.

«Guten Morgen, Herr Generalsekretär Suslow. Es tut mir leid, daß es notwendig war, Sie so früh vor die Kamera zu bitten. Ich hoffe, es hat Ihnen keine Unannehmlichkeiten bereitet.»

Suslow redete abgehackt und weitschweifig. Die Stimme seines Dolmetschers klang aus dem Lautsprecher über seinem Bild.

«Ich bin Arbeiter, Herr Präsident. Ein Arbeiter ist es gewohnt, sehr früh aufzustehen. Für die Entspannung würde ich viel mehr opfern als ein paar Stunden Schlaf. Ich benutze das Wort Entspannung, obgleich es in Ihrem Land offenbar aus der Mode gekommen ist. Auf jeden Fall freut es mich, daß Sie sich entschlossen haben, meine gestrige Botschaft auf diese Weise zu beantworten. Wir Russen haben ein Sprichwort: ‹Münder lügen, Augen aber nicht.›»

Du verdammter Heuchler, dachte Loomis. Vielleicht lag es an der Übersetzung, daß seine Sätze so schwerfällig klangen, aber eine Begrüßung, die den mit irgendeinem obskuren russischen Sprichwort verbrämten Vorwurf der Unehrlichkeit enthielt, war auf jeden Fall ein schlechtes Zeichen. Und dieser idiotische Hinweis, daß der Generalsekretär sich als Arbeiter betrachtete – hatte das nicht einen geradezu stalinistischen Beigeschmack, den Sowjetführer seit den vierziger Jahren vermieden hatten? Die Rußlandexperten seiner Administration hatten ihn gewarnt, wenn Suslow schwierig werde, verfalle er unweigerlich in überholte Klischees und benutze unangebrachte Reizworte.

Suslow stellte sich anscheinend auf den Standpunkt, dieser von Loomis angeregte Anruf sei die Antwort auf sein ultimatives Fernschreiben. Er ignorierte also die ausweichende Stellungnahme, die er ebenfalls per Teleprinter bekommen hatte. Auf diese Weise war er zunächst leicht im Vorteil: als wäre der Präsident der Vereinigten Staaten der Angeklagte und er, Suslow, der Ankläger.

«Mr. Suslow», sagte Loomis, «ich habe Sie angerufen, weil wir inzwischen festgestellt haben, daß die Informationen über Ibrahimah, die Ihr Botschafter uns gegeben hat, zutreffend sind. Ich möchte von Anfang an klarstellen, daß wir über die NFK-Aktivitäten in . . . Arabien genauso besorgt sind wie Sie.» Er hatte wieder «Ibrahimah» sagen wollen, sich dann aber rechtzeitig eines Besseren besonnen – immerhin war es gut möglich, daß sowjetische Satelliten oder KGB-Informanten den Angriff auf Riad gemeldet hatten. «Ich muß Ihnen weiterhin mitteilen, daß wir Ihren Bericht ernst genug genommen haben, um eine auf der *Nimitz* stationierte Marineinfanterie-Einheit zu entsenden. Es handelt sich um eine reine Aufklärungsaktion.»

Im Kreml fand offenbar ein Wutausbruch statt. Die Männer redeten wild aufeinander ein und fuchtelten mit den Armen, aber der russische Dolmetscher übersetzte nichts. Weitere Uniformen wurden sichtbar, und Raymond Turner identifizierte Admiral Rodjon Surowij, den Oberkommandierenden der sowjetischen Kriegsmarine, und General Boris Batrajew, der erst vor relativ kurzer Zeit zum KGB-Chef ernannt worden war.

Suslow drehte sich wieder zur Kamera. Die buschigen Brauen hatten sich im Zorn bis an die kleinen harten Augen geschoben. «Herr Präsident, es hat den Anschein, als hätten Sie unsere in gutem Glauben vorgebrachte Warnung zum Vorwand genommen, um unsere panarabischen sozialistischen Brüder durch Ihre Truppen einschüchtern zu lassen. Dieses einseitige Vorgehen ist ein unfreundlicher Akt, Herr Präsident. Sie setzen den Frieden aufs Spiel.»

«Es tut mir leid, daß Sie so denken, Herr Generalsekretär», sagte Loomis unbewegt. «Wir beabsichtigen keinerlei Provokation. Aber unser Entschluß, die Marines zur EQ-Station zu entsenden, ist unwiderruflich und steht hier nicht zur Debatte. Wir werden unsere Ergebnisse und Empfehlungen selbstverständlich den Vereinten Nationen vorlegen. Wir lassen umgehend eine Sondersitzung des Sicherheitsrats einberufen.»

Die Männer hinter Suslow berieten wieder, und diesmal glaubte Loomis, einige Fetzen der erregten Diskussion zu hören. Dann kamen die Stimmen der amerikanischen Dolmetscher aus dem Lautsprecher: «Generalsekretär Suslow hat Marschall Gerstman gefragt, ob der Kampfverband Rote Fahne seiner Ansicht nach Verstärkung brauche. Marschall Kazin erklärt, Rote Fahne könne jede Einheit vernichten, die sie angreife. Wir haben die nächste Frage vom Genossen Suslow nicht verstanden. Sie war an General Batrajew gerichtet. Batrajew stellt fest, er glaube, das in Arabien tätige Neue Friedenskorps sei entgegen seinen Behauptungen keine unabhängige internationale Organisation, sondern ein geheimes Werkzeug der CIA. Admiral Surowij schlägt vor, den Verband Rote Fahne sofort durch Marine-Infanterie zu verstärken. Marschall Gerstman erklärt, der Generalstab halte es für besser, ein Einsatzkommando Luftlandetruppen aus Afghanistan zu entsenden.»

Nun drehte Suslow sich wieder um und fuhr in seiner offiziellen Erklärung an den Präsidenten fort: «Die Angelegenheit ist viel zu wichtig, um im Sicherheitsrat der UNO zerredet zu werden, Herr Präsident. Wir sind uns beide klar darüber, wie ohnmächtig diese Organisation geworden ist. Wenn Sie und ich nicht zu einer gemeinsamen Lösung kommen, steht zu befürchten, daß die Sache eskaliert und daß wir es selbst mit vereinten Kräften nicht schaffen werden, den Status quo ante wiederherzustellen.»

«Ich bin Ihrer Meinung, Herr Suslow», sagte der Präsident. «Deshalb haben wir auch beschlossen, schnell zu handeln. Das Neue Friedenskorps ist und war zu keiner Zeit ein geheimes oder anderes Werkzeug der Regierung der Vereinigten Staaten. Wenn es jedoch einen Schritt unternimmt oder vorschlägt, der den Frieden gefährdet, haben wir unserer Meinung nach eine besondere Verantwortung, dagegen einzuschreiten. Deshalb haben wir – ungern, Herr Generalsekretär, aber unwiderruflich – beschlossen, auf Ihre Warnung zu reagieren und die Aktivitäten in der EQ-Station zu untersuchen.»

Suslow blickte drohender und mißtrauischer. «Es liegt nicht im nationalen Interesse der Sowjetunion, daß amerikanische Truppen sich durch die Hintertür wieder auf der Arabischen Halbinsel festsetzen, Herr Präsident. Wir wenden uns strikt gegen den imperialistischen Anspruch, die Region sei uns verschlossen und der Persische Golf sei ein amerikanisches Binnenmeer.»

Loomis schwieg einen Moment und wog Suslows Worte ab. Hinter ihnen – wie hinter diesem ganzen Gespräch und ähnlichen Auseinandersetzungen – stand das Gespenst des Ölmangels. Immer dieses verdammte *Öl.* Er dachte an seine letzte Unterredung mit Calder Davis, an dessen Hinweis, wie schnell die amerikanischen und europäischen Anlagen zur synthetischen Treibstoffgewinnung wachsen und rentabel werden könnten. «*Wenn es keine arabische Förderung gäbe, Mr. President*», wie Davis damals lächelnd hinzugefügt hatte. Der Alte hatte tatsächlich vor, den Westen die bittere Pille schlucken zu lassen. Und nach allem, was Loomis inzwischen erfahren hatte, war die Chance, daß er sein Vorhaben ausführen könnte, größer denn je.

Das Problem war, daß die Russen jetzt ein konkretes Interesse an dem unterirdischen Schatz in Arabien hatten. Sie hatten die Revolutionäre, die die saudischen Prinzen vertrieben hatten, sorgfältig geschult und ausgerüstet. Sie müssen glauben, daß sie nur noch die Hand auszustrecken brauchen, um das arabische Öl zu bekommen, überlegte Loomis vorsichtig. Kein Wunder, daß sie bei der Vorstellung von amerikanischen Marine-Infanteristen auf der Halbinsel wie aufgescheuchte Hühner reagieren. Mein Gott, dachte Loomis, wenn sie wüßten, was Calder im Schilde führt . . . Oder wußten sie es schon? Nein, das war unmöglich. In dem Fall hätten sie längst gehandelt.

Suslows nächste Bemerkung war allerdings nicht dazu angetan, Präsident Loomis' Sorge zu vertreiben. Der Russe ballte die Hand zur Faust und legte sie auf den Tisch. Dieses Signal war unmißverständlich. «Herr Präsident, wir haben zuverlässige Meldungen, daß die Israelis Truppen mobil machen. Im Negev werden Streitkräfte zusammengezogen, die nicht nur die jordanische Grenze, sondern auch die Arabische Halbinsel bedrohen. Haben Sie ähnliche Informationen?»

«Nur unbestätigte Berichte, Herr Generalsekretär», wiegelte Loomis ab. Wie hatte er hoffen können, die Truppenbewegungen in Israel würden den sowjetischen Geheimdiensten entgehen? Diese verdammten Juden, dachte er. Warum ausgerechnet jetzt? Warum haben sie uns nicht rechtzeitig konsultiert? Aber er kannte die Antwort nur zu gut, und sie trug nicht dazu bei, seine Schuldgefühle zu verringern. Die Loomis-Administration hatte Israel schließlich immer nur hingehalten.

«Die sowjetische Regierung erinnert sich sehr gut daran, wie Israel dem Westen bei der Suezkrise in die Hände gearbeitet hat. Wir werden so etwas nicht wieder hinnehmen.»

Loomis erwiderte: «Ich darf Sie vielleicht darauf hinweisen, daß die Vereinigten Staaten die Krise beendeten, indem sie sich weigerten, den

Angriff auf Ägypten zu unterstützen . . .» Um seinen Worten Nachdruck zu verleihen, fügte er spitz hinzu: «Die Sowjetunion war übrigens damals damit beschäftigt, den Aufstand in Ungarn gewaltsam zu unterdrücken.»

Suslows Gesicht färbte sich zornrot, als die Bemerkung übersetzt worden war. «Ich brauche keine Nachhilfestunde in Geschichte, Herr Präsident. Wir haben es mit den gegenwärtigen Realitäten zu tun. Die Regierung der Sowjetunion wird keinerlei amerikanische Militärpräsenz im Leeren Viertel oder sonstwo auf der Arabischen Halbinsel dulden. Das ist unser letztes Wort in dieser Angelegenheit.»

Loomis holte tief Luft und sagte kühl: «Die Marines werden nachsehen, was in der EQ-Station los ist, Herr Generalsekretär. Sie selbst haben uns dazu veranlaßt, als Sie uns von den Informationen Ihres Spähsatelliten in Kenntnis setzten. Wir haben jedoch nicht die Absicht, in Arabien militärisch präsent zu bleiben. Wir waren es nicht, als die Saudis herrschten, obgleich es damals viel leichter gewesen wäre als heute, und wir werden es auch in Zukunft nicht sein. Ich erinnere Sie daran, daß die panarabischen Terroristen, die Sie als legitime Herrscher des Landes betrachten, mehr als hundert westliche Geiseln festhalten. In dieser Sache ist die Sowjetunion alles andere als hilfreich gewesen. Sie haben es abgelehnt, das Vorgehen der Terroristen zu verurteilen, und es gibt keine Indizien dafür, daß Ihre Regierung die Verbrecher wenigstens unfreundlich behandelt hätte. Deshalb behalten wir uns das Recht vor, in unserem nationalen Interesse zu handeln.»

Sachte, Vinnie, sagte er sich. Laß dich nicht dazu hinreißen, etwas Irreparables zu äußern. Da unten sind Truppen mit Kernwaffen versammelt. Er zwang sich zu einem verbindlicheren Ton. «Ich kann Ihnen also versichern, daß unsere Marines keine Stunde länger als nötig in Arabien bleiben werden. Und wir werden uns jeder vernünftigen, ich sage vernünftigen, Resolution beugen, die der Sicherheitsrat der Vereinten Nationen beschließt, wenn der Fall dort verhandelt wird. Wir versichern sogar, kein Veto einzulegen, falls der Beschluß nicht völlig nach unseren Wünschen ausfallen sollte. Ich bin bereit, so weit zu gehen, Generalsekretär. Aber nicht weiter.»

Suslows Gesichtsausdruck verriet, daß die Erklärung des Präsidenten ihn überraschte. Der Sowjetführer war es nicht gewohnt, daß Loomis so standfest auftrat.

«Wir müssen uns mit den anderen Mitgliedern unserer Regierung darüber beraten», sagte Suslow. «Ich warne Sie indessen ein letztes Mal, daß wir keine vollendeten Tatsachen dulden werden, Herr Präsident.»

Mit diesen Worten verschwand Suslow vom Bildschirm.

Loomis atmete aus und wandte sich an Raymond Turner, der bei dem TV-Gipfelgespräch geschwiegen hatte. «Sie kennen den Halunken besser als ich», sagte der Präsident. «Was wird er machen?»

Turner hob müde die Schultern. «Er wird etwas tun, Mr. President. Er ist nicht der Typ, der die Hände in den Schoß legt. Er ist ein Aktivist, genau wie die Leute in seiner Umgebung. Er läßt sich zwar von den Militärs beraten, aber nicht kommandieren. Das Getue mit Gerstman und Kazin und Admiral Surowij, das war alles nur Augenwischerei. Eine Hand am Abzug, um Sie einzuschüchtern . . .»

«Wird er schießen lassen?»

«Möglich, Mr. President. Es kommt auf die Umstände an. Und darauf, was er zu gewinnen und zu verlieren hat. Eines dürfen wir nicht vergessen: Die UdSSR braucht Öl vom Golf. Nicht sofort, aber bald, sehr bald. In zehn Jahren werden sie schon ein Drittel ihres Ölbedarfs importieren müssen. Und bedenken Sie, daß das Politbüro sozusagen unsterblich ist. Es plant weit voraus.»

«Das ist nicht sehr beruhigend, Raymond», meinte der Präsident. «Was wird passieren, wenn deren Spionagevögel die Kämpfe in Riad fotografieren?»

«Wenn sie denken, es seien unsere Marines – vielleicht gar nichts. Es wird ihnen nicht passen, und sie werden fürchterlich zetern über Kolonialismus und amerikanische Doppelzüngigkeit. Wenn sie aber glauben, es sei das NFK . . .» Der Außenminister schüttelte den Kopf. «Ich weiß nicht. Calder Davis hat die Welt mit einem ganz neuen Phänomen beglückt. Entweder war er der Geburtshelfer für eine neue Methode, den Frieden zu bewahren – oder für eine neue Form des Kriegs.»

Der Präsident wandte sich an General Lescher: «Wie schnell können die Marines in der EQ-Station sein, General?»

«Sie werden eine halbe Stunde nach Sonnenaufgang dort sein, um 5.30 Uhr.»

An einem blauen Telefon neben dem Stuhl des Generals leuchtete ein Licht auf. Er nahm ab: «Lescher.»

Er lauschte mit unbewegtem Gesicht. Dann fragte er: «Welche Position?»

Er legte den Hörer auf die Gabel und sah zuerst den Außenminister, dann den Präsidenten an. «Eins muß man den Bastards lassen, sie haben tolle Kommunikationsmittel», sagte er. «Eine Luftpatrouille der *Nimitz* hat die Russen seit Anbruch des Abends umkreist, Mr. President. Admiral Marty berichtet eben, die *Nowgorod* schickt ihre gesamten Kräfte zu irgendeinem Einsatz los.»

Loomis erbleichte. «Ist die *Nimitz* in Gefahr?»

«Nein, Sir», sagte General Lescher. «Die russischen Jäger sind auf Kurs zur EQ-Station.»

39. Riad

David Kleinerman fuhr aus einem schlechten Traum hoch. Die übelriechende Wolldecke, auf der er lag, war schweißnaß. Er hatte quälendes Herzklopfen. Seine furchtbaren Ängste, die er tagsüber möglichst verdrängte, waren im Traum frei geworden. Er hatte einen Horrorfilm in trüben Grautönen gesehen: Zwischen ausgebrannten Fahrzeugen und zahllosen zerrissenen Dokumenten stand er im Botschaftsgarten, während die Teufel, deren Augen hinter den Sehschlitzen der schwarzen Masken sadistisch funkelten, einen Gefangenen nach dem anderen erschossen. Als die nackten Opfer blutüberströmt zu Boden sanken, war Abu Mussa neben ihn getreten, hatte ihn haßerfüllt und triumphierend angesehen und gefragt: «Nun, Botschafter Jude? Wo ist Ihr Land jetzt? Wo?»

Der Traum hatte viele Variationen, und Kleinerman kannte sie alle. Er schlief nur noch unruhig, und sobald er tiefer in den Schlaf fiel, fing das grausame Unbewußte wieder an, schreckliche Bilder zu produzieren. Der Botschafter konnte nicht mehr entspannen, er fand keine Ruhe mehr. Er wußte, daß sein seelischer Zustand von Zorn und Frustration irritiert wurde. Als er in dieses Land gekommen war, hatte er sich nicht vorstellen können, daß tief in ihm der Haß auf die fremde Rasse lauerte. Jetzt wußte er es besser. Die Monate der Gefangenschaft und Demütigung hatten manche Konventionen von ihm abgestreift. Er erinnerte sich an die gelassenen Vorbehalte, die er bei Versammlungen der GISS gemacht hatte, wenn dort gewisse Ideen mit viel wissenschaftlichem Brimborium erörtert worden waren. In jener Zeit, die jetzt so fern zu sein schien, war er ein ehrgeiziger Diplomat gewesen und hatte geglaubt, die Beziehung zu Calder Davis werde ihn beruflich voranbringen – was auch der Fall gewesen war. Aber er hatte damals nie zugegeben, daß er den GISS-Standpunkt zur Dritten Welt insgeheim teilte.

All das war nun anders. Der Zivilisationsfirnis blätterte von ihm ab. Die täglichen Mißhandlungen und Beleidigungen durch seine jugendlichen arabischen Kerkermeister, der Hunger, die Erniedrigung, die Hilflosigkeit und die schwindende Hoffnung, sein Land werde sich doch noch aufraffen und die Geiseln befreien, hatten ihren Preis gefordert. Ein kultivierter, liberaler Diplomat hatte sich allmählich in einen Menschen verwandelt, der von Furcht, Haß und Rassenvorurteilen beherrscht wurde.

Diese Elemente machten sich nun in seinen Träumen bemerkbar, und je schwächer er körperlich wurde, desto mehr gewannen die Träume an Intensität, so daß es ihm neuerdings manchmal schwerfiel, sie von der Wirklichkeit zu trennen.

War er tatsächlich in den Hof gebracht worden, um sinnlose Exekutionen mit anzusehen? Oder war es ein Traum, der auf Drohungen und Brutalitäten beruhte, die in der Botschaft inzwischen an der Tagesordnung waren? Gestern nacht hatte er geträumt, seine Frau werde vergewaltigt und anschließend nackt durch das Gebäude geführt, damit sich alle an ihrer Schande weideten. War das *real*, oder war es nur die Traumspiegelung seiner eigenen Schmach? Er war sicher, daß er gesehen hatte, wie der britische Geschäftsträger von einem jungen maskierten Radikalen geschlagen wurde. Er wußte, daß es geschehen war, am ersten Tag ihrer Gefangenschaft, als die Botschaftswachen, junge Männer, überwältigt worden waren und der Pöbel die Botschaft in Besitz genommen hatte.

Er erinnerte sich an die brennenden Flaggen und war so gut wie sicher, daß er das nicht geträumt hatte. Und das sinnlose Verwüsten und Beschmieren des früher so imposanten Gebäudes, *das* war real genug, realer als seine dann folgenden Alpträume.

Die Träume der vergangenen Nacht hatten Kleinerman indessen noch mehr mitgenommen als die früheren. Er war kurz davor, auch den letzten Rest Hoffnung zu verlieren, den er noch hatte. Er war mit tränennassen Wangen und dumpf hämmerndem Herzen aufgewacht. Während die Gefangenen im Namen Allahs niedergemäht worden waren, hatte er auf einmal eine besonders laute Salve gehört, und er zitterte immer noch vor Entsetzen, obgleich er schon eine ganze Weile wach dalag.

Plötzlich zuckte Kleinerman zusammen. Er hörte das donnernde Krachen einer Sprengladung, die irgendwo in der Botschaft explodierte. Dann knatterten Maschinenpistolen und automatische Gewehre.

Er raffte sich auf und taumelte zur Tür, drückte das Ohr an die Füllung. Im Gang wurde gerufen, er hörte hastige Schritte. Irgendwo draußen surrten Hubschrauberrotoren.

Mein Gott, dachte er, *sie sind endlich gekommen*! Wer war es? Sicher Marines, oder irgendein Sonderkommando. Es spielte keine Rolle, Hauptsache, sein Land war endlich aus seiner Lethargie erwacht und hatte beschlossen zu handeln. David Kleinerman fühlte zum erstenmal seit Monaten neue Zuversicht und Stolz.

Im Gebäude wurde heftiger geschossen. Das Knattern der automatischen Waffen kam jetzt näher. Und dann das ohrenbetäubende Krachen von Handgranaten.

Im Gang liefen Männer, und nun ertönte ein Wutschrei, während Querschläger durch die Luft pfiffen.

Jemand fing an, am Riegel seiner Tür zu zerren, und er trat zurück, suchte nach einem Gegenstand, mit dem er sich verteidigen konnte.

In der stinkenden Zelle gab es nichts. Außerdem waren seine Hände noch gefesselt, seit dem ersten Tag seiner Gefangenschaft. Mit rasselndem Atem, wie nach einer heftigen Anstrengung, kauerte Kleinerman sich in eine Ecke, ließ die Tür nicht aus den Augen. Sie wurde aufgerissen, und in dem Qualm draußen zeichnete sich eine Gestalt ab. Es roch nach Kordit.

In der Türöffnung stand Abu Mussa – Kleinerman hatte es gewußt. In den letzten Monaten war er wohl hundertmal gewarnt worden, daß die Terroristen bei einem Angriff auf die Botschaft sofort die Geiseln töten würden. Und er, Kleinerman, würde zuerst an die Reihe kommen.

Der junge Araber schrie ihn an: «Jude!» Er hob sein AK-Sturmgewehr.

Kleinerman fühlte nur noch zorniges Bedauern: Ich werde diesen Mann nicht foltern können, dachte er, ich werde keine Rache üben können für die endlosen Tage und Nächte der Erniedrigung. Ich werde ihn nicht mehr tot sehen, dachte der Botschafter voll Ingrimm, und das ist die schlimmste Beleidigung von allen . . .

Das Bild brannte sich in seinen Geist: der Araber in seinem lächerlichen Gewand, die erhobene Waffe, der durch die Tür wabernde Rauch. In der Ferne fielen wieder Schüsse, irgendwo wurden Befehle gerufen, und im Garten der Botschaft landeten weitere Hubschrauber.

Ein knallendes Peitschen drohte seine Trommelfelle platzen zu lassen. Er erinnerte sich vage an die Kampfgeräusche aus seiner Soldatenzeit in Korea, aber das, was er nun hörte, war anders. Die Feuergeschwindigkeit der neuen Waffen verkürzte den Abstand zwischen den einzelnen Schüssen so, daß man ein ununterbrochenes Krachen zu hören meinte. Das menschliche Ohr konnte nicht mehr zwischen den einzelnen Detonationen unterscheiden. Der Araber schien zerfetzt zu werden, sein Gewand zerriß. Die Kalaschnikoff, die er in der Hand gehalten hatte, sauste durch die Luft und landete zu Kleinermans Füßen, der Kolben von Kugeln zersplittert, das Schloß zerstört.

Eine Gestalt erschien in der Tür, stand über dem zu Boden gesunkenen Araber. Der unbekannte Mann trug ein Barett und eine Uniform, die Kleinerman in dem schlechten Licht nicht genau sehen konnte.

«Botschafter Kleinerman?» Das Englisch des jungen Soldaten hatte den Akzent der nordöstlichen Bundesstaaten – für David Kleinerman die schönsten Töne, die er jemals gehört hatte.

«Botschafter Kleinerman? Wir sind gekommen, um Sie und die anderen hier rauszuholen, Sir.»

Im Erdgeschoß der Botschaft, wo Jeb Collingwood seinen provisorischen Befehlsstand errichtet hatte, dirigierte Cory Conant den Einsatz seiner Fernmeldeeinheit.

Ein Mann an einem der Funkgeräte schob den Kopfhörer hoch und meldete: «Die EQ-Station sendet immer noch diese Warnung, Sir. Sie haben sie alle sechs Minuten wiederholt.»

«Lassen Sie mal hören», sagte Conant. Er hängte sich sein automatisches Gewehr über die Schulter, ging neben dem Gerät in die Hocke und drückte die Muschel eines Kopfhörers ans Ohr.

«. . . *allen ausländischen Arbeitern wird dringend empfohlen, den*

Küstenstreifen umgehend zu räumen. Verlassen Sie diese Gebiete sofort und fahren Sie mindestens fünfundzwanzig Kilometer landeinwärts. Die Arbeiter auf der Halbinsel von Ras Tanura müssen das Gebiet bis 6 Uhr morgens verlassen haben. Den Arbeitern in Al Qatif, Al Sahran, Al Kubar und in Mina al-Ahmadi in Kuwait wird ebenfalls dringend geraten, unverzüglich sichere Gebiete aufzusuchen . . .»

Conant lauschte stirnrunzelnd und sichtlich betroffen.

«Sie senden es auf allen zivilen Kanälen, Sir», sagte der Funksoldat. «Auf diesem hier englisch, auf den anderen arabisch. Und seit dem späten Abend ist ein Mullah auf dem Fernsehschirm und predigt ungefähr das gleiche, nur blumenreicher. Warum macht EQ das? Die Brigade soll doch nicht die Ölfelder angreifen?»

Conant sagte: «Schreiben Sie es auf, ich will es dem General zeigen.» Er sah sich in dem Söldnergewimmel im Foyer der Botschaft um.

Draußen war es noch dunkel, aber im Osten bekam der Himmel eine hellere Färbung. Die Radikalen, die das Gebäude in all den Monaten besetzt gehalten hatten, hatten immerhin die Umsicht gehabt, die zu Bruch gegangenen Fenster mit Brettern zu vernageln. Die meisten Fenster waren jedoch unbeschädigt geblieben, und durch sie sah Conant die Hubschrauber, die inzwischen auf dem Botschaftsgelände gelandet waren.

Auf dem betonierten Platz vor dem Hauptgebäude hatte man eine Sammelstelle für die befreiten Geiseln eingerichtet. Dort nahmen Sanitäter die verwirrten und verängstigten Zivilisten, die von der Brigade aus ihren Gefängnissen geführt wurden, in Empfang und untersuchten sie kurz, um sie dann zu den Hubschraubern zu bringen.

Vor einer Weile hatte Conant mit einem der befreiten Posten von der Marineinfanterie gesprochen, einem achtzehnjährigen Rekruten, der heftig geschluchzt und in einem fort erklärt hatte, er habe versucht, das Gelände zu verteidigen, als der aufgehetzte Pöbel das Tor gestürmt habe und über die Mauern geklettert sei. Für den jungen Mann schien es wie gestern gewesen zu sein, nicht wie vor einem guten halben Jahr.

Bis jetzt ist alles genau nach Plan gegangen, dachte Conant, schnell und reibungslos. Drei Geiseln, darunter ein westdeutscher Botschaftsrat, waren verletzt worden. Man hatte sie sofort zu einem der Hubschrauber getragen, und sie waren schon unterwegs zum Flughafen, den Peter Stuart mit seinen Leuten inzwischen unter Kontrolle hatte. Aus den oberen Stockwerken der Botschaft kamen weitere befreite

Diplomaten, aber jetzt fielen nur noch vereinzelt Schüsse. Die Brigade hatte vier Tote und zehn oder zwölf Leichtverletzte zu verzeichnen. Die Gefallenen lagen nebeneinander auf dem Vorplatz, und ein Söldner bewachte sie.

Die Panaraber – oder die Terroristen, wie die Geiseln sie nannten – waren alle von Kugeln durchsiebt worden. Sie hatten keine Chance bekommen, sich zu ergeben.

Der Funker reichte Conant ein Formular mit der merkwürdigen Durchsage der EQ-Station. Conant befahl ihm: «Melden Sie Stuart, daß wir in zehn Minuten fertig sind und starten. Der General möchte, daß wir so schnell wie möglich hier verschwinden.»

«Ja, Sir», sagte der Soldat und wandte sich wieder dem Gerät zu.

Conant ging durch die Gruppen von Sprengexperten, die ihre Ladungen in den Keller des Gebäudes trugen. Collingwood wollte die Botschaft dem Erdboden gleichmachen, sobald alle Geiseln in Sicherheit waren. Er hatte nicht die Absicht, dem Feind die Gebäude zu überlassen.

Conant fand den General im Gespräch mit seinem Nachrichtenoffizier, einem Franzosen namens de Lattre, ehemals Mitglied der Fremdenlegion, ein Mann mittleren Alters aus einer alten Offiziersfamilie. De Lattre sagte gerade: «Kaum Aktivität auf den Straßen, *général*. Ein paar bewaffnete Banden. Wir haben sie alle erwischt. Die Nationalgarde ist in der Kaserne geblieben.»

Conant war nicht weiter überrascht. Die Nationalgarde bestand ausschließlich aus Beduinen, deren Loyalität dem Haus Saud gegolten hatte. Seit der Revolution waren die Männer ständig schikaniert worden und hatten ihre Unterkünfte und das unmittelbar angrenzende Gelände in der Nähe des königlichen Palasts nicht mehr verlassen dürfen. Viele von ihnen waren desertiert, in die Wüste heimgekehrt. Andere waren bei dem Versuch, ins Ausland zu fliehen und zu ihren exilierten Prinzen zu gehen, getötet worden. Bekümmert dachte Conant an das, was sich vor zehn Jahren im Iran abgespielt hatte – die Leibwache des Schahs, die «Unsterblichen», war von ihrem Herrscher im Stich gelassen worden und hatte dem revolutionären Pöbel führerlos entgegentreten müssen. Soldaten zahlen immer die Rechnung, dachte Conant nicht ohne Bitterkeit. Diejenigen, die uneingeschränkte Loyalität verlangten, blieben selten loyal.

Collingwood blickte auf und sagte: «Haben Sie was für mich, Cory?»

Conant reichte ihm das Formular. «Das hat die EQ-Station seit gestern spätabends gesendet, General.»

Collingwood las die mit Bleistift gekritzelten Worte und runzelte die Stirn. «Ich verstehe das nicht, Jean-Claude.» Er reichte das Blatt dem Nachrichtenoffizier.

«Ich weiß nichts davon, *général*», sagte der Franzose. «Vielleicht verbreiten sie ein paar Fehlmeldungen, um Leute aus dem Konzept zu bringen, die von der Befreiungsaktion Wind bekommen haben.»

«Möglich. Wir müssen es herausfinden.» Er ging den beiden voran durch das geschäftige, mit zertrümmerten Möbeln übersäte Foyer zu den Männern an den Funkgeräten.

Collingwood tippte einem Funker auf die Schulter, und auch diesmal fiel ihm rechtzeitig ein, wie der Mann hieß: «Samson, nicht wahr? Versuchen Sie bitte, ob Sie mich mit der EQ-Station verbinden können, mein Sohn.»

«Ja, Sir, General.» Der junge Soldat sprach in sein Mikrophon, wartete, sprach wieder. «Ich kriege keine Antwort, General.»

«Senden sie immer noch dieselbe Botschaft?»

«Ja, Sir. Alle sechs Minuten pünktlich wie die Uhr. Es muß ein Band sein.»

Bei den Soldaten im Foyer entstand Unruhe. Ein junger Mann von der Brigade, der über das ganze rußverschmierte Gesicht strahlte, kam zu Collingwood gelaufen. «Ich habe den Botschafter gefunden, General! Er ist schon bei den Sanis.»

«Bravo», sagte Collingwood. Dann wandte er sich wieder an Conant und de Lattre: «Ich möchte in fünf Minuten hier weg sein.» Er drehte sich um und folgte dem Söldner, der den Botschafter gerettet hatte.

Gierig trank David Kleinerman das heiße Gebräu. Er war umringt von Soldaten, die – ein Irrtum war unmöglich – Uniformen des Neuen Friedenskorps trugen, und konnte sich absolut keinen Reim darauf machen. Sie waren mit Waffen behängt und mit Munition beladen wie reguläre Frontkämpfer, aber die Ärmel ihrer Kampfanzüge trugen das bekannte Emblem. Er hörte ein halbes Dutzend westliche Sprachen und Akzente, sogar ein paar östliche. Der Arzt, der ihn untersuchte, war eindeutig ein Pakistani.

«Botschafter Kleinerman?»

Kleinerman, der auf einem Segeltuchsack mit irgendwelchen Utensilien saß, blickte auf und sah einen Mann, der ebenso schwer bewaffnet war wie die anderen. An seinem roten Barett war jedoch ein Silver Star befestigt.

«Ich bin Collingwood», sagte der Mann. «Gott sei Dank, daß es Ihnen einigermaßen zu gehen scheint, Sir.»

Einen Augenblick war Kleinerman total verwirrt. Der einzige Collingwood, von dem er je gehört hatte, war der General, der die Schnelle Eingreiftruppe in Ägypten befehligt hatte und nach seiner öffentlichen Kritik an der Entscheidung der Loomis-Administration, seine Truppe zu verringern, vom Präsidenten mehr oder weniger geschaßt worden war.

Der General lächelte kurz. Seine Zähne blitzten in dem geschwärzten Gesicht. «Ja, Botschafter, *der* Collingwood.»

«Verzeihung, General. Ich glaube, ich verstehe das alles nicht. Ich bin sehr dankbar, glauben Sie mir. Aber ich verstehe es nicht. Ich dachte, Sie seien nicht mehr in der Armee.»

«Stimmt genau, Botschafter», sagte Collingwood gleichmütig. «Diese Truppe gehört aber nicht zu der Armee, die Sie kennen. Sie ist ein Einsatzkommando des NFK.»

Kleinerman starrte den General an und warf dann einen Blick auf die Männer, die die Hubschrauber startklar machten. Das war nicht irgendeine Schar von Söldnern, es war eine militärische Einheit von beträchtlicher Größe und offensichtlicher Schlagkraft. Er sah die blutige Masse von Stoff, Fleisch und Knochen, die von dem anmaßenden Mohammad Musayid ibn-Sulayil übriggeblieben war, immer noch vor sich. Nie würde er den jungen Mann vergessen können, der in Amerika zum Radikalen, in Frankreich zum Marxisten und in Libyen zum Terroristen geworden war, um dann im Keller der amerikanischen Botschaft ein schreckliches Ende zu finden. Diese Kämpfer mochten Angehörige des Neuen Friedenskorps sein, aber sie töteten genauso unbarmherzig wie alle Soldaten, die er jemals gekannt hatte. Er hatte die Tatsache, daß er gerettet war, noch immer nicht ganz verarbeitet, war immer noch verwirrt über das augenscheinliche Durcheinander ringsum. Unwillkürlich fragte er sich, ob Abu Mussa jetzt schon im Paradies weilte, zusammen mit all den anderen, die von Ungläubigen getötet worden waren. Im Namen Allahs, des Erbarmers, des Barmherzigen.

«Botschafter?»

«Entschuldigung, General. Ich bin noch nicht ganz wieder da. All das . . .» Er machte eine unbestimmte Handbewegung. «Wann hat der Präsident endlich befohlen, daß . . .»

«Der Präsident hat nichts damit zu tun, Sir. Und die Vereinigten Staaten auch nicht, wie ich leider sagen muß», erwiderte Collingwood knapp. Dann wandte er sich an den pakistanischen Arzt: «Ist er transportfähig?»

«Ja, General. Er ist geschwächt, aber ich konnte nichts Organisches feststellen.»

«Dann lassen Sie ihn in einen Hubschrauber bringen», sagte Collingwood und entfernte sich ohne ein weiteres Wort. David Kleinerman starrte ihm nach. Dem Botschafter wurde klar, daß seine Frage nach dem Präsidenten und seine Bemerkung über die Armee kein wohlwollendes Ohr gefunden hatten.

Die Soldaten zogen sich jetzt zurück, und Kleinerman wurde auf den Platz geführt. Jetzt, im grauen Licht des Morgens, sah er das Botschaftsgelände, und es war genauso verwüstet, wie er es in seinen Träumen gesehen hatte. Er bemerkte die Leichen der vier Soldaten in NFK-Uniform, und er sah die anderen Toten, die Terroristen, von denen viele noch an der Stelle lagen, wo sie von den NFK-Gewehren niedergemäht worden waren. Schauriger hätte er sich den Anblick kaum ausmalen können.

Ein paar Soldaten zogen Leitungen aus dem Gebäude und brachten an den Enden elektrische Zünder an. Einen Moment erwog er, gegen die Zerstörung der Botschaft und ihres übriggebliebenen Inventars zu protestieren, aber ihm wurde schnell klar, daß alle Dokumente, die er gern in Sicherheit gesehen hätte, längst von den panarabischen Revolutionären gestohlen und, soweit es ihren Zwecken diente, veröffentlicht worden waren. Von der US-Präsenz in Riad zeugte nur noch ein verwüstetes Gebäude. Ja, dachte er, jagt das verdammte Ding in die Luft.

Er wurde in einen Hubschrauber gezogen und hockte sich zwischen einen britischen Botschaftsangestellten und eine Frau aus seinem ehemaligen Sekretärinnenpool. Sie sah halb verhungert aus. Ihr Gesicht war übersät mit blauen Malen, von Quetschungen oder Schlägen. Ihre Haare hingen strähnig und ungewaschen herunter. Sie wirkte geistesabwesend. Abermals geriet er in Wut auf die Männer in Washington, die die Verantwortung dafür trugen, daß diese Frau und so viele andere, auch er selbst, dem Pöbel und den Terroristen in die Hände gefallen waren. Fast 200 Tage waren er und diese unschuldige Sekretärin Gefangene gewesen, Geiseln, jeder sadistischen Anwandlung der Bewacher ausgeliefert. Die Frau stand sichtlich unter Schock. Viele – die meisten – der anderen sicher auch. Er selbst wahrscheinlich ebenfalls. Er dachte an Vincent Loomis und fühlte brennenden Haß.

Die letzten Söldner kamen aus der Botschaft gelaufen. Kleinerman konnte General Collingwood mit dem Zündermechanismus in der Hand bei einem der anderen Hubschrauber stehen sehen. Der Motor des Hubschraubers, in dem er saß, wurde gestartet, und der Rotor begann zu schwirren. Der Fallwind drückte das vertrocknete Gras und das Unkraut unter ihnen platt und wirbelte umherliegende Papierfetzen auf.

Aus östlicher Richtung kam ein Heulen. Eine arabische F-16 zeichnete sich wie eine Pfeilspitze am heller werdenden Himmel ab. Hinter ihr flog ein Düsenjäger, den Kleinerman nicht einordnen konnte, aber er schien zu der NFK-Streitmacht zu gehören, denn noch während er hinschaute, löste sich eine Rakete von seinem Rumpf, und ein paar Sekunden später verwandelte sich die arabische Maschine in einen Feuerball, von dem eine tödliche Ladung Metallsplitter und brennenden Treibstoffs auf die Innenstadt hinabregnete.

Collingwood gab ein Zeichen, und die ersten Hubschrauber hoben ab und stiegen nordwärts in den Himmel. Kleinerman sah durch die offene Luke zu, wie seine Maschine an Höhe gewann. Außer den jungen Revolutionären, die ihren Fanatismus mit dem Leben bezahlen mußten, blieb so gut wie nichts zurück.

Kleinerman hielt sich an einer Seitenwand fest. Jetzt stand nur noch eine Maschine auf dem Gelände der Botschaft. Er schaute auf die Stadt hinunter, auf das Gewirr von Lehmziegelbauten und gläsernen Hochhäusern, die den blauen Himmel reflektierten. Breite Avenuen und gewundene Gassen bildeten ein kompliziertes Muster, eine Mischung aus altem Chaos und neuer Ordnung.

Die Explosionsblitze erfaßten die Straßen wie Scheinwerferkegel, und dann neigte sich das hohe Botschaftsgebäude zur Seite und stürzte in sich zusammen. Von dem Berg aus Trümmern löste sich eine Staubwolke und stieg in die unbewegte Luft. General Collingwoods Maschine startete nun auch und schloß sich den anderen Hubschraubern an, die in einer Kette über der Stadt nach Norden schwebten, zum internationalen Flughafen, der noch in Zwielicht getaucht war. Die Pistenbefeuerung wirkte aus der Ferne wie Reihen von Glühwürmchen.

40. Arabisches Meer

Kapitänleutnant Nikolaj Andrejew, Kommandeur der ersten Marinestaffel des Flugzeugträgers *Nowgorod*, warf einen Blick auf das dunkle Meer unter sich und schaute dann wieder auf die Instrumente seiner Maschine, eines Jägers vom Typ Yak 56. Die Navigationshilfen arbeiteten ordnungsgemäß, und bald würde die zerklüftete Küste der Arabischen Halbinsel in Sicht kommen. Am Himmel sah er nun die ersten graublauen Streifen, die den Morgen ankündigten. Die anderen Maschinen seiner Einheit flogen in breitgestaffelter Formation rechts von ihm und hinter ihm.

Andrejew, noch keine 30 Jahre alt, fühlte eine Trockenheit in seinem Mund, für die er nicht den reinen Sauerstoff, den er atmete, verantwortlich machen konnte. In seinen fünf Jahren als Marinepilot hatte er noch nie einen Schuß abgegeben oder eine Bombe ausgeklinkt. Andere hatten bei den Besatzungstruppen in Afghanistan gedient, wieder andere hatten in den Luftstreitkräften befreundeter Staaten gegen die imperialistischen Feinde der Sowjetunion gekämpft. Dies war Andrejews erster Kampfeinsatz, und es kostete ihn große Mühe, seine Erregung zu unterdrücken.

Der Einsatzleiter hatte bei der Besprechung auf der *Nowgorod* düstere Prophezeiungen gemacht über das, was die Staffel bei jener geheimnisvollen EQ-Station erwarten konnte. «Wir haben Grund zu der Annahme, daß rings um den ganzen Stützpunkt Boden-Luft-Raketen stationiert sind», hatte er gesagt. «Höchstwahrscheinlich handelt es sich um amerikanische Hawks. Es ist deshalb von größter Bedeutung, daß beim ersten Schlag sämtliche Radar- und Funkeinrichtungen zerstört werden. Danach kommen alle Flugzeuge dran, die am Boden zu sehen sind.»

Dann zeigte er den Piloten der Kampfstaffel die neuesten Satellitenaufnahmen des Ziels und wies sie auf die Transportmaschinen an der Hauptpiste hin. Noch ehe Moskau befohlen hatte, den NFK-Stützpunkt anzugreifen, waren an Bord Gerüchte kolportiert worden: Angeblich sollten die schweren Maschinen auf dem Flugfeld der EQ-Station israelische Fallschirmtruppen transportieren, die die Aufgabe hatten, die Ölfelder am Golf in einem Überraschungsangriff einzunehmen.

Andrejew schob den Polarisationsschild seines Helms hoch und verrenkte sich fast den Hals, um die Maschine neben sich zu sehen. Die Yak mit dem bläulichen Tarnanstrich wirkte in dem bleichen Licht des anbrechenden Morgens wie ein tonnenförmiger Schatten. Die beiden Strahltriebwerke malten rotglühende Lichtfächer unter der hohen Heckflosse des Senkrechtstarters.

Die Sicht wurde jetzt klarer. Die kalten Höhenströmungen hatten den feinen Wüstensand von den Stürmen der letzten Tage fortgetragen. Als Andrejew den Blick hob, konnte er durch das Perspexdach seiner Kanzel die letzten Morgensterne sehen. Im Westen funkelte die Venus wie ein Brillant. Am Zenit wurden die sommerlichen Sternbilder immer mehr in Helle getaucht. Andrejew liebte es, frühmorgens über das Meer zu fliegen. Die erhabene Einsamkeit rührte eine melancholische Saite in ihm an, die der Parteischulung und den Jahren beim Militär widerstanden hatte.

Einen Augenblick lang fragte er sich, ob er und seine Kameraden nicht als Werkzeuge des Untergangs, als Auslöser einer Katastrophe fungierten, die die ganze Erde erfassen konnte.

Er schauerte zusammen und konzentrierte sich wieder auf die Instrumente. In knapp zehn Minuten würde die arabische Küste unter den Tragflächen der Maschine hinwegsausen. Es war nicht der rechte Moment für Gefühle. Ich bin ein Sowjetbürger, sagte er sich, und ich muß tun, was man mir befohlen hat. Er konnte jedoch nicht umhin, noch einen letzten Blick auf die verblassende Pracht des nächtlichen Himmels zu werfen, und hoffte unwillkürlich, er werde auch morgen noch leben, um dieses Schauspiel wieder genießen zu können.

150 Seemeilen südöstlich der Kampfstaffel der *Nowgorod* flogen die 20 Hubschrauber des Marineinfanterie-Bataillons der U.S.S. *Nimitz* zum selben Ziel. Sie waren 180 Knoten langsamer als die Yaks der *Nowgorod*, so daß sich der Abstand zwischen beiden Verbänden vergrößerte, obgleich ihr Kurs bald der gleiche sein würde.

Captain Richard Mead saß hinten bei seiner Kompanie in einem großen Sikorsky-Hubschrauber. Mead war ein großer, rotbackiger

Mann von 27 Jahren, der in seiner Kampfkleidung mit der Fliegerjacke noch breitschultriger wirkte als sonst. Er trug Patronengurte um beide Schultern.

Er musterte die Gesichter seiner Männer in dem rötlichen Schein der Einsatzbeleuchtung. Sie waren alle noch sehr jung; das Durchschnittsalter lag unter 20. Die Hälfte von ihnen waren Schwarze, Jungen aus Großstadtgettos, die den Weg zur Marineinfanterie gefunden hatten. Bisher hatte noch keiner von ihnen Feindberührung gehabt, aber Mead war überzeugt, daß sie sich tapfer schlagen würden, falls es zum Kampf kommen sollte. Mead war ein Mann, der so etwas ganz unbefangen denken konnte. Ihm machte nur eines Sorge – ihre geringe Zahl. Das Bataillon hatte nicht die volle Gefechtsstärke, und Mead hatte den Verdacht, daß es sich bei den anderen Einheiten der Marineinfanterie und bei der Flotte ebenso verhielt.

Mead verlagerte das Gewicht der Fliegerjacke auf seinen Schultern und schob sich den Helm aus der Stirn. Durch das winzige Fenster im Rumpf gegenüber von seinem Segeltuchsitz konnte er die hell blitzende Venus sehen, die nun dem westlichen Horizont entgegensank. Das verdammte Ding glitzerte wie der Diamantring eines Rockstars. Bei einem Konzert in Dago hatte er einmal solch einen Klunker am Finger eines langhaarigen gitarrespielenden Junkies gesehen. Er mußte ungefähr so viel gekostet haben, wie ein Colonel der Marineinfanterie in drei Jahren verdiente.

Er blickte die Doppelreihe der Gesichter unter den Helmen entlang und unterdrückte ein Lächeln. Einige der Männer machten tatsächlich ein Nickerchen. Nur zwei oder drei, die noch ganz neu waren, wirkten verängstigt.

Sie brauchen keine Angst zu haben, dachte er. Das Bataillon hatte lediglich Befehl, auf einem verlassenen Stützpunkt, der von ein paar harmlosen Wohltätern der Menschheit und einer Wachmannschaft bevölkert wurde, nach dem Rechten zu sehen. Die Vorstellung, das NFK oder einige seiner Mitglieder könnten einer Einheit ausgebildeter Marines Widerstand leisten, war lächerlich.

«Captain?»

Ein Mann von der Hubschrauberbesatzung war aus der Kanzel nach hinten gekomnen.

«Der Pilot würde gern mit Ihnen reden, Sir. Würden Sie einen Moment nach vorn kommen?»

Mead stemmte sich von seinem Sitz hoch und folgte dem Mann durch den schmalen Mittelgang zur Kanzel. Der Pilot, ein Lieutenant der Navy, drehte sich halb auf seinem Sitz um und sagte: «Captain, die *Nimitz* hat gerade durchgegeben, daß wir womöglich mit einem sowjetischen Kampfverband kollidieren werden. Sie schicken uns ein paar F-15 als Geleitschutz. Ich halte Sie auf dem laufenden.»

Als Mead zu seinem Platz zurückging, fühlte er am Druckunterschied, daß der Hubschrauber an Höhe verlor. Das Bataillon würde nun wahrscheinlich dicht über dem Wasser fliegen, jedenfalls bis die omanische Küste in Sicht kam.

Russen, bei Gott! Die Worte des Piloten hatten Meads Kampfgeist geweckt, und es kostete ihn einige Mühe, sich die Erregung nicht anmerken zu lassen. Er hatte in keinem der letzten Kriege seines Landes mitgekämpft. Pazifik, Korea, Vietnam. Auch für Vietnam war er viel zu jung gewesen, kaum geboren, als die anderen im Dschungel standen. Sein Leben lang hatte er ein Marine werden wollen, und als er einer geworden war, hatte er festgestellt, daß die Marines nichts anderes taten, als südkalifornische Strände zu stürmen und zu besetzen. Vielleicht wurde es jetzt endlich anders. Er hatte gehört, die Männer der sowjetischen Marineinfanterie hielten sich für verdammt gute Soldaten. Kein Mensch will einen richtigen Krieg, dachte er, aber *wofür* sind Marines da, wenn nicht zum Kämpfen?

Er winkte seine Männer heran, als er sich mitten in den Gang gehockt hatte. Die Stimme hebend, damit ihn alle hören konnten, sagte er: «Paßt mal auf, ihr Sandhasen. Die Blaujacken sagen, wir könnten ein paar Russen in die Arme laufen.» Er grinste die Männer an. «Ich möchte, daß ihr cool bleibt, verstanden? Wenn sich aber herausstellt, daß sie den Dritten Weltkrieg anfangen wollen, sind wir genau die richtigen, die es ihnen zeigen können.»

Der Pilot drehte sich um und sah nach hinten. Man mußte nicht verrückt sein, um Marine zu werden, aber es half. Er hatte dem Captain eben gesagt, es könnte einen Luftkampf geben, und da freuten sich diese grünen Jungs auch noch.

41. EQ-Station

«Als erstes hat sie uns gesagt, Dr. Kristof sei tot», flüsterte Amira Shallai. «Vor zehn Tagen ist in einem unterirdischen Bunker ein Unfall passiert, bei dem vier Leute eine große Dosis Strahlen abbekommen haben. Dr. Kristof war einer davon.»

Sie schauerte in dem dunklen Raum zusammen und trat unwillkürlich einen Schritt näher zu Rivas. Seit fast einer Stunde, seit sie sich in dem unbenutzten Depot versteckt hatten, hatte sie wie unter einem Zwang von den Dingen gesprochen, die sie während ihres Aufenthalts in der Station entdeckt und erlebt hatte.

«Ich hatte Dr. Clevenger vorher noch nie gesehen», sagte sie. «Sie ist ein Drache, ein schreckliches Mannweib. Groß, mindestens einsachtzig, kurzgeschnittene graue Haare und die kältesten, grausamsten Augen, die ich je erlebt habe. Sie hat dem medizinischen Personal erklärt, warum man uns hierher gebracht hat. Sie rechnen mit Tausenden von Toten auf den Ölfeldern. Sie haben alle Arbeiter aufgefordert, die Felder zu räumen, aber nur ein Teil wird folgen. Im Augenblick sind noch mehr als fünfunddreißigtausend Menschen dort. Ein Drittel wird vielleicht rechtzeitig gehen, aber der Rest wird total verstrahlt werden. Wir Mediziner sollen sie behandeln – danach. Mein Gott, es ist grauenhaft, fast ein Genozid.»

Rivas legte einen Arm um die Schultern der bebenden Frau. Sie war völlig erschöpft, und er war es auch. Er wünschte sich jetzt mehr als alles andere, die Zeit würde so lange stehenbleiben, daß sie ausruhen konnten. Aber sie würde es nicht tun. Er war sicher, daß sie inzwischen beide vermißt wurden. Der militärische Arm des NFK wurde hier nur von Hadfield und höchstens 100 Söldnern repräsentiert, einschließlich der Südafrikaner, mit denen er und Amira gekommen waren. Aber das war mehr als genug, um an einem so verlassenen Platz wie Ibrahimah eine Suchaktion erfolgreich durchzuführen.

Er zwang sich, den Bericht der Ägypterin zu verarbeiten. Er sah ihn im Licht des Vortrags, den Davis ihm gehalten hatte, und ihm wurde klar, daß der greise Banker über die Mittel verfügte, um zu tun, was er für notwendig hielt.

Die Mittel waren die alten C-130, die Rivas an der Piste gesehen hatte. Dr. Clevenger, die ehrgeizige Wissenschaftlerin, die überall als kompromißlose Verfechterin der Kernkraft galt, hatte den Ärzten und

Sanitätern mit grausamer Deutlichkeit erklärt, was geplant war. In den Bunkern lagerte ein Rutheniumisotop, gelöst in leichtem Öl, das als Kampfstoff eingesetzt werden konnte. Die umgerüsteten C-130 würden das Strahlungsgift nach Norden bringen und in einem 20 Kilometer breiten Korridor von Bahrain bis Kuwait versprühen. Vom späten Vormittag an, schätzte Rivas, würde auf den Feldern der Golfküste kein einziges Barrel Öl mehr gepumpt werden. Calder Davis würde die weltweite Rohölförderung auf einen Schlag für wenigstens fünf Jahre um die Hälfte gedrosselt haben. Fünf Jahre oder mehr würde es nämlich dauern, bis die Felder wieder sicher sein würden.

«Ich habe Dr. Clevenger gefragt, wer die Maschinen fliegen soll», sagte Amira mit dünner Stimme. «Sie antwortete, sie würden sich selbst fliegen.» Trotz der unzureichenden Beleuchtung konnte Rivas den verwirrten Ausdruck in ihren Augen sehen. «Ich verstehe das nicht. Wie können Flugzeuge sich selbst fliegen?»

«Ich vermute, sie haben irgendein modernes Automatiksystem eingebaut», sagte er. «Vielleicht haben sie sogar das gleiche System, das für Marschflugkörper benutzt wird. Calder Davis kontrolliert auch Unternehmen, die Rüstungsaufträge haben. Er könnte sich ohne weiteres die nötige Ausrüstung beschaffen. Wenn man ein solches System in die Maschinen eingebaut hat, könnten sie von einem Computer gesteuert werden. Als die ersten Fernraketen getestet wurden, hatten sie bei einem Radius von sechseinhalbtausend Kilometern eine Zielgenauigkeit von zweihundert Metern.»

«Man kann sie nicht aufhalten?»

«Man könnte sie höchstens abschießen», sagte Rivas. «Aber ich nehme an, daß jemand, der eine so teuflische Methode ersinnt, auch irgendwelche Vorkehrungen trifft, damit die heiße Fracht nicht verschwendet wird. Wahrscheinlich Zerstörungsmechanismen, die auf Druck reagieren. Um das Material selbst dann noch zu versprühen, wenn die Transportmaschine getroffen wird.»

«Sie meinen, es gibt kein Mittel, das Schreckliche zu verhindern?»

Rivas hörte die Empörung in ihrer Stimme. Sie war eine tapfere und tüchtige Frau, tapferer und tüchtiger als alle, die er bisher gekannt hatte. Und sie war Ärztin. In diesem Zeitalter hochtechnisierter Medizin vergaß man zu oft, daß Ärzte heilen wollten, daß sie sich für die Rettung von Menschenleben und nicht für ihre Vernichtung einsetzten.

«Es muß ein Sicherheitssystem geben», sagte er.

«Was heißt das?»

«Es heißt, daß irgendwo auf diesem Stützpunkt eine Vorrichtung sein muß, die es ermöglicht, Kontakt mit den Flugzeugen aufzunehmen – die Zielprogrammierung zu ändern. Sie müssen eine Leitstelle haben. Sie können nicht riskieren, daß mit dem Programm etwas schiefläuft und daß die Maschinen vom Kurs abkommen und das Zeug an der falschen Stelle ablassen. Irgendwo muß ein Mann sitzen, der sie notfalls umdirigieren kann . . .»

«Hören Sie mal!» sagte sie.

Rivas stand auf und ging zu einem zerbrochenen Fenster des Depotschuppens. Er hörte Flugzeugmotoren laufen. «Sie machen sie startklar», sagte er. «Sie wollen es tatsächlich tun.»

Am östlichen Horizont zeichneten sich die unverkennbaren Umrisse einer Abschußrampe für Boden-Luft-Raketen ab. Calder Davis hatte vorgesorgt, daß kein arabischer Pilot, der zufällig den wahren Zweck der EQ-Station entdeckte, seinen Plan vereiteln konnte. Und auch kein sowjetischer Pilot. Dr. Clevenger hatte den Medizinern gesagt, bei der abgeschossenen Maschine habe es sich um ein russisches Aufklärungsflugzeug gehandelt. Was für Folgen *dieser* Irrsinn haben würde, konnte Rivas nur vermuten. Daß sowjetische Maschinen ohne Erlaubnis in arabischen Luftraum eingedrungen waren, bedeutete zumindest eines: Der Kreml machte sich plötzlich sehr konkrete Sorgen über die Aktivitäten des Neuen Friedenskorps in Rub al-Chali.

Amira trat neben ihn. Er fühlte, daß sie ihn berührte, und war dankbar für ihre Anwesenheit und Unterstützung. Es war sehr gut möglich, daß er allein nichts ausrichten konnte, um Calder Davis an seinem Vorhaben zu hindern. Zusammen mit Amira Shallai hatte er vielleicht eine gewisse Chance. Cole Norris hatte sein Leben dafür gegeben – das heißt, es war ihm genommen worden –, um eben diesen Plan zu durchkreuzen. Aber die Flugzeugmotoren wurden bereits aufgewärmt, und in diesem Augenblick, noch während er horchte, rollte die erste C-130 los. Die Zeit wurde verdammt knapp.

Cecil Sawyer, der ins Krankenhaus beordert wurde, stand immer noch unter Schock. Zuerst hatte er mit eigenen Augen gesehen, wie ein sowjetisches Flugzeug abgeschossen wurde, und dann hatte einer der jüngeren Ärzte des Teams ihm mit knappen Worten erklärt, was dem medizinischen Personal der EQ-Station bevorstand. Es war haarsträubend.

Er hatte festgestellt, daß 90 Ärzte in Ibrahimah waren und daß jeder von ihnen ein mobiles Behandlungszentrum leiten würde, das auf Strahlenschäden spezialisiert war. Der Arzt, der ihn eingewiesen hatte, ein vietnamesischer Radiologe namens Tran, hatte erklärt, jedem Team werde ein Hubschrauber mit Pilot zugeteilt werden, und schwere Fälle, die nicht an Ort und Stelle versorgt werden könnten, sollten zur EQ-Station transportiert werden.

Sawyer, der in den kurzen Augenblicken, in denen er allein gewesen war, hektisch nach Amira Shallai Ausschau gehalten hatte, konnte sich vor Müdigkeit und Angst kaum noch auf den Beinen halten. Er hatte sie nicht gefunden; er war entsetzt über die Informationen, die er bekommen hatte, und er dachte voll Schrecken daran, daß das NFK, dem er seine Loyalität und sein Vertrauen geschenkt hatte, einen bestialischen Akt plante, der es – und alle, die ihm dienten – in jedem Land der Dritten Welt zu einem Schreckgespenst machen würde.

Sawyer fand sich zwangsrekrutiert für einen Krieg, wie er ihn noch 24 Stunden vorher nicht für möglich gehalten hätte. Jetzt sah er mit grausiger Klarheit, was Helmuth Reich in Kairo gemeint hatte. Wenn Amira diese Irrsinnigen ausforschte, war sie zweifellos in größter Gefahr, und er mußte sie unbedingt suchen. Aber es schien unmöglich, sich jetzt unbemerkt zu entfernen, und sei es für einen Moment. Das Krankenhaus – ein riesiger Betonkasten mit wenigen Patienten und fast tausend freien Betten, die auf die Strahlenopfer warteten – war der personalintensivste Teil der EQ-Station.

Der unermüdliche Vietnamese hatte ihn praktisch die ganze Nacht hindurch informiert, ausgerüstet, eingewiesen und von einem Raum zum anderen gehetzt. Gegen Mitternacht, bei einem schnellen Rundgang durch die einzige Station, die wenigstens teilweise belegt war, hatte er noch einen weiteren Schock bekommen. Einige Techniker, erklärte Dr. Tran, seien bei einem Unfall auf dem Flugfeld verseucht worden. Jemand habe versehentlich das Ventil eines Rutheniumkanisters geöffnet, und die Männer seien in eine tödliche radioaktive Wolke geraten. «Dr. Kristof leitete die Arbeiten», fuhr Tran fort, «und er bekam die größte Dosis ab. Er ist letzte Woche gestorben.»

Sawyer kannte Kristof dem Namen nach, als Träger eines Nobelpreises für seine Leistungen auf dem Gebiet der Nuklearmedizin. Allein der Gedanke, daß ein solcher Mann an diesem scheußlichen

Vorhaben beteiligt gewesen sein konnte, hatte etwas Makabres. Und zu erfahren, daß er tot war . . .

«Vor ein paar Tagen kursierte das Gerücht, Kristof sei mit Mr. Davis' Plan nicht einverstanden gewesen, und der Unfall sei in Wahrheit Mord. Das ist natürlich nur dummes Gerede», sagte der Vietnamese.

Trotz seiner Verwirrung stellte Sawyer bald fest, daß alle EQ-Mitarbeiter, die aus dem Osten und aus Staaten der Dritten Welt stammten, im Westen ausgebildet worden waren und daß ihre Loyalität ihrer neuen Heimat galt. Die meisten von ihnen schienen sogar eine gewisse Aversion – wenn nicht ausgesprochenen Widerwillen – gegen die Regionen zu hegen, wo sie geboren waren. Ihm wurde klar, daß das Neue Friedenskorps seine Mitarbeiter sehr sorgfältig ausgewählt hatte. Obgleich er noch nicht lange in der Dritten Welt gelebt hatte, fand er die Erklärung. Die Männer und Frauen aus unterentwickelten Ländern schienen einen Standpunkt zu teilen, der wahrscheinlich anerzogen war: Ein Menschenleben galt für sie nicht viel. Diese Haltung war im Westen relativ selten. Die Leute aus der Dritten Welt glaubten mehr oder weniger an drastische Lösungen für komplizierte Probleme, und Tran und die anderen, die er hier kennengelernt hatte, waren derselben Meinung wie ihr Herr und Meister Calder Davis. Sawyer hatte schon bei der ersten Besprechung erfahren, worauf die simple Philosophie hinauslief. Man durfte auf keinen Fall zulassen, daß die unterentwickelten Länder den Westen beherrschten. Ihr Einfluß mußte radikal verringert werden, selbst wenn es viele Opfer kosten sollte. Dem NFK ging es primär nicht etwa um das Öl. Es wollte vielmehr die Macht und den Reichtum beschneiden, die das Öl den Arabern gab. Eine einfache Lösung für ein schwieriges Problem.

Das Grauen, hatte Kafka sinngemäß geschrieben, liegt darin, daß die wahren Gläubigen kein Grauen kennen. Selbst Sawyer, der nie Rassist gewesen war und keinem westlichen Chauvinismus gehuldigt hatte, sah in all dem eine gewisse schreckliche Logik. In Kalabishah hatten er und seine Kollegen oft darüber diskutiert, wie gefährlich es sei, die Dritte Welt mit der Technologie und letztlich auch dem Wohlstand des Westens zu beglücken. Sie hatten an einem künstlichen See gelebt und gearbeitet, dem Produkt eines gewaltigen Staudamms, der Ägypten schwerwiegende Probleme beschert hatte. Dr. Sforza-Barzani, der vorher längere Zeit in Pakistan gewesen war, hatte wiederholt erklärt, die westliche Welt müsse den Verstand verloren haben, daß sie in islamischen Ländern eine nukleare Entwicklung zulasse. Er hatte die pakistanischen Bemühungen, mit libyschem Geld und französischer Technologie eine islamische Atombombe zu bauen, aus der Nähe miterlebt. «Eine Waffe, die sie bedenkenlos und ohne Rücksicht auf die Folgen einsetzen werden», hatte Sforza-Barzani des öfteren erklärt. Seiner Meinung nach hätten die Arbeiten unverzüglich, notfalls mit Gewalt beendet werden sollen. Im Grunde wird hier eben das in die Wege geleitet, dachte Sawyer.

Aber hypothetische Äußerungen – noch dazu im Kollegenkreis – über die Anwendung von Gewalt, um die Macht der Dritten Welt zu brechen, waren eine Sache; mit anzusehen, wie es tatsächlich geschah, und sogar mitmachen zu müssen, das war etwas völlig anderes.

Cecil Sawyer sah keine Möglichkeit, die Dinge zu beenden, die hier schon in Gang waren. Sein Ziel war es, die Frau, die er liebte, zu retten und vor der furchtbaren Strafe zu bewahren, die unweigerlich kommen mußte. Helmuth Reich hatte recht gehabt. Die arabischen Terrororganisationen würden vor Wut auf das NFK explodieren. Wenn Amira für die Amerikaner arbeitete, würden die Araber sich zuerst an ihr rächen. Den anderen Männern und Frauen auf diesem Stützpunkt würde es freilich kaum besser ergehen. Im Geiste sah er bereits Horden arabischer Terroristen mit grünen Bannern und blitzenden Säbeln durch die Wüste marschieren.

Sawyer hörte, wie in der morgendlichen Dämmerung Flugzeuge von der Piste abhoben. Er trat an ein Fenster und kniff die Augen zusammen, um etwas erkennen zu können, aber die schwarze Masse des Kommunikationszentrums versperrte ihm die Sicht auf das Flugfeld. Im Osten wurde der Himmel langsam fahl. Er fühlte, wie ihm vor Müdigkeit schwindlig wurde, und sagte zu Dr. Tran: «Ich kann kaum noch stehen, Herr Kollege. Wie wäre es mit einer kleinen Pause?»

Die letzte halbe Stunde war Tran mit ihm lange medizinische Bestandslisten durchgegangen und hatte dabei genau erklärt, wo er die Dinge bekommen könne, die er für seine mobile Behandlungsstation benötigen werde.

«Wir haben nur wenig Zeit», sagte der Vietnamese vorwurfsvoll.

«Fünf Minuten», sagte Sawyer flehend.

«Na schön. Fünf Minuten.»

Tran führte ihn nach draußen an die Luft, die noch einigermaßen frisch war. Das bleichgraue Licht ließ alles irgendwie kühl wirken. In den Gebäuden zwischen dem Krankenhaus und dem Flugfeld brannte Licht. Der Wald von Funkantennen und Sendemasten zeichnete ein kompliziertes Muster vor dem unmerklich hell werdenden Himmel. Sawyer lehnte sich an die Betonwand, schloß die Augen und versuchte, seinen inneren Aufruhr, der seine Knie in Brei zu verwandeln drohte, zu betäuben. Amira, dachte er, wo *steckst* du? Wo mochte sie sein, in welchem Teil dieses halbverlassenen Riesenkomplexes von stummen und verwirrenden Bauwerken, Straßen und Pisten sollte er zuerst suchen? Er hatte Angst, jemanden um Hilfe zu bitten, aber ohne Hilfe würde er es nicht schaffen.

Aus dem Lautsprecher im Krankenhauseingang drang eine Stimme, die Dr. Tran ins Gebäude bat. Der Vietnamese wurde ganz aufgeregt und versuchte, Sawyer mit sich zu ziehen. «Die Medizinerteams müssen in knapp zwei Stunden bereitstehen, Dr. Sawyer.»

Cecil Sawyer, der nicht immer sehr schnell schaltete, begriff, daß dies vielleicht seine einzige Chance war, den unermüdlichen Dr. Tran loszuwerden.

«Fünf Minuten, Doktor», sagte er.

Widerstrebend ging der Vietnamese zur Tür. «Na gut. Aber nicht mehr.»

Als die zierliche Gestalt im Krankenhaus verschwunden war, rannte Sawyer über das freie Gelände zum Flugfeld, obgleich er immer noch nicht wußte, wo er Amira zuerst suchen sollte. Aber irgendwo mußte er ja anfangen.

Rivas und Amira Shallai standen im Schatten einer unbenutzten Werkstatt in der Nähe der großen Piste und beobachteten, wie die nächste C-130 in Startposition fuhr und anrollte.

«Glauben Sie immer noch, daß die Maschinen nicht bemannt sind?» fragte Amira.

«Wenn sie das transportieren, was wir denken, ist es kaum anders möglich. Aber wahrscheinlich sitzt dort drüben jemand, der den ersten Teil des Flugs kontrolliert – ich meine dort, wo die Radarantennen sind. Dieser Mann steuert sie mit Hilfe des TV-Systems an Bord und schaltet dann einfach die Trägheitsnavigation ein», sagte Rivas. «Wenn sie aufgehalten werden können, dann nur da.»

«Sie müssen inzwischen längst den ausgeschalteten Posten in Ihrer Zelle gefunden haben», sagte Amira. «Warum suchen sie uns nicht?»

«Vielleicht haben wir keine Priorität», sagte er ironisch. «Davis bot mir an, Geschichte zu schreiben, aber ich habe den Verdacht, das Angebot ist nun zurückgezogen worden.»

Die C-130 hob schwerfällig ab und begann in leichtem Steigflug nach Nordosten zu drehen. Eine andere Maschine rollte zum Anfang der Piste und startete. Rivas zählte nur noch acht Flugzeuge am Boden.

«Ich möchte nur wissen, warum ein Mann wie Hadfield sich für so etwas hergegeben hat», sagte er. Ihm schwebte vor, sie könnten den alten Trucial Scout überreden, ihnen zu helfen, doch Amira machte diese Hoffnung schnell zunichte.

«Er ist ein Arabienfan, Michael. Er liebt die Araber, aber er verachtet das Öl und alles, was es mit diesem Land gemacht hat. Er würde es am liebsten wegzaubern, damit die Vergangenheit zurückkehrt.»

Eine weitere Maschine stieg in den anbrechenden Morgen, und Rivas spürte, wie ihnen die Minuten entglitten. Bis Ras Tanura, dem Zentrum der Ölfelder, waren es 650 Kilometer, und die Felder von Bahrain und Qatar, die der Aufmerksamkeit der unbarmherzigen Programmierer sicher ebensowenig entgangen waren, lagen nur halb so weit entfernt. Die schwer beladenen Hercules waren langsam, doch sie würden trotzdem in einer guten Stunde, bei Südwind möglicherweise noch früher, über den Förderanlagen auftauchen.

«Amira», sagte er, «sollen wir versuchen, etwas dagegen zu tun? Ich meine, wirklich versuchen?» Er wußte, daß sie – mindestens – ebensoviel Mut hatte wie er. Die Vorstellung, Amira Shallai in ein Handgemenge verwickelt zu sehen, erfüllte ihn jedoch mit Angst. Und es würde höchstwahrscheinlich ein Handgemenge geben, ehe er das Gebäude betreten konnte, wo der Controller an seinen Terminals saß. Der Eingang wurde garantiert bewacht. «Wir können es versuchen», sagte er. «Aber . . .»

«Aber was, Michael?»

«Ich möchte nicht, daß Ihnen etwas passiert», sagte er abrupt. «Das ist plötzlich sehr wichtig für mich.»

Sie sah ihn fest und, wie er meinte, zärtlich an. «Michael», sagte sie und berührte leicht seine Wange, «ich bin nicht das, was ich zu sein scheine. Es wäre besser, wenn du das einsähest.»

Sie duzte ihn auf einmal, und er empfand es wie einen elektrischen Schlag.

«Du kannst alles sein, was du möchtest», erwiderte er. «Wenn wir hier lebend rauskommen sollten, werde ich alles tun, um dich davon zu überzeugen.»

«Das ist gut», sagte sie mit einem schwachen Lächeln. «Aber bis dahin stell dir bitte vor, ich wäre ein Mann.»

«Das schaffe ich nicht», sagte er. «Aber ich werde wenigstens versuchen, dich nicht als eine Frau zu sehen, in die ich mich allem Anschein nach verliebt habe. Paß bitte gut auf, daß du nichts Unbedachtes tust.»

«Eines muß ich dir noch sagen. Jetzt oder später. Entscheide du.»

«Sag es jetzt. Ich habe langsam genug von Überraschungen.»

«Ob es dort ein Funkgerät gibt?» Sie blickte über den angewehten Sand zu dem Gebäude mit den Radarantennen.

«Es muß eins geben.»

«Ich muß eine Nachricht nach Tel Aviv funken.»

Rivas sah sie einen langen Moment an. «Gut», sagte er. «Das wäre also die letzte Überraschung.»

«Israel will die Ölfelder angreifen und besetzen, Michael. Ich muß sie aufhalten – wenn ich kann. Sie *müssen* sich da raushalten.»

«Ich denke, darum sollte sich der Präsident der Vereinigten Staaten kümmern. Aber wenn dort ein Funkgerät ist, werden wir es finden», sagte Rivas.

Mossad, dachte er. Es gibt natürlich viele christliche Araber, die für den israelischen Nachrichtendienst arbeiten.

«In Ordnung», sagte er. Einem Impuls folgend, küßte er sie leicht auf die Lippen. «Aber fang bitte an, dein Abschiedsgesuch zu entwerfen.»

Er trat aus dem Schatten der Werkstatt und prüfte das offenbar freie Gelände zwischen ihnen und dem Kommunikationszentrum. Amira beobachtete ihn, bewegt von widerstreitenden Gefühlen und einer sonderbaren Freude. Er war ein guter, ein tapferer Mensch. Womöglich sogar ein Narr. Oder sind das die psychischen Verrenkungen einer 35jährigen Spionin, die mit ihren Nerven am Ende ist?

dachte sie. Dann dachte sie, wenn es schiefging und sie die nächste Stunde nicht überlebten, sei es gut zu wissen, daß dieser mutige Mann sie liebte.

«Bist du soweit?» fragte Rivas.

«Ja. Gehen wir.»

Cecil Sawyer hörte auf zu laufen und befahl sich, endlich systematisch zu handeln. Wenn er weiter ziellos herumrannte, würde er auf keinen Fall etwas erreichen. Zwischen den Gebäuden war er zweimal bewaffneten NFK-Männern begegnet, aber sie schienen etwas anderes im Kopf zu haben als ihn und hatten ihn ignoriert. Selbst als das medizinische Personal über alle Lautsprecher aufgefordert worden war, sich am Flugfeld einzufinden, achtete niemand auf ihn. Die letzte Transportmaschine hatte inzwischen abgehoben, und auf der Station lastete eine bleierne Stille. Sie wirkte verlassener denn je, obgleich er Männer und Frauen zwischen den Depots hin- und herlaufen sah.

Der Rand der Sonne hatte den östlichen Horizont erreicht, und es wurde schnell heller. Alles begann lange schwarze Schatten zu werfen, und der strahlende Punkt im Osten vergrößerte sich zu einer grellen Scheibe. Die Sonne hatte sich über den Dünenrand geschoben.

Sawyer stand in einiger Entfernung von dem großen Bauwerk, auf dessen Dach die Antennen aufragten. Er hielt es für besser, nicht näher hinzugehen. Es schien zuviel los zu sein. Aber wenn nicht dort, fragte er sich verzweifelt, wo dann?

Zwei Leute gingen zielstrebig auf das Gebäude zu, dem er zuerst hatte fernbleiben wollen. Er konnte die beiden in dem gleißenden Licht nicht genau sehen; sie gingen zwischen ihm und der Sonne. Aber die kleinere Gestalt kam ihm irgendwie bekannt vor, und sein Unbewußtes erkannte sie, ehe er einen klaren Gedanken fassen konnte. Er hatte die Gestalt hundertmal, nein, zweihundertmal beobachtet – am Nasser-See! Es war Amira Shallai.

Sein erster Impuls war, laut zu rufen und zu ihr zu laufen, aber er besann sich schnell eines Besseren. Wenn sie in Gefahr war, könnte er alles verderben, indem er ihren Namen rief. Falls sie durch seine Unvorsichtigkeit zu Schaden käme, würde alles für ihn zerbrechen.

Also folgte er den beiden. Neben Amira ging ein Mann. Sie waren jetzt nicht mehr unmittelbar zwischen ihm und der Sonne, so daß er sehen konnte, daß der Mann schlank, dunkelhaarig und bewaffnet war.

Er trug eine dieser verdammten Maschinenpistolen, die hier so beliebt waren – kein Wunder, wenn man bedachte, was in dieser Station gemacht wurde. Ob Amira bewacht wurde? Stand sie unter Arrest? Er folgte den beiden und ließ sie keinen Moment aus den Augen. Am Eingang des Gebäudes blieben sie stehen.

An der Tür stand ein NFK-Mann, der ebenfalls bewaffnet war. Sawyer bemerkte, daß der Mann neben Amira wie unabsichtlich den Lauf seiner Waffe so richtete, daß sie auf den Leib des anderen zielte. Ich muß mich irren, dachte Sawyer. Aber dann sah er, wie alle drei – Amira und die beiden Männer – ins Gebäude traten.

Sawyer wurde von quälender Unruhe gepackt. Er verstand nicht, was eben geschehen war, aber er wußte, daß Amira in großer Gefahr schwebte. Er rannte los, und all seine Vorsicht verwandelte sich in Angst um die Frau, deretwegen er gekommen war.

Der NFK-Mann, der Grant hieß, stand mit umgehängter Maschinenpistole an einem der Depots und beobachtete, wie zuerst Rivas und die unbekannte Frau und dann Cecil Sawyer im Kommunikationszentrum verschwanden. Er hatte Rivas sofort durch seinen Feldstecher erkannt. Er hatte erwogen, ihn und die Frau einfach mit der MP niederzumähen, die der britische Colonel, dem er das Wacheschieben verdankte, ihm gegeben hatte. Aber dann würde es schwer sein zu fliehen.

Grant wäre kein vielbeschäftigter Berufskiller geworden, wenn er Leute erledigte, ohne für einen einigermaßen sicheren Rückzug gesorgt zu haben. Er dachte ärgerlich daran, daß er auf dem Van Wyck Expressway Mist gebaut hatte. Wenn die Zielperson sich nicht plötzlich und unvorhersehbar auf den Boden des Taxis geworfen hätte, wäre diese strapaziöse Reise um die halbe Welt nicht nötig gewesen. Aber Rivas war damals gerade aus einem Guerillakrieg zurückgekehrt. Grant wußte besser als die meisten anderen, daß man in einer solchen Umgebung eine unerklärliche Antenne für Gefahren entwickelte.

Nun, das spielte jetzt keine Rolle mehr. Rivas war in das Haus gegangen, und ein besseres Arbeitsfeld konnte Grant sich gar nicht wünschen. Auf der Zufahrt stand ein Hubschrauber, ein Loach, den er schon bei der Ankunft ausgemacht hatte. Er wurde für Patrouillenflüge rund um das EQ-Gelände benutzt, aber er würde reichen, um ihn hier rauszubringen, sobald er seinen Teil des Vertrags erfüllt hatte. Er hatte schon befürchtet, er werde einen Jeep stehlen und durch die Wüste zurückfahren müssen, und nach all dem, was die Söldner ihm über die Raschids erzählt hatten, hatte er sich nicht gerade auf die Reise gefreut. Seit Grant wußte, daß der kleine Loach praktisch für ihn bereitstand, hatte seine Laune sich beträchtlich gebessert.

Er steckte den Feldstecher in die Tasche seiner NFK-Jacke und ging über die freie Fläche zum Kommunikationszentrum. Er nahm die Maschinenpistole nicht in die Hand. Sie war nicht seine bevorzugte Waffe. Statt dessen langte er nach unten, zog das lange Messer aus der Scheide an seiner Wade und schob es mit der Klinge voran in seinen rechten Ärmel.

Dann schlenderte er auf dem sandigen Weg zur Tür des Gebäudes, öffnete sie und ging hinein.

42. Mexico City

«Es ist jetzt neun Uhr, Mr. Holt», sagte der Russe. «Ich schlage vor, Sie bleiben die Nacht über hier, und wir setzen unser Gespräch morgen früh fort. Ich würde bei Ihnen bleiben, aber in der Botschaft ist ein Empfang, und der Handelsattaché muß sich dabei sehen lassen. Die Mexikaner erwarten es.» Sein Englisch war bis auf den Akzent einwandfrei.

Isaac betrachtete den elegant gekleideten Mann kühl. Er hatte Dmitri Ulanow erst jetzt kennengelernt, war aber schon vorher mit seinem Dossier vertraut gewesen. Der Russe hatte fünf Jahre als KGB-Resident in Toronto gewirkt, ehe er zur sowjetischen Botschaft in der mexikanischen Hauptstadt versetzt worden war. Sie hatten den ganzen Tag geschachert, aber Ulanow wirkte noch genauso frisch wie in dem Augenblick, in dem er die Dependance der Sowjetbotschaft betreten hatte.

Holt ging ans Fenster und schaute über den von einer Mauer umgebenen Garten auf die Avenida de los Insurgentes hinunter. Der Verkehr war dicht, tausend oder mehr Autoscheinwerfer verwandelten die Straße in einen Lichtstrom, der sich weiter nördlich mit dem noch helleren Schein der Innenstadt verband. Hier wird es nie Benzinprobleme geben, dachte er, da kann Calder Davis machen, was er will. Mexiko hatte mehr Öl, als es in einem Jahrhundert verbrauchen konnte. Würde die Regierung in Washington die bittere Pille schlukken, die Davis fabriziert hatte, und mitziehen bei seinem gigantischen Vorhaben zur Gewinnung synthetischer Treibstoffe? Oder würden die Politiker in Panik geraten und ihr Öl woanders zusammenbetteln? Aber, was spielte das jetzt noch für eine Rolle? Es war nicht mehr sein Problem.

Bei den stundenlangen zähen Verhandlungen hatte er drei Zusagen bekommen: sowjetischen Schutz, kreative Arbeit (als erfolgreiche Geheimdienstler wußten sie beide, Ulanow und er, was das bedeutete) und – was am schwierigsten gewesen war – die sowjetische Staatsbürgerschaft. Als Gegenleistung hatte er versprochen, sich ein gutes halbes Jahr lang vom KGB und von der GRU ausquetschen zu lassen. Der Gedanke gefiel ihm nicht, doch als Profi wäre er überrascht gewesen, wenn Ulanow nicht darauf bestanden hätte.

Ein orientalischer Teppichhändler hätte nicht hartnäckiger feilschen können als der Russe, aber die beiden Männer kannten das Spiel. Isaac Holt hatte als hochkarätiger Überläufer eine Menge zu bieten, und Ulanow konnte ihm als Funktionär des einzig akzeptablen Fluchtlands (Holt, Stellvertretender Direktor der CIA, hätte nur im äußersten Notfall mit Kubanern oder Tschechen verhandelt) so gut wie alles verschaffen, was er brauchte, um seine Haut zu retten und eine neue Existenz zu beginnen.

Holt wußte, daß der Handel so gut wie perfekt war. Es würde aber noch alle möglichen Besprechungen in diesem Schlupfwinkel an der Avenida mit dem passenden Namen «der Aufständischen» geben. Der KGB war schließlich eine Bürokratie – eine der größten der Welt. Bürokratien produzierten viele Dinge: Bestätigungen, Ermächtigungen, Untersuchungen, Vorschriften, interne Mitteilungen. Vor allem produzierte sie jedoch Besprechungstermine. Es würde mich wundern, wenn ich vor dem Herbst hier weg bin, dachte Holt. Irgendwann würde es jedoch soweit sein, und er würde in die Sowjetunion fliegen, wo ihm weder der wütende Präsident der Vereinigten Staaten noch der senile Calder mit seinem verdammten Neuen Friedenskorps und seiner Privatarmee etwas anhaben konnten. Vielleicht, dachte Holt, hätte ich diesem Ulanow von Anfang an zu verstehen geben sollen, daß er es nicht mit einem Gleichrangigen zu tun hat. Ulanow war nur KGB-Oberst. Holt bekleidete als Supergrade der CIA faktisch Generalsrang.

«Ich möchte mich auf keinen Fall in meiner Bewegungsfreiheit einschränken lassen, lieber Kollege», sagte er etwas von oben herab.

«Das liegt auch nicht in unserer Absicht», antwortete Ulanow höflich. «Sie können hier tun, was Sie möchten. Ich meine nur, es könnte um Ihrer eigenen Sicherheit willen angebrachter sein, die Nacht über hierzubleiben. Es steht Ihnen aber frei, woanders hinzugehen. Nur . . . ich würde es offen gesagt nicht raten. Sie wissen mindestens ebensogut wie ich, daß die CIA hier sehr tüchtig ist.»

Holt war natürlich klar, daß Ulanow recht hatte. In einer einzigen Woche hatte die Firma ihre beiden ersten Männer verloren – der Direktor war ermordet worden, der Stellvertretende Direktor war übergelaufen. Sicher herrschte bei der Agency helle Aufregung. Und der verantwortliche CIA-Mann in Mexico City war ein alter Fuchs, der sich an Zeiten erinnerte, in denen die Agenten noch so ziemlich nach Belieben schalten und walten konnten. Holt wußte zweifelsfrei, daß die Filiale in Mexico City einen guten Draht zu allen möglichen Killern hatte. So manch ein Mexikaner machte sich nicht viel daraus, jemanden zu töten. Es gab natürlich nur wenige Harry Grants, aber die Einheimischen leisteten im allgemeinen recht gute Arbeit. Es wäre ratsam, vorsichtig zu sein und nicht das Risiko einzugehen, daß man ihn irgendwo erkannte. Die Agency würde, ob geschockt oder nicht, alle bekannten Tricks anwenden, um ihn ausfindig zu machen.

Ike Holt dachte einen Augenblick lang verächtlich an Calder Davis. Der alte Mann hatte ihn benutzt, zu Verrat und Loyalitätsbruch verleitet – für irgendeine Machtposition in den luftigen Regionen der Verwaltungsräte, die er und seine Freunde beherrschten. Und dann hatte er ihn einfach fallengelassen. Stirb, du alter Schurke, dachte er haßerfüllt. Aber schnell.

Die Erinnerung an sein letztes Zusammentreffen mit Calder Davis machte Holt ungewohnt renitent. «Ich bin den ganzen Tag hier eingesperrt gewesen», sagte er. «Und es stinkt im ganzen Haus nach Kohl.»

«Nun, das läßt sich nicht leugnen», sagte Ulanow gereizt. «Die Truppe liebt nun mal russische Hausmannskost. Ich kann aber dafür sorgen, daß Sie mit jemandem in ein Restaurant gehen, wenn Sie das möchten. Ich würde es selbstverständlich nicht empfehlen. Aber die Entscheidung liegt bei Ihnen, Mr. Holt.»

Jeder Profi wußte, daß ein potentieller Überläufer sich nicht aus seinem Schlupfwinkel rühren durfte, bis man Vorkehrungen getroffen hatte, ihn ohne Überraschungen außer Landes zu bringen. Holts Rang und sein Auftreten machten Ulanow jedoch wütend und unsicher zugleich.

Holt, der früher selbst als Agent im Ausland gearbeitet hatte, war sich im klaren, daß es nicht nur unnötig, sondern auch leichtsinnig sein würde, das Haus zu verlassen. Er hatte alles daran gesetzt, dieses Versteck zu erreichen, und er wußte, daß es klüger wäre, hier das Weitere abzuwarten. Aber hinter der kalten Fassade, die er der Welt zeigte, gärten Zorn und Frustration. «Dann tun Sie es bitte, Oberst», sagte er.

«Wie Sie wünschen, Mr. Holt», sagte Ulanow und verließ das Zimmer.

Holt kehrte ans Fenster zurück und genoß eine Weile den schwachen Luftzug, der sein Gesicht umfächelte. Er beglückwünschte sich zu dem Erfolg, den er bis jetzt gehabt hatte. Noch bin ich nicht erledigt, Calder, dachte er. Und ich werde in Moskau eine lange Geschichte zu erzählen haben.

Um Viertel vor zehn stieg Isaac Holt in den Fond eines schwarzen Cadillacs mit Zivilkennzeichen. Neben ihm saß ein blonder Schlägertyp, dessen Jacke von einer großkalibrigen Pistole ausgebeult wurde. Holt fühlte sich durch die allzu offensichtliche Bewaffnung in seiner Berufsehre gekränkt. Er sagte auf englisch: «Warum nehmen Sie das Schießeisen nicht gleich in die Hand?»

«Ich verstehe nicht gut Englisch», antwortete der Agent.

In stummer Verzweiflung richtete Holt den Blick zum Himmel. Dann tippte er mit einem Finger auf die Jacke über der Pistole.

«Ach so», sagte der Mann und zog sie stolz heraus. Es war eine gewaltige Skoda aus der Tschechoslowakei. Holt betrachtete sie angewidert. Er neigte zu kleinkalibrigen Colts oder PPKs. Aber es war Jahre her, seit er eine Faustwaffe bei sich gehabt hatte. «Stecken Sie das Ding bloß weg», sagte er, als der Cadillac die Einfahrt zum Gartentor entlangfuhr, das auf die Avenida de los Insurgentes ging.

Der Wagen reihte sich in den Verkehrsstrom nach Coyoacán und zur Universitätsstadt ein. Der Abend war dunkel, so daß sich die Sternenpracht ungehindert entfalten konnte. Die Luft war frisch, und es roch nach Pinien.

Der Fahrer, ein schmächtiger Mexikaner, schien sein Handwerk zu verstehen. Die Avenida hatte vier Fahrspuren, und der Verkehr lief flüssig und laut. Die Einheimischen dachten sich nichts dabei, schon beim geringsten Anlaß auf die Hupe zu drücken. Hinter der Einmündung der Avenida Universidad sah Holt die bunt beleuchtete Masse des Olympiastadions, wo gerade ein Wettkampf stattfand. Er ließ sich in die weichen Lederpolster sinken und begann sich zu lockern.

Plötzlich war neben ihnen ein Auto, auf dessen Dach ein blaurotes Licht blitzte. Holt setzte sich abrupt auf. An der Tür des Wagens stand in grellweißen Buchstaben *Policía*. Das Schrillen der Sirene schmerzte in seinen Ohren, obgleich alle Fenster des Cadillacs geschlossen waren.

Holts russischer Begleiter beugte sich stirnrunzelnd vor. Er rief dem Fahrer etwas auf spanisch zu. Der Fahrer schüttelte heftig den Kopf und nahm langsam Gas weg.

Das Polizeiauto überholte sie, und ein ziviler Pkw nahm seine Stelle ein. Holt sah vorn zwei Männer in Uniform, und auf dem Rücksitz zwei Zivilisten. Er drehte sich um und entdeckte hinter dem Cadillac noch ein Polizeiauto.

Der Russe rief dem Fahrer wieder etwas zu und wurde mit einem protestierenden Wortschwall überschüttet. Der Cadillac fuhr an den Bordstein und stoppte jäh, von den beiden Polizeiautos und dem zivilen Fahrzeug in die Zange genommen.

Zwei schneidig uniformierte Polizisten sprangen aus dem Wagen vor ihnen. Sie trugen automatische Waffen. Aus dem Wagen neben ihnen waren die Zivilisten ausgestiegen. Hinter den beiden standen zwei weitere Uniformierte.

Holts russischer Begleiter kurbelte das Fenster hinunter und begann wütend auf seinen Diplomatenstatus zu verweisen. Aber die Mexikaner waren nicht beeindruckt. Einer der Zivilisten steckte das Gesicht hinten in die Limousine und sagte: «Señor Isaac Holt?»

Der Russe schrie ihn an, den Kopf wegzunehmen. Er tat es nicht, sondern langte in die Tasche und holte ein längliches schwarzes Lederetui mit einer Polizeimarke heraus. Holt sollte nie erfahren, ob sein russischer Leibwächter das Etui für eine Waffe gehalten hatte oder nicht, aber er sah, daß der blonde Mann seine Skoda aus dem Schulterhalfter zog. Ike Holt schrie gellend: «*Neiiin!*» Aber sein Protest ging unter in dem ohrenbetäubenden Krachen der großkalibrigen Pistole. Das Gesicht des Kriminalbeamten in Zivil verwandelte sich in eine blutige Masse, und die Wucht des Geschosses schleuderte ihn gegen seine Begleiter zurück. Im nächsten Moment eröffneten die uniformierten Beamten mit ihren automatischen Waffen das Feuer. Die Scheiben der Limousine zersplitterten, und von den beiden Männern auf dem Rücksitz blieb nichts Menschliches übrig.

43. Washington

Die im Krisenraum des Weißen Hauses versammelten Männer machten einen deprimierten Eindruck. Peter Gilmartin und einigen der anderen kam es vor, als seien sie schon seit Tagen und nicht erst seit Stunden in dieser fensterlosen Gruft.

Alle elektronischen Schaubilder an den Wänden waren eingeschaltet worden, und die in kurzen Abständen eingehenden Geheimdienstmeldungen aus Europa, aus der UdSSR und von der Arabischen Halbinsel erschienen als Leuchtsymbole auf den betreffenden Computerkarten.

An der Kommunikationskonsole neben dem Stuhl des Präsidenten klingelte es leise, und eine Stimme sagte: «Ihr Gespräch nach Tel Aviv, Mr. President.»

Vincent Loomis tauschte einen kurzen Blick mit Raymond Turner und nahm den Hörer ab. Turner legte einen Schalter auf einem kleinen Lautsprecher um und nickte. Der Vorsitzende der Vereinigten Stabschefs reichte dem Präsidenten einen Zettel mit aufgefangenen Funkmeldungen.

«Mr. Abrahams», sagte der Präsident, «Sie wissen sicher, warum ich Sie anrufe.»

Der israelische Ministerpräsident, ein Sabra, der in Cambridge studiert hatte, sprach ein makelloses Englisch, das in der Diktion an Abba Eban erinnerte. «Sagen Sie es bitte, Mr. President», antwortete er.

Loomis preßte die Lippen aufeinander. Abrahams würde es ihm nicht leichtmachen. «Unseren Informationen zufolge haben Sie im Negev an der jordanischen Grenze Truppen zusammengezogen, Herr Ministerpräsident. Andere Meldungen weisen darauf hin, daß Sie die Absicht haben, einen Schlag gegen die Arabische Halbinsel zu führen. Diese Operation darf auf keinen Fall stattfinden, Sir.»

Abrahams' akzentuierte Stimme ließ keinerlei Emotion erkennen, obgleich er, wie jeder Mann im Krisenraum wußte, vor Wut über die undichte Stelle in der Knesset schäumen mußte. Nur ein Abgeordneter hatte das Geheimnis verraten können.

«Darf ich fragen, woher Sie diese Informationen haben, Mr. President?»

Der total erschöpfte Loomis, den die Amphetamine, die er zum Wachbleiben genommen hatte, reizbar gemacht hatten, zischte in die Muschel: «Es spielt wohl kaum eine Rolle, woher die Informationen kommen, Mr. Abrahams. Es reicht, daß sie zutreffen und daß wir notfalls etwas unternehmen werden.»

Abrahams sagte eisig: «Ich kann nicht glauben, daß Sie uns drohen, Mr. President. Das wäre grotesk.»

«Die Lage auf der Arabischen Halbinsel ist prekär, Sir», sagte Loomis, seinen Zorn mit Mühe zügelnd. «Riad wird im Moment von NFK-Truppen angegriffen. Ich weiß, es wird Ihnen schwerfallen, das zu glauben, aber es stimmt. Es gibt keine andere Erklärung.»

Die Bemerkung brachte Abrahams außer Kontrolle. «*Truppen des . . . des Neuen Friedenskorps*?»

Loomis sagte müde: «Ja, Herr Ministerpräsident. Leider liegt die Verantwortung letztlich bei mir . . .» Peter Gilmartin runzelte die Stirn und sah den Präsidenten kopfschüttelnd an, aber Loomis fuhr grimmig fort: «Ich habe meine Pflicht vernachlässigt, und ich habe mich zu sehr von der Achtung und Freundschaft beeinflussen lassen, die ich für Calder Davis hegte. Das NFK hat praktisch vor unseren Augen eine schlagkräftige militärische Einheit aufgestellt, um das zu tun, wovor andere Politiker und ich zu lange zurückschreckten. Wir haben den begründeten Verdacht . . . fast die Gewißheit, daß diese Einheit die Revolutionäre in Riad angegriffen hat. Sie werden verstehen, daß es auf der Halbinsel Krieg geben wird, wenn die Truppen einmarschieren, die Sie im Negev massiert haben . . .»

An dem Telefon vor General Lescher blitzte ein Knopf auf, und der General nahm ab, drückte den Knopf, lauschte und legte wieder auf. Er kritzelte eine Notiz auf einen Abreißblock, riß das Blatt ab und schob es dem Präsidenten hin: *SR-71 meldet, daß sowjetischer Jagdverband Ibrahimah erreicht hat.*

Der Präsident warf einen Blick auf den Zettel und nickte. Zu Abrahams sagte er: «Wir haben Verständnis für Ihre Probleme, Herr

Ministerpräsident, und wir sind bereit, Ihnen bei der Lösung zu helfen. Aber Sie müssen sofort Ihre Truppen zurückziehen. Die Lage ist explosiv.»

«Ich kann nicht fassen, was Sie über das NFK gesagt haben, Mr. President», sagte Abrahams. «Aber es ändert nichts an der Tatsache, daß unsere Wirtschaft wegen des Ölmangels stillsteht und bald zusammenbrechen wird. Die Radikalen in Riad und woanders haben eine neue Endlösung der Judenfrage geplant. Wir können nicht untätig zusehen, wie sie durchgeführt wird.»

«Wir werden den Energienachschub, den wir uns beschaffen können, mit Israel teilen. Sie haben mein Wort, Herr Ministerpräsident.» Loomis' Stimme wurde stählern. «Ich muß Ihnen jedoch sagen, daß ich der Sechsten Flotte Befehl erteilt habe, ihre Jagdbomber gegen die israelischen Truppen in Marsch zu setzen, sobald diese in Richtung Arabien vorrücken.»

General Lescher warf Admiral Thesiger einen bedeutungsvollen Blick zu. Beide Männer wußten, daß die alternde und zahlenmäßig viel zu schwache Sechste Flotte diesen Einsatz gar nicht erfolgreich durchführen konnte. Loomis pokerte, und der Seemann und der Flieger warteten mit angehaltenem Atem, ob der Israeli den Bluff durchschauen würde.

Die Leitung war stumm. Noch nie, nicht einmal beim Zwischenfall mit der U.S.S. *Liberty* im 67er Krieg, hatte ein Amerikaner gedroht, militärisch gegen den Staat Israel vorzugehen.

«Avrom», sagte der Präsident. Zum erstenmal hatte er den Ministerpräsidenten mit dem Vornamen angeredet. «In diesem Moment befinden sich sowjetische Jäger im arabischen Luftraum. Sie kennen den Zweck der Breschnew-Doktrin so gut wie ich. Wenn Sie die Araber angreifen, werden die Sowjets sich auf die Doktrin berufen und etwas tun, um die neue sozialistische Volksrepublik zu schützen, wie sie sich seit kurzem auszudrücken belieben. In Anbetracht dieser Umstände kann keiner von uns gewinnen. Sie müssen Ihren Truppen *zumindest* befehlen stillzuhalten.»

«Ich verstehe», sagte Abrahams bitter. «Wir würden es mit der Sechsten Flotte *und* den Russen zu tun bekommen.»

«Ich brauche Ihre Antwort», sagte Loomis hart. «Wir haben nur noch sehr wenig Zeit.»

«Mr. President», begann Abrahams langsam, «die Bande zwischen unseren beiden Ländern haben sich in letzter Zeit merklich gelockert. Und jetzt dies.» Er hielt kurz inne und sprach dann bekümmert und zornig zugleich weiter. «Sie müssen mir auf der Stelle versprechen, daß Sie unseren Energiebedarf bei dem Nachschub, den Sie sich sichern können, entsprechend berücksichtigen werden. Von dieser Zusage wird unser nationales Überleben abhängen. Verstehen Sie?»

«Ich verspreche es, Avrom. Was es auch an Geld und Mühe kosten mag. Meine Regierung verpflichtet sich ausdrücklich, unsere Energieressourcen mit Ihnen zu teilen.»

Die Antwort klang dünn und hatte einen zweifelnden Unterton: «Sehr gut, Vincent. Unsere Truppen werden im Augenblick stillhalten. Das ist alles, was ich jetzt sagen kann.»

Der Präsident legte auf und rieb sich mit seinen dicken Fingern die Augen.

Der Knopf an General Leschers Apparat leuchtete wieder. Lescher nahm ab, drückte, horchte, legte auf. «Mr. President», sagte er, «die C-130, die wir auf den ersten Aufnahmen der SR-71 gesehen haben, sind inzwischen aus Ibrahimah abgeflogen. Sie nähern sich den Ölfeldern an der Küste des Persischen Golfs. Die Araber sind durch den Angriff auf Riad verwirrt worden. Sie haben nicht versucht, die C-130 abzufangen, und die Marines werden zu spät in der EQ-Station sein. Es tut mir leid, Mr. President. Wir können nichts mehr tun.»

44. EQ-Station

Calder Davis wandte sich ab von den Fernsehbildschirmen und Computerterminals, während die neben ihm stehende Dr. Clevenger noch mit den drei Technikern redete, die die Daten der C-130 kontrollierten. Das Kommunikationszentrum war eines der wenigen Gebäude des riesigen Luftstützpunkts, in denen noch reges Leben herrschte. Drei Flugingenieure kontrollierten umschichtig die Flugbahn der Transporter, die jetzt gut 150 Kilometer nordöstlich von Ibrahimah waren und in rund 3000 Metern Höhe flogen. Die Fernsehbilder, die sie sendeten, zeigten die Wüste unter ihnen, und sämtliche markanten Punkte zeichneten sich genau nach den Vorausberechnungen auf den gerasterten Bildschirmen ab. Im Moment brauchten die Männer an den

Geräten nur aufzupassen. Die vor längerer Zeit für die Prozeßrechner der Trägheitsnavigationssysteme entworfenen Programme hielten die Maschinen exakt auf Kurs. Helen Clevenger hatte zunächst befürchtet, die intensive Teilchenstrahlung aus den Rutheniumkanistern könnte das empfindliche Innenleben der Computer in den Flugkanzeln durcheinanderbringen. Inzwischen lag jedoch auf der Hand, daß diese Sorge unbegründet war. Die Wissenschaftlerin atmete auf und beobachtete das Drama, das sich auf den Fernsehmonitoren vor ihr zu entfalten begann, mit sachlichem Interesse.

Die Leitstelle befand sich in einem Raum neben dem Trakt mit den Radio- und Fernseheinrichtungen der Station. Dort liefen immer noch die Bänder mit Davis' Warnungen an die Arbeiter auf den Ölfeldern. Kein Mensch in der EQ-Station wußte, ob die Aufforderungen befolgt wurden, und Davis erwog deprimiert die Möglichkeit, daß Dr. Kristofs ursprüngliche Schätzung der zu erwartenden Strahlenopfer viel zu niedrig sein würde. Er hoffte inständig, es werde nicht der Fall sein – die Arbeiter würden die Warnung beherzigen und möglichst viele Kilometer zwischen sich und den tödlichen Regen von Öl und radioaktiven Partikeln legen, der in einigen Minuten ausgelöst werden würde.

Außer Davis, Dr. Clevenger und den sechs Technikern an den Konsolen befanden sich noch drei bewaffnete und zwei unbewaffnete NFK-Männer in der Leitstelle. Eben trat Colonel Hadfield ein – abgesehen von Collingwood der einzige Mann in der Brigade, der von allen Leuten mit seinem alten militärischen Titel angeredet wird, dachte Calder Davis amüsiert.

Ein Funktechniker kam mit einer Nachricht in den Raum geeilt. «Aus Riad, Mr. Davis», sagte er aufgeregt. «Collingwood hat sie alle rausgeholt. Sie gehen gerade an Bord der Transportmaschinen. Sie wollen gegen 15 Uhr in Tokar sein.»

Davis fragte: «Sind viele Leute getötet worden?»

Der NFK-Mann antwortete: «Wir haben vier Männer verloren. Ein paar Geiseln sind verwundet worden, aber niemand ernstlich. Sie sind schon auf dem Weg zur Lazarettmaschine.» Das junge Gesicht strahlte vor Stolz. «Es ist großartig, Sir. Einfach großartig. Wir haben den Arabern eine Lektion erteilt, die sie nicht so schnell vergessen werden.»

«Wie viele Gefallene sind unter den Terroristen? Hat General Collingwood das auch gesagt?»

«Sie sind praktisch alle tot», sagte der junge Mann. «Sie hatten keine Chance gegen uns.»

Calder Davis schloß einen Moment die Augen. Collingwood hatte ihn schon vor Monaten gewarnt, ohne genügend Kampfkraft und die Bereitschaft, rücksichtslos von den Waffen Gebrauch zu machen, sollte man lieber die Finger von einem solchen Kommandounternehmen lassen. Gott sei uns allen gnädig, dachte Davis. Es waren unsere Leute, und die Araber hätten sie nicht als Geiseln nehmen dürfen. Sie *hätten* es auch nicht getan, wenn wir vor langer Zeit unsere Pflicht getan hätten. Aber dann hätten wir auch zugeben müssen, daß es *ihr* Land ist und daß wir nie hätten kommen dürfen, um ihre Bodenschätze auszubeuten. Nun, all das war jetzt Geschichte, und bald würde es wieder das Land der Araber sein, *nur* ihres . . .

Die große, von weitem fast männlich wirkende Helen Clevenger ging von einem Gerät zum nächsten und studierte die übermittelten Strahlungsdaten der einzelnen Maschinen. Sie läßt sich durch nichts aus der Ruhe bringen, dachte Davis. Für sie war das Ganze ein fabelhaftes Experiment. Sie war zwar Expertin für die Entsorgung von Atommüll, aber ihre erste – und große – Liebe galt Waffen. Sie war in ihrem Element.

Colonel Hadfield kam stirnrunzelnd wieder in den Raum. «Mr. Davis, unser Radar zeigt drei Dutzend Flugzeuge, die sich von Südwest nähern.»

«Nationalität?»

«Noch nicht auszumachen, Sir. Es könnten die Sowjets vom Träger im Arabischen Meer sein. Oder sie gehören zu den Einsatzkommandos der *Nimitz*. Soll ich die SAM schußklar machen lassen?»

Calder Davis holte tief Atem. «Nein, Colonel. Sagen Sie den Leuten, sie sollen in die Bunker gehen. Wir brauchen jetzt kein Blut mehr zu vergießen. Wir haben unsere Arbeit getan.»

Colonel Hadfield sah den alten Mann eine Weile prüfend an. Was er befahl, minderte die Verteidigungskapazität der EQ-Station, und das störte den Soldaten in Colin Hadfield. Aber der alte Mann hatte recht. Die Arbeit war getan, es gab keine Notwendigkeit, amerikanische oder russische Piloten zu töten. Die EQ-Station hatte ohnehin nicht genug Boden-Luft-Raketen, um einen koordinierten Angriff abzuwehren. Die wenigen Abschußrampen, die um das Gelände verteilt waren, hatten vereinzelte Aufklärungsflugzeuge abschießen oder eine improvisierte Attacke ehemaliger saudischer, zu den Rebellen übergelaufener Bomberpiloten verhindern sollen.

«Dann würde ich vorschlagen, daß Sie auch in den Bunker gehen, Sir», sagte Hadfield. «Sie werden schnell hier sein.»

Michael Rivas stieß den Posten ins Gebäude. Als sie drinnen waren, nahm er dem Mann die Maschinenpistole ab und gab sie Amira. «Kannst du damit umgehen?»

«Ich kenne mich aus», antwortete Amira.

Rivas gab dem NFK-Mann wieder einen Stoß mit der Waffe. «Los. Aber halten Sie hübsch die Hände hoch.»

Sie gingen schnell den Korridor entlang und traten durch eine Tür in einen Raum voller elektronischer Meß- und Überwachungsinstrumente. Davis und die anderen in der Leitstelle hörten sie kommen, fuhren herum und starrten sie an.

Rivas sah Calder Davis sofort. Bei den Technikern an den Geräten stand eine hochgewachsene, knochige Frau. Dr. Clevenger, dachte Rivas. Er sah sich schnell nach anderen bewaffneten Männern um. Dann befahl er Colonel Hadfield und den Männern: «Nehmen Sie die Waffen ab. Werfen Sie sie auf den Boden.»

Colonel Hadfield fuhr ihn an: «Was fällt Ihnen denn ein, Sie verdammter Idiot?»

Rivas sagte kalt: «Ich habe Ihnen etwas befohlen, Colonel. Ihre Waffe. Sofort.» Er verlieh seinen Worten Nachdruck, indem er den Lauf der MP etwas hob. Hadfield löste seinen Pistolengürtel und ließ seine britische Armeepistole auf den Boden fallen. Er gab ihr einen Tritt, und sie rutschte zu Rivas hinüber. «Damit werden Sie nichts erreichen, Hayden . . . Rivas, oder wie immer Sie heißen mögen.»

Calder Davis betrachtete Rivas gelassen. «Sie hätten jetzt in Riad sein können, Mr. Rivas. General Collingwood hat die Geiseln befreit. Sie hätten dabeisein können.»

Rivas erwiderte den ausdruckslosen Blick des alten Mannes. «Die Geschichte ist dort, wo man sie sucht, Mr. Davis.»

Amira sagte: «Ein Funkgerät, Michael!»

«Das Wichtigste zuerst», sagte Rivas. Er richtete den Lauf der Maschinenpistole auf die Techniker neben Dr. Clevenger. «Wer von Ihnen ist für die Leitsysteme zuständig?»

Die Techniker blickten ängstlich, antworteten aber nicht.

«Verdammt», sagte Rivas wütend, «wer hat hier die C-130 an der Leine? Antworten Sie, oder ich puste Ihnen allen den Schädel weg.»

Helen Clevenger sprach, mit rauher Stimme, aber sehr selbstsicher. «Die Sprühflugzeuge können nicht umgeleitet werden.»

«Sie lügen, Doktor. Selbst Sie würden sie nicht losschicken, ohne den Kurs korrigieren zu können, wenn sie falsch fliegen.» Er sah die Techniker an. «Nun, wird's bald?» Er richtete die Waffe nach oben und feuerte eine Salve von vier Schüssen zum Dach. Die Detonation wirkte in dem Raum mit den Betonwänden ohrenbetäubend.

Zwei Techniker rannten zu ihren Kontrollgeräten, und der dritte folgte ihnen schnell. Rivas trat näher, damit er die aufgereihten Monitoren und die von den Kameras in den Flugzeugen gesendeten Bilder sehen konnte. Auf einer Computerkarte krochen Leuchtzeichen längs der Küste stetig nach Norden.

«Zum Meer abschwenken», sagte er.

Dr. Clevenger bewegte sich, und Amira richtete ihre MP auf sie.

«Stehenbleiben», sagte sie. «Er schießt vielleicht nicht auf Sie, Doktor, aber *ich* tue es bestimmt. Rühren Sie sich nicht von der Stelle.»

«Abschwenken», sagte Rivas. «Und niedriger gehen lassen, mindestens fünfhundert Fuß in der Minute.» Bei diesem Kurs und diesen Sinkflugdaten würden die Teufelsdinger fünfundzwanzig bis dreißig Kilometer von der Küste entfernt in den Persischen Golf fallen. Es war keine perfekte Lösung, aber es war die einzige, die er im Moment sah. Rivas beobachtete, wie die Leuchtzeichen die Richtungsänderung anzeigten, und fühlte, daß sich die Klammer um seine Brust zu lockern begann. «Und jetzt weg von den Geräten», sagte er.

Einer der Ingenieure, ein bärtiger junger Mann, dessen Gesicht vor Angst kalkweiß geworden war, drehte sich verzweifelt um: «Das geht nicht. Wenn wir sie nicht kontinuierlich auf dem neuen Kurs halten, befolgen sie automatisch wieder das ursprüngliche Programm.»

Rivas blickte durch den Raum zu Calder Davis. Der alte Mann schien in einen traumähnlichen Zustand geraten zu sein, als er gesehen hatte, daß sein raffiniert ausgeklügelter Plan buchstäblich ins Wasser zu fallen drohte. Dr. Clevenger sagte wütend: «Das stimmt. Wenn wir sie nicht von hier aus weiterleiten, wird das ursprüngliche Programm in den Trägheitssystemen wieder einspringen. Sie werden hier bleiben und sie steuern müssen. Wie lange können Sie das wohl schaffen, ehe jemand kommt und sieht, daß Sie uns ins Handwerk pfuschen?»

In diesem Augenblick waren laute Schritte zu hören, und ein junger Mann kam in den Raum gelaufen. Als er sah, daß Amira die Anwesenden mit einer Waffe in Schach hielt, blieb er wie angewurzelt stehen und riß die Augen auf. «Amira», stammelte er verwirrt. «*Dr. Shallai . . . was . . .*»

Rivas sah, wie Amira herumfuhr und den jungen Mann verblüfft anstarrte. Wer immer es sein mochte, Amira hatte eindeutig nicht damit gerechnet, ihn hier zu sehen. Ehe er jedoch etwas sagen konnte, war draußen eine Detonation zu vernehmen. Es folgte eine Serie weiterer Explosionen, jede näher als die vorhergegangene. Rivas, in dem blitzartig alte Kampferinnerungen wach wurden, begriff sofort, daß es Bomben waren, ein Reihenwurf. Er schleuderte seine Maschinenpistole fort, packte Amira um die Taille, ließ sich mit ihr auf den Boden fallen und rollte unter eine Gerätekonsole, als die letzte Bombe der Reihe das Gebäudedach traf.

Er preßte sie an sich, schützte sie so gut wie möglich gegen die Druckwelle und das einstürzende Mauerwerk. Die Dachträger gaben nach und zerbrachen, eine Lawine von Steinen und Staub stürzte in die Leitstelle. Eine Wand schien sich förmlich in Luft aufzulösen und nahm Colonel Hadfield und Dr. Clevenger mit. Ein staubbedeckter und blutverschmierter Techniker sauste über den trümmerübersäten Zementboden und prallte gegen eine stehengebliebene Wand. Sein Kopf stand in einem unnatürlichen Winkel ab, sein Genick war gebrochen.

Ein schweres Gestell mit Monitoren stürzte um und begrub Calder Davis unter sich. Sein Kopf und Oberkörper blieben jedoch frei, und er öffnete die Augen und starrte benommen durch den Explosionsstaub in den Himmel.

Rivas hörte neue Detonationen, die jedoch weiter weg lagen, dann das Heulen von Düsentriebwerken. Die Maschinen, die die EQ-Station in Sekundenschnelle dem Erdboden gleichgemacht hatten, stiegen nordwärts wieder hoch.

Auf einmal herrschte drückende Stille. Rivas, Amira und Cecil Sawyer rappelten sich auf und sahen sich um. Von dem Gebäude standen nur noch die Grundmauern und Wandreste. Irgendwo in der Nähe stieß ein tödlich verletzter NFK-Mann markerschütternde Schreie aus. Calder Davis lag auf dem Rücken, die untere Partie seines Körpers schien völlig zerquetscht zu sein. Dr. Clevenger war nirgends zu sehen, Colonel Hadfield auch nicht. Rivas, in dessen Ohren das

Donnern der Detonationen nachklang, starrte Amira an. Ihre linke Wange war zerschrammt und mit Blut und Staub beschmiert; ihre aufgelösten Haare hingen ihr bis zur Brust.

Hinter ihr bewegte sich etwas; Rivas hob den Blick und sah die Gestalt eines großen Mannes, der über und über mit weißlichem Staub bedeckt war. Er wirkte wie ein Gespenst. Er kauerte in einer intakt gebliebenen Türöffnung. Er schien halb betäubt zu sein, als er sich mit einer Hand an der Leibung hochzog, aber in seiner anderen Hand war ein langer, blitzender Gegenstand. Rivas rieb sich die Augen und sah noch einmal hin. Der Gegenstand war ein Wurfmesser.

Cecil Sawyer fand die Stimme als erster wieder und sagte etwas, das so klang, als wollte er sich über etwas beschweren, das er nicht begreifen konnte. Er ging auf Amira zu, stolperte dabei über einen großen Betonbrocken und fiel gegen Rivas.

Rivas fühlte, wie Sawyer plötzlich erstarrte und dann allmählich schlaff wurde. Er ließ ihn los, und er sank langsam zu Boden. Und da sah er den schwarzen Griff des Messers, das im Rücken des jungen Mannes steckte. Rivas stieß einen animalischen Schrei aus und ließ sich auf die Knie fallen, um eine der Maschinenpistolen unter einem umgestürzten Schreibtisch hervorzuziehen. Der Mann stand nun mit leeren Händen, vorgebeugt und ein wenig schwankend, in der Türöffnung. Seine Augen waren dunkle Löcher in der weißgrauen Staubschicht, die ihn bedeckte. Rivas riß die Waffe hoch, zielte blitzschnell und zog ab. Nichts. Das Magazin war leer. Entsetzt knallte er die MP an die eingestürzte Wand.

Der Mann – es war Grant – war halb benommen, genau wie die anderen Überlebenden in der Leitstelle. Aber er war auch fest entschlossen. Er zog eine automatische Pistole aus der Innentasche seiner zerrissenen NFK-Jacke. Er machte die Beine breit, da er immer noch nicht sicher stand, und hielt die Waffe mit beiden Händen. Rivas beobachtete, wie die Mündung ein wenig wackelte, sich dann aber nicht mehr bewegte. Sie zeigte genau auf ihn, über sechs oder sieben Meter schuttübersäten Fußboden hinweg. Rivas wurde übel; ihm war klar, daß er den Mann niemals rechtzeitig erreichen würde, um den tödlichen Schuß zu verhindern. Er fühlte ohnmächtigen Zorn, zugleich überwältigenden Kummer. *Beim dritten Mal wird es also klappen*, dachte er. *Nun ist alles aus* . . .

Schüsse peitschten. Kugeln trafen die Wand rechts von dem Mann, lösten Staub und Splitter. Drei weitere prallten links von ihm auf den Beton. Die Pistole flog aus seiner Hand, und er fiel rücklings gegen die Wand. Seine Jacke färbte sich rot. Er rutschte nach unten und blieb mit ausgebreiteten Armen und nun leeren Händen sitzen, die drohende Maske verschwand von seinem Gesicht, und er starrte ausdruckslos ins Leere.

Rivas sah, wie Amira ihre Maschinenpistole fallen ließ; sie landete neben ihren Füßen. Sie blickte zu dem Mann, den das Messer getroffen hatte. Sie ging zu ihm, kniete sich hin, nahm sein Gesicht zart zwischen ihre Hände. Er versuchte zu sprechen, und Amira beugte den Kopf zu seinem Mund und lauschte. Rivas konnte erkennen, daß sie weinte. Ihre Haare bedeckten das Gesicht des Sterbenden, als sie angestrengt versuchte, seine geflüsterten Worte zu verstehen. Er starb. Sie küßte ihn innig auf den Mund und schloß ihm die Augen. Sie hockte sich auf die Fersen und sah Rivas an. Tränen liefen durch den Staub auf ihren Wangen. Ihre Schultern zuckten, und dann stöhnte sie bitter auf. «Er ist gekommen, um mich zu retten, Michael», sagte sie, und ihre Stimme drohte zu brechen.

Rivas betrachtete Amira und den unbekannten Mann. Ich verdanke ihnen beiden mein Leben, dachte er wie betäubt. Dann warf er einen Blick auf die Trümmer und die zerstörten Konsolen. Wir hätten sie umgeleitet, dachte er bitter. Wir hätten es geschafft.

Er ging zu Amira und zog sie zärtlich hoch. In diesem Chaos von Tod und Vernichtung gab es jetzt nur noch eines: die Wärme einer menschlichen Berührung. Amira drückte das Gesicht an seine Brust und umklammerte ihn mit verzweifelter Inbrunst.

Rivas wollte sie aus der Ruine bringen. Sie sah auf den Leichnam, der neben der Tür an der blutverschmierten Wand lehnte. «Wer war das?» fragte sie erschauernd.

Rivas sagte: «Der Mann, der meinen Bruder umgebracht hat.» Er wußte, er würde es nie beweisen können, aber er wußte auch, daß er sich nicht irrte. Die Wahl des Messers, die Entschlossenheit, selbst in einem hoffnungslosen Augenblick zu töten, all das war das Stigma des besessenen Berufskillers.

Rivas hörte das Heulen eines näher kommenden Düsenjägers und erbleichte. Er hob das Gesicht zum weißen Himmel und machte seinem Zorn schreiend Luft: «*Jetzt ist es genug! Seid ihr immer noch nicht zufrieden? Verdammt noch mal, es reicht . . .»* Er hielt Amira ganz fest und drückte sein Gesicht in ihr zerzaustes Haar.

Die Düsenmaschine jaulte in geringer Höhe über sie weg und legte sich in eine scharfe Kurve. Rivas wartete auf die Bomben oder die Rakete, hörte aber nur das Brüllen eines anderen Jets. Er sah hinauf und erkannte die unverkennbare Silhouette einer F-15 der US-Navy, die nun ebenfalls abschwenkte und der ersten Maschine nach Nordosten folgte. In der Ferne hörte er das knatternde Schwirren zahlreicher Hubschrauber.

Er stand in den Trümmern und sah sich um. Calder Davis' Gesicht war zum Himmel gewandt, der Blick seiner Augen war gebrochen. Der Tod schien überall zu sein. Und jetzt, dachte er, *jetzt* kommen die amerikanischen Maschinen und bringen Männer, die helfen wollen, die diese verdammte Welt retten wollen. Gott schütze uns vor den Rettern, dachte er bitter.

Ein blaugestrichener Marinehubschrauber tauchte auf und schwebte auf der Stelle, während eine Reihe von Marineinfanteristen absprang. «Ihr kommt zu spät!» rief er ihnen zu. «Ihr kommt zu spät, ihr gottverdammten Scheißkerle.»

Dann setzte er, Amira immer noch an sich drückend, den Weg von dem zerstörten Gebäude fort. Und er dachte an den feinen, glänzenden Regen, der nun im Norden auf die arabischen Ölfelder fiel.

45. Ras Tanura

Kapitänleutnant Nikolaj Andrejew verrenkte sich im Cockpit seiner Maschine verzweifelt den Hals, um die amerikanischen Marinejets im Auge zu behalten, die ihn von seiner Formation getrennt und weit nach Norden getrieben hatten.

Andrejew hatte seine tödliche Ladung genau über den Zielen ausgeklinkt, die der Offizier bei der Einsatzbesprechung auf der *Nowgorod* spezifiziert hatte, und hatte dann sofort zum Träger zurückfliegen wollen. Aber sein Verband war plötzlich von einer amerikanischen Staffel überrascht und mit waghalsigen Manövern auseinandergetrieben worden. Andrejews Kameraden waren wie aufgeschreckte Gänse zerstoben; sie hatten ihre Munition ziellos verfeuert. Und außerdem war ihnen ja ausdrücklich befohlen worden, jeden Kontakt mit amerikanischen Jägern zu meiden. Die Amerikaner hatten nicht geschossen, aber die meisten sowjetischen Flugzeuge nach Süden abgedrängt, und sie schienen die Absicht zu haben, sie den ganzen Weg zur *Nowgorod* zurück zu begleiten.

Andrejew hatte das als demütigend empfunden und wutentbrannt versucht, die beiden F-15 abzuhängen, die ihn zum Ziel auserkoren hatten. Er hatte es nicht geschafft. Sein Senkrechtstarter war den F-15 hoffnungslos unterlegen, und ihm war nichts anderes übriggeblieben, als weiter nach Norden zu fliegen. Jetzt hatte er den Punkt ohne Wiederkehr hinter sich, den Punkt, von dem ab sein Treibstoff nicht mehr für den Rückflug zum Träger reichte. Er hatte Angst. Unter ihm lag die Golfküste der Arabischen Halbinsel, ein Gebiet, das ihm so fremd war wie der Mond.

Die amerikanischen Jets tauchten plötzlich dicht beieinander an seiner rechten Tragfläche auf; sie fuhren die Bremsklappen aus, um ihm zu zeigen, daß sie Mühe hatten, so langsam zu fliegen wie er.

Der Pilot der ersten Maschine schob seinen Polarisationsschutz hoch und starrte Andrejew an. Der Russe konnte sehen, daß er überheblich grinste. Er fragte sich, ob die Amerikaner wußten, daß er bereits über seinen Operationsradius hinausgeflogen war und nicht mehr zur *Nowgorod* kommen würde. Er wünschte, sie würden abstürzen, irgendwo zerschellen.

Er schaute zu der arabischen Küste 5000 Meter unter ihm und sah, daß er genau über einem Landfinger war, der in das kobaltblau und türkisfarben schimmernde Wasser des Persischen Golfs hineinragte. Die Halbinsel schien mit Industrieanlagen bedeckt zu sein. Er warf einen Blick auf die Karte am Instrumentenbrett und identifizierte den Finger: Ras Tanura, der größte Ölhafen am Golf. Nun erkannte er auch eine Reihe von Tankern, die an den schmalen Docks des Pipeline-Terminals lagen. Außer den Schiffen, den Pumpstationen und den Gebäuden konnte er aus dieser Höhe nichts erkennen.

Auf seiner erfolglosen Flucht vor den Amerikanern hatte er mehrmals langsame, mehrmotorige Maschinen überholt, die 3000 Meter unter ihm nach Norden flogen. Er war zu sehr damit beschäftigt gewesen, die zudringlichen F-15 abzuwehren, und hatte deshalb nicht weiter auf sie geachtet, aber seiner Ansicht nach waren es alte Transportmaschinen, sogenannte Hercules.

Der amerikanische Pilot starrte ihn immer noch herausfordernd an. Dann fuhren beide F-15 die Bremsklappen wieder ein und ließen die Yak schnell hinter sich. Sie schossen, sicher per Funk zu ihrem Träger zurückbeordert, fast senkrecht in den wolkenlosen, gleißenden Himmel, wurden zu winzigen Punkten und verschwanden in der Weite. Andrejew war allein.

Er begann sofort zu berechnen, wieviel Treibstoff ihm noch blieb und wie weit er sich der *Nowgorod* würde nähern können. Das Ergebnis seiner Berechnung war nicht ermutigend. Er konnte die *Nowgorod* nicht mehr erreichen. Sie war über 1500 Kilometer von seiner jetzigen Position entfernt. Er schätzte, daß sein Treibstoff bei langsamem Flug – und wenn seine Instrumente richtig arbeiteten – bis Riad reichen würde. Es war keine angenehme Aussicht, denn in der Flotte waren Gerüchte kursiert, denen zufolge die islamischen panarabischen Revolutionäre das Land, sogar die Hauptstadt entgegen den offiziellen Moskauer Erklärungen nicht fest in der Hand hatten. Aber Andrejew fand sich damit ab, auf dem Flughafen von Riad zu landen, da er praktisch keine andere Wahl hatte. Er wollte sich eher einer – wie er hoffte – marxistischen Regierung ausliefern, als im Persischen Golf zu enden. Rub al-Chali war keine Alternative. Er hatte beim Anflug auf Ibrahimah genug gesehen, um das zu wissen.

Er drehte nach Westen ab und begann einen langsamen, treibstoffsparenden Sinkflug. Aus 4000 Metern Höhe sah er, daß alle Schiffe in seinem Blickfeld aufs Meer hinausfuhren, als wollten sie sich so schnell wie möglich von der Küste entfernen.

In 3000 Metern Höhe bemerkte er, daß die Straßen, die landeinwärts führten, schwarz von Verkehr waren: Personenwagen und Laster und Menschen zu Fuß. Auf den freien Flächen zwischen den Pumpanlagen, Docks, Gebäuden und Bohrtürmen der kleinen Halbinsel bewegte sich nichts. Er fand es unheimlich.

Er ging bis auf 2000 Meter und suchte den Himmel ringsum nervös nach eventuellen weiteren amerikanischen Jägern ab.

Eine massige, vielleicht 100 Meter höher fliegende Maschine fesselte seine Aufmerksamkeit. Er sah sofort, daß dies kein zurückkehrender amerikanischer Jet war, sondern eines der Transportflugzeuge, die er an der Küste auf dem Weg nach Norden gesehen hatte, eine C-130 Hercules, eine der veralteten Kisten, mit denen die amerikanischen Luftstreitkräfte Truppen und Nachschub befördert hatten, ehe sie sie an kleine, arme Länder verramschten.

Während er beobachtete, wie sie näher kam, sah er, daß sie eine breite, glänzende Dunstfahne hinter sich herzog. Seine Neugier siegte über den Wunsch, sparsam mit seinem Kerosin umzugehen, und er fuhr fort, sie zu beobachten. Erst jetzt fiel ihm ein, daß es sich – genau wie bei den Maschinen, die er auf dem Hinflug überholt hatte – um eine jener Hercules handeln mußte, die auf dem Flugfeld der EQ-Station gestanden hatten; der Einsatzleiter hatte sie vor den Dingern gewarnt. Wenn das stimmte, hatte er die Pflicht, sie im Auge zu behalten und wenn möglich zum Landen zu zwingen. Man hatte von einem Komplott der Amerikaner und Israelis gemunkelt und angedeutet, die Maschinen, die in Ibrahimah stünden, sollten für einen israelischen Schlag gegen Arabien eingesetzt werden.

Andrejew war sich als pflichtbewußter Offizier darüber klar, was die Flotte, die Partei und sein Land von ihm erwarteten. Er schwenkte in eine weite Kurve, um hinter die Transportmaschine zu kommen.

Es war tatsächlich eine Hercules. Jetzt konnte er es deutlich sehen. Aber sie hatte keine Hoheitszeichen auf ihrem graubraunen Tarnanstrich. Während er an ihr vorbeiflog, machte er eine verrückte Feststellung: Das Cockpit war offenbar leer!

Er ging hinter der Maschine ein bißchen tiefer und sah, daß die Unterseiten der breiten Tragflächen mit einem Röhrennetz versehen waren. Man hatte das Ding offenbar zu einem Sprühflugzeug umgerüstet. Aus den Düsen drangen feine Strahlen einer ölig wirkenden Flüssigkeit, die vom Nachstrom in Dampf verwandelt zu werden schien. Die Sprühvorrichtungen waren auf größte Streuweite ausgelegt worden, und als er das merkwürdige Flugzeug erneut langsam zu überholen begann, wurden die Fenster seiner Kanzel mit einem dünnflüssigen Öl beschmiert.

Alle Maschinen der sowjetischen Streitkräfte waren für einen Atomkrieg ausgerüstet. Nach der Doktrin seines Landes würden in jedem künftigen Krieg früher oder später Kernwaffen eingesetzt werden. Zu den Instrumenten der Yak gehörte folglich ein Dosimeter.

Die ölige Substanz behinderte seine Sicht, und Andrejew drehte nach Westen. Da er nicht mehr genug erkennen konnte, flog er nach den Instrumenten. Seine Augen weiteten sich vor Entsetzen. Die

Nadel des Dosimeters war plötzlich von Null in den äußersten Gefahrenbereich der Skala gezuckt.

Sein Herz begann zu hämmern, und er flog mit Höchstgeschwindigkeit nach Westen, nach Riad. Jede Sekunde, die er nun noch im Cockpit seiner verstrahlten Maschine saß, brachte ihn einem schrecklichen Ende näher.

Andrejew verstand nichts mehr, fühlte nur noch Grauen. Um das Tempo noch mehr zu steigern, ging er in einen steilen Sinkflug, ohne daran zu denken, daß er durch das streifige und verschmierte Perspex der Kanzel kaum noch etwas sehen konnte. Er blickte immer wieder wie gebannt auf die Nadel, die im roten Skalenbereich verharrte.

Er flog inzwischen sehr tief und zwang sich, auf die Instrumente zu achten, die ihm Höhe, Flugrichtung und Fluglage mitteilten.

Aber Kapitänleutnant Andrejew war Marineflieger, und seine Heimatbasis war das Flugdeck seines Trägers. Die mittlere Höhe des Gebiets zwischen Ras Tanura und Riad beträgt 461 Meter. Ebenso viele Meter glaubte Nikolaj Andrejew zwischen sich und dem Boden zu haben, als er den Jäger, ohne seinen entsetzten Blick von den Fluginstrumenten gewendet zu haben, in ein Felsplateau bei Ras Tanura bohrte. Dort ließ die Sonne nun alles, die Erde, die Gebäude, die Fördertürme, die Pumpstationen und die verlassenen Tanker am Pipeline-Terminal, in einem Schein von fremdartiger Schönheit strahlen.